“影视传媒书系——电影艺术系列”编委会

影视剧作教程

YINGSHI JUZUO JIAOCHENG

影 视 传 媒 书 系

郝朴宁 主编

郝朴宁 高力 代湘云 孙跃 编撰

重庆大学出版社

内 容 提 要

本教材针对影视专业学生和研究生的学习需要编写。由于作者长期从事影视专业教学工作，同时以编剧的身份和媒体合作，使该教材既有学理性思考，又有实战经验，充分保证了理论与实践的有机结合，这也是这部教材最大的特点。该教材虽然是按照教材的体例编写，但在理论和实践上都有相当的深度，特别是一些作者担任主创的案例，对于学习者能够带去有益的体验。

图书在版编目(CIP)数据

影视剧作教程/郝朴宁主编.—重庆:重庆大学出版社,2012.4(2020.1重印)
(影视传媒书系)
ISBN 978-7-5624-6287-3

Ⅰ.①影… Ⅱ.①郝… Ⅲ.①电影文学剧本—创作方法—高等学校—教材 ②电视文学剧本—创作方法—高等学校—教材 Ⅳ.①I053.5

中国版本图书馆CIP数据核字(2011)第150081号

影视剧作教程

郝朴宁 主编
策划编辑:雷少波
责任编辑:李桂英 龙沂霖 莫春燕 版式设计:邱 慧
责任校对:谢 芳 责任印制:张 策
*
重庆大学出版社出版发行
出版人:饶帮华
社址:重庆市沙坪坝区大学城西路21号
邮编:401331
电话:(023) 88617190 88617185(中小学)
传真:(023) 88617186 88617166
网址:http://www.cqup.com.cn
邮箱:fxk@cqup.com.cn (营销中心)
全国新华书店经销
POD:重庆新生代彩印技术有限公司
*
开本:787mm×1092mm 1/16 印张:21.5 字数:385千
2012年4月第1版 2020年1月第4次印刷
ISBN 978-7-5624-6287-3 定价:55.00元

出版说明

Chuban shuoming

历时两载，经数十位专家同仁的携手努力，“影视传媒书系——电影艺术系列”即将陆续成书面世。

作为一个成学仅仅数十年的新兴学科，电影的学科历程和学科特征显然不同于那些年代久远、台基高大的传统学科。早在20世纪50年代，法国电影理论家安德烈·巴赞就曾对电影的发展感叹道：“电影毕竟是一门太年轻的艺术，它过于卷入自身的演变之中，以至于不能在任何一段时间里，在重复自身的过程中纵情享受，电影的五年就相当于文学上整整一代。”或许正是因为电影艺术和电影学科具有这样的“演进动力学特征”，才需要我们时时关注多变的电影现象，并针对学科知识体系与学科教育流程常加修缮，以期在新的学术成果、系统知识表述和专业教育理念与方式之间，实施更多有效的通联和翻新。

在很长一段时间里，电影的学科区位一直不甚清晰。直到此次国家学科目录的重新拟定，电影学科才成为艺术学门类中与戏剧学、电视学并列的一级学科（或称影视学）。学科区位的明确与升级，势必会赋予影视学科更广的视域和谋求学科进一步建构的决心。基于此，“影视传媒书系”特邀集四川大学、重庆大学、西南大学、西北大学、辽宁大学、郑州大学、上海大学、安徽大学、西南交通大学、福建师范大学、云南师范大学、浙江传媒学院、广西民族大学、贵州民族学院等高校多年从事影视学研究与教学的中青年学人，侧重关注“电影本体”和“电影主要相关”两个向度，策划、撰编而成“电影艺术系列”，以期为影视学学科的建设和影视人才的教育培养添砖加瓦。

“影视传媒书系——电影艺术系列”编委会

2011.8.

前言

Qian yan

本书是一本为适应高等院校影视相关专业教学而编写的编剧理论教科书，也是一本向广大读者介绍写作影视剧本所需要掌握的基础知识的专业书籍，全书分层次地就编剧艺术的一些理论和实践问题展开论述。

影视剧作理论中，常常有人问"何为影视剧作"。准确地说，影视剧作是一种能力，即用影视艺术手法整体地表现故事、人物和思想的能力。

影视剧本作为一种特殊的文学载体，有着自身的属性，与其他文学类型有很大的差异。虽说目的都是叙事、抒情和表意，但写作思维和方法并不同于小说，与戏剧舞台剧本也大不相同。首先，影视剧本是画面和声音相结合的艺术蓝本，它用独特的视听语言讲故事，直接作用于观众的视觉与听觉，有着一套复杂的"编码"技术；其次，影视剧本是时间、空间相结合的再现，无论是叙事的手法，还是镜头的组合结构，都要应用特有的"蒙太奇"思维，创造出五花八门的风格样式；再次，影视剧本有很强的操作指导性，它除了提供阅读之外，最大的使命就是为影视剧拍摄提供可行性操作文本，对相关的造型、道具、表演、环境等要素必须给出明确要求和指示，为剧组的再创作提供依据；最后，影视剧本在不同的制作时期有不同的内容，大致分为文学剧本、分镜剧本和导演台本三大阶段，直到作品拷贝完成，剧本的最后一个阶段才算尘埃落定，也就是说，影视剧本本身也是一个不断发展的作品。

基于以上四个特点，要成为一名真正的编剧，就需要具备很强的专业素养，经历不断的实践磨炼，才谈得上为银幕而写作。

本书一共包含了九章内容，分别就主题和人物、情节和故事、结构、语言等编剧要素加以具体而全面的分析论述。每章所涉及的内容，都代表着剧本构成的一个部分，虽然看似各论其究，但每个要素之间都互相关联、互相牵制，只有将它们整合在一起，才能构成一个相对完整的体系，完成一个实实在在的剧本。除此之外，本书大量精彩的影视实例剖析及经典剧本片段选取，为阅读和学习本书增加了一定的易懂性和趣味性。

当然，影视理论和影视艺术本身都在不断地向前发展，不同需求的学习者在阅读和使用本书时，可以根据实际情况，结合影视剧的发展方向，加以选择和取舍，不必拘泥于现有的内容。

前言

目录
Contents

第一章　绪　论

一部影视剧的创作，无不是从剧作者编写剧本开始的。

剧本作为影视剧制作的基础，决定了它的主要功能是为影像工作者提供一个实际操作过程的蓝图，而不是提供一个可供阅读的文学作品。电影剧作家悉德·费尔德曾经强调过电影剧本的基本概念——“它既不是小说，也不是戏剧……而是由画面讲述出来的一个故事”。剧本的内容和形式有着区别于一般文学作品的独特属性，即它是运用画面与声音组合的思维逻辑来叙事和表意的。剧本在写作过程中，必须具有独立的视听思维，尤其是画面中人物、场景、灯光、色彩、道具、镜头技巧等构成因素，需要在编辑的脑海中将文字转换为画面落在纸上。

影视剧本存在多种名称和写作模式，如被称为“脚本”“对话剧本”“文学剧本”“分镜剧本”和“导演台本”，这些剧本模式代表了不同的写作方法，也代表了不同的剧本时期。在拍摄过程中，基于原始蓝本的构思，导演和演员会进行再创作，未来呈现的银幕形象和细枝末节在不断的磨炼中又会形成一个新的影像。比如剧作者最初提供的是文学剧本或分镜剧本，在拍摄完成之后，根据场记最后的拍摄和修改，会重新出现一个新的剧本模式即导演台本。不过，这种二度创作和递进编写并不会否定原剧本的价值，恰恰相反，它证明了剧本是影片创作的基石，剧本在某种程度上决定了影像的命运。

第一节　影视创作的生产流程与组织构建

一、影视作品诞生的主要环节

一部影视作品的诞生，是由编剧、导演、演员、摄影（像）、美工、录音、服装、化妆、道具和后期剪辑等集体创作而成的。其间，从最早的构思到最后的发行放映，包括以下几大环节：

（1）策划。在文化工业的背景下，任何一部影视作品的产生，往往需要几千万元甚至上亿元的投入，投入的回收与赢利，是任何一部影视作品制作时必须考虑的基本前提。为此，影视作品制作的一项重要工作就是选题策划。即制片人（或制片人与编导）根据对社会和观众的需求（市场调查）共谋选题，评估投入和产出的效益。制片人的主要工作与财务和组织有关，负责资金筹集和作品完成后的发行与资金偿还。制片人根据策划方案说服发行商投资，同时也可以提出创意，为制作单位完成“包拍”计划。制片人是一部影视作品制作的实际组织者。

（2）组织剧本创作。策划并确定了选题之后，交由生活基础扎实、艺术功底深厚的编剧进行创作（也可以购买成熟的剧本），或购买相中的小说后，聘请职业编剧改编剧本。这是实做与选题的对位，通过剧本创作产生制作蓝图，制片人据此确定能否达到选题策划的意图，并以剧本对播出单位进行调研，再次确认选题的社会效益与市场效益。这一阶段，编剧的地位十分重要。其主要任务就是准备剧本，包括完成故事大纲、大致交代主要情节、根据大纲完成剧本，以及根据制片人和导演的要求，完成最后的拍摄剧本。如果制片人或导演对编剧不满意，可另请编剧修改剧本，但要注意处理好编剧署名的问题。

（3）报送选题。按照国家广播电影电视总局（以下简称国家广电总局）的要求，任何影视作品制作单位在实际投拍前，都必须严格履行选题申报程序，选题立项后，才能进行作品的制作。选题申报分重大题材和一般题材两种，重大题材由国家广电总局重大题材办公室专门组织专家进行评审，制作单位须提交完整的剧本，评审通过后才能制作。一般选题只需提交一个简单的剧情梗概，即可完成选题备案。

（4）前期准备。包括安排预算，确定主创人员、监制人员，导演案头工作，制片主任编制预算，采景置景，挑选演员并试镜，完成摄制组的组建等。制片人和导演共同完成拍摄计划不仅关系到拍摄进度，也直接关系到作品制作的实际投入。制片人这时必须要做线上成本——版权与编剧、导演及主要演员的酬金；线下成本——其他工作人员、拍摄费用、剪接、宣传保险费用，两者的总合即为样本成本。

（5）现场拍摄。根据预先制订的计划，按照拍摄周期和日程进入现场拍摄。

（6）后期制作。对现场拍摄的素材进行剪辑加工；同时，对音乐、音响（需要后期录音的台词等）进行录音；胶片拍摄还需洗印。

(7)送审。完成片通过(或经过修改通过)取得发行放映许可证。

(8)宣传。制作预告片、安排新闻报道、散发剧照海报、发布媒体广告等。

(9)营销。采取一次卖断或分成方式将影片交发行商放映。授权制作、出售影碟、音碟、图书、画册等衍生物。

摄制组各部门的成员由制片主任和导演共同商定。制片主任主要考虑人员待遇,以便核算制片成本;导演主要考虑人员水平,以保证影片艺术质量。

二、摄制组的构成

(一)艺术部门

(1)导演组——导演、副导演、场记、对白员。导演的任务是协调好各部门,完成拍摄合成,把剧本变成影像。副导演的任务是与导演一起计划每天的拍摄进度,并按照导演的意图,为每一个镜头做拍摄前的准备工作。导演的重要工作之一是指导演员表演,包括讲解台词、动作表演、提醒演员在具体一场戏中的位置。副导演通常要负责与临时演员沟通,依照导演要求调度群众演员。场记负责镜头之间的连贯性和一致性,留意角色的外表、道具、动作、镜头位置和每一场戏的时间等细节。对白员的任务是为演员提词或为不在镜头内的角色配音,或与演员对话。一些战争题材的作品和动作片,还会有第二导演组,负责拍摄特技、打斗或远离主要拍摄现场的镜头。

(2)表演组——主角、配角、客串演员、群众演员、替身、特技演员。演员是影视剧制作的重要组成部分,主角作为片中的主人公,影片主要是围绕他(她)来展开的。同时,该角色始终处于矛盾冲突的主体地位,集中塑造角色形象与心理,体现影片的主题思想。配角在艺术表演中属于次要角色,配合主角完成影片的表演工作,但也是非常重要的人物,有很多台词。客串演员是指在影视剧中出现时间极短,台词最多不超过5句的演员。群众演员是指作为画面时空背景出现,没有标识性台词的演员。替身的作用是代替主角完成高难度动作或其他主角不愿意亲身完成的表演镜头。特技演员是指常在影视剧的动作戏中表演特别技能、体能或危险动作的人员。

(3)摄影组——摄影师、摄影助理、灯光师、剧务。摄影组以摄影师为主,摄影师必须是摄影、灯光及操作镜头的专家,负责与导演沟通每一场戏的灯光及拍法。摄影助理负责监督开机、换片、对焦、跟焦,并跟踪镜头与推轨。灯光师负责灯光的布置与装配。剧务(又称场务)负责搬运及放置设备、道具同灯光器材。

(4)录音组——录音师、麦克风操作员、声效控制员。录音师的主要任务是在拍摄时录下演员间的对话,器械包括:一架手提录音机、几组麦克风,以及一架可以调整混声的机器。在演员没有对话时,录音师通常会录下环境声,以便日后填补对话间的空白。麦克风操作员负责操作麦克风,以及把小型麦克风藏在演员身上。声效控制员负责安置其他的麦克风,控制现场环境声音。

(5)特技组——负责准备及执行模型拍摄、画面合成、电脑动画等特技镜头。

(6)美工组——美术师、美术助理,服装、道具助理,置景组长、置景员。

(7)化妆师——负责完成演员的人物造型。

(8)电气师——电气师专门负责构建场景及灯光设备的线路连接。

(9)剪辑师——样片剪辑师、音效剪辑师。影视作品制作的合成阶段通常称为后期制作,但并非拍摄完成后才开始。摄制组进入现场拍摄,后期工作人员往往已在幕后开始工作了。剪辑师负责分类整理及组合拍摄出来的各个镜头。镜头常常有好几个版本,而且拍戏时并非连续顺序拍摄,不少作品的合成时间远远高于拍摄时间。如今许多作品开始运用电子剪辑手段,即人们通常所说的"非线性编辑",此种方法可以让剪辑师随意进入毛片的任何部分进行加工。剪辑师可以任意调出某个镜头,将其放置到其他镜头的前后,或修改或放弃,计算机系统还可以制作出特技和音乐效果。"非线性编辑"系统虽然加快了剪辑的速度,但剪辑师仍需要在工作样片上仔细鉴别关键场景,以核对色彩、细节和空间。样片剪辑师完成版本雏形后,音效剪辑师则开始负责将所有声音合成音带,导演、作曲、样片剪辑师以及声音剪辑师均须把粗剪的样片看一遍,以决定何处放音乐或放置特殊音效,这一过程称做定音。声音剪辑师的主要任务之一是在样片完成后监督对白的重新录制,即自动对白更换,以保证声带的"净化"。声音剪辑师也负责声音特效,从"声音资料库"中寻找能够运用的声音,或自行制作录制声音。现在声音剪辑师在很大程度上得依赖计算机技术进行剪辑,声音的质量可以通过数字化方式而得到保证,去掉高频或低频,改变音质音高、回响、平衡、速度等,所以,数字化剪辑是一种"声音的塑造"。[①] 在寻找声音的"位置"时,作曲也开始工作,和声音剪辑师、导演确定音乐进入的位置,设计工作清单,说明音乐插入的位置、长度,然后开始作曲。

(二)制片部门

(1)制片人——又称制作人,通常有一个故事梗概之后,制片人便为影片进行多方筹资,他们本身也有可能是投资者或制片厂的总裁。

(2)制片主任——制片主任是摄制组的行政领导者和组织者,主要负责每天的日常生活与食宿管理。事实上,一个好的制片主任应该是一个出色的企业管理家,并且还是一个懂得艺术、熟悉各部门业务的内行。制片主任在一个摄制组内肩负着政治思想工作和组织生产领导的重任,而一部影片的周期长短和成本高低的调控上,制片主任起着主要作用。同时,制片主任对影片的艺术质量也负有一定责任。

(3)剧务——电视剧摄制过程中的日常事务负责人,其主要工作任务是在制片主任的直接领导下做好衣、食、住、行等方面的工作。

①外联剧务:主要负责联系拍摄场地、定购出行票务、租借服装道具等对外事务。

②现场剧务:主要负责通知现场拍摄时间、维持现场拍摄秩序、处理拍摄现场的突发事件。

③生活剧务:主要负责剧组吃、住、行的安排。

(4)其他:场工、厨师、医生、会计、出纳。

此外,作曲、演奏、演唱一般不列入摄制组编制;特殊片种需要的烟火、枪械,以及武打设计、舞蹈指导之类,也未列入常规摄制组编制。

---

① 大卫·波德维尔,克莉丝汀·汤普森.电影艺术——形式与风格[M].北京:北京大学出版社,2003:296.

摄制组由导演和制片主任共同管理。导演是摄制组艺术创作的领导者和组织者；制片主任是摄制组事务性工作的管理者，并配合导演保证拍摄工作的有序进行。

第二节 戏剧、文学与影视艺术关系辨析

我们所说的“文学”即“影视文学”，也就是“影视剧作”。关于文学在影视创作中的地位和作用，即文学与影视的关系，历来存在争议，有的主张还相当对立。

第一种观点：作为20世纪电影大师之一的瑞典著名导演英格玛·伯格曼曾说：“电影与文学毫不相干。这两种艺术形式的特性和本体通常都是互相冲突的。”①美国著名作家，普利策奖获得者诺曼·梅勒认为：“电影与文学相距甚远，比方说，就像窑洞绘画和一首歌。”郑雪莱先生也充分尊重电影的独立艺术性，并在其著作中指出：“电影就是电影，没有必要再提出电影的文学特性和文学价值。”②这种观点无异于说影视仅仅是一种活动照相、图片和音乐（或影像和音响），若没有人物、故事、情节等，又何言故事片？

第二种观点：“没有必要把电影看做一种全新的艺术。就其虚构的形式而言，它有与小说相同的意图，就像小说与戏剧有相同的意图一样。”“让狄更斯以及上溯到古希腊与莎士比亚的所有先辈大师们再次提醒这些狂妄之徒。格里菲斯也好，我们的电影也好，其独特性都不是从自己身上凭空产生出来的，而是有着它过去深厚的文化渊源的。”③张骏祥认为：“电影就是文学……电影文学的完成形式是最后在银幕上放映出来的影片。”④这种观点无异于说，文学的表现形态除口头、书面外，又加了一种胶片的表现形态，而否定了电影作为一种既是综合的又是独立的艺术。难怪萧伯纳说：“如果银幕上从头至尾都是文学，那就是说，把文字搬到银幕上，在银幕上读书！”

然而，文学这门十分古老的艺术形式，是以语言文字为基础的，它运用语言文字从现实中提炼、创作出来表现情感和再现生活。电影不同于文学，就其表现形式而言，电影是从具象到抽象的过程，文学则是从抽象到具象的过程，在此过程中，它们通过不同的媒介和手段表现自我。二者具有各自独立的艺术形式，虽有共同点，但不可划等号。

我们认为，影视文学即影视剧作，它是在影视创作过程中，用文学手段（文字形式）为未来作品描绘的一个蓝图，是作品的思想艺术基础。这个蓝图或基础，与传统文学不同的是它写作的目的不是提供阅读，而是提供拍摄。

因此，“剧本，剧本，一剧之本”或“导演中心论”之争，是没有意义的。剧作，毕竟只是半成品；导演，却要以这个半成品作为拍摄的基础或蓝图。为了使我们对问题有一个清晰的认识，下面我们稍加辨析。

---

① 英格玛·伯格曼.伯格曼论电影[M].桂林：广西师范大学出版社，2006：6.

② 郑雪莱.电影美学问题[M].北京：中国电影出版社，1985：27.

③ 谢尔盖·爱森斯坦.蒙太奇论[M].北京：中国电影出版社，1980：97.

④ 张骏祥.关于电影的特殊表现手段[G].1956（S2）.

一、"戏剧性"的内涵

"戏剧性"作为一个审美范畴的概念，首先必须界定出真正的戏剧性和虚假的戏剧性。有人认为只有那些表现激烈外部冲突、情节离奇曲折的作品，才是最富有戏剧性的。有人则认为那只是表面的戏剧性。如果说追求"戏剧性"会导致造作、虚假，那只能是因对"戏剧性"的误解所造成的，这类"戏剧性的赝品"，不仅影视艺术所不取，也是戏剧艺术所不容的。事实是，影视艺术不仅需要戏剧性，并且这种戏剧因素已经同影视语言的主要元素（音、画）融合在一起，成为了影视艺术的构成因素之一。

首先，"戏剧性"的基础是动作，这一特质是由演员的表演艺术决定的。作为综合艺术，戏剧的主要成分是演员的表演艺术，它是舞台形象塑造的直接完成者，而演员塑造舞台形象的基本手段是动作。古希腊戏剧发展过程中的一个重要步骤就是用动作逐步取代叙述。亚里士多德就曾明确指出："悲剧是对于一桩严肃、完整、有相当广度的事件的摹拟；它的媒介是语言……它的方式是用动作来表达，而不是用叙述。"①

就影视艺术来说，画面作为语言构成的基本元素，其重要特质之一就是运动性。而画面的运动性则包括：画面内部的运动、摄影机的运动和变焦距镜头等。其中画面内部运动正涉及戏剧运动（外部形体运动、语言动作、静止运动等）的各种成分。

视觉动作，即能够直接看到的物体的运动，是构成影视艺术运动性特质的最基本因素。而影视艺术的主要表现对象是人，所谓视觉动作自然主要是指人物的动作——外部动作（形体动作）。

对话——语言动作。语言融入影视艺术，为真实地表现现实生活，特别是表现人物隐秘和复杂的内心活动提供了条件。在语言进入影视艺术的初期，戏剧的影响是非常明显和有益的。戏剧语言同一般文学语言的差异正是在于它的动作性。霍华德·劳逊认为：在戏剧中，"说话也是动作的一种形式，抽象的或谈谈一般感受或想法的对话是没有戏剧性的。话语描绘了或表现了动作，才有价值。由话语所表现的动作可能是回想的或潜在的——也可能动作伴随话语而来。但对所说的话的唯一考验是看它是否具体，有无实际的冲击力，能否使人紧张"。"一小段对话，一场或整个一出戏都牵涉到具有不具有动作性的问题。"②这里对于戏剧语言动作性的论述是有见地的，但标准过于绝对。因为，对话的"冲击力"是在说话双方处于矛盾对立状态时产生的，当双方处于"非矛盾"的和谐状态时，就不会在话语中"冲击"对方，只是进行一种思想、愿望和情感的表达，这样的对话一旦产生影响力，也可以构成一种心理动作。影视艺术中的话语也应该具有这一特质，是动作的一种成分。有人认为，影视艺术中的话语如果太多，会冲击视觉形象，这种观点太片面。有动作的话语，使话语本身具有了戏剧性，反之话语多而缺乏动作性，这才是真正应该避免的。

静止动作，既是导演进行节奏处理的一种方式，也是揭示人物内心活动的一种手段。影视艺术在使用这一手段时，有其自身的优越性：第一，戏剧中的静止动作会由于

---

① 亚里士多德. 诗学[J]. 文艺理论译丛，1958(2).

② 霍华德·劳逊. 戏剧与电影的剧作与技巧[M]. 北京：中国电影出版社，1961：214，217.

舞台同观众的距离问题,而让观众难以精确地把握演员的表演。但影视艺术却可以通过特写镜头,将演员的表情精细入微地再现出来;第二,影视艺术在出现特写镜头时,还可以借助于音乐、音响、画外音等手段,将人物的心理活动内容揭示得更加明确,从而获得特有的感染力。

另外,音响也可以构成一种动作,如人物的心理情感和情绪通过自然音响加以外化。

关于"动作",在理解时千万不能看成是纯外部的东西。从艺术创作的角度看,动作的内涵是作为艺术语言的表现手段而言的,已经不同于一般生活中的动作。在戏剧性中,任何一种动作都应该是人物内心世界活动的外现。语言动作是这样,静止动作是这样,外部动作也是如此。音响如果不同人物的内心活动联系起来,就不能成为人物内心活动的触发力和推动力,也就失去了动作的意义。相比之下,影视艺术更加重视"视觉动作",这种动作必须是心理活动的外化,要能够通过动作去阅读人物的心理。所谓的戏剧性,正在于人物的"内心"矛盾冲突,只有当各种动作成分变成人物心理的外化时,才真正地获得了戏剧性。影视艺术在形象表现上,人物的心理一定要通过动作视觉化。

其次,"戏剧性"的中心是"戏剧情境"。"情境"不仅体现在具体的艺术创作之中,同时还有着极强的美学意味。普希金就说过这样一段话:"在假定情境中的热情的真实和情感的逼真——这便是我们的智慧所要求于剧作家的东西。"斯坦尼斯拉夫斯基又补充说:"我们的智慧所要求于戏剧演员的,也完完全全是这个东西,所不同的是,对剧作家算是假定的情境的,对于我们演员来说却已经是现成的——规定的情境了。"①

所谓"情境"是指人物活动的具体环境,即面临的情况和关系。对于戏剧来说,情境是使人物产生特有动作以显示自己本来面目的"机缘"。戏剧艺术要在有限的时间和空间内,使各种人物迅速、充分地展示自己的性格,就必须为人物提供有力的"机缘"——情境。需要注意的是,这里所说的情境也必须是戏剧性的。那么,怎样的情境才算是具有戏剧性的呢? 顾仲彝说:"戏剧性的戏剧情境必然使观众产生期待"。所谓"期待",就是我们所说的"悬念"。戏剧需要情境,而情境是否具有戏剧性,需要的标准是看它能否产生悬念。当然,没有悬念的情境,自然是不会有戏剧性的。但是,并非任何悬念都具有真正的戏剧性。

影视作品同样需要戏剧性情境。影视艺术,特别是故事片或电视剧,需要情节具有真正的艺术吸引力,就必须包含戏剧性的情境。这样的情境,不仅能够产生出有力的悬念,而且有可能蕴含着戏剧性的情节,为性格的自我展现提供条件。弗雷里赫认为:"任何一部电影剧本和影片的情节都是以戏剧性情境(或情境的总合)的展开为基础的","艺术家的天才就在于能够识别包含戏剧与情节可能性的情境"②。"情境"即使到了现代派影视艺术中,仍然是非常重要的。现代派电影的先驱让·爱浦斯坦认

① 《斯坦尼斯拉夫斯基全集》第2卷,第72页。

② 弗雷里赫.银幕的剧作[M].北京:中国电影出版社,1979:92,110.

为："电影中可以没有故事……只有一些情境，没头没尾；没有开始，没有中段，没有结束……人们可以从任何角度去观察这些情境。"①

再次，"戏剧性"的一个重要问题是"戏剧冲突"。关于"冲突"在戏剧中的地位，一直是一个争论不休的问题。我国戏剧界一向是非常重视"冲突"的，几乎所有的教科书都在强调着"没有冲突就没有戏剧"。对于"冲突"也应该辩证地看待，任何问题一旦绝对化，也就狭隘化了。就艺术实践来看，不表现"人与人之间对立冲突"的戏，可能是很有戏剧性的；而一些冲突表现十分激烈的戏，也可能是缺乏戏剧性的。问题在于，所说的"冲突"是否具有戏剧性。要对这一问题有一个明确的认识，首先，必须搞清楚什么是"戏剧冲突"。这里所说的"冲突"包含了：人与人之间的冲突、人与自我的冲突和人与环境之间的冲突。真正的戏剧冲突应该是通过直观动作再现于观众面前的外在和内在矛盾的发展过程。形成和展开戏剧冲突的方式是多种多样的，它同艺术家的表现风格密切相关。影视艺术同戏剧艺术从根本上讲是两种不同的艺术，所以，只能融合，不能照搬。特别需要注意的是：不能以戏剧的方式在影视艺术中展开戏剧冲突。就其表现形式而言，必须对"冲突"进行统一性思考后，才能对戏剧冲突的影视化作出客观的评价。

二、"文学思维"与直观影像

关于影视艺术同文学的关系，首先必须承认一个事实，那就是随着影视艺术的发展，影视文学已经成为了一种专门的体裁。从发展的意义上看，影视文学是影视艺术自身发展的产物，自然会受到小说、戏剧文学的影响，但又必须影视化。在这一问题上，人们往往比较多地考虑了它们的共同点，其实，它们之间的差异性远远要多于共同点。

小说被称之为叙事体裁，因为它是通过"叙述"表现事件过程的。而戏剧作为"再现艺术"，则是通过直观的动作，将事件及其因果联系直接呈现在观众面前。小说用语言文字叙述事件，是叙述已经发生过的事情。戏剧通过直观动作再现事件，让事件在观众面前发生。小说作者只受思维逻辑的制约，其思维是不受时空限制的，语言作为思维的外化，自然能够打破时空的限制。戏剧则必须受到舞台时空的制约，舞台时空的逻辑限制着再现者的思维逻辑，必须把所要再现的事件"装"入规定的时空中，这就产生了舞台再现事件的时空制约性。此外，当戏剧艺术进行对于"往事"的回叙与交代时，也必须进行戏剧化的处理，即用动作去表现。在戏剧中，最忌让人物停下"动作"去回叙往事，这种"叙述"是没有戏剧性的。这就使戏剧和小说产生了最大的差异，即戏剧的本性甚至是排斥叙事的。

影视艺术由其自身的本性所决定，其画面的视觉逻辑又不同于舞台动作的逻辑。在影视作品的画面及其组合中，既包含了戏剧性的成分，又有叙事性的成分，是两者的融合体。影视艺术的"叙事性"是由摄影机的性能所决定的，摄影机的镜头如同一只会记忆的眼睛，将生活中发生的事情如实地纪录下来。语言对于人的思维具有忠实性

---

① 转引自《电影艺术》1980 年第 11 期，第 58 页。

的特点，凡是人的思维经历都能够外化成语言。对于影视艺术来说，凡是语言能够表现的，摄影机也基本能够表现，特别是在“叙事性”上。许多文学作品被改编成为影视作品，就是将文字叙述变成了画面叙述。影视艺术和小说虽然建构的材料不同，但都能自由地表现人的活动和所经历的环境，都能充分、自由、真实地记录事件在时间、空间中发展的自然进程。

在叙事性上，影视艺术与小说的差异也非常明显。小说是通过文字进行叙述，读者必须调动起自己的想象才能感受到作品的形象，这使作品的形象因其间接性而具有了极大的主观性。影视艺术则以画面（影像）对事件进行直观再现，让观众去直接感受形象，这就获得了极大的客观性。小说是用叙述去表现动作，而影视作品则用动作去叙述。

小说对于回忆性的叙述是以过去时态进行的，影视艺术则把它转换成直观的画面（影像）形象，甚至连“梦境”也不例外。而且，是以正在进行时态去表现的。

在影视艺术同文学的关系方面，还有一个重要的构件就是——细节。对于文学创作来说，如果作家没有大量、丰富的细节，是无法进行事件叙述和形象塑造的。在这一点上，小说与戏剧具有极大的差别。别林斯基就认为：“也许，长篇小说更适合于诗情地表现生活。的确，它的容量，它的界限，是广阔无边的；它比戏剧更不矜持，更不苛刻，因为它吸引人的不是局部或片段，而是整体，包容着这样的细节，这样的琐事，分开看时是微不足道的，但和整体联系起来看，在作品的全体性上看时，却有着深刻的意义和无边的诗意；至于戏剧，它那直接或间接、或多或少地总是屈服于舞台条件狭窄的界限，却要求着行动进展得特别的迅速和活泼，不能容纳大段的细节，因为戏剧和一切其他诗歌体裁比较起来，主要是在最崇高和最庄严的形态上来表现人类生活。这么说来，长篇小说的形式和条件，用诗情来表现一个从其对社会生活的关系中所看到的人，是更方便的，我认为它的异常的成功，它的无条件的支配权的秘密，便在这里。”①把小说同戏剧进行比较，最大的遗憾就是戏剧丢失了太多的细节，戏剧的时空性实在是太有限了。

影视艺术在细节的表现上，同样具有自己的优势。画面的视觉性能够展示出生活中很容易为人们所忽视的东西，特别是电视连续剧的兴起，更是融入了大量的细节。杜甫仁科就说：“用譬喻的方法来说，电影剧本必须用两只手来描绘：一只手里拿着细的小笔来描绘眼睛和睫毛，另一只手里拿着粗的大笔来勾勒一百公里宽的空间、巨大的热情和群众的运动。同时，必须用一切方法确定电影剧本是包含一切细节的、真正的文学样式。”

细节本属于文学，在塑造人物和叙述事件的过程中，大量丰富的细节使人物的性格得以充分地表现，人物活动的物质环境也变得真实可感，并且它们是情节的重要构成。

影视作品中的细节，首先必须是影视化的，即直观的视听形象。苏联著名导演吉甘认为，导演在处理一场戏时，应该向自己提出许多问题，其中之一就是：“应当运用

---

① 《别林斯基全集》第1卷，第159页。

哪些具体的、令人难忘的细节,人物动作、行为和情感的细致描写来丰富这场戏?怎样避免'一般地'叙述事件?"而这种"一般地"叙述事件,又是许多导演和作品的通病。所谓"一般地"叙述事件,就是缺乏具有表征意义的、独特的细节,而用一些一般化、模式化的东西去代替艺术的创造性,这样的"艺术"是不可能产生艺术的感染力的。张艺谋、陈凯歌、冯小宁等人的作品,之所以成功,其中一个重要的原因就是他们的作品具有风格化的细节。

吉甘在《论导演剧本》中指出:"使作品充满生活细节的艺术,在今天已经不单纯是一种导演手法了,而是现代电影的主导方面的风格特质,这种风格十分接近艺术文学散文。""不应该低估电影艺术发展的这一质上全新的阶段。轻视动作细节将会导致公式化地转述作品的剧作内容。"①吉甘的话不仅是经验之谈,更是对于影视艺术构成特质的深刻理解。

在影视艺术中,所谓细节的"影视化"就是要求细节应该成为影视画面的属性之一。画面的特质之一是具体性,也就包含着细节的具体。这种细节可能使人物活动的物质环境某些细部精确地进行再现,也可能是人物面部表情精细入微的描绘,还可能是对人物细微动作的再现。这些对于戏剧艺术来说只能是一种遗憾,而影视艺术却能够借助于摄影机的功能,直接诉诸观众的视觉。在影视作品中,无论是远景镜头还是近景镜头,都能够包容细节。其中,最具意义的是特写镜头,它不仅能够把物象的细部加以放大,使其具有充分的表现力,还能帮助观众进行精细地观察。影视艺术正是凭借着"特写"的性能,才获得了独立的艺术价值。"特写镜头"一词源于英语的"COLSE-UP",这个词又可以译为"精细地观察"。明斯特贝格认为:尽管电影在场面转换上优于戏剧,但"一直到导演采用了'特写'和其他新的方法以后,电影才开始出现新的局面……最引人入胜的新颖剧本,几千人在战场上厮杀的雄伟的历史剧,或者妖精满台飞舞的最富有幻想的神话剧,这些都有可能在剧院里演出。但特写却是任何舞台艺术都不可能做到的"②。巴拉兹在《电影美学》中也说:"首先被电影摄影机发现的新世界,是那些只有在最近距离内才能看得清楚的极其微小的事物的世界,是微小事物的深藏不露的生活世界。""摄影机不仅带给我们新的题材,它在无声片时代借助于特写,还给我们揭示了我们自以为早已熟悉的生活中的潜在基因。"③影视艺术的魅力正在于凭借摄影机去捕捉客观现实中的各种细部,特别是一些为人们所忽视的细部,将其放大后呈现给观众,给人以独特的审美享受。

特写镜头是由摄影机逼近被拍摄对象所拍摄出来的,仿似为观众提供了一只放大镜,帮助观众去精细入微地观察事物的细部,这都是此前任何艺术所无法达到的。当然,因影视艺术的综合性所决定,"特写"作为手段不仅是对画面、节奏进行细致处理,音响也同样可以用"特写"的方式进行处理。突出、扩大自然界中混杂在一起的各种

---

① 吉甘.论导演剧本[M].北京:中国电影出版社,1979:40-44.

② 转引自《电影的理论》第25页。

③ 贝拉·巴拉兹.电影美学[M].北京:中国电影出版社,1979:45.

音响的某一“细部”，对它进行放大，以对应人物的某种内在心理，表现的是一种心理选择。这种心理选择本身，就构成了富有意义的细节。这种音响特写同一定的画面相结合，不仅可以作为环境刻画的手段，而且还能够对揭示人物内心情绪产生重要的作用。吉甘在谈到导演《我们来自喀琅施塔得》经验时说：“必须设计出音响的各种变化，一种特殊的‘全景’和‘特写镜头’。声音特写镜头的原则在于：传达出现实生活中存在的但是必须注意力与听觉高度集中才能听到的音响。”

正如在画面中，特写镜头是重点，是对于动作细节的强调一样，声音的特写镜头也能够把“声音的细节”传达给观众。在写导演剧本时，应该把它作为一种手法加以运用。

在淹死被俘的水兵们那场戏里，在一个寂静无声的瞬间听到了落入大海的吉他琴的声响。就让这琴弦的声响远远超过它在现实生活中的声响吧。观众能够接受这种假定性，因为，画面的特写镜头同样也把拍摄对象放大到近乎夸张的程度。这就是电影艺术的特殊语言。

在乐队参加战斗那场戏中，突出了那个唯一活着的乐师的喇叭声。

虽然，在生活中战争的轰隆声当然会盖过黑管的声音，但相反地在影视特写里，我们却把黑管的声音突出到声音的前景中来——让它盖过炮弹的爆炸声、枪声、机枪的射击声和战士们的喊声吧。在这里就包含着一种含义，表现了水兵们与敌人战斗的激情和热情……①

这里的音响，不但已经构成了一种细节，而且具有极强的叙述性。当然，在影视艺术中并非只有特写才能构成细节。导演对于画面的“提炼”，对于音响的“提炼”，一个重要的内容就是“提炼”细节，也就是说，从叙事的意义上看，远景、近景也同样能够构成细节。只是在揭示人物的内心世界方面，画面特写和音响特写的指向性更明确一些而已。

安东尼奥尼根据尤利奥·科尔达塞尔的短篇小说改编的影片《放大》对于色彩就是一种有“意味”的设计。摄影师托马斯（影片中的人物）认为现实是彩色的，彩色的世界不足为信，黑白照片可以剥去现实生活彩色表象的欺骗性，从而达到对现实世界的简约与重构，他对黑白照片有种特殊的感觉，拍摄黑白照片是他唯一记录与观察生活的方式。为此，安东尼奥尼在影片中设置了一个完整的黑白世界的造型表意结构。呈现为黑白基调的不仅是托马斯拍摄的照片，还有托马斯的摄影工作室——空间的造型基调。镜头中托马斯外出时只有一种着装方式——黑色的上衣加白色的牛仔。他以这种黑白分明与现实世界相区分、脱离（有一个镜头，托马斯出餐馆寻找跟踪者，对方穿着“一身黑”），以标榜自己的真实，正如他的照片对这个世界的简约。在黑白空间里，他君临一切，如同手中自由玩弄的钱币。影片前 27 分钟的镜头向我们“叙述”了这一点：为了能拍出煽情的照片，他骑在模特身上；他对模特们出言不逊，颐指气使，自己出去办事，让她们在那白等；甚至在两个女模特为他“献身”后，他还拒绝为她们拍照。简发现自己被托马斯偷拍后追上来，这时画面结构是简站在高处形成对托马斯

① 吉甘. 论导演剧本[M]. 北京：中国电影出版社，1979：107-108.

的俯视，使两人产生激烈的冲突，当后来简到托马斯的摄影室取底片时，托马斯便主宰了一切。在自己重构的“真实”中，托马斯活得很洒脱，也很自主。当镜头展现现实生活时，安东尼奥尼特别注意对色彩的渲染。托马斯讨厌的那五个模特都穿着色彩缤纷的服装，街上的房屋建筑——托马斯讨厌的虚伪的现实都涂抹着大红大绿的奇怪颜色，现实世界显得更加嘈杂、纷乱、不可理喻。影片一开头便是一群嬉皮士在街上胡闹，俱乐部里摇滚乐手歇斯底里，听众却面无表情，当乐手摔坏吉他时他们却疯狂了。正是这种不和谐让托马斯感到现实的虚假，而以相反的眼光重新审视。现实的虚假掩盖了真实，外部的色彩欺骗了人们的观察力，于是公园里的茵茵绿色，给杀人现场营造出一种和平温馨的表象，没有人会相信在宁静景象背后居然会出现陈尸。在此，事件本身的情节并不重要，也不是导演要叙述的重点，而是一个契机令托马斯的黑白世界与现实交锋。这是黑白世界(影像)对彩色世界(现实)的一次否定，也是黑白世界的一次胜利。但出乎托马斯意料的是一再被放大的照片成为一片模糊的颗粒，不再是现实被摄体的对应物，彩色的现实世界反过来又嘲弄了他的胜利者。

第三节　影视创作观念的实践发展

我国新时期影视创作的发展也同样是在多元互动的背景下进行的，这里我们将电影和电视分开，来看一下它们是如何完成自身突破的。

一、中国新时期电影形态观念的转变

就电影来说，首先是叙事结构的裂变——形式美学的崛起。1979 年出品的《小花》《生活的颤音》《苦恼人的笑》三部作品对中国影坛产生极大震动。这三部影片在电影的叙事结构上有较大变化，可以视为我国电影形态观念的第一次文化转折。

《小花》将人物对身世的整段回忆打碎，分散在各个人物情绪的冲突点上，用瞬间的闪回代替长时间的回忆。于是构成时空交错式的结构，出现了以人物情绪为中心来过渡现实和历史，拓宽反映面的手法。

《生活的颤音》借用交响乐的结构法则来组织故事，通过不同的音响来构成艺术和谐感、节奏感。传统的戏剧式的电影结构被打破了，代之以一种音乐式的结构，这在我国电影史上是一次创新。它把音乐艺术的内在逻辑(法则)不是外加，而是渗透到剧作结构中去，使整部影片的排列组合本身就是一种可视性的音乐。

《苦恼人的笑》是以人物心理变化发展为主线来结构故事的，它不注重外部的情节，而侧重于人物心态细致而又复杂的变化。它要求表现人的内心世界，特别是心灵深处的潜意识。而传统的艺术结构就显得比较乏力，所以必须要有所创新。但以人物心理变化的流程来作为结构故事的方法，是一次恰到好处的创新，于是，内心冲突成为作品的轴心。这样的影片在我国也是少见的。

这个阶段文化转折的特点在于从总体上打破传统的结构模式，把结构变成一种直

接表现主体世界的手段。叙事形式和技巧被众多的电影工作者所重视。电影与戏剧告别,电影要充分发挥自己各种元素的艺术功能,电影就要像电影,并成为这一时期形式美学的宣言与理论主张。

其次是纪实性与分析性“互补”——实体美学的崛起。电影叙事观念的第二次文化转折是以《沙鸥》《邻居》的出现为代表的,试图以现代影视观念来进一步探索影视艺术表现生活的巨大可能性,使传统的影视语言有一个质的变革。为了避免第一阶段探索中出现的人为痕迹,采用了现实性和分析性相结合的手法。现实性以生活本来的面目来反映生活,“如实记录”体现出“再现”的美学观;分析性即用艺术家的观点去探寻事物的本质,带有强烈的主观色彩,体现出“表现”的美学观。把分析因素融化在现实性的因素中,人为的痕迹与技巧性的东西就能冲淡,使叙事文本保持生活原来的自然、质朴、清新感。为此,张媛忻在《沙鸥》中就大胆地起用了非职业演员作为影片的主人公,在影片的拍摄过程中几乎全部使用实景、自然光,镜头自由地在故事中流动,演员以自己的体验进行“即兴表演”。长镜头的大量运用也增强了纪实性,如沙鸥大口大口吞吃牛肉的全过程,既让观众看到她为了夺冠军硬吃牛肉的外部动作有一种生活的质感,又让观众体会到她的内心与自己的弱点搏斗的复杂过程。

《邻居》的导演“下决心打破现实题材影片和观众的隔阂”,“努力缩短银幕和生活的距离”,在影片中对矛盾冲突作了不同一般的安排。如不把人物简单地设置为矛盾对立面的化身,而把矛盾错综复杂地引向日常生活中常见的人物关系和每个人的内心;矛盾冲突不是通过重大的政治事件或剧烈的外部动作来显示,而呈现为平时的生活细节,这就避免了人为强化的痕迹,同生活真实贴得更近了。在影视语言的运用上为了追求亲近感,不采用时空交叉、非情节化结构、闪回等意识流的影视语言。基本上采取了有头有尾、顺序转换时空,甚至没有用平行式蒙太奇来同时叙述不同空间发生的事。影片吸纳了现代电影中高度逼真的,追求生活化的许多手法。

当纪实性因素在影片中逐渐加强到一定程度的时候,分析性的因素就慢慢消失了。于是,出现了《城南旧事》《红衣少女》《乡音》《边城》这样一批散文式的作品。如果说像《沙鸥》《邻居》这样的影片在叙事观念上有很大的突破和创新,但就其结构来说,还停留在叙述一个有头有尾的,讲究矛盾冲突的戏剧式结构上。那么,《城南旧事》《红衣少女》《乡音》《边城》等作品的出现,使在探索的道路上,传统的戏剧式结构让位于散文式的、诗式的结构。分析性的因素逐渐消失,纪实性的因素得到了加强,叙事的表述更接近生活的本来面目。形式美学注重于形式上的突破,导致结构变化、新手法运用等。实体美学则注重影视艺术的本体和本源,注重其照相本性的发挥,讲究叙事的逼真性、纪实性,力图再现物质世界的本来面目。因此,散文式电影的出现标志着实体美学发展的一个高峰。

最后是意念性和纪实性的融合——意象美学的崛起。叙事观念的第三次文化转折是以《一个和八个》《黑炮事件》《红高粱》等影片为代表的。其主要特点是从纪实性走向了意念性,努力运用影视语言来表达自己的主观见解,用大量隐喻、象征、暗示等手法,去表现一种当代意识。如《红高粱》表现出了艺术家强烈的民族历史和民族性格意识:它既有反抗外来侵略、不屈不挠战斗的民族精神,又有落后、贫困的劣根性;

它一方面有勤劳、善良，另一方面又有麻木、愚昧。以一种勃发的生命力对各内容要素进行整合，这些意念都是通过作品的意象体现出来的。影片始于一片黄土地上轿夫别致的抬轿动作，有欢乐、追求，又有愚昧、落后；有善良、淳朴，又有幽默、诙谐，画面上轿子的红色、土地的黄色和轿夫裤子的黑色融为一体，令人玩味。"黑"象征落后，"红"象征追求，"黄"象征贫穷。三种颜色又统一在了黄色之中，增添了抬轿这场戏丰富的哲理内涵。作品的后半部三种颜色的搭配发生了变化。当高粱酒酿造出来后，逐步过渡到以"红"为主，"红"高粱酒冲邪、祭典、打日本鬼子，都体现出我们民族的"酒神"精神，我们民族的追求、民族的精神就在这"酒神"精神中体现和诞生出来。特别是作品最后一片"红"光，一会儿被月环蚀，一会儿又红光普照，有着难以言尽的韵味。高粱地、红高粱酒、抬轿、月环蚀、拱坝等视觉形象，既是具象，又是意象；既有外型，又有内涵；既是纪实派，又是绘画派。整个作品有一个叙事系统，用的是纪实的手法，以实现话语的多元指向。还有一个表意系统，用人物的动作、景物描写、色彩搭配、光影处理以及镜头的运动、音响效果等，来创造一个表达艺术家主体意识的文化载体，创造一个诱发观众想象、联想的意境，这里用的是写意手法。当叙事系统和表意系统结合在一起的时候，其观念的文化转折又达到了一个新的美学层次，它使实体美学推进到意象美学。当然，《红高粱》的深层内涵是十分复杂的，这里还仅仅是一种表层的分析。

《黑炮事件》讲述的是一个让人啼笑皆非的故事。矿山工程师赵书信出差时将一枚象棋子丢在了外地旅馆，他拍电报寻找棋子，却因此被怀疑为特务而卷入了一场荒诞的调查之中。在一项西德设备 WD 的安装工程中，为避免他和西德专家汉斯接触，他被调离了工作。因赵书信不被信任，旅游翻译小冯临时被调来与汉斯合作。但小冯不懂技术，工作中不断出错，汉斯要求调换翻译。党委为此多次开会，但迟迟作不出决定。后来事情逐渐调查清楚，赵书信是为了纠正西德公司的错误，维护国家的利益和尊严才同汉斯发生争吵的，"黑炮事件"也水落石出了。但这并没有使党委书记周玉珍、保卫处长陈浩祥等人放松"警惕"。赵书信仍不能工作。不久，他那神秘的包裹终于寄来了，周玉珍未经许可便私自拆开，让她失望的是里面真的只有一枚棋子。WD 工程安装完毕，运转不久就出了事故，经过调查才知是小冯错译了说明书造成的。事已至此，周玉珍等人竟坦然地将责任推给赵书信，弄得赵书信只好表示"以后再也不下棋了"。

这不是一个传统意义上的情节剧，影片虽然用了一个渲染悬念气氛的开端，但并没有一个环环相扣的戏剧式情节，而是在一个较简单的故事基础上，通过富于创新精神、风格化的演述方式，注重调动各种视听语言，创造了一个同时发展、多层次的情节结构，来表达深刻的社会政治和文化的哲理。影片的意义和内涵不仅存在于故事之中，而且大量地存在于与故事相关或相对独立于故事之外的丰富的视听表述中。这就使得影片无论在视听表现还是意义内涵上，都达到了相当完整、深刻的程度，成为新时期影视中一部难得的珍品。影片叙事是围绕赵书信展开的，但他却对如何掌控自己的命运无能为力。在无中生有的"黑炮事件"中，他的坦诚与怪癖把自己抛到了被动的境地，可他却不知晓，甚至同看望他的女儿大谈领导如何关心他。在目睹了周玉珍私拆自己的邮件后，他也只能内心沉重、焦灼而无可奈何。但接踵而来的怀疑、恶遇，并未影响他对工作严肃认真的态度。赵书信形象的成功塑造，反映了编导对当代中国知识分子境遇和心态的准确把握，并通过艺术语言表现了出来。如赵书信被赶到维修厂的一段经历，正与小冯因不熟悉业务，在汉斯要轴承时却拿来了两发子弹的“子弹事件”平行剪辑在一起。一边是人浮于事，不能胜任工作；另一边是动辄怀疑，浪费人才。两种现象之间形成了有力的矛盾撞击。影片不仅故事本身，包括叙事因素在内的所有视听形式都参与了影片结构的营造。其画面构图和造型，体现出鲜明的风格化特色，给观众带来了具有强烈冲击力的形式美感，并通过影像形式本身的表意功能，传达出编导对影片主题的深入思考。影片中工地的场面很美，突出了大型现代化工业机械的形式美感。鲜红的机器和黄色的工作服，成为了影片色谱中的重要组成部分，横穿画面、缓缓移动的重型机械所造成的美感，既是纯形式的，也是隐喻性的；既象征着现代化进展的气势和规模，又暗喻着大工业建设的规模同领导这种建设的人的狭隘心态的不协调。影片中的两次党委会，通过构图和色调设置等方面超常的形式设计，使这种司空见惯的现象显露出荒诞性来。狭长的会议桌背后的墙上是一只异常巨大的指针式石英钟，所有的服装和道具都是一片白色。在无情地报告着时间的大钟前，人们东拉西扯地说着一些似乎与议题有关，实则与解决问题丝毫无助的话。变形的环境背景与实在的会议内容之间，高调摄影造成的形式美感与令人厌烦的冗长会议之间强烈的不协调，构成了这两场戏的深层思想内涵。它所造成的那种停滞和凝固的感觉，提供了一个非确定性的、多元的、开放的意义结构。熟悉中国现实政治和文化背景的观众，可以从中引发出丰富的联想。环境使驯良、软弱的赵书信也感到了愤怒，但其性格决定了他不可能采取任何真正的反抗行为。影片表现赵书信带着苦涩的心情来到教堂，似乎是在苦闷、孤寂的心境下渴望一种心灵的净化与慰藉。而小女孩甜甜的笑脸，却给了他比庄严的钟声和肃穆的神像更有力的慰藉，使他迈步离开了教堂。赵书信复杂的情绪心态，通过视听形象得到了有力的揭示。影片结尾，小孩玩砖头的段落是纯粹的非叙事的象喻性元素。在故事叙述完结时，在钟声中连接了 8 个黄色太阳的镜头，它们都是不完整、不规则的构图。接着便是几个孩子把一块块砖头排成一排，然后推倒第一块砖，后面的砖头连续倒下，发出一串串清脆的响声，为影片提供了一个开放性的结局。这场独立于叙事之外的戏却把简单的故事引向了更深的哲理层次。这多米诺骨牌似的躺倒的砖头，正是生活中形形色色连锁反应的一种形象表现。它既象征着由于官僚主义和小农意识对知识分子的猜忌和排斥，导致现代化建设受挫的严峻而荒诞的现实，又隐喻着中华民族深厚、悠久的历史文化传统也像多米诺骨牌一样，深远地影响着现实的状况和未来的道路。影片的故事本身虽不复杂，但却是一部情节生动、意义深刻的作品。编导在对事件发展的叙述中，对各方面的社会现实问题和各种人物的思想、观念和性格都进行了真实的反映和深刻的剖析，并将对于历史与现实的反思与批判，通过冷峻而幽默的风格表现了出来。

新时期电影观念的三次文化转折，都同叙事相关，标志着新时期的电影从传统的模式中解放了出来，使它一步步逼近生活，从外在到内涵，从单调到丰富；标志着在注意形式的同时，更重视内容和对于作品深层内涵的把握；标志着最初的创新还存在着单向性地模仿外国的技巧，发展到后来逐渐同我们民族的优秀传统相结合，变为双向性的，趋向成熟。“形式—实体—意象”构成了新时期电影观念变化的一个完整系统。

二、中国新时期电视剧的迅速崛起

下面我们再看一下新时期我国电视剧的发展状况。初期阶段，主要是根据电影的方式拍摄“电视单本剧”，在制作上，全部是在实景中拍摄，这种真实的社会自然环境，丰富多彩的场景变化，灵活多样的拍摄角度，真实的自然色彩，同传统的直播电视剧相比，朝“真实”的方向大大迈进了一步。在这一时期电视剧的美学观念中，开始强调“真实”的意义。1978 年 5 月 22 日，中央电视台播出了第一部电视单本剧《三家亲》，此后，大批电视单本剧产生，数量逐年翻番，质量越来越高，呈现出发展上的跳跃。例如，《有一个青年》《凡人小事》《乔厂长上任》《女友》《新岸》等，都是这一时期的作品。

在这些单本剧中，《新岸》可以视为其代表，作品充分发挥了电视剧的特长，具有较强的新闻性和纪实性。作品取材于现实生活中的真人真事，但又不囿于真人真事，深刻地挖掘和揭示出了人物复杂的内心世界，同时代精神相合拍。作品感情真挚、朴实无华、真实可信，成功地塑造了人物性格，播出后产生了极大反响。

通过电视单本剧的艺术实践，逐渐形成了电视剧的独有观念：触及生活、针砭时弊，及时地、真实地反映出现实生活的本质，并揭示人们的精神世界，具有较强的时代气息和艺术感染力。

随着国外和香港电视连续剧的大量涌入，观众开始不满足于电视单本剧所表现的有限内容，要求容纳更加广阔的社会生活。在这一背景下，1980 年，我国制作出了第一部电视连续剧《敌营十八年》，从此拉开了我国电视连续剧制作的序幕。1982 年，我国出现了电视连续剧制作的第一个高峰，共播出电视连续剧 14 部 60 集，其中代表作品有《蹉跎岁月》《赤橙黄绿青蓝紫》《鲁迅》《武松》等。此后，又相继推出了《高山下的花环》《华罗庚》《诸葛亮》《今夜有暴风雨》《少帅传奇》《夜幕下的哈尔滨》《四世同堂》《寻找回来的世界》《新星》《凯旋在子夜》《雪野》《红楼梦》。一时间，电视连续剧成为了电视艺术的主要形式，为广大观众所喜爱。这也表明我国电视连续剧的制作，从一开始就有了一个极高的起点。

其中，《四世同堂》从其历史意识和文化意识的深刻揭示，时代风貌和人情势态的形象描绘，民族风格和地方色彩的具体展现，爱国主义和民族精神的热情讴歌，都表现出了极高的美学价值。

艺术实践的成功，推动了艺术观念上的成熟。独立的电视剧艺术开始形成：它适合将重大的现实生活，杰出的人物传记，著名的文学巨著，纳入到自己创作的范畴中来；为了满足观众长期收看的嗜好，一般多采用叙事结构来展示人物命运；其播出时延续的时间越长，越能巩固收视率，引起观众的兴趣。相比之下，电视连续剧是最富于电视剧特征的电视剧表现形式，能够满足观众特殊的审美需求，这是其他艺术形式所无法相比的。

1985 年前后，各种样式的电视剧竞相涌现，出现了百花齐放的新局面。这进一步证明，无论是题材、样式、风格，电视剧反映生活所采用的方式、手法的多样性和丰富性，都是其他艺术所难以比拟的，这也使电视剧成为了最具“大众化”意义的综合艺术。

从发展的意义上看，电视剧艺术汲取了其他各种艺术的长处，努力丰富自己、发展自己、壮大自己，使电视剧具有了“兼容性”的特征。

随着全社会自我意识的增强，出现了追求自身观念和自我价值的电视剧《女记者的画外音》。作品将戏剧叙事、电影画面、广播主观声音熔于一炉，在电视剧表现艺术上有了较大的突破，并以最富电视剧特征的纪实风格，报告文学的手法，再现了改革现实的时代风貌，对电视剧的观念做出了较大创新。《新闻启示录》更是以独立思考、大胆创新，依据声画艺术的特殊要求，将戏剧性的情节结构进行电影化蒙太奇组接。电视艺术的纪实手法甚至会将新闻、评论、纪录片、文学报道都融合在一起，让观众感受到了真正的电视剧艺术。新的电视剧观念，就是从多侧面、多角度、全方位地反映改革时代新的生活现象，以最大的“信息量”对电视观众形成冲击。

随着电视剧艺术的飞速发展，电视剧自我意识的增强，以及各种形式电视剧的出现，“电视剧”的观念也不断发生新的裂变。一些原属于电视剧这一总体观念之下的电视文艺节目，都相继从电视剧的观念中分离出去，这一现象应该引起我们的充分重视。反过来，电视节目的细分化，又促进了电视剧观念不断发生变化，认识的深度也在这一变化的过程中向前推进，其表现也愈加深刻。如后来推出的《开国领袖毛泽东》《中国命运的决战》《西藏风云》《大空战》《北洋水师》《英雄无悔》《和平年代》《潮起潮落》《牵手》《激情燃烧的岁月》《亮剑》《潜伏》等作品都表现出了一种综合性的文化思考，既是历史的，也是现实的；既是文化的，也是哲学的；既是民族的，也是个体的。这表明我国的电视艺术创作在表现的内涵上，正一步步地走向深刻。

艺术的最高价值在于永恒，新时期电视艺术在这方面也表现出了自己强烈的追求。从发展过程看：一方面，为作品注入了深刻的哲理性；另一方面，是对纪实性风格的融入。这也说明电影和电视在今天是结伴而行的。

缺乏哲理内涵的艺术作品是短命的。“现代艺术的特点，是它越来越成为分析的艺术、研究的艺术、思考的艺术，不断提出新的、常常是难以解决的生活问题的艺术。”（苏联电影理论家波高热娃）所谓哲理内涵，就是对宇宙和人生原理的探索与思考，它不是凭空而来或主观臆造的，而是来自于现实生活，是对生活的深入挖掘、提炼、升华，是对时代、人生、命运甚至整个宇宙的深层思考。信息时代的重要特点就是人类视野的阔大，使得世界“变小”了，人类认识和观察事物的视点提高了。在内心世界复杂化的同时，理性水平与逻辑思维水平也有了明显的增强。而现代方法论的兴起与广泛运用，又不断改变和完善着人类的思维方式，要求人们对生活的审视要富于哲理性，并要求艺术作品要具有哲理的内涵。“如果哲理比重太低，那么作品尽管可因题材一时具有迫切性而吸引人们的注意，但是时过境迁以后，也就索然无味。”正是在这一文化背景之下，我国的电视艺术作品的创作产生出了一个新的走向——哲理性。

电视单本剧《希波克拉底誓言》（以下简称《希》）成功的秘诀，就在于将深邃的哲理寓于整体形象之中。根据艺术创作的规律，哲理须以形象为躯体，有血有肉，伴随形象而产生，才有艺术生命力。《希》的整体形象是把握得非常准确、综合得非常和谐而完整的。其哲理深层是道德规范，即做一个什么样的人的问题。

希氏是西医的奠基人，史称医药之父。他留下的誓言是："我愿以此纯洁与神圣之精神，终身执行我职务。我之唯一目的，为病家谋幸福，倘使我严守上述誓言。请求神祇让我生命与医术得无上荣光，我苟违誓，天地鬼神实共殛之！"这"神圣的东西为现代人们提供了认同模式……我们将借助于希波克拉底这位神圣的医药之父拍摄这部电视剧"。作品情节简单，却非常有戏。母子二人（病家）相依为命，母亲已失明，仅靠儿子最后一只尚有微弱视力的眼睛引路，但因医生的误诊，把这只明眼也摘除了。剧情围绕着医生竞争主任和孩子失去最后一线光明展开，编导用整体把握的哲理躯体——形象和人物，表达自己对人生、生活的哲理性认识，以"自审意识"关照人们灵魂深处落后、卑微的积淀物。以誓言的神圣、崇高、真诚、无私同不合格医生的庸俗、低下、虚伪、自私进行对照，使古老的誓言对今天的现实产生直接效应和再生之美。三个医生（一个好医生，一个坏医生，一个不好不坏的医生），他们既是艺术符号和不同典型，又是具有七情六欲的活生生的人，深刻的中华民族特有的历史、文化、社会背景下的伦理道德、人际关系和行为心态的变化，给人以深邃的哲理启示。

三个医生，三种典型，具有普遍性的意蕴，写的是医生，但随处可见与他们类似的人。编导利用戏剧性结构来编织和分析医生的工作与生活，在剧情的进展中思想伴随形象，理性交织感性，从而达到理想道德上的评判。把镜头伸向人类的精神世界正是现代人类的必然要求。一个人就是一个宇宙，这是朴实无华的客观存在。正因为有了这个客观存在，艺术家们便不再满足于那些直观的、仅仅具有外部特征的事物，而是想尽办法去"窥视"人类最隐蔽的心灵世界。当代人以内心化的深度作为现代影视美学价值的重要标志，人们称之为微观现实主义，从人的认知、体知，深入到心知。《希》剧的成功之处正在于着力表现人物的内心世界和对人物内在感情进行条分缕析，以致对人物的灵魂进行鞭辟入里的拷问，引导观众作一次人生哲理的旅行。

作品在整体构思上，运用象征、浓缩、夸张、变形等手法来联结现实存在新的情境源，充分调动形、光、声、色、线、景等造型元素的表现力和精心设计的形式美去呈现哲理美。画面构图力求工整、简单，通过象征、隐喻、夸张、重复、浓缩，给观众以简洁而又富有诗意的形式美感。白色始终是全剧的主色调，白墙、白楼、白帽、白大衣、白床单……体现出医院的洁净、神圣、崇高和坏医生内心的污黑、龌龊卑下相映照，证明着"医生只有当成为医生时才实现自己的人格"。

《希》剧的成功为哲理性电视剧的创作闯出了一条道路，即寓哲理于整体形象之中。它既不乏高品位的"雅性"，又具有较强的欣赏性，耐人寻味。日本影视放送学会会长、著名电视艺术家川口千夫对此剧这样评价说："想不到中国还有这样高水平的电视剧。它的样式、风格很新颖，每一个画面都那么美，而且非常科学、冷静地表现了医学关系和主体。"

《希》剧强调造型的直觉感染力，许多画面用奇特的角度，用现实生活中提炼出来的线条、形状、色调，构成形式感强烈的画面来表达某种意念。如多次重复出现的病童和盲母拾级登上医院大门的镜头，占满镜头的是那些线条分明的阶梯，其他背景都被舍弃了;再伴以越来越响的竹竿击地探路的声音,给人以深层的含义。作品注意了声音造型(声音在造型中,多起"扶手"作用来引导观众),作品较多地设置了旁白和画外音,有希氏的旁白,也有希氏同现代医生的对话,形成了现实主义与超现实主义的交融。作品将影像造型的表意功能与传统的戏剧化叙事结构有机交融,既有可观赏性,有生动的情节外观,又有可反思性,有深刻的哲理内涵。人物不是脸谱化、漫画化的概念"载体",而是充满感情色彩,有血有肉的"天使与魔鬼"并存的性格复杂的现代人。作品充满了哲学思辨,以神圣和卑劣、崇高和低下、真诚和虚伪、形态和心态、本色与变形、现实和超现实的对比,深刻地反映了中华民族特有的历史、文化、社会背景下的伦理道德、人际关系和心态变化,给人以深邃的理智启迪和灵魂净化。

单本剧《丹姨》以独特的艺术审美角度,写了一个平凡女人的一生,丹姨是一个悲剧性的人物。她本是一个纯真、热情、漂亮的少女,因同一个"右派分子"、有妇之夫相爱、私通,怀了身孕,只好栖身在一个偏僻、贫困、落后的海岛。她把医学知识带到了海岛,同封建迷信、愚昧陋习抗争,默默地奉献了自己的一生,迸发出被扭曲了的精神美和心灵美。她为海岛延续了生命,但自己却一无所有。"我这一辈子值不值?"的问题是严峻的,也是苦涩的!她从哲学的角度提出了人生价值的问题,发人深省、启人心智。人物形象植根于现实主义的生活土壤,其情节也有着深厚的生活基础,是生活中矛盾发展进程中的艺术反映。情节是性格的历史,而丹姨的性格是情节发展的内在因素,人们可以从她的性格和人生经历中,进行哲理的思考,审视自己的人生之路。片头字幕说:"这是一个有关人生价值的现代启示,它发生在一个遥远的地点,并凝结在永恒时间之中。"这大概就是该剧所要表达的主旨。该剧以珍妹缅怀丹姨的回忆为框架,记述了一个女医生在人民中落地生根,度过默默无闻、平凡而又伟大一生的经历。珍妹对丹姨崇敬、怀念、热爱、赞美的心情实际上代表了主创人员的心境,并将这种心情变成一种态度,通过蕴含着强烈情感的影像造型体现于屏幕之上。作品的开头和结尾是现实描绘,造型处理和构图结构都做了近似于"视像"的表现,而追忆部分则大胆地进行意象性处理,复现缅怀者的回忆表象。"所谓回忆表象,并不是生活事件的形象的如实再现,表象记忆没有这种'原封不动'的功能。随着记忆内容相关属性的相互影响,情感的融入,以及心理定势的作用等,记忆表象无论在意识还是潜意识中,都在不同程度地发生变化。"①作品框架结构中的主要情节是珍妹的回忆,这部分屏幕视觉形象被处理成有别于通常视像的,在一定程度上形变的意象性影像处理是极有创造性与艺术见地的。它既能把现实和回忆两个"视界"具体区别开来,构成影像形态上的对比,又能把女主人公珍妹(也是主创人员)的情感融入,直接去感染观众。

电视剧《蹉跎岁月》是一曲人物命运之歌,形象地揭示了"岁月蹉跎,人非蹉跎"的哲理意蕴,反映出十年浩劫中一代青年的苦闷和追求、困惑和希望、豪情和友谊,寓哲理于人物命运之中。

《巴桑和她的弟妹们》以新颖的风格和深刻的哲理内涵,表现了西藏的历史与现

---

① 鲁道夫·阿恩海姆. 艺术心理学[M]. 北京:中国社会科学出版社,1992:165-166.

实、永恒与瞬间、古老与现代、文明与愚昧的交融和冲突，将人们“引向一个未知的哲理起点”（海明威）。编导以从容不迫却富有生活同步感的思考节奏，敦促观众思考、探索……靠浸润渗透和震荡冲击的结合，靠生动的细节，思想的闪光实现视点的转移。在生活的自然流动中完成人生的总体观照。艺术手法上，注意纪实与造型相结合，真实地再现并表现出西藏历史的进程与生活的流动感。画面的对比度重复感很强、色彩反差大、音响的交叉、服饰的互比、建筑的映照、气氛的烘托等，有效地增强了地域文化、民族文化的岁月刻痕感和时代感。

《太阳从这里升起》展现了现代化的工业生产、物质文明和古老封闭的牧歌式的农业文明的冲突，预示着落后的自然经济向新的工业文明的嬗变。在烽火台、古墓旁，一轮太阳正在升起。大反差的两极化的形象对比是这部作品的画面造型特点。“一个来自太平洋彼岸的黄发碧眼的美国人会同裹着毛巾的地地道道的中国农民走在一条路上，七十多岁的老汉把拾来的可口可乐罐子装进他那曾经装过牲口粪和柴草、不知修补过多少次的破筐子里；印着洋码的大型机械虎视眈眈地朝着农民们住了几辈子的土窑洞一步步开过去，一切旧的田园牧歌式的平静被打破了，一切从前只有在画上才能看到的东西，在一夜之间扑到眼前。”（张绍林）剧中的景物、氛围对比十分强烈：排山倒墙的推土机与蹒跚前行的小毛驴，高耸入云的新楼与黑洞洞的土窑洞，崭新的工程车队同古老的出土文物，龙门吊与烽火台，都形成了文化上的鲜明对照，启迪着观众的哲理性思考。作品不以情节表义取胜，而是着力于挖掘影像表义的内涵，通过画面的排列组合与蒙太奇处理，赋予物体以象征和寓意。画面的多义性，体现着含蓄与模糊，创造出极大的思维空间让观众去参与，使作品具有极强的意念性的同时，产生出开心启迪的哲理性。作品从一个特定的视角描述了中华民族从传统的人格心态向现代人格心态的过渡、转变的艰难历程。

电视连续剧《寻找回来的世界》，以和谐的审美情趣和充满诗情画意的影视语言形成了该剧的独特风格，塑造了一批以工读学校师生为核心的、富于个性的艺术形象，对人生和现实作了积极的哲理性思考。失落与寻找，厌世与入世，这是千百年来艺术创作中永恒的主题。有人认为失落是一种最深刻的、永恒的美，厌世则是“世人皆浊独我清”的隐士遗风，是一种不食人间烟火的仙风与仙骨，但更多的人却在寻找与追求，入世与执著才是一种更积极的人生态度，更富有创造性力度的美。《寻》剧的编导正是以一种积极的人生态度去挖掘题材的，他们没有在工读生的沉沦和失落感上铺垫，而是将视角放在了医治创伤、改造挽救、造就新人，重新寻找光明的世界上。十年浩劫，让孩子们也同样成为了灾难的承受者。孩子们的犯罪，有着复杂的社会和历史的原因，把他们送进高墙深院的工读学校，就是要帮助他们寻找到失去的世界。但是，有些东西却再也无法找到了。作品既审丑，又审美，充满自审意识。将诗意性、现实性、戏剧性融为一体，展示出众多人物富有感染力的性格世界。世界只有一个，但每个人的心中却有着不同的世界。孩子们勇于自我解剖，反思—自审—飞跃，从生活中寻求到朴实无华的哲理——幸福在追求之中。失落与追求，关键在于追求。在追求中寻找自己失落了的世界，寻找美好的未来世界。

思考题

1. 影视创作的生产流程包括哪几个步骤?
2. 制片人的主要工作是什么?
3. 传统文学与影视文学的异同在哪里?
4. 什么是"视觉性"语言?
5. 中国新时期电影形态观念的转变有哪几个阶段?
6. 影视剧创作中,"真实性"与"戏剧性"如何取舍?
7. 电视剧创作的"纪实性"意义何在?
8. 影视作品在发挥其社会化作用时,应该注意哪几方面的内容?

第二章　主题和人物

影视是叙事和造型的结合，以画面讲故事是它最大的特征。其中，主题和人物这两大元素是“树立视觉形象”的根本，画面是最直接的叙述手段。在剧中，主题需要剧情来体现，剧情需要人物来完成，人物目标追求和情感发展的始末最大化地通过动作与造型来表达，在这一过程的演示中，故事主题完成了升华。

1929 年，普多夫金在《论电影的编剧、导演和演员》一书中谈论电影剧作主题时说：“主题是一个为各种艺术所共有的概念。人类的每一种想法都可以成为作品的主题，电影像其他艺术一样，对主题的选择是没有界限的。唯一的问题是它对于观众是否有价值。”如果说，主题是生活暗示给作家的一种思想，那么主题也是影像暗示给观众的一种启示。剧作所涉及的人类行为和社会形态，主要与它所影射的生活和人物息息相关，而作为生活的创造者本身，观众从影像里获取的价值就在于它是否能够提供一种思想的启发、情感的填充以及潜在的心理认同。

第一节　影视剧作话语的多元嬗变

一、文化反思：影视艺术本体属性的回归

中国影视起步于1905 年的戏曲片《定军山》，当时是将传统京剧艺术机械地搬上银幕，使得中国影视一开始就打上了“戏剧”的烙印，这实际是对影视思维及其本性的某种背离。虽然在以后的一段时间里，影视工作者尝试着运用影视艺术手段打破舞台时空的限制，创造出了独特的影视时空并获得了特定的银幕效果，但在整体上仍存留着浓重的舞台演出痕迹，这实际上是用戏剧艺术同化影视艺术。

在影视理论方面，更是在很长一段时间里以“影戏”代称，将影视作为戏剧的一

种，认为“影戏是不开口的戏，是有色无声的戏，是用摄影术照下来的戏”。有学者从中国文化和艺术观念出发，建立起以“影戏”为核心范畴的理论体系，认为戏剧具有表现人生、批评人生、调和人生和美化人生四种功能。而“影戏”由于比较逼真、比较经济、比较具有普遍性与永久性，所以，“比其他各种戏剧之影响，更来得大”，“不但是一种极好的娱乐品，而且是教育上最好的工具”。由于有了从功能目的论出发的理论思维模式，中国影视艺术形成了以教化功能为核心、以戏剧为基本形态的独特体系。其主要特征为：剧作上以冲突律为基本框架和叙事基础；情节结构上以讲故事为主，人物形象从属于故事情节；镜头表现上以同舞台演出相似的戏剧性段落场面为基本叙事单位，以构成戏剧性影视时空结构；造型上采用戏剧舞台化的造型设计、场面调度及表演。由此，戏剧形态的影视观念构成的影视美学观，影响并支配着中国数代人的影视创作。这种观念认为，“戏”为影视之本，而影像只是完成“戏”的表现手段。影视作品作为一个表意体系，是按照戏剧原则建构起来的叙事体。中国影视艺术的发展，也因此在很长一段时间里“走”着自己的路。

中国影视艺术一直到改革开放前，作为艺术形态的表现都在显示着假定性和戏剧化色彩。编剧设置故事情节的依据是冲突律，导演则要调动起各种影视元素为剧本服务，较多地采用棚内拍摄、人工制景和戏剧化场面调度；生活化的表演为戏剧化所代替；音响以虚拟代替实录；摄影采用“满堂亮”的戏剧光效，多用中全景镜头；美术更是戏剧舞台美术的直接移入。而其更深层次则蕴含着一个“意识形态的神话”，“文以载道”，导致表现出的是极其强烈的政治、社会和伦理色彩，而这一切都取决于深刻的文化背景。

改革开放后，观念的转变同样发生在影视艺术领域。白景晟率先喊出“丢掉戏剧拐杖”的口号，要求人们对于影视观念进行重新思考。作为对于理论思考的实践，一批影视作品从创作的角度对传统戏剧化影视模式发起冲击，寻求影视化的表现风格。这些作品冲破了传统的叙事结构，建立起新的叙事框架，流行起时空交错的结构方式。作为现象，它不仅是对影视时空自由的追寻，也是中国解禁后抒写人性和人情的内在需求。《小花》就是把战争推到后景，尽力展示小花兄妹的悲欢离合，以人物情绪变化为中心来过渡现实与历史两个时空。《苦恼人的笑》则是以人物心理变化为主线结构情节，以简单的情节和平淡的冲突传达出主人公细致复杂的，难以言传的心理历程和内在激情。《天云山传奇》从三个女性的交错视点展示男主人公的性格、经历和命运，融主观叙述与客观展示为一体。

现代社会文化形态主要有政治文化、艺术文化和商业文化这样一些层面，影视艺术与此相对应，也具有这三种影视形态，并由此构成了中国当代影视文化发展的历史。

政治生活是中国当代社会生活中一个极重要的组成部分，影视文化具有了浓烈的政治色彩。中国当代影视文化就起步于对“文革”的揭露与反思，但在表现上却打破了陈旧的创作模式，改变了以往事件淹没人物的创作倾向，去展示普通人在十年动乱中的命运和遭遇，以此折射多变的政治，显露出时代悲剧意识。

20 世纪 80 年代，社会逐渐稳定，政治变革转向经济变革，政治影视作品沿着两条主要线索发展：一是对于现实社会变革的关注，敏锐地反映出现实生活中的重大问题和复杂矛盾，表现出一种直面现实的政治勇气；二是对于近现代重大历史事件和历史人物的关注，在历史观和美学观上都有一定的开拓。特别是20世纪80年代末至20世纪90年代初，一批史诗性电影作品的产生，不但达到了同国家主流意识形态的默契，也深深撼动了观众的心。在表现上，不少作品开始不同程度地卸下了一些非艺术的负荷，发挥创编人员的主体创造意识，在运用影视手段、技巧表现历史，特别是塑造历史人物方面取得了可贵的突破。

政治影视作品中另一个引人注意的现象是，出现了一批表现“当代英雄”的作品，其中《焦裕禄》和《离开雷锋的日子》都是很有特色的。但是，在政治影视作品的创作中，艺术与政治的矛盾仍然存在，怎样提高政治影视作品的艺术性，是一个需要认真思考和解决的问题。

从1979年开始，在对政治进行反思的同时，又开始了艺术创新的尝试。《小花》《苦恼人的笑》等一批作品从时空处理、视点变换、影像构成等角度对传统单一的创作模式发起冲击。虽然，其中许多是一种对于新的影视形式的直接感悟与模仿，但毕竟出现了一个艺术创新的开放性局面。特别是以“第五代导演”为主体的艺术创新，在着力于影像本体的探索的同时，在更高层次上对民族生活和生存方式进行了深入的考察和表现，着意于民族意识的把握和民族历史文化氛围的营造。他们自觉探讨民族文化价值的重估、轰毁与重构，以象征手法对民族文化心理结构的挖掘和对民族历史文化的反思，以沉重的影像去追寻民族文化的源头、描摹民族文化的形态、探讨民族文化的重建，显示出了民族意识、历史意识、当代意识和文化意识的全面自觉，获得了从未有过的历史穿透力与哲理深度。

在进行文化反思的同时，他们的作品还着力追求影像的表意功能，以强烈的影像美和丰富的表现力震惊了海内外影坛。大胆冲破传统的叙事格局，进一步探求影视艺术自身的表现潜能，构成了一种以声画表意为主的全新影视形态。影像画面不仅是叙事的手段，自身也能传达意义或情感，超越了单纯的叙事功能和形式外观，而成为了“有意味的形式”。导演不再只是用影视手段和技巧去实现剧本，而同样地完成自我创造。传统的故事情节被削弱了，戏剧冲突也被淡化了，作品的结构方式不再遵循冲突律。

当然，创新往往意味着某种意义上的超前。影视艺术作为一种特殊的艺术形态和文化形态，以观众的接受和认可为其基本的存在前提。“第五代导演”的创作虽然以其艺术探索和文化反思的双向突破引起了海内外的关注，但这种反响基本上停留在了理论和批评的圈落中，他们作品的“形而上”使多数观众望而生畏。正如陈晓云和陈育新所说：“从形式上看，他们对电影语言的超常探索其初衷在于增强‘电影感’，即使电影真正成为电影，而不是成为文学或别的什么（否则无异于取消电影）。因而，出现在观众面前的是失去平衡的破坏性构图、近乎定格的凝滞画面、超常的背景变形处理、主观化的色彩、来去无踪的意象……从而给影片带上了某种‘形而上’的理性抽象的象征意义（意味）——这正是他们艺术创新的症结所在。”作品强烈的主观性，影像符号的个性化抽象，直接影响到了观众对于作品的顺利解读。

出于对自我的反思，从20世纪80年代中后期开始，影视艺术开始追求叙事与影像的有机统一，即在保全影像观赏性的前提下去“讲故事”。但最富有活力的依然是那些表现民族文化与民族心理的作品。其中，曾执导《大喘气》的叶大鹰导演在《红樱桃》中把严肃的反法西斯主题和一个极具观赏性的故事结合在一起，奇迹般地达成了主流意识形态、个人创作追求与观众接受心理之间的平衡。

二、环境的双重压力与影视创作的双重批判

“第六代导演”出现在中国影视体制的转型期，除了艺术之外，他们必须面对商业压力。他们没有“第五代导演”产生时较好的创作条件，缺少了那种丰厚的个人经历与文化积累，更多地偏执于形式上的新奇和技巧上的花哨，在思想力度、文化深度和艺术成就上都和“第五代导演”存在着一定的差距，自然也就无法产生“第五代导演”所具有的影响。

自《少林寺》开始，商业性涌入了影视界，甚至连一些艺术创新者如张军钊、张艺谋、田壮壮、滕文骥等，也纷纷推出以追求娱乐效果和票房价值为主要目标的作品。但是，由于中国传统影视艺术的政治、社会、伦理负荷与文化负荷对于商业影视作品创作的影响，加之商业影视作品的产生主要是出于票房危机的逼迫，缺少必要的社会文化根基与审美心理基础，使商业影视作品的创作成为了一个在落后的农业社会里经由商品化浪潮催生的早产畸胎：一方面，为了获取高额票房利润，利用影视艺术高清晰度、逼真性强的视觉优势，以作品的刺激性招徕观众，却造成了影视文化品格的堕落；另一方面，一些作品为了提高自身的文化品格，去追求所谓“雅俗共赏”的至高境界。

现实的情形是，我国的商业影视作品由其文化背景所决定，仍是羞羞答答地受着民族文化的制约，即使是娱乐消遣，也是有限度的。但从理论上看，以性和暴力为基本主题的商业影视主要是引起观众的满足感并不是触发行动要求，唤起观众恻隐之心和恐惧感，而不是导致反抗。既为观众提供了以代理方式宣泄情感的机会，让其经历“安全冒险”，又以申张正义、维护道德标准的价值取向与主流意识形态取得认同。观众从这种二元对立中获得了双重胜利，即对作品的反文化性感到快活，而这种反文化性又是为道德标准所允许的。

商业影视作品的一个基本特征是类型化。中国的商业影视对于类型化“游戏规则”持一种矛盾的态度。而类型意识的缺乏，使我们经常会看到一些矛盾现象：一种情形是顺应、模式化，把既定的思想同故事情节和武打相加，就成了武打片。时间一长，观众开始难以忍受。另一种情形是不遵守类型化的“游戏规则”，毫无理由地悖逆类型模式和观众心理，出现了一些不伦不类的现象。

由于类型意识的缺乏、创作经验的不足和理论建设的贫困，上面两种情形都不同程度地使商业影视创作陷入了窘境。作为类型化的商业影视，既要遵循特定类型的叙事规律，又要在模式中有所创新和突破，才能满足观众新的心理期待。

虽然，商品性并非影视艺术的本性，但由其制作的独特性又使它从产生起就同商品紧密相关。面对商品经济的狂潮，海外“大片”的冲击，面对人们日渐丰富的文化生活，中国影视不但中止了文化反思的热情，也被挤出了艺术的沙龙。对此，我们确实需要对理论与实践进行一次双向的、痛苦的思索。

从文化形态的表现看,中国当代影视艺术主要有乡土文化和都市文化两种:乡土文化注重时间性、历史性,沿袭几千年的生活和生存方式,往往成为一种跨越时空的存在,具有极强的生命力,反映乡土文化的影视作品对此表现出了双重批判与双重赞赏的态度,即文化上的批判和审美上的认同;都市文化则注重空间性,乡土文化的历史感消失了,代之以都市的空间感受,而现代都市相互疏离、封闭的外在物理空间导致了人类心灵空间的变化,由此折射出各种现代都市意识。

"田园"曾是中国古代文人的一首歌、一个梦、一段情。今天当它作为一个特定的符号进入影视创作中时,却显示出了双重性:一方面,它所代表的生活方式象征着一种落后僵滞的文化观念,由此产生出批判的态度;另一方面,它所代表的生活形态象征着一种纯朴自然的美,成为都市人心灵异化后的补偿,由此产生出赞美的态度。这种双重性本身就具有极强的文化冲突,而且是一种两极的对立。

由中国传统文化的自身内涵所决定,这种乡土文化具有浓烈的伦理色彩,而伦理道德悲剧的成因,往往也被处理成文明与愚昧的冲突。例如,《被爱情遗忘的角落》是以对在那个荒唐年代中青年男女的爱情悲剧的揭示来完成对封建婚姻伦理道德观念的批判。而批判首先在于对悲剧的描述,以此达到揭示封建伦理道德束缚下爱情的艰难和悲剧的必然性的创作目的。作品中,传统伦理道德是以"恶"的面目呈现出来的,乡土文化显示的也是落后的一面。

而《喜盈门》《乡情》《牧马人》等作品却表现出了强烈的,以"善"为核心的伦理道德价值取向,对中国乡土文化是一种肯定的态度。但是,由于这类作品只是表现出了单一的情感走向,而忽略了因历史性所产生出的复杂性,使本来充满历史主义精神的人本伦理观念陷入把历史道德化的境地。

《乡音》《人生》《良家妇女》等作品的出现,引起了影视界内外关于文明与愚昧、历史发展与道德进步的热烈争论。在新旧交替的历史转型期,无论是传统思想,还是现代文明,都会显示其两重性。其中既有传统与现代的冲撞,也有其自身的矛盾。而传统也是精华与糟粕并存,绝非简单的"善"或"恶"。《乡音》反映了传统伦理道德内部的冲突,《人生》则表现了城乡交叉地带特有的文化"敏感"所造成的冲突。这些"表现"不是评判标准,而是提出困惑让观众去思考,达到对于社会和自我的反思。

任何一种形态的人际关系,即由此所表现出来的伦理道德范畴,都要经受一种对于新的生产、生活和生存方式追求精神的挑战。对此,《野山》再次让我们思考一种建立在传统生产方式、生活方式和生存方式基础上的传统伦理道德观念,在社会改革面前,被一种对于新的生产方式、生活方式和生存方式的追求精神所冲击与肢解,物质生活的变化引起价值观念的变化,首先就表现为伦理道德观念的冲突,这正是《野山》的主体意识。"换老婆"不仅是故事框架,也是故事内容,还是一种深刻的文化内涵。当然,这种自觉是有限的,并没有完成真正的超越,因为每一次超越,都是一次痛苦的蜕变,一次深刻的自我否定。而人只有觉悟到自己主体思维中传统积淀不可自觉的一面,才能摆脱麻木、偏执的态度,而《野山》的价值正在于给了我们一个全新的超越的信号。

《野山》动人的艺术魅力首先产生于反映生活的独特视角。影片的编导显然意识到了，变革虽是历史的必然，但对于我们这个古老的、因袭沉重的民族来说却又是一个十分艰难的过程。影片没有从正面去表现改革，也没有以烦琐的笔墨去描绘禾禾致富过程中的戏剧性挫折和外部经历，而是抓住了改革浪潮波及到荒辟的小山村后，在人们心灵深处以及人际关系之间所产生的微妙变化。在"鸡窝洼"，人们祖祖辈辈日出而作，日入而息，生活就是周而复始的重复。历史的重复磨平了人们最后的一点想象力。可是更大悲剧还在于人们的心灵上也磨出了厚厚的"老茧"——保守性和惰性。人们将这种活法视为了天经地义，试图改变者就是"瞎折腾"，终于，这种亘古不变的生活观念显露出松动的迹象。"换妻"作为外部情节框架本身是极富戏剧性的，但编导却没有一味地去追求外部戏剧性的张力，去强化人物之间的意志冲突，而是有意将戏剧性情节打散，化为平平常常、朴朴实实的生活断面，以其敏锐的洞察力和细腻的笔墨去捕捉富有生活情趣和性格光彩的细节，在微妙的性格抵触中潜移默化、顺畅自然地揭示人物关系渐变的历史，点画出人物心灵的轨迹。比如，灰灰和桂兰自相亲相爱到离异的整个过程，基本上是依靠细节逐步揭示给观众的。《野山》的艺术魅力来源于丰满立体的性格描写，禾禾不再被表现为具有高度思想觉悟、率领乡亲们大展宏图的改革英雄，他只是凭着不安分的天性和倔劲儿想去变一种"活法"，并非出于多么清醒的改革意识。这样的性格把握，使这个人物避免了概念化。桂兰表面快人快语，个性很泼辣，但却有作为女人的那颗极为敏感和细腻的心。灰灰温和忠厚，甚至不乏几分憨厚的幽默，让人感到亲切可爱。片中的人物性格给人以现实感和可信性，《野山》的艺术魅力是同导演对纪实风格的总体把握分不开的。导演注意到了细节表现的随意性，以淡化人为的痕迹；为了追求质朴自然，影片使用了一些自然流畅的长镜头，减少特写镜头，尽可能地追求自然光效。特别值得一提的是，该影片 96% 的配音都采用了同期声带，增强了影片空间环境和气氛的真实感。

在乡土文化的影视创作中，"西部"是一个具有特定含义的所指。古朴、蛮荒、带有神秘色彩的中国西部黄土高原，以其特有的力量撞击着现代文化，产生出自身特有的魅力。即以现代意识表现中华民族发祥地的悠久历史文化，体现出强烈的历史意识与现代意识。

《黄土地》《老井》《红高粱》《黄河谣》等西部片的掘起，立即引起了人们极大的关注。在审视的过程中，既是一种现实的投影，又是一个缥缈的梦幻；既有历史的沉重，又有对于生命和自然超然的体验。西部的形式特征，被转换成为深层实际的符号与象征，演示出一个个古老的现代神话并最终成为了对于生命的讴歌。

现代文明在改善我们物质生活条件的同时，也生产着精神上的虚无。人类发明出机器，却使自己成为了机器的奴仆，一些人开始寻找现代人在现代社会中失落的幻想，以解救自己的精神危机。艺术和哲学因此而呼唤神话的复归，那充满原始色彩的黄土地本身就具有一种原始神话意识的象征，自然成为了追求完满人性与人格理想的中介。当现代人面临着多重压抑和被异化的厄运时，西部片无疑在人的潜意识深处满足了人们自由发展个性和渲泄生命冲动的潜在愿望。

神话的复归与神话意识的呈现，使"西部片"产生出沉重的历史文化色彩。黄土与黄河既是黄土高原自然原生状态的"物质现实的复原"，而那近乎凝滞的空间构成又以静止的形式体现了历史的绵延性，传达出一种亘古久远的远古神话气息。既孕育了中华民族古老文明，又积淀着历史重负的黄土与黄河，几乎成为民族命运的某种象征，凝聚着民族的历史沧桑，使人能够以现代反思的方式去阅读古老的历史。

结构主义人类学认为，在世间万物的各种对立现象中，最根本的对立是自然与文化的对立，原始神话中的信仰和习俗也不过表现了初民的自然——文化观。未开化人对自然与文化之间关系的处理是整体性的，自然与文化被压缩为一个符号系统，使自然与文化产生对等的意义。这一原理对于影视艺术的影响是直接的，影像符号既是物，又是词，是物与词的结合。它既有事物的外部形式特征，又能表达抽象的概念和情感，也是具体事物与抽象概念的结合。

现代人对于原始神话的回归并非简单地复原，而是向更高层次上的螺旋式发展。这不仅打破了原始神话的整一性，在其虚幻的外壳中注入各种现代意识，成为了一个文化的复合体，又造成了“西部片”解读上的困难。

在中国古代文化中，“土地”和“太阳”都是先民们崇拜的对象，这在“西部片”中同样得到了充分体现。《人生》《黄土地》《老井》《黄河谣》等作品中的自然——文化观，完全是以“土地”为核心的。而《红高粱》则以太阳的原色——红色去张扬一种刚健阳性的生命冲动。

根据郑义同名小说改编的影片《老井》，讲的是一眼井的故事，也是一个人的故事。同时，又是一个关于中华民族的民族精神和民族文化的故事。在这块干旱贫脊的土地上，水是生命的源泉，人们世世代代为找水打井献出了力量，甚至生命。世界上有哪一个民族会为了求得这最基本的自下而上的条件，而付出了如此巨大的代价和忍受了如此漫长的苦难呢？人们被老井人这种执著的追求所打动，但这只是《老井》对民族精神审视的一个方面。影片是在文化反思后产生的，所以，它不仅没有停留在对民族精神“浩然正气”的歌颂上，同时又展示出几千年历史文化的重负。在这里，生存的权利是以牺牲来换取的。在对待民族文化传统和精神的态度方面，这是一部有明显倾向性而又多少存在矛盾的作品。影片将这一切通过生动的艺术形象呈现给观众，使人对我们的民族有更深切的了解。社会是由具体的人组成的，《老井》对民族的历史、文化和心态的反映也是通过具体的人物及人物关系呈现出来的。影片正是靠对人物不同侧面的揭示来实现其主题的。旺泉靠着自己执著的精神，实现了祖辈的理想，同时，他又是处在这特定文化中成长起来的一个活生生的人。他有自己的情感世界，他在取得前辈们未能企及的成就的同时，付出了个人的生活和爱情，这也是同他的性格和所处文化环境本身的特点分不开的。影片中旺泉身背巨大石板在崎岖的山道上艰难行进的镜头，正是他在这种文化处境中的生动写照。在这里，对爱情的扼杀以对社会奉献的方式得到了人们的认可。巧英这个现代青年形象同样如此，她热情大胆地爱着旺泉，并不以他是否结婚为转移。为了旺泉倾心的事业，她随他跋山涉水找井位、打井，甚至差点送了性命，但她的文化气质决定了她已不属于老井村。影片结尾，老井村有了水，旺泉的事业成功了，喜凤也赢得了旺泉真诚的爱，只有巧英一人把自己一切有形的财产和无形的热恋都抛洒在这里，一无所得地悄然离开了山村。编导似乎无意谴责巧英的出走，因为老井村的文化似乎并不需要她所代表的文明，但这出走的事实本身就表现了明显的精神上的倾向。影片结尾的捐献大会,各种物品无论是传统文化的象征还是现代文明的象征,都将被用去换取生命之源的水,这似乎是告诉人们:生存是人的基本目的,在文化与生存之间需要作出抉择时,无疑生存是第一需要。这也是现实中国社会的隐喻性表现。而那些石碑和碑文,其符号的文化内涵会久久地影响着观众。

意大利影视符号学家艾柯认为:影像记号并非用其全部特征,而只用其"相关性特征"来传达意义。在镜头序列或叙事线索中,故事或情节的内容主要依靠影像记号的"相关性特征"所传达的意义串连而成。当然,影像记号的意义并不存在于记号本身,而是通过记号对人的心智发生作用,它可以在人的心中引起知、情、意三类不同的心理反应,还能以其纯形式特点在接受者心中引起形式美感。对此,我们稍加思考就会发现,"西部片"成功的一个重要的原因就是其影像构成获得了极强的符号意义,包含着深刻的历史文化内涵。

"西部片"在以原始崇拜展现独特民族的自然——文化观的同时,又追寻着生活于黄土高原上人的命运,以此来折射民族命运。作品中的人物既是遥远的神话,又是今天的失落。生命个体原始本能的勃勃生机和传统伦理道德文化对于这种本能冲动的压抑,两者的对立统一构成了中国古代特有的文化形态,一个重要的表现就是性的禁锢与性的泛滥同时并存,但将这些投入到特定的文化背景中去后,个性终于被沉重的历史所淡化。特别是女性,似乎都在扮演着"祭品"的角色。有人说"西部片"让人感受着一种原始力量的冲动,从深层上去解读,这力量并不是让人去超越,因为它本身太沉重了,或许中国的远古神话就是背着大山去补天。

同乡土文化相对应的是都市文化,而这两种文化本身的差异实在是太大了。对于乡土文化来说,都市文化是一种全面解构后的重构。传统四世同堂的标准家庭解体了,父辈作为人格、经验和技巧传授者的功能消解了,这意味着权威被否定,而人却生活与生存在喧闹的孤独中。

对于"父亲"的否定,实质上是对权威的否定。因为在传统文化价值体系中,"父亲"是权威的象征。有意味的是,取代"父亲"进入家庭的是一种全新的权威能指——大众传播媒介,甚至连私人卧室也成为了大众传播媒介的渲染对象。这种转换并没有使作品中的人物获得"自由",仍然感受着本能的压抑,却又不知道这压抑来自何处,感受着难言的孤独与焦虑,却又不知道这孤独与焦虑来自何处。为了寻找寄托与慰藉,年轻的主人公们举起了望远镜(《疯狂的代价》中的孙大成)和照相机(《给咖啡加点糖》中的刚仔),结果只寻找到了方式本身。打破父权是为了能够独立并成为自己的主人,可是躁动的自我却无法找到自己的归宿,由此投影现代都市人的生活。

以女性为中心的都市文化作品,虽然以追求女性解放和女性的独立人格为要旨,却又跌入了"寻找男子汉"的尴尬境地。在超越人身依附的同时,又用自己的手创造出新的人身依附,表现出一种让人费解的现代观念。这类作品的真正内涵在于,社会的每一次进步,都将带来情感与思想的强烈震撼乃至断裂,这意味着都市人将处于永恒的失落与无尽的寻找之中,而寻找的意义在于过程,未必在于结果。

关于女性形象,屈雅君在《90 年代电影传媒中的女性形象》一文中认为有三个新的发展走向：一是肩负着政治使命，处于权威地位，掌握着主流意识形态话语权的“主旋律”作品；二是肩负文化使命，代表着新潮、上乘鉴赏口味，并试图与世界“接轨”的艺术作品；三是服务于市场经济下的大众消费的“娱乐”作品。

“主旋律”作品中的女性，无疑是妇女解放理论统帅下的传统“花木兰”形象的变体。在这一脉妇女理论中，“妇女解放”的动作是由处于社会和历史中心的男性主体发出的，这个动作的“完成”也由男性主体来标定，“妇女解放”的意义不在于女性主体的价值回归，而在于它是社会进步的一个证明。戴锦华认为：“花木兰这样一个化妆为男人的，以男性身份成为英雄的女人，是主流文化中女性的最为重要的镜像。”在当代“主旋律”作品中，“花木兰”们除了继续充当着万绿丛中一点红的“点缀”外，比起过去的女性形象多了许多“诱惑”的主动性。她们，一方面承担着“谁说女子不如男”的神话最简明扼要的图解；另一方面，作为男性目光“注视”的对象，躲在社会、历史、道德的意识形态话语背后，曲折地满足着男性视角的愿望。如《中国霸王花》中在众多的女兵里，照例有一个“洪常青”。但这一角色却发生了变化，他除了做女兵们的导师和引路人外，还兼做她们的异性偶像甚至情人。而这些“当代花木兰”比起吴琼花来更为身姿矫键、容貌娇美，却照例没有改变作为男性动作的承受者的被动的、客体的地位。

中国新时期影视艺术中的女性形象是一个变量。20 世纪 80 年代，中国著名导演谢晋连续推出了冯晴岚、李玉芝、胡玉音等系列“爱妻”，其共同特点是：编导沉迷于叙事之中，以一种内化了的情感自然而然地显示出女主人公的召唤力。她们是为了在一个特殊的时代承担起一个特殊的历史使命而降生于世的。她们有的是文盲，有的是才貌平平的知识女性。在那个特定的时代，同一个为不公正的命运所戏弄沦为阶下囚的精神贵族结下了不解之缘。这些女性名为“妻”，而实为“母”，她们不是以其“审美的属性”，而是以其“实用的属性”去对应男性观众的欣赏心理的。这种属性在以特定历史时期的人生体验为情感基调的“伤痕”题材的作品，显得尤为珍贵。这些处处实践着“母”性功能的“妻子”们一方面，作为男性各个不同层次的生命需求的“物化”形态，为时代和社会提供着女性的人格模式，继续着女性主体被放逐的历史；另一方面，作为社会的创造物，她们身上折射出数千年的民族文化传统中重道德理性、重实用价值的品格。

《焦裕禄》《蒋筑英》《孔繁森》这三部以真人真事为题材拍摄的作品相当感人。它们都以质朴的写实风格，入情入理的人生体验，批判自省的历史眼光和恰如其分的道德定位，赢得了千百万观众发自内心的泪水。这些“好人”身边都有一个“好妻子”，一个女人的生活完全融化在另一个男人的生活中；她们关心、理解、崇拜、无条件服从；她们默默地奉献，总是退到焦点以外，心甘情愿地让另一个更加高大的身影来遮蔽自己。

也许“母”性更能体现女人的本质，一进入 20 世纪 90 年代，谢晋就以《清凉寺的钟声》一片专为母亲画像，与之相呼应的是在中国影视创作中小成气候的“地母”热，如《继母》《九香》《中国妈妈》等。其中最杰出、最精美、最感人、最大气的“母亲之歌”，当首选《黑骏马》，导演谢飞用自己创造的画面语言，让母爱像阳光和空气一样充盈于镜头所及的每一寸空间。

“大众传播媒介中的女性形象之所以不是一个真正意义上的主体，还在于，它根本上是机械复制时代的产物。”这一时代的“文化艺术的主要特征之一便是‘原本’的消失，同样，转喻到女性，便是‘真实女性’的篡改和失落——即或有不为他人控制的真正属于女性自身意愿欲望表达的瞬间，那‘真实的愿望’亦在为机械复制‘再现’的那一刻而‘当时已惘然’了”（黎慧）。“原本”的消失可以说是双重的，一方面，作品中那些于今天的观众十分陌生的生活场景已由原初的、真实生活感受的载体变成了频频传承抄袭的画面，在这一“复制”过程中，艺术创造的精髓被层层剥落耗损，所增加的只是花样翻新的形式上的浮华；另一方面，这些作品中的女性，在成为某种“女性”人格典范的同时，早已远离了女性的真实存在。

张艺谋将一个立体多面的影视世界朝向中国和西方，以满足不同观众的不同需求，他以艺术上的大胆突破对传统话语进行无声的挑战，并获得了实际上的认可。他用夸张的甚至虚构的民族风情画去“寻找一种西方文化视域中的东方呈现”，自觉地“将西方式的文化视点、国际电影节评委的口味、其对中国电影之预期投射内在化”（戴锦华），并且大获全胜。他和他的“性感明星”珠联璧合地讲述着一个个发生在令中国观众都感到陌生场景中的风月故事，尽职尽责地为在20世纪90年代意识形态与市场经济双重压抑下的中国（男）人缓解性焦虑。

张艺谋的成功带来了大批的模仿，他及其追随者创造的女性形象，不仅仅是男性“欲望的对象”，同时，她们自身也是一种“欲望主体”。这些欲火中烧的女人究竟在多大程度上反映了女性的真实存在呢？同是当代影视，那些由女性执导的作品，却常常是热衷于“爱情”而淡化单纯的“性欲”。这不禁使人想到西方女性主义最热衷讨论同时也是争议颇大的问题：女人除了生理构造以外，是否还具有或在多大程度上具有不同于男人的特点？这是一个险象环生、处处陷阱的话题，却又是一个诱人的话题。

一个成功的张艺谋所引出的这许多为欲望所折磨的女人，映射出这样一个事实：两性之间在相互体察和相互认知的过程中，双方都可能会带着无法避免也难以克服的性别偏见。影视创作中的女性形象，其身上某些被普遍认可的品质由于内在于影视叙事，看上去真实，而实际上却可能是强加在她们身上的。艺术中的男性中心主义不仅表现在男性按照自身的生理需要、伦理道德需要和审美需要去描绘女人、塑造女人，同时，还表现在他们以自身的性别角色体验女人、理解女人，为女人下定义。这同样是对女性权力的一种僭越。

我们曾经困惑为什么许多西方人想从“水泥城堡”中逃离出来，现在能够理解它所带给我们的孤独，大树下的乘凉，揣着碗的聊天，这些都已经成为了昨天的故事。而孤独正作为一种现代的人生体验与现代情绪，成为了都市文化影视作品的重要构成。

《太阳雨》是第一部带有现代主义倾向的影视作品。现代主义是关于焦虑的艺术，包含了各种剧烈的感情、焦虑、孤独和无法言语的绝望等。张泽鸣以充分影视化的手段，别具匠心地传达出了女主人公无以名状不可言传的孤独心境。

《给咖啡加点糖》在现代都市的背景下，男主人公以极其悲壮的方式同“上个世纪的姑娘”谈恋爱，自然无法建立起在两情相悦基础上的现代性爱关系，而只能是现代人精神家园失落后的一个短暂的慰藉站，一个虚无缥缈的蓝色港湾。

甚至在《大阅兵》中，陈凯歌也以理性的自觉，意识到了孤独作为个体的人与整整齐齐的方阵作为群体的人之间的不协调，并力图在约束之中去张扬个性。

《人到中年》更是表现出一种孤独与孤独的对话，让人看后不禁反思自己的孤独。电视剧《过把瘾》《牵手》也同样具有浓烈的孤独氛围。

反映都市文化的影视作品，多为不甘寂寞的普通人为主角，这又是怎样的一个群体呢？没有崇高的理想，没有虔诚的信仰，没有令人眼红的职业，没有使人羡慕的地位，有的只是对现存秩序和道德规范的冷嘲热讽；对严肃正统和伟大尊严的挖苦嘲笑；以及那放荡不羁、随心所欲、得过且过式的轻松潇洒。《编辑部的故事》展示的是对自我与社会的嘲笑，传统的敬业精神被彻底粉碎；而《过把瘾》展示的麻木与变态的对话，使爱情变成了调侃。似乎这才是一种现代人的潇洒，但潇洒一旦成为了漫画，将比传统更沉重。

三、社会批判观念的文化渗透

客观地说，我们一般总认为在影视艺术创作中，乡土文化的表现显得过于沉重，其实，都市文化的表现更沉重。似乎沉重了才有深沉感，才具有理性的意义，这就使得都市生活中的勃勃生机和向上奋发的一面得不到充分地展示。当我们批评西方社会病态与艺术病态时，是否想到过已经病态了的自己呢？如果以艺术形式把这种病态传染给国人，那么，这种艺术存在的意义到底是什么呢？中国当代影视艺术的文化观念又表现出了怎样的特点呢？文化观念关系到价值体系的确立，虽然社会的多向发展必然造成价值认同上的多向化，但仍有一些共同点引起人们的共鸣，至少其中有许多东西是值得我们思考的。

英雄的文化观念。中国传统文化崇敬英雄，在近现代史上，更是涌现出了大批的英雄。无论在哪一位英雄的身上，都包含着两个层面的含义：作为“社会个体”的英雄层面和作为“个人个体”的英雄层面。过去，由于我们比较多地强调文艺独特的政治教化功能，所以，对英雄往往强调的是“社会个体”层面，塑造了一大批具有强烈政治——道德功能而相对缺乏艺术审美功能的英雄，主要体现在革命英雄主义精神激情洋溢的弘扬上。随着人的主体意识的逐渐觉醒，英雄的“个人个体”层面不可避免地会凸现出来。就新中国成立后前17年的影视创作来看，英雄的塑造基本是在同一模式下进行的，从出身贫苦到加入革命队伍后，在经过思想启蒙和战火考验之后，最终成为了具有高度无产阶级觉悟的共产主义战士。赵一曼、张志坚、董存瑞、高山、吴琼花，在这些英雄人物身上体现出来的文化价值观是完全一致的，以渺小的自我去实现伟大的事业。

而《归心似箭》将英雄作为“个人个体”的一面开始向观众呈现了，魏得胜对生死、金钱、爱情的艰难选择，显示出丰富的性格侧面，表现出一种影视创作中现实主义复归的倾向。英雄文化观念的转变是从几个方面进行的：

首先，是人情化。黄健中在谈到《小花》时说：作品“既不是军事科教片，也不是某一辉煌战役的纪录，也不具有表现某一战略战术思想的任务”，“它只是通过三兄妹的命运，谱写了一曲革命战争的抒情曲。只有大胆触及战争中的人的命运和情感，才有可能使这部影片出现新的突破”。正因为作品是从人情和人性的角度来透视战争，促发了新的英雄观念的萌芽。英雄观念的人情化必然涉及对人情的具体表现，一旦进入这个过去少有人问津的领域，英雄形象的内心世界便可以得到全方位、多角度、多侧面的展示。《天山行》《陆军见习官》《战争让女人走开》等作品，在这方面都成功地进行了尝试。

其次，世俗化。这一转变意味着“世俗型”的英雄不再像“革命型”英雄那样，只是作为政治与道德的工具和革命战争的符码体现被神化和偶像化的。英雄本身也是世俗凡人，也有七情六欲，生活对于他们来说也是实实在在的。《高山下的花环》将英雄请下了神坛，让他们走入了世俗社会。《索伦谷的枪声》《道是无情胜有情》和《和平年代》等作品中出现的英雄，无论在战争岁月或和平年代，都是普通平常的底层青年，但在牺牲自己还是享受之间，却作出了与“革命型”英雄同样的选择，只是他们将献身的选择建立在了人主体意识的强化和沉重的历史责任感之上。世俗使他们更贴近生活，并产生出更强的感情冲击力。

再次，知识化。随着社会的发展，一批受过现代高等教育的军人出现了，在《雷场相思树》《陆军见习官》和《十五的月亮》等作品中都塑造了这类英雄人物。他们具有较高的文化素养和较强的现代意识，是新一代军人中的佼佼者，这又使他们要承受比普通士兵更为严峻的生死考验。他们对战争和生死有自己独特的理解，对敌人的仇恨并非来自于自身的处境，战争并不是他们的必需，而是受主体意识支配的自我价值的一种实现欲望。这种转变让我们发现“人”是战争的主体，每位英雄都在不同的侧面体现着自己对战争的一种独特感受、理解和把握，从而借战争这一媒介来揭示英雄内心世界中真正的自我。但在他们身上仍流着传统革命英雄主义的血液，并作为一种稳定的质积淀在民族心理的深处。

最后，非道德化。在体现英雄观念的作品中，《一个和八个》《血战台儿庄》《滇西一九四四》将反面人物请上了“英雄”的交椅，这无疑是一个更大的突破。这类“反面”英雄的出现，意味着阶级意识的淡化和民族意识、历史意识的强化，在民族危难之际，那些人性近于沦丧的人也会高傲地喊一声“老子是中国人”，向敌人举起正义的刀枪。当然，这类作品还有许多值得思考的问题，但毕竟已经迈出了关键的一步。

一个男性和一个女性组成了人类，也构成了人类最基本的文化关系。但是在人类历史的发展过程中，两性之间的关系却失衡了，在文化观念上，男性确立起了相对于女性的优势。但也因此造成了每次文化观念上的转变，都包含着女性意识的再次觉醒，这同样也体现在了当代影视艺术的发展上。

从整个人类文化的发展背景来看，女权运动是世界性的。女权主义者认为，女性的处境并非仅仅取决于天赋的性别差异和一般的社会、政治、经济因素，也取决于意识形态倾向。作为意识形态重要载体的文学艺术，自然成为女权主义的主要考察对象，并产生出自己的艺术理论。女权主义影视理论作为女权主义运动的一个重要构成部分，是影视结构主义、符号学、精神分析、意识形态等理论与批评之后一种深化和分化的结果。围绕“女性在影视中是什么”这样一个中心问题，得出了四点思考性的结论：

女性是被“典型化”了的；女性是“符号”；女性是“缺乏”；女性是“社会建构”的。在批评实践中，它主要采用了三种思维模式（社会学、精神分析、文化分析），三种政治观点（自由主义、马克思主义、激进主义）。女权主义影视理论认为：“电影作为一种表象性的叙事语言，在大众化的娱乐商业形式下，最为完整、深刻地掩藏着资产阶级意识形态秩序，尤其是在男权化的社会意识形态中，电影更是通过它特有的视听语言、语法和修辞策略，使女性的视觉表象成为社会主体的色情消费对象。”女权主义影视理论的主要目的是要“通过对资产阶级的主流电影，尤其是好莱坞经典电影模式的视听语言本体的解构式批判，来揭露深层意识形态中的反女性本质”。

中国由其传统文化的伦理意义所决定，女性作为男性的辅佐，在成就了男性之后被供奉于历史的祭坛，成为永远的祭品。这一现实在观念上从改革开放后，开始发生转变。《天云山传奇》《牧马人》《高山下的花环》《芙蓉镇》《人生》《乡情》《乡音》等作品，从男性的视点观照女性的命运，体现出一种将女性作为“母亲”，并以“母亲”的身份指认女性价值的创作倾向。

谢晋作品中的女性形象被指称为女性，并非是性别意义上的，更多是社会文化学意义上的；他不是简单地叙述女人的故事，而是社会政治故事，男女双方也不是构成一般意义上的对立关系，而是通过女性去叙述男性、叙述历史，呈现政治的主旋律。从《天云山传奇》开始，他打破原有的吴琼花超性别模式，而还其本性。这一转变，使他作品中的女性既被赋予了为人妻为人母的权利，又作为男性的拯救者被送上了当代政治的祭坛，承载着本由男性承受的“历史重任”。“冯晴岚与罗群的爱情不是征服而是给予，不是激情趋使下的生命搏斗，而是理性沉思的生命选择。”（汪晖）这样，冯晴岚就成为了背负沉重十字架毅然前行的女神。既是爱情的奉献者，又是男性的救赎者。《牧马人》中，李秀芝作为许灵均的拯救者，既集中了为主流意识形态所认可的几乎所有传统美德，又以特有方式接纳了许灵均并赋予他第二次生命。同时，也使两人的爱情关系超越了个人性爱上升到理性的高度。这里，我们分析一下《天云山传奇》。

《天云山传奇》并无传奇，但影片结构却十分复杂。影片废弃了平铺直叙，通过几个剧中人物的讲述、回忆及倒叙等方式，以时空顺序交混、颠倒重叠的独特方式展示事件，刻画人物。影片银幕形象表现的最大特点是真实，而这正是影视艺术区别于其他艺术的重要特点。

影片中出现的场景很多（多处外景），时间变化很大，内景也迥然不同。在表现时，其光线处理、空间表现以及方位、角度变化都是根据内容需要，表现着应有的真实。宋薇家和晴岚家是拍摄最多的两堂景，是主要人物活动的主要环境。这里不仅表现重要事件，而且主要展示人物性格。在这两堂景中创造不同气氛，除建筑形式、陈设迥异外，主要是通过光线处理、空间处理来表现的。宋薇是地委组织部副部长，其夫吴遥是地委副书记，因此，他们住的小洋楼室内宽敞，陈设华贵。这堂景的建筑形式多变，人工和自然光源的设计为摄影光线处理提供了创造各种光效的可能，但在艺术处理上有比光效更重要的东西就是气氛。所以，宋薇家第一次在银幕上出现，即周瑜贞讲述天云山奇遇一场是处理在傍晚，黄昏到黑夜这段时间里，但景中既无明显的落日余晖的光色效果，开灯后也没有醒目的光效，却产生出一种同内涵一致的意境。戏的内容是，宋薇刚接到丈夫批评她的信，心情更为不快，而周瑜贞的到来又把她心灵深处的琴弦拨响了。如周瑜贞形容的那样，“她像冰库里的鱼那样生活，又冷又不见天”。这种“内心琴弦”和“心情不快”是同环境相关的，这些内在的东西应该在环境气氛中，在造型处理中变成具体可视的形象表现出来。所以，这场戏被处理在雪天的傍晚，没有余晖。内景中，白色墙壁在背景中始终占有很大面积，整个环境给人的感觉是华贵而沉重，洁净却无生气，宽敞透着冷清，整齐中显出死沉，全是“冰库”的形象化。另一堂景是冯晴岚家，旧式农舍，破旧窄小，但阳光充足。家具虽破，却摆设有序，构图的多层次处理使后景出现窗户及有景深的空间结构，创造出不堵不塞、颇显丰富充实的意境。

周瑜贞把病人扶到床上，打发走学生后的场景足足拍了 4 个镜头。片长 53 英尺，用拉、跟、摇、移多种摄影手段介绍书籍海洋及周瑜贞惊愕赞羡的表情。这是通过环境及别人对环境的反应，侧写主人公的性格和爱好。表现时主要用明暗光照明，并巧妙地运用光斑构成活跃生动的气息。带格的窗子始终在后景深处出现，以加大环境亮度间隔，这样既有利于空间表现，又造成透明感。书架、墙壁上也有光斑出现，从而冲破平板，使画面层次丰富。周瑜贞和冯晴岚谈心时，光斑照在她的脸上，并随其行动而有所变化，盎然生趣。这一方面使环境空气活跃，另一方面又描绘了她大方、开朗、思想解放的性格。

两个环境用两种不同的光线处理、空间处理及人物处理，创造出了不同的意境，进而达到对人物的刻画。这种银幕形象所以感人、可信，其根据在于：①不为效果而效果，避免了那种有窗就有影的平庸处理，完全从内容出发；②基于生活真实，宋家散光处理所显出的平白、冷清是以飘雪为铺垫；下班回家时以傍晚为佐证；晴岚家光线处理造成活跃景象，则以室外天气晴和为根据；③创造了艺术真实，银幕形象的艺术真实，除根据自然真实外，主要是创造气氛和意境。这两个环境的银幕形象所以可信，而又具有感染力，是因为主创人员为这里选定的时间光效，是严谨艺术构思的结果，是为着显示“精神”而有意识运用的一种艺术处理方式。

《天云山传奇》银幕形象处理的第二个特点是自然、生活，内外景处理、人物表现都具有这个特点。这一特点在吴遥回来后，宋薇第一次和他冲突的处理上表现得最为鲜明。直接表现这一情节共用了 20 个镜头，片长为 328 英尺 10 格。洗澡准备活动贯穿全戏，因此，人物始终处在非常自然而又特具生活色彩的行动之中。这场戏极为复杂：①调度大，从楼下到楼上，从卧室到洗澡间，再到卧室；②环境多，客厅、楼梯、卧室和洗澡间；③拍摄方法复杂，用了固定和推、拉、摇、移的摄法，景别用了全中近特；④环境光效多样变化。这场戏前边有 5 个镜头：表现寒暄和交谈开始，在客厅中进行；宋薇想进一步说明，在楼梯口和楼梯上进行；短兵相接是在洗澡间进行；在楼下客厅两人间冷漠寒暄是用全景处理的，光线处理平板、冷清，沉重的家具、平白的墙壁、暗色的沙发等作后景，更加重环境冷清、死沉的情调。这种情调与这段戏的人物关系相适应；当戏进入到矛盾冲突阶段，场面调度发生了变化。中近景的推拉，全景中人物脱衣、行走的大动作，景深场面调节器度，这些内部运动和外部运动的融合使节奏加快，以配合加剧的冲突。镜头 764，宋薇上楼边走边说，是造型处理上的一转，暗色的楼梯扶手虽可造成空间透视效果，但因色调沉重使得前景在幅面中占据位置大，以及人物景深场面调度，很快走至前景深空间。因此，整个镜头并未因有透视关系产生舒适感，它只成为由大环境到小环境的一个过渡。卧室中除两个镜头为全景外，其余均为中、近、特的景别。而所谓全景，主要是指人物全身，而非环境全貌。因人物靠近背景区域活动而显得空间狭小，当摇摄镜头，幅面与墙壁垂直平行，颇有堵塞之感。前景为人物，后景平面墙壁，这种空间结构处理造成了景次单层，从而更加重了狭小、堵塞的感觉。短兵相接，则是在更小的环境——洗澡间门旁进行。雾气光的强烈反差，短镜头的组接，幅面自由余地小，和中、近景景别运用等相配合，有力地强调了冲突的激烈性质。而将这样一场矛盾尖锐、性格冲突激烈的戏放在“少做作”的生活化的行动之中来处理，足见导演设想的胆识和构思的巧妙。

同谢晋相比，张艺谋的作品更具特殊性，他的女性系列以巩俐为主角，构成了作品的独特风采。《红高粱》一开始就向观众尽情地展示“我奶奶”的美丽、纯情、温柔和灵秀，使这一形象偶像化，直接显露出一种女性崇拜意识。而整部作品从某种意义上说，就是一曲“我奶奶”的赞歌。当“我奶奶”牺牲时，鲜血洇红了白色的衣服，慢镜头尽情地延宕着她伸展着美丽肢体的动作，仿佛时间永远凝固下来了，更强烈地流露出对女性崇拜的意向。《菊豆》则以忧郁凝重的影调讲述了一个惨烈、悲凄、排他和绝望的爱情故事，塑造了一个因极度压抑而导致内心反抗，并最终以一把大火结束了一切的女人。而《秋菊打官司》给人更多的是一种哲学上的思考。人类生存的悖论似乎在于，人在维护自身尊严、争取自身权益的同时，又可能是以伤害他人为前提的，这一点与现代哲学不谋而合。特别是作品的结尾，秋菊茫然困惑的定格把更大的困惑交给了观众，而这正是全人类的困惑。

新时期还涌现出了一大批女性影视工作者，她们又是怎样审视“自身”的呢？与男导演不同，不少女导演是把女性理解为与男性相对的“另一性”，而非附属于男性的“第二性”，女性的身份不仅是“妻子”“母亲”，更是“女人”，以此来确立女性作为世界一半的独立存在价值。其作品更多地凸现女性的境遇、心态、情感、欲望、渴盼，并把爱情和婚姻作为叙事的焦点，以弘扬女性意识为中心，试图触动传统的男性中心论，解构传统文化的价值体系。

《女儿楼》就有意识地表现了一种社会禁止的情欲和浪漫主义的爱情，以及由国家所支配的主体之间的分裂。对国家的责任和义务与女主人公的内心欲望和对爱情渴求的冲突，构成了作品叙事焦点，展示出一种政治力量对“自我”的压抑。张暖忻以女性特有的感觉方式、把握方式和表达方式，率先有意识地涉及了“女性是什么”“女性需要什么”这样一些本质性的问题，以确认女性作为“女人”的独特价值。

《人・鬼・情》便以一个戏曲女演员的生活经历，细致地描绘了她的命运、遭遇、痛苦、幸福、悲凉和呐喊，以现实生活与戏剧程式交叉组合的套层结构，细腻地展示出人物的各种内心感受、心态、情绪，揭示出独特的心理历程，从而主体化地呈现出一个历尽磨难、备受压抑的女性的内心世界。影片开始，女主角秋芸就端坐在化妆间的一排镜子前，注视着镜子中的自己。然后影片开始交替切入两个片段系列：一是她在戏曲舞台上扮演钟馗打鬼和嫁妹的系列；二是她从早年到成为著名艺术家过程的系列。这样两个系列交织在一起的处理，极富深意。两个系列通过精心安排的交替给人以联想性提示,成为了影片强烈情绪感染力的源泉。戏曲舞台的片段系列不过是她整个生活历程的高度凝缩。只要稍加注意就会发现,在整个观影过程中,感染力往往发生在观看戏曲片段系列时,但感染力的根源却在于生活片段系列。艺术性的真正秘密也在此得到揭示:一个人的全部生活体验被升华为其戏曲生涯中所扮演的角色。要理解这部影片,了解秋芸所扮演的角色的深层含义是必要的。秋芸,一个女性,正当青春期却成了一个“假小子”,原因出在她童年时的一件事,这件事对她成为后来的艺术家也有着重要影响:她看到了她母亲偷情的情景。影片通过她撕肝裂胆的狂叫、奔跑,后摔倒在地等一些动作来表现她所受到的刺激。她不能容忍这个没有身份的人,她要找出这个人,但当时她只看到了一个“后脑勺”,而这样的“后脑勺”又太多了,影片就这样向我们展示了她悲剧性命运的起点。她在同男性小伙伴玩出嫁游戏时愤然宣布永远不做新娘子,以表达她不愿再成为一个女人的潜在意识。童年伙伴二娃哥的背叛更加深了她的这种意愿,这使她象征性地经历了一次她妈妈所经历的那种“耻辱”。随着秋芸不断成熟,她开始处于一种明显的焦虑之中,渴望又惧怕成为一个真正的女人。当她所爱慕的张老师向她表白爱情时,她虽很有情意却拒绝了。影片结尾,两个片段系列融汇在一起——在秋芸和钟馗的对话中,钟馗对秋芸说:“我就是你,你就是我。”暗示出钟馗的形象不过是秋芸自身矛盾和焦虑的必然结果:钟馗是鬼却在打鬼,钟馗已不是人却在找人(为了嫁妹),即钟馗是一个高度凝缩并经过移植的形象。在母亲“偷情”与“父法”上,影片没有简单化地处理,而试图给人一种印象:在一个人成长的关键时刻,要在各种可能的发展方向中进行选择是一件极困难的事情。秋芸成功地“救戏”给了自己一个机会,但同时也透露出秋芸长期以来对男性角色的神往,父亲却对女儿的举动表示出极大的忧虑。因为他充分估计到戏曲生涯对于一个女人来说所要承担的风险:演男角被人欺侮,演女角又容易走她母亲的道路。这一忧虑后来被证明是正确的。这也是秋芸后来既没有扮演女角,也没有扮演男角,而是扮演了一个丑鬼的原因所在。影片的潜在意义向我们展示了一系列相互矛盾的关联。秋芸艺术上的巨大成功是以她在现实生活中的彻底失败为代价的,她在生活上失败得越惨,艺术上就成功得越辉煌。钟馗这个高度凝缩和移植的形象也确立起一个自相矛盾的关联—— 一个女性由于其缺失而对于这一缺失不断加以追求,而其结果却是毫无意义和徒劳的。所以,她的成功就是她失败,她的失败就是她的成功。

产生于20世纪90年代的《女人·TAXI·女人》和《女性世界》,虽然被认为是具有“现代意识”的作品,但女性仍然不能在伟岸的男性面前挺直腰杆,所谓女性解放、女性独立人格的追求,依然只能通过对男性萎缩人格的批判来体现,而这种表现总会给人一种浅薄的印象。但是,有一点必须意识到,女性导演在充实了影视艺术创作队伍的同时,不但提供出了一个新的精神视野,也是以女性个人的身份寄身于现实的。她们要比普通女性承受更重的生活、精神和心理上的负担。她们的作品所表现出来的女性意识、茫然、困惑与思考,又是她们自身实际在创作中的投影。这就使女性导演的作品具有了一种特殊的真实。

《武则天》作为第四届世界妇女大会在北京召开的开场白,作品的创编人员不仅打算恢复她的女性面貌,还原她的“女儿”身,而且一定要使她区别于普通女性,成为出类拔萃的“中国第一君”，将她作为女性的光荣来赞美。

《东边日出西边雨》则集中展现了当代新女性的特征和风采。由于该剧采用的是现在进行时，很容易使观众误认为中国妇女在现实生活中的基本存在状态就是这样。作品中的五个人物形象基本概括了目前女性的某种时尚。类似的人物形象在《换个活法儿》中也出现了。《费家有女》《白领丽人》和《洋行里的中国小姐》等作品都是以新女性的生活内容为题材的作品。

这些女性形象不仅同传统妇德按照封建伦理纲常对女性性别角色的规范和要求相去甚远，也不同于“男女都一样”时代的“女强人”。她们从事的几乎都是目前社会上令人羡慕的职业，社会地位比较高，都有固定而且可观的经济收入或资产支持，不必在打算离开某个男人时担心生计问题。对于婚姻爱情的观念不仅超越了传统的教条，甚至超越了现实生活中大多数女人对离婚的忧虑和恐惧，能够自由地支配自己的感情，而不必有什么心理负担。都把追求女性美，尤其是女性身体美作为女性重新拥有自我的一次机会，其生活内容总是同时装、美容、美发、健美、减肥、整容、化妆等新兴产业联系在一起，并用吸烟来表现自己的优雅。

这些新的女性形象在一定意义上反映了中国妇女在新形势下，对自身权利的认识和要求。以往的影视作品在表现职业女性积极参与社会性活动时，往往会表现她们在事业成功之后的某种失落感，似乎成功总是同牺牲结伴而行的。但这些新的女性形象不仅要求通过事业的成功来肯定自我价值，而且绝不肯放弃享受生活的机会和权利。为此，编导采取了不让她们结婚和生育的策略，这使得她们的身份都是“独立”的。有家室的女人不仅要求和男人平起平坐，而且要求主体性。所以，新女性也不同于《皇城根儿》中的金大小姐，《北京人在纽约》中的郭燕女士和《京都纪事》里的叶小桐，后者基本上没有摆脱婚姻家庭的羁绊，道德感和责任感使她们屈从于男性社会。新女性则不从属于任何一个男人，只属于自己，她们从男人要我美转为我要自己美。女性重新发现自我和自身价值，找回失落了的女性性别，并通过自身的努力重新肯定女性本质，是一件令中国妇女非常激动的事。

从另一方面看，这些作品的绝大部分都是由男性叙事完成的。和女性在生活中或叙事中所表达的不同，男性叙事中的女性形象总是通过男人的眼睛看出来，并用男人的话语说出来的。在这一意义上，新女性又同刘慧芳并没有本质的区别，这些形象所反映的仍然是男人的渴望和要求，只是男人在不同时期有不同要求而已。女性形象依然被动地由男性话语支配着，依然没有摆脱被写的命运以及两性关系格局中不平等的位置。因此，对女性形象的新开拓，所表达的仍然是一种“女性重新拥有自身”的性别神话，与中国妇女的实际生存状态无关。甚至这种性别神话的广泛流传，有可能掩盖或者忽略妇女的实际生存状态，从而使女性放弃为改变这种生存状态应做的努力。

四、历史文化观念的重树

艺术是以一种特殊的、自我的形式去表述历史的，这就使艺术也具有了自己的历史文化观念。在新时期影视创作中，历史题材是一个非常重要的范畴。过去一谈到这个问题，尊重历史、再现历史、历史真实便成为了最高审美规范，但从 20 世纪 90 年代开始，却喊出了“重写历史”的口号。

从影视创作的意义上说，“历史”是具体的、无法复原的事件。而所谓“尊重历史”只能是尊重历史的自我评价，对此，历史学家也会因为主客观因素的影响，无法做到绝对意义上的客观。即使人的观察与感受能够达到最大程度上的“客观”，也还存在一个表达的问题，语言表达的过程既是一次信息交流的过程，也是一次信息“变形”的过程。罗兰·巴特就直言：“历史陈述就其本质而言，可说是一种意识形态的产物，甚或毋宁是想象力的产物。”詹明信也指出了“历史”这一概念的含混性：“一方面，它指一系列真实的事件，另一方面又指我们对这些事件的叙述和杜撰。‘真’的历史与编写的历史混同。”

影视艺术由其假定性所决定，是一种虚构的产物。而所谓历史的真实，不能简单地强调某种对应关系，而应该是一种当代人对于“历史”的体验、感悟和表达，是要走“近”历史，不可能走“进”历史。

我们的影视创作曾经一味地强调“再现”历史，成荫在谈到《西安事变》的创作时说：“要写好真人真事的近代历史题材剧本，首先要尊重历史的本来面貌。”但又明确地意识到影视艺术不同于历史教科书，由于篇幅所限，电影的头绪、枝节不宜过多，必须把浩瀚的历史资料进行集中和提炼，这就要创作人员有所取舍。

《南昌起义》的创作者强调要把作品拍成“纪录性的历史故事片”。《廖仲恺》也是以“文献性革命历史故事片”的样式，强调“银幕上出现的历史人物和历史事件，必须经得起历史资料的核实考验”，但又认为“文献性革命历史故事片不是历史教科书，它是艺术作品，可以在符合历史真实的基础上，进行适当的艺术加工，使电影思想性、艺术性更强，人物形象更加鲜明、生动”。其实这里已经出现了观念与实践的矛盾，这实际上是一种将历史学家与艺术家相互等同起来的矛盾。

电视连续剧《武则天》从历史观念上看，正好处于“正史”和“戏说”之间，既保留了“正史”的文化底蕴，侧重于对人物命运、心理历程的展现，其间虽有政治是非、刀光剑影，但更多地描写了武则天这位非凡女性的生命历程，既显示出人生的风云变幻，也揭示出个人命运与社会历史之间必然性的偶合。而“戏说”成分的加入，淡化了“正史”的严肃面孔，使严肃的叙述世俗化、游戏化，变得好看的同时也具有了商业性。

周晓文的《秦颂》则完全是在“重写历史”了，这个电影作为两个钟头完事的作品，应该与各国历史完全没有关系，这是周晓文的初衷，《秦颂》跟《史记》《刺秦列传》《秦始皇传》和所有正史记载的完全没有关系，如果有一万个观众，可能只有一个历史学家。但这部电影不是为历史学家而拍的。影片开始模塑一种在艺术中表现“历史”的观念，“历史”在周晓文这里只是一个背景，一个用来展开故事、塑造人物、表达观念的载体，重要的不在于它们是否具有与现实对应意义上的真实性，而在于放在影片这样一个虚构的世界中能否为观众所接受，能否让观众产生感情上的共鸣，是否符合人们的情感逻辑。

王一川认为：“艺术家表现‘历史’其实质是对‘历史’的一种重新阐释，而‘阐释’作为寓言行为，意味着‘重写’，即依据一定的阐释性符码去破译从字谜的浓雾中‘拖曳’出一个新的本文来。”《武则天》和《秦颂》虽非最好的作品，但却为我们提供了新的启示,至少它们再次告诉我们一个艺术的真谛:无论是写"历史",还是写"现实","人"永远是第一位的。艺术创作的成功与否,关键的问题是能否写好这个"人"。

2000年,中央电视台推出的大型电视连续剧《大明宫词》,就力争缩短历史人与现实人之间的距离,同时在艺术表现上也进行了大胆地尝试。武则天在历史上一直是一个有争议的人物,《大明宫词》比较客观地描绘了武则天作为一个女人,在政治权力的漩涡中挣扎起伏的矛盾与果断。她聪慧有作为,却不乏手段阴险。身居万人之上,却同一个普通的渴望爱情与亲情的女人、一个普通的疼爱女儿的慈爱母亲并无两样。正是基于这样的创作思想和对人物的客观认识,作品进行了新的尝试,呈现给观众一个"新"的大明宫故事。

传统的文艺理论强调人物形象的塑造,有人就认为现代艺术可以不要人物形象了。纪实风格的兴起,也让有些人认为就是要淡化人物性格的突出性,去自然地表现生活。过去的艺术创作是艺术家将提炼后的生活展示给人们看,现在可以将生活中的"事"直接"呈现"给人们看。过去表现事中的人,现在表现人中的事,即过去是通过事去表现人,现在是通过人去表现事。由此,将人物塑造视为传统与现代的不同标志。

其实,人类艺术创作从来都是以"人"为中心展开的,这一点不仅过去如此,今后也还会如此。艺术家作为存在的个体,其艺术创作是在表述着自己对于现实的态度。而所谓的现实,无论是物质现实,还是心理现实,主要指的是"社会生活",而艺术家心目中的"事件"永远是人的活动过程。作品中的空间与时间,也是作为人的活动背景而确定其自身价值的。即使是那些现代风光片,也存在着创作者的活动视角,并通过音乐"证明"着自己的态度,表明了"人"的存在。

艺术创作的主要对象是生活,生活是由人构成的,没有人物也就无所谓生活了。而生活作为复杂的现实,其复杂性也取决于是"人"构成了这一现实。这里所说的"规律",每一本艺术理论的教科书中都能找到,但在具体的艺术创作实践中,往往又把"规律"给遗忘了。我们只要反思一下那些被称为经典的作品,也许会得到一些启发,它们成功的共同点在"人"上。当事件的价值被历史淡化以后,那些"明日黄花"也就失去了存在的意义。

文艺创作要反映现实,这对我们已经成为了"教条",但又有多少人真正理解了这一"教条"呢?这里的现实,不是指某种概念,而是现实的"人"。因为,只有"人"才是现实的中心。也许正是出于对"人"的深刻理解,谭霈生先生把"人学"视为电影艺术的根本。

岩崎昶在《电影的理论》中说:"描写现实,透过现实的本来面目描写出它的内在真实,这是自古以来艺术家的任务。至于从何着手来寻求现实或真实,或者从什么角度来进行描写,这些无疑会因时代而异,因社会而异,甚至因人而异,但有一点却是始终不变的,那就是所谓现实无非是指人的内在和外在的世界。"这段话至少告诉了我们两个要点:一是影视艺术要把"人"作为题材的中心,构成作品的中心内容是人的"外在"与"内在"的世界。所谓"外在"世界是指人的行为表现,即人所从事的社会活动内容。所谓"内在"世界是指人潜在的心理活动内容。世界上优秀的影视艺术家正是汲取了人类艺术创作的经验,用各种方式再现出人的"外在"与"内在"的世界。现代影视艺术的发展，更加强调对于“人”的内在世界的挖掘，这一“内在”世界不仅为艺术家们提供了广阔的创作天地，而且它所提供的题材内容更具有永恒性，这一发展绝不是要放弃现实世界；二是艺术所反映的现实包含着人的内在和外在的世界，这是一条不变的真理。但艺术家们对这两个世界内涵的解释，从什么角度去获取题材，却是发展变化的。

第二节　主　题

电影剧作是继叙事、抒情、戏剧等传统文学类型之后出现的又一种文学类型。它是在电影从杂耍、影戏向故事片发展的过程中，利用电影思维和表现手段进行艺术创造时产生的。最早的故事片是没有剧本的。有的只是存在于摄制者头脑中的构思，逐渐从条纲、幕表发展到剧本，即从无形发展到有形的。它兼具文学性和电影性：①它必须有小说、长诗、戏剧等叙事文学的特性，即包含主题、人物、故事情节、结构、语言等元素。②它所写的一切又必须是能从外形上表现得出来的。也就是说，能成为造型的形象。因此，我们在讲到这些基本元素时不得不强调其可视的特性，其主题呈现也是通过视觉转换完成的。

一、主题的产生

高尔基为主题下过一个很好的定义：“主题是从作者的经验中产生、由生活暗示给他的一种思想，可是它聚集在他的印象里还未形成，当它要求用形象来体现时，它会在作者心中唤起一种欲望——赋予它一个形式。”①这里，主题不是一个抽象的概念，而是由经验同生活撞击后的产物，这一表现意向需要作者以鲜活的形象去丰满它，以最合理的“形式”去满足心中欲望的实现。包含着这样几层意思：①主题来源于生活、经验；②它从生活、经验（即一般所谓“素材”）中感动、聚集、思考后（即一般所谓“题材”）唤起作家表现的欲望；③必须赋予它一定的形式。

悉德·菲尔德则明确指出：怎样寻找主题？生活积累、调查研究、采集资料、报章杂志、道听途说中都可以找到主题……你知道得越多，你可能传达的就越多。

事实正是这样——张弦在采访中发现贫穷农村青年觉得只要认识“男”“女”二字就够了，写出了《被爱情遗忘的角落》。山田洋次在火车站听到一个刚出狱的男子给家人的电话，从中受到启发，写出了《幸福的黄手帕》。李一清在采访中发现一个好支书吃官司的故事，写出了《山杠爷》。德·西卡、德·桑蒂斯则是在“二战”后的意大利到处都是失业者的社会现实中，找到了《偷自行车的人》和《罗马11时》的主题。

主题的产生是一个复杂的过程，体现在整个创作过程中。例如，美国影片《美国往事》在内容表现上虽为黑色片，却又不同于通常意义上的黑色片。凶残、血腥的内

① 高尔基. 高尔基文学论文选[M]. 北京：人民文学出版社，1959：296.

容被淡化,同时又具有了强烈的抒情性。有人认为影片的主题是背叛,即麦克斯对"面条"的不断背叛。但如果能够对影片表现进行深入思考的话,其主题也许正相反,是友谊。麦克斯对"面条"做了各种背叛之事。他窃走了"面条"的金钱,夺走了"面条"的女人,让人追杀"面条",逼迫"面条"隐名埋姓浪迹天涯,但在麦克斯的灵魂深处,无法忘怀的还是这个"面条"。

改变命运,使自己赢得尊重变为人上人,是每个街头小混混的梦想,但当麦克斯梦想成真,看尽了官场丑恶,厌倦了自己千辛万苦得到的一切,当其仕途濒临绝境时,他唯一想到的人就是"面条"。他设法找到"面条",将金钱还给"面条",甚至让"面条"——唯一值得自己认同的人,结束自己的生命。有人认为麦克斯最后叫来"面条",让他杀死自己,是临死之前对"面条"的最后一次"背叛"。使"面条"内心的友谊梦想破灭,使"面条"的精神支柱倒塌,并从此陷入内心苦难的深渊。这种观点将人物静态化于流动的时间中,人物的生存环境变化了,人物却不变,性格谈何发展呢?其实,写一个背叛者的变化,不仅不会妨碍描写"背叛",反而会增强人物刻画的真实感与深度。虽然,麦克斯一次次地背叛了友谊,但连他自己也想不到,这种青春时代铸就的刻骨铭心的真挚友谊是那样难以忘怀,就像影片中与街头流氓的遭遇:双方力量悬殊,两人被打得遍地翻滚,徘徊在死亡的边缘,但却始终没有停止反抗,没有吐出一个求饶的字眼,这意味着两人始终没有抛弃自己的伙伴。所以,麦克斯为自己唯一的儿子起名"戴维"——一个和"面条"本名一样的名字。影片最后,当麦克斯请求"面条"处死自己时,"面条"面对那个已经成为"贝利部长"的麦克斯说:"我不认识你。那个与我同甘共苦、生死与共的少年麦克斯早已经死了。""面条"并没有因眼前的"贝利部长"而否定昔日的少年麦克斯——自己过去、现在、永远的朋友。他将自己少年时代的朋友,那个值得自己信赖的少年麦克斯,重新还给了今天的"贝利部长"。导演莱翁内自己就说:"友谊一直是一个我热衷的主题。"

影片的另一主题是爱情。"面条"与黛布拉的爱情是"面条"内心深处最美好的情感,也是影片的动人之处。导演展示爱情也像展示友谊那样,用两种对待爱情的态度来表现爱情。爱情作品通常表现的是:女主人公追求忠贞纯洁的爱情,而男主人公为了金钱和其他,最后背叛了真挚的爱情,即所谓的"痴心女子负心汉"。该片选择了另一途径,女主人公黛布拉喜欢"面条",渴望得到真挚美好的爱情。但就是这个被"面条"视若圣女的街头餐馆老板的漂亮女儿却认为生活中有比爱情更重要的东西,即人的"地位"和"荣耀",为了地位和荣耀她甚至可以牺牲爱情。就像少年黛布拉给"面条"读的那首情诗:"我最亲密的爱人,他有着水晶般的心灵,他有着金子般的头发,他纯洁无瑕,他的眼睛又大又亮,他的身体如象牙般坚实……可是,他永远成不了我的爱人,他是个穷光蛋……"

同黛布拉喜欢"面条"相反,从她最初认识麦克斯时起,就打心里厌恶麦克斯。这不仅仅是因为麦克斯屡次打断她同"面条"的幽会,更重要的是她在那个同样出身卑微的麦克斯身上看到了自己的影子。用"面条"的话说:"我从你的嘴里听到了麦克斯的声音……你和麦克斯真像。所以,你们都相互讨厌对方。"她不仅厌恶麦克斯,甚至厌恶"面条"和麦克斯来往。每当麦克斯召唤"面条"时,她就恨恨地对"面条"说:"去吧,你妈妈叫你呢!”但就是这个让她无比厌恶的麦克斯,她为了要得到的利益,却最终做了他的情人,并为他生下了儿子(戴维)。麦克斯却深深了解黛布拉的内心,他爱着黛布拉,但又清楚地知道“面条”式的爱情根本得不到黛布拉,只要自己有了金钱和地位,成为了“人上人”,黛布拉就会主动投入自己的怀抱。

与黛布拉对待爱情的态度相反,在“面条”心中,对黛布拉的爱情是他心中最神圣的情感,也是他粗糙的身心中仅存的一块圣土,是他生存于这个世界的精神支柱。就像他出狱后对黛布拉的表白:“你不知道,我每天晚上都在想你,没人能像我这样爱你。你不能理解我是怎么地想你。我想,黛布拉活着,她在外面活着。你给了我活下去的勇气……”“面条”追求真挚纯洁的爱情却没有得到,最终成为生活的失败者。而黛布拉认为地位和荣耀才是生活中最大的幸福。可是当她得到了梦寐以求的地位和荣耀后,却惊异地发现并没有得到真正的幸福,而陷入深深的痛苦和煎熬之中。所以,影片最后,这个曾经对“面条”不断训斥的骄傲女孩哀求“面条”道:“不要去参加今晚的宴会。如果你去了,你会失去你过去所有美好的回忆……我求你,我请你……”“爱情”是一个说不完、道不尽的永恒的主题,影片的这一主题启示观众:要认真对待这种情感,要格外地珍惜这种情感。人类不要在纷繁多彩的社会中,过多地迷失自己。

“友谊”和“爱情”只是影片的表层主题,影片真正的迷人之处是它的深层主题——美国神话。美国近百年来在世界舞台上的突出表现,使“美国神话”成为了人们不断谈论的话题。何为“美国神话”?莱翁内是这样理解的:“作为一个欧洲人,美国既吸引我,又令我吃惊。我越喜欢她,就越觉得与她的距离好像有若干光年之远。我感兴趣的是美国人的朝气,尽管有许多矛盾以及他们对某些事情不随便轻信的态度。正是这种矛盾、朝气、不断加剧的痛苦的混合,使她变得迷人和与众不同。美国是梦幻与现实的混合。在美国,梦幻会不知不觉地变成现实,现实也会不知不觉地忽然成了一场梦。我感触最深的也正是这一点。美国仿佛是格里菲斯加上斯皮尔伯格,水门事件加上马丁·路德金,约翰逊加上肯尼迪。这一切都形成鲜明的对比。因为梦幻和现实总是相悖的。意大利只是一个意大利,法国只是一个法国,而美国却是整个世界。美国的问题也是全世界共同的问题:矛盾、幻想、诗意。你只要登上美国国土,马上就接触到各国普遍存在的问题。”莱翁内还说:“这部影片不是出于现实,也不是出于历史,而是出于想象。它是一部寓言。我强迫自己为成人编造寓言……我并没有像任何一位纽约以西、洛杉矶以东的人那样沉迷于美国神话。我是就我个人和无边无际的大地——理想的黄金国而言的……我很喜欢约翰·福特的辽阔空间和马丁·斯科西斯幽默的城市恐怖。我还非常喜爱美国雏菊变幻的花瓣。美国就像神话中的仙姑所说的那样:‘你想无条件地得到你想要的东西吗?那么你的愿望在美国一定会实现的。不过,它存在于一种你永远无法认出的形式之中。’……”他以一个外来人和一个艺术家的敏锐的眼光,在距离之下审视和表现着“美国神话”。

二、主题的表达

主题既然不是说出来、讲出来的,就需要赋予它一种形式——在剧情中形象地展示出来。这就要求主题的表达必须是单纯的、明确的，不能模糊不清。同时，又必须是隐蔽的并允许是多义的。

这些看似矛盾但却是不难理解的：

单纯、明确——电影的长度有限，不可能在90~120分钟展示复杂的剧情，表达复杂的主题。因此，它要求单纯；电影是“一次过”的艺术，看电影不像读小说可以翻来复去弄懂它。因此，它要求明确。

隐蔽——电影和一切艺术一样，不能靠说教、讲理去指点大众，而要靠形象去感染人，让人们在“不知不觉”中接受作品的思想。正如恩格斯在《致玛-哈克纳斯》中所言：“作者的观点愈隐蔽，对于艺术作品就愈好些。”

至于多义性，一种情况是理解问题。例如，一般都认为《奥赛罗》是“嫉妒”的悲剧，普希金却认为是“轻信”的悲剧，而斯坦尼斯拉夫斯基在《奥赛罗》的导演阐述中则认为是“人文主义思想的毁灭”；另一种情况表现在一些晦涩难懂的影片中。例如，阿仑·雷乃的《广岛之恋》是表现种族与爱情？是表现和平与反战？还是表现痛苦与忘却的？黑泽明的《罗生门》是表现人的自私虚荣？是表现人的不可信任？还是表现事物的不可知？它们的主题是暧昧的，但它们的存在未必没有其合理性。

美国影片《鸟人》的主题是表现“现实对理想的扼杀”。现实与理想的冲突，是一个看似平常其实颇为残酷的主题。导演对我们生活的现实世界、对当今人类领域的自由持悲观态度，同时又对我们的精神领域的自由有着很高的期望。每个人的内心深处都会有那么一块柔软的、任何人都不能碰的圣土，它是理想，是梦，是人之所以活着的凭借。影片中的这块圣土是“飞”，而所面对的是一个物欲横流的污浊社会，这简直就像一个孩子对着太阳吹出的一个大大的五彩缤纷的肥皂泡，美丽而脆弱，就是这个肥皂泡也被导演给捅破了。

《一个和八个》被视为中国第五代导演的开山之作，影片的文学脚本是张子良根据郭小川的同名长诗改编的。两个版本的主题都表现为：民族战争与党内路线斗争相纠结的复杂背景下，一个真正的共产党人的高尚气节。而这一主题是通过受冤枉的指导员王金在特殊环境中的特殊斗争来表现的，他对党的坚定信念因此成为了主要的歌颂内容。张军钊挑选这个本子是基于其中人物关系的发展潜力和风格化的故事背景。他们改编的影片沿用了原作长诗叙事框架，人物与情节的基调也没有变，但却产生了新的核心主题。影片突出了极端状态下，共产党干部和土匪共同理解到的民族尊严，以及他们在一起共同激发的生命力。而在情节设置上，着力于原诗没有的遭遇战之后的部分，试图对原作注入更多的人性关怀，并以此超越原作的立意，概括整个民族深沉的苦难和奋争中的人格意识。张军钊坦言他们并未顾及土匪与共产党干部一起押解这一题材的尖锐性，反而强调了其中“反传统”的意味——“以前的‘载道’，我们就反‘载道’，只是本能地要标新立异。想出一个东西，别人没整过，这是当时我们确定的一条创作原则——对历史的看法，对人的看法，过去你这样解释的，我都不这样解释。影片暴烈性的效果与此是分不开的”。肖风认为《一个和八个》是新电影中最具革命性的，“首先就是政治上的大胆，对于通过正统教育所获得的关于那段历史的常识产生怀疑，正视历史真实，与几十年来教科书上的定见唱不同的调子。我们觉得，正视这段历史并不给共产党丢脸，反而能表现共产党在历史上所起的作用”。对于今天的观众来说，这种以现实的观点看待历史的表达态度，已经是十分自然的事情了。

根据权延赤同名纪实文学改编的电视剧《狼毒花》，主题也发生了很大的改变。文学作品发表于20世纪80年代，主要表现一个土匪为了抗日加入革命队伍后，同4个女性之间的故事。虽然他打仗十分英勇，但对女性仍然匪气十足，这是当时特定文化背景下对禁欲文化批判反思的产物。到了2006年准备改编拍摄时，文化背景已经发生了很大改变，必须针对现实提炼出新的主题：爱是生命的承诺与对话，现实对于酒神精神的呼唤。所以，剧本主题词是这样设计的：“当现代人用文明去掩饰自我本真的时候，他骑着快马送来了西北的率直；当现代人用物质去掩饰精神贫乏的时候，他捧着酒神吼出了生命的礼赞。面对倭寇的铁骑，他信步于刀光剑影之中，用热血和真情铸就民族的长城。有人说他不懂得爱，但他却用一生去进行生命的对话；有人说他太无情，但他却用一生去守候着生命的承诺。狼毒花是毁灭，因为生命诞生于毁灭之中；狼毒花是死亡，因为胜利是死亡的残酷象征。在恐惧中，狼毒花向我们悄悄走来，承担起全部的罪恶。罪恶离我们而去后，他也身披霞光，消失在了最后一抹夕阳中……”

三、主题的矛盾体现

叙事理论也许让我们感到过于抽象了，怎样用于具体影视作品的创作，从方法的意义上看，也许更加重要。意大利政治电影《一个警察局长的自白》表现了正义、邪恶、法律与权力之间永远存在的矛盾和斗争，在影片中却以一种奇特的关系呈现出来，如用格雷马斯的语义矩阵进行分析。（图2-1）

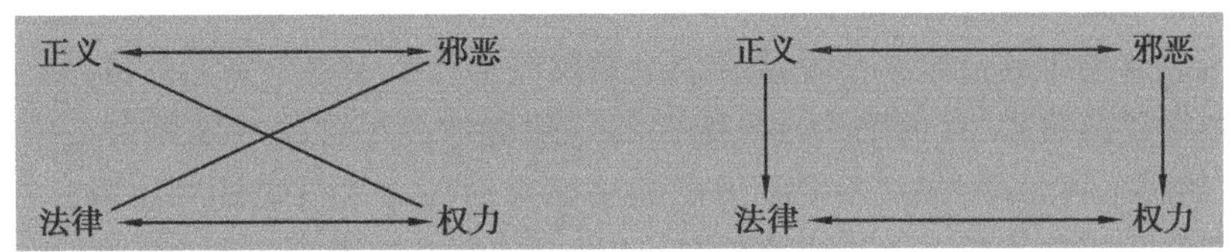

图2-1

影片矛盾的焦点并非正义与邪恶的斗争，而是正义与法律之间的较量，但法律迫于某种社会文化的影响在一定程度上又表现出对权力的崇敬和膜拜，而权力本身却又是滋生邪恶的源泉。由此，邪恶面对的敌人不再是公正的法律，而是颇为被动的人间正义，这就使正义、法律、权力、邪恶之间的复杂关系呈现出一种游移状态。影片中，警察局长蓬纳维亚是正义的化身，检察官屈昂尼是法律的代表，总检察长马尔塔可谓权力的象征，而黑手党头目罗蒙诺则是罪恶的体现。蓬纳维亚为了除掉罗蒙诺试图“借刀杀人”，结果反而使自己陷入困境，成了被监控的对象。检察官屈昂尼不再信任他，并给他的电话装了窃听器，从而使矛盾的焦点——正义与邪恶的冲突转化为正义与法律的较量。法律原本是公平的象征，要惩戒邪恶、保护正义，然而，现在自认为是公平的法律代表屈昂尼非但没有惩戒邪恶，反而庇护了邪恶，使正义寸步难行。屈昂尼所受的教育使他不容怀疑他的上司训导检察长马尔塔可能会犯罪，因为，这样不但会使人们对正义失去信心，就连他所信奉的法律也失去了意义。正是屈昂尼的不去怀疑成全了马尔塔利用权力进行犯罪的事实，因而法律在某种程度上可以说成了权力的帮凶，而他们错位的“合谋”又进一步促成了罪恶阴谋的得逞。这就是罗蒙诺三次遭到蓬纳维亚的逮捕，却三次被释放的“合法性”原因。

正义、法律、权力、邪恶四者之间奇特的游移关系给影片带来极大的张力。在表层正义与邪恶的斗争背后，深藏着正义与法律充满悖谬的矛盾与抵牾。这里不但有工会组织者里佐对罗蒙诺的地下斗争，蓬纳维亚和罗蒙诺的生死较量，罗蒙诺对利普马和塞莱娜的诬蔑与陷害，更有蓬纳维亚与屈昂尼的巧妙周旋与彼此争取，马尔塔对蓬纳维亚不露声色的牵制与阻挠和对屈昂尼的利用与欺骗。蓬纳维亚为惩戒罪恶，与屈昂尼的巧妙周旋使故事错综复杂，牵一发而动全身。正义与法律的突出矛盾掩没了正义与邪恶之间真正的对立，这就是为什么里佐与罗蒙诺面对面的斗争乃至被害而死，都是以回忆镜头出现的。它只是暗示了正义与邪恶之间矛盾斗争的存在，并没有强化它们之间的对立与冲突。事实上，邪恶因权力的支持而高居于法律之上。当屈昂尼第一次见罗蒙诺问是谁告诉他利普马出了疯人院要来杀他时，罗蒙诺不但装作完全不知道，反而还极其嚣张地说“我要是知道，早就要求警察局保护了”。而屈昂尼的话（要求警察局保护的人可不多啊！）却一语道破天机，罗蒙诺有强大的政治后台。这时画面上屈昂尼坐在椅子上，罗蒙诺却高高地站着，用仰镜头拍罗蒙诺，用俯镜头拍屈昂尼，极富隐喻性地暗示了罗蒙诺处于法律之上的社会地位。正义、法律、权力、邪恶之间矛盾的游移状态导致了四者之间关系的不平衡和不稳定，正义作为“格雷马斯”的核心因素，必然要以惩戒邪恶为最终目的，这本应该是法律的最终目的，而法律在影片中的相反作用却迫使正义不得不代替法律，执行法律的功能对邪恶进行打击和惩罚。但正义毕竟不是法律，虽完成了法律未能完成的任务，却为此付出了以身试法极其惨重的代价。蓬纳维亚持枪杀死罗蒙诺也只是仅仅杀死了一个黑手党头目，非但没有能够触动整个黑恶势力，反而陷入自身难保的危险境地。尽管蓬纳维亚大义凛然、投案自首，但他所不再希望，却又不得不遵奉的法律会给他一个公正的判决吗？在反抗与遵循法律两难逻辑下的一个黑暗事实是，蓬纳维亚在监狱遭到了两个犯人——罗蒙诺的手下袭击而送命。蓬纳维亚虽然惩罚了罗蒙诺，但并不意味着正义最终战胜了邪恶，事实是正义被黑暗所包围、吞没。

屈昂尼作为法律的代表，他尊重法律、相信法律，以为只要找到证据就一定能惩戒邪恶，他最典型的语言是“找到证据”。他确实找到许多证据证明蓬纳维亚涉嫌同谋罪，派人窃听电话，胁迫疯人院放出利普马，藏关键证人塞莱娜等，但这些非但没能让他真正解决问题，反而把蓬纳维亚逼出了警署，逼走了自己真正应该依靠的对象。当真正的证人塞莱娜打电话向他求助时，他竟然毫不防犯地把证人暴露在敌人的眼皮底下。这不但证明了在那个弱肉强食的黑暗社会里，屈昂尼所要找的证据的脆弱性，更证明了证据的虚伪性，那些证明蓬纳维亚有罪的证据恰恰是罗蒙诺、马尔塔转移他视线的伎俩。正如罗蒙诺所说：“你真以为检察官会相信我的话吗？我要他相信这是白的，就偏说是黑的，懂吗？屈昂尼是有头脑的，让他得到这个满足吧！让他以为这一切都是靠他的聪明才智想出来的！让他把这些推测、分析串联起来，一步一步地去寻找同谋犯吧！”这些所谓的证据被暴露在屈昂尼的监视之下，而对罗蒙诺等一些头面人物构成威胁的证人,塞莱娜却时时处于危险之中。她刚一出现,便生命不保,证据又不存在了,法律要依据证据成了一句空话。屈昂尼现在所面对的正是蓬纳维亚多年前遇到的问题,他早已洞察了法律的本质——有钱人的法律,有钱人的证据。里佐当年的话:“你们俩(蓬纳维亚和罗蒙诺)是一路货! 你是警察,他是土匪,都是为了老板!”一直回响在他耳边,他越来越看清自己不过是一个执行上司命令的工具,而屈昂尼对法律本质的领悟还要经过真正的挫折之后。蓬纳维亚死了,正义一极和陷落无意强化了权力一极的凸现,这使屈昂尼终于看清了法律的本质。在格雷马斯的语义矩阵里,作为正义一极的消失必然导致新的游移,屈昂尼最终知道了谁是真正的凶犯,他将代表法律来申张正义,从而将完成法律向正义的转移,而结果却又成为新的悬念,使影片获得了一个开放式的结局。

四、《红高粱》内涵分析

张艺谋在谈到创作初衷时曾讲:“我就想换一个路子,拍一种既有一定哲学思想又有比较强的观赏性的电影。”“中国人活得太累了,忧虑太多了”,所以“要表现一种痛快淋漓的人生态度”,“要通过人物个性的塑造来赞美生命”。影片的整个创作,的确贯穿了这一思想。《红高粱》以“我”(人称)的回忆为叙事角度,表述发生在20世纪三四十年代中国中原农村,由“我爷爷”和“我奶奶”为主角的一段传奇故事。“我”并未亲历故事情节,“我爸爸”当时也只是未满十岁的孩子。“我”“我爸爸”“我爷爷”和“我奶奶”是三代人的关系。

“我奶奶”为了替父亲换得一头驴子,嫁给疯瘫的酒坊掌柜。出嫁途中,“我爷爷”——英武的轿夫头带领轿夫在溢满乡间色情味的“颠轿”中调戏着新娘。让人意外的是,“我奶奶”反倒因此对“我爷爷”有了几分情意。“我奶奶”在路经一片荒凉偏僻、饱胀野性的高粱地时,被蒙面大盗劫夺,幸得“我爷爷”救护脱险。当两人的目光在这种特定的情境中撞击时,某种东西也随之在两人的心中萌动。新婚第三天,按当地习俗“我奶奶”在她父亲的陪送下回娘家,路经高粱地时又一次被蒙面大盗劫进高粱地的深处。当“我奶奶”识出是“我爷爷”时,整个世界就只剩下了生命的冲动。俯拍镜头让我们看到,“我爷爷”凭着生命的活力在高粱地中踏出了生命的祭坛,“我奶奶”平躺在这祭坛上充满生命的渴望,“我爷爷”俯下身去进行生命的祭奠,在象征着自由生命力的高粱地里完成了风流潇洒的野合。在“我爷爷”浑厚直白的民间小调“妹妹你大胆地往前走哎……”中,“我奶奶”若无其事地走出了高粱地。不久,“我奶奶”的疯瘫丈夫神秘地死去,在唢呐高亢的赞礼中,“我奶奶”掌管了高粱酒作坊。“我爷爷”来了,并酒后撒野声称掌柜是他所杀,往新酿的高粱酒中撒了一泡尿,竟神奇地变成了“十八里红”名酒,“我爷爷”也顺理成章地作了“我奶奶”的丈夫,生下了“我爸爸”。鬼子来了,残暴地蹂躏了那片高粱地,并在这曾是生命祭坛的土地上活剐了抗日斗士,长期默默着意于“我奶奶”的酒坊技师罗汉大叔。“我奶奶”愤怒了,“我爷爷”带领酒坊壮士发下豪气冲云的“酒誓”。壮士们抱着点燃的酒坛冲向鬼子。鬼子被消灭了,“我奶奶”却中弹倒下了。硕大的太阳似乎瞬间被锁进了冥暗之中,整个世界都在痛悼着“我奶奶”。这时,“我爸爸”也唱着童谣向“我奶奶”诀别。

影片在情节、音乐、画面等方面都充满着情感的张力，极富性感色彩。“吼”出的民间小调和强烈的节奏，让人感受着原始生命力的饱胀的发泄。精心设计出的“高粱地野合”，透出了一种原始本真的自在与洒脱。“酒是色媒人”中的“酒”令人联想到色、性，更令人联想到原始生命活力与阳刚之气。影片“对话”少，通过动作、音乐、画面所构成的氛围有力地烘托出超越理性、文明束缚而返回人的本真性情的意味。

《红高粱》是一个关于人的生命力的话语，探索着如何唤回真正的生命力或生命价值。影片的人物关系见表 2-1。

表 2-1

人物	我爷爷、我奶奶	日本军队	蒙面盗、掌柜、罗汉大叔、游击队司令	我爸爸、我(叙事人)
事件	野合、打鬼子	活剐抵抗者	被杀	旁观、追忆
特点	生命力充满	残杀生命	生命力匮乏	思索生命

关于人物之间的关系，按照符号学与叙事学家格雷马斯的“符号的矩阵”理论，一个结构内部既可以有尖锐对立的两项，X 和反 X，如黑与白的对立，也可能出现并非如此强烈却更具普遍性的对立项，非 X，如红、黄、蓝等，还可能发现一种非反 X，即非黑色的东西。由此可以得到对比的矩形关系。(图 2-2)

图 2-2

在矩阵关系图中，我爷爷和我奶奶代表着生命，即 X(生命力充满)，日本鬼子代表着反生命，即反 X(生命的毁灭者)，蒙面盗、掌柜、罗汉大叔等则代表着非生命，即非 X(生命力匮乏)，“我爸爸”和“我”作为旁观者和叙事者出现，可以视为非反生命，即非反 X(思索生命)，由此得到第二个关系图。在第二个关系图中，至少可以发现六种关系：①生命与反生命：“我爷爷”和“我奶奶”的充满的生命力是和生命的毁灭者鬼子尖锐对立的。②反生命与非生命：反生命的鬼子意在残杀生命，而非生命的罗汉大叔、游击队司令虽有抗争但过于匮乏而遭到毁灭。③非生命与非反生命：一方是生命力匮乏导致毁灭，另一方则加以思索，其关系不是对立而是对照。④非生命与生命：作为非反生命一方的“我”可能对“我爷爷”和“我奶奶”的充满的生命力给予礼赞。⑤生命与非生命：这种关系耐人寻味，“我爷爷”对罗汉大叔、游击队司令可能有某种同情，如为他们复仇，但又可能充满一种尖锐的生死对立。“我爷爷”先是杀死蒙面盗，后又杀死掌柜，和同样恋着“我奶奶”但却恋得乏力的罗汉大叔有一种相互排斥关系，而和游击队司令也曾有过生死较量(为了“我奶奶”的贞洁)。这似乎表明，生命与非生命也可能呈现尖锐的对立。生命力如此充满，必然要排斥或消灭软弱、匮乏的同类。⑥非反生命与反生命：“我”在血缘关系、民族感情上是与“我爷爷”一致的，即与反生命的鬼子尖锐对立。这几种关系仅仅是基本线索，它们又相互交织成更为复杂的冲突结构。这一结构似乎表明：①人生的意义在于自由自在的生命活动之中；②这一活动是对抗性的；③只有生命力充满之人才可能获得真正的自由，而生命力匮乏的人则必然导致毁灭。

仅仅由此推导结论还为时过早，还有作为生命一方的“我爷爷”与作为非生命一方的蒙面盗和掌柜之间的关系性质及其在整个结构中的作用。“我爷爷”的内在生命力如此充满、饱胀，必然要求挥洒。蒙面盗以强制和暴力手段抢夺“我奶奶”，本质上与鬼子以暴力杀戮中国人一样具有反生命性质，“我爷爷”杀蒙面盗就具有了正义的性质。但当他以同样的方式强劫“我奶奶”时，其行为就难言正义了，而是同蒙面盗一样：弱肉强食，区别只是“我爷爷”更加强悍。

更值得注意的是：“我爷爷”面对生命力极度匮乏而且失去攻击与自卫能力的疯瘫掌柜采取了暗杀这一无人道的残暴措施，其行为逻辑依然是弱肉强食。如果将鬼子活剐中国人的行为视为生命力充满的一种极端形式，在“我爷爷”奉行的弱肉强食原则与鬼子的反生命性质之间，是否有其一致性呢？它们不都是表现为强暴、蛮横么？似乎生命力充满的人就理应征服、毁灭生命力匮乏的人，先进、强盛的民族就应当侵略、屠杀落后、衰弱的民族，这不正是一种社会达尔文主义或法西斯主义的逻辑吗？可见，在“我爷爷”所体现出的生命力的深层，已经内在地包含着一种反生命的潜能了。生命力要实现自身，就必须以征服生命匮乏者为代价，这种征服若不是以平等、尊重他人的自由为原则，就必然带有反生命的意味。《红高粱》在其结构深层上已经隐含着一个悖论，即对生命的张扬却也是对反生命的张扬。

如果跳出生命关系而从财产关系、阶级关系审视，“我爷爷”暗杀疯瘫掌柜又似乎有某种正义的意味。掌柜作为生命残缺者，本不应占有青春年少的“我奶奶”。但他由于有钱，通过货币交易可以买来这种占有权，表现出不平等的阶级关系。“我爷爷”作为一无所有却有生命力的轿夫，杀死掌柜应当具有阶级反抗的意味，但事实上他的反抗只是要取而代之，即一种新的占有取代旧的占有。他不仅要占有“我奶奶”，还连带占有了掌柜原来拥有的一切权利，在这里，阶级反抗转变成为弱肉强食的生存竞争。

影片中的叙事人“我”，既非故事的经历者，也不是目击人，只是由于血缘关系才成为了故事的转述者。“我爸爸”作为不完全目击者，同故事已经隔了一层；“我”作为转述者同故事隔了两层，使叙事人与故事之间产生出一段朦胧奇幻的历史距离。而这种历史距离使故事具有未定或未完成因素，隐含着一种呼唤：要求观众来最后完成故事。

许多观众与“我”应该是同龄人，同样置身于当今意识形态的氛围之中，这种联系容易造成观众的认同心理，为他们主动参与完成故事提供了基础，而故事的最后完成权也自然交给了观众。《红高粱》对于文本结构与观众之间关系的这种设置是颇为成功的，因为，它有助于让这种文本结构深深地嵌入观众身处的现实，在心灵深处产生出情感的共鸣。

意识形态氛围作为一个历史性范畴，这里主要指《红高粱》产生前后，即 20 世纪 80 年代中期中国的意识形态氛围。当时的意识形态氛围可以简要地概括为：茫然失措。《红高粱》所表述的自下而上的竞争正是该时期中国生存竞争的一个简约、变形的意识形态模型，由前面的矩形可以演变出一个新的话语矩形。（图 2-3）

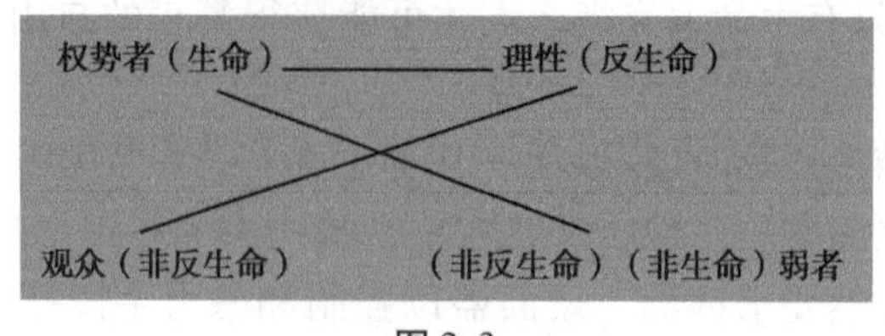

图 2-3

“我爷爷”作为生命的强者、征服者，可以说是权势者的符号。“我爷爷”成功地占有“我奶奶”正是成功地占有钱及相连的权力。而蒙面盗的失败，掌柜、罗汉大叔的死只是竞争过程中弱者的必然结果，而毁灭生命的鬼子，则可视为压抑、遏制生命力的理性的象征。在这里，理性可以指中国文化中固有的伦理理性，也可以指来自西方文化的价值理性、批判理性。因为，无论这些理性之间存有何种差异，都共同地反对着弱肉强食的法西斯主义生活逻辑。外来入侵的鬼子，不妨视为现实中西方文化自鸦片战争以来强行冲击中国文化的一个表征。既仇外、惧外又崇外、媚外；既渴求西方物质文明，又恐惧中国文化无地自容；既希望开放迎来民主、自由、法制观念，又担忧它们会成为弱肉强食竞争中强者的武器。这些矛盾情结构成了故事同观众之间的对话，而这种对话又是在特定的意识形态氛围中进行的。

《红高粱》同时也是当今文化冲突的结果。从理性的角度来透视，文化冲突在这里有两层意思：一是中国文化内部伦理理性与狂浪理性的冲突；二是中西文化之间伦理——狂浪理性与工具——价值理性的冲突。

就中国文化的内部冲突看，《红高粱》可以说是狂浪理性对伦理理性的胜利。伦理理性一直在中国古代文化中占据着主导地位，其正面价值是把人的个体需求统一在集体、民族、国家的总体生活中，求中庸反偏颇，求和睦反冲突，求安宁反动荡；其负面价值则是易于压抑甚至牺牲人的个体欲望、本能、个性。当被压抑的个性需求出路时，就产生出了狂浪理性，即冲破伦理理性的束缚，不拘礼仪，求发泄，以便获得暂时的平衡。《红高粱》既是这种狂浪理性对伦理理性胜利的缩影，也是这种胜利的产物。作为“缩影”，《红高粱》的故事不过是生活狂浪现实的一种艺术再现；作为“产物”，它的创作与观看本身就是一种狂浪行动。

中国文化的内部冲突不是单纯的，而是和西方文化的撞击紧密交织在一起的，即《红高粱》是狂浪——价值理性对伦理——工具理性取得胜利的结果。王一川这样评论道：“整个故事是要告诉人们我们生活得太窝囊了，太不像人样了，正是理性造成了我们的这种异化境遇。要过上真正有人样的生活，就得像‘我爷爷’那样发扬充满、丰盈的原始生命力，冲破一切传统、理性的束缚，我行我素、自由自在，在激烈的生存竞争中奋勇搏杀，痛痛快快地活一场。显然，在这种意识形态的背后，既包含有中国古代狂浪理性对伦理理性的反叛倾向，也含摄了西方价值理性对工具理性的颠覆企图。但是，当这种所谓‘痛痛快快活一场’的人生理想以牺牲平等、互爱、民主等人道原则为代价被激发时，它显然陷于社会达尔文主义、法西斯主义之囿，至少已距它们不远了。"

《红高粱》表述的设计与观众产生的互动力量也是巨大的。作品始终弥漫着激情,充满了欲火。视觉上"颠轿"的色情场面,"野合"的富于刺激的性交情境和"酒誓"的狂浪镜头,听觉上摇滚节奏式的震撼,共同构成了一个非理性张力结构,根本不容理性在此立足,观众在失去理性的同时幻觉着《红高粱》的世界是自己梦寐以求的本真的诗意世界,再戴着变色眼镜返观现实,似乎弱肉强食的生存竞争正是生命力充满的理想世界的标志。《红高粱》的意识形态作用就这样实现了,它使观众心甘情愿地无意识地作俘虏,忘却了茫然失措境遇的不合理性,从而与现实的这种非本真情形本真地认同,为当今弱肉强食的生存竞争披上了一层诗意的合法外衣,成功地生产并控制着社会话语权。

五、主题与话语

影视艺术作为一种艺术表现形式,似乎不应被单纯地理解为反映现实或寓教于乐的工具,从某种维度来看,它不但与非艺术本文之间的界限十分模糊,而且在反映现实、再现现实,乃至于产生审美作用的同时,还参与了现实与历史的构成,展现了影视"本文周围的社会存在"和影视"本文中的社会存在"。宋林生曾在《"家世"与"出现"》一文中,通过具体作品的分析阐释了这一观点。

《红樱桃》是为"纪念世界反法西斯战争胜利50周年"拍摄的。在一般意义上,作品展示了"二战"期间一些中国留苏学生的苦难经历,并具有充分的历史依据,表明在德寇铁蹄下,中国人民也遭受了巨大的苦难和精神蹂躏。但作品似乎又有对西方中心话语的某种程度的默认和屈从。关于"二战"的起始,西方一致认为是从1939年9月1日德军入侵波兰导致英法对德宣战开始,而不是1937年"七七"事变,更非"九一八"。这似乎在更深层上仍表现了西方一贯以自我为中心的立场,好像只有他们所经受的苦难才能代表人类所经受的真正苦难,而日本军国主义在中国的所作所为,只是一场无关紧要的局部冲突。对此,虽然有人提出"二战"事实上应从卢沟桥事变,甚至"九一八"开始算,但这一说法却没有引起反响。这种认同和屈从是从一种孤立、拒拆的话语形态发展而来的,并充斥着某种程度的反叛与抗拒,这不仅体现了影视本身对历史的反思,也是两种话语(民族话语与国际话语)的沟通与交流。

作品拓展了普通民众的历史视野,使其了解了当时中华民族的儿女们受到日、德法西斯的摧残,表明日、德法西斯都是中国人民不共戴天的死敌,从而使我们的历史视野由民族范围扩展到世界范围。作为主战场的中国,为纪念"二战"50周年所拍摄这部作品的事情本身,就从"家世"("家世"为法国后结构主义理论家福柯采用尼采的用语,意为描述某种实践与同时期其他领域的关系类似于共时性;"出现"为描述力量关系发生改变或逆转的时刻,类似历史性)的维度上表明民族话语力图对西方话语进行渗透,作品的叙事话语则说明中国在一定程度上也参加了欧洲战场,从另一角度体现出反叛和抗拒西方话语的色彩。这样,中国人不仅在亚洲战场起到重要作用,还参与了欧洲战场,从"出现"性的话语变迁中可以清晰地看出,这既是一种反叛,也是一种扩张,表明一个迅速崛起的民族,其话语形态由孤立到多元,由单一到全面,甚至以全球的眼光看待一切。作品的本文不仅体现而且增强或固化了这种多元化、全方位、具有全球眼光的话语意识。

在希特勒及纳粹党徒的纲领和行动中要彻底消灭犹太人,他认为只有纯种的雅利安人才是世界上最优等的人种,才配得上统治整个世界,犹太人则是人类的渣滓,必须彻底消灭。斯拉夫人、亚洲人都属于劣等民族,只配遭受奴役或被消灭。作品中那位自称医生的德国将军,将楚楚从行将毙命的人群中挑选出来,进行所谓能够“流芳百世”的人体“艺术”试验。这从另一个层面似乎又体现了纳粹权威话语中的“边缘话语”,在这恶魔的眼中,只有楚楚那金黄色的皮肤上才能创造出“空前绝后”的“优秀艺术”,在一定程度上从反面体现了对黄种人的认可,从良好的质地中才能创造出“出类拔萃”的“艺术品”。而作品则通过敌对话语显现和张扬了民族主体的存在,进而参与了民族自觉意识的构成。

同时,从受害选择及程度上,也显现出民族话语向国际权威话语的介入和渗透。一副绘有纳粹标志、鹰蛇相伴的纹身最终出现在楚楚身上,其震慑力是不言而喻的,纳粹的一切丑恶、凶残、暴虐均暴露无遗。

在人们狂欢战争结束时,楚楚却怀着难以启齿的耻辱。她因特殊的经历被授予英雄勋章,并被送到莫斯科接受治疗。她强烈要求进行植皮手术,而如此大面积的植皮手术成功率几乎为零,这一点苏联当局和楚楚都十分清楚,但其坚决要求进行手术的心情是可以理解的,苏联当局则顺水推舟地同意了这一请求。但双方的出发点却大相径庭,楚楚是要消除纳粹造成的心灵创伤,代价是终生不愈的肉体痛苦。苏联当局则是基于防止未来战争的考虑,需要这张人皮来警示以后的人们,战争给人类带来的苦难,代价是牺牲楚楚一生的健康。这里我们看到一个熟悉的话语权威,那就是为了人类、国家或全局的整体利益,个人应该牺牲自己的局部利益。这一准则在一些类似当年苏联那样的国度是司空见惯的。但作品本文对这双重话语权威(国家理性和道德标准,“大家庭”家长)的揭示本身就体现了一种反叛话语。这种反叛既表现了西方话语对东方的渗透,又体现了类似体制内边缘话语对权威话语的挑战,并对“大家庭”家长进行了控告,所有这一切都似乎是意识形态的反叛,在发生了巨大历史性变革的今天已势所必然。那位作为知识分子出现的院长则是诸种非权威意识或边缘话语的载体,在他身上体现了各种话语的相互渗透和“多元话语交叉”。

楚楚的同学罗小万却另有遭遇,他是由党中央、毛主席派往苏联学习革命的,具有相当的代表性和象征含义,他不仅代表了中国共产党和毛主席,还代表了许多参加了欧洲战场的中国同胞,他们同广大苏联人民与所有人类进步力量一样和德国法西斯不共戴天。同战俘的“战斗”表面看来是一场事故,是不谙世事的少年闯下的祸,但其对纳粹仇恨的心理力度及与之抗争的决心却在此得到了极为深刻的表现。他所体现的更广泛的象征性具有极强的意识形态意义,那就是中国人民、中国共产党和毛主席对德国法西斯的鲜明态度,不仅实现了两种话语地位的合流,也使在国际上一向处于边缘话语地位的中国在这种合流中得到了显现和弘扬。有意味的是,尚未成年又是孤儿的罗小万竟然收养了一位苏联小姑娘作为自己的义女,其象征性含义更体现了对以往意识形态的偏离。在中共创立及其发展过程中,苏共与第三国际堪称为“父亲”,以后的一段时期，苏共也一直以“老大哥”自居。尽管作品本文中的那位区委书记自称是罗小万的父亲，但这种互为“父亲”的循环似乎更公允地体现了一种平等和“交流”意识。

在生活中，根据经验由看见、看清的初级视觉层次，进入看细、看透的更高层次，多要改变观察主体和被视对象的空间距离或有意集中自己的注意力；而在影视欣赏中观众可原地不动，摄影机移动拍摄就可体现人的不同看视方式、不同视知层次、心理期待愿望的不同程度。导演和摄影师在此用了一个近于静止的向前推近镜头，一气呵成地将这段戏拍摄下来。缓慢向前推近的长镜头，不仅把演员真实、细腻的表现，准确鲜明地纪录并传达出来。而此种手法所建构的银幕形象，也恰如其分地满足了此刻观众的心理期待，即人们只能全神贯注地一气听完，看细、看透的心理期待。这一银幕效果达到了对象—表现—观众期待愿望高度审视合一。

历史题材的影视作品，强调的是对于历史的一种现代解读，即历史表现的现代价值，其主题设置往往直接关系到作品情节设置的话语走向。例如，我们在做电视剧《墨子春秋》的剧本时，制片人首先跟我们讨论的是如何定位作品的主题。墨子生活在两千多年前，墨家与儒家在百家争鸣的时代均为显学，可在历史的发展过程中，墨家却逐渐淡出了历史。到了今天，墨学重新进入我们的视界，原因何在？墨学在诸子百家中是最富科学精神的，在漫长的历史岁月中消沉恰恰在于其观点的超前性，由此确定了该剧浓烈的悲剧色彩。剧本的主题定位是：墨子虽然离我们远去已二千三百多年了，但他的精神、他的思想仍然在中华大地上回荡，他兼爱、非攻、节用的观点，成为了中华民族一份大大的遗产。至今，人们仍在实践着他的追求，他让我们看到了一个理想社会的方案，看到了老百姓对于美好社会的向往，感受到人们对于和谐社会的渴望。这也是墨子为什么能够在被历史尘封了两千多年后，又回到我们身边的原因所在。

六、话语的文化对抗

在现代叙事理论中，神话具有了现代意义。作为对于话语力量的显现，也是文化产品的集合点。即使是披上了商业化的外衣，这一点也是无法改变的，因为，说话总是有表达意图的。就影视作品来讲，由其传播的广泛性所决定，表现得更加突出。例如，美国作为世界上第一影视作品生产大国，同样在其产品背后编织着一种美国神话，向世界证明着美国在这一世界中的力量。这种神话力量也是通过故事和表述展示出来的。对此，陈晓云在《美国电影：话语霸权与意识形态神话》一文中，作了较为深刻的分析。

从某种意义上看，影视作品是潜藏着意识形态倾向的神话的，而这种神话意识是通过影视艺术特有的视听造型元素的结构进行表现的。作为社会文化的一种铭文，影视艺术不仅反映并再现着特定国家、民族、社会的意识形态，而且与大众心理构成一种对应关系，引导着观众的消费并使之潜移默化地接受其意识形态。美国影视作品的意识形态倾向被包装在具有强烈视听效果的震撼力量的表层结构之下，通过娴熟的叙事技巧得以展示，在形态上表现得更为隐蔽一些。透过表象，透过作品的表层结构，不难发现其间隐藏的深层意义，一个意识形态的“骗局”，一个神奇诱人的梦幻，一个经久不衰的神话。

当代美国影视作品充分利用现代高科技手段，以具有超常刺激效果的视听造型元素给观众猝不及防的感官震撼和视听快感，使其在迷醉状态中迅速进入作品的规定情境，并让观众与作品的人物、情节建立起一种认同关系，进而逃离作品之外的现实世界。而维系、保持、延续这种视听快感的，则是其高潮迭起、波澜横生的故事与精心设计出的表述。一旦进入作品所建立起的虚构世界，观众便很难再对其所包含的价值观念、意义取向作冷静、清醒和理智的判断，从而只有在接受影像和故事的同时，被动地接受其意识形态的灌输。

《真实的谎言》表现了精彩绝伦的电脑魔术，一开始紧张的追逐场面令人屏息凝神，将观众带入一种特定的情境中去。与一般动作片不同的是，它还涉及了美国中产阶级夫妇之间的中年婚姻危机问题。从叙事的角度看，作品实际上包含了两个故事：一个是关于"国家利益"的故事；另一个则是关于"个人利益"的故事。将这两个故事糅合在一起加以表现，把一部本来完全由动作组成的作品变成了一个浪漫喜剧。该片导演说："我喜欢那些谎言中的喜剧潜力，那表面现象，那人际关系中的讽喻。对我来说，这部影片是叙述人的不可知性。我喜欢阿诺演那间谍角色的潜能。他在一个奇怪的、辩证的世界里生活。一方面，他是个有家的男人；另一方面，他是个超级明星，这意味着对他有着很高期望。"所以，作品所提供的视听快感，一方面，来自那些具有强烈视觉冲击力的火爆场面和极其刺激逼真的声音造型；另一方面，又在某种程度上满足了人们对隐私的"偷窥"欲望。哈利在偶然得知妻子海伦与一名叫西蒙的男子"有染"时，盛怒之下在她的手提包里放进了全套间谍窃听设备，并出动了整队特警，在直升飞机的配合下将两人抓获，场面的火爆与情节的细微之间形成了喜剧性张力。

近年来，美国一些警匪样式的影视作品几乎都有一个共同的叙事程式和大致类似的视觉图谱。例如，坏人作恶，大抵是扣押人质，盗窃炸弹后乘机向政府要挟。而政府一般表现得比较无能且无德，这就需要一个英雄出来拯救处于危难之中的人质乃至某个城市、国家。这些英雄大都是"边缘人"，并以个人复仇为特色。作品的基本空间往往是封闭的，如行驶中的火车，飞速下滑的电梯，行驶中的公共汽车或地铁，几乎与世隔绝的海岛等，都是颇具典型性的场所。这种场景的设置一方面可以增强叙事的紧张度，也便于英雄最大限度地发挥其聪明、才智、胆略和功夫。

对影像无休止的迷恋、对高科技的狂热崇拜在《侏罗纪公园》《未来水世界》《龙卷风》《勇敢者的游戏》等作品中几乎达到了极致。《未来水世界》为了营造出波涛汹涌的水世界的真实景观，不惜耗资数百万美元在海上建造水上小镇，其场面之壮观、宏大，使人为之瞠目结舌。《龙卷风》以同样颇具视觉冲击力的造型，使观众经历了一次在现实世界中无法完成的"安全冒险"。即使在一些"艺术片"中，也同样离不开现代高科技的运用。在《辛德勒名单》中，斯皮尔伯格让一位穿着红衣服的小女孩在暴行和屠杀中穿行，在黑白基调中，这运动着的红色尤其显得触目惊心。而当这位红衣少女后来出现在运尸车上被送往焚尸炉时，震惊了所有的观众。《阿甘正传》中，空中飞舞和羽毛、魔术般飞动的乒乓球、阿甘与历史人物的"会见"等，都显示了电脑特技的独特魅力。

美国影视作品的另一个主题是爱情。这类作品悦目的外包装主要体现在观众喜爱的明星,以及节外生枝、跌宕起伏、哀婉动人的故事上。克林特·伊斯特伍德和演技超群的梅里尔·斯特里普在《廊桥遗梦》中共谱一段中年恋情,而这个“发乎情止乎礼义”的婚外恋故事最终被演绎为一个道德神话,自然十分符合中国国情。

影视艺术就其本性来说与梦有着最大的相似性,“就其呈现方式而言,电影‘犹如’梦境:它创造出一个虚幻的现在,一种直接呈现的过程”①。作为一种“世俗神话”,影视艺术总是给生活在俗世中、经历种种不平和遗憾的人提供理想寄托与精神偶像。在影视艺术的背后,在光怪陆离的视听奇观背后,实际上是一个个隐藏着意识形态的神话。只要观众接受它的视听元素和故事情节,也就同步接受了其间蕴藏的意识形态。

几乎所有的美国影视作品都在竭力渲染一种所谓的“美国精神”。这种精神的核心是:在作品所展示的世界中,作为主人公的美国人的观念、思想,他们的所作所为总是正确的,总能代表美国人民乃至全人类的意志。美国似乎成为了全世界人民向往的地方,自由、平等、博爱、英雄辈出,起码美国的影视作品是这样告诉我们的。美国人可以把国旗做成背心和短裤穿在身上,但那面有着49颗五角星的星条旗又绝对是“美国精神”的象征。《巴顿将军》的第一个镜头,是一面占满整个画面的美国国旗,全副武装、胸前挂满勋章的巴顿,趾高气扬地向士兵训话。这个意味深长的镜头,表现出了强烈的意识形态倾向。在巴顿身上体现出的那种狂妄、自大、藐视一切的做派,正是一种典型的美国精神。对于巴顿来说,战争无异于是他的生命,是一场辉煌的冒险。为了美国的荣誉,他甚至可以明目张胆地挖苦苏联。连美国总统也不讳言这部电影在弘扬美国国威、军威,鼓舞士气,树立美国强大的军事形象方面所起的作用。

以“冷战”为背景的《白夜》,在美苏两个政治集团和两种文化观念的对立中,最终将美国描述成为一个“自由”世界。美国影视作品为了塑造英雄并进而表现“美国精神”,必须设计出一个对立面来反衬英雄,在当时,苏联是最理想的“敌人”。只是《白夜》对这种观念的表现比较隐晦一些,不像西部片那样正面表现复仇,而是描写了另一个故事:追求艺术自由的俄国芭蕾舞演员尼古拉·罗德钦科从苏联逃到了美国,为了政治和社会信仰的美国黑人踢踏舞演员雷蒙德·格林伍德,则从美国逃到了苏联。结果是意味深长的,尼古拉在雷蒙德的帮助下,通过美国驻苏联大使馆逃到了美国,雷蒙德也被克格勃秘密地作为人质,与一名被捕的苏联间谍进行交换回到了美国。叛逃者最终都逃到西方,而非苏联,他们追求的乌托邦式的艺术自由只有在美国才能实现,而在美国受到的种族歧视和失落的政治信仰,在苏联依然找不到。唯一的出路只有一条,那就是美国。作品中没有正面出现的美国被描述为一个自由的世界,而正面表现的苏联则是一个没有自由、只有压抑的世界,意识形态倾向表露无遗。但是,这种意识形态倾向是通过一个精心编造成的故事得以展现的,叙事和细节的可信性在很大程度上掩盖了其意识形态倾向。

《阿甘正传》是以一个小人物的事业史从客观上成为表现美国历史和“美国精神”

① 苏珊·朗格.情感与形式[M].北京:中国社会科学出版社,1986:455.

的一个寓言，有人甚至誉其为“当代美国文化经典”，它是一部集历史、神话、传奇和普通人的故事于一体的关于当代美国的寓言。它是一个关于智障人士从奋斗走向成功的曲折故事——从一个智障儿童，到橄榄球明星，到大学生，到士兵，再到富翁。而在故事线索中又串联了一些著名历史人物和重大历史事件。在阿甘身上，凝聚了被人们普遍认可的美德，他的纯洁、善良、诚实、坚韧，无不令生活在嗓杂纷乱中的现代人赞叹不已。而他那富有传奇色彩的成功，则显示了美国式的精神梦幻，像阿甘这样一个智商只有75的智障人士都能够获得成功，那么正常人的人生更能够创造出不可思议的奇迹。从而阿甘也超出了他自身的“所指”，成为了“美国精神”的一种象征，一个体现“美国精神”的特殊符号。

《独立日》更是表现“美国精神”的登峰造极之作。作品设定在7月2日，一股神秘的力量突然冲击地球，大批外星飞碟向地球飞来，并要在3天内毁灭人类，地球因此陷入了前所未有的困境之中。作品在情节安排上就是极其具有“美国精神”的，从外星人入侵，到最后被歼灭，正好在3天内完成，即7月2日到7月4日，恰好与美国独立日连接在一起。于是，一个关于人类抵御外星人的并不十分新鲜的故事，被改写成了一个美国英雄解救全人类于危难之中的具有强烈意识形态倾向的神话，而美国的国庆日也变成了全世界人民获得解放的日子。这种置换是通过娴熟的叙事技巧来完成的，从而将宣扬“美国精神”的主题巧妙地缝合在作品文本的叙事结构之中。与同类作品不同的是，作为美国政治象征的总统改变了在关键时刻发号施令的形象，而是亲自驾驶飞船率领战斗机群向外星人飞碟发射导弹，在惊心动魄的地球反击战中大获全胜。

七、民俗与民族文化

文化表现与民俗展示，在进入意识形态领域后，往往会产生出程度不同的矛盾与对立。这里我们看一下日本影片《楢山节考》。信州深山中的一个小村子由于赤贫，沿袭下来一种抛弃老人的传统：所有活到70岁的老人，都要被家人丢弃到楢山上。年已69岁的阿玲婆离上楢山的日子已不远，可身体还结实，因此很苦恼，有意在石磨上磕掉两颗门牙。她还一直为长子辰平担心，怕他像他父亲利平一样，因不敢将母亲背上楢山而惹人嘲笑。一天，阿玉作为续弦来到辰平家。阿玲婆和辰平都很喜欢她。长孙袈裟吉娶了雨屋家的女儿，雨屋家因偷众人的土豆而全家被活埋。阿玲婆教会阿玉捉鱼的办法，说通阿金与次子利助过了一夜性生活，然后来参加送她上楢山的仪式。拂晓，辰平背着妈妈攀上了楢山的山路。山上白骨成堆。到了山顶，辰平依依不舍地告别妈妈，返回村里。天上飘下大片大片的雪花儿，阿玲婆在楢山大雪中平静地等待着死亡。

影片编导像写一篇人类学论文一样构想和拍摄了这部影片。信州山中的外景地，一个个用“手工”精心拍摄的镜头，通贯全片的人的生活镜头和昆虫的生活镜头的交叉蒙太奇，演员极讲究的内心紧张外表松弛的表演，山间特有的动效和村民即兴哼唱的谣曲，为影片写实风格的实现提供了最基本的保证。纯客观的叙事视角，像一只放大镜，对准楢山的山脉、山坳、山村和山民的风俗，逐一进行仔细冷静的考察和审视。

编导不动声色地注视着镜头前的人类生活，就像在研究一块古生物化石或原始生物标本。影片开头，摄影机越过绵绵群山，将观众从现代文明中带出，渐渐俯临山坳中的一个小村落。村子被白雪覆盖着，充满原始的寂静。一幢茅屋外，袈裟吉和弟弟背对镜头在雪天中撒尿，之后，两人被冻得"嗞嗞哈哈"地朝屋里跑。摄影机就这样把观众领进了由阿玲婆、辰平、利助、袈裟吉等人组成的家庭。围绕着年老但仍健康的阿玲婆上楢山的问题，一家祖孙三代的生存和绵延的生活场景依次展开。围绕着阿玲婆一家，整个山村的生活和习俗一一呈现。影片结尾，阿玲婆在楢山纷纷扬扬的大雪中迎接死亡，送她上山的辰平回到家，袈裟吉在唱着自编的歌谣："上楢山的日子下大雪，树墩家的阿玲好福气……"镜头从这幢茅屋拉起，缓缓地越过白雪飘飘的群山，把观众送回现代文明中去。这样，从剧作结构到运动摄影，不仅前后呼应，而且具有深邃的寓意：影片所表现的是一个封闭、原始的世界，无论这个世界之外发生过或发生着什么新奇的变化，它都恪守原有的习俗和法则——人类生活有一部分秘密就来自于这永恒不变的封闭和原始，或者说，人类在宇宙中永远像那个小村落一样笨拙然而执著地生存着。无论生存环境是原始还是文明，无论生存时空是古代还是现代，无论男人还是女人，每个人都面临着一个自古同一的主题：死亡。影片表现了一个特殊的"视角"：楢山中的人们如何面对死亡。

阿玲婆、辰平和始终没有出场的利平，构成影片中心的"死亡纠葛"。阿玲婆将死亡与上楢山同视为一种风俗和道德。死亡与被背上楢山抛弃，前者是实质，后者是行为；前者是结果，后者是过程。阿玲婆却把它们等同看待，在她的观念中，死亡也是一种风俗，被道德化了。作为一个人，不该也不能违抗风俗——民间的法律，遵从道德是人最朴素也是最高尚的品性。阿玲婆清醒冷静而又从容不迫地做着上楢山的准备，如磕掉了门牙，为辰平娶了阿玉，并把自己捉鱼的"绝技"教给她，给无权讨妻又处于性饥饿状态的次子利助找到了一次机会……像举行一个庄严的仪式，阿玲婆默默地离开家，默默地在白骨堆中迎接死神的降临。死亡并不可怕，既然它被当成风俗和道德。利平和辰平则注意着上楢山这一行为中所包含的实质内容——死亡。利平逃避这实质的残酷，但逃不脱道德戒律的惩罚，只好从生活中消失。辰平在母亲的监督和鼓励下，没有重蹈父亲利平的覆辙，但他并不能完全接受母亲的死亡观。最后，辰平遵守了风俗和向母亲许过的诺言，可是他并没有因为认识到人的命运而减轻内心的痛苦。当辰平下山回家时，看到新木家的老人对死亡的恐惧和怯懦地拒绝，不禁又为自己的母亲感到骄傲和欣慰。

只要保持淳朴的人性，就自然能够成为伟大的圣人，这是影片向观众昭示的思想。死亡是考验人性的最后一个考场。影片通过一批普通而无文化的人物，以及他们平凡的甚至有几分琐碎卑微的生活场景，传达了一种反武士道精神的英雄观和历史观：正是阿玲婆、辰平这样一些小人物的顽强的生命意志和坦率的死亡态度，才使日本在地球上生存下来。影片中，劳作和性就是顽强生命的体现，贫困使人们建立起最朴素的生命观：白米饭和土豆即是生命。阿金只要吃了白米饭，就能摆脱病魔获得生命的权利；雨屋家的人偷了别人的土豆，就等于在剥夺他人的生存权利，因而受到制裁——全家被活埋。

在这里，生命的法则很简单，即劳作获得食物，“老大”承担繁衍后代的任务，从“老二”以下的人则不能有后，为的是保证“老大”的后代有足够的食物维持生命。性是自然的产物，只要有人，无论生活多么原始，性都不可避免地受到社会性的规定和限制。楢山中的人们有一条严格的性守则：“老二”不许有后。看似处于原始状态的山村人的性生活，实际上已经被社会化了。“老大”拥有性的权利，“老二”以下的人则受到性蔑视和性怠慢。只有在偿还“冤孽”的前提下，阿原才能在丈夫死后同村里的“奴崽”一一交媾。

性同死亡一样，被当做一种风俗、一种道德。只要是人，就必须遵守性风俗和性道德，任何人都无法彻底摆脱它们而完全等同于一般生物。影片中不断交叉剪接的昆虫和飞禽走兽的镜头，并非对人的性、生与死的注释，而是对人的生存、延续和死亡的观照。任意一对异性动物，都可以交合，孕育新的生命，而同它们具有同样性本能的人却无这样的自由。阿玉和阿原都不肯应承利助亲人的恳求，她们本能地讨厌，这种“本能”已不是一般的生物本能，而是“人”的本能。上楢山的早晨不能被别人看见，一只猫头鹰蹲在树枝上，看到辰平背着阿玲婆离开村子。正像辰平与阿玉在一起的第一夜被屋顶的蛇看到一样，猫头鹰的镜头赋予影片一种新的神秘和新的清晰。在一个昆虫的插入镜头之后，“人”的生活场景仿佛改变了固有的色泽，显得更加接近自然又更加违反自然。在昆虫的“观照”下，人会愈发深刻地认识到自身内部的生物性，同时，也愈发深刻地感觉到自身内部与生物性交融一体的“人性”。这就是影片的影视语言所诉说的最古老、最深远的一个话题。

在我国的这些获奖作品中，民俗的话语表现为质疑的对象。一般情况下，不管在哪个国家，民俗总是隶属于底层文化或未开化文化，总是产生于那些需要借助于一定的集体仪式（而非规律）来规范个人行为的时代。所以，表现民俗总会给人一种时间滞后的感觉，会把民族愚昧、落后的一面展现在观众面前。但是，作为艺术，真正从观众的审美心理上看，表现民俗仪式的最大诱惑来自于它的奇观性。在影视创作中，奇观性的产生取决于观众的“视觉欲望”。当某一欲望的客体在观众那里表现为一种“缺席的存在”时，影视作品的奇观性便随之产生了。早在张艺谋、陈凯歌的作品取得国际认同之前，立足于国内市场的《良家妇女》《寡妇村》《乡音》《边城》等，就已经纷纷致力于通过民俗风情和仪式去形成一种针对本国观众的奇观了。与此同时，美国的《与狼共舞》、日本的《楢山节考》、台湾的《无言的山丘》等影片，也在大陆观众这里构成了由民俗仪式来表现的影视奇观了。当张艺谋、陈凯歌以民俗仪式的奇观性去争取国际认同时，中国观众对颠轿子、挡棺、挂灯笼、拜师学艺的诸多民俗和仪式同样看得津津有味。可见，民俗的奇观性并非只是针对西方观众“他者”的文化消费，在争取国际认同的同时，也在争取国内的认同，而成为一种民族寓言的代码。也就是说，作品主要不是表现在民俗奇观这个叙事的表层，而是从思想意识、审美观念、欣赏趣味等方面入手去寻求更深层的交流基础，这从张艺谋式的大宅院故事能够看出。

第三节　人　物

一、人物——剧作的核心

一切以叙事为特征的文学艺术，无不以写人作为艺术创造的核心。高尔基说，文学就是人学——这一论断同样适用于电影。文学反映了在特定的时空环境中人的思维及身体活动，以行为为手段塑造形象来反映生活，表达创作者的认知与情感。人学是对人类人性的探知过程，通过人自身的反思来重新认识个体和世界，关注人的心灵世界，着重追求生命的意义。这二者共同关注的重心都在于人本身，透过人类本身去表达灵性的主题。电影剧作以视觉听觉语言为工具，形象化地反映客观现实、表现内心情感和社会生活，以另一种传播形式暗合了文学与人学这两者共同的所指——以人物为核心。

电影剧作叙事的根本特征是，通过对人物形象和性格的发现来反映现实生活，并将现实升华到美的艺术境界。电影剧本所描绘的艺术形象，主要由人物和环境两部分组成。所谓环境，主要是指由人与人之间错综复杂的社会关系、人情关系所造成的特定的社会环境（包括与人物生活有关联的自然环境）；所谓人物，则是指被这一社会环境中诸般现实矛盾，以及种种特殊生活形式所制约的有血有肉的性格。

人是社会生活的主体。社会生活中的各种关系、矛盾和斗争，都体现在人与人的关系中。“人的本质并不是单个人所固有的抽象物。在其现实性上，它是一切社会关系的总和。”①社会上没有抽象剥离的个人，只有承担着各种社会角色的具体的个人，角色即是个人与社会结合产生的个体，角色本身就意味着各种各样的关系，社会生活的复杂性还要求有时候个人要承担多个社会角色。社会生活又是以一定的人与人之间社会关系为纽带，形成复杂且多层次的社会现象，艺术作品要反映社会生活，就得要写人。无论是在叙事学初期着重“故事层”的探究、“叙事结构”的建构，或是现代文学以发展叙述“话语层”为重点，叙事艺术都是以人的活动为内容的。

（一）人物是剧作主题的体现者

剧作的冲突（矛盾和斗争）要靠人物来展开，情节的安排、场面的处理、细节的选择和运用无不以人物为中心。抓住了人物形象的塑造，也就抓住了剧作的关键。剧作主题的体现和深化，往往是和作者对人物性格的刻画和揭示交相辉映的。一定时空背景下的社会生活，有其特殊的历史性与时代性，剧中人物在命运的洪流中势必会面对各种考验，他（她）的选择就成为了事件继续向前发展的动力，事件发展的最终结果，即体现了剧作者的意识形态及呼之欲出的主题，或富于哲思、禅想，或乐观执著，或悲

① 马克思恩格斯选集［M］．北京：人民出版社，1995：18．

悯人世，或回归现实等。人物的个体选择，不单是人物性格的体现者，也是影视剧创作主题的承载者。

1957 年，老舍先生的顶峰之作——话剧《茶馆》问世。时隔 50 年，根据老舍的原作改编而来的电视连续剧《茶馆》，于 2010 年 7 月在央视八套的黄金强档热播，引起了社会各界的大力好评。正如制片人李功达所说：央视给翻拍名著成功地"打个样"！大茶馆展示了一个小社会、小四九城，讲述的内容浓缩了旧中国家国命运的历史变迁。著名作家叶广芩作为该剧的编剧之一，从尊重原著经典出发，在改编的同时还在剧本的一些细节上融入了自己的家族故事，挖掘了原著话剧背后的内容。电视剧中共有 140 多个人物，比原先话剧中的人物多出 50 余位，虽然戏量和角色都扩充了，但全剧的中心情节还是围绕在由陈宝国扮演的王掌柜身上。

王掌柜王利发是裕泰茶馆的掌柜，也是贯穿全剧的人物。他从父亲手里继承了裕泰茶馆，也继承了他的处世哲学：多说好话多作揖。他胆小、自私又精明，表面上点头哈腰应酬三教九流，对不同的人采取不同的态度，勉强维持着茶馆的生计。但实际上，王利发却无法抵御各种反动势力的欺负和压榨，成天八面玲珑逢迎官僚权贵、恶霸实力、地皮特务活在茶馆的一桌一椅之间，对门帘外的世间苦难早已麻木不仁。王掌柜"三个梦想"的破灭，也昭告了那个时代的残酷无情和个人命运的随波逐流。王掌柜有三个梦想，第一个是发财梦，他想开裕泰分号，还想并购其他几家茶馆，以此超越他的父辈光宗耀祖。在第一个梦想破灭之后，他开始了第二个改良梦，开始学洋派添咖啡添评书，但在战火纷扰内忧外患的时代，他的改良梦也破灭了。最后他就只剩下生存这么一个梦想了，他只希望自己能活下去，能给孩子一碗热汤面。

这个精于处世的小商人几十年来苦撑苦熬着走到了人生的尽头，也没实现他"发财赚钱，好好过日子，让子女出人头地"那点大多数中国老百姓平凡的小愿望。悲凉之极喊出了从来也没敢喊出口的话："我变尽了办法，不过是为活下去！为什么就不叫我活着呢？……皇上、娘娘那些个狗男女都活得有滋有味儿的，单不许我吃窝窝头，谁出的主意？"

这样的悲剧，不单单是王利发或是常四爷、松二爷这些个小人物的个人悲剧，它也是旧中国广大老百姓的群体性悲剧。然而，在整个灰暗的旧中国镜像中，片子也给观众注入了希望：平日里王掌柜口口声声要"一代更比一代强"——他要比他的父亲（老掌柜）强，他的儿子要比他自己强。眼看着在他的身上未实现的抱负，末了在他们老北京的下一辈（王掌柜的儿子王二栓、常四爷的儿子常喜贵、松二爷的女儿松二秀、秦二爷的儿子秦利民）身上有了作为，他们有的打入国民党军政府内部，有的化装成老百姓送情报抗军阀为民除害。困惑也好、愤懑也罢，大至一个国家，小至一个家庭，只有真刀真枪地从根本上改变吃人的社会才能争取人人平等的时代，有尊严地在社会中做一个真正的人。

从满清王朝裕泰茶馆提笼架鸟、算命卜卦、卖古玩玉器、玩蝈蝈蟋蟀者无所不有的"繁荣"年代，到最后"改良改良，越改越凉"的关张破产；从年轻精明、左右逢源的掌柜王利发，到白发苍苍晚景凄凉的将死之人，剧作毫不留情地将那个时代与人物紧紧拴在一起饱受摧残，透过一个个鲜活的人物，我们看到了一个个用不同方式与命运苦苦挣扎的灵魂，这些灵魂或美好或丑陋留给我们后人去议论反思的，又岂能只是单纯的人物？

（二）观众感受的需要

人们欣赏艺术作品，也是在欣赏自己和同类——任何艺术作品能够打动观众，给观众留下深刻印象，令观众或爱或恨，或同情或反感的是鲜明、生动、有血有肉的人物形象。源于人类的原始求知欲望，观看与摹仿是所有人从孩童时代就具有的天性，对行为的观看延伸到对行为的摹仿，从而获得求知的快乐。从观众的观看角度出发，除了欣赏故事本身之外，那些栩栩如生的人物形象也是观众欣赏的一部分。例如，《西游记》中善良执著的唐僧、嫉恶如仇的孙悟空、功利憨厚的猪八戒、憨厚老实的沙僧，师徒四人的人物性格魅力还引发了网民对于现实生活中四种男人的投票与争论。《暗恋桃花源》中耿直懦弱的渔夫老陶、水性杨花的春花、外强中干的房东袁老板，以及《大宅门》中睿智坚强的二奶奶、风流才俊的白景琦、奸诈嫌恶的王公公……这些人物都是老百姓津津乐道的角色，他们塑造的形象各有所指，似乎就活灵活现地生活在我们的周围，各自代表着一类人的特点，给观众留下了深刻的印象，回味悠长。

以顾长卫导演的电影《立春》为例，《立春》是继《孔雀》后“时代三部曲”的第二部。该片讲述了相貌丑陋的大龄女青年王彩玲，以一个小县城音乐女教师的身份追寻歌剧梦想的故事，反映了1984—1994年间包头小县城中70后文艺青年们的现实与梦想。

主人公王彩玲的目标很明确，不但要从落后的小县城去北京唱歌剧，更要唱到巴黎去，以自己的力量和现实抗争着。而这样的题材一般来说有两种类型：一种是励志主题，另一种是纪实主题。《立春》即是后者，这就决定了主角必然以摔倒的姿势来演绎梦想之路的坎坷。

相貌丑陋却具有高贵灵魂的王彩玲，因天生有一副唱歌剧的嗓喉，不甘像周围人一样过平庸世俗的生活，一心想要将根扎在北京。人物形象以歌剧这样西方化的爱好与周围人大大的拉开了距离，也跟观众熟悉的日常形象拉开了距离，但究其生活的轨迹与环境，我们发现这个人物是普通当中更普通的小人物，更卑微的一个生命。在现实生活中我们都知道，反差越大，达成理想就越难，再加上首都与小县城、丑女与歌剧的命题，这样一个具有双重属性的底层人物执著追求梦想的故事，更让角色多了一些悲剧色彩，她虽渺小却闪闪发光，也更让观众由衷生出钦佩与惋惜。更悲剧的是大龄女青年王彩玲爱上了其一心想去北京念美院但屡考屡败、屡败屡考的表弟黄四宝，然而，黄四宝只当王彩玲是自己苦闷精神世界的知音，可以说是落花有意流水无情。随着黄四宝去了深圳，王彩玲在这个窒息的现实中又失去了一个精神上的战友。就当她以为自己再也无法从身边找到志同道合者时，自小迷恋芭蕾、被旁人视作异类的胡老师走进她的生活。芭蕾与歌剧有共同的高贵血统，这一梦想符号从一开始又暗示了它与现实的不妥协性。之后胡老师以极端的悲剧手法将自己与世俗生活作了了断，把自己这个“眼中钉肉中刺”从大众舆论中拔了出去，探监的王彩玲看到在铁窗后翩翩起舞的胡老师,痛苦之情溢于言表,犹如一把匕首刺进了她的心脏,这令追梦的王彩玲再度受到沉重的打击。最后,走到人生的十字路口时,她只能以王彩玲的方式和世俗生活言和,日子还得继续,而理想只能埋在心里,给了观众一个苦涩又带点温暖的交代。

影片通过王彩玲近乎10年间的生活,表现了一个永恒的主题:理想与现实、个人与社会、外地与首都。这样的主题不仅仅属于那个文化匮乏、艺术封闭时代,还属于今天、明天。在我们的周围有无数个王彩玲,他们与现实不妥协,与生存现状抗争,执著地追寻着生活的亮光,也许我们自己就是王彩玲,就是黄四宝。现如今,一群群北漂南漂的文艺青年在这个大时代背景中接受等级不同的教育,不安于庸常的生活,面对残酷的现实,做人群中那个"不随大流"的自我。王彩玲又几乎有每一个人的影子,背负着梦想,只是在现实面前更多的人很快就放弃了,少数的人继续坚守。我们中的大多数都没有美丽的容貌,没有显赫的家庭,都像王彩玲一样生活在中国的某个小城镇,但现实的灰暗并不妨碍做一个灿烂的梦。就像美国第28任总统威尔逊曾经说过:"我们因梦想而伟大,所有的成功者都是大梦想家:在冬夜的火堆旁,在阴天的雨雾中,梦想着未来。有些人让梦想悄然绝灭,有些人则细心培育、维护,直到它安然度过困境,迎来光明和希望,而光明和希望总是降临在那些真心相信梦想一定会成真的人身上。"①

二、性格是人物魅力之所在

人们常说:性格决定命运。社会上还由这一命题出版了很多关于这方面的著作以供大家阅读和参考,可见这一警句的内容是非常具有现实意义而且"一针见血"的。人的性格渗透到行为中的方方面面,必定也就影响着生活的方方面面。个人的性格任凭自己发挥,个人的命运也自己缔造,当然不排除外因的影响,从某种意义上说性格还是在生活中起着至关重要的作用。"个性"这个词在心理学中是一个内涵极为丰富的概念。个性当中从内因上包括了能力、气质、性格、品质几大方面;从自我调节方面包括了自我认识、自我评价、自我体验、自我调控等;从行为上包括动机、需要、兴趣、价值观等。然而,只有性格才是个性的核心。爱因斯坦曾指出:"优秀的性格和钢铁般的意志比智慧和博学更为重要……智力上的成就在很大程度上依赖于性格的伟大,这一点往往超出人们通常的认识。"②

创造人物几乎是编写影视剧本过程中最核心的要务。在写作理论上,英文的character一词,可译为"人物",亦可译为"性格"。人物即性格,作家创造人物即是创造性格。性格,是指人在特定的社会关系中全部稳定的行为和心理特征的总和。生活中的人物是千姿百态、千差万别的,人们关心的不仅是他们的高矮胖瘦、外貌美丑,或俊男靓女,或愚夫拙妇;或腰长腿短,或三维标准;或樱桃小口,或阔嘴厚唇;或大眼睛动人,或小眼睛迷人,或不大不小的眼睛勾人,而更重要的是他们在社会生活中、在人

① 崔仲雷.励志中国:名人名言[M].辽宁:万卷出版公司,2009:7.

② 潘东麟.性格决定命运[M].长春:吉林大学出版社,2010:6.

与人的关系中、在不断发展变化的冲突中所表现出来的独特的性格魅力。从“人学”的角度来探讨艺术中性格的美，主要发轫于它反映现实矛盾的无限多样性和对于“人的本质”的独特发现。莱辛在他的著作《汉堡剧评》中指出：“一切与性格无关的东西，作者都可以置之不理。”性格的刻画，贵在独具慧眼的发现，贵在透过“这一个揭示”出时代、社会、人生脉搏的跳动，给人以某种思想的启迪。电影剧作所不同于其他叙事性文学作品的地方仅仅在于，它是用电影诉诸视听的特殊艺术手段来塑造性格的。

当然，没有脱离社会的个人，也没有脱离人物的社会关系。要表现人物的性格或个性特征，就必须从他身处的社会环境出发，从他各个层次的社会关系出发，去表现在一定环境中的人物生活、矛盾、与他人的冲突、与自身的冲突、与社会的冲突。

比如，1987 年央视版电视连续剧《红楼梦》投资巨大、规模空前，生动地再现了封建贵族大家庭中众多人物的悲欢离合，被誉为不可逾越的经典之作。人物塑造如诗如画，从主子到仆人一个个犹如画中人，或丹唇未启笑先闻，或风流灵巧芙蓉面，或两靥生愁泪凄凄……

《红楼梦》有两条明显的叙事线索：一条线索是这个封建大家庭的兴衰及主要人物的命运走向；另一条则是宝黛二人的爱情悲剧。细化到林黛玉身上，一个是她个人幼年体弱多病直至夭折的命运，另一个是她爱情的悲剧，仔细揣摩这两个结局都和她的性格不无关系。

首先是她的命运悲剧。林黛玉，字颦卿，自幼体弱多病，7 岁丧母，11 岁丧父，上下皆无依靠。弃舟登岸来到了外祖母家，耳闻目染中她炼成了一套自佑之心机：“因此步步留心，时时在意，不肯轻易多说一句话，多行一步路，只恐被人耻笑了他去。”①可见年方十三岁的黛玉，在现实复杂的环境中已深谙世间的险恶，而早就有了极强的自我保护意识。在她的自我保护中，夹带着两种矛盾的心理：一方面，自知身世凄凉有别于主流贵族小姐的自卑；另一方面，她作为有知识、有思想的女性自我意识者，又有着孤高自许目下无尘的自负。

在黛玉进贾府之后，众人见她，身体虚弱，因问：“常服何药，如何不急为疗治？”黛玉道：“我自来是如此，从会吃饮食时便吃药，到今日未断，请了多少名医修方配药，皆不见效……”②身体的状况不佳，给她的性格蒙上了灰暗的底色，这样一来，她对人和事物的看法，也往往走了消极的道路，便有了抑郁的气场。这样的气场使得别人对她敬而远之，在生活和社交方面有了很大的影响，这也促成了她更加孤僻的性格。例如，在端阳节的酒席上，众人无兴而散的时候，喜欢热闹的宝玉长吁短叹，而黛玉却与常人相反，她觉得有聚就有散，与其承担散时的冷清，不如不聚的好；与其承担花谢时的惆怅，不如不开放的好。这又体现了她性格中的另一个特点，凡事采取逃避的态度，不愿意承担后果。黛玉她果真不喜欢热闹么？年幼的她一定也是希望在父母膝下撒娇受宠，快乐地生活，但老天偏偏与她作怪，小小年纪孤苦伶仃，一没靠山二没人缘。只能

---

① 曹雪芹. 脂砚斋全评石头记(上册)[M]. 北京：东方出版社，2006：34.

② 曹雪芹. 脂砚斋全评石头记(上册)[M]. 北京：东方出版社，2006：36.

自己保护自己的她，便采用了消极的办法：紧紧封闭心门以避免外界带来的伤害。这都体现了她与自身的冲突。

在贾府众多才貌双全的女伶中，黛玉尤为突出，她生得“两弯似蹙非蹙笼烟眉，一双俊目。态生两靥之愁，姣袭一身之病。泪光点点，娇喘微微。闲静时，如姣花照水，行动处，似弱柳扶风。心较比干多一窍，病如西子胜三分。”[①]惹得八面玲珑的凤辣子王熙凤也赞不绝口：“天下真有这样标致人物，我今才算见了！……”[②]既是美女又是才女，绝顶聪慧的林黛玉，才华虽是大观园群芳之首，为十二金钗之冠。但是锋芒毕露的她，光有举世的聪明却没有生存的智慧，并不受大多数人所喜欢。整个家族上下集体上演着荒淫无度、骄奢淫逸的生活，一个个对理想、对现实麻木不仁，而黛玉这个寄人篱下的弱者，却像是一朵莲花洁身自好地坚持着对自由的信仰、对爱情的信仰，清醒地活在痛苦之中，自然而然地与其他人拉开了距离，清冷孤高为他人所鄙夷。同时，她本身也极度鄙薄主流社会的功名利禄，蔑视周围热衷仕途富贵的男男女女而不愿同流合污，加上她缜密的心思和敏感的情怀，孤独感如影随形。这是她与周遭环境、与整个社会的冲突。

对命运的无奈，在不利环境中哀婉的心事，使得林黛玉常常暗自伤感，所做的诗词中常常提到泪、魂、死等这样的字眼，郁闷的心情可见一斑。由于她的绝顶聪明，表现在嘴上那是极为刻薄，话说出来多半是含沙射影针针见血，个性中极大的表现为幼稚和任性。例如，黛玉讥笑刘姥姥：“她是哪门子的姥姥，只叫她‘母蝗虫’就是了。”接着又说：“你快画罢，我连题跋都有了，起个名字，就叫做《携蝗大嚼图》。”[③]众人听后笑得前俯后仰，刘姥姥极为尴尬。刘姥姥作为社会的底层老妇，家道艰难，被其他人捉弄讥笑也就罢了，但生存的困境与其间的诸多辛酸，聪明的黛玉又何尝不知？而她反而和众人一道，让刘姥姥出丑以取悦他人，难道她也忘记了自己悲戚的身世进而变得如此尖酸刻薄？最终，身受心魔病魔同时摧残的她，抵不过命运的强大，凄凉怨恨地香消玉殒。

再说黛玉的爱情悲剧。

林黛玉与贾宝玉的悲剧爱情，总共可以分为三个部分：相识、相恋、诀别。宝黛二人的初见，黛玉便大吃一惊：“好生奇怪，倒像在哪里见过一般，何等眼熟到如此！”而宝玉也笑道：“这个妹妹我曾见过的。”[④]两人青春年少一见钟情，似是梦中人。

他们的爱情故事中不得不提的一人便是薛宝钗。薛宝钗是与林黛玉站在对立面的人，她们代表了两种完全不同的价值观和人生观，无论是容貌还是才情都不相上下：一个养尊处优，一个寄人篱下，一个圆滑成熟，一个幼稚任性；一个代表主流社会，一个代表叛逆女性。这样的两个女人，待人处世、对待对手和爱情的方式都截然不同。宝钗善于笼络人心，黛玉洁身自守；宝钗以柔克刚，黛玉直来直去溢于言表。而宝玉的心

---

① 曹雪芹.脂砚斋全评石头记（上册）[M].北京：东方出版社，2006：45.

② 曹雪芹.脂砚斋全评石头记（上册）[M].北京：东方出版社，2006：38.

③ 曹雪芹.脂砚斋全评石头记（上册）[M].北京：东方出版社，2006：499.

④ 曹雪芹.脂砚斋全评石头记（上册）[M].北京：东方出版社，2006：44-46.

理趋向是站在黛玉这一边的,欣赏她的气质与品格,两人也真正懂得互相怜惜对方的情痴,这使得黛玉在爱情战场的表面上占了上风,实际上最后全盘皆输。因为,在那样一个环境下追求恋爱自由、婚姻自由的他们,并不能真正为自己的婚姻命运做主,而真正的决策者是代表了封建腐朽思想的封建家长制度,站在制度对立面的黛玉,必然要遭到众人的排挤,再加上她的心胸狭窄和喜欢嫉妒猜忌的性格,即便放到现代,也可能让人望而却步。

在原著第二十回中:宝玉和宝钗正在一起玩笑,史湘云来了之后两人又一起到了贾母处,正好林黛玉也在,瞅见了这一幕便醋意大发地问宝玉刚在哪,宝玉便说在宝姐姐家,这时黛玉冷笑:"我说你亏在那里绊住,不然早就飞了来了。"这一句话吃了两个人的醋,一个是薛宝钗一个是史湘云。接着宝玉笑道:"只许同你玩,替你解闷儿。不过偶然去他那里一趟,就说这话。"林黛玉道:"好没意思的话!去不去管我什么事,我又没叫你替我解闷儿。可许你从此不理我呢!"说着,便赌气回房去了。① 这一来一去的几句话,又道出了宝黛二人对爱情的观念和态度的不同。在黛玉的爱情世界里,只有宝玉一个人存在,他是她全部生命的意义;而在宝玉的世界里,爱情只是他生活的一部分。自私的占有欲使得林黛玉不能容忍宝玉日常生活中与其他女人的相处,而不停地猜忌和吃醋,为自己树立更多的对立面和敌人,而一味的任性吵闹,使得宝玉也疲于应对。两盏茶的功夫,宝玉对黛玉又哄又表心迹,方才平息了不久。而黛玉对于宝钗的敌意和对自我的仰视,以及众人对于黛玉的印象和态度,通过她与史湘云的对话可读出其味。史湘云对宝玉道:"他(指黛玉)再不放人一点,专挑人的不好。你(对黛玉)便比世人好,也犯不着看见一个打趣一个。指出一个人来,你敢挑他,我就服你。"黛玉忙问是谁,湘云道:"你敢挑宝姐姐短处,就算你是好的。我算不如你,他怎么不及你呢。"林黛玉听了,冷笑道:"我当是谁,原来是他!我那里敢挑他呢。"②

"黛玉与宝钗选择论"是个经久不衰的议题,不论是鞭挞宝钗的世俗,还是赞赏黛玉的空灵,围绕的都是她们个人的性格品质与道德秉性来讨论。

最终,代表主流社会的封建家长选择了大气端庄的薛宝钗,而贾宝玉并未作出实质性反抗,他似乎是无奈而又无力地接受现实,实际上会不会恰恰是符合了男人在精神上选择黛玉,在现实中选择宝钗的矛盾心理呢?可见,在影视剧中,人物性格对整部作品的支撑作用是显而易见的。

近年来,在中国的影视剧创作中,曾有两部因成功塑造人物性格而脍炙人口的电视剧,这就是《亮剑》和《士兵突击》。可以说这两部作品都塑造出了性格独特的"这一个"的另类英雄,构成独特影视领域的"李云龙现象"和"许三多现象"。

《亮剑》中李云龙在上级眼里是:"能打仗,也能惹事""这小子是块打仗的料,使起来也很顺手",但李云龙也很难驾驭,是一匹烈马,一不留神就会给人闹出乱子来,所以领导对他的评价,是既喜欢又头疼。

---

① 曹雪芹.脂砚斋全评石头记(上册)[M].北京:东方出版社,2006:262.

② 曹雪芹.脂砚斋全评石头记(上册)[M].北京:东方出版社,2006:263.

在友军楚云飞眼里：李云龙是有勇有谋、不循常规、胆大包天的骁勇战将，是土包子出身的作战天才。没有进过军校，他也是有英雄气概的、值得交往的一个血性汉子，是个硬汉子。当然，在楚云飞眼里，李云龙也有很不好的一面，就是这个人是个只能占便宜、不能吃亏的主。在有些时候有些无赖、有些难缠。他的政委就曾经开玩笑说："楚云飞和李云龙打交道，叫做君子碰上了小人了，你君子就占不着便宜。"

在敌人眼里：李云龙是不循常规出牌的、神秘可怕的对手。日本情报部门对他研究后给出这样一个结论：李云龙性格桀骜不驯、胆识过人、意志坚毅、思维方式灵活多变，多采用逆向思维；处事从来不拘泥于形式，是个典型的现实主义者；纪律性差，善做离经叛道之事，不是个守规矩的人。实战经验丰富，战斗中心理素质极其稳定；精通射击术，能够双手使用手枪，达到首发命中；受过格斗训练和刀术训练，科目是中国武术，级别不详。

事实上，李云龙的性格是一个多种矛盾综合体。他有着传奇般的战斗经历，屡建奇功。要不是屡建奇功，早把他拿下去撸了。但是，李云龙确实是个军事天才。不过他也是个惹事精，一不留神就弄出麻烦来了，这是一个矛盾。他是顶天立地、豪气干云的大英雄，可是又是脏话连篇、喜欢吹牛，是一个缺乏文化修养的粗人，一个地道的农民、粗人，这是第二个矛盾。还有他率真、义气、性情粗犷，但又不仅仅是一个猛张飞；他粗中有细、精于算计，从来不吃亏，具有中国农民式的狡诈和狭隘，等等。李云龙就是这样一个复杂性格的结合体。然而，在李云龙性格中最闪光的、也是最有感染力的就是：逢敌必亮剑，狭路相逢勇者胜！勇往直前，无坚不摧的战斗意志。他从不言败，意志坚定，坚持己见。在每一次战斗中，他都是从不言败，都是把自己队伍的精神发挥到极处，亮剑精神在他的队伍已经成为了他军队的军魂。无论面对如何强大的敌手，明知不敌也要毅然亮剑。即使倒下，也要成为一座山、一道岭。

与叱咤风云的李云龙的性格相反，《士兵突击》中一根筋的许三多却是另一种英雄，一种韧性的、木讷的、潜隐的英雄。

《士兵突击》中的许三多憨厚、老实、淳朴、善良、乐观，却又的确够笨，他反应慢、不晓人情世故、笨嘴拙舌。然而，在另一面他又行事专注、长于强记、毅力超人。

《士兵突击》讲述的是再简单不过的一个故事：农村出身的孩子许三多进入军营后，在战友的帮助下从一个不合格的新兵慢慢成长为一代"兵王"。听起来平淡无奇，但事实是在此之前，确实没有一部军旅电视剧像这样把目光对准部队基层的一名普通士兵。尤其，这还是一名"问题士兵"。在剧中，许三多带着农村兵的不自信和固执，在新兵训练时就问题不断，最终被"发配"到荒凉的三连五班。五班全体加上他只有5个人，负责维护后勤管理。这里本来是打发时光的所在，但许三多坚持要"做有意义的事"，竟凭一个人的力量修出一条路来。团长很欣赏他，特别批准把他调往全团最优秀的"钢七连"，却又一次在优秀的战友中成为拖后腿的"孬兵"，惹出很多大麻烦。在班长史今的鼓励下，许三多靠着自己的坚持提高了军事技术，慢慢成为训练和比赛的尖子。但由于军事改革的需要，"钢七连"迎来了被撤编的命运，拥有光荣战绩和"不抛弃不放弃"传统的连队，最后只剩下许三多一个人看守物资，等待重新分配。这时的许三多再一次显示出别人不能理解的"一根筋"——尽管只有一个人,他还是按时作息、出操,在食堂门口独唱"饭前一支歌",还拿了全团的"卫生标兵"。直到半年多以后,他获得进入特种大队"老A"的资格,又一次陷入周围全是优秀人才的残酷竞争中,每天接受着难以想象的高强度训练。他咬着牙坚持下来,并屡立奇功。

许三多常跟人进行的对话是"×××(如打扑克)没意义。""那你说什么有意义?""有意义就是好好活着。""那怎么算好好活?""好好活着就是做有意义的事。"这种翻来覆去的解释常让对方晕倒,但他用自己的行为贯彻着自己的原则,最终,他做出了有意义的事情,其他人则相形见绌。

在剧中,连长高城曾对他有这样的评价:"他每做一件小事的时候,都像救命稻草似的抓住。有一天我一看,好家伙,他抱住的已经是一棵让我仰望的参天大树了。"

在现实中,"有意义""不抛弃不放弃"已经跻身当下的流行语,甚至不少"突击粉"们开始坚持每天至少做一件有意义的事,并随时发到网上向其他粉丝们"汇报成果"。当然,许三多性格也有着众多优秀的品质,比如,顽强的意志、友善的作风、集体荣誉感、生命庄重性、鲜明的是非观念、笨鸟先飞的竞争哲学、事在人为的实践美学,以及追求有价值、有意义的生命体验,等等。但是,这些因素,只能论证出许三多是一个优秀的士兵,一个积极上进的人,一个称职的螺丝钉。导致"许三多现象",许三多被神话化的,应该是两个关键之点:一是超人的完美道德;二是本能地对部队军事纪律的严格服从和执行。如果要让一个道德完美的许三多完全避开那些错误的明规则或潜规则或者灰色规则,就要找一个只有正确规则的环境,而这个环境只能是军队。在正确地服从正确的军令的士兵面前,任何人都会感到无地自容,何况本来就是一个完美道德的许三多。

于是,剧情中我们就发现一个凡人面对上帝时候的感慨,即张干事前往看守驻防部采访许三多的先进事迹,在逆光之中看到坚守岗位的许三多的身姿,连声惊呼,感叹完美那一段落。

于是,一个假定的人物——超人的完美道德,在一个人造的正确规则之中——军营,就完成了一个神话的想象和构造。

影片《人生》曾被评论家称之为"半部杰作"。就在这部取材于路遥同名小说的电影,对于高加林这一农村青年性格的刻画,可以说仅仅完成了一半而未克全功。

高加林既带有新生活的鲜明印记,同时,又含有自身的思想弱点以及历史的某种不成熟性,暂时尚难走出由农耕文明所形成的文化压抑的怪圈。影片对高加林形象的塑造,既写了他身上的"光亮面",也写了他身上的"阴影"。对他有褒有贬,揭示出这一人物灵魂深处复杂的矛盾交织,并通过矛盾的展开凝聚着相当严峻的人生哲理。高加林色彩驳杂的性格和心态,他对于现代文明的向往、积极的进取心和带着几分狂热性的人生抱负,他的虚荣心、以自我为中心的恋爱观和带有几分不择手段的个人品格,无不反映着他周遭社会关系的复杂折光,体现着新旧交替时期农村各种现实关系的合力。人们之所以称电影《人生》为"半部杰作",主要还在于剧本对高加林形象的个性化描写是偏于封闭的,以道德化的评价去替代了具有历史深度的剖析。对高加林形象的"先褒后贬",便以创作者主观的道德化审视,使高加林的个性特征不能以自身生动而丰满的生存形态去展开,在影片后半部高加林"回归乡土"的描写中呈现出"寓言式抽象品"的扭曲形式。个性与共性没有达到完美的统一,这就是它只能成为"半部杰作"的最重要原因。

黑格尔说:"叙事艺术无一不是通过对不断变化的各种社会关系以及寓于其中的人物命运的描写,来塑造艺术形象,反映特定现实的。"每个人都是一个整体,本身就是一个世界。

所以,剧作的魅力来源于人物性格的魅力。换言之,剧作的成败也体现在人物性格刻画的成败上。

三、如何塑造人物

人物有主要人物、次要人物和群像之分。主要人物必然处在剧作所描写的各种矛盾和斗争的焦点上,是艺术提炼生活的结晶。

(1)你要了解你的人物。他的职业生活部分、个人生活部分、隐私生活部分;他从出生到现在的生活(内在的生活)、从故事开始到结束的生活(外在的生活);他要做什么、他在做什么、他做的结果如何。

(2)你要揭示你的人物。确定他的需求——观点、态度、行为(动作);针对这些需求设置障碍——赋予你的故事以戏剧性的张力;通过揭示他的戏剧性需求过程中所经历的冲突、揭示他与其他人物之间的冲突、揭示他自己情绪的冲突来完成动作——完成人物。

(3)对话——来自人物。对话是和你的人物的需求,他的希望与他的梦想相互联系的。对话必须把故事的信息或事实传达给观众,必须展示冲突并推动故事向前发展,必须表现人物的感情状况和性格的独到之处。《亮剑》中李云龙的性格特点也体现在他如斯的对话中:

"老天有眼。别打了,别打了,停止射击!千万别打死那个日本少将,老子要跟他过过招。同志们,活捉那个日本少将,冲啊。"

"老婆被人抓走了,咱连个屁都不放那还是爷们吗?就这个理由,我李云龙不掖着藏着,到总司令那儿,我也敢说。还有一条理由,这一仗是为咱赵政委,为咱们独立团牺牲的弟兄们,为赵家峪死去的乡亲们,报仇!"

……

实际上,在具体欣赏影视作品或创作剧本时,经常会遇到这样的情况,即在影片中,很难分清人物方向和情节方向,两种方向缠在一起,很难说出哪个方向是支撑方向,这种情况通常发生在艺术片中,如《飞越疯人院》。中国导演夏刚的影片《与往事干杯》,是一部充满追求的、颇有品味的艺术片,它几乎达到了心理片的层面,而心理片在中国影片中几乎还是空白。可惜《与往事干杯》是一部充满追求的失败之作。影片表现了一个失去父亲、与妈妈相依为命的女孩蒙蒙,在她上中学时爱上了自己的邻居,一个不起眼的中年男子。让蒙蒙痛苦不堪的是:一方面,她要按照母亲和社会的要求去当一个中学生;另一方面,她要忍受着刻骨铭心的爱情的煎熬。这本是一个很有意思,且有深度的选材,既有人物的独特性,同时又有普遍性,这是每个人都经历过的生命过程。因此,从这个“核”可以派生出许多有意思的“故事”,激发起观众无数的回忆和想象。可惜的是,影片的后关部分,风格和品味全改变了:一天,蒙蒙在大海边(这时的大海让人无法容忍)遇到了白马王子,他居然是一位美国少年。蒙蒙来到美国与白马王子结婚,婚前她意外地发现,白马王子竟然是过去自己深恋的中年男子的儿子。作为艺术片,《与往事干杯》是一部人物方向与情节方向结合的影片,但两个方向属于不同层次,影片的情节方向只是一个幼稚肤浅、俗套的爱情故事。夏刚只能遗憾自己差点创作出一部中国电影史上独树一帜、颇具品味的心理片。

影视剧作中人物出现的情况有:①主要人物带次要人物。这是影视剧作中的普遍人物形态,即以一个或几个人物为主,其他人物为次。一个主要人物的如《孔繁森》中的孔繁森,几个主要人物的如《飞越疯人院》中的迈克、护士长和酋长。写好主要人物是影片成功的关键。②群像。影片中的人物不分主次、平分秋色,如《狼牙山五壮士》中的每个英雄人物都必须写好。

四、人物的类型与设置语境

“类型化”不仅是好莱坞体裁划分的标准,同样体现在人物形象的塑造上。在美国影视作品中,尽管英雄总是作为主流意识形态的“边缘人”出现,尽管政府乃至总统总是受到讽刺性的批判和嘲弄,但这种批判与嘲弄绝对不会超过一定的“度”。《勇闯夺命岛》中,总统是在不断地权衡利弊得失之后,在100万与81之间选择了对夺命岛实施空袭,这使得作品获得了一种叙事的可信性,同时,又不至于引发对“美国精神”的怀疑。

生活在现实世界中的人总是面临着多重压抑。自然界的天崩地裂、洪水猛兽、生老病死,人世间的处心积虑、勾心斗角、尔虞我诈,使人的内心充满了孤独、焦虑和忧郁之情。随着现代科学技术的发展,人类发现最可怕的威胁并非来自自然界,很可能是来自于人类自身——战争危机、能源危机、人口危机等。人类发明了机器,机器又反过来构成了对人某种程度无所不及的控制。人与人之间变得越来越淡漠,越来越无法沟通。美国影视作品正是通过对英雄的塑造,满足了人们潜意识中对偶像的期盼和崇拜心理。在这个没有英雄的世俗时代里,艺术中的英雄成为了人们崇拜的唯一偶像。同时,这些作品还可以让人体验到一些最为原始、也最具生命力的内心情感,如欣喜、惊奇、恐惧、爱慕、仇恨等。观众在观赏的过程中,总是处在不断的角色置换过程中,有时将自己想象成无恶不作的坏人,满足现实生活中受到禁止的攻击欲、破坏欲;有时又把自己想象成为英雄,从中获得一种类似于报复、惩罚及正义、胜利的想象性快感。这样,作品所隐含的正义战胜邪恶的道德神话就不再是历史的再现和现实的写照,而是集中表现了一种民族精神和道德理想。

“美国精神”是通过那些出生入死、叱咤风云,既建功立业又赢得美人芳心的英雄人物得以表现的。这种英雄神话恰好满足了世俗化时代的观众在无意识中对英雄的期待和崇拜心理，这些英雄是同特定的明星联系在一起的，大致可分为下面几种类型：

（1）力量型。以阿若德·施瓦辛格和西尔维斯特·史泰隆主演的影片为主要代表。这类英雄一般具有超人的体魄和力量，在同坏人的较量中大显神威、无往不胜。施瓦辛格在《真实的谎言》中，除继续展示他那大块的肌肉和超人的功夫以显示其“英雄本色”外，还抒写了他作为一个丈夫的个人情怀，展示了一种情感的力量，其硬汉的柔情同样是十分动人的。

（2）偶像型。以基努·里维斯、凯文·科斯特纳、汤姆·克鲁斯、哈里森·福特主演的影片为主要代表。这类英雄既有英俊潇洒的外表，又有男子汉的力度。基努·里维斯长着一张让少男少女砰然心动的脸，作为一个青春偶像，他在《生死时速》之后的《云中漫步》里完成了一个浪漫动人的爱情故事。哈里森·福特主演的影片却总是能将矫健的动作与儒雅的风度天衣无缝地结合在一起。

（3）知识型。在传统意义上，这类英雄甚至与英雄根本沾不上边。他们既不是肩负使命的警察，也不是身怀绝技的孤胆英雄；既不具有英俊潇洒的外表，更不具有超凡惊人的力量。他们的社会身份往往是医生、博士、专家等，即平常意义上的“知识分子”。《勇闯夺命岛》中由奥斯卡影帝尼古拉斯·凯奇所扮演的生化武器专家史丹利·古斯，是一位不像英雄的英雄。这位把枪放在袜柜里的人，同样表现得无所不能。他能够说服梅森参与营救人质，在梅森逃跑后，他还可以演出飞车追逐的好戏，并在一连串曲折离奇的经历中，将这位具有不可思议能力的职业越狱专家管理得服服帖帖。

（4）凡人型。在《无名英雄》中，达斯廷·霍夫曼再次以高超的演技，成功地推出了班尼这一形象。同一般英雄形象不同，他不仅没有那些令人肃然起敬的品性，还有一些“反”英雄的色彩。他是个小偷，自私、胆小、卑怯、萎琐，有着世俗的烦恼，连离异的妻子也瞧不起他，只有儿子才是他自欺欺人的生活中唯一的眷恋。但就是这样一个世俗凡人，一个有着种种缺陷的人，不仅冒着生命危险救出了几十位遇难飞机乘客的性命，还在被人冒名顶替领走百万奖金之后，又“拯救”了那位冒名顶替者。影片试图告诉人们，每个人内心都会有善良正直的一面，每个人都有可能成为英雄。

（5）弱智型。这类英雄与常人相比，有着明显的缺陷，但在某一方面往往有特异功能，并且能够获得超常的成功。《阿甘正传》中的阿甘，这个智商只有 75 的智力障碍者，不仅获得了令正常人难以想象的成功。而且，使因身残而心灰意冷、愤世嫉俗的丹尼乐中尉重新鼓起生活的勇气，阿甘自身也成为了“美国精神”的一种象征。

巴拉兹说：“英雄、俊杰、楷模、典范是所有民族的文学中不可或缺的，从远古的史诗到近代的电影莫不如是。”美国影视作品中的英雄也是美国价值观念的捍卫者和体现者，他们总是竭尽全力保护脆弱的社会、善良的人们免遭破坏和迫害。英雄不仅能够惩恶扬善、匡扶正义，而且，能够重新确立被金钱所迷惑、被邪恶势力所压制的信念和理想。他们不仅要同敌人搏斗，还要和腐败、无能的官方抗争，从而让观众满足在这个没有英雄的年代里对英雄的渴望，并一泄平时的抑郁之气。在文化与反文化的二元对立中，观众获得了双重的快感和满足，成为了实现在现实生活中难圆的美梦的一个视听神话。

对于中国影视作品，特别是近些年在各种国际性的电影节上频频获奖和受到海外观众的青睐的现象，国内评论有很大分歧。一种意见认为，由西方学者和理论家组成的国际电影节评委之所以给中国的某些电影颁奖，是因为投其所好，尤其是适应了目前在西方理论界颇为风行的所谓“东方主义”的虚幻建构，从而为一向以“欧洲中心主义”或“西方中心主义”为基点的西方学术理论界制造出有着或然性的“他者”形象；另一种意见则认为，中国电影获奖总是件好事，它至少标志着中国当代电影正一步步走向成熟、迈向世界。既然西方人相对于中国人，其自主性和独立见解更为突出，不要说去主宰有着极高鉴赏趣味和评判标准同时又独具慧眼的西方评委的倾向，即使要影响一般西方观众的欣赏趣味也是如此之难。因此，要想让一部非西方世界出品的电影获得西方评论界的青睐，只有其特有的艺术水准。

《红高粱》的获奖在很大程度上就得力于20世纪80年代后期批评风尚的作用，作品讴歌了某种尼采式的“酒神精神”和巴赫金式的“狂欢场面”，一切和谐宁静均被破坏，而这恰恰与中国文化长期以来所弘扬的某种“日神精神”背道而驰。在经历了后工业文明的洗礼之后，西方人希望看到的是一种具有不带任何“人化的”朴素原始的自然，这正是作品中那一大片红高粱的象征意味。刘恒的小说《伏羲伏羲》本来展现的是一种“弗洛伊德式”的“男性中心社会”所惯有的传统俄狄浦斯情结，改编成电影《菊豆》后，由于编导无意识的作用，加进了某种夹杂有女权主义因素“拉康式”的新精神分析仇父恋母情结的因素，对“男性中心”意识的反叛创造出一个“他者”——以女主人公为中心的“女性中心世界”。杨天白的两个父亲先后被弑便是突出了菊豆的中心地位，这无疑与后现代主义的颠倒等级秩序和拉康式的新精神分析理论，以及被压抑的话语在西方进行的“非边缘化”尝试相契合。《大红灯笼高高挂》中神秘的民俗(灯笼)更是增加了西方观众久已期待的对东方的神秘感和好奇心。这些作品政治历史背景的淡化使其更富有某种寓言的意义，正好印证了詹姆斯的断言：“一切第三世界的文学艺术文本都可以当作民族寓言来阅读。”这种寓言式阅读也体现在了《霸王别姬》之中。《阳光灿烂的日子》则调用了各种可能想象到的“后现代式”无选择技巧、拼贴手法，以及反讽和戏拟法为西方观众制造出了后现代主义艺术的“东方变体”，特别是影片中的“文革”场面更是让人回忆起某种“无政府主义”的狂欢场景，而对性与政治的调侃则更能给普通观众某种近似荒诞的快感。《秋菊打官司》中对平实和朴素氛围的追求，以及所展现的，对非此即彼的现代主义二元对立模式的消解，均使其与西方有着较高文化素养的观众的“期待视野”相契合。

从《红高粱》开始，张艺谋就通过“缺席”的九儿丈夫，来营造一种旧时代大宅院的神秘氛围了。到了《菊豆》和《大红灯笼高高挂》，大宅院显得更加封闭、空旷、死寂，并因为种种不可告人的家族秘密增强了大宅院的神秘性。这种氛围的营造既诱发了观众的窥视欲，又为满足他们的癖好构筑起了最佳的视觉空间。而在故事的框架中，张艺谋又总是设计出一个大宅院的闯入者和偷窥者。他恰好在观众对大宅院产生窥视欲时成了他们替代性介入和激起幻想的形象。而且，这种偷窥和大宅院的神秘总是和性联系在一起的。在影视作品中营造偷窥的情境，无异于把所有的观众置于偷窥的角色地位上，强迫他们在经历好奇的同时去体验不洁，但在弗洛伊德的精神分析学那里，偷窥却被视为人的本性。所以，通过营造偷窥的情境来满足人的窥视癖，对于那些由精神分析学的读解传统培养起来的西方观众来说，完全是轻车熟路。

表面看来，陈凯歌似乎比张艺谋要传统一些，但到了《霸王别姬》时，他对西方现代理论的运用已经到了自觉的程度。类似精神分析式的影视语言运用典型地表现在少年程蝶衣的身上。在一次事关生存的排练中，他无法纠正台词“我本是女娇娥，不是男儿郎”的口误，只是在少年段小楼愤怒地把一根烟管捅进他的嘴中，搅得满嘴是血后，才轻易地化解了。程蝶衣的口误来自于他对自己在戏中性别重新确认时产生的心理障碍，而段小楼把烟管捅进他的嘴中，便明确无误地是在帮助他完成一次从心理上变性的仪式，烟管和嘴分别被当作了男女性器官的符号来使用，将性与文化联系在了一起。

从某种意义上说，陈凯歌是个更擅长于表现男性的导演，而张艺谋则擅长于表现女性。从九儿开始，张艺谋作品中的女性便都是那种大胆、野性、叛逆而且颇具性感的形象，消退了贤妻良母式的经典人格特征。而且，她们的叛逆更多地涉及性爱、生殖，成了女性本能与欲望的代码。到了《大红灯笼高高挂》和《秋菊打官司》，原来作为情节内在动力的男性欲望和男性目光，被女性欲望和女性目光所取代。而女性的刚强、坚忍和大胆，明确地对准由男性的权力话语统治的世界，公开表明自己的挑战。作品中的男性则大都显得怯懦、无奈、为难，甚至有意让他们在画面或情节上成为缺席者，与西方影视中的女权主义意识有某种相似之处。这就不仅从作品的叙事和语言运用，并且，更从意识形态方面有意去寻求一种文化沟通了。

第四节　人·事·境

一、规定情境中的规定动作

影视创作利用摄影机的功能，不断地变换拍摄距离和拍摄角度，把人们的注意力集中于不同的运动主体，引导人们从不同的角度观察运动主体及其环境。在拍摄内容（对象）影视化的过程中，一切表现要素都具有了“运动性”的特征。

使静止的环境产生运动的幻觉是影视艺术的重要美学功能之一。影视艺术使环境具有运动感，能够增强艺术表现的真实性。在客观现实中，无论是群山峡谷，还是高楼大厦，都是固定不动的。可是当我们自身处于运动状态时，这些固定不动的对象会因为我们自身的运动而产生出动感，或者说，它们成为了我们运动的参照物。这里就产生出了两种“真实”：一种是物理学的真实；另一种则是视觉主体直观感受上的真实。而就艺术表现来说，需要的是后一种真实，纯物理学上的真实在艺术中一般是没有价值的。影视艺术使动作的环境产生出运动的幻觉，正是利用了这种直观感觉。这时的镜头往往代表着人物的眼睛,强调的是一种直观感觉。例如,表现刑警追捕罪犯,罪犯在街上逃,摄影机跟踪拍摄,而把刑警排除在画面之外,街道两旁的景象与人群的移动速度,暗示出人物(刑警)的奔跑速度。这就使影视艺术以最简练的手法,展现出了动作主体与环境之间的关系,从而产生出真实的效果。

使环境产生运动感,还为影视艺术的主观表现手法提供了条件。在某种情况下,固定环境的运动就成为人物主观心理状态的精神状态的外化方式。影片《小花》的结束段就采用了这一手法,通过环境的运动来表现人物的主观幻觉。

影视艺术的一个重要任务就是解决动作与情境的关系矛盾。关于"情境",历来是美学上讨论的一个热点问题。狄德罗认为情境是由"家庭关系、职业关系和友敌关系等形成的",强调的是一种人物关系。黑格尔则认为:"有定性的环境和情况就形成情境。"这里的"情况"指具体的事件,而"有定性的环境"则同时包括了具体的自然环境和由人与人之间的关系构成的社会环境,其中后者更为重要。由于剧中人物不是以纯自然抒情的孤独的个人身份表现自己,而是若干人在一起通过性格和目的的矛盾,彼此发生一定的关系,正是这种关系形成了他们的戏剧性存在的基础。戏剧动作的情境使个别人物的目的要从其他个别人物方面受到阻力……所以,情境就是内在的和外在的有定性的环境、情况和关系。因此,所谓"情境"应该包含了这样一些要素:人物活动的自然环境,人物生存的人物关系,对人物发生影响的具体事件。

为了对所讨论的问题有一个基本的认识,这里分析一下电影史上一部很有特色的影片《裸岛》,这也是一部直观性最大化的影片。自有声电影发明和普及以来,对白就是故事片交待剧情,表现人物关系和心理状态,推进故事叙述惯用的手段。《裸岛》的创作却弃用了这一手段,整部影片从头至尾没有一句对白。声带上只有伴奏音乐和自然声响。对弃用对白,导演新藤兼人曾有过明确的解释:"因为我相信电影应该用影像表述,追求镜头的表现力。台词只不过是电影的一部分,我想,即使一句台词都不用,仅仅使用镜头语言,通过特写、眼神、动作等,也完全可以创作电影。《裸岛》其实是一次尝试。"这一解释表达了影片的最初意愿——对影像表现力的发掘与试验。这一试验使新藤兼人发现了电影的原点,也就是影像。显然,《裸岛》剔除对白,其基本用意和最终的结果都归结到了影像及其表现功能方面。影像本体地位的确立决定了影片故事形态和表现形式的基本面貌。按照一年四季,时光推移的自然线索结构故事。以原生态记录的方式展示海中荒岛的自然景色和千代一家的日常生活,成为《裸岛》故事结构和影像风格的选择。影片中无论大海、荒岛、大岛、日月星辰等自然影像,还是千代一家辛勤劳作的人物影像都有着反映与表现的直接性。用影像和影像组构而成的画面与朴素的剪辑手段营造的纯视觉表现,凸现了原生态风格统摄下节奏分明的造型表现。

这里给我们的最大启示是,让人物性格化地活动,其动作的规定性来自于规定情境。在规定情境中,人物别无选择地进行着规定动作。

二、"人"与"事"的关系

我们首先应该明确的是艺术要表现的主体是什么——"人"还是"事"。一般情况下，事件是作为背景进行处理的，是作为情境的一个构成因素，在特定“背景”下展开人物关系。例如，影片《泰坦尼克号》与《冰海沉船》选择了一个共同的事件，讲述了不同的人物故事，但都为了展开某种既定的人物关系，而事件本身又都是作为背景因素进行处理的。

当人物面对某一具体事件时，事件又会成为人物动作的触发力和推动力，甚至事件构成了作品情节的实体内容。《一个警察局长的自白》作为政治影片，构成情境的因素非常复杂，其中就至少包含了两个因果相承的事件：一是蓬纳维亚为杀人案件逮捕黑手党首领罗蒙诺，却因“证据不足”而宣判“无罪释放”；二是蓬纳维亚将杀人老手利普马放出了疯人院。前者为后者的原因，也是构成情境的历史性因素；后者则直接成为了作品情节的基础。这类事件既是人物动作的触发力和推动力，也有定性人物关系形成和发展的条件。

构成情境的另一个重要因素是人物关系。影视艺术需要反映社会生活，而社会生活正是人与人相互关系的总和。所以，影视艺术的重要任务是写人，在规定情境中写出“个别”人物的性格。“突出性格的唯一方法是：把人物投入一定的关系中去。仅仅是性格，等于没有性格，只是随意堆砌而已”（泼拉斯）。错综复杂的人物关系，不仅是性格塑造的前提，也是情节生动性和丰富性的基础。作品内涵的深度与广度中一个重要的因素，就是人物关系。而这种人物关系、人与事的关系又必须在设定空间中展开，综合构成叙事情境。斯科西斯的《恐惧角》在叙事情境及场景的构成上，充分考虑到以上各种关系，见图2-4。

事件和人物关系是构成情境的两个重要因素，对此，影视编导绝不能忽视。就人物塑造而言，事件对个体的影响是很重要的，但对人物影响最深的却是同其他人物之间的关系，是人们之间的相互关系和相互交往。从作品情节的角度看，事件和人物关系的相互作用是构成一部作品的基础。当然，在不同作品中，事件和人物关系的相互作用有着不同的表现，没有固定的“模式”让我们去遵循，但却存在着一些规律性的东西：在情境中两者都有着重要的作用，而最具活力的是人物关系；情境中的事件因素，往往是通过组织人物关系，或推动、改变已经形成的人物关系而成为情节基础。高尔基认为：“情节就是人物之间的联系、矛盾、同情、反感和一般的相互作用——某种性格、典型的成长和构成的历史。”事实上，观众们在欣赏影视作品时，所关注的也是个别人物与其他人物之间的相互关系，这种关注使他们跟随人物关系的发展进行一种“人生道路”的旅行，而这道路就是情节。“事件”无论是作为人物关系构成的契机，还是作为人物关系发展的动力，在情境的构成和情节的发展中，都应该融入人物关系中去发挥它应有的作用。

黑格尔在《美学》中谈到动作与情境的关系时说：“只有当情境所含的矛盾揭露出来时，真正的动作才算开始。”“每一个动作都有许多先行条件，所以很难断定真正的开头究竟从哪一点起。不过就戏剧动作在本质上要涉及一个具体的冲突来说，合适的起点就应该在导致冲突的那一个情境里，这个冲突尽管还没有爆发，但是在进一步发展中却必然要暴露出来。”在这里我们能够明确的是：事件作为情境的构成因素，指的是能够引起矛盾冲突的那些事实。

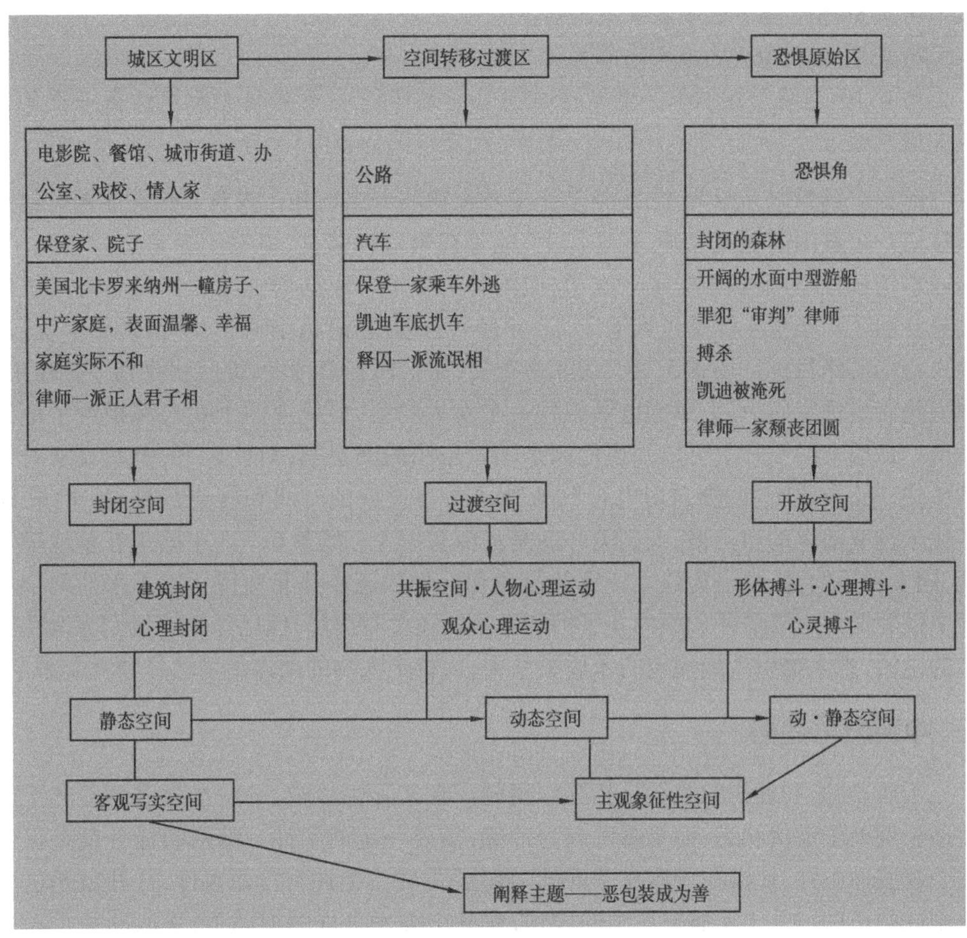

图 2-4 《恐惧角》影片场景空间造型的构成内容

要重视情境中的人物关系，是因为“人物关系”往往是各种矛盾的集中表现，编创人员在构思作品的情境时，首先就包含了对人物之间各种矛盾关系的构思，这些矛盾关系就是作品中冲突发展的起因。影片《柯利亚》的开端就是一个将“个别”人物引入矛盾关系的过程。

场景 1：大提琴手路卡和其他乐师一起在殡仪馆里演奏娄魂曲，这位潦倒的乐师脚上的袜子都破了洞却仍兴致勃勃地挑逗着女歌手。这一场景快结束时路卡向伙伴借了 100 块钱。

场景 2：布拉格街头，路卡背着大提琴急匆匆地上了公共汽车。

场景 3：另一个殡仪馆。路卡赶来打另一份工。

场景 4：在搭朋友的车回家的路上，路卡和朋友说起他也想买一辆汽车。

场景 5：回家后路卡百无聊赖地打电话找女友约会，但两次都被拒绝了。他翻看报纸上的汽车行情。

场景 6：路卡在墓地揽修复墓碑的活儿。

场景 7：殡仪馆，女歌手主动挑逗路卡。

场景8:路卡与女歌手在家中幽会。

场景9:路卡在墓地为人修葺墓碑。

场景10:墓地管理员家。墓地管理员告诉路卡有一个苏联女人愿意出一大笔钱找人假结婚。

前三个场景以介绍为主,任务是让主要人物路卡出场并让观众开始关注他。他是布拉格一个贫困的风流琴师,在动作上,他是在殡仪馆演奏,自然不会是春风得意了。向同事借钱,而且显然不是第一次了,但困窘的生活并不妨碍他在工作时不失时机地挑逗女歌手。场景4开始进入情节,路卡有个心愿,想买辆小轿车,哪怕是二手货,这是人物的动作目标。场景5对人物非常重要,路卡回到家,还没进门就收到一叠账单,他抱怨着走进家门,马上拿起电话想找一个女人约会,但接连两个女人都拒绝了他的邀请。从墙上的照片上可以知道他原是国家乐团的演奏家,对比之下,引起观众对他的关注。路卡收听"欧洲自由电台",表明了故事发生的时间和社会背景:20世纪80年代末剧变前夕的布拉格,人们关心的是自由和民主。场景6,7,8中路卡在墓地揽活儿,同女歌手约会,也是为建立特定的情境和人物状态作补充交待。接下来的两个场景中俄罗斯女人娜塔莎和她的儿子柯利亚虽然还没有出场,但已经知道他们将改变路卡的生活,把人物引入到规定的矛盾关系中去,特定人物的动作情境已经建立起来了。

三、冲突激化性格

矛盾、冲突和动作的关系是相互作用的。在实际生活中,一些本来潜藏着的矛盾往往长期处于潜伏状态,而要爆发成为冲突,需要一定的条件。编剧的任务就是提供一个戏剧性条件,使潜在矛盾在条件的"催化"下转变为冲突。而事件,往往就是这种戏剧性的条件。处于矛盾关系中的人物,在某个突发事件的推动下,采取断然行动而产生有力的动作,潜在矛盾就会爆发为冲突。矛盾关系是情境构成的因素,而冲突则指矛盾双方采取行动、产生动作引出的结果。

勒·别洛娃在《现代影片中的抵触》一文中把矛盾的两种表现形式区别为"抵触"和"冲突"。他认为:"抵触因事件的运动而产生,冲突则由于主人公的决定而出现。""把抵触归之于情境,而把冲突归之于处理情境的方法。"人物之间既存的矛盾因突发事件的影响,而变为直接的对立,这就使人物之间处于"抵触"的状态。在"抵触"(情境)状态下,矛盾的一方或双方作出决定,产生出有力的动作,导致冲突的爆发。冲突的动作性也在于,它是人物在抵触状态中采取行动的结果。

在具体的作品中,冲突的表现形式是不同的。有些作品,抵触状态出现了,人物却未采取使抵触转化为冲突的行动,使抵触仍然存在,而真正的冲突却没有发生。这种表现方式在现代影视艺术中运用较多,"只有一些情境,人们可以从任何一个角度观察这些情境"(让·爱浦斯坦)。这里的"情境"当然包含着"抵触",只是不强调促使抵触发展为冲突。如被誉为无理性、无情节、无人物的"三无"影片《去年在马里安巴》,虽无爆发性的冲突,但抵触是存在的。作品的内容(这里不能用"情节")为:

一家大旅馆,那种豪华型国际大旅馆。巨大的巴罗克风格的建筑装饰奢华但凄凉，处处皆是大理石制品，圆柱、镂刻着花枝图案、镀金的壁炉、雕像、伫立不动的仆人。匿名的住客文雅有钱，无所事事，却认真而无热情地遵守各种严格的规定：有法则的各种智力游戏、纸牌、多米诺骨牌……上流社会的舞会，空无内容的谈话，或手枪射击等。在这个封闭、令人窒息的天地里，人和物好像都是某种魔法的受害者，犹如在梦中被一种无法抵御的诱惑所驱使，企图改变一下这种驾驭和设法逃跑都是枉费心机。一个陌生人从一个客厅闲逛到另一个客厅，有的客厅济济一堂，人人拘谨做作，而有的客厅却空荡无人。他跨过一道道的门，碰到一面面镜子，沿着长得不见尽头的走廊向前走。一路上他的耳朵无意在这儿那儿听到一些只言片语。他的目光从一张陌生的脸扫到另一张陌生的脸，但总要不断回到一个年轻女子的脸上。她也许是这个金碧辉煌的牢笼里，还算有生气的美貌女囚徒。于是他向她提出办不到的事，尤其是在这个没有时间概念的迷宫里更是显得难上加难：他为她设计了一个过去，一个未来和自由。他对她说他们已经会见过，他和她在一年前已经会见过，他们已经相爱，他现在来赴她所确定的约会，他将把她带走。年轻女子只当这一切是一出闹剧，但这个人却非常认真，他执拗、严肃，确信真有其事，并一点一滴地加以披露，他固执己见，出示证据……年轻女子一点一点地、勉为其难地作出让步，但她不愿离开她所生活的虚假而安逸的天地，因为她已习惯了。对于她来说，这个天地代表的是另一个男人，此人对她体贴而疏远，已看破红尘，他监护着她，也许是她的丈夫。可陌生人讲得煞有介事，前后一致，越来越真实，无法反驳。现在和过去交错在一起无法分辨，三个主要人物之间日趋紧张的关系在女主人公的精神上产生了悲剧性的幻觉：强奸、谋杀、自杀……她突然让步了，其实她早已让步了，她试图作最后一次躲避：给她的保护人最后一次重新控制她的机会。在这之后，她好像接受成为陌生人所期待的人物，跟他一起出走，去寻找某种东西，某种尚无名状的东西，某种别有天地的东西：爱情、诗、自由或者死亡……

这部作品没有情节，但有情境，观众可以像观摩欣赏一尊摆放在展厅的雕塑，自由选择各自不同的角度去进行观赏。作品没有冲突，但有抵触。因为，人物之间存在的某种关系，只是编创人员设计出了一套特殊的叙事方法，有意回避传统叙事方式的表达手段，其中就有对冲突的回避。编剧罗勃-格里叶在“作者导言”中有一段耐人寻味的话，也许能够给我们一些启示：“大概电影正是为这类叙事而产生的表达手段。影像的基本特征出现在人们的面前，而文学拥有一整套的语法时态，可以把事情前前后后布局妥当。我们可以说在影像上语言的时态总是‘现在时’。显而易见，人们在银幕上看见的事情是正在发生的事情，我们看到的是一举一动，而不是对这个举动的汇报。但据说，如果对每一个场景不作一定的‘解说’，说明事情发生的时间和客观的现实性，观众有可能摸不着头脑。但是，我们决定相信观众的理解力，让观众自始至终陷于纯主观的想象中。这样，可能会出现两种态度，一种态度是观众竭力恢复某种‘笛卡儿’格局，尽可能弄清来龙去脉，使之合情合理，那么这样的观众大概会认为这个电影难懂，如果不说无法理解的话；另一种态度则相反，观众随遇而安，随着眼前展现的异乎寻常的影像，随着演员的声音，随着镜头剪辑的节奏，随着主人公的激情，而进入电影。这种电影只需要观众的感受就行了，即他们的视觉、感觉，任凭被感动就行了。观众将感到影片中所讲的故事是最现实的、最真实的、最符合他们日常的情感生活，如果观众摆脱成见，摆脱心理分析，摆脱那些老一套的小说或电影给他们灌输的粗劣得令人作呕的理解框框。其实，这些理解框框是最抽象不过的了。”

作为一种表现方式，我们承认它的合理性，但这种合理性同样是建立在与生活的一种特殊距离之上的，艺术精神本身就是人类文化精神的表现，其中虽然有创新，但如果走到了彻底否定的一面时，就只能“创新”出一种主观偏见了。

在有些影视作品中，“不是局限于一个主要的抵触和唯一的、主导的冲突去表现生活的复杂性，而是把同等重要意义的许多现象和问题综合成一个总体去表现生活的复杂性。这时候，戏剧性不是浓缩在一起，不是被引入一个河道，而是分流成许多小溪和沟渠”（勒·别洛娃）。艺术地表现生活矛盾，总是有选择性的，这种选择本身就是一个典型化的过程。而就不同的艺术家来说，典型化的途径因其风格又会有所区别。影视艺术同样是要遵循这一艺术规律的。而我们过去，往往机械地（自然也是片面的）强调主要矛盾、中心冲突的作用，结果造成了形式表现上的模式化。既然生活本身是复杂的，又怎样用一种单一的形式去表现复杂呢？

影片《公民凯恩》就没有采用当时风行的好莱坞故事结构方式，而是用多视角叙事方式来表现一个颇有现代意味的真实故事，所引发的抵触自然也是多方面的。作品以记者汤姆作为贯穿人物寻解“玫瑰花蕾”之谜为基本线索，引出五个不同人物对凯恩的回叙，不仅使观众看到了凯恩人生历程中的几个重要生活阶段及其性格的几个不同侧面。而且，由于回叙者的回叙都带有各自强烈的感情色彩，又使观众认识了其他几个人物，以及他们对凯恩的评价。至于对凯恩的最终评价如何，作品始终没有作出结论去评价凯恩到底是个怎样的人物。这给观众留下独立思考的自由空间，把最后的结论留给欣赏者本人，这是由作品独特的结构方式所决定的。

但是，无论是抵触，还是冲突，既然艺术表现的对象是社会现实，那么它们就都是社会矛盾的艺术反映。因此，又一个问题产生了，即影视艺术中的抵触和冲突与社会矛盾之间的关系。在很长一段时间里，我们主要强调的是艺术与生活是一种反映与被反映的关系，所以，艺术作品中的矛盾冲突必须是社会性冲突，结果简单地把艺术作品的矛盾冲突同社会矛盾之间划上了等号，忽视了对于两者差异性的理解与认识。作为事实，是产生了大量概念化的艺术作品。“情境”中既然包含着各种各样的人物关系，而在艺术创作上“人”是“性格”的同义语，所谓“人物关系”也就是性格关系。不同性格的人物集合到一起，构成了潜在的矛盾——性格矛盾，而突发事件则构成了一种契机，使潜在的性格矛盾处于“抵触”状态——性格抵触。在抵触中，不同人物按照自己的性格采取行动，使抵触发展为冲突——性格冲突。艺术家的任务正是要在性格抵触和性格冲突中去揭示某种社会性的矛盾，寄寓丰富复杂的社会内容，绝不是用人物去图解社会矛盾或抽象的某种概念。

四、事件与情境的关系

我们强调情境对于性格展示的重要性，而事件又是情境的构成因素。那么，情节和情境又是一种怎样的关系呢？福斯特在说明故事与情节的区别时认为：“故事指的是按时间顺序排列起来的事件；而情节则是显示出因果关系的事件的组合。”人的任何有意义行动，都是在一定的动机支配下发生的。如果将行动的动机抽掉，它就会成为毫无意义的东西。艺术家表述某一生活事件时，必须进行艺术构思，对这一事件有自己独特的发现，而发现的重要内容就是研究与事件有关的人，把握住他们参与这一事件的不同动机，并以此为基础，逐步形成作品的情节。这样的情节，包含了编剧对于生活事件的解释。不同的是，影视创作要求把解释熔铸到形象塑造中去，帮助观众打开事件中人物心灵的门扉，以领悟人生的真谛。如根据真实事件改编的电视连续剧《犯罪升级》，其破案过程只是一条线，重点却放在了矛盾双方精神世界的"解释"上，把事件纪实和精神纪实两方面结合在一起，使整个作品的表现深度同以往同类作品相比，有了较大的突破。

编剧艺术还有一个重要的问题，就是叙事情境，它包括作品以何种方式进行叙述，叙事人称的设置以及叙事聚焦点等。在影视作品中，从第一叙事角度看通常"展示"的成分大，"讲述"的成分小，但讲述的功能却是必不可少，无法替代的。如果换一个角度进行思考，展示不同样是一种讲述吗？只是叙述者的可感知度不同而已。可感知度的范围可以最大限度的隐藏（甚至被认为没有叙述者）到最大限度的暴露。电视剧《南行记》由三个时空构成，使叙述人的角色复杂化了。年轻时期的艾芜叙述了一段南行时的故事，而老年时期的艾芜又向被叙述者演员叙述了有关他创作这段故事的故事，他与演员交流的过程成为了画外那个看不见的叙述者所叙述的故事。这就有了第三个叙述者，其中两个是出现在屏幕上的，一个是在屏幕外的。"叙述既可以看作是真实的，也可以看作是虚构的。在经验世界中，承担叙事作品的创造及其交流任务的是编剧。然而实际经验意义上的交流过程同虚构作品诗学没有多大关系，与此密切相关的是作品本文内部的，同这种实际交流过程相对应的交流过程。作品本文内部的交流所涉及的是，一个虚构的叙述者向一个虚构的被叙述者传达叙述内容。"①

有了叙述者的存在，也就有了叙述者的叙事态度，每个叙述者都会对所发生的事情表现出态度。叙事态度的明确与否同作品中叙述者实际出现了没有不是一回事。不能简单地认为叙述者没有出现就表明表达叙述者的叙事态度隐蔽，反之则明确。一部影视作品可能并无专门安排剧中叙述人出场，但通过摄影机机位的选择、景别的设置、非常规镜头的使用、噪音的渲染等来表明叙述者的叙事态度，同样，剧中的叙事人只是一个目击者，不让他表明态度。作品叙事态度的透露，表明了叙述者的存在，而当叙述者态度表露最少时，叙述的可感知度最低。所谓纪实作品，其中的一类就是叙述者高度隐蔽或叙事者虽然出现却态度中立，只让人物的行动来说话，给人以纯粹"展示"的假象。镜头使用上，多选择中性镜头，复原生活的"本来面目"，但当存在选择时，就意味着态度的存在。在作者与叙述者分离的影片中，还可能出现第三种视点。基耶斯洛夫斯基是如何处理导演的视点与角色"视点镜头"之间的关系，完成统一的叙事风格，表达他的主观意识形态的呢？表 2-2 是影片《蓝色》中的一个普通片段。

---

① 里蒙·凯南. 叙事虚构作品[M]. 上海：三联书店，1989：6.

表 2-2

镜　号	景　别	画面内容
1	大特	一只勺子倒插在瓶中不停地摆动,勺子的凸面印着一张人脸
2	近—摇	桌上放着一个杯子和倒插勺子的瓶子,一个身影入画。镜头上摇,朱莉坐在桌前。一男子(画外):"朱莉。"朱莉抬头
3	中—摇	奥尼维站着,俯看朱莉。他转头冲画外叫道:"给我一杯咖啡。"然后坐下,盯着朱莉,说道:"我到处找你。"
4	近	朱莉正举杯喝水,说了一句:"是吗?"奥尼维(画外):"终于找到了。" 朱莉放下杯子,说:"没有人知道我住在哪里,是没有人知道。"
5	近	奥尼维:"我花了好几个月的时间找你,然后很凑巧,我佣人的女儿在这区看到你了。"
6	近	朱莉低着头。奥尼维(画外):"这是我第三天来这里……"朱莉稍稍抬头,冲画外的奥尼维:"你跟踪我?"
7	近	奥尼维:"不,我想你。"
8	近	朱莉垂下眼帘,叹了口气,眼睛游弋地向旁边看了一下。侍者的手入画,把咖啡放在桌上。 奥尼维(画外):"你在逃避。"朱莉抬头,正视奥尼维
9	近	奥尼维直视画外的朱莉:"你是为了躲我?"
10	近	朱莉看着奥尼维,轻轻地摇了摇头,然后稍稍低下头,垂下眼帘。这时她仿佛看见了什么,抬头冲画外看去
11	近	朱莉背对镜头,奥尼维深情地看着朱莉,画面纵深处,窗外一辆豪华轿车驶来,停住
12	近	朱莉神情专注地看着画外的轿车
13	中	轿车旁一年轻金发女子在一老人的脸上吻了一下,然后钻进轿车。轿车开走,老人坐在街边,拿出一支笛子,准备吹奏
14	近—摇	奥尼维有些疑惑地看着画外的朱莉。画外传来笛声,奥尼维转身,镜头摇过去,画面深处,老人神情专注地吹奏
15	近	朱莉若有所思地看着,说道:"听到他吹的曲子了吗?"
16	全—近摇	老人在街头继续专心致志地吹奏,奥尼维的头背对镜头。奥尼维转过身,微笑着对画外的朱莉:"有人说……",朱莉(画外):"就是这个。"
17	近	朱莉忧郁地转过头
18	近	奥尼维:"看到你,也许够我满足一阵子。"

续表

镜　号	景　别	画面内容
19	中	奥尼维背对镜头，朱莉垂着眼帘不看他，神情淡然。奥尼维站起来出画
20	全	街头老人仍在演奏
21	特	朱莉手捏一块方糖接触到杯中咖啡，咖啡迅速溶进方糖，由白变褐，朱莉的手一松，方糖掉进杯中

朱莉成功隐居后，暗恋她的奥尼维几经周折终于在咖啡馆见到了她。同时，街边老人的吹奏唤起了朱莉对亡夫和音乐的追忆。这是一场承前启后的戏，共有21个镜头，均以固定机位拍摄，其中，导演的视点镜头只有镜号码1，2，11，19，20，21六个，其余均为影片角色的主观视点镜头，即以朱莉或奥尼维为发源点的镜头，景别为中近景。镜1，2是导演引导叙事情境的镜头，所以必须是导演的视点，其中镜1起到了空镜头转场的功能。一旦人物进入规定情境，导演就隐藏在角色人物的背后，变成局外人。导演采用大量的互为发源点的主观视点镜头，用摄影机直面角色的内心隐秘，与基耶斯洛夫斯基试图利用电影来捕捉存在于人们内心的“东西”的电影观是暗合的。朱莉和奥尼维的扮演者将这场戏进行了细致入微、收敛自如的发挥，不张扬、不夸张，与导演的镜头控制和谐统一，完美无缺。镜11是一个安插在角色主观视点镜头中的导演的视点镜头，这个镜头形成有趣的对位关系，揭示出朱莉和奥尼维当时不同的心态。朱莉背对镜头看着街头吹笛子的老人下车，奥尼维面对镜头深情地看着朱莉，此时，朱莉心里唤起对音乐的追思，奥尼维已经被忽略，而奥尼维却一往情深地注视着朱莉。这个镜头暗示此后的叙境中，占据朱莉心灵的是音乐，而奥尼维的在场并不重要。角色的视点镜头将观众不自觉地带入影片故事规定的情景中，与角色共同感受共同向往。基耶斯洛夫斯基的不平凡之处，不仅仅是一种氛围的精心营造，也是角色的视点被他牢牢地控制在导演的视点范围内，利用镜头来体现导演与角色之间的距离、角色与角色之间的隔膜。按照情感逻辑和生活习惯，我们注视某一事物时，便会想法去看清它，接近它，这是推镜头或移动镜头的现实依据。上面这段表达关注的戏，导演拒绝了任何形式的推拉或移动，如镜9奥尼维直视画外的朱莉说：“你是为了躲我？”切至镜10，无疑是奥尼维的视点镜头，具有主观性，根据奥尼维当时的情绪来处理的话，这个镜头应稍稍向前推，契合镜9的直视，而导演让朱莉轻轻摇头，垂下眼帘，表示对直视的回避，而镜头本身却没有传达任何情感色彩。奥尼维的视点完全被控制在导演的局外人的视点之中。镜19回复到导演的视点，是一个叙事段落的结束，这个镜头具有很强的隐喻性：方糖慢慢溶入咖啡，由白变褐，喻示朱莉心境的改变。

编剧同叙述者不同，两者的态度也不一定等同。叙述者是编剧创造出来的，所以编剧与叙述者不仅对待事件的态度可能有出入，编剧还对叙述者形成一种态度评价。不同影视作品中的叙述人千差万别，很难想象编剧简单地让他们充当自己态度的发言人。编剧和叙述者之间存在距离，这种距离使叙述者可分为“可靠的叙述者”和“不可靠的叙述者”。“可靠的叙述者的标志是他对故事所作的描述评论总是被读者视为对虚构的真实所作的权威描写。不可靠的叙述者的标志则与此相反,是他对故事所作的描述或评论使读者有理由怀疑。”“不可靠的主要根源是叙述者的知识有限,他亲身卷入了事件以及他的价值体系有问题。”①

具体的事件或某些相对完整的故事,只能作为创作素材,而情节则是对素材加工、改造、挖掘的结果,已经成为作品的构成。编剧要把情节作为帮助观众认识社会生活的手段,必须经历一个对生活素材进行艺术认识的过程,并通过独创性的艺术构思和艺术处理,把自己的发现熔铸于情节之中。也就是说,情节虽然来自于社会生活,但已包含了艺术家对社会生活的主观认识,是艺术地解释现实的手段。正是由于有了这种主观性,才会对于同一个故事,不同的编剧能够处理成不同的情节内容,赋予它们不同的意义。如影片《泰坦尼克号》这种“罗密欧与朱丽叶”式的爱情故事已经讲得太多了,但影片在创设了一个新的情境后,对人物作了新的“解释”,仍产生出了轰动效应。

五、情节推动人物性格的发展

在影视艺术中,情节包含了两种因素,人物外部行动的进程和人物心理动作的进程。“我们可以把前者看成是情节的‘外壳’,而把后者看成是情节的‘灵魂’。或者,可以把前者称之为影片的‘外部情节’,而把后者叫做影片的‘心理情节’。”②两种情节在一部作品中会因表现内容和导演风格的不同有所侧重,但都是不可缺少的。过去的作品往往比较多的强调外部情节,现代影视作品则比较重视心理情节。就编剧来说,这两方面的情节因素都是不能缺少的。

《辛德勒的名单》的纪实化美学风格是非常明显的,但它同早期意大利新现实主义的纪实化风格又是完全不同的,其区别就在于该片在强调外部情节的同时,还注入了心理化等非美学因素。心理世界的真实,补充了单纯只在外部强调纪实化的某些不足,从而使作品的整体性纪实化艺术效果得到了充实和加强。作品中的法西斯代表人物阿蒙·戈特,就没有被描写成一个简单化、模式化的纳粹分子形象,而是在表现他的残暴性的同时,对他的心理进行了深入的描写。他很想学辛德勒处世冷静、稳健的作风,但他的权欲本性又使他无法控制自己,忍不住还是杀了不该杀的人。这是他心理世界一个侧面的真实写照。作品还对这一反面人物心理的更深层次给予了真实而又逼真的揭示和描写。阿蒙·戈特杀人如麻,但他作为人也渴望爱情,尤其是在他发现海伦·凯丝这个犹太姑娘后,他陷入了不能自控的爱欲之中,利用权力他可以将姑娘留在身边做女佣,但他却无法真正地去爱她。有一次,海伦替他修指甲,他忍不住想贴近她,但一想到自己的军官身份和姑娘的犹太人身份,他理智地暂时控制住了自己的欲念。可是在他跟随海伦走到地下室时,他还是忍不住欲念的煎熬,从姑娘身后紧紧地搂抱住她,嘴里还发出一种渴求爱的喃喃自语。海伦没有任何反应,呆若木鸡,一言不发。她的这一“无反应”的反应,似乎提醒了戈特的理智意识,感觉到了自己的失态行为,于是他就立即用狠狠抽打海伦来发泄自己被扭曲的欲望。他在对爱情无望之

① 里蒙·凯南.叙事虚构作品[M].上海:三联书店,1989:180-181.

② 谭霈生.电影美学基础[M].南京:江苏人民出版社,1984:163.

下，还对辛德勒说："问题不在于我们，在于战争，他们把犹太人比作洪水猛兽，比作寄生虫。"当他看见辛德勒因在生日晚会上接受了两犹太姑娘的亲吻祝贺而遭到盖世太保的责问时，竟主动为其开脱罪责，这更是戈特矛盾心理又一次情不自禁的自然流露。这也说明，心理化的描写不仅不会损伤原有的基本审美格调，而且还能使其得到强化和加深。同时，也为外部情节提供了心理依据，人物更加真实。

既然情节包含了事件与事件之间的因果关系，编剧在构思和处理情节时，就应该通过这种因果关系揭示出某种规律性，并通过情节引导观众去认识复杂的社会生活。情节既然是表现一种事实间的因果关系，那么为什么又会在影视艺术的发展过程中出现"非情节化"的理论与实践呢？"非情节化"的理论根据正是要否定生活事件中的因果规律性。艺术创新必须打破模式化的阻力，但创新的依据仍然是生活，脱离生活的艺术创新，最终只能走向自我否定。苏联电影艺术家罗姆在20世纪60年代曾提出过这样的观点：电影创作中存在着一种公式化的倾向，其原因在于选择事件的原则，展开情节的原则类似于戏剧的原则。在发展冲突、展开情节时，只选取有助于合乎规律地展开故事的那些东西。可是生活本身却不是这样——无论是生活的内容，还是生活的发展，也都更为复杂。实际生活事件的顺序，以至这些事件的形式本身，有时使我们觉得实在太古怪，仿佛是偶然的、不合乎规律的。然而，正是在生活事件的这些仿佛如此的无规律中，蕴含着生活的极其深刻的丰富性，有时还包含着所发生的事件的意义。既然情节是对生活事件的艺术处理，那么，强调事件的"无规律性"必然会导致"非情节化"。应该怎样评价"非情节化"这一"新浪潮"的产物，还是要根据具体的创作实践来决定。

吕克·戈达尔曾推出一部让整个西方影坛震惊的作品——《精疲力尽》。无论是内容，还是形式，其反传统的特点都令人刮目相看，因此而引发的争论自然也是难免的。有人认为这不过是一个完全不会电影创作基本法的孩子的"拼贴画"，连最起码的"蒙太奇"技法也不懂。也有人作了令人咋舌的评价，布努艾尔说："除了戈达尔，我丝毫看不出'新浪潮'有什么新东西。"这句话一笔勾销了其他所有新浪潮导演的成就。存在主义哲学家萨特则从哲学的高度加以分析和肯定："戈达尔之所以对文化有着持久的号召力，原因就在于他自己没有号召……在戈达尔的影片里学问太多了，而表现在戈达尔身上却太少了。"路易·阿拉贡在《法兰西文学报》上撰文宣告："今天的艺术就是让-吕克·戈达尔……因为除了戈达尔就再也无人能够更好地描写混乱的社会了……"

那么这部影片到底讲了些什么呢？

米歇尔是个无所事事的混混儿，非偷即赌。一天，他在意大利赌输了钱，就在路上偷了一辆美国人的小汽车沿着七号公路向巴黎超速行驶，被警察追上要罚款，他却拔枪打死一名警察后逃走。回到巴黎，他找一位相识的姑娘借钱，姑娘却不肯借给他。于是，他就趁其不备偷了她钱包里的一些钱，然后溜走。在街上，他遇到在法国打工卖报读书的美国姑娘帕特丽夏，就死缠着人家，表述自己的"爱情"，还问她去不去罗马。姑娘推说准备考大学，不能去，否则家里就不会再寄给她钱了。米歇尔听后，买了份报纸离去。但打开报纸首先看到的就是关于七号公路杀死一名警察的消息，并已查明凶手，正设法追捕他。米歇尔对此不屑一顾，扔下报纸去找一个朋友讨还欠他的钱。在一家小旅社找到了对方，结果只拿到一张暂时无法兑现的支票。两人在争执中，门外来了一个警长和他的助手，米歇尔只好怏怏而去。等警长问到曾有个像通缉的人来过时，米歇尔已无踪影了。米歇尔身上没钱，却请帕特丽夏吃饭，中途谎称打电话溜进一家咖啡馆的厕所，击倒一男子，弄到几个钱回到姑娘身边，后又用车送她去赴约。当他目睹帕特丽夏和一美国记者亲热时，他心里很不是滋味，但回到帕特丽夏住处，两人又和好如初，一直玩到第二天中午。米歇尔又偷了辆车送帕特丽夏，路上差点被认出是正在通缉的凶手，好在逃跑及时，还顺手敲诈到几个钱请帕特丽夏看电影。从影院出来天已黑，他又偷了辆车两人轮着开。在一家露天咖啡店，米歇尔又见到欠钱的朋友，对方答应他设法把支票换成钱给他，还介绍他们到一个瑞典人家去过夜。但在那里电话打不出去，他就叫帕特丽夏去买份报纸，帕特丽夏乘机向警察局告发了他。回来后，帕特丽夏告诉米歇尔她并不爱他，而且警察就要来抓他了，但他并没有逃走。第二天朋友给米歇尔送钱来，要他赶快离开，可他哪儿也不想去，他已经“精疲力尽”了。警察赶来，他捡起朋友临走时丢给他的枪，走到屋外，想再走几步，被警察击中倒地。帕特丽夏赶到他跟前，他朝她做了个鬼脸，吐出“真可恶”几个字，死去。

其实影片并没有让人感到非常惊奇的地方，只是从根本上否定了传统的叙事模式，代之以杂文式的新颖叙事技巧，将各种各样的生活素材天衣无缝地进行相互拼贴，以追求理想的“真实”，戈达尔提出了“电影是每秒钟 24 格真实”的著名口号，并将它付诸实践。在影片中，戈达尔有意避开那种首尾相衔、情节跌宕的结构方法，限制和缩小了影片的叙事成分，让生活在银幕上流动，从而拆除了影片同观众之间的观赏心理障碍。由于人们所习惯的审美心理已形成模式，总认为一定要按照传统的社会道德观念，塑造出各种正面和反面的人物，但戈达尔却没有按照“好人”和“坏人”的模式去表现他的人物，而是完全按照现实主义中的人物自身的言行举止来表现他们。如果说米歇尔是个我行我素、随心所欲的人，可最后他还是“精疲力尽”地死在了警察的枪口下，这又使他成为了一个可怜可悲的悲剧性人物。帕特丽夏帮米歇尔偷车并和他鬼混，为了保护他还向警察撒谎，可又告发了他。按传统观念，她的这一行为应为“好人”的行为。警长开枪打死他完全是为了表现自己，因为米歇尔已不愿再逃跑了，不用开枪也能抓住他，难怪米歇尔要说“真可恶”！让人感到奇妙的是，打死米歇尔的警察竟对帕特丽夏说，米歇尔在说她“可恶”。这话出自于警察之口，就不能不让人深思，这是个怎样混乱的社会了。该片被视为“新浪潮”电影的宣言。20 世纪 50 年代末，法国社会动荡不安。青年一代普遍对政治产生了厌倦情绪，他们拒绝走父兄的道路。在此期间，苏联共产党揭发了斯大林当政时期的一些错误，反对个人迷信，在世界范围的共产党人中产生了影响，法国左派青年也因此对共产主义产生了不解和疑虑。与此同时，右派青年对戴高乐将军奉行的非殖民化政策发生质疑，担心法国在国际事务中的影响会因此下降。另外，高速发展的科学技术也使一代青年深深感到他们与社会日益加大了距离，使其陷入徬徨和苦闷之中。正是在这样的社会背景下，“新浪潮”电影运动诞生了。戈达尔塑造成的米歇尔正是这样一个游离于社会之外的反英雄的形象，是“愤怒的青年”，是“垮掉的一代”中的一员，他是以逃离的形式反叛社会的。

萨特的存在主义认为："存在先于本质。"《精疲力尽》正是以人物自身的行为来展示他们的存在，至于各自的本质如何，存在已经说明了。作品的这一哲学观符合了萨特的存在主义思想，而获得了他高度的评价。

作品完全不按故事发生的因果关系构思排列，各种事情的发生无法预测，镜头与镜头之间的连接不用任何技巧，直接切入切出，甚至打破常规自由跳接，连景别的大小也不在乎。戈达尔说："我认为自己是个杂文作家，我用小说的形式写杂文，或者用杂文形式写小说。我不过非常轻而易举地将它拍成了电影，而不是将其写下来。"

但是，这种"非情节化"其实是包含了更多主观因素在内的，让-路易·贝依在评价影片时指出："把人类社会表现为一片混乱，没有客观规律，每个人可以恣意行动，这是最落后的唯心主义……戈达尔没有对社会作真实的表现。"埃内贝勒也认为："戈达尔的'现实主义'，缺点在于它是一种被阉割的'现实主义'，它所重视的现实只是一种消极的天真的反映，他对腐烂瓦解的世界就像是在咖啡馆里一个闲谈者那样只向外望了一下。戈达尔最大的毛病是他没有真正的历史观点。他是用他自己的混乱思想来观察世界的混乱现象的。"这里实际上指出了戈达尔的最大问题是混淆了现实与艺术之间的界限，艺术反映现实生活，必须经过一个"提炼"的过程，这种"提炼"甚至对于纪录片和电影新闻也是一样的。纯自然主义的表现必然会失去艺术的意味，甚至连"表现"的意义也丢失了。艺术是以有序去表现现实生活的"混乱"，给"混乱"一种艺术逻辑，这种逻辑性虽有一定的主观性，但最终是一种对于客观认识的结果。

现代影视创作发展的一个突出特征是对于传统单一形态类型的突破，如日本影片《燕尾蝶》已经不能用关于"类型"的划分，也无法通过任何"对比"来归划其类型归属。影片惊人的信息量不仅充分满足了现代社会人们观影时的心理需要，而且使影片的创作具有了更为开放的包容性。影片不再以一种相对稳定的类型模式去整合叙述，而是将几种类型的电影平等处置——纪录风格、好莱坞式的奇观展示甚至 MTV 的技巧综合地呈现在影像故事的流程中。对于单一类型的打破，导致了影片对于多类型主题的并构。从内容和形式特点来看，影片至少包含以下几种类型和与之相对应的主题意义的阐发：①以固力果和凤蝶的成长为线索的青春色彩；②以火飞鸿、固力果和凤蝶关系构筑的爱情表现；③以刘梁魁和磁带为对象形成的黑帮风格；④以假币制造和狼朗扫黑事件创建的警匪模式。影片的主题既是关于爱情的又是关于成长的，既是立足于对象化呈现拟原生态的，又是基于完整道德评价立场的。所以，影片所要体现的主题意旨也是复合性的。这种多种类型和主题的并构实质上是属于不同范畴的类型电影美学功能的并构。这些复杂化的多元展示实际上是现代社会发展在影视创作中的本相化投射，时代进程当中的丰富与变幻莫测的真实在影像书写中最完整的再现。多类型并置所面临的问题是：不管何种类型，所提供的仅仅是一个不具备实质性内容的空架子，在这种模式下装填什么内容，如何进行叙述又怎样去塑造和刻画人物有待创作者去选择和设计。更为重要的是这些不同的主题如何在叙事层面上进行整合。影片在这个问题上的开拓和探索为我们提供了 3 种可能性：①对常规类型情节模式的段落化调用。刘梁魁的出场语段中，猫浮、阿王和刘梁魁姨组长的杀戮血腥而刺激，整个气氛紧张、尖锐、一触即发，这种黑帮色彩的段落集中展现了这一类型所能带来的观赏效果。但这种使用马上又被导演收敛起来，使之成为一个不能继续延展的精悍而短小的片段。基于观众对大量同类影片的观看而获得的审美经验，这种“不完整”在观众的想象中自足。②影像流程的自主呈现。影片的语言系统同样是复杂的，但这种影像更多的表现为一种自成体系的，通过上下文和潜在的观众观影经验，来实现信息给予的影像流程。影片的开头与大量纪录镜头相接的是一个略带奇观色彩的高机位“圆都”的大场面镜头，随着机位的下降和俯拍，观众看到了一片浓密杂草丛中的女人的尸体，而接下来是与这种稳定相悖的、略带 DOGMA（肩扛拍摄、声画同步，注重现场和非职业演员的真实感）风格的警察局内的混乱场面，然后，用一种明丽稳定的镜视来表现凤蝶。这一系列影像流程表现了凤蝶母亲的非正常死亡并且预示凤蝶将要面对的人生困境。这种呈现不是完整的，影片似乎也没有力求其信息传递的完整全面，有关凤蝶母亲以及凤蝶本人的情况只有继续关注这些影像的流程才能实现信息的获得。③人物阶段性的进入与退出。影片的人物形象极其鲜明生动，影片提供的是一个社会生活当中的真实群像。人物的成功塑造来自于段落化的精心雕凿，这些有关人物对于整个叙事来说都是阶段性的。影片当中的人物对于整个叙事来说都是阶段性的，没有谁是不可缺的线索。

在影视创作中，声音无疑扮演着一个非常重要的角色。声音在影视叙事中的作用主要表现在：①声音能提高观众对于画面的理解度。“画面本身具有多义性，尽管电影画面拥有形象上的准确性，可是在解释上却有着极大的灵活性和含混性。”[①]画面与声音相结合，使意义得到确定。②声音能够导航观众对画面中事物的注意度。当画面中某一声源发出声音时，观众的注意力就会被引向这个发声体，别的东西因此而被忽略。③声音提示观众对画面的期待。当出现某种画面上无声源的声音时，会激发起观众的寻找意识。④音响对比能够增强观众的审美趣味。如《鸟人》中鸟人的第一次飞翔，鸟人和艾尔的看鸟过程采用了“静”处理，当鸟人从楼上落下时，急促的鼓声骤然响起，节奏的前后变化极大地增强了该段落的动感。

根据声音产生的空间，可将声音分为叙事声音与非叙事声音。叙事声音指故事空间内的声音，非叙事声音则为故事空间之外的声音。叙事声音与非叙事声音的区别并非影视作品制作过程中声音的实地来源，它的依据是观众对观影程式的理解。叙事声音与非叙事声音和画内间与画外音是两组不同的概念。叙事声音是指声音再现的是故事本身，而不是指声音的画内。如果声音是叙事的，它可以在画内也可以在画外。而画内与画外是以声源进行区分的。电视剧《希波克拉底誓言》中，2 500 年前的医圣以画外音向画内三位医生提问，由于直接参与了和故事中医生的对话，而非一般意义上的“画外音”，是画外的叙事声音。叙事声音可以是内在的（主观的），也可以是外在的（客观的）。应该注意的是，内在叙事声音包括了内心说出的声音和内心记起的声音或“听到”的声音两个方面。所谓内心“听到”的声音表现的是人物的幻听，如日本影片《生死恋》中，大宫来到细雨蒙蒙的网球场，幻听到夏子的声音就是内在叙事声

① 马赛尔·马尔丹. 电影语言[M]. 北京：中国电影出版社，1980：2.

音。非叙事声音包括了故事空间之外的音乐、歌曲和叙述、评论性语言，有时还有自然声音的介入。

思考题

1. 影视艺术有哪三种影视形态？
2. 请述说影视剧“主题”的概念。
3. 地域与主题创作之间有着怎样的关系？
4. 如何正确看待历史发展进程中，男权与女权这两大影视符号的转变？
5. “悲剧意识”为何会产生？
6. 民族文化对主题的树立有什么样的价值？
7. 主题的单纯和明确与主题的隐蔽和多义是否矛盾？
8. 为什么说人物塑造是影视剧创作的核心？
9. 外部环境变化对剧中人物有什么影响？

第三章　情节和故事

正如早期亚里士多德的《诗学》中情节与故事没有本质区别一样，一般情况下，我们都习惯于说“故事情节”云云，殊不知“故事”与“情节”是两个完全不同的概念，而直到20世纪西方的叙事学研究中才开始在不同层面上对情节和故事加以区分，逐渐分离为两个不同的部分。

从广义上说，情节只是一个个零散的片段或素材，故事则是有头、有身、有尾的一系列情节（事件）的组合。从狭义上说，二者的叙事逻辑不同，故事强调按照时间顺序发展得出一个整体，情节则是强调事件彼此的因果关联。例如，福斯特举例说：“国王死了，然后王后也死了。”这是一个时间顺序的故事，而“国王死了，王后也伤心而死”，则是一个因果情节，并认为因果关系是一种较时间顺序更为高级的叙事逻辑。

抛弃情节和故事的划分方式，二者并没有高低贵贱之分。有时候情节被放大为一个故事，也有的时候故事被提炼为一个情节，这完全取决于编剧在素材选择上的组织。

情节和故事是两个不同的概念，但又有不可分割的关系。有人曾用诗意叙述两者关系：

故事原本是一张白纸，等待着组成它的一个个情节慢慢充实它，组成一个五光十色的画面。上面有被修改过的痕迹，有被泪滴打过的印迹；故事好比浩瀚无边的大海，情节让它找到了停靠的彼岸。

故事就是一个漏斗，情节就是所有通过的沙粒，旧的情节过去了，新的情节发生了，不被预知的情节在点滴积累着、酝酿着。

故事和情节原本是一对素未谋面的朋友，它们彼此独立的生存在这个客观世界里，但当打破了时空距离后，它们成为了相识相知的知己。因此，离开故事谈情节是枯燥的，索然无味的；离开情节谈故事是空洞的，毫无意义的。只有当两者融为一体，才是有血有肉的精灵。

事实上，用项链与珠宝来比喻故事和情节的关系是很恰当的：如果故事是一串精美的项链的话，情节就是一个个组成项链的珠宝。项链（故事）的价值来自于珠宝（情节)的品质……

也可以用宴席与菜肴来比喻故事和情节的关系:如果故事是一桌丰盛的宴席的话,那么情节就是一道道组成宴席的菜肴。宴席(故事)的丰厚来自于菜肴(情节)的构成……

还可以用景区与景点来比喻故事和情节的关系:如果故事是一个美丽的景区的话,情节就是一处处构成景区的景点。景区(故事)的多彩来自于景点(情节)的精致……

黄河美在九曲十八弯。如果把一部影视剧的故事看成是黄河的话,那么九曲十八弯就构成了其一个个情节的点……

庐山美在横看成岭侧成峰,远近高低各不同。如果把一部影视剧的故事看成是庐山的话,那么远近高低不同的岭峰就构成其一个个情节的点……

张家界美在金鞭峡的重重叠叠、错落有致。如果把一部影视剧的故事看成是张家界的话,那么错落有致的金鞭峡的众多景点就构成其一个个情节的点……

没有惊险紧张、离奇曲折、起伏跌宕的故事和情节,影片将是平淡乏味的。剧作不讲好故事,导演不会讲故事,观众要么看不懂,要么无兴趣,而故事又是由情节构成的。好故事如果没有好情节支撑,就像只有设计图纸没有建筑材料;好情节没有好故事聚合,就像一堆散乱的建材没有设计而无法施工的工地。

按俄国形式主义学说的观点,“故事”是原生形态的,遵循事情发生的正常顺序的,而“情节”则是人为操作的结果,对“故事”进行了某种结构、层次等方面的重新安排。一般按内容和形式的两部分看,“故事”往往是属于内容层面的,和题材等概念直接挂钩;而情节则复杂些,有形式层面也有内容层面。或者还可以这么说:“情节”就是呈现于文本当中的“故事”,已经是形式化的内容了。

现在,我们分别来加以研究。

当我们回顾历史,无论是人类的,还是个人的,都是由各种类型的事件构成的。所谓事件,即有目的的人的心理活动、行为及其结果,无数事件在时间和空间中的组合就成为了历史。而对于历史的部分或整体的描述,就是历史记载。记叙的对象可以是真实的事件,也可以是想象的事件,还可以在真实事件中加入想象的成分。当以想象记叙事件时,就产生了“故事”。历史的描述为叙事,故事的描述也是叙事,因此,对于真实世界和想象世界的描述,都可以统称为“叙事”,即对(真实和虚构的)事件序列的记叙。

我们是通过阅读真实的事件和虚构的故事认识人类文化的,而文学艺术想象的基本形式之一就是虚构故事。人类文明自产生之日起,就讲述着虚构的“真实”。随着人类文明的发展,虚构(想象)的形式越来越丰富。荷马史诗讲着虚构的历史,古希腊戏剧演绎着虚构的历史,庄子的寓言展示出虚构的梦幻,等等。编故事也因此成为了人类文明的重要组成部分。

电影与电视已经成为了今天人们生活中最重要的娱乐形式,特别是电视的普及使人们每天畅游在几十,甚至上百个频道中,在各个时间段上,只要你想看就一定会通过电视看到电影或电视剧,制作者们也通过这些虚构出来的故事,传播着自己的话语和各种具有社会意义的信息。影视作品作为一种向社会公众叙述故事的现代传播行为,具象出人们各种生活与思想的结果,并直接将现实世界链接到了想象空间中去。

现代大众传播媒介在向人们传递信息的同时,还提供了人们现代生活的范本,即影视作品不但成为了现代人生活的重要部分,为人们模塑出社会环境的秩序,而且提供了人们生活发展走向的模本。即使是一些源自历史与生活经验的故事,通过现代"叙述"后,不仅向人们提供了人们在现实生活中更高追求层次上的社会价值,同时,也表现着最本质也是最重要的生命形式(生存状态)。在不断强化的过程中,影视作品成为了现代人日常生活经验与文化素质积累的重要形式。人们在欣赏故事的同时,也将自己的人生故事化。

第一节 影视作品的叙事系统

一、影视作品的影响元素

编剧怎样通过叙事文本达到同受众之间的互动。有研究者认为,历史事件经过叙事者(新闻记者)以"叙述"方式讲述时,事实再现也在大众传播媒体的转换过程中,变成了编剧对于事实的诠释,这必然导致事件的真实与虚构成分在结构上的差异容易变得模糊起来,难以清晰地再现。

儒特认为:"所有展现社会文化的产品(包括影视作品)与该社会文化中的娱乐、商业、信息行为都是密切相关的,彼此相互成为对方吸引大众的力量,同时分别展现大众兴趣的方向以及该兴趣在社会中被重视的程度。"按照这一观点,传播行为可以被视为传播者与受众通过某种修辞媒介(如表演、文本、符号)所进行的沟通及互动行为,影视作品的传播过程也可依此进一步定义为叙事者与观众之间通过传播媒介,接触戏剧性故事的沟通及互动行为。这一传播观念将大众通俗文化中的影视作品解释为——通过表演形式,传播者向观众以修辞方式表达其对某一主题对象的意见或情感。在这里,传播被视为是娱乐、商业、信息等行为的核心要素,同如何使用"修辞"有关,而修辞即符号,传播者与受众通过符号序列连结起对现实世界的看法。

儒特还特意对影视作品的基本目的、形式或类型等9个重要修辞元素加以说明,并将9个元素划入3个互动的系统(图3-1),即作品、表演、反应,这9个元素彼此之间又是相互影响,共同决定了影视作品所涵盖的整体现象。而从修辞角度考察这9个互动元素时,可以借助古典修辞理论探索各元素之间的联系,并发现传播者能够通过3种方式影响或说服观众,即道德验证、情绪吸引和逻辑验证。这3种方法也是影视作品叙事时所使用的最重要的修辞手段。

儒特认为,除上面9个直接元素外,其他相关因素还有作品制作、接受和论述。基于电影和电视媒介自身的特性,影视作品的创意、铺排、风格和技巧,以及使观众印象深刻而能够记忆的修辞与论述,也是重要的元素。其中,修辞的顺序与风格又属于艺术剪辑与美感再现的论述问题。即影视作品在追求特定目的或形式时,总是设法从修辞和美学的论述手法显现社会的既有价值和逻辑观念的。

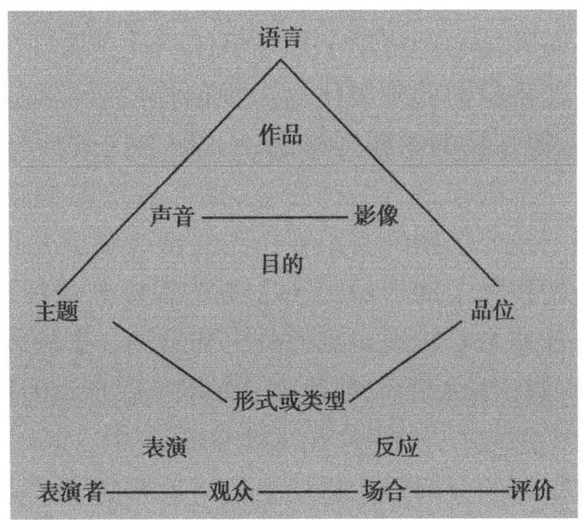

图 3-1　影视作品的互动元素①

阿莫斯也提出了影视作品讲故事的互动传播模式。他认为，讲故事的另外 9 个互动关键性要素，分别由左到右，从上到下，直行排列为：类型、剧本、作者、舞台/荧幕、演员、制作/导演、剧场、观众、社会。（表 3-1）

表 3-1

类　型	舞台/荧幕	剧　场
剧本	演员	观众
作者	制作/导演	社会②

这 9 个元素也可视为影响影视作品制作的品质和观赏态度的重要变量，彼此之间以交叉形式互相影响着对方。

关于影视作品的构成系统，丹尼尔的理论体系被认为是相对最完善的。他认为，影视作品并非仅仅只是文本、观众、叙事者、论述与修辞之间的互动问题，还同几个组织框架之间的互动关系有关。影视作品作为现象是一个随时间流动而产生的复杂历程，在这一过程中，制作者与消费者不断地进行着双向协商与信息交换。丹尼尔把影视作品互动的几个系统分列成不同的框架层次，然后，逐项讨论影视作品制作与消费过程中从最外围到最核心的相关要素，因而拓展了传统影视作品研究的视野。按照丹尼尔的观点，影视作品的研究范畴包含三个层次，最外层是一些外在于作品文本却彼此互相影响的因素，包括：政府执政政策和意识形态、各国政治与文化传统、国际资本竞争的压力、观众对故事的影响、传播者与接受者对“类型”的期待、制作公司与媒体的经济因素、媒介在信息层面的互动社会阶层的差异，以及地区与语言认同。③

① 转引自蔡琰：《电视剧：戏剧传播的叙事理论》。
② 转引自蔡琰：《电视剧：戏剧传播的叙事理论》。
③ 转引自蔡琰：《电视剧：戏剧传播的叙事理论》。

在这一层面上，丹尼尔认为政府的执政情况、经济策略与意识形态，都会对制作公司能否成立以及影视作品如何制作产生出关键性影响。一般情况下，各国政府大都默认现实，他特意列举了西欧社会经济理念迄今仍按照马克思理论将观众分成了几个阶级，并在制度上将拥有经济权力的阶级作为影视创作的最高控制者。所以，探讨社会阶层无异是理解西欧影视作品的重要因素之一。而各国政治与文化传统则是生产与消费影视作品的基础，一个国家是否弘扬民主，都会直接影响到影视创作的内容。国际资本的竞争，也会深刻改变个别国家影视作品的情境和个人收视行为。随着社会主体意识的增强，观众开始积极主动地对影视作品充满批判精神，他们的意见不但改变了影视作品的生产，并且左右着影视作品的故事和结局。影视作品的类型则是介于制作者与消费者之间并与期待相关的一种协议，既可以是变动的抽象概念，也可以没有固定的规则。在所有这些外在于影视作品文本的因素中，他认为国家文化认同、地区文化认同、制作公司与媒体的分众观念是三个较为重要的因素，同时，每一个社会文化因素都彼此相互传递着信息，并由此形成相互间的影响。

文本因素是第二个层次，丹尼尔认为不同国家或地区的观众往往对影视作品的文本(即内容)有着不同的解读，产生出解释上的差异。同时，影视作品在这一层次上还有技术与语言的关系，比如，一部作品应该怎样制作和追求怎样的播映效果，其中包括导演、镜头处理、场景调度、演员、音乐使用等，这些因素一般不会因为制作成本高效果就好。语言上主要涉及表述风格，这些都是相当复杂的文本因素。

最核心的第三层次是影视作品的叙事问题，包括三个层面：微叙事、共叙事和大叙事。这三个叙事层面彼此相关，相互带动或限制对方的变化。“微叙事”指影视作品中有关人物关系的故事发展线索，这方面各国影视作品有类同的趋势，如婚姻、生存、死亡这些一般社会最为熟悉的人类行为与文化传统，影视文化与大众文化因此而形成了最密切的关系。“共叙事”指故事背后的主题，如种族歧视、家庭暴力、婚外恋等，“共叙事”题材促使影视创作在大众所熟悉的内容中增加了新的元素，允许“微叙事”重复出现，因为这些背后主题在每一个世代都有不同的价值观和意义，使创作者可以重新诠释题材。“大叙事”则和影视作品中的社会相关，即作品影射的社会背景到底是工人阶级、中产阶级还是富有阶级，作品中的人物是否来自各个社会阶层，作品所展示的是什么社会价值观念，倡导的是哪一种道德规范。“大叙事”指影视作品所反映的社会阶层与价值观，是影视作品与接受社会的主要关联所在。

阿莫斯的重要贡献在于提出了影视作品以演员为核心的讲故事方式，而儒特和丹尼尔则分别提供了系统互动的观点，以进一步思考影视作品叙事与传播的理论问题。阿莫斯的各元素互动传播模式虽较一般学者的线性叙事传播模式复杂一些，却仍未能够发展出一个包括作者、文本到接收的整体叙事传播模式，丹尼尔理论的价值在这一点上得到了显现。

阿莫斯、儒特和丹尼尔都在尽力为我们建构一个思考问题的背景，使我们有一个思考问题的平台。影视作品并非单纯地为了叙事，而是以“事”去建构一种话语。E.本维尼斯认为好莱坞的“传统电影是作为历史故事，而不是作为话语来呈现的”，麦茨则认为“然而它也是一种话语，如果我们看到它与电影制作者的意图，与其对观众的影响等因素有关联的话。但是它的确切性质以及它作为一种话语的效力的秘密在于，它抹消了话语陈述的一切标记，并伪装为一种故事的形式。我们知道，历史永远与'完成了的'事件有关。同理，透明性电影包含着叙事内容，它打算讲述一切事情，这样的电影正在于否认任何事物的不存在或任何事物有待于去寻求。我们只看到这些因素的反面（以及多多少少总是倒退的方面），已经完成和满足了的方面，一种未经明确表述的愿望的明确实现。"[①]有的影视作品话语表现较为隐含，但肯定有话语建构。

影视艺术将接受障碍清除到了最低限度。作为媒介，它不仅是人类与自然沟通的桥梁，而且转化成自然本身，我们由此重新获得了面对自然的权力。过去是书告诉我们一切，现在影视艺术让我们在幻觉中去感受一切。这使我们忽视了对于媒介的质疑，忘记了幻觉的规定性。影视作品中任何一个画面，任何一种音响，都是一种有"意味"的形式，都包含了制作者的良苦用心。一部作品的叙事系统，融汇了具有能指意义和所指意义的符号链，区别在于语言的中介性是明确的，而视听符号则呈现为层次性递进，信息的获得与丢失是以层次为单位的，而表层意义的直解性造成了没有叙事中介的假象。新闻用事实说话，影视作品用故事说话，制作者的话语精神总是隐含在自己的作品中。阿倍尔·冈斯一语中的："构成影片的不是画面，而是画面的灵魂。"

二、主流话语同个体话语的情节设置

编剧在通过故事建构话语时，总会面临"对谁说""说什么""怎么说"的关系处理，即以怎样的叙事策略达到自己的目的，这也是艺术处理的内涵所在。

首先面对的是主流话语的表述。主流话语承担着维护国家权力意识形态的责任，不但要弘扬主旋律，而且主要体现的是媒介的宣传教育功能。要完成这一任务，就必须本着"三贴近"原则，处理好国家意识形态的严肃性和艺术的生动形象性、重大的政治性主题与百姓日常生活之间的矛盾，表现主流话语的影视作品能够为大众所接受，必须经过一个转换过程，大众没有观赏欲望是无法获得传播效果的。所以，必须处理好主流话语、重大题材同百姓生活的关系，要创造出百姓的观赏趣味。

作为创作规律，艺术作品要塑造典型环境中的典型人物，这里的典型人物其实就是话语信息的载体，而作为创作规律，则是实现观念的伦理转换，将话语精神赋予典型人物。作品讲述正面人物与反面人物的矛盾冲突，人物形象的伦理两极化处理，极易引起观众情感上的褒贬评价，通过这种评价，接受正面人物身上所承载的主流话语。这种处理的不足是，正反面人物的"极"点表现，往往导致人物生活背景的丢失，完美或丑恶却让人难以置信，中间人物反而显得生动可爱，由此产生出反伦理化问题。即制作者应在人物的伦理情感上做文章，以伦理情感为中介来传播主流意识，让主人公以牺牲自己的正常人伦情感来成全主流意识的张扬——忠孝难以两全。电视剧《武装特警》中特警队长长跪死去的父亲，《中华之剑》中母亲打死去儿子的耳光，都深深震撼了观众的心，这样的冲突设置已经成了主流话语影视作品的一大模式。这一模式的不足在于，让观众将主流意识同日常人伦对立起来，使观众难以对人物产生情感认

---

① 克里斯丁·麦茨．历史和话语：两种窥视癖论［M］．上海：三联书店，1987：255．

同,并进一步导致对组织的情感质疑。所以,应将观念的伦理化再推进一层,达到伦理的自然化。使人物的行为符合人之常情,具有心理逻辑的合理性。人物不再是简单的观念符号(《生死抉择》中的李高成就被处理成了一个简单的反腐符号),而是让人物在日常伦理中去行动,行动中所产生的矛盾,也是日常伦理丰富内容之间的矛盾,矛盾的产生与解决都是合乎常理的。

编剧要处理好人与事的关系,主流话语表现在题材选择上的一个突出特点就是对重大历史事件的定位。在处理上要注意以人带史,以史托人。20 世纪 90 年代以后,革命历史题材成了表现的热点,但成为精品,让观众留下深刻印象的并不多。究其原因,表现的重点是事件,而不是人物,作品的情感表现粗糙,冲突表层化,这样的表现方式是很难感动观众的。以人带史,就是将人物放在叙事中心,而历史事件是人物行动的背景,不是仅仅让人物成为事件的参与者。人物之间的关系,人与人之间的情感纠葛,映衬出历史事件的影响,历史事件和特定的时代因人物的具体存在而得到本质的再现。电视连续剧《长征》成功的关键就在于让人看到了"活"的人,体验到了特定的、真实的情感。

同主流文化话语相对应的是商业文化话语,它的标准是市场赢利。由于作品表现带有迎合性和克隆色彩,其叙事策略也走的是模式化的道路。这种模式化包括:①为了适应大工业生产的需要,将人物性格充分简化,归为一定的类型,从而使得操作起来极为方便、快捷,通常是将人物进行两极化处理;②商业化叙事不追求创造性,而是追求高产出,适应工业化生产方式,追求模式化叙事,其文本采取二元对立的叙事方法,最终结果是观众认同的一方一定要战胜非认同的一方,由于简化了生活的复杂性,人物便成为了概念化的符号,观众可以毫不费力地完成价值判断;③为了吸引观众,提高票房收入和收视率,强调作品的煽情效果,以将观众带入一种迷狂的梦幻;④在不背离基本道德原则的前提下,遵循快乐原则进行欲望书写。商业化叙事由于消解了社会责任感,其用来吸引观众的法宝就是将人们心理中潜在的欲望加以释放,让人们在欲望释放的过程中获得快感;⑤商业化作品叙述的不再是历史,而是大众的梦。在商业化的影视世界中,现实不再成为现实,而成为一个人们所认为的世界,历史也不再成为历史,更没有成为现实。因为,现实已经化成了想象,历史变成了人们的欲望现实。

第二节 影视叙事理论

一、故事的重新定义与表述

文本所呈现的故事是一套有限的、具备结构的语言符号,经特定方式由相关元素组合而成。故事是观众在认知结构中所意识到的,由各种元素组合的特定组合形式,也是受众所认知的人物与事件的演变过程，相互之间具有因果逻辑关系。兰达认为，故事由一个或多个元素依据人物、时间、空间、因果、秩序结构而成，所谓“元素”就是故事所叙述的“事件”，即故事中所发生的动作。故事元素也可以说是被观众、读者所接收与理解的行为或动作，是观众认知结构中所了解的故事基础。但是，这些故事元素都属于动作、行为形式连结的抽象认知概念，无法分辨动作细节、相关人物、联结逻辑，也难以指认时空或背景。在这个层次上，观众或读者还没有发展有关主角是谁的认知，也无从了解故事发生与经过的细节，必须与情节、人物甚至场景或其他论述手法结合后，才能完成整体的故事结构。具体的故事元素包括，时间与地点，人物（即故事的主要角色），主要人物的动机和其他具有关键性的次要角色、冲突，以及与冲突相关的行为事件、高潮、结局。这些都是重要的故事元素，是发展一个故事的必备要素。

根据目前的研究成果，可以得出“故事”的一般意义：①故事与人类认知和行为相关，描述人类行为的目的、地点、情况与后果；②故事通常是读者或观众认为有兴趣的事件与行为，对于读者与观众的认知和信仰来说，这些事件和行为往往“出乎意料之外”，与过去所知不同或具有某些特殊之处，故事通常具有人情、趣味，并对读者或观众有吸引力；③故事通常是为了娱乐读者或观众而创作的，影响着读者或观众的美感、伦理观或情绪反应，一些同少数民族有关的故事，含有传递特定社会、政治或文化价值的功能；④故事由抽象结构组织而成，包括习俗惯例中的结构类别与层次，如开始、发展、结尾等形式。这些抽象结构层次在某些故事中并不完整，有些则与一般次序不同，某些部分或与故事本身没有联系，某些部分或段落会插入故事；⑤故事可从不同角度讲述，讲述者有时是参与者，这种情况使得故事可能是真实的，也可能是虚构的。

故事是叙事中发生的不同事件，故事与文本是两回事，同一个故事中发生的事件可以用不同的文本进行表述，可以是小说，也可以是影视作品。事件概念由人物和行为动作组成，并以时间、地点为其内在存在条件。凡是两个以上不同事件彼此存在着时序相关、逻辑相关条件时，就可以成为故事。故事多经过铺陈的方式，再现数个故事元素，或通过情节与阐述呈现一个故事文本，这里的情节是指处理故事被叙说、被描写或被饰演的方式和故事元素出现的先后次序，以及场景段落的长短相关。因此，情节可以说是在叙事文本中先后表述的人物或事情的秩序，可以利用穿插、倒叙等手法调动场景，也可以运用讲述、饰演、人称和强调来表现故事。一个故事可以有无数种建构情节的方式。例如，莎士比亚的《哈姆雷特》已经被许多位导演搬上了银幕，各自有不同的情节建构方式。关于故事的内涵条件，伽特曼曾以“静态存在条件（状态）”和“动态发生与经过情节（过程）”分别作了说明。（表3-2）

在这一解释中，故事的静态部分由角色、时空背景、品质与称谓组成。动态发生过程则以情节为主，由核心情节和卫星情节组成，其呈现方式包括有目的的行为动作和无预谋的偶发事件，各要素的具体含义。（图3-2）

表 3-2　伽特曼的故事结构要素及定义①

<table>
<tr><td rowspan="6">状态</td><td rowspan="6">存在条件</td><td rowspan="3">面　向</td><td>称　谓</td><td colspan="2">人　称</td></tr>
<tr><td rowspan="2">品　质</td><td>气氛</td><td>唤起心境、语气直述、假设、祈使</td></tr>
<tr><td>特点</td><td>写作特性</td></tr>
<tr><td rowspan="3">情节显著程度</td><td rowspan="2">背　景</td><td>时间</td><td>对时间的交代</td></tr>
<tr><td>空间</td><td>对地点的交代</td></tr>
<tr><td>角　色</td><td colspan="2">在故事中所登场的，抱持某一立场或态度的事件相关人物（的描写）</td></tr>
<tr><td rowspan="4">过程</td><td rowspan="4">情　节</td><td rowspan="2">方　式</td><td>偶发事件</td><td colspan="2">故事中所提及的偶发事件，而与故事的发展有关系者。此类事件的发生并非完全人为且无预谋</td></tr>
<tr><td>行为动作</td><td colspan="2">故事中所提及的事件，而与故事的发展有关系者。此类行为的发生为角色有目的的所为</td></tr>
<tr><td rowspan="2">事　件</td><td>核心事件</td><td colspan="2">发生/进行着的主要故事线</td></tr>
<tr><td>卫星事件</td><td colspan="2">进行/发生着的故事支线，通常所占的篇幅与持续时间少于核心事件</td></tr>
</table>

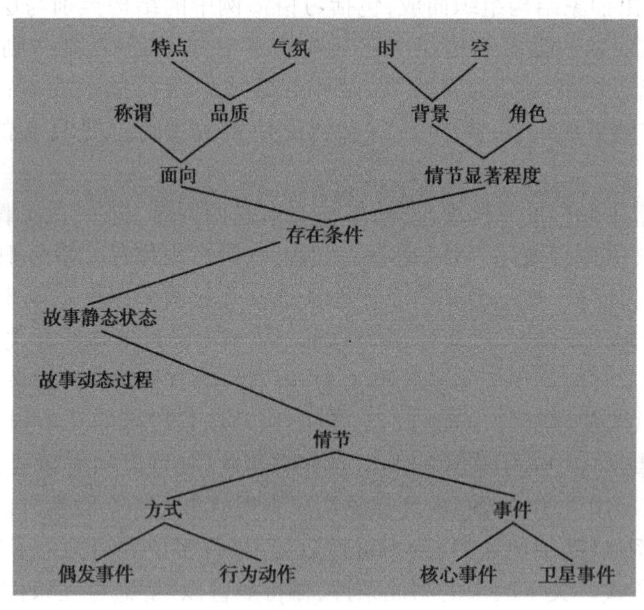

图 3-2　伽特曼的故事结构要素

叙事是由故事和表述两个角度阐释文本的内在条件。故事是叙事所描绘的对象，由具有逻辑的动作、事件和人物组成；表述则由时式、再现模式、叙事的角度和方式组成。表述是组合系列事件的方法，也被认为是基本的传播方法。

---

① 蔡琰，臧国仁. 新闻叙事结构：再现故事的理论分析. 台湾“国立”政治大学，1998 年传播学会学术研讨年会稿.

表述一直是人文、社会科学、传播学研究的焦点问题之一。虽然，通常表述指使用语言的形式或方法，但实际研究范围涉及了“谁”使用语言，“如何”、“为何”、“何时”使用语言以再现情境的整体问题。从问题的提出看，表述虽和语言相关，却并非仅仅限于语言，还涉及了怎样传播与沟通。有的学者认为，表述包括“谁”为了什么“理由（目的）”向谁“沟通”等变量，并和社会情境与传播媒介有关。由此进一步提出，表述是基于传播目的而发生的语言行为，是叙事的“文本”。

表述发生于事件的沟通过程，为了沟通意见、传播信仰、表达感情，语言在复杂的社会环境下被人们使用。而在沟通事件的传播过程中，参与沟通的人一直都在互动，双方（或多方）使用语言沟通，并受到社会情境的影响。表述因此可泛指社会情境中的语言使用，其相关概念与分析方法也可用于检视影视作品的语法问题。

表述的研究重点在于探索语言的使用如何影响认知与态度，同时涉及语言怎样增进（或降低）人际互动，关心在社会情境中人际互动怎样影响日常说话与语言使用，以及人们的认知如何控制语言和影响人际互动。

表述一词到了后现代民俗研究中取代了文本，而文本原属符号的象征行为。由此，影视文本提供给观众的是一个象征世界，而作品中所有的象征行为也都成为了对于人们态度的启示。与一般文本形式一样，影视文本按照某些表述模式，显示了各种社会行为的轨迹。与传统的文本要领进行比较，表述更重视作者与观众之间的“对话”，而不关心两者的“独白”。

影视文本经历的制作与接收过程包括了编剧的真实世界、编剧的虚构世界、接收者的幻想世界和接收者的现实世界。影视作品所要解决的是怎样利用媒介特色叙述社会故事和通过哪些视听语言传播有关现实社会的信息。从表述的角度分析视听文本，自然要强调视觉与听觉设计的重要性。所以，对于编剧来说，文本研究不能仅仅限于探讨叙事中的故事和主题，因为，影视文本实际上涉及了一整套符号语法的“选择”。编剧从选择场景、符号，到选择意义、类型，使文本充满被解读的线索。不仅被选择使用的符号具有特定的意义，那些有可能被选择使用却被编剧放弃使用的符号，也是表述研究的重要问题。

海曼认为，任何文本都可以从 16 个方面展示其表述组合，他将表述再现文本的项目简称为“说话（SPEAKING）”，强调“说话”模式的各个方面都同故事相关，显示表述以文本作为故事载体或作为传播信息的渠道时，一些彼此影响的元素必须相互配合才能产生传播的意义。他的“说话”模式含有八个项目（各含一至四个方面），每个项目的英文起首字母组合成“说话（SPEAKING）”：

S（Situation）指情境，同故事的静态条件相关，包括时空与场景两个方面；

P（Participants）指参与者，结合传播研究的传统议题，包括发言者、讲述者、观众/听众、讲述对象四个方面；

E（Ends）终端，指传播目的，包括结果、目标两个方面；

A（Act Sequence）行动序列，即表述题旨，包括信息形式、信息内容两个方面；

K（Key）要点，讨论传播信息核心的意念或关键要点；

I（Instrumentalities）工具，包括渠道与表现方式两个方面；

N（Norms）模式，包括互动形式与诠释模式两个方面；

G(Genres)类型,指事件组合的方式。

表述是一个复合概念,其研究范围包含了下列主要变量:(1)文本。原指具现情节故事内容的表述形式,通过文本,人们直接接触到叙事中的故事、情节与人物,此处专指用以分析故事的影视作品。(2)情境。即生产和接收文本的内在、外在互动因素。就影视作品来说,同表述有关的包括:①实物,即载有文本内容而又实际存在的东西;②音乐、效果、画面,即观众从文本所实际接触到的各种影像和声音,属于表述语言的研究范畴;③语言行为,如说话语气、面部表情、动作姿态、音质、声音表演,这些通常被称为"次语言"的实物,随"直接语言"成为有意义的语言符号,也属象征符号或行为的一种;④故事人物情境,包括人物所拥有的物品,剧中人物之间的关系,观众所认知的文本与其所拥有的物品的关系;⑤其他相关并存文本,即观众看到的前后相关的文本;⑥内参文本,内参文本与分析文本相关却不相同,是观众借以了解主要文本的捷径;⑦参与者,包括传播者、传播对象、文本接收者;⑧功能,指传播者与受众所见的文本(影视作品)的功用。

表述代表着人们使用语言的方式与态度,同时,也影响着人们使用语言的方式与态度。语言作为文化的积淀,形成了一整套系统化的规则,存在于人们的认知结构之中。人们依据各自所面对的情境,选择并组织认知结构中对语言符号的认识,根据沟通交流的目的,适度地表达思想、情感和意念。语言也因此被视为控制社会与传播的工具,库勒甚至认为语言的惯例就是在制造社会现实。但是,语言最基本的功能仍是协助人类的沟通。人们使用语言交流自己的基本态度,传播特定的信息。表述传递着社会刻板的印象,也反映和影响着文化,并促成政治和社会生活的形成与表现。

表述还涉及了语意问题,要再现故事就必然要同一个庞大的视听符号系统互动。如影视作品的制作,先要通过筛选,然后考察市场与商业利益,再通过导演的铺排与剪辑,集合起相关的信息,通过相关单位的进一步确定故事内容和再现方式,使之"适合"传播对象、社会大众。在这一意义上,影视作品的内容通常是经过高度"选择与编辑"的结果,其间的中介,则是制作者编码与观众解码的共同语言。而这种经过选择与编辑后所显现的共同语言,又是以表述的形式存在的。

纪实或拟真的影视作品,是目前大众传播媒介转换社会现象、再现社会真实的重要方式。影视作品所使用的视听符号,也是社会传播系统中最为真实、自然的再现方式之一,通常被视为一套系统化的视听语言。影视作品的表述涉及多个互动系统,必须以传播渠道及符号诠释为基础,才能更完整地讨论。影视作品的表述可以按照从简单到复杂层次被视为:①文本;②具现文本的视听符号;③符号系统再现故事的方法或语言结构;④各相关系统之间相互影响和相互搭配以产生意义的过程。

影视作品的表述即影视作品视听符号(音响效果与画面)的语言结构问题。我们除分析语言的使用、形式、搭配外,还应该注意表述的目的、语言与故事主题的互动。通过叙事理论的观点,影视作品的研究是一个系统性探索的过程,应同时考察编剧、文本和接受者三个方面,才能认识和把握影视作品的整体意义。而影视作品叙事中的表述问题,更是属于复杂的语言问题,和影视作品的创作与解读的语言使用、作者与观众的知性沟通、创作的完整社会背景、观众解读作品的情境都有所互动。

二、影视叙事理论的建立

影视叙事学首先要明确叙事与表现叙事的影视手法或“影视语言”之间的关系。叙事是可以在影视之外独立存在的(如文学原著、影视剧本等),影视艺术家的任务就是在原初叙事与影视技法之间建立有效的联系。所以,迄今为止的各种影视作品分析都会涉及“表现形式”与“故事内容”这两个方面。影视叙事学也要研究运动的影像和其他影视技术与机构对观众和社会的影响这类社会学的主题,使它同其他影视艺术研究形成交叉。

影视叙事学是在文学叙事学的影响下产生的,所以,主要研究影视作品的叙事功能和叙事结构。影视艺术是通过两次表现作用形成的。首先,布景和演员表现着一个故事情境,即创作过程中故事是先由作为实物的布景和作为真人的演员来表现的。制作完成后,又要通过“放映”来实现,即由影像系列直接表现或再现摄影棚中的演员及场面环境。与戏剧不同的是,影视艺术具有两次非真实性:表现虚构故事和在表现虚构故事时所运用的幻觉技术。影视艺术的这种虚构性在纪录片中也有反映,因为,拍摄实物对象和进行剪辑都是“人”有意识安排的结果。纪录片中出现的影像只是一个形象记号,并非单纯表示被拍摄的对象实物,而是使该物的影像在一个社会性语境中产生特定记号的作用。因而,纪录片中的影像所传达的已是被安排在一个人为的事件序列中的对象。

关于肖似性影像记号,理论家们普遍认为,它的被批示者不是个体而是由个体组成的类。画面上的影像记号组合所意指的并非是在镜头前的具体演员和布景实物,而是由它们所代表的一些抽象的物类,编剧正是利用这些“类概念”来进行形象性思维的。而影视作品也是以先存在的“共同影视话语”的“环境”为基础的。

对于影视艺术叙事性质的研究,直接导致了与文学叙事学平行的影视叙事学。影视艺术的表达面包括运动的影像、对话、旁白、字幕、音乐、自然音响、色彩等各种各样的成分,比文学的文字或音声表达面要复杂得多。但影视艺术表达面又缺乏语言文字所具有的较严格的语法规则,所以,影视叙事学只能部分借用文学叙事学的分析方法。美国学者 C. 威廉姆斯认为:“叙事领域在电影批评中曾被严重地忽略,因为,在传统上叙事只被当成一种‘挂钓’,艺术家似乎只是把更有意义的思想和形式挂在它上面而已。自符号学发展以来,电影研究才对叙事问题有所注意……”

影视叙事学的研究首先区分了故事的“想象世界”和“叙事文本”两个概念。叙事文本即影视表达面,是画面系列的物质性表达,想象世界中的故事是由叙事文本来“叙述”的。叙事文本也是一种“话语”,涉及“说话者(叙事者)”和“听者(观众)”两个层面。叙事文本必须是“可解读的”,所以,应有一套相当于语法的规则用以组织和排列叙事文本中的各种影像记号。观众也按此“语法”去理解叙事文本和想象世界这两个层面上的对象与行为。其次,叙事文本应按此“语法”建立诸影像系列的内在一致性。最后,叙事文本中影像系列的次序与节奏应能保证观众的“读解”进行下去,并产生叙事的效果。

所谓影视艺术叙事文本的“语法”,既涉及影视作品各部分之间的排列,也涉及画面内的场面调度。叙事“语法”还必须处理好想象世界中的线性事件次序，以及与叙事文本中往往存在的非线性次序之间的关系。一个叙事文本被说成是包含着若干叙事次序线的“意指网络”，一个叙事成分可以参与几个次序线，如人物既能出现在当前的叙事画面中，也能够出现在“闪回”的叙事画面中。所以，影视艺术叙事文本中的叙事次序线比语言艺术中的叙事次序线要复杂得多，文字文本中的“话语”也更多地强调着线性。

叙事学的另一个特点是研究叙事行为或叙事作用的文本组织的动力方面，这就涉及了叙事行为者或“叙事者”的问题了。目前的影视叙事作用分析强调说，叙事者不指作为躯体的个人，而是指其在叙事中的功能或作用。叙事者不是编剧或导演，只是一个虚构的角色。甚至在自传性作品中，编剧与叙事者也不等同。叙事者不像编剧那样流露出自己的特殊兴趣，他只是着手推动叙事文本的进行，在若干程序中进行选择。作为叙事者的编剧在种种叙事组接法、切分法、蒙太奇方式中进行选择；他是影视故事的想象艺术与叙事文本的创立者。而且，影视艺术作品的完成，是由“叙事机制”实现的，是由多个个体组成的叙事者。叙事机制是作为一个抽象场被理解的，这个抽象场包含了若干影视代码和其他参与作品制作的参量；为建立想象世界与叙事文本而运用的各种影视程序的选择，都发生在这个抽象场内。所以，叙事机制实际上包括各合作者的功能及各功能在其中起作用的“情境”。这些情境是：制片预算，作品制作时的社会时期，全部影视语言，作品的表现风格等。

关于叙事文本同想象世界之间的关系，热奈特提出了三种关系，这一模式也为影视叙事学所采用。首先是次序关系，叙事文本中事件发展的次序与想象世界中事件发展的次序可能不一致；其次是同一行为在两个领域中的时延关系，往往是不一致的，一般说来，事件在叙事文本中的时延都短于想象世界中同一事件的时延；最后是两个领域间视角方式的关系，摄影机既可以按作品人物的目光转动，也可以对准人物转动（即按摄影师的目光转动），这样，在叙事文本中就以不同的角度来“引出”想象世界。

影视艺术的想象世界或虚构世界绝不是随意杜撰的，必须服从一些编作规则，即代码规则。首先，一切影视作品都在叙说着同一虚构世界中的故事：欲望与法则的冲突。其次，同一部作品在同一个运动中既展现着一个合乎规则的发展，也展现着一个偶然的突变，这就使观众面临着两难选择，可预见与不可预见以及想认清与不想认清。影视艺术语言或影视艺术表现的手法，推动着编码的事件发展和造就意外的突变。因而，也就存在着两种叙事代码：“预定的情节”和“解释学的插叙短语”。想象世界的总方向，始终是由预定情节代码所决定的，因而，传统的影视作品容易沦为千篇一律。

现代影视或叙事技巧较高的影视作品，却能够充分发挥第二个代码的作用，不是在总的故事发展方向上延缓情节按第一个代码过快展开至终点，而是故布疑阵、虚实结合，使常规程序与“反程序”交替并用，以提高总的艺术效果。例如，法斯宾德的“女性四部曲”中的女性主体玛丽亚、维莉、洛拉、薇洛妮卡均为普通社会阶层的普通妇女（代理人、妓女、歌星、昔日的电影明星），并都具有双重性格特征（即类型化有圆型人物）。在价值取向方面，则显示为理想性（婚姻、爱情、家庭、旧梦）与现世生存（金钱、地位、财富、麻醉）的层次区分。主体的这一精神存在特性投射于行为层面，拟定出其基本行为目的(即有意识目的—理想性的和无意识目的—现世生存的)和双向的主导行为。目的和行为直接联系着(两个)客体,而客体又掌握于另两个次级人物的手中。这样,主体追觅客体的行为自然就达成了一种"三角关系"。(图3-3)

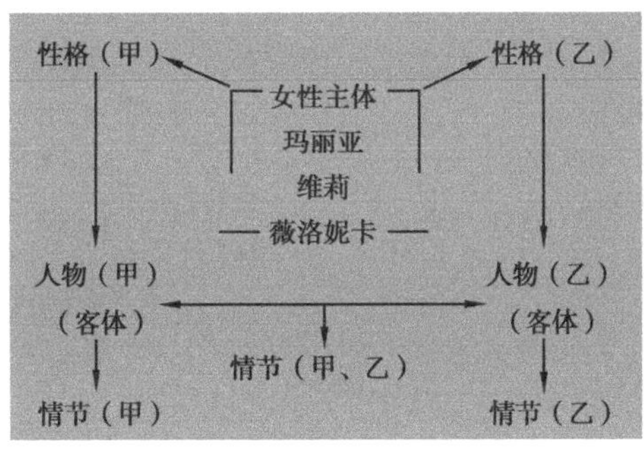

图3-3

随着叙事的进行,人物行为及其事件便陷入了多义的联系之中,为影片扩展和丰富语义层次提供了可能性,并因此构成隐含的语义层面。例如,《莉莉·玛莲》中的模式。(图3-4)

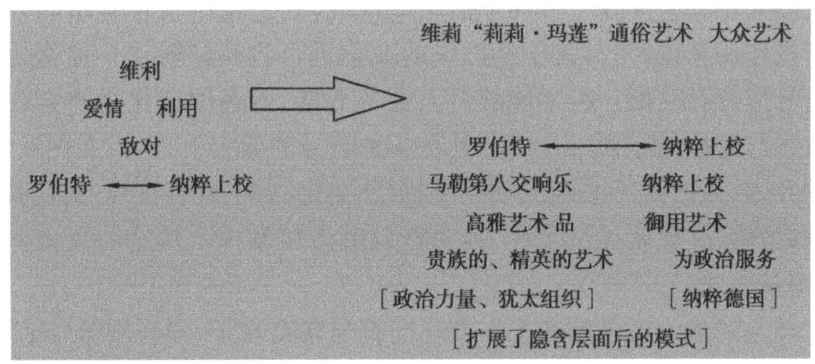

图3-4

这里的隐含语义是概括性的,既包含着观照成分,也凝结着自审认识,其中"莉莉·玛莲"与"马勒第八交响乐"与普通士兵、人民,与纳粹统治之间的关系涉及对一段历史的思考,也涉及对具有普遍意义的"雅与俗"关系的考查。影片中人物的对话也充当了构成话语的因素:影片结尾,维莉由一位朋友护送穿过德国、瑞士边境去找罗伯特,走过一片白桦林时,那位朋友讲述了一件发生在这片树林中的事件:一名妓女被拉皮条的人勒死在树林里(预示维莉此去瑞士的结局,暗示通俗艺术及通俗艺术家在社会政治和高雅文化夹缝中的处境)……《莉莉·玛莲》的叙事策略是对位与转型:维莉——"莉莉·玛莲"——通俗艺术——大众艺术;罗伯特——马勒"第八交响乐"——雅艺术——贵族艺术。由人及歌,及(社会性的)类。歌对应和依赖于人,再转型为另一语义。这种语义扩展方式也同样存在于《玛丽亚布劳恩的婚姻》《洛拉》《薇洛妮卡·弗斯的欲望》中。其中,《玛丽亚布劳恩的婚姻》与《莉莉·玛莲》稍有不同的是:其扩展策略是放大,即将玛丽亚追觅合法婚姻与金钱的(个人)故事,放大为

战后环境中德国政治经济政策与社会道德、民众心态的历史回顾与纵深考查。(图 3-5)

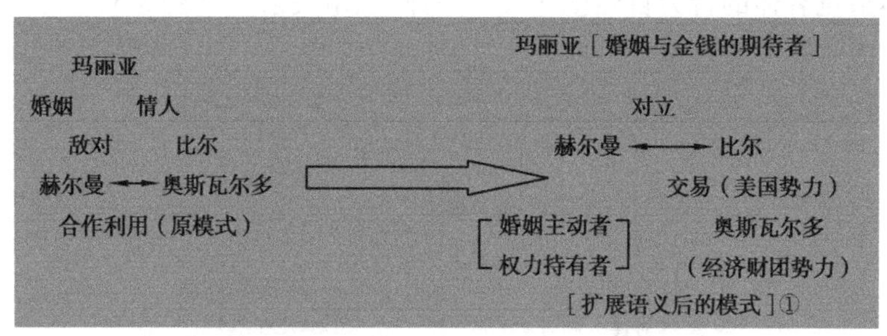

图 3-5

当影视作品生产出某种文化流行时，从某种意义上也可以说是生产出了一个新的符号序列，它既是具体的，又是抽象的。当我们试图从文化上去思考影视作品的构成与影响时，有必要先从文化的意义上把“符号”这个特定的概念搞清楚。

文化作为存在和灌注于人的全部社会活动中的普遍的集体意向，其本质是人的一种内在精神和观念体系，是一种抽象的而非感性的深层意识，它们是难以直观的。但是现实存在的文化却并非是一种纯粹抽象的混沌，它总是以某种直观的方式存在，这一点对于影视作品来说，更是善于将抽象的文化进行直观的转换。也就是说，现实的文化是以符号形式存在的。符号能够将人类一般的、普遍的文化精神直观化，使文化成为可以认识与把握的东西。人们也是在各种符号的导引下，走入文化殿堂的。如果没有符号的介入，人们就无法认识、理解和掌握文化；如果没有符号，文化就不能传承、交流、蓄存和增值，文化就无法生存，其功能也就无从发挥。从这一意义上可以说，凡是符号的，都是文化的。

符号学理论的最大贡献就在于将文化同符号联系在了一起，用符号来解释和认识文化，使人类的文化理论研究进入到了一个新的高度，对于揭示文化的本质和基本特征，产生出了积极的作用。因而，符号学理论自其产生之日起，就立即受到了文化哲学家们的重视。莱斯利、怀特在《文化科学》中指出：“全部人类行为起源于符号的使用。正是符号才使得我们的类人猿祖先转变为人，并使他们成为人类。仅仅是由于符号的使用，人类的全部文化才得以产生并流传不绝。正是符号，才使得人类从一个幼儿转变为人。”②所以，人所创造的象征符号是解开一切文化秘密的魔术钥匙。卡西尔则认为：“文化是人所创造的符号体系。”丹尼尔·贝尔把人定义为“图画人”，他认为人类运用象征符号创造出文化世界，象征符号是人的根本特性，是文化的核心。

符号从广义上解释，是一个外延极大的范畴，同人的各种生活相关的一切都可以演绎为符号。关于符号的具体含义，韦希尔英语词典将其归纳为四种情况：①指某种用来代替或再现另一件事物的事物，尤其是指那些被用来代替或再现某种抽象的事物

① 虞吉，等. 德国电影经典[M]. 北京：对外经济贸易大学出版社，2004：120-125.

② 莱斯利·怀特. 文化科学[M]. 北京：商务印书馆，1998：39.

或概念的事物；②指一种书写或印刷的记号，如某种字母或简写字等，多用来代表某件事物、某种性质、某种过程、某种具体的数量等；③在精神分析学中，符号专指那些代表着被压抑到心理深层的无意识欲望的行为或事物；④在神学中，符号指种种抽象的教条或概括。对这些含义进行集合分析可以发现，其中共同的指向强调了符号是代替、表示、表达某种事物或意义的感性形式，是抽象与理性的直观与感性的转换，进而达到对抽象与理性的认识和把握。

在理解符号的内涵时，必须将符号同信号区别开来，这对于把握符号的实质与文化意义是非常重要的。信号是物理和生理世界中的现象，而符号是文化世界中的现象；信号反映能力是人和动物共同具有的，而符号能力则只有人才具有。信号的形式和内容都是感性的，而符号的形式是感性的，内容却是理性的、概念的。信号是用一种自然现象代替另一种自然现象，其形式和内容都是感性的。具有深刻内涵的文化符号常常是一个“空筐结构”，所包含的是多指向的、没有绝对确定性的文化意义。

符号可分为听觉符号和视觉符号。从意义指向性看，听觉符号中最典型的符号是话语，视觉符号中最典型的符号是文字。话语和文字都属语言，所以，语言是符号的最典型的形式。语言作为最纯粹的形式表现了符号的两个结构要素，即感性形式和意义及其结合。语言是直接的纯粹的表达事物意义的形式，是专门用于表达意义的工具，并且有能力表达一般的概念和意义。罗曼·雅各布森说：“符号有两个方面：‘一是可以直接感觉到的指符，另一个是可以推知和理解的被指。’”符号是将两者统一、结合起来的一种方式、形式。

如果将符号理解为人的一种能力的话，那么，这种能力是人的一种根本能力，是人之所以为人的根本能力。正是因为人具有了这种能力，才将原本分裂的经验感性世界和一般意义世界结合统一在了一起。这样，符号便和人的存在、本质产生了密切的联系，同样，也可以通过符号去认识和把握人的存在与本质。符号不仅使人类骄傲地走出了原始的动物世界，并且，将人类从理性世界带入到了文化世界中去。

第三节 “情节”与“故事”的关系

“情节”一词的基本解释中有一种说法非常简要易懂：事情的变化和经过。

分开来说，所谓“事情”是指以人物为中心的事件。该定义说明了必须要有人物，这是首要的。而有人物的事件，则包括了人与人（人与自我、人与他人）、人与环境（人与内部环境、人与外部环境）之间的具体事件和矛盾冲突。其次，说到“变化”和“经过”，则属于事情在内因和外因共同作用下的发酵变质过程。文学作品一般用开端、发展、高潮、结局这四大幕来组合这一过程，体现其中的变化。变化包括人自身的变化、人与他人关系的变化、环境的变化等。故事，则是由一组组情节以一定的内部结构或线性关系排列组合而成，最后达到表现主题、升华思想的目的。因此，情节是叙事的核心，是故事的组成部分。

在现行的教科书中，对情节的定义有三种解释：

（1）亚里士多德在《诗学》里的说法：①情节乃悲剧的基础，又似悲剧的灵魂。②整个悲剧艺术包含“形象”“性格”“情节”“言词”“歌曲”和“思想”。6个成分里，最重要的是情节。③情节，即事件的安排。④情节必须完整。所谓完整，指“事”要有头、有身、有尾……①

（2）高尔基的说法：文学的第三个要素是情节。即人物之间的联系、同情、反感和一般的相互关系——其性格、典型的成长和构成的历史。②（一般简化为：情节是人物性格的发展史）

（3）爱・摩・福斯特在《小说面面观》中的说法：故事是按照时间顺序来叙述事件的；情节同样要叙述事件，只不过特别强调因果关系罢了。例如：

①国王死了，王后随后也死了（故事）

②国王死了，王后因悲伤而随后也死了（情节）③

我们究竟同意谁的说法呢？笔者认为，用这样简单的引用来区分故事和情节，方便倒是方便，但却是不科学、不准确的。何以言之？我们试来分析一下。

亚里士多德的说法中，①和②只是讲情节的重要性，而非情节的定义；③的意思接近了，却显得空泛；第④更像对故事的解释。什么原因造成的误解？作者认为，问题可能出在译文上。如果把后两层意思翻译成“剧情”就贴切了。

乔治・普罗第的“36种戏剧模式”的说法，就包含了情节和故事两个概念。例如，36种当中的第3种——复仇：

（1）主要的即观众所同情的人物：复仇者。

（2）其他必要的人物：作恶的人。

（3）细目：

①为被害的祖宗或父母复仇。

②为被害的子女或后人复仇。

③为被侮辱的子女复仇。

④为被害的妻子或丈夫复仇。

这一个复仇种类中共有16种复仇的细目，而这其中的每一种，都包括了所谓的情节和故事两个概念：有具体的故事、也有造成事件的因果关系，观众甚至还可以大胆的推测事件的结果，情节的走向，等等。就拿第一种为例：为被害的父亲复仇。由于主人公的父亲遭人暗算并被杀害（起因），主人公在极度的伤心与震惊之余，转为对凶手的愤怒和憎恨（变化），于是决定杀死凶手（过程），为父亲报仇（结果）。最终，一个子为父复仇的故事发生了。至于最后复仇的结果是悲剧？喜剧？或是无果而终？编剧可以任意安排，并不受情节的限制。再者，如莎翁四大悲剧之一的《哈姆雷特》，作者到底是要展现离奇曲折的情节，还是要塑造让人扼腕的主人公形象，或是宣扬命运力量

① 亚里斯多德.诗学[M].北京：人民出版社，1982：64，74.

② 高尔基.高尔基论文学[M].南宁：广西人民出版社，1980：81.

③ 爱・摩・福斯特.小说面面观[M].北京：人民文学出版社，2009：75.

的可畏，每一个人都有自己的结论。所以，亚里士多德的说法也有失偏颇。

高尔基说："对长篇小说而言无疑是准确的，可能对长篇电视剧也有一定的适用性。"然而，这对电影剧作而言就很难说了。电影剧作没有足够的篇幅来写性格、典型成长的"发展史"。何况，一般电影故事表现的时间比较集中，性格、典型还来不及成长。

以日本导演北野武的温情作品《菊次郎之夏》为例。9 岁的日本男孩——正南，从小就失去了父亲，而母亲也据说是在遥远的丰桥工作，正南实际上是与年迈的祖母相依为命。祖母为了两人的生计，不得不整日出去工作，大部分的时间都是正南一个人度过。寂寞的正南在这样的情况下体味到了孤独的滋味，性格十分内向，不苟言笑，眼睛也总是看着地面，坚强地活在他小小的世界之中。影片的开头利用空镜头和固定镜头的冷静与隐忍，客观地展现正南的生活与性格特征。

而当暑假来临，正南的同学们都幸福地与家人去各地度假，他平日积蓄的孤独和压抑终于爆发，他摔碎了存钱罐准备去寻找母亲，去寻找内心渴望已久的温暖。然而，寻母之路并不顺利，正南与老混混菊次郎大叔在途中遇到了很多可笑又心酸的事情。而终于到了母亲的家，却没能像正南想象中的那样母子团聚，已经建立新家庭的母亲，否定了正南所有的期盼，菊次郎与正南最终只能踏上归途。途中菊次郎大叔也极尽所能地逗正南开心以安慰他幼小的心灵。夏天终于要结束，旅途也到了终点，两人又回到了他们出发的地方，分别之际，又约定了下一次旅途。

故事结束了，却给人一个温馨的结局，也算是失望之余有了一丝安慰。正南在暑假"三千里寻母"的题材，通篇主要讲述了暑假这个时间段他的遭遇和故事，可究其性格与成长的"发展史"，该剧并没有作为表现的重点。也许正南在这个暑假之后，回到现实当中还是继续过着和从前一样的生活，还是要面对生命中注定的孤独，还是一个人踢足球，一个人吃饭，正南还是正南，正南的性格是否发生了变化，正南的生活是否发生了变化，我们不得而知。

又如法国导演特吕弗的经典作品《四百击》，讲述的是小男孩安托万因学校、家庭、社会的种种压力和迫害，而走上叛逆的道路。整个影片所贯穿的时间段非常短，情节也很简单。从学校到家庭最后到少年管教所，表现的都是这个少年所有的遭遇与他对事件的反应、处理，并没有特别展现他事后的成长，等等。然而，影片中的某些细节描写镜头，给观众留下了深刻的印象。例如，父母亲对他的粗暴和漠不关心；在旧印刷厂厂房过夜的安托万犹如一只小流浪狗；安托万被自己的父亲送入警察局，和罪犯与妓女一起被押上警车，黑暗中安托万泪光闪闪的特写镜头；从少年管教所中跑出去之后，安托万一路奔跑，想要摆脱所有人，到了海边，他迷惘地回望，这时影片结束。片中琐碎的细节表露了安托万真实的、没有修饰痕迹的心理特征与性格。安托万没有像所有人期望的那样做个懦弱的"乖孩子"，面对种种遭遇和"巧合"，安托万无奈、恐惧、愤怒、抵抗。到了影片的结尾，导演对社会存在的这样的青少年问题没有给出一个真正的答案，也没有安排安托万"改邪归正"，服从成人社会的规则。安托万后来的生活也在影片之外，也没有暗示安托万的出路和结局，开放式结局留给观众很多的问号，以及深深的喟叹。这两个影片的类型在某种程度上跳出了高尔基的定义，却不妨碍两部影片成为永恒的经典。

关于"故事"和"情节"的区别,最常提到的就是英国的福斯特举出的例子。所以,因果关系成了判断两者区别的标志。爱·摩·福斯特说过这样的话:"'国王死了,王后也死了'和'国王死了,王后因伤心过度也死了'。"前者只是强调了时间关系,而后者突出了因果关系,似乎按"时间顺序"或"因果关系"来叙事,就是情节和故事的区别了。但是,我们常常也把时间关系误为因果关系,或者说因果关系本身也呈现出时间关系,如我们经常说前因后果,所以,福斯特的区分也不是一定的。

本篇结论:电影的情节是构成电影故事的一个个剧情环节。通过一个个画面展示的情节,在构成故事的过程中完成对人物性格的塑造。

那么,情节的基本定义中所说的"变化"和"经过",又是怎么发生的呢?这就引出另一个情节要素——情节点。情节点简单来说就是我们日常生活中所说的"变数",情节点可以是一个具体的事件,如影片《唐山大地震》中,地震之前一家人幸福的生活着,有着一定的日常生活习惯和关系。地震后,家破人亡,生活轨迹偏离了原来的方向,家人之间原有的关系也被打乱,片中人物各自曲折的命运由此铺开。所以,地震这个事件也可以归为整部影片一个非常重要的情节点,它把人物及人物的行动推向了另一个发展方向。情节点还可以是人物的行为或语言,再回到影片《唐山大地震》中,母女间长达32年的误会与恩怨,让两颗心苦苦煎熬,如影子般无法逃脱。而当重逢时母亲在女儿面前的一跪,所有怨与恨在骨肉亲情面前分崩瓦解,两人之间的关系如春天般复苏,给这个灰暗的家庭带来了重生的希望。母亲的下跪这个动作,也可以称为是影片或段落的情节点,把影片推向另一个发展方向,又一次改变了主人公们原来的生活轨迹。我们再来看下面几个例子。

影片《魂断蓝桥》中不断推动故事向前发展的的几个关键情节是:

(1)邂逅:"第一次世界大战"期间,年轻的上尉军官罗依·克劳宁在伦敦偶然遇到了芭蕾舞演员玛拉。

(2)钟情:罗依和玛拉一见钟情,浪漫的约会中互露爱意,两人沉浸在幸福中。

(3)定婚:罗依向玛拉求婚,玛拉幸福地答应了。

(4)分离:阴差阳错中,婚礼没有如期举行,而罗依的部队却被迫提前出发了,玛拉没有赶上火车送别罗依。

(5)开除:耽误了演出的玛拉被剧团开除,断了生计。

(6)堕落:误以为罗依已阵亡的玛拉在打击下一病不起,为了维持生计,玛拉被逼沦为街头应召女郎。

(7)归来:罗依死里逃生,回到了玛拉的身边。

(8)出走:在阶级门第的压力下和内心谴责的痛苦下,玛拉对罗依的母亲说明了一切真相,并对不知情的罗依道别,回到了伦敦。

(9)自杀:在罗依和玛拉相遇的滑铁卢桥上,玛拉用自杀的方式结束了生命。

这些"关键情节"就是悉德·菲尔德所说的"情节点"。悉德·菲尔德解释说:
(1)它是一个事件。

(2)它把故事推向另一个方向。

(3)它把故事推向前进,直至结束。①

然而,除了这些转折和冲突非常密集的影片之外,还存在许多不以情节点为推动的影片。这些影片着重表现人物的内心世界和思想感情变化,甚至是主要为了表现创作者的思想、意识。影片没有很激烈的矛盾冲突,也没有很离奇惊险的情节安排,有的用冷静客观的手法叙述平淡的生活,观察生活下的人物的细微变化和情感;有的用特殊手法带给观众新奇的视听体验,打破常规的叙事手法(或干脆不叙事)改变摄影手法,以光线、色彩、角度的变化来勾画影像。早在20世纪30年代,法国电影在美国霸业兴起的厄运时期,就出现了新的非主流另类电影思维。

艺术家开始以前卫及强调美学原创的态度扭转商业娱乐现象,第一个崛起的先锋前卫运动即“印象主义”。而路易·德吕克导演编剧的《西班牙节日》即其开山始祖之一。

印象主义以主观镜头及视觉特效改变客观的纪实电影。他们强调思维的视觉化,实验各种技巧。诸如表现醉汉,整个画面就焦点不清,模模糊糊。此外,用光学造成“晕化”效果或将摄影机绑在各种动的工具上(如马背、秋千)上,造成主角在动的主观视角。脸部的特写、摄影机的运动、剪接的倒叙,闪回、慢动作、自然光,甚至宽银幕或三面银幕的超大画面,都予人以缤纷多变的现象。②

法国电影新浪潮流派的干将阿仑·雷乃,在20世纪50年代末创造了震撼影坛的世界级意识流电影《广岛之恋》和《去年在马里昂巴德》两部作品,其中《广岛之恋》的电影语言发挥到了极致,没有传统的电影结构模式,也没有连贯的叙事情节,甚至人物身份也极其模糊。但该部影片把观众的视觉和听觉调度到了最大化,以精神对话的方式,用象征性的符号和图像来表达主题思想。

另一位新浪潮的大将戈达尔,在20世纪60年代完成的《筋疲力尽》后来者居上,成为了新浪潮的代表作。在这部影片中,传统叙事已完全被抛弃,取而代之的则是排山倒海的影像、文字、隐喻、符号、文化陈腔滥调等。他说:“我不知道怎么讲故事,我希望从所有可能的角度论及全部问题,一下子说出所有的话。”学者摩纳哥就曾列举《筋疲力尽》旁征博引的惊人元素:动作和省思、灰色的城市、爱恨交加的女性,对女性的爱恨交加,爱的欠缺,文字的图像化,大众文化的力量,资本主义的扭曲,过渡性,咖啡馆,永不歇息的谈话,形式上的场面调度,声音与影像,美国文化,B级电影,黑色电影,死亡的浪漫,了解的困难,死亡的廉价,局外人的处境,政治行动,符号的重要性,能指意义,离题,社会学的论述,文字游戏,苦闷,萨特式的呕吐。③

另一位台湾电影新浪潮的旗手——侯孝贤导演,在他的自传式影片《童年往事》中,虽然以叙述故事为外框,但却淡化了情节的突转作用,很多可以大肆渲染的所谓“情节点”在影片中没有得到表现反而用旁白来叙述,或被几笔带过。用抒怀的笔调把观众的注意力转向了生活的日常琐碎与细节,更注重情感对观众潜移默化的作用,

---

① 悉德·菲尔德.电影剧本写作基础[M].北京:中国电影出版社,2002:106.

② 焦雄屏.法国电影新浪潮[M].南京:凤凰出版传媒集团,江苏教育出版社,2004:7-8.

③ 焦雄屏.法国电影新浪潮[M].南京:凤凰出版传媒集团,江苏教育出版社,2004:145.

影片借助文字的温暖与平静缓缓叙述：

他们全家八口人，围坐在木头矮桌上吃饭，唯有阿哈面对着门罚跪，这种处置令祖母极不乐意，遂独自向隅扒饭。她不乐意的还包括住进这栋日式榻榻米的宿舍里，人们像小兽一般爬来爬去，却又买了许多竹凳子来，蹲坐在上面吃饭写字。祖母觉得她睡在家乡那张大床上，雕镂着吕洞宾三戏白牡丹的栏杆木床上，好像才是昨天的事。

这是他们第二次经历死亡的事件。第一次在去年，是建元堂哥死。

那是个小阳春天气，未来姐夫与姐姐、王小哥、祖母、母亲在木瓜树下照了一些相片，相片里的未来姐夫，仿佛头上长了一丛木瓜和叶子。

暑假时，他收到哥哥从小港寄来的信，哥哥说已写信给叶金水家，并且把借条附在信中一起寄给他们，告诉他们钱不用还了。前天接到叶家大儿子写来的信，信中万分感谢，说这笔钱日后还是要还的。

一年后，祖母也去世了。那年吴淑梅全家搬到台南去，他没有考上大学，当宪兵大头兵去了。祖母去世的那几个月，一直躺在床上没有起来过，家里只有他和阿仁小弟三个男生，不会看护，到有一天他发现有一排蚂蚁，居然沿着祖母鼻子里流出的清水爬行，长长地爬过腮边、枕边、床边，爬上墙缝去的时候，祖母已经死去不知多久。和尚来念经、收尸，翻开祖母躺着的身体时，有一面都糜烂了。和尚回头狠狠看了他们一眼，真是不孝的子孙，他的眼睛是这样在骂他们。毕竟，祖母和父亲母亲，还有许多人，他们没有想到便在这个最南方的土地上死去了，他们的下一代亦将在这里逐渐生根长成。①

……

导演用非常多的长镜头与空镜头叙述这个家族的故事，表现了人物、时代、境遇的种种变迁，用细腻的情感织成一张有关时间的网，捕捉内心深处浓浓的乡愁和诗意。

接下来说到故事的概念，大多数的影视专业教科书中对故事的定义均引用了亚里士多德和爱·摩·福斯特的说法。亚里士多德认为："不管诗人是自编的情节还是用流传下来的故事，都要善于处理。"爱·摩·福斯特认为："按照时间顺序来叙述事件的叫'故事'，而强调了事件中的因果关系的则是'情节'。"上述两种说法，实际上是谈的情节和故事两者的区别。作为定义是不完整、不科学的，且引用者有断章取义之嫌。故事侧重于事情过程的描写，是人类对自身或他者历史的一种记忆，供后人广为流传，传播着社会的文化传统和价值，构建某种社会性格与文化形态。故事中的事件可以是真实发生的历史，也可以是人们虚构出来的；可以平实，也可以激烈。无论是文学体裁的故事还是视听语言叙述的故事，它都有别于小说题材和评论题材。故事通过人物的动作与具体事件塑造人物，而异于小说大量的人物白描，另外，故事应避免过多评论性语言的出现，而应忠于故事本身的过程，让观众自身去认识人物，对人物、事件、历史等作出判断。

伊朗电影大师阿巴斯·基亚罗斯塔米在谈论影片《樱桃的滋味》时，曾对影片与

---

① 朱天文.最好的时光——侯孝贤电影记录[M].济南：山东画报出版社，2006：61-79.

故事的内在联系作出了一个有意思的见解："在影片快结束时，当这个人物下到那个坑里时，在一分钟时间里，都是黑暗的。月亮消失在云的后面，就像陷入漫无边际的黑暗中。这里，生命、电影和光同一了。在银幕上，我们什么也看不见。而后，第一个生命的信号，是在六个月之后，一个春天的早晨展现在影像中。因此，空白片段的黑色，是死亡与虚无的实体化。当光消失时，光、自然和生命在唯一的运动中完成了。甚至，如果不表现摄影机和电影拍摄的画面，它还是拥有同样的意义：这个结尾部分是一种重生的形式，于无尽的黑暗之后的一次新生。我不想强迫观众有这种解释，但我尝试让所有人明白，在此处看到的是这种叙述。……重要的是，只有生命才能继续。树木，是新的，长满枝叶；大自然是绿色的，充满生机：这比知道那个男人是活着还是死了更重要。与在我的电影《生命在继续》中是一样的东西：那些在《哪里是我朋友的家》里扮演角色的孩子在村子地震后是否还活着，这不重要。我总是惧怕讲述一个故事，而成为一个小说家。"①阿巴斯导演用诗意的手法去完成对故事的叙述，又以开放式的结局，使得影片从故事的叙述层面提升到了对生命、死亡、宗教、情感、反叛等领域的哲学思维，超出了一部影片的范围，变成了一种影像的能量。故事从头至尾都是在叙述人物自杀这一过程，个人在自然或神面前进行沉默的反抗，当人物选择到最后这个满意的灵魂栖息地之后下到坑里时，影片进入尾声。对自由的追求，对生命的责任，在黑暗中成了一个故事的答案。

而大部分影片在完成故事的叙述时，充分尊重或迎合观众的胃口，做一个讲故事的高手。德国导演汤姆·提克威凭借 1998 年拍摄的影片《罗拉快跑》为世人所知晓，导演借用了电子游戏推倒重来的表现手法，把影片分成三段，探讨了细节的差异造成截然不同的结果的可能性。故事内容非常简单，讲述的是 20 岁的罗拉为了拯救自己的男友曼尼，必须在 20 分钟内筹集到丢失的 10 万马克并准时送到。顶着一头红发狂奔的罗拉的路线即是由她自己家中出发到父亲工作的银行，最后到达男友曼尼等待的电话亭。故事翻来覆去讲了三遍，每一遍都有不同的过程和结果。

第一次罗拉没有借到钱，她和曼尼抢劫超市，罗拉不幸被警方打死。

第二次罗拉在父亲的银行抢到钱，曼尼却戏剧般地被急救车撞死。

第三次罗拉在赌场奇迹般地赢到了钱，而曼尼也找回了丢失的钱，罗拉跑出了大团圆。

影片限定了 20 分钟的拯救时间，利用了"假如……结果……"的叙事方式，极大地挖掘了罗拉的潜力，吊足了观众的胃口。整部影片交织着巧合、危险、突发事件等不确定因素，延伸了表面上看起来平淡无奇的事件背后的内在联系，事件的偶然与必然。正如影片中说的："人类，也许是这星球上最神秘的生物，一个充满着疑团的奥秘，他们是谁？从哪儿来？往哪儿去？怎么确定自以为知道的是什么东西？为何会相信事物？数不尽的没答案的疑问，即使有答案也只会衍生另一个疑问，下一个答案又衍生下一个问题，但最终是否只是同一个问题？同一个答案？"一切都从无法预知的意外

① 阿巴斯·基亚罗斯塔米. 特写：阿巴斯和他的电影[M]. 上海：上海人民出版社，2007：95.

开始，因果无限牵连的超现实剧情，细微随机的变化无常，虚拟世界的千万种连锁反应，不正好吐露了真实世界的虚幻？与这类后现代叙事的影片形成鲜明对比的，还有以朴素叙事取胜的影片。伊朗影片《何处是我朋友的家》讲述的是一个叫艾哈迈德的小学生踏上艰苦漫长的行程，只为归还同桌好友的作业本的故事。导演在接受采访时谈到了现实主义、失去的客体、孤独、欲望的不满足、救世主、神启等深刻的理论，这个看似简单圆满的故事却被评为是阿巴斯最美、最具奥义[①]色彩的电影。故事的表达：一方面，考验着导演的功力；另一方面，也成就着导演的个人风格，故事叙述所传达出的美，历来是多姿多彩的。

再以当年风靡中国的日本电影为例。根据小说《穿越激流的人》改编，由高仓健主演的电影《追捕》讲述的是：为人正直善良的检察官杜丘突然遭到陷害，被人冤枉成抢劫、强奸犯。为了洗刷自己的冤屈，杜丘决定自己追查真相。他一边躲避警察的追捕，一边为自己寻找证据证明清白。杜丘在逃亡途中救下了农场主的女儿真由美，美丽的真由美爱上了正直的杜丘，她决定帮助杜丘走出困境。真由美和父亲给了杜丘很大的帮助，杜丘从东京辗转到北海道，终于在一家精神病院查到了诬告自己的横路进二。为了查明真相，杜丘也装病住进了这间医院，原来所有的一切都因制药厂厂长冈引起，是他买通横路陷害杜丘，事情终于真相大白，长冈一伙也被击毙，杜丘终于重获自由。影片扣人心弦的故事情节与充满悬疑结构的编排使这部电影产生了巨大的轰动效应，宣扬了正义最终战胜邪恶的故事主题。故事一开始便利用了不平衡法则使主人公身陷困境，奠定了悬疑的基调，而后利用紧张的追捕、跌宕的冲突、正邪两方的较量、男女主人公生死与共的爱情来丰富影片的内容，最后圆满地建立起整部故事新的平衡。观众在这部棱角分明、悬念丛生、最终大团圆的侦破片中得到了极大的心里宣泄和满足，影片大量的写实手法也更具感染力和震撼性。

另一部由山田洋次导演的影片《远山的呼唤》，是一部讴歌小人物平实生活情感的细腻之作，与《追捕》的叙事风格迥异。

在描写耕作和民子这两个人物的时候，导演用了很多细节来体现他们从关闭的心门到互相接纳的过程。片中田岛耕作因为生活的不幸和逃亡，整个人神情冷漠、不苟言笑，民子则是传统日本妇女的形象，善良而柔弱。两个人都在现实的折磨下苟活于缝隙之间，特别是耕作的沉默和突然来临让民子觉得很神秘，于是忍不住要打探。一次民子拿出她丈夫过去穿过的睡衣和工作服送给耕作。耕作接过后她又说："有要洗的衣服请不客气地交给我，反正我也要洗衣服。"耕作只是说了声"好。"民子就趁机问他，是什么原因到这里来的？耕作冷冷地说："那和您没有关系，请不必问啦！"民子也没有再追问，而后耕作对她的保护与照料，暗暗地打动了民子的心。不久，耕作出手狠狠教训了调戏民子的虻田，并与前来报复的虻田的兄弟展开了决斗，结果耕作将他们打倒在地，从此以后民子逃脱了虻田的骚扰。后来民子劳累过度住院后，耕作担负起了照顾志武和整个家庭的责任，耕作对志武无微不至的关怀，使得志武感受到了如同父亲般的温暖。而当耕作被哥哥问及要在这样荒凉的地方待到什么时候时，耕作却坚

① 形容内容深刻的道理，佛教用语。

定地说想一直待下去，这个细节向观众传达了耕作的留恋。经过一段时期的相处后，民子和耕作的内心都发生了微妙的变化，两人的谈话和交流也多了起来。而两人真正敞开心扉，还是在危险和离别降临的时刻。耕作在赛马场被警察认出后，回去向民子说出了所有的事情，耕作为了避免连累民子，准备离开民子继续逃亡。恰巧牛棚里的小牛又快要死去，耕作急忙请来兽医，在这样的危机关头也依旧为这个家庭忙碌。这时的民子再也无法压抑自己内心的感情，抬头望着耕作，说："你别走，哪儿也别去！"便一头扑倒在他的怀里。最后警察押走了耕作，民子也一起坐在耕作的身旁，虻田也一起来了，坐到了民子的对面。在车上虻田对民子说："啊，太太，很久不见了，听说你不养牛啦，到中标津城里工作去啦。你和你儿子要在那里住上几年等你丈夫回来，这话是真的吗？"民子点头。虻田向耕作瞟了一眼，又说："生活方面没问题吧。据说虻田那些傻小子对你们照顾得挺好。……这就太好啦，真的太好啦！"耕作听着，含泪凝视民子。呆呆地望着耕作的民子从手提袋里拿出手帕擦了擦眼睛，然后递给耕作。耕作用戴着手铐的手接过手帕，捂住脸。虻田禁不住大哭起来。……此时观众完全无法压抑住内心的情感，被这真挚的爱情打动得热泪盈眶，故事结束在茫茫白雪中远去列车的画面中。整部影片的故事如同草原上的微风，如同融化的雪花，在东山魁夷的田园上谱写一首平淡而隽永的诗歌，诉说出大自然中人物内敛唯美的心象。

总之，无论是紧凑激烈型的叙事风格，还是强调缓慢细致的变化过程的叙事诗风格，抑或是后现代叙事风格，都在寻找最佳的故事表达方法。因而，本篇给故事作了一个概括：电影的故事是用画面叙述的一个有开端、有发展、有结局（即何时、何地、何人、何事、结果如何）的事件。

正如前面所言：情节和故事是两个概念，又有不可分割的联系。它们是辩证的，复杂的和有机的，既是内容又是形式。[①] 从内容（内涵）看，故事与情节的关系是：

一、相互的依存性

没有情节，就构不成故事；没有故事，情节只是一些零碎的片段。

影视艺术与其他艺术一样，有一定的内在规律和系统。拿音乐来说，通过一个个音符有组织地链接或重叠，产生高低、疏密、浓淡、强弱、明暗、刚柔、起伏等，形成具有一定旋律和节奏的整体。影片的情节和故事又何尝不是有着异曲同工的妙处。没有音符，就不构成曲调；没有曲调，音符也只是一个个零碎的片段。

获得多项国际大奖的马其顿影片《暴雨将至》，利用后现代拼贴叙事的方法讲述了三个故事：

第一个有关爱情的故事：Words。马其顿某东正教修道院里年轻的修士科瑞许了哑愿。某天，一个阿尔巴尼亚穆斯林女孩莎美娜，因被怀疑杀了邻村东正教教徒逃亡到这个修道院，科瑞将她藏在屋内。虽然，他们也不懂得彼此的语言，无法用语言沟通，但寂静的黑暗之中两个人成为了恋人。被主教发现后，两人被逐出修道院，科瑞准备带莎美娜去投靠在伦敦做摄影师的叔叔。莎美娜的家人追来，他们不能容忍穆斯林

---

① 弗雷里赫.银幕的剧作[M].北京：中国电影出版社，1979：58.

和东正教徒相爱，莎美娜的哥哥残忍地开枪打死了莎美娜。

第二个有关选择的故事：Faces。伦敦。安妮是某摄影机构的女编辑，安妮知道自己怀孕后，面临了两难的选择：是回到关系疏远的丈夫尼可那里，还是离开尼可跟随她的情人亚历山大。马其顿籍摄影师亚历山大刚获得普利策奖，他由战火纷飞的前南地区回到伦敦，准备带着安妮一起返回故乡，安妮的犹豫让亚力山大孤独地回到了马其顿。就在安妮告诉丈夫她怀孕了并打算和他离婚时，尼可在他们约会的餐馆中被乱枪打死，安妮侥幸活了下来。

第三个有关救赎的故事：Pictures。马其顿。亚力山大回到阔别多年的家乡，发现家乡仍然笼罩在内战的阴影中，马其顿人和阿尔巴尼亚之间的矛盾一触即发，不同民族的村民处于相互敌视的关系中。亚历山大去看望初恋情人穆斯林女子哈娜，并受到了村里基督徒的蔑视。亚历山大的表弟在企图强奸哈娜的女儿莎美娜时，被莎美娜杀死。哈娜请求亚历山大保护她的女儿，就当亚历山大准备把莎美娜带走时，亚历山大被自己的亲戚开枪打死，用自己的身体挡住了仇恨的子弹。安妮匆匆赶到马其顿，目睹了情人的死亡。

影片到了尾声，又回到了片头的场景，但这时我们看到了莎美娜逃出村庄的身影。教堂的这边，年轻的修士科瑞和年长的神父正在太阳底下摘番茄，这时，老神父看了看天空后说："就要下雨了。"这一场景回到了影片的片头。

看完影片结束细细回味这三个故事，它们互相联系又互为因果，三个故事有自身清晰的发展线索，又表达了同一个主题：反战反暴力，邪恶的恶性循环。影片中有很多值得我们思考的情节：不能用语言沟通的科瑞和莎美娜产生了爱情，而同一个语系的亲人之间却互相残杀；教堂这样神圣的地方本该用来祷告，却成为了暴徒杀戮的场所；科瑞出于保护莎美娜的目的而想到伦敦投靠摄影师叔叔，摄影师亚历山大最后回到了马其顿与莎美娜相遇并用另一种方式保护莎美娜；安妮用放大镜审视着照片上倒在血泊中的少女，亚历山大在故乡看着照片上的安妮；第一个"语言"的故事开头正好连接在第三个故事"照片"的结尾之后，最后镜头用俯拍的角度定格在了躺在地上的摄影师亚历山大，鲜血从他身体上的弹孔涌出，暴雨终于来临，他微笑着注视天空，似乎回到了他真正的故乡。老神父的预言近乎东方式的禅宗，乌云如同无处不在的血腥暴力笼罩在这片土地上，即将带来一场场灾难；亚历山大以牺牲自己而换取另一个生命，在这里不单单指向莎美娜，还指向所有的生命，指向他以生命的代价换取人与人之间的和平。但他的牺牲并没有最终挽救莎美娜，没能挽救那些疯狂的族人，在第一个故事"语言"中，莎美娜还是死在了暴力循环中。

这部影片中三个故事均有完整的开端、发展、高潮和结尾，三个段落中的情节不断交叉、重复、呼应。一群闯进教堂的无知暴徒，一个穿过墓地的伦敦女性，黑白照片中遇害的少女，伦敦街头时髦的老妇，餐馆的服务生……这些看似不在同一个世界当中的人物和场景，却又有着联系，导演在错乱颠倒的时间顺序中安排情节，从第三个段落串回到第一个段落中，从结尾连接到开头，故事完成了叙述，三个故事各自独立又同为一体。

二、相互的制约性

故事的走向决定情节的选择，情节的安排又可能改变故事的发展。

如果影片《魂断蓝桥》情节安排玛拉最终没有撞车而死，而是面对罗依坦诚当妓女的一切，赢得罗依的谅解，最后有情人终成眷属。那么，电影还会有如此经典的悲剧力量吗？

苏联青年导演格·丘赫拉依的电影处女作、根据鲍·拉甫列涅夫的同名小说改编的电影《第四十一》的故事发生在苏联内战年代，红军女战士玛留特卡是个神枪手，她已经打死了40名白匪军。她所在的一支红军部队由政委叶夫秀柯夫率领，他们在突围撤退途中俘获了一名白匪中尉。政委让玛留特卡与另外两名战士乘渔船把白匪中尉从海路押送到司令部去受审。途中遭遇风暴，两名战士被卷入海中，玛留特卡和白匪中尉漂到了一个孤岛。蔚蓝的海洋，中尉的眼睛和海水一样的蓝，少女不由意乱情迷，他们双双堕入情网。可是，由于对世事的立场观点迥然不同，两人经常发生争吵。

然而，悲剧性的结尾终于来到！这天，有一艘小船朝孤岛驶来，船越来越靠近，中尉看出是白匪的船，拼命狂喊："是我们的人！是我们的人！"向海边奔去。玛留特卡用自己的呼喊极力阻止，他却置若罔闻。玛留特卡举起枪来，中尉成了她枪下毙命的"第四十一"个敌人。玛留特卡站在海水中抱着她的"蓝眼睛"哭泣。如果编剧把结尾改成玛留特卡最后举起枪又放下，放过了白匪中尉，用超阶级的爱情来消弭阶级性的话，这部电影还能叫《第四十一》吗？

三、相互的补充性

情节塑造人物的性格，故事叙述人物的命运；人物命运在情节中得到表现，人物性格在故事中得以完成。

根据古华小说改编而成的同名电影《芙蓉镇》，表现的是在时代大环境下小人物命运的沉浮。以女主角胡玉音为例，对她的命运造成影响的主要情节有以下几个，通过这些磨练，她个人的形象也渐渐立了起来：

(1)"四清"运动开始后，嫉妒她的李国香和对她垂涎三尺的二流子王秋赦两人狼狈为奸，陷害胡玉音，查封了她的新屋，逼死了她的丈夫。

(2)"文化大革命"席卷全国，成了富农寡婆的胡玉音被命令每天和"右派"秦书田一起扫大街，两人相爱。

(3)厄运再一次降临，秦书田被判刑10年，怀孕的胡玉音被判监外刑3年。

(4)腊月产子，大雪纷飞中险些丧命的胡玉音被送到医院，产下一子捡回了性命。

(5)历史逆转，动乱年代结束，生活回到了正轨。秦胡二人得以平反，一家人团圆，开始了新生活。

对以上5个重要情节一一分析来看胡玉音的人物塑造：美丽大方的胡玉音和忠厚老实的丈夫黎桂桂以卖米豆腐为生，起早摸黑、省吃俭用，是典型的劳动人民。从他们红火的小生意可以看出，他们心地善良，待客热情，得到了他人的认可。但他们的幸福也引来了嫉妒的种子，这颗种子在“四清”运动中爆发了，家破人亡的胡玉音还来不及从悲痛中醒过来，“文化大革命”接踵而至。政治的突变和周围人性的异化扭曲，让本来就失去了依靠的胡玉音更加恐惧。与秦书田一起扫大街后，胡玉音得到了秦书田真诚的关怀和帮助，明辨是非的胡玉音并没有和其他人一样鄙夷这个被称做“秦癫子”的人，内心渴望真情、依然热爱生活的胡玉音义无反顾地和秦书田相爱了。当再次遭到迫害与爱人分离后，胡玉音勇敢地面对现实忍辱屈生，产下了孩子，迎来了他们灰暗生活中的希望。冬去春来，在打击中渐渐坚强的胡玉音等来了旧时代的结束，挺起腰杆开始了新的人生。

随着故事的发展与结束，胡玉音前半生的命运显得异常坎坷。但展望胡玉音的后半生，观众应该坚信她会非常的幸福，这是为什么呢？因为，在这个故事中观众已经完全认识了这个人物，她的性格特征在情节发展中得到了塑造和呈现，她的故事虽然已暂时告一个段落，但他们所投射出来的人性光芒、对真情的呼唤，远远超过了故事本身。

往往影视作品中的情节可分常规情节和非常规情节。常规情节包括：一条主线贯穿全片。主线是贯穿全片的情节线，是影片故事的核心。主线完成影片的故事叙事，人物塑造和主题表现。在具体作品中，有些是一条主线贯穿全片，主线很干净、清楚，影片没有副线。副线的作用是使整个影片更丰富、更生动。主线带副线出现在影片中主要有两种情况：一种是副线直接为主线服务，副线与主线缠在一起。例如，《飞越疯人院》的主线是迈克与院方斗争；副线是酋长与院方斗争（这条线很隐蔽）。从表面上看，副线不断干扰主线，给主线出难题，给主线设置障碍，甚至把主线推向绝境，但正是由于副线的出现，才使得主线更加出色有力，故事也更加丰富好看。另一种情况是副线与主线貌合神离，表面上是并行关系，如《蜘蛛女之吻》。绝大部分影片的情节形态是“常规情节”。

非常规情节在影片中比较少见，主流影片一般不采用非常规情节。非常规情节的形态主要有：两条或两条以上情节主线并驾齐驱，如《法国中尉的女人》。统帅各条主线的是影片的主题和作者的思想。另一种情况是情节淡化和无情节。

常规情节剧本创作时，首先要确立情节主线，即围绕影片的主题及主要人物，设置一条贯穿影片的情节线。它应该简单明了，一句话或几句话就能够概括出来。例如，《鸟人》，“鸟人”和艾尔从小便是一对好朋友。“鸟人”特别爱鸟，他甚至幻想自己能变成一只鸟。十多年后，他们参加越战回来，“鸟人”变成了不说话的怪人。艾尔努力劝说“鸟人”回到现实。其次，是设置情节副线。围绕影片主题及人物（主要人物或次要人物），设置一条或数条情节线。它是为配合情节主线而设置的情节线。目的是为了使情节主线更加出色有力，使整个影片的内容更加丰富好看。如《飞越疯人院》中迈克（主线）在前景与院方公开斗争，酋长（副线）在后景暗自观察。随着故事的发展，迈克（主线）不断受到扼杀，酋长（副线）逐渐显现，从后景逐步走向前景。影片最后，副线与主线重叠，酋长带着迈克的灵魂逃离疯人院。影片正是由于酋长这条副线的设置，不仅最后完成、结束了迈克这条主线，使迈克的灵魂逃离了疯人院，也使影片的主题更加丰富、深刻，故事更加曲折好看。

好莱坞剧本写作的流行方式是：在写第一稿前，先建立影片的卡片系统。每张卡片要求写出一个场景的内容核心（注：每张卡片不是写一个情节点）。如《骗行天下》的开头部分：

卡片1：马托拉（朗雷根在某小镇的喽啰）前往赌场

卡片2：赌场办公室内，马托拉接受任务去芝加哥总部送钱，马托拉调戏女秘书

卡片3：路上，马托拉看到霍克帮鲁萨抢回鲁萨被抢的钱

卡片4：鲁萨装作腿断，请霍克去送钱，霍克面有难色，马托拉自荐去送钱，霍克趁机用假钱与马托拉的真钱调包

卡片5：出租车上，马托拉发现自己的钱变成了一叠废纸

卡片6：霍克、鲁萨打开马托拉的钱包，发现钱的数量巨大

这6张卡片是影片开头部分的"第一本"（0—10分钟）。该部分共有2个情节点：一是马托拉接受任务去送钱（由前两张卡片完成）；二是霍克、鲁萨将马托拉的钱骗到手（由后4张卡片完成）。6张共同完成影片的"情节段落1""霍克、鲁萨骗钱成功"，同时完成了影片"开头"部分的"第一本"。

一部影片的卡片没有固定的数目。好莱坞编剧爱德华·安霍尔编写的影片《幼狮》和《绳套》都用52张卡片；欧纳斯特·莱曼编写《西北偏北》和《音乐之声》用了50～100张卡片。一些好莱坞编剧用三种不同颜色的卡片分写"开头""发展""结尾"三个部分。如果假定一部影片的卡片是80张的话，那么三个部分的比例大致是：开头20张（第一本6—7张）；发展40张；结尾20张。建立卡片系统的最大优点是其灵活性，使编剧过程事半功倍。

建立卡片系统应注意以下问题：①每张卡片记录一个场景的内容核心；②先建立情节主线卡片，然后再建立情节副线卡片和其他卡片；③先写下最满意的"卡片眼"（即"画龙点睛"），它往往是影片的"情节点3"，是优秀的、与众不同的天才性的冲突或细节；④写下"情节点1""情节点2""情节点3"，特别是"情节点3"要花大力气写好；⑤设置好小情节点，给人处处有景之感；⑥卡片系统最费时费力的不是用在卡片开始的建立上，而是用在建立以后卡片的调整上，在调整卡片前后次序的过程中，不断增加或减少卡片，当觉得卡片无懈可击时，再开始写剧本的第一稿；⑦卡片系统稳妥之后，不妨再大胆调整一下卡片的前后次序，看是否会产生出新的意味；⑧卡片数量的多少没有规定，可多可少；⑨在卡片系统确定之后的剧本实际写作过程中，要更相信自己的感觉，而不是卡片系统，在剧本的写作过程中，卡片随时可以被推翻；⑩商业片，卡片系统尤为可行；⑪卡片系统只是编剧写作方法中的一种，可用可不用，可按自己的创作习惯进行写作。

思考题

1. 情节是什么？故事又是什么？
2. 情节构成的三要素是什么？
3. 为什么要强调情节的提炼？
4. 情节的有序排列对故事的形成风格会有怎样的影响？
5. 有人认为，在现代影视作品技术性与表现性越来越发达的情况下，叙事反而显得退而求其次，你如何看待这样的变化？
6. 故事的叙述是否必须按照种种叙事理论的框架来完成？
7. 在叙事理论中，符号学理论有着怎样的意义或辅助？
8. 什么叫“情节点”？
9. 情节和故事这两个内容对塑造人物的性格或命运有着怎样的分工？
10. 在情节设置上，影片《魂断蓝桥》与《一夜风流》有什么不同，而导致两种完全不同风格的故事的因素又是什么？

第四章　影视剧情模式

戏剧与电影的剧情模式早在古希腊时代就有学者研究，由于戏剧的悠久历史，戏剧剧情模式远比早期电影丰富。亚里士多德曾将戏剧分为简单悲剧、简单喜剧、复杂悲剧、复杂喜剧4种基本类型，这无疑是人类对剧情模式的第一次分类。此后，歌德根据题材将剧情分为爱情、复仇等7种类型；柯齐和普罗第根据人物的情感和作品的情境分别将剧情分为36种模式；L.赫尔曼将剧情分为9大模式；罗伯特·麦基将剧情和类型概括为25种模式。之前的模式都是在对戏剧剧情模式作出分类，到了赫尔曼才真正开始对电影剧情模式进行分类，但是后来的模式都没有能够超越普罗第的36种模式。

电影与戏剧虽然是两种不同的艺术形式，但对于叙事艺术而言，电影和戏剧应该是最为接近的。纵观国内外电影艺术的发展史可知，早期的电影就是戏剧的银幕再现，而电影剧作的两个组成部分即对白与舞台指示，均来源于戏剧，情节设置与矛盾冲突等法则就更是以戏剧为源头逐渐发展的。但随着电影艺术和戏剧艺术的发展，电影和戏剧艺术本身在情节观念上的差异也表现了出来。在剧情模式的设计上，由于电影的元素和艺术手段增多，在空间和时间上不受限制，再加上画面语言的隐喻和直观，电影比戏剧有了更大的剧情发展空间。剧情模式在新时代的一些突破使故事有了新意，也使模式本身继续推动影像发展。

第一节　电影剧作的传统模式

电影剧本创作是有模式的。我们知道，电影最初是向戏剧艺术学习叙事的。在电影成为艺术之前数千年，戏剧就已经有着很高明的叙事本领了，电影在脱离杂耍演化成为一门人们心目中认可的艺术种类的时候，首先，就借助了戏剧已经积累了数千年的叙事经验，而这些经验其实就是模式。事实上，从亚里士多德开始，戏剧就逐渐形成了结构方面的模式，亚里士多德认为“戏剧的结构必须分为头、中、尾这样的三段式”。后来人们感觉在一出戏里高潮特别重要，应该强调，于是就出现了“启、承、转、合”的说法。

电影剧作情节模式似乎比结构模式复杂一些，但模式化的倾向却是再明显不过的了。早在 18 世纪末期，西方的戏剧家就将剧作的情节归结为 36 种情节模式，这有名的 36 模式一直传诵到今天，它依然是人们研究剧作情节的工具。当然，今天的很多电影剧作已经超越出 36 模式之外，但 36 模式毕竟最大面积地涵盖了电影剧作的情节（见附录 1）。

人们确实追求着对传统情节模式的突破，如那些被一次次标榜作“新”的电影运动都是以反叛模式为前提的。但是真正突破模式却并不像人们想象的那样容易。例如，作为法国“新浪潮”电影主将的戈达尔，几乎终生都在干着反情节剧的事情，但直到最后他也不得不自叹未能逃出情节剧的圈子。他的作品《精疲力尽》和《疯狂的比埃罗》依然是 36 情节模式中的第 5 种“捕逃”，显然继承了警匪式的道路片。作为“新德国电影”主将的法斯宾德在这个问题上似乎更聪明一点，他非常痛快地说自己追求的是拍摄“德国式的情节剧电影”。他的代表作《玛丽娅 · 布劳恩的婚姻》一开始就使用了一个被人们千百次使用过了的情节模式：“误以为丈夫已死而改嫁，其实未死之类。”这属于 36 情节模式的第 18 种。

电影艺术是比之戏剧更加商业化的形式，一旦某种模式赢得了高票房，那种模式就会成为大量生产的样板。电影从某种意义上说就是一种“样式”的艺术，艺术家们可以鄙视模式化生产的电影，但是他们却无法回避模式化生产带来的奇迹。好莱坞用模式化生产的方式统治着世界电影市场，创造着一个又一个令人目瞪口呆的票房神话！好莱坞爱情片通常表述一个弱女子爱情和婚姻生活的不幸，而造成这种不幸的常常是门第观念。这种情节模式属于 36 种中的第 28 种“因为门第或地位不同而不能结为婚姻”。这样的模式创造出了一部部赚取观众眼泪的影片，在全球创造出票房奇迹的《泰坦尼克号》便是这种模式的最新翻版。

早在古希腊时代，就有学者在为艺术、叙事以及情节做着分类学的研究。亚里士多德曾将戏剧分为简单悲剧、简单喜剧、复杂悲剧、复杂喜剧四种基本类型。对于将情节看作悲剧第一要素的亚里士多德来说，这无疑是人类对剧情模式的第一次分类。

此后，歌德根据题材将剧情分为爱情、复仇等 7 种类型；席勒也试图作出自己的分类；柯齐和普罗第根据人物的情感和作品的情境分别将剧情分为 36 种模式；L. 赫尔曼将剧情分为 9 大模式；罗伯特 · 麦基将剧情和类型概括为 25 种模式。

需要指出的是：无论是亚里士多德、歌德、席勒，还是柯齐和普罗第，他们都是在对戏剧剧情模式作出分类。只有到了赫尔曼和麦基才开始真正对电影剧情模式进行分类，但是，赫尔曼和麦基都没超越普罗第所作的分类的高度。

电影与戏剧虽然是两种不同的艺术形式，但对于叙事艺术而言，电影和戏剧应该是最为接近的姊妹艺术。西方电影史上梅里爱的“银幕戏剧”的美学观念，中国电影史中的“影戏”传统，都表明早期的电影就是戏剧的银幕再现。所以，早期电影的情节和戏剧的情节模式上有着惊人的相似之处。但是，随着电影艺术和戏剧艺术的发展，电影和戏剧艺术本身在情节观念上的差异就表现出来了。

戏剧从诞生之初就将情节放在第一重要的位置，观众看戏实质是看情节，看故事。电影则不同，由于电影的元素和艺术手段众多，电影在诞生之初，并没有把情节看得如此重要，这才产生了以卢米埃尔兄弟为先驱的纪录电影。20 世纪五六十年代法国"新浪潮"之后，世界电影出现了"淡化情结"的倾向，甚至出现了标榜"无情节"的现代派电影。

古希腊时期，亚里士多德强调情节的"完整"性，西方古典主义时期，强调戏剧创作的"三一律"原则，这些都制约着戏剧情节的发展。直到欧洲浪漫主义的出现，才开始冲破"三一律"的陈规旧俗，在时间和空间上不再受到限制，才使得戏剧情节有了较大的发展空间。

西方 19 世纪末期开始出现的现代派戏剧，以及 20 世纪 50 年代在西方盛行的荒诞派戏剧，严重动摇了自古希腊以来的戏剧情节观念。普罗第在总结 36 种剧情模式的时候，想必还没有感受到 20 世纪 20 年代，欧洲的先锋派电影运动和先锋派戏剧运动交相呼应的盛况，所以，他的 36 剧情模式还是由欧洲古典主义和浪漫主义戏剧总结出来的。

应该说，普罗第的 36 种剧情模式，是对古典主义以及浪漫主义戏剧的剧情模式的一次很好归纳和总结。在西方现代派戏剧和现代派电影出现之前，戏剧剧情模式和电影剧情模式差别不大。由于戏剧的悠久历史，戏剧剧情模式远比早期电影丰富，在 20 世纪五六十年代以前，世界上几乎所有的电影剧情都可以被涵盖在 36 种剧情模式之内。

在 20 世纪 60 年代以后，随着现代主义电影作品的出现，36 种剧情模式已无法再涵盖所有的电影剧情模式。就是针对戏剧本身而言，36 种剧情模式也无法涵盖《等待戈多》《青鸟》《琼斯皇》《六个寻找作者的剧中人》等这类戏剧作品的情节模式了。

第二节　对 36 种剧情模式的遵循、演变、突破

取材于布朗同名原著的电影《达·芬奇密码》，因涉及敏感的宗教题材，自开拍伊始便风波不断，天主教联盟和工会团体纷至沓来的抗议和反对信件，使该片成为 2005—2006 年度最具争议的影片。本片讲述了哈佛大学的符号学专家罗伯特·兰登在法国巴黎出差期间的一个午夜接到一个紧急电话，得知神圣的西方艺术殿堂巴黎卢浮宫，德高望重的博物馆馆长雅克·索尼埃被神秘谋杀，尸体被摆成了达·芬奇名画《维特鲁威人》的模样，身旁留下一串难解的密码，并留下"找到罗伯特·兰登"的附言。罗伯特·兰登教授立即赶到博物馆现场。同时，赶到现场的还有法国中央司法警察部法希警官——索尼埃的孙女、密码破译专家索菲·奈芙。面对大堆怪异的密码，兰登先是有些摸不着头脑。然而，在索菲·奈芙的协助下，两人很快发现隐秘的线索竟然隐藏在达·芬奇的艺术作品里，当中玄机在解密中逐渐掀开冰山一角。在步步为

营的调查中，兰登和奈芙发现自己正在找寻的，可能会是一个石破天惊的历史秘密，这个秘密或许将改变人类的历史。为了尽快解开这个错综复杂的谜，兰登和奈芙开始马不停蹄的旅行，途中不断遭人追杀，在与神秘的幕后操纵者惊心动魄的斗智斗勇角逐里，两人能解开达·芬奇密码，找出那个可能永远消逝在历史的尘埃之中的令人震惊的古老真相吗？

《达·芬奇密码》的剧情模式完全可以归属于普洛第36种剧情模式的第10种：释迷。这种剧情模式也体现在美国影片《现代启示录》中。

《现代启示录》是弗朗西斯·福特·科波拉在1979年拍摄的经典名作。该片情节框架大体取自英国作家约瑟夫·康拉德的小说《黑暗之心》，只是对时代、背景和人物作了一番调换而已。影片追随美军情报官员威拉德上尉逆河而上深入柬埔寨国境——他此行的任务是除掉库尔兹上校，库尔兹曾经有着辉煌的历史，但如今却已陷入疯狂。他在柬埔寨境内建立了一个独立王国，推行着野蛮、血腥、非人的残暴统治，成为不可一世的独裁者。影片真实、生动地描述了千奇百怪因战争而引发的疯狂：高视阔步、目空一切的基尔戈上校率领直升机在打击目标时，竟疯狂地陶醉在瓦格纳歌剧的乐声中；前来慰问的"花花公子"俱乐部联欢会一开场便陷入不可收拾的混乱；在一个被越军围困的营队里，官兵嗜毒成性，指挥部门形同虚设，士兵如一盘散沙。所有这一切不过是威拉德上尉丛林之旅的序曲而已。在库尔兹的据点周围，展现在眼前的更是一幅可怖的画面：挂在树枝上的尸体在烈日下东摇西晃；叛逆者的头颅被割下示众……

实际上，《现代启示录》是一部关于"找寻"的电影。威拉德上尉探寻的，是库尔兹上校怎么会从一个西点军校毕业、战功卓著、优秀的职业军人转变为一个杀人如麻的嗜血暴君？探寻现代文明中的同中之异——文明中所隐藏着的一颗黑暗的心。这亦是36种剧情模式中"释迷"模式的另一种影像表述。

当然，一部影片也可能包含多个剧情模式，而拍摄年代越晚的影片越可能较多地涵盖多个剧情模式。为研究的方便，本节列举的影片仅选择其运用的最主要的情节模式。

完全遵循了36种剧情的先例

模式1　求告：《淘金记》(1925)、《关山飞渡》(1939)、《星球大战》(1977)

模式2　援救：《党同伐异》之"母与法"(1916)

模式3　复仇：《伊万的童年》(1962)

模式4　骨肉报复：《狮子王》(1994)

模式5　捕逃者：《筋疲力尽》(1959)、《邦尼和克莱德》(1967)、《天生杀手》(1994)

模式6　灾祸：《鸟》(1963)、《幼儿园》(1983)《圣诞快乐，劳伦斯先生》(1983)

模式7　不幸：《西鹤一代女》(1952)、《活下去》(1952)、《雁南飞》(1957)、《早春二月》(1963)、《稻草人》(1983)、《末代皇帝》(1987)、《芙蓉镇》(1987)、《活着》(1994)、《钢琴师》(2002)

模式8　革命：《战舰波将金号》(1925)、《母亲》(1926)、《农奴》(1963)

模式 9　壮举:《阿拉伯的劳伦斯》(1962)、《巴顿将军》(1970)、《出租车司机》(1976)、《红高粱》(1987)、《勇敢的心》

模式 10　绑架:《完美世界》(1993)

模式 11　解释:《公民凯恩》(1941)、《后窗》(1954)、《放大》(1967)、《对话》(1974)、《现代启示录》(1979)、《鸟人》(1984)、《谁陷害了兔子罗杰》(1988)

模式 12　取求:《林家铺子》(1959)、《去年在马里昂巴德》(1961)、《星探》(1995)

模式 13　骨肉仇恨:《呼喊与细雨》(1972)、《乱》(1985)、《野战排》(1986)

模式 14　骨肉竞争:《高跟鞋》(1991)

模式 15　奸杀:《天国车站》(1984)

模式 16　疯狂:《幻觉》(1979)

模式 17　鲁莽:《飞越疯人院》(1975)

模式 18　无意中恋爱的罪恶:《小城之春》(1948)、《玛丽亚·布劳恩的婚姻》(1979)

模式 19　无意中伤残骨肉:《楢山节考》(1983)

模式 20　牺牲者:《风语者》(2002)

模式 21　为了骨肉而牺牲自己:《神女》(1934)、《一江春水向东流》(1947)、《克莱默夫妇》(1979)、《楢山节考》(1983)

模式 22　为了情欲的冲动而不顾一切:《魂断威尼斯》(1971)、《卡门》(1983)、《危险的交往》(1988)

模式 23　必须牺牲所爱的人:《要热爱人》(1973)

模式 24　两个不同势力的竞争(为了恋爱):《野山》(1985)

模式 25　奸淫:《玛丽亚布·劳恩的婚姻》(1979)

模式 26　恋爱的罪恶:《月亮》(1979)、《蜘蛛女之吻》(1985)、《霸王别姬》(1993)

模式 27　发现了所爱的人的不荣誉:《远山的呼唤》(1980)

模式 28　恋爱被阻碍:《瑞典女王》(1933)、《马路天使》(1937)、《音乐之声》(1965)、《毕业生》(1967)、《花边女工》(1976)、《愿望树》(1976)、《奇怪的女人》(1978)、《莫斯科不相信眼泪》(1980)、《法国中尉的女人》(1981)

模式 29　爱恋一个仇敌:《罗密欧与朱丽叶》(1996)

模式 30　野心:《美国往事》(1984)

模式 31　人与神的斗争:《裸岛》(1960)、《罗丝玛丽的婴儿》(1968)

模式 32　因错误而产生的嫉妒:《似水流年》(1985)

模式 33　错误的判断:《黑炮事件》(1985)

模式 34　悔恨:《德克萨斯州的巴黎》(1984)

模式 35　骨肉重逢:《金色池塘》(1981)

模式 36　丧失所爱的人:《城南旧事》(1982)、《走出非洲》(1985)

36 种剧情模式对电影剧作的贡献,集中体现在美国电影或者说是美国类型电影中。在20世纪三四十年代，它的确对好莱坞的“黄金时代”作出过巨大贡献。当时的美国是类型电影的天下，共计拍摄了近7 000部影片，分为喜剧片、西部片、强盗片、音乐歌舞片等类型。而这些类型电影大都是在36种剧情模式指导下生产的，而且都在36种情节模式之内。

卡普拉的《一夜风流》(1934)被认为是美国20世纪30年代喜剧片的代表作。它与1933年的《瑞典女王》采用了同样的剧情模式，就是赫尔曼9大剧情模式之一的“灰姑娘模式”，也是乔治·普罗第36种剧情模式中的第28模式——恋爱被阻碍。具体说是细目A：因门第或财富不同而不能结为婚姻。

“灰姑娘”的故事或者说模式最早出自格林童话，但是《瑞典女王》和《一夜风流》确立了一种电影剧情模式，它的剧情模式已成为20世纪30年代上百部爱情喜剧片的模板。在随后的《窈窕淑女》《音乐之声》《罗马假日》，甚至20世纪90年代之后的《漂亮女人》《曼哈顿的灰姑娘》等一系列美国电影中被一再重复讲述，而且，每次都赚得不少票房。这既显示了剧情模式有着旺盛的生命力和衍生能力，也表明了观众的情感需求是剧情模式的强大动力和潜在商业市场。

以下列举的影片虽然看似与36种剧情模式无关，但实际是36种剧情模式的演变。

36种剧情模式演变的先例

(1)《罗生门》(1950)，模式15——奸杀。情人杀害丈夫，或为了情人杀害丈夫的演变。

(2)《野草莓》(1957)，模式34——悔恨。为了一件人家所不知的罪恶而忏悔的演变。

(3)《四百下》(1959)，模式1——求告。行为不端，被自己人斥逐而祈求别人的慈悲的演变。

(4)《广岛之恋》(1959)，模式26——恋爱的罪恶。爱上一个不该爱的人。

(5)《铁皮鼓》(1979)，模式22——为了情欲的冲动而不顾一切。情欲毁灭了富贵、荣誉、若干人的性命的演变。

(6)《两个人的车站》(1982)，模式28——恋爱被阻碍。恋爱被阻碍的演变。

(7)《阿基米德后宫的茶》(1985)，模式7——不幸。失去了唯一的希望的演变。

(8)《盗马贼》(1986)，模式21——为了骨肉而牺牲自己。为了父母或一个所爱的人的生命而牺牲自己的生命与荣誉的演变。

(9)《小信差》(1986)，模式24——两个不同势力的竞争。有权威者与新兴之人的演变。

(10)《被遗忘的长笛曲》(1987)，模式28——恋爱被阻碍。因为门第或地位不同而不能结为婚姻的演变。

(11)《爱情万岁》(1994)，模式7——不幸。失去了唯一的希望的演变。

(12)《离开拉斯维加斯》(1995)，模式26——恋爱的罪恶。爱上一个不该爱的人。

(13)《地下》(1995)，模式14——骨肉竞争。朋友间竞争的演变。

(14)《樱桃的滋味》(1997)，模式7——不幸。失去了唯一的希望的演变。

(15)《罗拉快跑》(1998)，模式2——援救。三种不同的最后一分钟营救过程和结果拼接为一部电影。

研究发现，在上述15部处在模式边缘的影片中，只有2部美国影片，4部亚洲影片，其余，全部是欧洲影片。可以看出，欧洲电影一直在试图走一条剧情模式之外的道路，这也是欧洲电影一直追求与美国电影不同的个性品格的表现。

虽然，剧情模式有着强大的生命力，但也不是一成不变的。因为，观众在喜爱某类模式的同时又期待着它的突破，这是他们在变与不变之间得到最大限度的审美愉悦。即便是美国类型电影，即便是“灰姑娘”模式，美国电影也能在《音乐之声》《罗马假日》和《漂亮女人》《诺丁山》中自由变换，由“灰姑娘”的故事演变为“灰小子”的故事，再回到“灰姑娘”的故事。

同是情节模式26的“恋爱的罪恶”，美国小制作独立影片《离开拉斯维加斯》与《月亮》《霸王别姬》就有所不同。它将“母恋子”“女恋父”“男爱男”的剧情模式，变化为两颗绝望的心的相爱和毁灭。

完全突破36种剧情模式的先例

(1)《八部半》(1963)——片中片的结构方式，梦境与现实杂乱无章的组合。

(2)《红色沙漠》(1964)——淡化情节的纯视觉叙事，色彩成为叙事的第一要素。

(3)《安德烈·鲁勃廖夫》(1966)——双重视点的叙事方式，主人公既是事件的参与者，又是事件的目击者。纪实、象征、隐喻融入叙事。

(4)《穿越欧洲的特快列车》(1966)——戏中戏的套层结构方式，在叙事和故事两个层面之间自由往返。

(5)《资产阶级审慎的魅力》(1972)——梦幻、想象、象征、隐喻构成影片叙事的主体。

(6)《名誉》(1980)——群像人物，散点式的叙事方式。艾伦·帕克拍出了一部低成本小制作影片《名誉》，这也是一部超越了36种剧情模式的影片。影片用散点叙事的方式讲述了几位艺术学院大学生的成长经历，却无剧情模式可以遵循。

(7)《风柜来的人》(1983)——平淡无奇的故事讲述平淡无奇的人物。侯孝贤同样是用散点叙事讲述几位海岛青少年在台湾大都市成长经历的影片，同样不在36种剧情模式之列。

(8)《人生交叉点》(1993)(又名《捷径》)——进入20世纪90年代中期以来，段落式的剧作情节结构突然成为一种时尚。该片获得第50届威尼斯电影节金狮奖。该片编导完全放弃了传统的完整情节线索，采用生活化的散文手法，平行穿插叙述了七八组彼此不相关的人物日常生活事件，但所有的矛盾冲突都因一场意外发生的大地震而结束。

(9)《低俗小说》(1994)——三个互相交叉又各自独立的故事构成影片的叙事段落。无中心情节线，影片的结尾回到影片的开头。

(10)《暴雨将至》(1994)——看似古典的三段式结构，却无视常规的时空顺序，影片的开头即是结尾。时空看似环形，却无法缝合。叙事无时间先后顺序，却有因果必然联系。

(11)《烟》(1994)——看似毫不相干的普通人的生活，构筑成一幅奇特的人生画卷。

(12)《重庆森林》(1994)——两个毫不相关的男人,三个毫不相干的女人,四段新奇的爱情故事。

(13)《三轮车夫》(1995)——混合了东西方的电影表现元素,用极端化的情景和风格化的视听语言随意讲述一个非理性的故事。

事实上,纵观近代电影史,我们发现:无论奥逊·威尔斯的《公民凯恩》(1941),还是黑泽明的《罗生门》(1950)、伯格曼的《野草莓》(1957)、特吕弗的《四百下》(1959)、阿伦·雷乃的《广岛之恋》(1959),乃至罗勃·格里耶的《去年在马里安巴德》(1961),都无一例外的不在常规叙事的36种剧情模式之内。

更为巧合的是1994年,两部段落式结构的影片双双夺得戛纳和威尼斯电影节的最佳影片奖,它们分别是影片《低俗小说》和《暴雨将至》。同年,华裔导演王颖的段落式结构影片《烟》则获得了45届柏林电影节评委会大奖。段落式影片频频在国际电影节上摘金夺银,完全突破了36种剧情模式,为观众提供了一种全新的情节叙事模式。

在中国"新生代"导演的创作中,张扬的《爱情麻辣烫》、金琛的《网络时代的爱情》、李欣的《花眼》都不约而同地采用段落式影片的结构方式,而这些影片同样不能归于36种剧情模式之中。

第三节　影视剧作的新模式实例

当然,任何量变最终都有可能会带来质变。今天的影坛上肯定会有很多36种情节模式所框定不住的电影情节。如果细细地查阅一下,我们就会发现在36情节模式中没有《为戴丝小姐开车》这类影片的情节类型。也就是说,人们在创新,而且创造出了新的情节模式。

在20世纪50年代以前的战争岁月里,无论个体还是社会,都处在生死攸关的激变之中。人们关心的焦点当然就是,表现为你死我活的重大事件或一个人出生入死的命运。所以,那个时候是真正的"没有冲突便没有戏剧",同样的"没有冲突便没有电影"。电影结构的"冲突律"模式首先是时代所赋予的,而那时的情节几乎都表现为两种突出的倾向:要么表现一个惊心动魄的、人命关天的外部事件;要么表现一个人物的坎坷道路。然而,当生活进入到20世纪50年代中期,战争已经成为历史。虽然,进入了冷战时期,但无论东方还是西方的社会内部都出现了相对的稳定。这时,即便西方国家,社会也在逐渐地向中产阶级社会过渡,大多数人达到温饱,失业问题不再像20世纪40年代中后期那样突出。然而,新的社会矛盾却出现了,最突出的矛盾常常发生在两个方面:

(1)人际关系的危机。物质文明常常会带来社会的异化和人类心灵的间离,尽管在繁华热闹的都市里人们依然感到难以排遣的孤独。虽然,你每天都在和人打交道,但真正的沟通却成为了普遍的社会障碍。人们近在咫尺，心灵却远隔天涯。

（2）个人心灵深处的危机。物质的满足不能解决心灵的问题，人是唯一一种会探求生存意义的动物，而这种探求在没有衣食之忧的时代反而变得更加突出。电影剧作关注的生活焦点也就必然从社会外在的危机（比如，战争和失业）转移到人类的内部危机中来，将镜头对准了人与人之间的关系和他们的内心情感甚至不成形的潜意识。如果，好莱坞在过去的岁月里编织过灰姑娘变成公主的梦，那么，今天人们似乎更需要编织的是，在任何不同的个体之间都最终能够突破障碍，并结成亲密关系的梦。

于是，一种新的情节模式便应运而生了。首先，你得找来两个性格存在着差异的人物。这些差异有可能产生于如下原因：性别、种族、年龄、宗教、文化、国度、民族、生理、地位、爱好、气质……总之，你可以找来任何你想象得出来的差异，但这些差异并不会给人物与人物之间带来你死我活的冲突。相反，作者所关注的是他们如何一步步地突破这些隔膜和障碍，达到真正动人的沟通和交流。这类影片的情节线实际就是两个人物之间关系渐近的历史。例如，《雨人》表现的是两兄弟间的关系发展变化线，他们不仅性格气质和价值观念有很大差异，就连生理上的差异也很大（弟弟是个很机灵的人，而哥哥却是个智障者）；再如《为戴丝小姐开车》表现的是，一个性情怪异的犹太阔老太太和她的性情温和的黑人司机之间的关系变化过程，两人之间除了性情差异外，还存在着种族、地位方面的差异；捷克影片《给我一个爸》则选择了一老一少；日本影片《谈谈情，跳跳舞》则选择了一个呆板的中年男子和一个美丽的舞蹈教师……影片总是从这两个过去毫不相干的人由于偶然的机缘相遇开始的，影片中人物的关系常常开始于相互的反感甚至对立，但影片常会通过一些外部事件来近一步强化和发展他们的关系。

今天的美国喜剧片几乎都是在重复地使用着这种情节模式。与欧洲电影不同，欧洲电影并不刻意夸张所选择的两个人物之间的差异、距离，相反，他们追求自然。例如，《两极天使》中，两个打工妹之间虽然在性格和气质上不同，但地位和境遇差异不大。然而，美国喜剧电影却有意将两个人物之间的差异拉得尽可能大，例如，《绿卡》中，男方是一个外来的非法移民，他不仅毫无教养，而且外表邋遢。而女方却是个热衷于环保事业的白领美女，有着极好的职业和生活地位。剧作者硬是将他们二人拉到了一起，为了各自的目的不得不假扮作恋人，最终使他们之间产生了爱情；更极端的例子是《漂亮女人》，男方为财大气粗的大老板，女方竟是个街头妓女。编剧却用不到两个小时的时间让他们产生了爱情！

《四月的傻瓜》也惊世骇俗，男方是新到一家大公司里的打工族，他土头土脑、傻里傻气，公司里所有的人都看不起，而女方却是高高在上的老板夫人！最后的结局是，老板夫人竟为了这个被人戏称作“四月的傻瓜”的男人抛家舍业，并和他私奔了。从主题意义上看，这样的喜剧是好莱坞一种新的梦幻，它们都一再告诉人们，无论人与人之间有多么大的障碍，只要心诚，最终会达到相爱的最高境界。

对立的时刻，无疑会使人们的心灵得到虚妄的抚慰。从情节意义上看，这简直就是一种智力游戏，对编剧是一种挑战。如何在短短的两个小时放映时间里，顺理成章地完成在现实生活中根本无法想象的人际沟通呢？现在，这样的喜剧太多了，而且，在美国电影中已经到了泛滥成灾的程度。北京电影学院的青年教师陈咏曾讲过这样一件事情，他在网上看到一个网友称赞"《漂亮女人》像一首诗"的时候，就对那个网友说："教你一招儿，你也能写出那种诗来。"他让网友写的故事是这样的：一个女大学生租了一间公寓房来写论文，但当她搬进去的时候才发现那是个两室一厅的房子，另外一间竟然租给了一个河南来的"偷自行车的人"！他给这位网友的任务是先让他们冲突起来，然后，在结尾的时刻让他们产生动人的爱情。当然，千万别忘记最后来一个好莱坞式的拥抱，注意在处理拥抱的时候不要掉到游泳池里，因为那样的方式太滥了；也不要再让一方爬楼梯上去，因为那个《漂亮女人》用过了；踩着人的头顶过去拥抱？还是不行，因为《鳄鱼邓迪》里使过了。哈哈！也许可以让他们到热气球上或翻滚过山车上什么的！别有畏难情绪，国人在这方面也不是没有天赋，你瞧《东宫西宫》，在警察和被抓住的同性恋者之间都产生了爱情哩！[①]

作者认为："对36种剧情模式的突破和超越，也许会给剧情模式带来更加多元的向度。然而，对初学影视剧编剧的人来说，与其去尝试新的剧情模式，还不如老老实实地拿起传统的武器。最好能像好莱坞的编剧那样熟练掌握36种模式中的几种。因为，被两千年的戏剧和一百年的电影实践所检验过的36种剧情模式，还是具有强大的生命力和可靠的观众认知度的。"

思考题

1. 什么是剧情模式？
2. 影视创作是否一定要遵从一定的剧情模式？
3. 除了传统的剧情模式，现如今开发的新模式还有哪些？
4. 乔治·普罗帝的36种剧情模式中，"复仇"在《伊万的童年》中，是如何发挥模式本身的作用的？
5. 为什么"骨肉间的报复"这种模式，在影视中一直从真人戏剧《哈姆雷特》延续到动画片《狮子王》，再到中国电影《夜宴》等，这种模式具有什么样的优势和特点？
6. 在中国百年影视长河中，是否存在剧情模式之外的影视作品？如果有，那这样的作品又是如何建构起来的？
7. 你如何看待剧情模式这种特定思维对影视作品的影响？

① 陈咏. 论36种剧情模式[M]//刘一兵. 电影剧作观念. 北京：中国电影出版社，2006.

第五章　剧作结构

就影视剧而言，最大的单位是影片本身。影片中包含有一定数量的“幕”，在大的“幕”这个单位下又由很多个段落组成，从段落里还可以细分为无数个场景片段，最后场景中不同景别、角度、摄影技法下又分为无数个镜头，即影片最小的单位。

这是从宏观上来划分一部影片的结构，然而剧作结构的内在含义是什么？结构就是不同类别或相同类别的不同层次按程度多少的顺序进行有机排列，即是一种观念形态或物质的一种运动状态。结是结合之意义，构是构造之义，合起来理解就是主观世界与物质世界的结合构造之意思。剧作的结构，就是对创作素材的有效布局和安排，让视听元素在有限的时空内建构起一个无形的整体，反映某一个时期的生活内容和美学意图。简单来说就好比是一个人，大到骨架的构建、肌肉的分布，小到血管的排列、器官的布局，都会影响到他成型后的模样，千姿百态。结构离不开素材，选择一种合适的结构来对素材进行筛选和拼凑，是为了更好地服务内容，展现创作者的意图，所以结构不能单独存在，也不能凭空架构，结构必须在贴合内容的实际的前提下去创作。流畅地将整个故事叙述完毕，并通过一些巧妙的安排来塑造人物形象，是剧作结构的基本任务。

影视作品的编排是一种能够影响大众认知与群体生活的媒介形式。影视作品的编导因受自身生存环境和社会大众集体记忆的影响，进行创作时，不免置入来自学校教育与社会经验的特定意识与故事基础，所使用的符号往往也因此可以再现当代人们生活的习俗与一定传统的意识。

第一节　叙事与结构

一、叙事结构的基本原理

编剧除了以娱乐形式再现社会真实外，还要描写社会价值与时代意识。而作品一经观众认可又会产生出复制式的制作与播映，其中的关键在于观众认同其所传递的主旨与趣味，同时，也意味着编剧与观众之间享有共同的人生经验、情感与记忆。影视作品在表现人类的心灵与意志时，往往是多种元素的集合，其间包含了编剧与社会大众所共有的意识模式的一些基本“结构”。这里所说的“结构”，是指人类心理的自然要求与意向。

结构主义的研究对象是人为的社会系统，即认知意识系统的结构关系。20 世纪的西方重要哲学家海德格尔、福柯、皮亚杰等都认为，生活上的共同体验能够集结成无意识的社会共识，而这些共识又会通过各种人为的社会系统再现着社会经验。所以，当编剧运用人为的符号系统再现社会意识、生活与各种传播行为时，作品中必然集结着社会的共有意识。而其内在结构所展示的内容，正是编剧与观众的共享经验。这也使得我们能够根据结构主义的理论与方法，还原影视作品中所有符号组织的关系，推导出影视作品的结构。

结构主义认为，人类的现象世界具有某种“共性”，即能够被观察的现象世界的结构。结构主义重视各个领域中的共性研究，是因为在这些共性的后面隐藏着最自然的心理要求，展现着人类社会心灵的本质。每个社会生产的各种文化产品，都通过神话、迷思等符号再现特定的象征意义，结构主义的目标就在于通过文化现象去了解这些象征符号的意义，或借助于解码行为发掘故事背后所潜藏的艺术观，解释人类精神世界的“深层结构”。结构主义不仅是一种认识论的态度，同时，也是一种客观、严密的求知方法和一种组织概念。福柯指出：“在所有的时代，人们思考、记述、判断、讲话时的那种方法（包括在街头上的会话和极日常性的书面语），甚至连人们经验各种事实、他们的理性发生反应时的那种方法、他们的活动，全都受到某种理论的结构与某种系统的支配。而且，这一系统因时代和社会而变化，但是，在所有的时代、所有的社会，它都是现实的存在。”

结构概念不仅存在于日常生活与语言运用中，也是人类意识的创作源泉。人类理性中存在着某些特定不变的“结构”，这正是传统社会文化的基础。编剧在创作影视作品时，也无法脱离其内在的结构成分，而他所组织的各种人类关系也都具有结构形式。所以，结构主义不仅是理论，也是探索现象世界的方法。从编剧所再现的人类社会、情感与事件中，能够找出影视作品中最自然、最普遍的概念，而这正是影视作品的“结构”。

结构主义使用的语言学方法原来是为了了解原始社会的文化现象，试图从符号结构中探索如何解释文化意义，后来被社会学和其他领域的学者用来分析故事的内涵。

作为方法,它基本上不考虑历史发展的断代分析,仅仅关注文本各种要素的关系,对象是任何文化中的象征符号,意义则来自于同其他象征符号的关系,包括对比或相反关系的符号。语言学方法的另一要点是分析现象在历史发展过程中的变化,研究叙事的发展,对象是每一个故事类型组合事件的方式,用来辨识叙事结构。

如影片《星球大战》第一部的结构基础是光明与黑暗的对比,故事描写邪恶与慈悲的战争,其中,贪婪与舍己为人被编剧辨识为人性中相互对立的两个极端。作品所描述的就是在复杂宇宙结构中的人物最简单的对立认知形式;而邦德的007系列则由相似的情节要素组合而成,包括四种基本人物之间的互动关系:英雄(邦德)、上司、坏人、女人。这些人物各有一套基本价值观,而作品则由他们之间的互动显示了爱与死的对立、忠诚与背叛的对立、责任与牺牲的对立、善与恶或美与丑的对立等;德国影片《春天交响曲》则是以音乐作为叙事结构中心的。影片虽是一部人物传记片,但却弱化了主体人物的行为动作,把音乐放到了更为重要的位置,打通了音乐展示与人物的个人经历。而这一结构的文化基础,则是其民族对于艺术的偏爱。(图5-1)

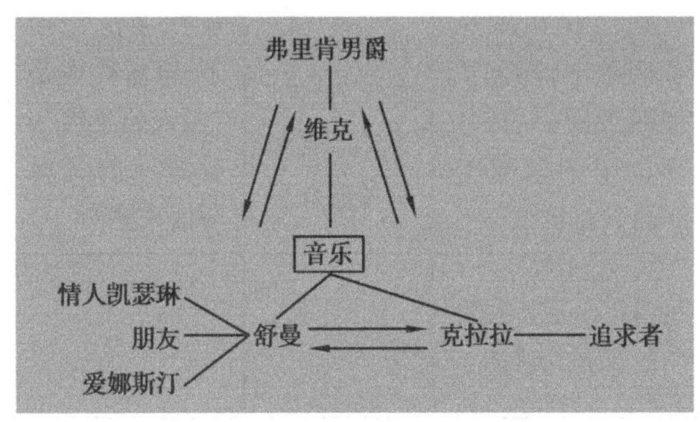

图5-1

情节是事件的组合,也是突发事件或人物行为的组织与排列。编剧再现故事时,总是需要安排一系列事件,而其内在的存在条件则主要为时间、空间与人物等。

时间是事件的内在规定,可以随着编剧讲述的故事顺序随意调动,不必按照原本发生的顺序进行。从结构角度看,编剧的时间主要有“故事时间”和“叙事时间”,此外还有几种时间观念:①再现场景的真实连续时间,即编剧根据故事需要在同一地点(空间)演出一个人或一件事的连续时间。如果叙事时间固定,场景(空间)数量有限,则相对用于同一地点的连续时间较长,如果叙事时间固定,场景数量却很多,同一地点的真实连续时间就会较短,真实连续时间的长短影响着再现故事的整体节奏。②再现情节的时间,即编剧设置的数个、数百甚至数千个真实连续时间的总长度。一般情况下,不论故事内容和长度,编剧总要在固定的物理时间内规划出故事的开场、发展、高潮、结局各阶段的情节时间,即叙事的结构方式。③时间表述方式,编剧所使用的时间再现形式会影响观众产生不同的感受,时间因而可用不同的再现方法产生变化,如蒙太奇手段、前叙、倒叙、变速摄影、想象扭曲、梦境等,以改变叙事时间与观众对时间的感觉。

一般情况下,叙事时间与观众所感知到的时间是平行而互不干扰的,但编剧的时间结构方式要引起观众的观看兴趣与想象。故事经过编剧诠释与再现后,不仅能够表述物理时间,也能够表述心理时间。有些研究者专门分析叙事时间结构,探索事件在戏剧性故事的发生发展的秩序,或是时间长度与场景选择、叙事节奏的关系等问题。影视作品的叙事通常是以"现在正在这里发生"的线性结构讲故事,将时间、场景(空间)进行艺术处理。编剧选择性地再现过去或未来时间中所发生的事件与感情,则以"当时正在那里发生"的形式处理。在表现上往往是一个完整的过程,有着清晰的因果逻辑线。如斯科西斯的《出租车司机》,在叙事模式上依然保持了好莱坞的传统叙事模式,即情节发展保持开端—发展—高潮—结局—尾声结构;设置故事主线与副线,主线与副线交叉融合;人物情感与故事一起有逻辑地发展;尽量渲染高潮,高潮之后迅速结束等。(表5-1)

表5-1 《出租车司机》的情节模式

	开端	发展	高潮	结局	尾声
主线	特拉维斯精神上孤独、痛苦,找到开出租车的工作,对城市中的罪恶和肮脏极为不满	特拉维斯在与雏妓爱丽斯、同事以及坐出租车的乘客接触中,感到更加的苦闷,对现代都市中的肮脏和罪恶日益愤恨	特拉维斯持枪来到妓院,打死了皮条客"刀疤"等人,欲解救爱丽斯	特拉维斯对城市、社会的不满被社会消化掉了,报纸称他是"救人的英雄",爱丽斯的父母写信来感谢	特拉维斯继续孤独地、不知疲倦地开着他的出租车在肮脏的城市中游弋
副线	特拉维斯爱上了姑娘贝茜	贝茜拒绝了特拉维斯的真诚的感情			特拉维斯遇见贝茜,贝茜欲语还休,特拉维斯开车离去

但在不同影视作品的具体创作实践中,情况就要复杂得多。例如,意大利影片《亲爱的日记》就打破了传统线性因果叙事结构,采用一种非线性散点式结构,将看似混乱芜杂的日常生活搬上银幕。呈现在大家眼前和残留在大家脑海中的并非完整的故事情节脉络,更像是一部电影化的相册,里面的每一章节都自成体系,随便拿出来便可独立成篇,甚至其中的每一个场景、段落都可作为一个独立的话语单位。影片自然地将这些话语单位,以生活流程的方式自然随意地表达出来,让人感觉到"这就是生活""生活就是这个样子"。影片中大量的运动性长镜头让人再次感受到了巴赞长镜头理论的深远影响,而贴近生活真实的景深镜头则继承了意大利电影的风格,在无声中令观众感到"这就是当代意大利",很多的跟拍镜头强化了观众的主观体验。在整个叙事方式上,影片以当事人的视角展开了对某一段生活经历的演绎,以"我"在日记上记录的言语画外音为主,中间又穿插自己当下的立场、体验,不仅使影片透出更加浓厚的生活气息,也使影片彰显了导演独特的个性和风格。

为了保持影视作品叙事的统一性,编剧必须处理好情节时间与因果关系的逻辑关系,否则,就会导致情节之间的相互矛盾。故事是未经叙述的原生态的事件,原生态的事件只存在相关时空中的自然序列。情节则是被叙述的事件。叙述故事就意味着要对故事进行组织和安排,要找出事件序列之间的因果关系,使事件结构成一个个的序列。叙述故事最基本的要求就是按照故事的因果关系去结构作品,使之合乎情理。因果关系一旦混乱,观众就会感到困惑不解。电视连续剧《水浒传》第一集,就因为编剧的疏忽而出了问题。作品交待高俅挨打后,接下来的叙事顺序是:①算卦的说:“阴阳逆转,福祸轮回,十年河东,十年河西,此一时也,彼一时也。”显然这个镜头中算卦的接受者是高俅。然后,高俅在他所供职的药店包了药,出来送给买药的人,结果②碰上了高坎,高坎告诉高俅,已打听清楚打他们的教头王进。在饭店里,同伙们都出主意要对付王进,但高俅说:“依我看,咱们咽了这口气算了。”“要想不受气,就得做那种打死人不吃官司的人。”“我想找个安身立命的差使,也许将来能有发达。”可见,他确实是听了算卦的话,知道自己有那么一天会发达,所以才强忍下这口气,否则,依他一个泼皮,天不怕地不怕,怎会咽下这口气?接下来是高坎强调了一下他的命运将会改变:“高二哥,你以后发达了,可千万别忘了我呀!”③药店掌柜辞掉了他,把他推荐给了高官。这里的叙事顺序显然不对。正常的叙事顺序应该是③①②,因为他挨了打,脸上有伤,掌柜见他又去滋事了,遂把他辞掉了。他虽被辞,但这样一个泼皮是什么事情都做得出来的,掌柜怕他在背后使坏,只好把祸水引向高官,以镇住高俅。高俅从掌柜那里出来,不知今后命运如何,才顺理成章地去算卦,而一挨打就去算卦,显然不合情理。算命的告诉他将来要时来运转,他才放下心来,而不同王进纠缠,想找个安身立命的差使要紧。这才有了酒店与朋友们讲“想找个安身立命的差使”。只有这样,他才会“咽了这口气”从长计议。否则,一个泼皮,怎么会忽然想到要从长计议,且他在药店已是安身立命,何故还要寻安身立命之处呢?此一错处。再就是,药店掌柜辞他时,他说“昨天的事确实遇上几个旧时的朋友”,显然,这里安排的时间是事发后的第二天,根据常识,被打成那样是不会脸上立刻好得光光的,这也不符合逻辑。观众有权要求一部影视作品在叙事上有较为严密的逻辑关系,否则,叙事就失掉了最基本的立足点。

空间作为事件的内在结构部分,随着编剧讲述时间的指向而不断变化,即编剧所再现的空间是随情节时间秩序出现的,而不是依据故事实际发生的先后秩序出现的。编剧让观众在真实的物理空间中体验时间的缩短、延长与扭曲,并在叙事中不断地变换空间位置。通常情况下,空间位置是根据人物行为、事件动作而定的。编剧对于空间的选择和使用,也是根据情节与情绪的需要来设置的,即编剧在时间与空间的选择与表现上,是一种受限制的自由。

二、多重空间的结构

在影视作品中,叙事空间包括故事空间、情节空间和银(屏)幕展示空间。故事空间是故事本身所包容的空间,它与历史空间不是对应的,是一个虚构的空间,而不是历史空间本身。通常是将故事空间模糊化,通过淡化故事空间使观众完全进入一种虚拟的叙事环境中,也可以突出故事发生的具体空间,使它确定到最为精确的空间的某一个点上。在完全淡化与完全突出精确的空间之间,还有一个广大的区域,用以建立故事空间与历史空间之间的不同相关度。作为规律,故事发生的空间范围越大,虚构色彩越浓,反之则越淡。当故事被假定为某一历史空间中所发生的事件,此时,历史空间就对故事空间构成了某种框范。在这种框范中,事件的具体空间又有相对的自由,它是以这种框范为依据展开的虚构事件。从这个意义上说,故事空间不可能是纪实的,它仅仅具有“纪实性”。电视剧《盖世太保枪口下的女人》中标定的叙事空间是“二战”时期的比利时,剧中的人物名字以及插入的一些历史资料镜头,创造出了历史纪录的幻觉,但其中的故事却是虚构的。

故事中的空间是多维的,影视作品的情节即使讲述得再仔细,也难以将故事中的所有空间都展示出来,影视作品中的空间是经过选择和变形处理后的空间。在情节中,空间与事件之间构成了一种广泛的隐喻关系,是因叙事需要而设定的空间。所以,在影视作品的创作中,要充分发掘空间的表现性,并由此产生出心理空间、哲理空间以及象征性空间、模糊空间等。影视作品的情节空间构成了人物行动的特定环境,其实《泰坦尼克号》的成功在于,导演将一个模式化的爱情故事放到了一艘沉船上,而感动了无数的人。情节空间对于人物塑造,揭示人物心理世界发挥着重要作用,甚至能够直接参与作品的深层表意。美国影片《鸟人》就巧妙地通过鸟人与艾尔、理想空间与现实空间的对比,让观众体验鸟人的心理空间。

作为一部完整的影视艺术作品,其情节结构必须是完整的。但在具体作品的创作时,其结构的确定不仅是情节意义的,为了便于从宏观和微观中把握和理解全片美术设计的创作思维和空间构成,下面以《太阳帝国》为例,先根据银幕影像剧作的内容与情节,从不同角度试列出图表,再探讨具体设计问题。(图5-2、图5-3、图5-4)

此部影片几乎所有的场景空间都有特定光源或不同光调的存在:吉姆家的暖橙黄光,黄浦江上日军巡逻艇上的信号灯光与炮火光,上海外国人临时集中营的灰蓝色冷光,“苏州集中营”灼人的太阳光,日军战斗机群的电焊火花光和迷人的晚霞光,美军野马式战斗机袭击日军机场的爆炸火光,小吉姆卧室夜景下模型机群的梦幻光,聚集掠夺来的财宝的运动场里的梦幻光和日本广岛爆炸原子弹光,等等。这些艺术化、哲理化光的不同配置导入全片总体空间的造型设计,无疑形成了影片主题的中心,并揭示了影片主题的意蕴。可以说,这是一部在光的空间造型上无可争议的成功之作。影片各场景空间不同光调的配置,使人明显地感受到战争的恐怖氛围,即日本军国主义头目要建立“大东亚共荣圈”的疯狂野心。他们所发动的侵华战争和太平洋战争,给中国、亚太地区各国及欧洲盟国的人民造成了深重的灾难和痛苦,日本“帝国”的罪责是不容抹杀的。影像思维将日本“帝国”的象征——日本国旗(中国人民讥称“膏药旗”)、军旗(有光芒线条的“太阳”旗)作为影片银幕影像剧作艺术思维的基础,以旗面上的“太阳”形象思维,升华为自然界中无处不在的“光”,结构全片总体空间和场景的造型形象,从而塑造了一个引人联想思考的“历史大帐篷”(斯皮尔伯格),并以“太阳”命名片名来点示主题,这是一种将抽象思维(国家象征——国旗、军队象征——军旗),直达具象思维(东出太平洋的红色太阳)的结果。通过形象思维和逻辑思维的融合,达到创作实践的具体(各场景空间的不同光调处理),再经过艺术思维的升华,导入全片抽象的哲理化思考——这是一种将“光”哲理化的影像思维也是导演、美术设计师、摄影师影像思维的创举,即一种将自然现象艺术化、哲理化了的异化思维。影片中的“太阳”如同具有核辐射威力的原子魔灯,置于幻想中的宇宙空间,照到哪里,哪里就会家园被毁,生灵涂炭……也如同自然界能生发出光和热的大红太阳,它的光永

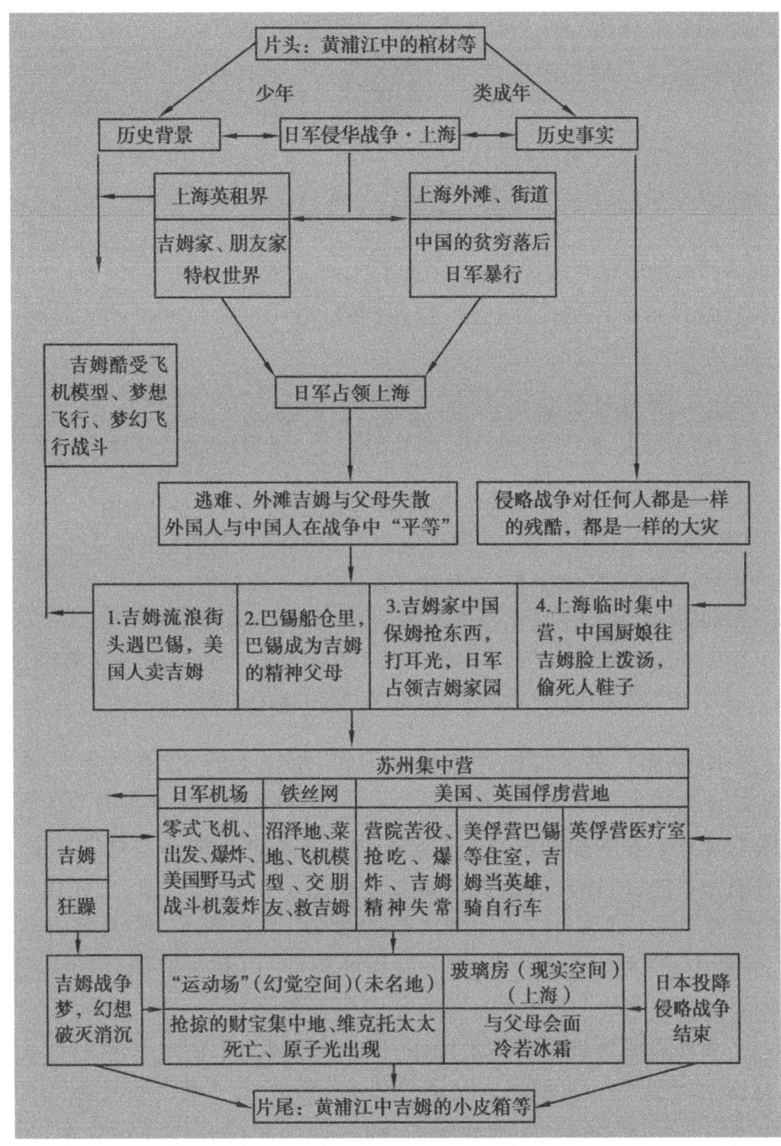

图 5-2 《太阳帝国》银幕影像剧作内容、情节示意图

①中间一条线略是银幕剧作意象情节的战争内容。

②左侧线略是少年吉姆梦幻战争、情感战争的内容。

③右侧线略是成人观者的心理战争、认知战争的内容。

④影片主旨鲜明、银幕影像剧作多义、造型评议丰富、情节生动感人。

⑤本片战争是历史实战，又是人物的心理与心灵之战。

远使半个地球明亮……基此幻象与天象，《太阳帝国》的美术、导演、摄影在影片中的艺术追求是要塑造一个“巨大的历史大帐篷”①来表现“二战”期间，日本军国主义分子对人类造成的巨大灾难和心灵创伤。而“光”是塑造“巨大的历史的大帐篷”的最好

① 详见《世界电影动态》1988 年第 12 期，第 16 页。

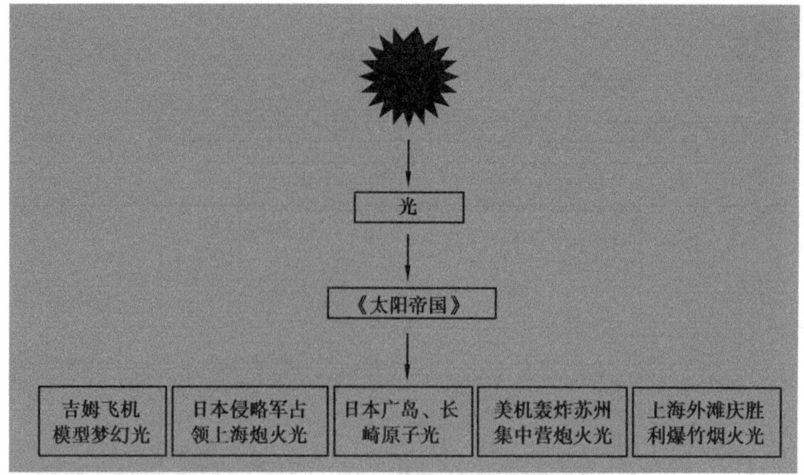

图 5-3 “巨大的历史的大帐篷”空间设计、艺术设计示意图

①真实的战斗场景不多，而战争带来的心理和精神创伤随处可见。

②战争片的场景空间跳跃，中间过渡层次不多，节奏明快。

③不同光调的运用与人物心态、场景空间有机契合，意蕴深厚。

④几乎每个场景空间的构成内容，都与“光”有着非常直接的密切的联系；影片中的光调压过色调而呈现出情感色彩和剧作力量。

的“建筑”（艺术）材料！美术师据此依日本国旗、军旗上的“红色太阳”，作为影片总体空间造型设计构思的源头，以无孔不入、无处不有的自然光源象征“红色太阳”，隐喻日本军国主义分子妄图强暴世界的罪恶阴谋。在空间构成和造型设计上，采取大胆且又独特的创作手法，使影片的场景空间造型在纪实为主的基础上，强化了电影艺术家们创意的主观色彩（即强化了小吉姆“梦幻战争”的色彩）。美术师有意扩大上海“外国人临时集中营”高大房墙上的几个窗户的尺寸，以利于照明师的大型强光灯射进令人晕眩的灰蓝色寒光，通过破旧的防蚊纱帐在画面中造成多层次的光影效果，营造和表现使人窒息的战争氛围。在英国土地上搭配的两个广场式的场地景：“苏州集中营”和“日军飞机场”，一面刺铁丝网护栏象征“地狱”“天堂”，对比强烈的两个中心场景联结成为一个整体空间。开阔的景地、模型般的战俘营设施和日军飞机，更有利于阳光的辐射。由于炽热阳光的普照，使中国苏州原来潮湿的地貌“变”得干燥灼人，纵横交错的河流“变”成满目荒草的水洼地……这样，摄影师的镜头便可自由拍摄强光下的高调画面，随着小吉姆的救人动作拍摄一池水中的太阳倒影；美术师为了强化“红色太阳”的深层含义，在美军战俘营房的门窗造型上，甚至不惜采取反常的艺术手段，即采用“形意”和“化意”的综合思维方式和设计方法，直接搬用日本军旗上的“太阳光芒”造型。这种直接搬用“阳光”纹饰于门窗样式的造型设计，虽为电影美术设计之大忌，但在本片中对塑造一个巨大的“光”的“历史大帐篷”，它却与人工灯光、自然阳光的光辐射表现力是一致的。“巨大的历史的大帐篷”在文学上是一个极为生动的比喻，然而，在电影美术的造型设计上，则必须通过具象的切题感人的造型内容，以形成抽象的浓缩和哲理的升华。这一创意造型甚至可以说是日本“圣战”魂框的有机组成部分，是对《太阳帝国》圣战的物化设计，是导演和美术师所构想的“巨大的历史的大帐篷”的具体体现。因此,它们具有一种独特的艺术魅力和多元的审美价值。

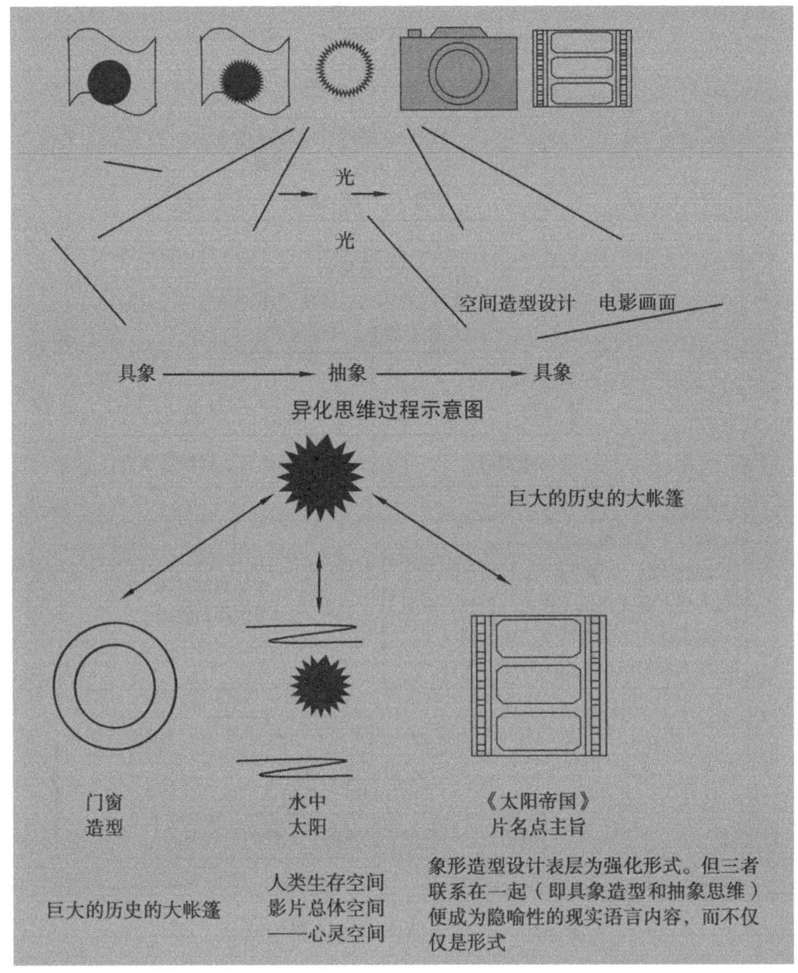

图 5-4　“巨大的历史的大帐篷”空间造型设计思维示意图①

影片制作人员展开独特的影像思维,取反叛传统的创作思路,采用影视造型设计之大忌的表现手法,完成了这种寓意性的象形景体结构的场景空间设计。

这种设计在美国影片《白夜》中,也得到了成功的体现。片名《白夜》本身就给没有读片的观众一个心理上的天然地理概念——这是一个有关地球北极圈地区的某人某事。观看影片“序幕”之后,人们心中自明:这是一个有关“红色政权”压制民主自由、压抑人性解放的故事。序幕的内容是讲在美国一家豪华剧场的大舞台上正在演出精彩的芭蕾舞剧。主要表现一个要民主争自由的人通过舞蹈造型语言展示其强烈的渴望……但是一个身着紧身红衣的女郎,似法力无边的女神多方阻拦,最后施魔法让其以绳命归天。然后,此人改头换面,以其“灵魂”形象出现,与红衣女神一起大步走向“光明”的圣殿,奔向远方……(图 5-5)

① 周登富.银幕世界的空间造型[M].北京:中国电影出版社,2000.

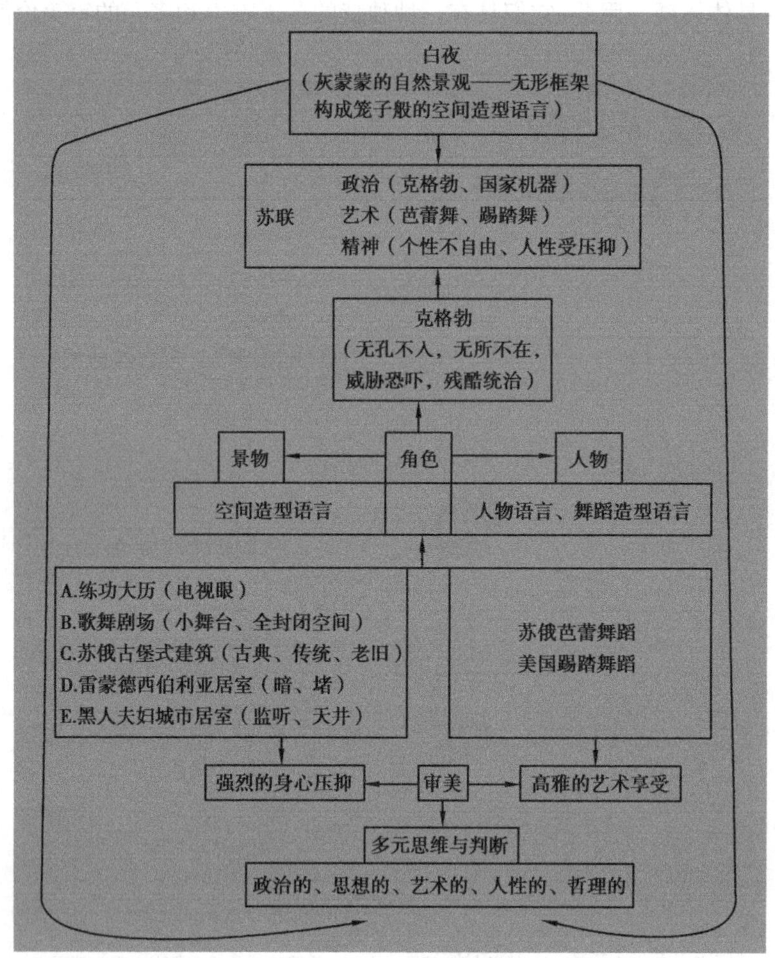

图 5-5 《白夜》创作的大体思维脉络

主演米哈伊尔·巴雷什尼柯夫——典型的俄罗斯人形象，他高超的芭蕾舞技巧和高雅优美的舞蹈艺术造型，不仅征服了银幕世界里的舞台观众，同时也征服了银幕前成千上万的观众。暴风雨般的热烈掌声似熔炉中的催化剂，将天成自然的“白夜”地理空间概念与舞台演出，展示精神压抑的心理空间有机融合成为一体，将审美的矛头指向，异常鲜明地瞄准了东方社会主义大国——苏联。

编剧对于情节的结构，基本上来自于传统的经典戏剧原理，如一般都要求包含突发性事件在情节中的持续发展，戏剧张力也越来越强，直到冲突或危机的最高点——高潮，然后走向结局。情节的结构关键点分别设置在开始的戏剧问题、中间冲突与危机的发展、结局收场，而中间与结束部分的临界点则定位在高潮上，高潮与危机则属于故事的转折点。例如，德国影片《德克萨斯的巴黎》对人物关系的处置，人物思想的转化分成了三个阶段：第一个阶段以手足情为标识的情感唤醒阶段，处理的中心为沃尔特和特拉弗斯两个男人之间的关系，虽为影片中的铺垫阶段，却是文本中最为关键的一个段落，点出了特拉弗斯找寻的最终梦想——德州巴黎，一块父母爱情的开始，以及让自己生命得以降临的干涸沙漠，从而成为了整个文本的主要标识。德州的巴黎仿佛是现实存在的隐喻,即生命与爱情这两种美好的东西(巴黎)都诞生在残酷的现实中(德州干涸的沙漠),从而与开头特拉弗斯游走在荒漠中的设置形成了对应,并巧妙地告诉观众:买德州的一块名为巴黎的沙漠就是对美好爱情的渴望与对自己生命的寻找与珍惜。人物思想转变的第二个阶段,是对以特拉弗斯与儿子亨特为代表的亲情关系的拾掇,是把德州巴黎的梦想放置在现实生活的一种换位体验,即当年的自己换成了亨特(自己的儿子),当年的父母换成了特拉弗斯自己,幻觉中的儿子是自己的生命,一切与亨特和好的直接动因是对自己生命的找寻,然而,现实却使特拉弗斯感到了一阵阵的尴尬与无奈,幸好又是在"一个男人"(兄弟沃及家人)的帮助下完成了他的拾掇,即儿子与特拉弗斯的重归于好暗示了幻觉中生命的获得(自己在德州巴黎的诞生)。塑造人物的第三个阶段是对妻子的找寻,也就是处理两个男人(特拉弗斯及儿子亨特)和一个女人(妻子简)的关系,这是对失去真挚爱情的悲情刻画,所以,关于爱情的美好憧憬变成了畸形的爱情、惨绝人寰的家庭暴力以及迫于生活的色相卖弄等,美好的爱情("巴黎"的部分象征意义)完全让位于残酷的现实(沙漠)。然而,就在爱情似乎要获得的那一瞬间,特拉弗斯却放弃了自己的"巴黎",重新上路了,那条重复而又漫无目的的探索之路。文本中三个阶段的设置不是孤立的,而是互为依赖共同对主题进行诠释的。(图 5-6)

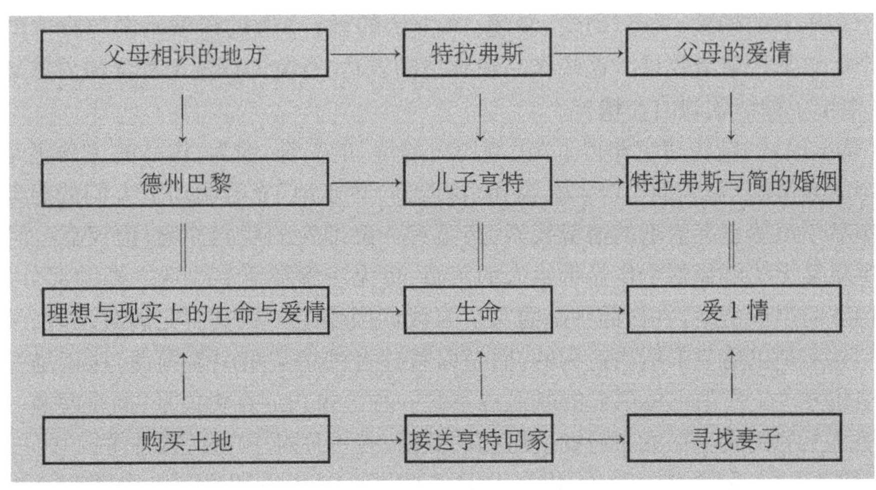

图 5-6

三、影视剧作的基本结构

我国影视艺术起源于"影戏",其叙事是对于"戏"的强调,作品叙事往往直接搬用我国传统戏曲的叙事,甚至连手段也是戏曲的叙事技巧。这一"独特性"在我国影视艺术发展中,深刻决定了几十年我国影视艺术的特有形态,使"中国电影的基本美学原则更多地是凭借文学的手段,而不是电影的技巧来实现的"(乔治・S. 塞姆塞尔)。我国传统的影视作品基本上采用的是以情节为中心的叙事结构,强调作品文学价值的实现,表现出了具有鲜明主题、曲折情节、强烈冲突、生动人物形象这样一些极具文学性(或戏剧性)的基本特征。

进入新时期以后，全方位的观念转变在叙事结构上开始冲破传统的以情节为中心的结构模式，建立了新的叙事框架，特别是以人物心理或情绪为中心的时空交错的结构方式风行一时。叙事结构的转变，在打破传统叙事格局的前提下，相继出现了各种结构样式的作品。

（一）诗性结构

这种结构方式不是按照严格的戏剧冲突去推动情节和人物性格的发展，而是要表现出一种诗歌的意蕴、情趣和境界。这一艺术追求表现在叙事结构上，打破了完整有序的因果链条，把人物的心理或情绪变化作为基本叙事线索来结构作品，从而在作品的艺术形态上具备一种诗的品性。《小花》虽有生动曲折的叙事线索，但极具戏剧性的故事情节在作品中被隐化了，小花身世的整体性遭遇被打碎后糅合在人物情绪波动剧烈的各个段落中。在影像构成上，以彩色和黑白的转换来过渡现实与历史两个不同的时空。回忆也不再仅仅作为叙事的手段，而是成为诗意地表达人物情绪和心境的一种修辞手段。《今夜星光灿烂》在叙事结构上，以四个乐章的散文诗结构取代了传统的戏剧结构，用诗意的激情贯穿整个作品，强调一种观念的表述，建构起更具开放性和更具张力的叙事结构。《苦恼人的笑》有意回避人物命运产生出的戏剧效果，而以人物难以言传的心理和情绪结构作品，在此基础上点缀式地穿插人物初恋时的回忆与现实政治高压下的恐慌、变态、幻觉、梦境。《生活的颤音》通过音乐元素与影像的有机组合产生出某种情绪效果。这些作品在感情的表达、意境的模塑上都洋溢着浓郁的诗情，产生出一种诗歌的内在精神。

《黄土地》的结构使它获得了“民族历史的诗”的美誉，因为，作品的主角正是被赋予了诗的激情的“黄土地”。阔大、凝重、深厚的“黄土地”充分调动了人们的想象与思索。作品中虽然也有清晰的情节线索，甚至有一触即发的戏剧冲突，但仅靠一种情节上的逻辑又无法解释整个作品带给人的美感，更无法解释情节线索之外的部分（如作品中特殊的影像造型）在作品中的意义。当我们因作品的欣赏而充满激动时，又会感到作品并不是以情节来结构镜头的，而是以叙述者的情绪组织着画面，这正是一种诗意的结构方式。作品主体部分的联系也不是一种因果式的逻辑关系，而是超越一般所指层面之上的民族生存状态与发展历程的象征，是一种对于“意”的表述。

《黄土地》的故事非常简单，讲述的是八路军文工团员顾青到一个陕北小山村采风收集民歌所遇到的一些事。他住的老爹家有个没出嫁的小姑娘翠巧和一个不爱说话的男孩憨憨。顾青与他们一起生活、劳动，并建立了感情，也给他们平静的生活带来了一种清新的气息。一声不吭的憨憨开始高声唱起山歌，翠巧也悄悄地开始向往新的生活。顾青要走了，一家人都显得很沉重，翠巧爹破例唱起了酸曲儿；憨憨一言不发地送了一程又一程；翠巧则执意要跟顾青走，去过延安女子们的新生活……翠巧用高亢而凄楚的山歌送走了顾青之后，生活好像又回到了老样子，翠巧像所有的陕北少女一样出嫁了。但是她毕竟已被光明点亮过心灵，一切都像老样子的生活已不可能了。一个夜晚，翠巧为父亲挑了最后一担水，然后撑上小船，到黄河对岸寻找八路军去了。黑沉沉的夜空，波涛汹涌的黄河吞没了她的身影，也吞没了她优美的歌声。影片虽然有故事，但又不仅是在讲一个连贯的故事，还有更多的信息从故事之外传播出来。影片除叙述主线，还穿插了三个相对独立的段落：邻村少女的婚礼、延安农民欢送参军的腰鼓阵和农民们庄严虔诚的求雨仪式。这是部对中华民族悠久历史文化和民族精神进行追溯和反思的作品，整体上是象征性的，情节只是作为象征性视听形象的依托，用镜头语言和对画面物象本身的揭示来传达思想和艺术信息。影片原取名《古原无声》，后改名为《黄土地》，就是因为抓住了那片广阔无垠、气势雄浑的黄土地作为中心意象，并使其成为影片意义寄托的重要依据。黄土地或作为背景，或作为空镜头一再出现，贯穿始终。编导通过各种手段突出和强调黄土地，使观众不由自主地将其作为独立的艺术形象来欣赏，去体会其蕴涵的思想和力量。影片中大部分土地的外景都是在早晨或黄昏拍摄的，经技术处理后，使土地的色调显得更暖更重。这大地渗透着母亲般的温暖，给人以力量和希望。影片正是通过沉稳的土黄色，在造型上体现出编导的历史思索。影片开始就是千沟万壑的黄土高原的一组长长的叠化镜头，起伏的造型使土地被赋予了生命，画外传来的脚步声使画面的象征意味得到了加强。在犁地和送别等场景中，在温暖的光色映衬下，一头牛、三个人组成的小小行列在高高的峁顶上缓缓移动，起伏的黄土地几乎占满了画面，顶端的地平线上小小的人影在明亮的天空背景上成了剪影，他们溶化在苍天和大地中的身影，已远远超出其在情节中原有的地位。那艰辛而有力的步履，产生出双向的历史延展。影片中翠巧到黄河边挑水的场景反复出现，这不仅是对现实生活的高度提炼，也是中华民族在漫长的历史道路上挣扎奋进的一种直接意象。画面上弯弯曲曲的小路，是摄制组全体成员排着队用脚踩出来的，为的就是创造出一种有表现力的象征性意象。影片中，被誉为中华民族摇篮和象征的黄河，也被作为一个有力的艺术形象产生出重要的作用。特别是翠巧驾着一叶小舟，迎着夜晚的风浪投入黄河的怀抱时，她的身影渐渐隐没在夜色中，只有嘹亮的歌声伴着黄河的波涛声远远地传来。画面从滚滚的黄河水摇到天上的明月，忽然，翠巧的歌声、水声和风声戛然而止。当憨憨撕心裂肺的呼喊声划破寂静时，画面上连续叠化出了6个黄河水的镜头，它们具有不同的光线和色彩，不同的流向与形态，最后从一个高速拍摄的流水翻滚的镜头，叠化到河滩上的一块巨石。用视听形象使翠巧与黄河的关系得到了高度的升华，并赋予黄河作为环境背景之外更丰富的意义。

影片中，窑洞、小径，都不再仅是环境。窑洞中昏暗灯光下饱经风霜的老汉，炎炎烈日下虔诚跪拜的农民，也不同于传统影片中的人物。在新的影视语言体系中都被赋予了新的含义。影片已经不能用传统的“故事加人物”的模式来理解和解释了，故事只是一个切入口，而服从于全局象征性叙事结构的需要。影片开始于一少女普通的旧式婚礼，迎亲队伍从曲折的山路走来时，高亢的唢呐声透出一丝凄婉，周围是一张张毫无表情的脸，而新郎和新娘几乎是被人按倒在桌前叩头。这婚礼预示着新娘的不幸，也预示着翠巧的不幸。翠巧躲在门边怯生生地看着，而她倚靠的门框上正贴着一幅写有“三从四德”字样的红对联，这一镜头反复出现，使观众感到她好像正站在这殉葬道路的入口处。第二次婚礼是翠巧自己当新娘，虽然，画面中没有翠巧，但婚礼过程完全是前一次的翻板，强化了这次婚礼的抽象感和象征意义，历史的延续性也因此体现出来了。第二次婚礼增加了洞房内的镜头，洞房内红被子、红枕头、红盖头，一片红色，刺耳的门声响过，脚步声越来越近，一只饱经风霜的粗黑大手伸进画面……掀开的红盖头下，翠巧惊恐的脸向后躲闪着，伴随着这一切的是长达半分多钟的令人无法忍受的静默。忽然，震耳欲聋的腰鼓队的乐声冲出银幕，在欢腾热烈的场面对比下，翠巧的结婚显得更加凄楚。《黄土地》的成功，也正在于通过一系列含蓄而有意蕴的视听形象，形成了影片具象性的逼真再现与象征性的哲理观照的有机结合的造型风格。

(二)散文结构

散文结构，不以一个完整的戏剧冲突贯穿始终，也没有表现主要人物与时代、社会、自然，与他人，与自己(个人)的矛盾，一句话，不以戏剧冲突为支撑来结构，而是以抒发某种感情、情绪为表现特征的。形散意不散。跳跃性叙事。长藤结瓜式、串联式、冰糖葫芦式都是散文式结构的别名，如《红莓》《恋人曲》《伊万的童年》《我的父亲母亲》《那山那人那狗》等。

在中国，《城南旧事》的出现带动了一批散文结构的作品创作。这些作品采用呈现生活本相的多层结构，更多地倾向于直接呈示生活的纷繁流程。《城南旧事》既无贯穿始终的戏剧冲突，也没有贯穿始终的故事情节，3 个分别有自己的主人公的小故事被统一在英子的目光中，统一在“淡淡的相思，沉沉的哀愁”内在情感的线索之中。观众在欣赏时，由对情节的追求变为对于一种思绪的体验。《乡音》则回避开了能够产生戏剧效果的关节点，以朴实无华的叙事风格呈现出乡村生活平淡自然的流程，以此表现乡村的闭塞与乡民的愚昧，去体验现代文明所带来的冲击。电视剧《南行记》也表现了浓郁的散文结构风格。

《城南旧事》以 20 世纪 20 年代的北京为背景，带着对逝去童年的深深眷恋，展开了一幅北京中下层市民生活的图景。某大学教书先生的女儿小英子，结识了住在同一条胡同里的卖唱姑娘妞儿和疯女人秀贞。妞儿从小失去父母，因常受到养父母虐待，更加想念自己的亲生父母。秀贞曾爱上一个大学生，并和他生下了个女儿，但大学生却突然被抓走了，不久又失去了女儿，生活的打击使她成了疯女人。后小英子发现妞儿的耳后有一颗和秀贞失去的女儿一样的痣，就领她去与秀贞相认。秀贞领着妞儿走了，消失在雨夜火车的轰鸣声中。不久，小英子搬到新家，认识了一个和蔼的小偷，他偷东西是为了让弟弟上学，弟弟得了全校第一名，可他却被抓走了。英子和保姆宋妈建立了很深的感情，宋妈惦记着自己的孩子，又舍不得离开英子，一天宋妈忽然得知自己的孩子死了，万般悲痛。英子的父亲因病去世，被埋葬在红叶环抱的“台湾义地”里。英子含泪向父亲告别，同时，目送着回乡下去的宋妈渐渐远去。这是一部以儿童为主人公的影片，但它并不是一部儿童片。原著是林海音在远离故土多年之后，带着深深的幽思和眷恋，回顾儿时往事而作的。据此，吴贻弓以“淡淡的哀愁，沉沉的相思”为影片的总基调，成功再现了原著那种充满了“回忆感”和“往事感”的神韵。影片采用了质朴、清新的散文化叙述风格：一方面，在更大程度上打破了故事情节的完整性和连贯性，形成一种具有较强段落感的叙事风格；另一方面，在真实自然的基础上，强调了艺术表现的情感化和主观色彩，创造出一种抒情散文的格调。影片的故事可以分为两个相对独立的段落，它们都是小英子眼中看到的世界。因小英子的成熟程度不同，两个段落中“世界”的意义和情趣也不同。上半部“惠安馆传奇”中，英子还是个无忧无虑的孩子，听着秀贞和妞儿讲自己的故事，看着出红差的行列和妞儿不情愿地被养父拉走，她只能感受到现实严酷的新奇。她自以为理解了秀贞和妞儿的痛苦，并帮助她们相认，结果却是眼看着她们离开了自己。后半部英子开始成熟，渐渐看到了世界的复杂，感到了“哀愁”和“相思”之间剪不断的联系。从小偷、宋妈，到自己父亲去世，人生的苦楚和忧伤离她越来越近，当她最后告别宋妈时，也告别了自己的童年。英子对周围发生的一切虽然还不尽理解，但却感受到了，虽然，只是淡淡的哀愁。影片在叙事和视听构成上，努力再现这种对朦胧感受的追怀，这里没有复杂故事，也没有包容复杂政治、社会或道德内容。它只是通过一系列朴实无华的生活场景的展现，自然流动的叙事结构和清新优美的视听形象，提供一种耐人寻味的情绪和韵味，以一种特殊的诗情画意来吸引和感染观众。

散文结构更加集中地出现在了一批反映现代都市生活的作品中，也许散文结构与纷繁复杂无序的现代都市生活之间，存在着一种深层意义上的对应关系。这些作品只是向观众呈现一种生活流程，表现生活的本原生存状态，甚至连编导的主观意念也显得淡而模糊，鲜明的价值判断为一种新鲜而模糊的艺术感受所取代，作品展示的只是那种生活本身所特有的自发性、流动性、丰富性和暧昧性。

（三）间离结构

心理学家认为，观众欣赏影视艺术作品的态度是一个矛盾的混合体，是一种“对不相信的自愿搁置”。即：一方面，主体意识到影像幻觉由观众的思想产生的，而不是来自外来的刺激；另一方面，主体又信以为真，思想和它自己的受骗合作，思想甘心受骗。间离结构就是有意地以假定形式造成观众与作品之间的距离，以造成一种理性的观照。

《小街》有意识地让导演与角色同时出现，并且打破了线性序列的叙事模式，创造了开放性结尾。这种独特的叙事结构带有浪漫色彩，给人一种“空框感”，留下想象与回味的空间。《大磨坊》则有意模糊现实时空与历史时空的界限，让同一人物在相隔数十年后进行一种深沉的对视：一方面，将观众导入作品所表现的特定情境；另一方面，又有意识地间离观众与作品中的人物，造成一种既带有历史沧桑感，又有理性思辨色彩的艺术效果。《老店》以间离结构创造出一种审视历史文化的艺术效果。《战争子午线》为了表现当代人对于现实和历史的独特思考，采用现在时空与过去时空相互交迭碰撞的手法，让历史中的人物穿越时空走入现在，有意识地阻隔观众进入过去的故事情境，以达到理性地思考战争、历史和人生的目的。《南行记》不但在每集的片头让艾芜先生直接出镜，而且，不时地让年轻艾芜的扮演者王志文同老艾芜对话，打破观众欣赏的心理完型，在一定距离下对作品内容进行思考。

电视媒体的迅速崛起，在促成制作者两栖化的同时，使电影制作中镜语情节结构也出现了电视化倾向。如影片《坏女孩》中的桑雅一出场，便呈现出电视转播中常见的专家论坛发言形式。后桑雅作为主人公直接面对镜头说话，介绍生平和家庭，更是直接与西方电视台热门的名人节目构成互文本。桑雅不断跳出画面，以直接的姿态表明故事的已发生性和搬演性。桑雅从一出现，就具有电视现场感，很快便被插入的桑雅成长历程发生的诸多荒诞而有趣的事件打破，使得貌似客观公正，代表主流媒体言说所附带来的严正与庄严消解。电视对本片的结构，基本只位于表层，更多展现为带来现代社会的气息和节奏。当桑雅站在圣安娜修女学校门前,以成熟的类似电视台主持人姿态侃侃而谈时,从旁边经过的衣着前卫的青年插进来面对镜头喊道:“讨厌的德国电视!”这种明显的反讽和调侃,使得电视在影片中成为一种背景和参照,一种饶有趣味的带入。本来电视采访所自然具有的真实与在场,由于被故意地提出和夸张,反而产生了明显的间离与虚拟效果。电视媒体在影片中,常常以工具的面目呈现出中性的存在。似乎在现代和后现代社会建构中发挥巨大作用的视听媒体不过是各种势力(包括正面势力)的传声筒而已,其本身并没有太大的能动性。电视画质与胶片画质带来的反差,也只是形成饶有趣味的分割或暗示转场,起到丰富影片形式的作用。

(四)戏剧式结构

亚里士多德的《诗学》是世界上第一部论及戏剧结构的著作,迄今为止也依然是戏剧结构理论的基石。《诗学》中关于戏剧结构的主要论述有以下几点:

(1)特殊性——与史诗相较有诸点不同;

(2)重要性——布局重于性格,位于悲剧六项成分之首;

(3)统一性——一个人一个行动,要有头、身、尾,不可随意挪动、删削;

(4)集中性——“结”与“解”为剧外事件,往往再搭配一些剧内事件,构成“结”,其余事件则构成“解”。①

上述的这些理论根据希腊悲剧这一类型总结而来,具有一定的历史局限性,但所述及的某些原则依然适用于后来产生的其他结构。例如,纯戏剧结构中“结”与“解”这两个核心成分的运用。在索福克利斯代表作之一的《俄狄浦斯王》中,“结”在整部剧中起到了极大的推动作用,“解”则发挥了极强的冲击力与震撼力。

结——许多年前受到诅咒的主人公俄狄浦斯无意中掉入了命运的漩涡,弑父娶母。这个情节是全剧的远前史,这个秘密像一个远远的目标,一开始并没有向观众展露,而是形成一个磁场引领全剧的动作线趋向于它。近前史即城邦遭灾,派人去问神示,这个情节提供了挖掘远前史秘密的第一个动力。

解——全剧共有两个线索。其一是,忒拜牧人曾说拉伊俄斯死在三岔口,其妻子伊俄卡斯特曾提到拉伊俄斯的相貌、年龄、侍从人数以及被杀的时间。这一切证明俄狄浦斯是杀死拉伊俄斯的凶手,但俄狄浦斯仍未想到那人是他的父亲。另一线索是:科任托斯牧人告诉俄狄浦斯,他并非波吕波斯的儿子。当这两个牧人相遇时,两条线索交织在一起,真相也就大白了,远前史被完全披露出来,“结”最终“解”开了。

该剧通过倒叙的手法环环相扣,利用远前史和近前史之间的张力造成悬念。在这过程中人物之间相互发生撞击、冲突、斗争,直至解决。叙述的过程中一步步地把戏剧冲突推向高潮,悲剧气氛也随之趋于顶点,无论是剧中人还是观众,都感受到了巨大的震撼。

影视剧作中所谓的戏剧式结构也被称为以戏剧冲突为支撑的结构,或者是按“戏剧冲突律”来结构的电影。运用电影“重要的特殊条件”,即用电影特有的表现手段来组织和安排戏剧冲突的剧作结构样式。那么,它到底有哪些基本特征呢?

---

① 亚里士多德.诗学[M].北京:人民出版社,1982:60.

（1）情节因素的完整性。戏剧式结构的剧作，一般都以戏剧冲突推动情节的发展，造成一种环环相扣、步步进逼的态势，迫使冲突尖锐化。它不但要求整部剧作有一条包括开端、发展、高潮、结局的结构要素在内的情节线，而且，要求每一段（场）戏中也尽量做到有其开端、发展、高潮、结局，造成一个个“小型的霹雳”，以促使全剧大高潮的到来。例如，影片《祝福》主要由出逃、被卖、重返鲁家、捐门槛到砍门槛等情节段落构成。就整体而言，出逃为其开端；被卖、重返鲁家，直到捐门槛为其发展；砍门槛为其高潮，最后的死亡为其结局。戏剧式结构的情节，就是如此既紧张激烈又曲折有致地向高潮推进。因此，其情节必然如戏剧那样具有其完整性。

（2）段落布局的严整性。戏剧式结构既然讲究对情节进行紧张而曲折的安排和处理，它就要求按照因果关系，把段落与段落之间，层层递进地、合乎逻辑地连结起来，使之构成一个相互依存的严谨的整体，“任何部分一经挪动或删削，就会使整体松劲脱节”[①]。例如，美国影片《魂断蓝桥》中要不是玛拉与罗依之间存在着“等级差距”，他们就用不着来回折腾求得批准，以致耽搁了教堂规定举行婚礼仪式的时间；要不是芭蕾舞团那位老太太不近情理，玛拉就不会失业；要不是玛拉失业和罗依的死讯，玛拉也就不会于绝望中沦落为妓女；如果不沦落也就不会加深玛拉与罗依之间的“等级差距”，更不会导致她向罗依母亲吐露真情的高潮。前一个段落是后一个段落的“果”，一环扣一环，使得段落布局异常严谨周密。

（3）叙述进程的顺时性。戏剧式结构的剧作，为了造成情节步步进逼，达到吸引观众的效果，必然要求严格按照时空顺序，组织和安排故事情节。即使在十分需要的情况下运用倒叙、插叙，甚至闪回的手法，也只能是对主要情节作必要的补充，绝不允许从根本上错乱情节发展的时空顺序。

在电影发展史上，戏剧式结构的作品占有非常重要的地位。它是最重要、最常见，也是影响最大的一种结构形式。“戏剧冲突律”是构成戏剧式电影结构的核心要务。人们知道，没有冲突就没有戏剧。冲突产生于性格（人物）。人物因性格与时代、社会、自然，与他人，与自己（个人）经常发生矛盾，矛盾激化就造成冲突。在剧作中，冲突就构成了戏剧情节，而经过精心安排，戏剧冲突（情节）贯穿于始终的剧作，其结构形式即称为“以戏剧冲突为支撑的结构”。

悉德·菲尔德的《电影剧本写作基础》一书，主要讲述的便是如何运用“戏剧冲突律”来结构一个故事，其要点如下：

全剧必须围绕着一个贯穿冲突展开情节。

结构分为“开端”“中段”“结尾”三段。

“开端”用来建立冲突，即让冲突的双方第一次交火。

“中段”用来展开冲突，让冲突的双方进行多个回合的较量，这些较量要一次比一次激烈，直到推向最后的高潮，在高潮部分展开全剧的最后一次决定鹿死谁手、谁胜谁负的总较量。

“结尾”的段落用来向观众交待冲突的结局，即人物最终的命运是什么样的，他们

① 亚里士多德.诗学［M］.北京：人民出版社，1982：60.

是死了还是活着。

结构的基本要求是：冲突展开要早，开门见宝；冲突发展要绕，出人意料；冲突高潮要饱，扣人心弦；结束冲突要巧，别没完没了！

冲突每一次较量就是一个情节段落（在电影剧本中就称作"一场戏"），而每一个段落的内部又有着各自的起、承、转、合。①

美国导演霍华德·劳逊在论及戏剧矛盾冲突时曾经说过："戏剧的基本特征是社会性冲突——人与人之间、个人与集体之间、集体与集体之间、个人与集体或社会或自然力量之间的冲突。在冲突中自觉意志被运用来实现某些特定的，可以理解的目标，它所具有的强度足以导致使冲突到达危机的顶点。"②

戏剧式结构或以"戏剧冲突律"为支撑的结构大致可以分为以下几类冲突类型：

1. 人物与时代、社会、自然的冲突

首先，时代是能够影响人的意识、与人紧密联系的时空。人与时代的冲突，指的是在历史上以经济、政治、文化等状况划分出来的某个时期，人物在所处的客观环境中的形态。这种形态由于个体差异的原因，存在个人价值与时代环境取向、生存境遇的好坏、社会的认同与否、个人价值体现或缺失等问题，由此产生出了个体和整体的矛盾。影视作品往往通过描写人物及其遭际命运，来反映时代的本质及其发展趋向。

时代区别于时间，时代之于人有时间和空间的同步性和一致性。由安德烈·塔可夫斯基执导的作品《伊万的童年》很好地诠释了人与时代的冲突。"二战"期间，少年伊万的父母被纳粹所杀害后，被仇恨燃烧的伊万拒绝上学，加入了苏联红军，当上一名小侦查员深入德军后方执行危险的侦查任务，最终落入了敌军之手被残酷的绞死的故事。影片没有表现军队作战的暴力轰炸和绞杀，也没有前线的枪林弹雨或是监狱的严刑拷打，却把全部力量花在了刻画伊万的性格上。片中重现了伊万的4次梦境，梦境中母亲的形象、苹果和马匹、浪花和海滩，沐浴着露珠，闪耀于阳光之中，用梦境表现了对和平时代的记忆，同时，与战争时代形成了鲜明的对比，回到现实中，秋天成排的树林、烧焦的废墟、地平线上孤立的烟囱和泥泞的荒原都在诉说着战争时代人类的苦难。在和平时代本该享受幸福生活去学校上学的伊万，而在这样一个战争时代却必须以生命的代价去承担不该由他这个年纪所承担的痛苦，影片里伊万的眼中惊惶的神色，幼小的身躯让我们感到恐惧。战争胜利后，伊万被绞死的材料和绞死他的场所出现在银幕上时，投射出来的战争的残酷让观者不寒而栗。"一种被战争扭曲、偏离生命轴心的特殊性格立刻捕获了我。所有属于童年特有的无价之宝都无可挽回地从他的生命中消失，取而代之的是，战争所赐予的邪恶已在他的童稚的躯壳中凝聚、膨胀。"③

而电视剧《茶馆》则把矛盾的焦点直接指向旧时代，人物与人物之间的每一个大小冲突都暗示了人民与时代的冲突，甚至用直白的台词直接道出。《茶馆》中共写了三个时代：一个是1898年戊戌变法失败后封建社会末日即将来临的时代，清政府以抓

① 悉德·菲尔德. 电影剧本写作基础[M]. 北京：中国文联出版公司，1985：70.

② 约翰·霍华德·劳逊. 戏剧与电影的理论与技巧[M]. 北京：中国电影出版社，1978：213.

③ 安德烈·塔可夫斯基. 雕刻时光[M]. 北京：人民文学出版社，2003：11.

"康梁同党"为名滥杀无辜,王利发的街坊张秀英姐弟纷纷丧命,茶馆在动荡局势中挣扎维系,下层人民生活更加困苦;另一个是军阀混战时代,黑暗势力横行霸道,社会的病态与丑恶进一步滋生,身为旗人的常四爷和松二爷失去了铁杆庄稼,生活陷入困苦,宋恩子与吴祥子的敲诈行为表现出反动势力的猖獗;最后一个是抗日战争胜利后国民党统治的困境时代,小刘麻子、小唐铁嘴、小宋恩子和小吴祥子等一代三教九流层出不穷,手段也更加凶狠,社会秩序愈加混乱。然而,王掌柜、常四爷等人的下一代王二栓、常喜贵他们,也正默默地以自己的力量救中国,给影片带来了一抹新时代来临的希望。

其次,人与社会的冲突是指人在一定的社会联盟下与社会制度、社会等级、社会宗教、社会文化、家庭团体、传统习俗等不平衡的关系。影视在反映社会原貌的同时,也对错综复杂的社会心理、社会动态做一些更深层次的探索。例如,李安导演的代表作"家庭三部曲"中的《推手》,反映了移居美国的北京太极拳师朱师傅,在异国他乡所感受到的孤独与失落。由于语言不通和生活习惯上的差异,使得美国儿媳妇玛莎根本无法接受朱师傅,两代人之间的鸿沟造成了家庭的失衡,中国式的家庭观念在美国没有根植的土壤只得放弃,而后离开儿子独居的朱师傅在唐人街中国餐馆洗碗打工,社会体制不同所带来的生存碰撞与情感缺失、对故土的怀念使得陈师傅产生了无法割舍的乡愁,而观者也体会到了东西方文化差异所带给海外移民的冲击。《饮食男女》则是通过一个父辈苦苦维系的大家庭的最终分裂,来表现中国家庭的传统观念以及老一代与新一代的婚姻观念差异,最终人与社会的妥协和调节。《喜宴》则把更尖锐的同性恋问题扔给了中国传统家庭,在纽约的中国家庭,东方与西方、现代与传统的又一次针锋相对,传统的家庭伦理观念受到了挑战。这个敏感的题材折射出了家庭中各个人物所代表的角度对事件的反应,影片最后用喜剧的形式把困惑和无奈用宽容来化解。

《飞越疯人院》原本是作家肯·克西于 1962 年发表的一篇小说。小说以疯人院借喻美国式的社会形态,反体制意味浓烈。经过捷克导演米洛斯·福尔曼之手,于 1974 年拍了这部同名影片,其复杂的意识形态背景给影片蒙上了一层特殊的光泽,同时也给了观众更多的揣度空间。异常丰富的隐喻性是读解《飞越疯人院》的关键。后结构主义理论家福柯在他的著作中提出:"现代精神病院是文明社会的重要权力机构。"[①]疯人院在福柯的书中,预示着关于现代文明社会的经典寓言。影片中透出的那些强烈的叛逆情绪与20 世纪60 年代的文化思潮有很大的联系。20 世纪60 年代的美国,是一个"光荣与梦想"破灭的时代,一系列社会体制和意识形态的冲突以激烈的方式暴露出来。而反传统、反秩序、反主流的文化思潮,大幅度地影响了当时的艺术创作。

电影中的疯人院里,时刻带着一种被遮蔽了的压抑。从不经意中看起来气氛似乎是和谐的,光线也是柔和的,连吃药治疗时都放着轻柔的音乐。病人们充分自由地在医院里四处活动、打牌抽烟。表现良好的人,甚至有机会在医护人员的陪同下外出。但只有麦克默菲看出了这看似完美的静谧世界里隐蔽的脆弱环节。

开始,他要求把音乐声减弱,而不是像其他人一样在音乐里乖乖地吞服那些不知

---

① 米歇尔·福柯. 癫狂与文明——理性时代的精神病史[M]. 上海:三联书店,1998:81.

名的药片。而这样的举动对于秩序完整、封闭的疯人院来说无疑是一种挑衅。而麦克默菲其实也并不是刻意去做出这样的反叛,他的行为仅仅是出于天性。他无拘无束的性格必然和严谨的压制格格不入。在麦克默菲的撞击下,原来安分守纪的"疯人"们也开始流露出正常人的天性。他们开始享受海边阳光的沐浴和跟女人在一起的乐趣,享受争取自我反抗后从未感受过的发自生命本身的愉悦。麦克默菲实际上破除的是一种仪式。当他到来之后,吃药、开会、心理治疗,所有的程序都遭到了质疑。虽然,麦克默菲的要求每次都遭到了拉奇德的拒绝,但对于一直机械般重复这些程式的疯子们来说,麦克默菲的举动无疑触动了他们。这使得当"疯人"们面临这种非暴力的压抑时,产生了新的反应。一个病人质问拉奇德:"既然比利不愿意说,你为什么非要问他?"而查理也开始大声哭泣着要自己的香烟。好比在一个坏孩子作了示范之后,所有的好孩子都被诱发了他们"坏"的天性。

而护士长拉奇德则担任了一个恶毒的母亲角色。她管理和维持着疯人院的秩序,永远是一幅严肃、端庄、对局势把握游刃有余的表情。她支配调度着这些规范化世界里的疯子,因为,她熟知他们的弱点。所有的疯子们对她而言,都更像是犯了错误在这里寻求管教的孩子。尤其对于孱弱口吃的比利,她更像是一个母亲,一个视孩子的长大为犯罪的母亲。在片中开会讨论的内容也透露了比利"疯狂"的真正原因是:他的母亲阻止了他和女孩约会。比利也曾反问麦克默菲:"你以为我不想离开吗?"因为,比利以为作为一个不成熟的孩子,只有滞留在有"母亲"庇护的疯人院里才能够安全,虽然,他也渴望长大并离去。而在圣诞夜的"成人仪式"后,比利奇怪地恢复了正常的语言能力,面对拉奇德的诘问,他理智地说:"我可以解释一切。"但是拉奇德却拿出了对付比利的致命武器,她说:"想想如果你妈妈知道了会怎样?"于是,比利瑟缩着恢复成那个惧怕母亲惩罚的孩子,杀死了成熟的自己。

导演福尔曼的出色不仅在于他成功地诠释了原著的精华,而在于他把一个反叛的主题用好莱坞式的经典语言陈述出来,使叙事层面同隐喻层面结合完美。在摄影处理上,也同样埋下了不少伏笔。大多数画面中的拉奇德始终占据着前景的中心位置,拍护士长时多用仰视,拍病人时则是俯视。当拉奇德和疯子们之间的对立越来越严重时,吃药和拉奇德主持心理治疗的意识反复出现,作为常规叙事因素,这不仅是在重复上延宕这种情绪,而且,逐渐地把这表意为一种仪式。而对于仪式的破除,就意味着神话的终结。

而印第安酋长代表的则是另一种文化特征。他来自丛林,回归丛林,他的反抗并不是麦克默菲那样是无意识地舒展天性,他的装聋作哑也不完全是为了避免伤害。这一切是为了躲避,拒绝语言就意味着拒绝与体制发生关系。所以,我们看到的酋长像是一位真正的隐士,安然地生活在这个类同于囚牢的空间里。而当麦克默菲警醒了他身上原始的力量时,他主动对他说话了。最后,酋长用解除躯壳束缚的方式让麦克默菲的灵魂随着他回到丛莽之中,酋长搬起了麦克默菲生前扬言要举起,却没有力量举起的大理石水槽,用它砸破了桎梏,飞越了麦克默菲没有来得及飞越的疯人院。

最后,人与自然的冲突可以看成是人类自远古以来认识自然、征服自然,并试图改造自然过程中所萌发的资源、环境、生态等问题,所引起的危机与灾难。好莱坞影片多以此类题材表现人类在实践过程中，由于本身认识自然的能力有限，受到利益驱使忽略了自然本身存在的价值，而导致人类与自然的冲突等。

在美国灾难片中，表现人与自然冲突的题材都曾造就不凡的票房神话。美国影片《后天》描绘了温室效应造成了气候变异，地球因此陷入第二次冰河世纪的故事。严重的温室效应将造成地球气温急剧下降，由此产生出人类与自然的抗争。这类灾难片是讨论人与自然的关系，以及从中挖掘更多深层次的人际关系的类型电影。它有惊人的灾难场面，有人类面对灾难自然流露出的恐惧和惊慌，也有人们互相支持艰难求存的感人画面。

《完美风暴》则是以一个真实的海难事件为背景，再现了历史上一场最猛烈的海洋风暴。6 名遇险的渔民和营救他们的美国海岸警卫队，以无比的勇气和超人的毅力谱写了一曲感人至深的悲壮之歌。看完《完美风暴》后，使得观众和那些勇敢而不失莽撞的，善良渔夫男子汉们永恒地在心中和梦中相见。而那无法抵御的海上风暴同时攫住了观众——地狱两边的惧怕的目光，那也是依恋的目光。

《老人与海》这部根据诺贝尔文学奖得主海明威的经典同名之作改编的电影，讲述了一个原始的渔猎故事。这部表现人与大自然冲突的作品，其深刻的意义却是一个人类与命运不断拼搏与抗争的故事。是对人类勇气、智慧和希望的讴歌，表现人类在大自然中要敢于挑战生活与死亡的精神。电影中的古巴老渔夫桑提亚哥，爱人去世了，也没有孩子，每天出海打鱼成了他生活的主要内容。接连 84 天空手而归并没有让老人放弃希望，第 85 天，老人又像往常一样独自出海了。大海的宽广无边对老人来说如现实生活一般——表面平静却找不到踏实的依靠。出海打鱼对于老人来说已经不仅仅是为了让自己生存，更多的是，他在不被人了解的孤独中去找寻曾经的激情。在烈日的灼晒和海浪的摇晃中，一条比他船还要长的大鱼上了钩，终于给了老人激情爆发的机会。没有任何人的帮助，老人就这样靠着自己的意志和大鱼较量着。对于老人来说，手里抓着的不仅仅是收获的希望，还有那很久没有体会到的自信！

“人可以被消灭，但不能被打倒！”这是《老人与海》给我们印象最深的一句话。

最后，老人精疲力竭地回到岸上，什么都没有得到。相反，他连渔网、渔叉都没有了。是的，他的确输了，但同时他又赢了，因为，人的精神是世上唯一无法战胜的！

2. 人物与他人（人与人之间）的冲突

人作为一种“价值生命”的存在，人一生的活动可以被归结为一个交往的“集合”。人与他人在社会体制中发生交集，步入了一定的关系范围。根据美国人本主义心理学家马斯洛的理论，人的自我实现有五个阶段：生理需要、安全需要、交往需要、尊重需要和自我实现需要。在这五个基本需要的驱使下，人在不同的阶段会与不同群体的他人有着各式各样的关系。在社会活动中，这些需要一旦遭受挫折，特别是人与他人利益分配出现问题时，原本存在的关系转变为某种危机便会产生生理、心理上的变化而导致矛盾、引发冲突。

人物与他人（人与人）的冲突，是戏剧式影视结构中体现出的最普遍的特征。人与社会的冲突往往也是通过人与人之间的冲突来表现的。有些影视剧本在表现主人公同社会环境的冲突时，往往把环境“人化”，即把它戏剧化为主人公与其他人物之间的冲突。《飞越疯人院》中麦克默菲与护士长拉奇德的冲突，实际上正是表现影片主人公与病态的美国式的社会形态抗争的“人化”形态。谢晋的《天云山传奇》设置了几组人物的矛盾和冲突：宋薇与恋人罗群、宋薇与同学冯晴岚、罗群与吴遥、宋薇与丈夫和上级吴遥，以及朱科长在对罗群平反问题上的冲突，还有她与吴遥日常生活中的矛盾冲突。事实上，也正是人物与那个极左时代及影响的冲突，也是把环境“人化”的冲突。

根据真实事件与真实人物改编的电影《可可西里》，是以一个随队采访记者的角度反映了可可西里自然保护区巡山队与盗猎分子之间的生存与战争。盗猎者为了谋取经济上的暴利，以冷酷和贪婪的手段屠杀珍贵的藏羚羊。虽然，在极端恶劣的自然环境下藏羚羊能够生存下来，但却无法躲避人类的子弹。与盗猎者及盗猎者背后从事非法交易的老板们站在对立面的是武装反盗猎巡山队，他们被划分在道德与经济的两极，面对残酷的生存，不是你死就是我亡。巡山队阻碍了他们的生理需要（温饱），同时，更进一步威胁到了他们的安全需要。同样生存在可可西里这片无人区的巡山队比起犯罪分子来说，他们在前三种基本需要之外，追求更加高级形态的需要，即尊重需要和自我实现需要，不顾个人的生死来保卫这片美丽土地上的生灵，付出了肉体和精神的双重代价来追求自我价值的实现。这两个群体不同的自我实现需要，在同一时空下互相矛盾的出发点，他们之间只存在一种社会关系——敌对关系。盗猎头目打死巡山队员和队长日泰，没有丝毫的迟疑，仿佛在他的面前不是一个活生生的人，而是如稻草般卑微的生命，干脆利落的手法犹如杀死另一头藏羚羊。真实的枪声、真实的回音，不加任何修饰手法的纪实表现，将这一个个麻木的灵魂和巡山队员的悲壮一同展现出来。比起残酷的环境、艰难的生存，更加残酷的是人与人冲突中展露无遗的人性——人性之间的较量。另一部由第六代先锋导演娄烨执导的影片《春风沉醉的夜晚》，则着重描写社会普通人物之间的个体情感冲突，人物与他人的冲突大致可以分为以下几点：

（1）在南京开小书店的王平背着妻子林雪与男同性恋者姜城有染。人物关系：王平与林雪属于社会关系中最基层的细胞——家庭。片中人物有着互相信任与忠诚的义务和需求，在影片的片头，创作者用“婚外恋”和“同性恋”两枚重弹打破了平衡关系，个体处于失控状态，而王平的婚外恋也反证了他与林雪名存实亡的夫妻关系。再来分析王平与姜城，他们之间存在的关系具有一定的社会舆论压力与出轨带来的危险性，这样的关系不存在稳固的环境基础，在这样视同性恋为“病态关系”的环境中，必定处于岌岌可危的状态。而这时林雪与姜城已经间接构成敌对关系。

（2）对丈夫行为生疑的林雪委托罗海涛跟踪王平，发现了姜城的行踪。气愤的林雪到姜城任职的旅游公司大闹，迫使其与王平分手。人物关系：林雪与王平之间的冲突首次爆发，林雪的行为企图重新建立她与王平之间的平衡关系。王平与姜城的脆弱关系在攻击下垮塌，激情暗涌的时光在恐惧的逼迫下，短暂地停留之后疲惫地走开，只得回到情感的“正轨”。

（3）罗海涛有一个在制衣厂做工的女友李静，但他却在跟踪的过程中对姜城产生了好感。罗海涛与分手后情绪低落的姜城交往，二人关系日渐亲密，但与此同时他又难舍李静。在三人共同出游的过程中，李静发现了罗海涛与姜城的暧昧关系，伤心落泪。人物关系：一个新的三角关系的建立——李静、罗海涛与姜城。罗海涛在他与李静的情侣关系中得不到需求的满足，存在隐性冲突。罗姜二人之间的同性恋关系势必带来新的冲突。

影片所涉及的男男女女在正常的真实世界中，个人情感需求并不能得到满足，王平与姜城、姜城与罗海涛他们之间的关系带有潜藏和爆发两种极端情绪，周围社会他人的舆论与道德谴责给他们的关系蒙上了压制与压抑的阴影，无法释放。他们在情人身上找不到个人情感的出口，他们与公众（他人）的冲突甚至无从爆发，更无从解决。他们只能带着自己复杂的心事，在城市中踽踽独行。

当下，有相当多的表现家族的影视剧，表现了家庭成员之间的尖锐冲突。例如，电影《大红灯笼高高挂》《家丑》《风月》，电视剧《大宅门》《橘子红了》《凝香劫》，这些影视剧中牵出看似平静的大家族背后的风起云涌。阴谋与爱情，权利地位与良知的角逐，家族中人与人之间的矛盾冲突奇特尖锐，惊心动魄，悬念密集不断。尤其是女主人公的坎坷经历，一次次被推向生死存亡的边缘，令人揪心、欲罢不能。人物的性格塑造真实，有鲜明的特色。整部戏的节奏紧张刺激，事件一件接一件地发生，扣人心弦。然而，一波未平一波又起的布局让观众应接不暇，精彩不断。

还有一类影视剧，所表现人与人之间的对立和冲突，未必是什么根本的、原则性的利害冲突，可能只是源于某种性格的差异或思想的分歧而产生的一时的抵触。事实上，在当下交织着各种矛盾的现实生活中，这种人与人之间的日常性矛盾、冲突、抵触已呈现为一种常态，据此，一些编剧创作出不少的出色的影视作品。例如，《过把瘾》《一地鸡毛》《浪漫的事儿》《暖春》等，在此略过。

3. 人物与自己的冲突

弗洛伊德认为人由本我、自我、超我三部分构成。本我包含了生存的物质追求和精神追求，目标是追求快乐，避免痛苦，即“真实我”；自我即是“自己”，亦可以理解为是意识的载体，执行思考、感觉、判断及记忆，是本我的实现者，即“现实我”；超我是三个部分中代表理想的部分，要求自我按照社会可接受的方式去满足本我，遵循“道德原则”，即“理想我”。如果我们把人的生命过程看做是本质的生长过程，那么，人物则是自我的多方位呈现，具备历史过程中社会化的阶段性差异。但总体说来，在自我实践与社会实践的过程中，人物与自身的冲突主要来自四点：

（1）情感冲突。特别是人物感情丰富的青年时期，大部分人的理性思维低于感性思维，在自我发现与自我评价方面存在一定的局限，不能正确地对待“现实我”这个角色，而是一味地追求“真实我”或“理想我”，造成心理失调、感情失衡。

（2）需求冲突。在获取生理需求和精神需求时，人物的需要必须通过社会化行为来实现。当现实的社会生活水平低于人物的需求水平时，人物自我与群体自我的对比就带来了价值认同的鸿沟。

（3）能冲突。人物的能量及创造力不能得到有效施展或发挥，自我价值的认识得不到社会或他人的认同。人物长期处在自我能量的压抑之中，形成内在冲突。

（4）个性冲突。人物自我完善与自我控制的不足，导致自我分化。“现实我”与

"真实我""理想我"差距较大,连自己都无法对自己产生认同。在社会的挤压之间,很容易就产生出自我的病态,加速自我分化。

例如,墨西哥女画家弗里达的传记片《弗里达》,该片记载了弗里达这位传奇女性用生命孕育艺术的一生。童年身患小儿麻痹的她 18 岁又遭遇了毁灭性的车祸,历经磨难的她至少做了 32 次手术才得以保住性命,长期卧病在床、困于狭小空间。与健全人相比,弗里达的身躯遭受了常人无法想象的折磨,然而,更加痛苦的是她的灵魂,车祸后昔日恋人的远离,更加让她措手不及。我们看到,正在接受支撑手术的弗里达眼里浸满了泪水,不但流露出肉体的痛苦,更让观者感受到了她的内心激烈的灼烧,一方面她是坚强的;另一方面,从她的画作中透露她的脆弱。自画像中的她上半身钉满了钉子,钢铁支架渗入到了她的皮肤中,仿佛整个人都是靠这些冰冷的机械力量才得以维持,这也恰恰是她内心情感的写照。意志坚强的她不愿意面对即将瘫痪的自己,硬是在坚持不懈的训练中站了起来并走出了房间,像从前一样走上街道,拥抱阳光,感受生活的美好。然而,这个一直与现实中残缺的自己作斗争的女人,并没有走出命运的阴影,此后的爱情和生活之路也同样坎坷。孩子的流产以及终生不能生育的身体剥夺了她做母亲的权力,这一次她无法再战胜残缺的身体。爱人与亲人的背叛,备受争议的同性恋情,等等。在现实面前,她的意志也终于溃散了。她吸毒、剪发、酗酒、乱性的放纵生活,让这位热爱生活、热爱艺术的女人备受命运的煎熬,内心充斥着伤痛、孤独、倔强与彷徨,最后只能宣泄在她极富激情的艺术创作中。她短暂的一生残缺而绚丽,她的一生都在斗争,她的内心偶尔快乐、常常痛苦。煎熬来自命运,也来自她自身的情感、需求、能、个性这四大需求的残缺。她的艺术生命,源于此,也终于此。

根据莎士比亚《哈姆雷特》改编的电影《王子复仇记》讲述的是,在叔叔篡位、弑父娶母后,王子始终在忍让和复仇中犹豫不决——是生存,还是死亡?支撑戏剧冲突的,就是其优柔寡断性格造成的自己与自己的内心冲突。哈姆雷特的性格特征中,最突出表现无疑是他的优柔寡断。面对父亲被毒杀、母亲被占有、王权被窃取、国家被觊觎的家仇国恨,王子不乏复仇的决断。但另一方面,哈姆雷特对杀死仇人这一看似简单的举动却表现出了常人难以理解的疑虑情结。他本来有好几次杀死仇人的绝佳机会,但在这种情结的作祟下,复仇计划一次次功亏一篑。当他偶遇仇人在为自己的罪孽祈祷时,复仇的想法只是一闪而过,接着他就转入了时机价值的思考。于是,哈姆雷特复仇首先变成了一场思想斗争:一面,是杀父之仇的切齿之痛,父亲亡灵的声声追讨;另一面,是对生命价值的严肃思考。

与生俱来的忧郁秉性使哈姆雷特在这二者之间苦苦地徘徊。复仇计划就一次次演绎成痛苦的思想突围。在这个突围的过程中,哈姆雷特不断看到社会的黑暗,力图让自己融入这种灰暗的世界中去,用敌人同样的手段来对付敌人,但是人道与正义的信仰却做着本能的抵抗。在这种针锋相对的思想冲突中,哈姆雷特进行着艰难的蜕变和抉择!"人是多么了不起的一件作品!理性是多么可贵!力量是多么无穷!仪表和举止是多么端正,多么出色!论行动,多么像天使;论了解,多么像天神!宇宙之华、万物之灵!可是,对于我,这点泥土里提炼出来的玩意儿算得了什么呢?"这里,哈姆雷特是以一种讥讽的口气讲这段话的,这是哈姆雷特对人的地位的怀疑,也是哈姆雷特的一种时代秩序观念的反映。他用怀疑的眼光去审视周围的一切:人性的虚伪、世态的炎凉、天道的不公。最后,终于到达了这种怀疑状态的顶点——生存还是毁灭?而他的当务之急是复仇、重振国家。这种对于生命意义的超负荷的思考,无疑对哈姆雷特优柔寡断的性格起到了推波助澜的作用。性格决定命运！这是真理。哈姆雷特的悲剧性格为他的悲剧命运埋下了伏笔。在这种性格之下,他被复仇的意念苦苦煎熬,复仇成了他的全部。而这一切,导致他对懦弱的母亲冷语相向,对心爱的女子视而不见,导致他亲手杀死爱人的父亲,导致他最终落入仇人布下的圈套。最后,复仇的愿望终于实现了,可是一切美好的东西也都破碎了！哈姆雷特的雄心壮志、爱人如花的生命、母亲脆弱的生存都丧失殆尽！这就是悲剧,其根源就在于哈姆雷特优柔寡断的性格冲突,这就是性格的悲剧！

(五)小说式结构

小说式电影结构即是用小说的表现方式结构的电影。小说式结构是一种在传统的戏剧式结构的基础上大量运用艺术散文因素,从而使戏剧性与叙事性获得较好结合的电影样式。事实上,电影和小说有极其相同的特点:在时空转换上,它们都享有极大的自由。凡小说家的笔力所能涉及的时空,电影镜头几乎都能拍摄到,这就使得电影和小说的关系极其亲近。同时,由于小说本来就兼有戏剧的情节因素和散文的叙述因素,小说式结构几乎兼有了戏剧式和散文式的某些优势,因此,有人说小说式结构是介于戏剧式和散文式之间的结构样式。它的结构特征、表现手法与小说艺术有类似处。例如,它有相对自由的叙述状态,有剧情的广阔性和铺展性。它致力于各种场面刻画的累积,着力于描写人物思想感情和心理状态的细微变化,追求人物性格塑造的细腻性和丰满性等。在主要的艺术情境和人物表现之外,也表现次要情境和次要人物的穿插,有主线,也要有一条或几条副线的融合。电影艺术的面貌纷繁多样,对各种电影剧作结构也应作相对观。在小说式结构的具体形态上较为典型的如影片《高山下的花环》,也有具有某些小说式结构特征,而不甚典型的如影片《远山的呼唤》等。然而,需要注意的是小说式结构的电影(包括分集片)因受放映时间的限制,不可能完全达到像文学中的中篇和长篇小说那样自由地铺陈,若不注意戏剧动作与戏剧式结构原则,就容易流于芜杂、琐碎、拖沓,电影史上许多失败的改编作品证明了这一点。但在影片结构里如不大量运用艺术散文因素,也就不成其为小说电影。公认较为成功的小说电影中有苏联的《静静的顿河》和《苦难的历程》,意大利的《罗果和他的兄弟们》等。我国的《天云山传奇》也是小说电影的优秀之作。作为电影结构样式的"小说电影"与根据电影故事情节改写的"电影小说"是完全不同的概念。小说式结构的特征主要如下:

(1)从情节结构来看,它近似戏剧式,也需要有一个完整的情节。但是它对情节的要求与戏剧式又有很不相同。戏剧式注重情节,主要在于通过情节塑造形象,体现主题和吸引观众。因此,它要求组织高度集中和完整的情节结构,要求在剧作中前边出现的人、事、物,后边一定要有所照应和交代,否则,就破坏了情节结构的集中性和完整性,就是多余的"闲笔"。小说式影片要求剧作家把重点放在刻画人物性格上,情节要为塑造人物性格服务,不必脱离人物性格的塑造去追求情节结构的所谓完整性。因此,小说式结构在表现生活场景方面,除了主要生活场景之外,还需要表现众多的次要的生活场景和插曲。在表现矛盾冲突方面,除了主要矛盾冲突之外,还需要表现众多的次要矛盾冲突,让人物去面对生活中可能遇到的各种矛盾和情境,以便更细致、更深刻地展示出人物的内心世界,塑造出如同生活一样丰富和复杂的人物形象。正因为如此,戏剧式结构所认为的“闲笔”,只要能服务于人物性格的塑造,达到丰富作品内涵的目的,在小说式结构中不但是允许的,而且是完全必要的。

(2)从场面结构来看,它近似散文式,也需要有场面的积累。但是它对场面积累的要求同散文式又很不相同。散文式的场面积累,不在于交代情节,也不在于刻画人物性格,而在于创造意境以渲染一种“典型的情绪”。

(3)从时空结构来看,它比戏剧式和散文式享有更充分的自由。戏剧式为了让情节具有吸引力,散文式为了达到纪实性的要求,一般都采用顺叙式结构。而小说式结构既可以采用顺叙,也可以采用倒叙,还可以采用时空交错法。这种叙述方式于戏剧式或散文式是不宜采用的。

与戏剧式或散文式比,小说式结构尽管在情节方面不如戏剧式那样富有吸引力,主题的意蕴不如散文式那样含蓄、丰富、富有哲理性。但是,在表现社会生活的广阔性、人物性格的丰富性和复杂性、主题思想的深刻性上,那是戏剧式和散文式难以企及的。

(六)纪实结构

纪实结构是一种非常具有自身特点的影视形式,最早起源于法国卢米埃尔兄弟的早期作品,如《火车进站》《工厂下班》等。纪实性影视作品强调以真人、真事、真情、真景为对象,客观与真实是它表现的主体,让观众直接通过摄像机去看作品中的人物和事件,尽最大化地消除了创作者这一幕后角色,用人物和事件本身的真实性来感染、激励观众。

采用纪录片的手法和风格来拍摄故事片,我们称之为纪实结构的电影。在教学中,不止一次地有学生问过我们纪实电影与纪录电影的差异。事实上,尽管纪实电影在形态上、形式上与纪录电影十分相似,然而,其最大的不同在于其虚构的故事情节,它是一种更纯粹的艺术。此外,两者的不同还在于创作者与历史现场的关系上。纪录电影的创作者是事件发生的历史现场的在场者和纪录者,而纪实电影的创作者却着眼于摹拟和还原真实的历史现场,着重于再现或表现在这个历史现场里发生的真实或虚拟的故事。当然,纪实电影也不乏取材于生活现实事件的,但它没有细节真实的要求,也不承担纪录并剖析事件深层意义的责任。与纪实电影相比,纪录电影的悖论在于它对人为手段的高度抑制,其本身就是一种人为的操控,其目的在于使观众在高度逼真的电影体验中,把现实的印象想象为现实本身。还有一类影片的叙事停滞于现实纪录的影像表面,又追求一种纪录片的形式,但素材缺乏历史资料,事件缺少分析追问,这类影片则可归为“原生态纪录”。这类影片并无人为设定的主题,而是以现实纪录的影像本身来传达信息,信息处理终端为受众,也就等同于一万个读者心中有一万个哈姆雷特。回归到纪录的原始意义只在于纪录,即保存或传递影像符号,通过接收者生成信息。

如果我们不能用“真实度”来区分纪录电影(纪录片)与纪实风格电影及原生态纪录,那就用“假”的程度来简单区分。可以得出:原生态纪录假的程度最小;纪录片倾向性大,所以也较假;纪实风格电影,则侧重于“电影”,无所谓欺骗性,但从形式上来说是最假的。犹如张艺谋导演的两部纪实风格电影《秋菊打官司》《一个都不能少》在“客观”纪实表像下,潜隐的却是主流意识形态下的对新农村法制建设和农民法制意识的觉醒、农村青少年教育的“希望工程”“烛光工程”的影像表达。当然,我们在这里所表述的“假”只是一个分隔符号,并无褒贬之意。

纪实风格的电影不乏有很多优秀的电影,如之前提及的《可可西里》、日美合拍全景式战争巨片《中途岛海战》《虎! 虎! 虎!》,苏联的《解放》《保卫莫斯科》,张艺谋的《一个都不能少》《秋菊打官司》,贾樟柯的《小武》《站台》《任逍遥》《三峡好人》,以及电视连续剧《9·18 大案》和意大利新现实主义的影片等。

从受众的角度看,现代观众普遍存在着一种求真心理。《东方时空》曾经为中国电视注入了一股活力,其魅力之一就在于一个“真”字——真实的人物、真实的人生、真实的情感、真实的生活空间。它第一次大规模地集中将镜头聚焦于现实生活中人们所关注的焦点事件,聚焦于我们身边的普通人。这是中国电视观念的一次重大革命,透露出一种强烈的平民意识,从而,产生了以往电视所不具备的新颖文化品格。

按照传统观念,上媒体是伟人和名人的专利,因此,在相当长的一段时间里,观众是仰着头看电视的。可是突然有一天,许多观众惊奇地发现,和自己一样的普通人居然也出现在了电视荧屏上。对于普通人和平凡事的叙述,实际上圆了众多平民百姓的梦,一个过去压在心底深处甚至是潜意识领域连想都不敢想的梦,电视也因此编织着一个个“世俗神话”。

从另一个角度来说,即便是《东方之子》,表现的对象是各界社会名流,也同样呈现出世俗精神和平民意识。它的表现重点不在于名人之名(即名人的成就、声望、鲜花和掌声),而在于名人作为“人”的一面,把名人放在与普通人比肩而立的位置上。主持人的风格也发生了改变,采取了与被采访对象对等交流的形式。这无疑表明电视开始真正走进普通人的世俗人生。

由此,所产生出的纪实热又让我们看到了许多理解上的误区。

首先是对“纪实”的理解仅仅限定在“技术”层面,如肩扛或手提摄像机拍摄、同期录音、自然光效的运用等。人们时常可以在电视节目中看到歪歪斜斜、毫无美感和无形式感的构图,摇摇晃晃的镜头运动。创作者美其名曰“纪实”,实则是以“纪实”为名来掩饰一种思维上的弱智与技术上的低能。任何一种技术手段和表现手法,只有当它和所表现的对象结合得天衣无缝时才是有意义的,才真正构成“有意味的形式”。

其次,一些编导认为主要表现普通人和平凡事就是“生活空间”了,这是一种十足的褊狭与误解。许多纪实性电视节目不厌其烦地展示、罗列一些生活细节。镜头对准普通人和平凡事,确实在相当程度上改变了人们的欣赏趣味、审美习惯,甚至改变了人们的某些观念。但是,如果一旦要求生活在世俗中的观众,在世俗生活之余总是面对电视台那毫无美感可言的琐碎生活,他们就会感到厌倦,进而产生出排斥心理。

影视艺术在本质上属于“世俗神话”。就其表现对象来说是“世俗”,是普通平凡的人生。而所谓“神话”，可以理解为一种诗情，一种让人有所回味有所寄托的诗情，一种超越俗世放射出理想光芒的诗情。它可以是美好的感情，可以是平凡而独特的生活方式和人生态度，可以是理想和梦幻。在流动的生活中，充满着流动的诗意，关键是要善于发现并将其表达出来。

影片《邻居》《沙鸥》《见习律师》的出现，证明着中国当代电影中出现了一种可以称之为“纪实美学”的电影思潮。这类作品的故事情节是以滞缓隐蔽的形态或并列或交叉地向前发展，没有戏剧电影那种剑拨弩张的冲突和环环相扣的因果关系。它们只是向观众呈现生活的流程与生活的原本状态。故事只有大致轮廓，创作者的主观意念隐含在故事与影像之中，鲜明的价值判断被一种新鲜而模糊的艺术感受所代替，从而，呈现出生活本身所具有的那种自发性、无序性、流动性和暧昧性，显示出一种纪实精神。《秋菊打官司》就是一部充分体现了纪实风格的作品，影片尽量剔除戏剧性因素，技术上大量采用偷拍方式，并启用多名非职业演员。这种纪实风格的达成除了创作者有意识的追求之外，技术也是一个不容忽视的重要因素，尤其是现代拍摄和录音设备的日益完善，为纪实风格的作品创作提供了一个坚实的基础。

影片《一个都不能少》是导演张艺谋和他的同学、摄影师侯咏等合作者，在1998年完成的一部故事片。该片之所以能够激动人心、催人泪下，就在于所表现的人物、情感、事件真实可信，艺术处理朴素自然。作品的表层事件很简单，而观众在欣赏艺术作品时最倾心的是：在这些事件中谁在干什么？以及在这一表层之后，谁在什么心态下干什么？影片在解答这些问题的同时，还必须完成完整视觉银幕形象的建构。在影视作品中，声和画的造型艺术表现绝不仅仅只是赋予对象以可视的外观形式：首先，应该是怎样表现；其次，从哪个角度切入，表达哪个层面的具体内容；再次，表现得是否生动感人；最后，是否能够赋予对象以新的内容。

《一个都不能少》用的都是非职业演员，仅这一点不仅给导演处理表演设置了难题，而且给影片的摄影和录音带来想象不到的困难。由于《一个都不能少》的全体主创人员的紧密合作，使对象和对对象的表现两者浑然一体。情节虽不复杂、曲折，但内容却很丰富、动人，意蕴也很深刻、发人深思。影片中声、画部分的创作，处理得平实、朴素，完全不露摄影痕迹的视觉表现，构成“返璞归真”的艺术效果，使观众在不知不觉中进入规定情境，仿若身历其境。譬如影片前一段中，通过小魏老师和高老师的谈话及小魏老师和学生们课内课外的相处，使观众不仅看到事件的进展，每个具体人物的特定行为、动作，更重要的是通过摄影平实、自然而又符合观众审美情感逻辑的造型艺术处理，令观众透过事件表象领悟到其更深层的意蕴。在这个段落中，有3段是小魏老师长时间奔跑的戏：一次是追赶准备回家的高老师；另一次是追赶带走了一名学生的村长。这两次长跑急追的目的都是为了能真的拿到代课费，而要取得确实的承诺；第3次是追赶顽皮的学生。这三次跟移拍摄小魏老师的长跑镜头，就有意使人忽略移动拍摄的摄影机，观众自然关注于小魏老师的奔跑，留心去体会小魏老师的心情。同时，充分地表现出小魏老师单纯执拗的性格和内心急切的心绪。这个段落之所以不厌其烦地着重强调这些看似简单的行为、动作，用平易浅近又极富韵味的表现手法，不惜笔墨地着重进行“重复”，实际上是为了在第二段落里深入刻画她为寻找出走学生而不惜一切(包括金钱)的性格特点作铺垫,力图通过人们的记忆联想,把两个不同时空发生的事件联系起来,构成对比。使两者的戏剧价值产生质的飞跃,从而使得意蕴加深,艺术感染力增强,最终让观众获得充分审美感悟的效果。

再如校园内,小魏老师抄完课文,面对学生而独坐教室门外尴尬心境的戏,也处理得平易浅近,又极富韵味。这种重要、复杂的内心戏,即使是有经验的职业演员也不是轻易能够拿下的。这里一次次用相似的固定机位进行小全景拍摄,画面构图处理也着意创造单调、空旷情景,被摄主体孤单弱小的身影及长时间的垂手沉默。严格说来,这里的确有戏,其实并无表演。小魏老师所做的,充其量就是现代理论所说的"零度表演"而已。

《一个都不能少》艺术手法极为平实、朴素,绝不是导演、摄影不会耍弄技巧,而是因为这里不需要多余的包装。这种"天然去雕饰"的高层次艺术处理,使作品具有真实、自然、朴素的艺术风格,避免了有些人至今还常犯的"画蛇添足"的毛病。这种艺术选择使任何一位观众看过之后,都能毫不费力地体验到主人公此刻的怅惘、无力、无助和无奈的内心世界。观众在艺术欣赏中最喜欢的是审美参与,最讨厌的是被剥夺审美感知的主动权。观众花钱进影院,自然期待着得到美感的满足。只有那种不仅给人以认知,更能给人以回味余地,引人浮想联翩的作品,才能赏心悦目,令观众得到审美满足。

作品中时间的处理也是极有新意的。片中第二段落,小魏老师寻觅偷跑的学生和找台长。她先是沿街,后在电视台门外长时间徘徊、拦人询问。这是行为动作单一,而又不断重复的戏,处理不好,不但情意内容表达不出来,还极易引起观众腻烦。为使街头询问和电视台门外找台长的戏处理得不同一般、新颖而更有意味,导演和摄影似乎绞尽脑汁,终于爆了个冷门——他们有效地采用了最古老的摄影技巧——停机再摄。就技巧方法而言,只要运用得当是没有新旧之分的。用停机再摄这种技巧处理,即完全保留了不停询问的事件重要时间过程,又不会妨碍表现小魏老师不达目的不罢休的执著、顽强、倔强的性格,同时,又没有像真实事件占有的时间那样过于冗长,如果是那样,观众是无法耐着性子看下去的。显然"时空统一"的所谓纪实性时间处理,在这里便没有了用武之地。这里的时间表现既不是事件时间简单叙事性描述,也不是可以轻描淡写,任意一带而过的。因为,时间在这里是关乎情节展开、情境开掘、人物性格刻画的大问题。其实时间在这个规定情景中几乎成为了表现"主体"。对其进行正常描绘,必然使观赏时间过长;若简短节说,势必草率,一带而过难以给观众留下深刻的印象。因此,必须给这个特定的带有情境性的情节时间处理寻觅到新的视觉语汇。停机再摄所建构成的银幕时间虽然短于叙事时间,更大大短于事件时间,但作为视觉造型语言所营造的时间艺术形象,给人的感觉却完全相反:首先,停机再摄后,画面空间内主体周围对象发生极大变化;其次,最初镜头画面表现行动全过程,然后渐次变短。虽然,这是种异变,但观众会根据自己的审美经验来修正,而能去正确意会、感知;最后,尽管后面每个镜头画面在银幕上占据时间很短,且有的是一闪而过,但由于画面叠印,并且内容不断重复,特别是这些描绘中已经深深渗透进创作者与接受主体的情感因素。于是,银幕叙事、情节事件时间值与心理感受时间值发生了置换。这种视觉形象作为一种描述性语汇，其含义是小魏老师心地单纯、情感真诚、品格顽强。艺术中刻画性格、展现心理、揭示情绪最有效的手段恰恰是心理时间。因此，在此段落中，心理时间的巧妙运用，不仅新颖、独到，而且达到准确、鲜明、生动的艺术表现目的。

纪实性电视剧在20世纪80年代初兴起，主要有两种类型：一种，根据真人真事创作拍摄的，如《女记者的画外音》取材于一个真实的事件，以女记者的采访为叙事主线，以其见闻结构故事，具有逼真的纪实效果。而《九一八大案纪实》则不但根据真实发生的事件拍摄，甚至采用了生活中的原型来担任主要角色；另一种，则是抓住生活中的热点问题进行创作，《新闻启示录》是一个典型代表。它突出的是纪实性和政论色彩。问题是真实的，而背景、故事、人物则"纯属虚构"，所谓纪实更多的是一种风格化的手段，一种虚构的真实，确立起了一种新的叙事风格。尽管故事"纯属虚构"，观众却感受到了一种真实的魅力，大量新闻镜头的穿插、快速的蒙太奇组接，都产生了极其强烈的纪实效果。

从严格的意义上说，即便是根据真人真事创作的影视作品，其所谓纪实、真实从本质上讲还是虚构的产物。新闻纪录片的拍摄方式、自然光效的呈现、同期录音、非职业演员的使用等因素，仍然是一种风格化手段。影视作品与现实生活之间永远是一条"渐近线"，人们只能逼近生活，却无法丝毫不差地复制生活。以纪实风格见长的影视作品，完全的"纪实"，纯粹的"自然主义"也是不存在的，纪实只是作为一种风格存在着。

纪实手法同样也被引入一些非纪实性的影视作品。《北京人在纽约》和《红樱桃》的结尾，都有一段说明人物命运走向的字幕，其实这是一种"伪"纪实，目的在于将观众导入一种似乎真实的状态，让观众更加投入地去关注人物命运，而事实上的真实与否反而显得不重要了。

（七）多视点结构

多视点结构指的是：多个视点相互交错的开放式情节结构，有别于封闭式的传统情节结构。它是对同一个事件或同一个人物采取多视角地叙述或评述的电影结构方式。

多视点结构在情节拓展和人物描写方面打破时空的限制，跳出视点的制约，多数探向人物心理活动的隐秘之处，营造心理情节的丰富性，而把外化的故事情节作为对人物意识形态的衬托，是剧作主观式叙述方法的变化和发展。由几个剧中人从不同角度共同说明同一事件或同一人物，由此，形成对同一对象的多角度描述，达到对事件和人物比较全面完整的描写和刻画。特别是用来表现复杂的事件和复杂的性格时，虽然，不同人物的叙述都可能带有个人色彩。然而，正是这种"主观"的集合，加强了影片总体叙述的客观真实性。也有另一种情况，多角度叙述不完全在于求得完整性和真实性，还要表达某种整体寓意性或引起异议。美国导演奥逊·威尔斯25岁自编、自导、自演的处女作《公民凯恩》是对一个人（报业大亨凯恩）的多视角叙述。

黎明时分，犹如帝宫般威严的桑那都庄园的剪影，屹立在佛罗里达州海滨一座山顶上。

摄影机的镜头缓缓推近庄园的大铁门，铁门顶端镶嵌着硕大的字母“K”。镜头穿过铁门推近宫堡式的建筑，而后又越过窗户，逼近卧榻上一垂危的白发老人。只见他嘴唇翕动，喃喃地吐出“玫瑰花蕾”几个字。他手上握着一个水晶球镇纸，球心带有雪花纷扬中的农舍景物——蓦地，手松了！水晶球滚落于地，砰然碎裂。

被人称作“美国忽必烈”的报业巨子查尔斯·福斯特·凯恩，在76岁时孤寂地死去。

一部新闻纪录片画面，展示了凯恩传奇的生平，一幅黑框的凯恩的照片占满整个银幕。各种报纸头版通栏报导了这位权势人物的死讯。解说词称：“凯恩的帝国在其昌盛时期，曾经控制着37家报纸、13家杂志和一个无线电广播网。它是帝国中的帝国。”新闻镜头追溯了凯恩发迹致富的缘起，其后创办《问事报》，涉足政界，成为风云人物。他曾两度结婚，两度离婚：一次是与总统的侄女爱米丽成婚，青云直上；一次是与“女歌星”苏珊成婚，轰动一时。恰恰是他与苏珊桃色丑闻被揭露，导致他在竞选州长的政治生涯中一败涂地，从此一蹶不振。在经济大萧条之后，“凯恩帝国”迅速走向衰落。到晚年，凯恩在桑那都庄园深居简出、孑然一身，直到病逝。

一家杂志的主笔若斯东，对这部仓促剪辑、止于皮相的新闻片并不满意，便委托青年记者汤姆逊对凯恩生平作深入调查，并要他弄清凯恩临终遗言“玫瑰花蕾”的真实含义，以揭示这个“美国忽必烈”作为人的真实形象。

汤姆逊访问的第一个对象，是凯恩的第二任妻子苏珊。她现在是亚特兰大城一家低级酒吧的歌女，年近50仍浓妆艳抹，但断然拒绝接受采访，一声“滚出去”的逐客令，或许正隐藏着这位当年红伶的人生痛楚。

在费城的赛切尔纪念图书馆，汤姆逊获准进入档案室，查阅了已故银行家赛切尔未经披露的回忆录手稿。1870年大雪纷飞的冬天，小凯恩的母亲经营着一座家庭式膳宿公寓，早几年有个房客拖欠房租，便用一张废矿井的产权契约作抵押，不料这个废矿井后来被确认竟是富矿，凯恩一家顿时发迹。凯恩母亲将他连同财产托付给赛切尔，要送他去大都市受教育。小凯恩对于母亲要他成人后做什么“美国最阔的人”毫不理解，不肯离开妈妈和这个乡野小镇，于是，小凯恩就用雪橇猛撞赛切尔。但他最终还是被带走了，雪地上留下那副孩子玩耍的雪橇。凯恩成年获得财产权后，便自作主张买下第一家报社并出版《问事报》。他公然与赛切尔作对，兴之所至时还大谈维护社会正义，假惺惺地要保护穷人不受大公司剥削(他拥有这家公司的巨额股票)。赛切尔手稿上写着这样的结语：凯恩只不过是一个走运的流氓，被惯坏了的、没有责任感的无耻之徒。

在纽约《问事报》的摩天大楼里，汤姆逊会见了当年同凯恩合作办报的总经理伯恩斯坦。这位老人回忆起1890年凯恩第一天接管报社的情景，凯恩年轻气盛、不可一世。他主张制造轰动新闻而不问事实真相确否，以此与《纪实报》争夺读者。但凯恩在向公众发表的“原则宣言”里则义正辞严地写道：“我要向本市居民提供一份日报，它要忠实地报导新闻……不允许有任何特殊的利益来干预这些新闻的真实性。”凯恩信奉实用主义，革故鼎新，从办报而投身政治。他还把对手《纪实报》的全班人马拉进了自己的报社，甚至制造舆论鼓动美国卷入1897年的美西战争。凯恩还怀着政治野心，实现了与总统侄女爱米丽的婚姻。至于“玫瑰花蕾”作何解释，伯恩斯坦则无法破解。只说，那或许是一个他爱过的姑娘，或许是“他失去什么东西”。最后，伯恩斯坦建议汤姆逊去找凯恩的大学好友、后来当上戏剧专栏员的里兰，并说此人对凯恩的私生活占有第一手材料。

在一家医院里，汤姆逊找到了坐在轮椅里的里兰。穷困潦倒的里兰对他说，凯恩是靠权力来生活的，他是个蹩脚的办报人，他使自己的读者得到消遣，但从来没有跟他们讲过实话。凯恩与总统侄女爱米丽纯属政治联姻，其破裂是必然的。后来，他与歌女苏珊邂逅并一见钟情，干出“金屋藏娇”的风流韵事。当凯恩投身政治、竞选州长之际，其政敌盖蒂斯便以“凯恩在爱巢中和‘歌女’双双被捉”的丑闻将他击败。凯恩为苏珊修建了歌剧院，但天分有限的苏珊首场演出便告失败。里兰撰文如实批评，说苏珊不过是“一位漂亮的，然而是力不从心的票友”。文章见报，里兰旋即被凯恩解雇，他们的友谊也就破裂了。凯恩在政治与爱情两方面均遭挫折，自此，便与苏珊一起生活在仙境般的桑那都庄园隐居。直到最后焚烧凯恩旧家具时，才发现“玫瑰花蕾”原来是刻在他童年时代曾珍爱的雪橇上的字。

获1951年威尼斯国际电影节金狮奖和第23届奥斯卡最佳外语片奖的日本著名导演黑泽明的成名作《罗生门》，却是一个事件（武士被杀）的多视点叙述和套层表述。

本片故事发生在战乱、天灾、疾病连绵不断的平安朝代。某日，在都城附近大泽中发现武士金泽武弘被杀，被控杀害的盗贼多襄丸、武弘之妻真砂、召唤武弘灵魂的灵媒、目击证人行脚僧及发现金泽尸体的樵夫壳等人，以4个不同的时间、不同的方式各自说出供词。

一件发生于竹林中的凶杀案，涉及盗贼、武士及妻子三人，武士被杀、妻子被强奸。由一个庶民在废弃的罗生门下，遇上正在避雨的樵夫及僧侣，由这三人的对话而正式展开。

故事由三人在罗生门边躲雨而展开。此三人是云游和尚、砍柴人和乞丐。砍柴人自言自语：“真是看不懂、看不懂。”在乞丐再三追问下，砍柴人讲了如下一件事：

三天前，砍柴人进山去砍柴，在山里看到在一把女人用的木梳旁有一具武士尸体。砍柴人赶紧到衙门去报官。差役抓住了杀死武士的强盗。在公堂上强盗承认见武士妻子美貌并强暴了她。由于武士妻子坚决要他俩决斗，在决斗了23回合后，他杀死了武士，强盗想以此夸耀自己的武艺高强。武士妻子却说，她受强盗侮辱，扑到武士身上哭诉，昏了过去，手中短刀误杀了武士。这时公堂上让女巫把武士的灵魂招来审问，武士说，他妻子唆使强盗杀他，他十分羞耻，拿起短刀自杀的。砍柴人还说，其实他看到了强盗与武士两人的决斗，开始由于没有讲，其实两人的武艺很平常，不像强盗所吹嘘的那样，是强盗砍死了武士。

正在三人谈至尾声时忽然听到婴儿哭声，乞丐找到了被遗弃的婴儿，想剥那弃婴的衣服。被阻止后，砍柴人说，我已有6个孩子，不在乎养第7个孩子，让我领养吧。于是，和尚把孩子给了砍柴人。雨过天晴，夕阳照着砍柴人抱着弃婴离去的背影……

（八）心理结构

所谓心理结构，是指那些不强调戏剧冲突（情节）的周密安排，而以主人公的心理活动为线索、依据人物的意识活动进行结构的一种影视剧作样式。其特点在于：①着力表现人物的内心活动和对人物内在情感的剖析，以达到刻画人物心理活动的目的；②追求叙述上的主观性和心理性，并依据人物心境的变化，用回忆、倒叙的"闪回"形式，把过去、现在和未来相互穿插交织起来进行布局和剪裁，以加深其感人的力量。这种结构，经常通过主人公的独白（包括书信）方式展开，便于对其内心世界进行深入、细致的剖析，完成主题思想的表达和人物性格的塑造。

费穆拍摄于 1948 年的《小城之春》，直到现在仍是一部属于知识分子阶层的电影。它内省诗化简约的影像风格仍然只有知识分子有兴趣和耐心去读懂它。影片结构出人意料的简单，一个被战争毁坏的小城，一个家园也同样被战火毁坏的人家，一对夫妇（礼言和玉纹），一个城外来的男子（志忱）。这两个男人是多年前的好友，城外来的男人与女人彼此发现，他们曾是青梅竹马暗定终身的意中人。故事以平静始，也以平静终。看起来似乎也没发生什么大不了的事，似乎又有很多事发生……影片人物很少，总共只有 5 个人，可谓惜墨如金、抽象性极强，相应的也更具典型意义。在这不多的几个人物中，影片探入知识分子的心灵深处，塑造了必然要作为封建社会陪葬品的旧人戴礼言（与《家》中的大哥觉新很像）；处于新旧交困之中、在新思想与旧伦理的斗争中充满矛盾和痛苦的"历史的中间物"，新旧交替的知识分子——周玉纹和章志忱；无忧无虑没有负累而有着较为光明的前途的一代新人形象小妹——戴秀（影片通过台词，暗示了戴秀第二年将离开这里去到外面的大千世界）几类知识分子的典型形象。章志忱是一个突然闯入的外来者，代表了外面的新世界新思想。但无论是章志忱还是周玉纹，都无力冲破传统、伦理和道德规范的围城，都打不破这个"铁屋子"。由此，《小城之春》折射了 20 世纪前半世纪的时代文化氛围，表达了一种文化忧虑和文化反思的沉重主题，透露了对现实中国及其文化历史命运的深切关注，以及挥之难去的困惑与迷茫。

此外，从剧本结构看，影片是一种首尾相连的环型结构或圆形结构。影片从周玉纹、戴礼言目送章志忱远去开始，以同样的目送远去的镜头而结束。剧本结构亦可看做是一位心理结构样式，它是以女主人公玉纹的心理活动去结构整部影片的。玉纹在戴家的寂寞、苦闷和章志忱来后引起她旧情复燃，又囿于传统观念的根深蒂固的束缚，而陷入更加复杂的情感矛盾之中——故事都是以玉纹的心理活动（独白）为线索展开。

徐静蕾导演的《一个陌生女子的来信》叙述陌生女子（我）因暗恋中年男子而始终未能得到对方的理解，在等待中的痛苦、在痛苦中的挣扎——也是以"我"的心理活动（书信）为线索而展开的。由于是改编自奥地利作家茨威格·斯蒂芬的同名小说，原作中有大量细腻的心理描写，以文字形式表现出来的心理活动很难用电影这种影像艺术来表现得尽善尽美，这也是徐静蕾采用心理叙事结构、大量采用独白的原因。

可以说，《一个陌生女人的来信》里独白的重要性更是达到前所未有的程度。它不仅推动情节的发展，甚至对情节起到了补充的作用，这一点在其他电影中是较少见的。影片开头也是用独白来交代背景，然后转入倒叙，在倒叙过程中，独白一再发挥出对情节的补充作用，比如，“封条在北屋的门上贴了三天，后来又给揭了下来。房东太太跟妈妈说，一位作家，同时也是在报馆里做事的单身文雅的先生租了北屋，那是我第一次听到你的名字”。而我们并没有看到房东太太和妈妈议论这件事的镜头。

《一个陌生女人的来信》一开篇，那首选自林海琵琶专辑的乐曲《琵琶语》适时地渲染了凄美气氛，独白在这时候响起，“你，从来也没有认识过我的你……现在在这个世界上我只有你，而你一无所知。你从来也没有认识我，而我要和你谈的第一次把一切都告诉你。我要让你知道我的整个一生都是属于你的，而你对我的一生一无所知。要是我还活着，我会把这封信撕掉继续保持沉默，就像我过去一直的沉默一样。可是，如果你拿到这封信就会知道，这是一个已死的女人在这里向你诉说她的身世。看到我这些话，你不要害怕，一个死者别无乞求，它既不要求别人的爱，也不要求同情，只对你有一个要求，那就是请你相信我告诉你的一切。这是我对你的唯一的乞求……”情节在这里开始以时间为顺序进行叙述。女主角也就是本片的导演徐静蕾的声音悲凉又有韧性，试问一种在13岁女孩身上萌生并持续了一生的爱意该是怎样的一种表现，一个垂死的女人临终前对心爱的人说出这个保守了一生的秘密时该是怎样的语气……在这里人们可以找到答案。

由开始的朦胧到后来纯粹的肉欲，徐静蕾通过旁白对世情冷暖体味得如此通透，适时不可缺少的画外音画龙点睛地诠释着女主人公的心路历程。有三处独白的作用值得特别提出来：一处就是小女孩改嫁到山东的6年在镜头里只有长长的铁路轨道和在深胡同里前进的黄包车，旁白：“我的儿子昨天死了，如果现在我果真还要继续活下去的话，那我就要孤零零的一个人了。世界上再没有比置身人群中却要孤独生活更可怕的了。我当时去山东漫无止境的6年当中深深体会到这一点。我一直想着你，在心灵深处始终和你单独待在一起。一坐一整天，回想每一次见到你、每一次等你的情形，虽然只有6年，却像我的整个童年。”简单的火车轨道的长镜头在独白的作用下，完成了小女孩长大和对作家爱的加深的全过程。

另一处出现在女孩第一次将自己完全交给作家之后，她深情地看着作家的脸，独白：“你不会明白，在这一刻在你家里，过去的岁月犹如一股洪流，劈头盖脸地向我冲了下来，我的童年、我的梦想、我的整个一生都在这里，这是我千百次望眼欲穿的一扇门。现在我迈进来了，被你搂在怀里，这就是我的梦——一个终于变成现实的梦，醒了也不会消失的梦。”这是影响一个女人一生的一夜啊！从小女孩朦胧的爱意转变成洪流一般的成年之爱，小女孩义无反顾地完成了她曾多么盼望的梦想，同时，这也很不幸地成为她命运发生转折的梦想。

最后一处也是本剧的第二次高潮，他们在十几年后再次见到彼此，可惜作家还是完全不认识当年的女孩。在作家的挑逗之下，女人立刻作出回应，镜头同样很简单，还是在深胡同的黄包车上，女人独白：“朋友算什么？自尊算什么？下一次我还会这样，你的声音有一种神秘的力量，让我无法抗拒。经过十几年的变迁，依然无改变。我就是在坟墓里也会涌起一股力量站起来，跟你走。”这是多么可怕而又可悲的力量，这些震人心魄的悲剧力量怎么震撼人的心灵？这就取决于一个来自女人的独白。

在电影里，徐静蕾用了大量独白来表达她对作家所怀有的炽烈而狂热的爱情。例如，“从那一秒钟起，我就爱上了你。我知道女人们经常向你这个娇纵坏了的人说这句话，可是请你相信我，没有一个女人像我这样死心塌地地爱过你。过去是这样，这么多年过去了，依然是这样，因为这个世界上，没有什么东西可以比得上一个孩子，暗中怀有的，不为人所察觉的爱情。因为，这种爱情不抱希望、低声下气、曲意逢迎、热情奔放。这和成年女人那种欲火炙烈，不知不觉中贪求无厌的爱情完全不同，只有孤独的孩子才能把全部的热情聚集起来。我毫无阅历、毫无准备，我一头栽进我的命运，就像跌进一个深渊，从那一秒钟起，我的心里就只有一个人，就是你。”电影整体冷静内敛的风格和饱含激情的独白形成了一种强烈的反差，正是这种反差让她的爱情有了震撼人心的悲剧性力量。

（九）生活流结构

从字面上来说，生活流结构就是将生活画面如流水般地展现出来的结构技法，它在结构上实际是以纪实的态度还原生活本貌，用开放性的视野为观者提供多种视角，放弃了对生活的干预，是20世纪60年代西方电影中出现的一种自然主义的倾向。生活流主张“让生活本身说话”，按照“生活本身的自然流动”，对生活作一种“纯”客观的记录。

换句话说，这种影片要求“按照生活原来的样子”去记录生活，主张直接摄录落入电影摄影机视野的生活事实和事件，既不作选择，也不作评价。“真实电影”“直接电影”等，就是这种创作倾向的突出表现。“生活流”一词最初出现于19世纪末叶。当时，在西欧一些国家流行的“生活流”文学和意大利的真实主义文学，都受到了自然主义理论主张的强烈影响。电影由于其画面的照相性质，使观众把它当成真的现实来对待，因而，比其他任何一种艺术都更讲求逼真性，这就使得将电影视作“物质现实的复原”（克拉考尔）或“现实的渐近线”（巴赞）的理论得以流行。“生活流”电影实践也是这种理论影响下的产物。在“生活流”的影片中，出现在观众面前的甚至都没有什么有趣的观察，而只是一个杂乱无章的世界，电影摄影机在人群里摇来荡去，摄录偶然的面孔、商店橱窗和街头景象。各种现象之间缺乏联系，更谈不上有什么社会联系。这种缺乏对现实进行社会分析的平淡的照相主义，是以简单的“摄录现实”的纯自然主义、客观主义概念为基础的。这类影片对于所描写的对象不作任何思考和概括，也不作任何评价和分析，认为应该由观众自己去得出结论，这种力主以自我溶解于客观之中的影片，必然会导致艺术家的创作活动仅仅是不偏不倚地、客观主义地去摄录日常的“生活流”，而不必去考虑作品的情节。例如，各地热播并创下高收视率的电视剧《媳妇的美好时代》，利用了当下市井生活中婆媳大战的题材，迎合了观众普遍存在的问题及伦理常德，引起各界关注。在剧中有出色表演的演员李光复曾表示：“我个人非常喜欢这种‘生活流’的喜剧，那种自然传递的情感，将生活画面流水般地展现出来的技法，带给人平淡真实的感觉。”

曾获戛纳电影节大奖的意大利的《木樨树》，导演让一个民风古朴的意大利村庄的村民穿上18世纪的农村服饰，然后记录他们的日常农村生活，生活流地展现出18世纪意大利南部农村风俗画。影片往往对那些无足轻重的日常生活细节进行不厌其详的描写（如村民杀猪过年的全过程的琐碎展示），琐碎到无以复加的地步。法国电影《老姑娘》生活流地展示了一对中年独身男女在海滨度假村相遇的情景，将他们无足轻重的日常生活细节进行了琐碎和不加选择的展示。影片极少情节，这对男女独自休息、吃饭、游泳、散步……男的胆小、老实、优柔寡断；女的清高、孤傲、心理变态——他们一直互相观察、揣摩，最后却毫无结果。这样的叙事风格给人一种拉家常般地说故事，里里外外的小故事缀成一条川流不息却又暗潮涌动的生活画卷，置身其中反而有了很多嘈杂浮华中难以寻觅的感受，透出时光的气味、生活的气味，久久不能散去……可谓朴中见色，平中有奇。

（十）意识流结构

“意识流”又叫“思想流”。美国心理学家威廉·詹姆斯认为：“在每个人的意识之内，思想是永远变化的；在每个人的意识之内，思想是连续的。”①因为，意识是衔接的，像“链”或“环节”那样。所以，自然地比喻为“河”或“流”。

意识流小说描写人物复杂的精神世界，不仅是理性内容即理智思想，还有非理性内容，如幻想、幻觉、情感波动等。意识流小说用的主要技巧和手法是“内心独白”。1887年法国作家杜夏丹最早采用“内心独白”手法，因而被认为是“意识流”文学的先驱。但“意识流”文学的真正鼻祖应推英国作家乔伊斯（《尤利西斯》，1922）和法国作家普鲁斯特（《追忆逝水年华》，1913—1927年），他们的创作实践受到了伯格森直觉主义学说和弗洛伊德潜意识学说的强烈影响。

随着这一思潮的发展，它影响到了文学、绘画等诸多艺术领域。受“意识流”小说影响，产生了一种在银幕上着重表现人的非理性的、潜意识的、直觉活动的电影结构样式，即意识流电影。

电影中的“意识流”作品出现于20世纪五六十年代之交。瑞典电影导演英格玛·伯格曼的《野草莓》（1957）和法国电影导演阿仑·雷乃的《广岛之恋》（1958）、《去年在马里昂巴德》（1960），被认为是最早的“意识流”电影。这些影片都采用了时空跳跃多变、打破逻辑联系等自由联想形式，以表现现代人心理的复杂性，有的则完全表现人物潜意识的活动，终于导致不可知论（如《去年在马里昂巴德》）。实际上，受西方意识流小说的影响而兴起“意识流”电影是一种以直接表现非理性“意识流动”为内容的电影。所谓“非理性的意识”，是指一种不清醒状态的潜意识或下意识的活动，如梦境、幻觉等。因此，意识流电影即是一连串片段的彼此毫无逻辑联系的内心潜流所构成的影片。于是，映现在观众眼前的是一幅被主人公“主观化”的那种颠倒、错乱了的世界形象。

因此，结构上的特点为：①抛弃了传统的叙述顺序，以非理性的心理流程代替传统的叙事逻辑顺序；②打破了传统的时、空顺序，以大量的闪回和倒叙把过去、现在、未来相互交叉、渗透、叠合在一起，使之难分回忆与幻想、真相与错觉。因此，“回忆（包括联想或幻觉或梦境）+现实”便是“意识流”影片的结构公式。也就是说，它不是一般正常人的回忆和现实的结合，而是潜意识不间断地侵入到人物的现实生活所形成的一

---

① 威廉·詹姆斯. 心理学原理[M]. 北京：中国社会科学出版社，2009：72.

种影片的剧作结构。

例如,意大利费尔尼的电影《八部半》和瑞典伯格曼的电影《野草莓》等都是将主人公的意识、幻觉、梦境相交织。其中,《野草莓》是一位年迈的斯德哥尔摩医学教授对自己一生的回顾。剧情发生在他在去50年前毕业的母校接受荣誉学位的途中,通过多段闪回画面表现出种种幻想和回忆。他跟儿媳妇同车,而此时的儿媳已因为丈夫不愿要小孩而决定离开他。途中,他们在教授小时候生长的故居逗留,仿佛回到青少年时代,见到了心仪的女孩摘草莓送给失聪的爷爷。他被同一个女演员扮演的女孩叫醒,她想要带上两个男孩搭顺风车,后又因差点发生车祸,只好带上对方车里的一对夫妻,不料他们话不投机而被赶下车。中途,众人下车用餐,并讨论上帝是否存在。之后车子又来到教授95岁的母亲家,老人家抱怨太冷。在一段幻想戏中,教授进入一幢旧宅,他必须证明自己得奖当之无愧,但他并没成功。在真实世界中,教授拿到荣誉学位后回家,平静地接受了曾经跟他发生矛盾的人和事。他们抵达伦多城后,尽管颁奖的场面隆重无比,但伊萨克的脚步却十分沉重。当天晚上,他做了一场童年时的梦。那仍然年轻而感情弥笃的父母,那美丽平和的大自然,使得睡梦中的老人脸上浮出一丝笑容。透过回忆、幻觉或梦境,将不断出现而又消失在接近死亡的老人脑海里的孤独,描写得非常冷酷而彻底,是一部很成功的影片,也是英格玛·伯格曼导演的代表作,曾获得柏林电影节的国际电影奖。可以说,伯格曼在影片中设置伊萨克的几个梦境是全片的点睛之笔。伯格曼使老伊萨克在梦境中回到年轻时代,通过时空倒错的手法,将伊萨克置于反思和求赎的境地。野草莓地上的偷吻就是在梦境中出现的。第一个梦中,伊萨克来到充满死寂的街道,在那里他看到没有指针的钟、散架的马车,马车上滚落的棺材中竟然躺着他自己,并且伸出手来死命将他拉向棺材。生命科学家的梦境毫无生气,而充满生命气息的野草莓地上发生的爱情,则是对他高尚优雅的背叛,这些充满冲击力的场景,展现了伯格曼作为一代大师深入人内心世界的能力。梦境中他还看到已故妻子和别人偷情,并在事后刻薄地推断他知道偷情后的冷漠表现。伊萨克还梦到自己在授予学位仪式上,刚才被勒令下车的丈夫成了主考官,向他出了三道考题:看细胞切片,问他医生的第一职责,给一个病人看病。医学家看不到细胞切片,并且忘了医生的第一职责是请求宽恕,在他宣布病人已经死亡后病人却抬起头来哈哈大笑。伊萨克在三题面前全部败北,象征着他全然不了解生命的意义。影片中对人物梦境的描写,又像是人物自由跳跃的无序联想,而这种无序性最能体现人物意识流动的自由,表现人物心理的真实。

另外,角色的自言自语或是内心独白也是一种意识流的表现模式。例如,人物在经历一场梦境中絮絮叨叨的梦呓,或是遭受打击失控时支离破碎的只言片语,又或是在极大的幸福之下表现出生命的狂热呼喊等,都表现出了人物不受正常逻辑思维的控制后的意识的流动。

意识流式结构的影视作品可以分为三种形式来创作。第一,单一式意识流结构。这类作品常常以一个人物的意识活动为中心。例如,伯格曼的电影《第七封印》描写一个中世纪武士参加十字军征战后,感到精神毁灭而回到瑞典。当时瑞典瘟疫流行,到处可见强奸、盗窃和杀人的罪行。他更感幻灭,要从信仰上帝找到精神支柱。后来,他从死神那里得知自己死期快到，乃与死神对弈，故意拖延时间以便找机会在死前做一件好事，以弥补虚度一生的内心悔恨。费里尼导演的《八部半》则是描述了一个名叫吉多的电影导演在筹拍一部影片中所遇到的种种困顿与危机。第二，交叉式意识流结构。它所表现的是同时几个人的意识活动，形成多线索的复杂结构。黑色先锋电影《猜火车》讲述了爱丁堡一群海洛因瘾君子的群体生活，着眼以展示现代青年混沌、自我放逐的思想形态。影片的视听语言风格是极具现代性的声画处理，对他们吸食海洛因而产生的幻觉和快感做了极为细致的描述，充斥着堕落的情绪，表现出“垮掉的一代”脑海里变形的价值观及自我意识：冷漠、无政府状态、沉迷暴力、没有理想。而他们对主流社会的抵制可以从人物的自言自语中得到答案：“选择生命，选择工作，选择家庭，选择可恶的大彩电，选择洗衣机、汽车、雷射碟机，选择健康、低胆固醇和牙医保险，选择楼宇按揭，选择你的朋友，选择套装、便服和行李，选择分期付款和三件套西装，选择收看无聊的游戏节目，边看边吃零食……选择你的未来，选择生命……太多选择，你选择什么，我选择不选择。我一定活得比我的父母高明，选择不选择他们给我的生活；我不要为了结婚而结婚，选择不选择适时出现在我周围的伴侣；我不要因一个月几百块向那些自以为是的人媚笑，选择不选择工作，这个世界常态是虚伪无耻，那我选择不选择常态的生活——如果颓废有理由的话，这便是理由。”第三，复合式意识流结构。众多人物的意识流朝向一个方向，有一个共同的焦点或目标。这类结构的优点是由多意识多线索指向核心人物或思想，以倍数增加的方式突出了作品的主题，增大了容量，多方位又表现得更加全面。

（十一）多时空交叉结构

叙事学中，叙事时间一般包括三个方面：对时间的选择，时间顺序的安排和对时间的变形。多时空交叉是指打破现实时空的自然顺序，将不同时空的场面，按照一定艺术构思的逻辑交叉衔接组合，以此组织情节，推动剧情的发展。这是电影时间与空间的基本结构方法之一，与时空顺序式结构相对应。它在时空程序上表现为大幅度的跳跃和颠倒，将现在、过去以至未来，将回忆、联想、梦境、幻觉等和现实组接在一起，造成独特的叙述格式，获得艺术效果。这种结构方式能用倒叙、插叙扩大时空概念，并表现多层次时空。可以表现人的正常思想、心理活动，也可用来表现人的下意识活动。所以，无论现实主义影片或现代主义影片多有采用。

影片《时间旅行者的妻子》描写了患有慢性时间错位症的亨利，随时随地都有可能发病穿梭到另外一个时空，而他自己并不能掌握这一本领，而亨利在这些不由自主的穿梭中只能做一个傀儡，任凭魔鬼的摆布。整部影片贯穿了亨利和克莱尔不同角度的叙述，来看待这一不寻常的生活方式，作品用这一新颖的方式诠释了错位时空中恒久不变的爱情。又如我国影片《天云山传奇》，即突破自然时空顺序的限制，以人物的心理线索为依据安排叙事时空；法国导演阿仑·雷乃的意识流影片《去年在马里昂巴德》则通过时空交错，呈现出人物狂乱的心理活动和内心状态，用以表现非理性的主观世界，即潜意识，形成一个颠倒错乱的世界视象。此类结构方式的核心是交错片段的安排往往都推动结构的整体发展，对交错片段的分切、组合，有内在的有机联系，互相衔接。用于现实主义影片，各片段的因果逻辑关系愈直接愈密切，结构便愈有力量。

由于此种方式一般均采取主观形式的叙述格局，用视觉形象直接描绘人物（或作者）的思想感情及内心世界，使剧作整体呈现主观的心理色彩，而具有情绪感染力。墨西哥导演亚利桑德罗·冈萨雷斯·伊纳的《通天塔》一片更由于采用多线索、多视点，加强了多时空的横断面结构情节，故能扩大其反映生活的厚度、广度和力度。如果细分的话，多时空交叉结构可分为：

1. 多时态交叉

根据影片的思想内容、编导意念、风格特色，在同一个空间中，将过去、现在、将来三种时态错杂交叉形成一种独特的结构形式。

摄制1975年，曾获第1届法国电影恺撒奖最佳影片、最佳男演员、最佳音乐3项大奖的法国电影《老枪》讲述了这样一个故事：

初春，阳光明媚、万物复苏。在新绿娇翠的林荫道上，三辆自行车并排前进。中间是于连·丹杜医生（菲利普·努瓦莱饰演），左边是他的妻子克拉拉（罗密·施奈德饰演），右边是他们的女儿弗洛兰丝。在春光的沐浴下，于连显得年轻而富有男子的魅力，克拉拉则妩媚动人，弗洛兰丝双颊绯红，逗人喜爱。一路上，他们说说笑笑、快乐无比。一条栗色小狗跟随他们奔跑着……这是一个多么幸福、美满而又令人羡慕的法国家庭。然而，在德国侵略者的铁蹄下，家园遭到了蹂躏。"二战"已经到了末期，灭绝人性的侵略者更是丧心病狂地进行着搜捕、屠杀，城里到处笼罩着白色恐怖。德国兵已在于连的医院里抓走了好几个游击队员。于连担心因自己而危及他的亲人，于是决定把家人送到巴倍里的乡下去。起初，克拉拉怎么也不肯离开丈夫，但在于连的再三恳求下，她总算勉强答应了。分别的前一夜，他们躺在床上计划着等战争结束，他们还要进行一次新婚旅行，还要再生一个孩子……

第二天，克拉拉带着女儿恋恋不舍地和丈夫分别了。谁能想到，这一别竟成永诀。于连没有克拉拉在身边，度日如年。几天以后他抽空去看望她们。汽车在田野上行驶，到处是盛开的鲜花和葱茏的草木。于连心旷神怡，他多么想立刻就把自己亲爱的妻子和女儿紧紧地拥抱。村里阒无人迹，只有一头老牛"哞哞"地叫着。于连朝村头的教堂走去。在教堂的院子里，他看到地上横着一具少年的尸体。他惶恐地疾步走了进去。教堂里，横七竖八躺着许多尸体。想到克拉拉和弗洛兰丝，于连的心都要从嗓子眼里冒出来了，于是匆匆蹬上通向城堡的坡道。

突然，从城堡里传出操德语的说话声，那是德国兵在用无线电收发报机跟总部联系。于连贴墙潜行，他的目光突然停在一只小红皮鞋上，皮鞋的前方躺着已经死去的弗洛兰丝！于连的目光触到嶙峋的石壁上，又看见了一具已被烧焦灼女尸——克拉拉，他那亲爱的妻子！于连只觉得天旋地转，他的眼前立时浮现出一幅幅惨绝人寰的场面：兽性发作的德国兵扑向克拉拉，克拉拉衣衫破碎、眼青鼻肿，还拼命挣扎着。弗洛兰丝扑向母亲，却被一枪击毙。背着火焰枪的士兵朝克拉拉进逼，克拉拉绝望地倒退到石墙边。唆、唆、唆……一团团火焰朝克拉拉喷射，克拉拉立即变作了一团火，在火中呼叫、挣扎……于连如噩梦初醒、全身震栗，呜咽不止。克拉拉的音容笑貌犹在眼前，可她已惨死于德兵的暴力下。于连怒火中烧，他要为妻女报仇，为死于德国侵略者屠刀下的父老兄弟们报仇。他在教堂的壁墙里找到一支老枪,他把枪弹推上膛,迈着坚定的步伐向城堡走去。城堡前方有座木桥,这是与外面联系的唯一通道。于连把支撑桥面的木桩悄悄松动,地下通道里有台发动机在运转,于连拔去接线,放掉盛水箱里的水。

干完这一切,他走到通道尽头,那里有面大镜子,把侧屋里的动静反射得一清二楚。屋里士兵们喝得醉醺醺的,少校和中尉在商议如何归队。一个士兵不知从哪儿弄来一架放映机,银幕上映出的是于连的家庭影片。于连眼睛一眨不眨地盯着银幕上克拉拉的笑脸,泪水禁不住又扑簌簌直往下掉。

一个士兵到井边打水。井内侧壁有个洞,于连蹲在洞里。等那士兵的脸在井口出现,他射出了第一发复仇的子弹,士兵坠入井内。其他士兵闻声赶来,如临大敌般地朝井内乱扔手榴弹。于连早已从洞口匍匐进入了地下通道。

这时,城堡一侧的公路上驶过一辆德国坦克车,少校命令中尉去跟他们联系。中尉和一士兵跳上吉普车,飞也似的开了出去。过桥时,只听得轰隆一声,人、桥一起坠入深谷之中,城堡成了与世隔绝的孤堡。在于连和敌人展开枪战时,不幸被一个从他身后跟踪而上的傀儡兵抓住了。傀儡兵得意地推着于连去见他们的头儿。行走中,于连猛然转身,一手按着敌兵的枪,一手揪住他的头发,将他往墙上猛撞,傀儡兵的脑袋开花了。孤立无援的德兵在惊慌中想出了逃生的办法。他们用绳子从悬崖上垂下去,然后一个个缘绳而下。于连埋伏在一堵矮墙后面,枪口紧紧地瞄准绳索。此时,他的耳边又响起了克拉拉的声音:“于连,我还想要个孩子……快生吧,如果是男孩,就叫他大卫……”于连对准第一个逃命的士兵“砰”地一枪,“呵……”整个山谷里立时回荡起绝望的嚎叫声。悬崖上的士兵发现了于连,他们一起向他扫射,于连在转移中左臂中了一枪,但他忍痛钻进了地下通道。静悄悄的通道中没一个人,于连靠在墙上、闭起眼,回想着他和克拉拉的初次见面:在咖啡馆里,克拉拉盈盈含笑、楚楚动人,于连目不转睛地望着她。“……你干吗老看着我?”“我爱你……”“你疯啦!”“不!”克拉拉含情脉脉地笑了。克拉拉的笑容现在在哪儿呢?她死了!

少校一个人在城堡的客厅里绝望地来回踱步。此时,于连的枪膛里早没了子弹。他走出通道,登上石梯,去寻觅武器,果然发现了一支火焰喷射器。他两眼死盯着这支曾杀害他妻女的武器,再次看到了克拉拉那双闪烁着幸福光芒的美丽的蓝眸子。他抱起火焰喷射器返回通道,瞄准少校喷射出仇恨的火焰。少校在火焰中化为灰烬,客厅在火焰中摇摇欲坠。整个城堡大火熊熊,可于连还在不断地喷射……

这时,不知从哪儿传出广播声:“失去家园的人民,无辜牺牲的人民,奋勇作战的人民,不要灰心丧气,胜利的日子就在眼前……”

弗朗索瓦此时驾车赶来,扶于连上车,离开了这座还在冒烟的城堡。汽车在半路停下,于连眼里噙着泪水笑了,在他眼前又出现了昔日的情景:绿树林中的一条小道,克拉拉与弗洛兰丝骑着自行车并肩前进,后面跟着栗色小狗和他。克拉拉不时地朝他回眸一笑,眼中充满了爱和幸福……

这部电影从结构上审视,其在同一个空间“乡村古堡”展示出现实和过去不同时间叙事:

①现实:医生—德军(复仇的行为)

②过去:医生—妻女(温馨的回忆)

2. 多空间交叉

在同一时间中,设计安排不同空间的并列、穿插、转换、渗透的结构形式,以形成强烈的艺术效果。

墨西哥导演亚利桑德罗・冈萨雷斯・伊纳里的《通天塔》,延续了其在《爱情是狗娘》和《21 克》中大获好评的多线索交叉叙事结构,将一个完整的故事彻底解构:撕裂其时空性、剪断其连贯性、拆散其因果性。然后,从这些“碎片”中筛选素材,重新拼接出一个崭新的叙事模式——由若干藕断丝连的小故事彼此交叉相互支撑构成的通天塔之遗址。虽然,从表面上看《通天塔》以其独具特色的时空构架颇具后现代风范。而事实上,这部影片完全不同于《低俗小说》和《罗拉快跑》的游戏人生的态度。相反,《通天塔》秉承了西方经典的宗教命题,立足全球化的视野,采用人文关怀的视角,演绎了一出现代人的精神悲剧。因而,也就具有了某种生命不能承载的厚重之感。《通天塔》中人物众多但不冗繁,情节复杂但不含混,时空交错但不紊乱,尽显导演炉火纯青的执导功力。它将一个原本流畅如水的“母故事”解构为 4 个彼此独立,而又相互关联的“子故事”,分别是:故事Ⅰ:摩洛哥的一对兄弟竞赛枪法,弟弟无意中击中一辆旅游巴士,警方介入调查;故事Ⅱ:墨西哥籍保姆因其主人受伤住院,不得不带着主人家的一双儿女回乡参加儿子的婚礼;故事Ⅲ:美国的一对夫妇为挽救濒临破裂的婚姻到摩洛哥旅游,妻子被横空飞来的子弹击中,他们不得不滞留在当地疗伤;故事Ⅳ:日本的聋哑少女与社会格格不入。

下面,我们以图表的形式来阐述各个故事间的时空关系。(表 5-2)(其中,导演所讲述的银幕叙事顺序用汉语数字表示,现实中自然发生的故事顺序用阿拉伯数字表示)。

表 5-2

叙事顺序	段落内容	现实故事顺序
一	摩洛哥,一对兄弟拿着父亲刚买来的猎枪比赛枪法。弟弟“百步穿杨”误打误中一辆来自美国的旅游巴士(Ⅰ)	1
二	美国,墨西哥籍保姆艾米丽亚在电话中得知主人因伤暂时无法回家,不得不带着主人家的孩子同往墨西哥参加儿子的婚礼(Ⅱ)	13
三	摩洛哥,美国的理查德夫妇为挽救濒临破裂的婚姻同到摩洛哥旅行。不料在途中妻子苏珊莫名中弹(Ⅲ)	2
四	日本,聋哑少女千惠子难与正常人交流,试图通过“性”得到异性的温暖,但屡屡遭到拒绝(Ⅳ)	19

续表

叙事顺序	段落内容	现实故事顺序
五	摩洛哥，兄弟二人从不知内情的父亲那里得知警方已经出动介入调查这起“恐怖事件”（Ⅰ）	8
六	墨西哥，姐弟二人跟随保姆艾米丽亚，乘坐后者的侄子迪亚哥的车到达陌生的墨西哥（Ⅱ）	14
七	摩洛哥，摩洛哥导游带着理查德和受重伤的苏珊来到一个小镇上，并请来当地医生（Ⅲ）	3
八	日本，千惠子结识了前来调查案件的年轻警官（Ⅳ）	20
九	摩洛哥，警方找到卖枪人哈桑（Ⅰ）	9
十	墨西哥，婚礼热闹纷呈（Ⅱ）	15
十一	摩洛哥，苏珊的伤情暂时稳定（Ⅲ）	4
十二	日本，千惠子与新结识的朋友到迪厅狂欢，再次深深地意识到自己作为残疾人被孤立的处境（Ⅳ）	21
十三	摩洛哥，哈桑道出猎枪的来源：一位日本游客（千惠子之父）送给他的礼物。警方发现正欲外逃的父子三人。双方发生枪战（Ⅰ）	10
十四	墨西哥，婚礼结束。迪亚哥送艾米丽亚和两个孩子回国，在过境时，与美方警察发生冲突。艾米丽亚和两个孩子被遗落在沙漠里（Ⅱ）	16
十五	摩洛哥，理查德与大使馆联系。旅游巴士弃他们夫妇而去（Ⅲ）	5
十六	日本，千惠子告诉年轻警官关于她的母亲的死因（Ⅳ）	22
十七	摩洛哥，弟弟为救受伤的哥哥砸枪投降（Ⅰ）	11
十八	墨西哥，艾米丽亚在沙漠中寻求救助，却被警方当作疑犯（Ⅱ）	17
十九	摩洛哥，理查德夫妇相拥而吻，冰释前嫌（Ⅲ）	6
二十	日本，千惠子在年轻警官那里得到理解和怜悯（Ⅳ）	23
二十一	美国，艾米丽亚被驱逐出美国（Ⅱ）	18
二十二	摩洛哥，弟弟泪流满面，回忆起往昔的欢乐时光（Ⅰ）	12
二十三	摩洛哥，理查德夫妇乘坐直升飞机飞往卡萨布兰卡医院急救。理查德往家打电话（Ⅲ）	7
二十四	日本，千惠子与父亲拥抱，消融在这繁华而荒凉的都市荒漠里（Ⅳ）	24

通过图表,我们很容易就能看出银幕叙事顺序与现实叙事顺序的出入。从整体上看,这四个故事分别被整齐地进行"六度分割",每个故事划分为六段平均长度为六分钟的小段落,再以平行蒙太奇和交叉蒙太奇的手法,按照Ⅰ1—Ⅱ1—Ⅲ1—Ⅳ1—Ⅰ2—Ⅱ2—Ⅲ2—Ⅳ2—……的顺序交替进行。从局部来看,每一个"子故事"的叙事单元呈线性地存在,严格按照传统的戏剧化结构,即"开端—发展—高潮—结局"平行推进,互不干扰。影片的故事本身并无扩充新的内容,但是,结构从不可逆的单线性变成多视角的立体化之后,各个段落之间就被赋予了一种强大的情绪张力,同时,又不失平衡美感。这就好比一个拼图游戏,导演先将组成图画的所有碎片打乱,然后按照自己的风格将这些碎片严丝合缝地拼接在一起,让故事间的情节的交错和人物的粘合把条条线索织成网状。

1963 年,气象学家洛伦兹认为,亚马逊河流域热带雨林里的蝴蝶仅仅需要扇动一下翅膀,就有可能在两周后引发美国德克萨斯州的一场龙卷风。这就是著名的"蝴蝶效应"。而这部电影里的"蝴蝶",就是那支犹如受到命运诅咒的"枪"。就这样,在短短的 143 分钟内,4 个国家(摩洛哥、美国、墨西哥、日本)的地理坐标、5 种语言(阿拉伯语、英语、西班牙语、日语以及口语)的交流工具、13 个主要人物(摩洛哥父亲、两兄弟,美国夫妇、导游,墨西哥保姆、侄子、两个孩子,日本父女、年轻警官)的命运通过一声枪响,集合在伊纳里多的这部寓言式的电影里。

3. 多线索交叉

这是多条矛盾线、多层次交错发展,在高潮处汇合的结构形式。

宁浩导演的《疯狂的石头》开始即给我们展示了多线并进交叉式结构。三人盗窃团伙正欲搞定警察,不料不远处面包车撞上宝马,宝马车是因为车主四眼在墙上刷"拆"字而停在此处;面包车撞上宝马是因为高空落下可乐罐砸了车窗,老包和三宝下车查看;可乐罐则是因为高空缆车里谢小盟遭菁菁踩脚失手掉下的。一共 4 个事件,盗窃、"拆"、老包和三宝、高空调戏。生活中此类场景司空见惯,但我们看到的往往是电视新闻对最后那个交叉点的描述,此前交叉点延伸线上的各个事件则往往出现在调查结论中。交叉点是一个事件,而延伸线上的事件理论上却有无限多种可能,显然,延伸线值得书写,因为情趣盎然。好在电影可以实现对延伸线的复述,娱乐性不言而喻。这种结构我们在很多经典电影中都能看到,从《蒲公英》《爱情是狗娘》《两杆老烟枪》《掠夺》,乃至《红》《白》《蓝》三部曲,无不展示了多线交叉结构独特的时空汇聚魅力。由于电影的线性时间特征,除了采用多画面外,它无法在同一时间交代几个同时发展的故事。但正是因为这种特色,也产生了电影独特的叙事魅力——在事件的交叉点产生多个截面,再用线性方式重组。第一个事件产生很强的悬念,后事对前文的补述马上解除了悬念;事件全部交代完毕后,影片风格自然而然地产生与我们日常经验极为接近,却又完全不同的叙事快感。在此,全知视角因为单线索电影的大规模应用而产生的司空见惯乃至不易察觉,变成可感的外在视觉手段,一种陌生化电影风格由此产生并形成叙事趣味。这种手段用于艺术片,将产生难以名状的人和人命运交叉的独特况味,用于商业片则产生兴味盎然的娱乐眼。有意思的是,电影中的多线交叉结构往往使用车祸这种载体,大概是因为车祸的突发性和不可预知性能够更好地营造影片的戏剧张力。《两杆老烟枪》《爱情是狗娘》《疯狂的石头》都没有逃脱这个老套,好在影片后半段的多线交叉摆脱了这一窠臼,交叉点主要出现在偷窃翡翠的情节。

(十二)套层结构

套层结构也称套层叙事结构,俗称"片中片、片中戏",就像西方人所说的中国式盒子"大盒子中套小盒子"。一个故事的叙事总是被包含在另一个故事的叙述之中,一般是在叙述一个故事的同时,又叙述了另一个故事。两个故事交错穿插叙述,呈片段性,在交叉进行中互有渗透和暗示。套层结构放到电影创作中,实质上也可以理解为一种结构蒙太奇的手法,时空交错结构的一种特殊的、高级的结构形式。主要分为四种:

1. 溶入式套层结构

溶入式套层结构一般由两个层面构成,是指一部作品中又套演与电影密切相关的其他故事、事件。一个为主要的叙事,另一个为辅助的叙事。有时甚至还可以编排更多的"套"层,相互渗透,以巧妙的安排引人入胜。

1980 年,曾经是法国电影"新浪潮"运动旗手的特吕弗,拍出了自己在本土票房最成功的一部电影《最后一班地铁》。因其在电影语汇上的完美展示和演员无懈可击的表演而一举夺得了当年法国电影恺撒奖的 11 项大奖。其中,包括了最佳影片、最佳导演、最佳编剧、最佳男主角、最佳女主角等重要奖项。特吕弗把故事的背景设定在了沦陷的法国,在一个危机重重的剧院里展开。剧院的经理吕卡斯为了躲避纳粹的迫害,藏在剧院的地窖,等待时机成熟后逃往国外。然后,在国外重新开始自己的艺术事业。可是,德军占领了北部自由区的消息使他的计划变成了泡影。他的妻子玛丽恩掌管着剧院,在各色人等——丈夫、情人、投靠纳粹者和德国人之间周旋。抵抗组织成员贝尔纳通过应聘,成了话剧《失踪的女人》一剧的男主角,而在合作演戏的过程中他爱上了玛丽恩。在地下百无聊赖的吕卡斯敲开了暖气管道,听着舞台上的动静,指挥着戏剧的排练。剧场始终不能保持宁静,种种社会上的矛盾开始牵扯到剧院里工作人员的生活和创作。在贝尔纳的帮助下吕卡斯逃过了纳粹的搜查。在重重的阻挠下,《失踪的女人》终于演出了,并且取得了空前的成功。几年过去了,巴黎光复。吕卡斯重新回到了地上继续指导话剧。玛丽恩也在吕卡斯和贝尔纳之间作出了艰难的选择。在影片的结尾,蒙玛特剧院上继续上演着叫好的话剧。台上的玛丽恩一手拉着自己的丈夫,一手拉着自己的合作者——情人,将这两个极具象征性的符号高高举起。从结构上审视,这部电影的叙事本身与影片中戏剧家们所排演的挪威戏剧《失踪的女人》形成了一个重要的套层结构,观众在欣赏一部影片的同时也欣赏到了一部戏剧的高潮部分,这不仅提供了双重的视觉享受,也由电影与戏剧的不同特质而划出了两个不同的表现区域,电影是纪实风格的素朴、自然、流畅,如一条波澜不兴的河流,而戏剧是象征化的激情、夸张、诗意,戏剧的介入如将一座华美的建筑映到了水中,水面由此漾起了迷离的光色。电影戏剧、纪实象征,其实又对应着关于生活艺术的思考,而在这个繁复的双面系统中,司空见惯的三角关系的演绎也有了另外的深意。吕卡斯是位纯粹的艺术家,书生意气、远离政治,即使外面的世界天地翻覆,自己身陷地下非人的环境中,仍旧只沉迷于他的戏剧乌托邦，而贝尔纳是激情狂野而生机勃勃的，他也许不如吕卡斯优雅，却更热血奔涌，他爱自己的祖国，就像他爱所有美丽的女性那样自然而然，他对一向如履薄冰、委曲求全以使剧院苟存于乱世的玛丽恩嚷道："戏院是满座了，可监狱里同样也满座！"两个截然不同的男性人物或许代表着特吕弗心目中艺术必备的两个方面：一方面，它介入现实的部分；另一方面，它超越现实的部分。一方激情，一方理性。玛丽恩是吕卡斯与贝尔纳的焦点，她连接并平衡着这两个不同的方面，她既是现实而理智的，又是神秘而不可测的。因此，她让两个方面都又爱又恨。特吕弗想说的是：艺术不能不介入社会生活，否则将是冷漠而缺少生气的，在片尾剧终，电影戏剧、纪实象征、生活艺术全部汇合到了一起，三位主人公从幕布后走出，玛丽恩一手拉着吕卡斯，一手拉着贝尔纳向观众致意，这是非常动人的一刻。

海科特·巴班克导演的《蜘蛛女之吻》(1985 年)，则是以拉丁美洲的一所监狱为故事背景，娘娘腔的同性恋者莫琳娜因猥亵少年而入狱，他整天男扮女装沉浸在自编的好莱坞式浪漫电影的梦幻之中。而同处一室的瓦伦丁是墨西哥革命党人，一心想着闹革命，对儿女私情似乎不放在眼里，更别说同性恋之情了。两个性格与世界观截然不同的男人，在长久相处之下逐渐变得互相理解、互相同情，发展出一段感人的亲密关系。莫琳娜爱上了宁死不屈的颇具男子汉风度的瓦伦丁，瓦伦丁也发现了莫琳娜在同性恋的表象下善良、纯洁的一面。警方为了获得情报，提前释放了莫琳娜。莫琳娜受瓦伦丁委托与革命者联系，警察尾随出现，他奔向革命者的汽车，但迎接他的却是车中射出的子弹……这个故事中包含了一个莫琳娜编织的故事："第二次世界大战"中一位法国女歌星疯狂爱上一个德国占领军的军官，最后为此付出了生命的代价——被抵抗组织处死了。

此外，西班牙电影《卡门》、日本电影《W 的悲剧》等采用的也是这种溶入式套层结构。

2. 并列式套层结构

并列式套层结构是指在一部影片中将两个及两个以上的故事并列叙述的一种结构方式。

卡雷尔·赖兹导演，梅丽尔·斯特里普主演的《法国中尉的女人》(1981)并列讲述了一个维多利亚时代的爱情故事和一个现代扮演者的爱情故事。

(1)现代，摄制组来小镇拍戏。19 世纪中叶，查尔斯向欧内斯特求婚，却遇萨拉。

(2)两位演员迈克和安娜假戏真做，上了床。查尔斯爱上萨拉，二人越陷越深，竟至发生关系——原来并没有所谓"法国中尉"，萨拉还是处女。

(3)迈克和安娜睡在一起，梦中，她叫出了丈夫的名字：戴维！查尔斯不惜身败名裂，毁掉了与欧内斯特的婚约，来到萨拉住处，萨拉已不辞而别。

(4)安娜丈夫探班，安娜到伦敦与从纽约来的戴维相会。查尔斯四处寻找萨拉，始终未果。

(5)迈克为了见安娜，请摄制组伙伴到家里作客，但大庭广众之下，他没机会与安娜单独在一起。

(6)3 年后，绝望、潦倒的查尔斯获知萨拉的消息，去到一个宁静的湖边找她。电影杀青。庆祝会上,迈克按照安娜的暗示来到化妆室,不料安娜已经离去。迈克对着夜幕中安娜的背影叫了一声:萨拉!

这部根据约翰·福尔斯的同名小说改编的影片,采用别致的片中片结构拍摄,它呈现了人类的情感与灵魂在追求中的疑惑、矛盾、忧愁。拍摄电影的男女演员在演戏中火热相恋,正如他们在电影中展示的故事那样,电影中的男女主角最后幸福结合,而现实中真实身份的两个演员关系却出现裂痕,渐行渐远。故事以女演员的突然离去结尾,男演员颓丧地坐在房间独思,是为爱情的离去忧虑。抑或更确切地说,是在追求人与人的关系中产生的孤独思索,寂寞的对自我的寻找。

《暗恋桃花源》是一出首演于1986年,由赖声川创立的"表演工作坊"编排的一部反响盛大的舞台剧。6年后,由赖声川亲任导演,将此剧改编为电影。它讲的是两个剧组因为剧场管理员的失误而在排戏时碰到一起,互相干扰最后达成谅解的故事。两个剧组分别排演两出话剧:《暗恋》剧组的演员陆续来到昏暗的舞台进行排演——这是一出临死老人回忆当年在上海恋情的舞台剧;其间,却又有一出舞台剧《桃花源》也登记进行排演——这是一出有关中国乌托邦"桃花源"的故事。两出戏的工作人员一开始就相互干扰、争夺舞台。因为两家的档期都迫在眉睫,所以互不相让,无奈协议把舞台分成两边,各在一边排演。结果,两出戏却意外地产生了神奇的契合。

黄建中在1987年拍摄的电影《贞女》,也是一部用并列式套层结构叙事的作品。影片开头是一个阴冷的早晨,雾气弥漫的爱鹅滩,节妇街上耸立着15座贞节牌坊。一群女子、老妪簇拥着披麻戴孝的青玉徐徐走过,一路烧香跪拜。她跪在一具风化剥蚀的男童骷髅石雕面前,根据祖上传下的遗规,18岁的寡妇青玉,从此便要为这骷髅终身守节。一个闷热的夜晚,夜幕笼罩下的"夜来香"酒店,隐约可见一座历史遗留下来的贞节牌坊,夜深人静时,传来女店主桂花的哭声——她正承受着丈夫吴老大的毒打和屈辱的贞操检查……在这部电影中,黄建中用一个并列式的套层结构展示了发生在同一地方(爱鹅滩),前后相距七八十年(19世纪清末和20世纪20年代)的两个妇女的故事。表现了一个压死在封建贞节观念巨石下的青玉和一个最初在节烈贞操观念下只好屈服,但最终还是冲破习惯势力的藩篱、勇敢地找到了自身幸福的桂花。"这是两个互不相关却交错渗透着某种共通的历史纵深意识的故事"(古华)。在历史和现实的扭结中,表明尽管在新旧两个不同时代里,社会制度发生了根本的变化,但潜藏在人们心理结构中的历史文化观念却仍是根深蒂固的。影片由此揭示出封建道德伦理观念对人本性的最深重的残害……

3. 圆圈式套层结构

这是一种包含两个或两个以上的叙事,从起点又回到起点的套层叙事结构。这种圆圈式套层结构分为内层与外层两个叙事层面,各个层面的故事都相对独立和完整,有始有终地完成叙述。有一个作为外圈的大故事结构,另一个(几个)作为内圈或内核故事结构,内圈和外圈可以是完全不同的两种对照,内圈和外圈的故事也可以只有同一个故事内核,内外的张力增加了故事本身的可看性,观者可以在看的过程中有一个一层层剥开来欣赏的含义和感受。

如费里尼导演的经典名片《八部半》就是一部"像是画中有画或像是小说中有小

说，可以说是一部‘电影中有电影’的影片，属于具有双重结构的那类艺术作品，其展现方式在于反映自己”（克里斯蒂安·麦茨）。这是一部模糊了电影构思与现实生活界限、从起点又回到起点的具有圆圈式套层结构的电影作品。正如伊塔洛·卡尔维诺所言：“费里尼的工作，就是以《八部半》如陀螺般重复显现的自我解析为轴心，把这纠结成一团的神话整理好，并分门别类。”

叙事1：电影导演吉多驾着车，爬行般地缓缓移动着，他注视着窗外，产生了幻觉：他的躯体化作一股蒸汽逸出车外，在大地与天空之间翱翔……电灯陡地开亮，惊醒了吉多。原来，是医生和护士来为他做检查。这是一个温泉疗养地，吉多在此进行电影剧本的构思。吉多来到火车站，一个装扮艳丽的性感女人朝他走来，她叫卡尔拉。

他们来到旅馆，一进房，吉多便急不可待地抱住了卡尔拉……吉多回到摄制组，一些女明星的代理人和一群记者围着他，使他不得安宁。入夜，魔术师莫里斯做“传心术”表演，选中了吉多，吉多被带回到童年在乡村别墅度过的时光……深夜，吉多回到旅馆，守门人告诉他，他的妻子打来了两次电话。吉多拨通罗马的电话，本想只做一个礼节性的问候，不料妻子对他不太放心，他便顺水推舟邀露易莎到温泉来。当吉多疲乏地回到卧室，幻觉又出现了。那位在他灵感中出现过的美若天使的少女出现了，她说她叫克劳迪娅。周围静悄悄的，仍是一片虚幻气氛。克劳迪娅和吉多热烈地吻着。恰在这时电话铃响了，遐想被打断，是卡尔拉，她说她病了。吉多急忙赶去，见到卡尔拉半裸着身体躺在床上，他轻轻地抚摸她，深深地陶醉了……吉多随即想起一段少年时的往事。一次，有人提议去看一个叫莎拉吉娜的流浪女人，他们来到一个废弃的碉堡前，一个男孩放下钱，莎拉吉娜捡起钱数了数，然后背对着孩子们，像发情的动物那样撅起臀部，把裙子向上撩到腰间。孩子们正看得出神，突然教会学监来了，大家四处奔跑……

妻子露易莎来后，吉多邀请大家去参观摄影场搭制的火箭发射台，向人们介绍了他即将开拍的影片。几天后，影片却停止了拍摄，布景不得不拆除。吉多坐在返回的列车上，把目光停留在露易莎身上，露易莎也盯着他，他俩仿佛用目光互相盘查……吉多的眼里出现了魔术师莫里斯，他的魔棍一挥，少年吉多领头，后面依次排成“轮舞”行列，那是吉多一生中接触过的所有女人：母亲、妻子、情妇、风骚舞女……还有父亲、监制人、主教、老年绅士、马戏班小乐队。他们汇集在一起，似乎奔向同一个目标……此时，车轮正发出响亮有力、不可阻挡的隆隆声。

叙事2：影片表现了一个名叫吉多的电影导演在筹拍一部表现人类末日的新影片的过程中所遇到的种种困难与危机。为了拍片，他来到温泉疗养院，同时，为影片的拍摄作准备。然而，他却发现自己的创作陷入了危机中。他的构思模糊且矛盾重重。与此同时，他在个人情感方面也陷入了困境。影片的结尾部分，在一次毫无内容的记者招待会上，吉多钻到一张象征子宫的桌子底下开枪自尽了。

叙事3：影片讲述一个名叫吉多的导演独自驾车到一个温泉疗养院，一边疗养，一边在为他的新电影剧本进行构思，他准备拍一部表现人类末日的影片。然而，在筹拍新片的过程中，不断涌现出各种各样的问题和危机：影片的主要布景已经搭好，但他的构思还是一团朦胧，创作陷入了枯竭；他的个人生活也不如意，与妻子已经无法在感情上进行沟通，情妇的纠缠令他头疼。他的理想非常纯洁，但又梦想后宫三千；他犹豫不决，但所有人都等着他的一声令下。他幻想出来的思想女性刚刚出现，立刻就显露出同样令人痛心的世俗态。几天后，影片却停止了拍摄，布景不得不拆除。吉多坐在返回的列车上，把目光停留在妻子身上，妻子也盯着他，他俩仿佛用目光互相盘查……吉多的眼里出现了一个魔术师，那魔术师的魔棍一挥，少年吉多领头，后面依次排成"轮舞"行列，那是吉多一生中接触过的所有女人：母亲、妻子、情妇、风骚舞女……还有父亲、监制人、主教、老年绅士、马戏班小乐队。他们汇集在一起，似乎奔向同一个目标……此时，车轮正发出响亮有力、不可阻挡的隆隆声……

这三重叙事纠葛一起，陀螺般复现。正如吉多在开场时做过的梦：他被困在汽车里动弹不得，这辆汽车又被困在那些同样动弹不得的车流人海之中。于是，他只得化成一股轻烟飞上天空，可是，下面却有一根线束缚着他，最后，他终于还是被这根线拽了下来。费德里科·费里尼在这部故事片中开章明义地提出了：人能不能从孤苦无告的生存状况中摆脱出来的可能性。这既是吉多所面临的苦境，也是包括费里尼在内的我们所有现代人面临的苦境。

4. 间离式套层结构

在套层叙事结构的故事片类型中，有一种故事片的第一重叙事层面和第二重叙事层面的叙述关系，在观众和作品之间产生了间离效果，这种故事片的套层叙事结构呈现出一种间离性结构意味，我们把它称做间离式套层叙事结构的故事片，简称"间离式"。

《红告示》(转载于《世界电影》1978 年第 1 期)是法国导演费兰克·卡桑蒂拍摄的一部政治电影，曾获法国影评界颁发的"让·维果"奖，并在 1976 年的捷克斯洛伐克卡罗维·伐利电影节上得奖。在 20 世纪 70 年代，这部故事片在西方曾引起人们普遍的关注。它描写的是一段发生在第二次世界大战期间的法国史实：由侨居法国的各国侨民组成的马努什安游击队，他们暗杀纳粹军官，炸毁铁路，不幸于 1944 年 2 月 21 日遇害。德国纳粹分子和法国亲纳粹分子杀害了马努什安等人之后，在法国各地张贴红告示，诬蔑他们为一帮专事破坏的"罪恶之军"。

在《红告示》的套层叙事结构中，第一重叙事层面描述了一群演员为排练戏剧《红告示》，举行了一个纪念死难者的野餐会。在这次野餐会上，马努什安游击队成员们的家属和战友们议论和回忆起当年的情形，并观看了一曲由演员们演出的意大利假面喜剧；在第二重叙事层面里，给我们再现了当年游击队暗杀德国军官和炸毁铁路的历史。

在拍摄《红告示》之前，弗兰克·卡桑蒂通过调查和采访掌握了大量的资料，面对这一段内容翔实而又人尽皆知的史实，怎样从具有广泛政治意义的角度来选材？怎样让今天的观众站在历史的高度来理智地思考过去和现在？这就是《红告示》所要追求的艺术宗旨。弗兰克·卡桑蒂通过布莱希特采用的间离效果，较好地完成了自己的这一追求。

《红告示》并没有完整地讲述马努什安游击队的故事，它只是零零散散地表现了一些历史材料。排练戏剧《红告示》的演员们在把握历史与人物时碰到了麻烦——这也是故事片观众将会碰到的麻烦，演员们只好请来当年那段历史的见证人，向他们请教。这部故事片中的历史展现就是这样来加以表现的，它就像一出正在排练的戏，观众们在故事片中看到的是一出尚未完成的戏的各个部分。在《红告示》中，叙事时空时而在现在与过去之间跳进跳出，时而将两个时空糅在一起同时并存，演员既是那段历史的观众，又是那段历史的角色。叙事的双重时空和演员的双重身份有时呈现出清晰的分裂状态，有时呈现出一种渐变状态，有时干脆就表现为不可辨识的合二而一。这些手法，其目的都在于阻止观众产生情感上的同化作用，使之处于一种清醒的批判性地位。在套层叙事结构的叙述关系的处理上，费兰克·卡桑蒂更是强调了这种间离效果。在《红告示》中，每当出现了一次戏剧演出中的场面，之后便会出现历史中的现实场面，这两个戏剧场面和现实场面总是彼此对立，使得故事片的复调叙事结构产生出一种相互抵消的关系。例如，有一场戏，戏剧舞台上的戈培尔，以审判者的姿态对马努什安游击队进行了滔滔不绝的诽谤和斥责。在接下来出现的现实中的法庭这个场面里，马努什安游击队的成员们，却以不可辩驳的事实和无畏的精神揭示了历史的真实，宣告了人民必胜的历史未来，把法西斯分子推上了历史的审判台。正如费兰克·卡桑蒂所说："每一次引入一种演出时，这种演出立即被后面的镜头所抵消；每种演出都不是独立地进行的。"所以，观众总是面对着历史，也面对着在他面前排演历史的演员。事实上正是这样，《红告示》的复调叙事结构的处理，费兰克·卡桑蒂之所以不采用一个电影摄制组拍一部故事片《红告示》的通常方法，而采用一个剧团正在排演一出《红告示》的戏剧的方法，之所以采用具有双重身份的戏剧演员作为历史的讲述者，并把那段人所共知的历史通过意大利假面喜剧的方式搬上舞台，正是为了以戏剧和演员作为历史的媒介。费兰克·卡桑蒂插在观众和历史之间的这个媒介，是为了把从来就是一种消遣品的故事片变成为一种教材，变成为布莱希特所谓的科学时代的高级享受，尽管我们很可能还不习惯和不喜欢这种享受。

在我们以《红告示》为例，分析了间离式复调叙事结构的故事片类型之后，我们可以给这种故事片类型的结构归纳出如下几点特征：

(1)通过演员既是观众又是角色的双重身份，来担任复调叙事结构的叙述者。

(2)第一重叙事层面和第二重叙事层面之间无论呈现出何种叙述关系，或者说对复调叙事结构无论采用何种布局安排，其目的总是以"间离"来唤起观众的理智性思索。所以，"间离"就是第一重叙事层面和第二重叙事层面的叙述关系所必须遵循的宗旨。

(3)"间离效果"既是结构技巧，又是结构意义。

事实上，之所以选择"片中戏"和"片中片"套层叙事来结构一部电影，其意义在于：这类故事片的双层叙事结构呈现出深刻的结构意味。正是所谓结构意味，使得"片中戏"和"片中片"故事片的套层叙事结构具备了艺术上的现代性。难以设想，如果不选择这种套层叙事结构，而选择那种平铺直叙的单一叙事结构，那我们所列举的那些故事片中的主题会被表达得像现在这样淋漓尽致、丰富完美吗？当然，作者的意思并不是说前者比后者更富有现代性。事实上正如大家经常看到的，一些采用了"片中戏”和“片中片”套层叙事结构类型的故事片,假如换用平铺直叙的单一叙事结构,它们的内容并不会产生实质性的改变。可是这个事实恰恰从反面为我们证明了“片中戏”和“片中片”这种套层叙事结构并不是一个可以随便运用的结构技巧。创作者在选择这种结构类型之前,一定要从作品的主题阐释上为这种结构寻找到内在的、必然的依据。在诸如《最后一班地铁》《法国中尉的女人》《红告示》等故事片中,如果换用另外一种叙事结构,显然便会减弱或者失去作品现在所蕴含的意义。对于这些故事片来说,套层叙事结构绝不是可有可无的选择,一旦这些故事片创作者要表达这种主题,套层叙事结构便成了他们命定的最佳选择。要是哈罗德·品特用人们通常所采用的方式去改编《法国中尉的女人》,尽管主题有可能仍然不变,但是无疑它是不可能像现今所做的这样从历史的纵深角度被成功地表达出来的。原因很简单,当故事片创作者在构思作品的时候,一旦他把套层叙事结构作为别无选择的结构,这种结构本身便已经被赋予了一种深刻的意味。这时,本来作为媒介的套层叙事结构不再仅仅是媒介,它已经成为故事片的内涵本身。因此,能否赋予结构意味,就是创作者能否为自己的故事片选择这种套层叙事结构的真正依据。

(十三)圆形结构

起结呼应衔接,如圆之周而复始。剧作中的圆形结构是指一种首尾呼应的叙事手法,注重事件的衔接与回溯,一般会设定一个整体的“圆心”来统领全片。圆圈上各个情节点交相辉映,待到故事的结尾处又回到开始的状态,时空在封闭的圈中展开,有别于传统叙事的线性时空观念,也有别于传统叙事的结局或结尾末端,以其循环性呈现了强大的聚合力。

钱钟书先生曾说过:“窃尝谓形之浑简完备者,无过于圆。”由叙事的文化内涵所决定,我国新时期的许多影视作品都采用了一个共同的叙事模式——圆形叙事。如《人生》中,高加林离开土地经过一个循环后又回到那块土地的人生经历。在这种叙事模式的背后隐含着具有原始文化象征的深层意蕴,表现了我国影视艺术关于时间、历史、生命等哲学根本问题上对传统文化的认同、批判和超越意识。这种圆形循环在中国古代文化中既体现为一种哲学意识,也表现为一种文化精神,同时,也成为文学创作中一种具有特征性的结构形式。

这种圆形循环的叙事模式在我国影视艺术中出现,有着深刻的历史文化原因。戴锦华在《断桥:子一代的艺术》一文中指出:“第五代及整个80年代中国文化反思热的真正动机在于揭示中国父子相继、历史循环的悲剧的深层结构,并且探寻结束循环、裂解这一深层结构的现实可能性。”或者说,这是一种文化潜移默化影响的结果,这种影响不会因为一个时代的终结而彻底消失,作为文化基因,其对我们的作用甚至比生命基因的影响更大,它是对一个民族或者更大范围里的影响。

中国人的生命历程总是打上天人合一、封闭循环的自然经济、农耕文化与河流文明的烙印,艺术作为对文化与历史的眷恋,无法摆脱这种“魅力”的影响,而形成了特征性的叙事结构。我国的许多影视作品,被叙述的对象从某一状态开始,在经历了一段历程后又回到了与原初相似的终点,犹如埃舍尔式的同构自反的怪圈,产生出一种文化的结果,否定变化自身的悖谬成分,让观众陷入一种历史经验的模式之中。

作为现象,美国的道·霍夫斯塔特在《GEB——一条永恒的金带》中为我们作了精彩描述:“所谓怪圈就是指这样一种现象,我们在某一等级系统中逐步上升(或者下降),结果却意外地发现又回到了原来开始的地方。怪圈的内在含义也是在有限中包含无限的概念。它不仅仅是一个圈,而是以一种有限的方式来体现无限的过程。”M. C. 埃舍尔的绘画制造了这种怪圈。他的《瀑布》,画面中央瀑布倾泻而下,水花四溅,推动水轮,汇集到水池中,又顺着水渠一级一级下降,突然水又回到了瀑布口。在埃舍尔创造的这些怪圈中,存在着有限与无限的矛盾,荒唐与真实的对比,往往会给人以强烈的悖论感。

从叙事结构看,高加林悲剧式的人生历程如同一个因果循环的圆圈。作品开始是高加林挥汗舞锄的镜头作为一个非叙事性段落,标示出叙事的起点与人物同土地之间宿命式的依存关系,以及最后高加林回归土地一同构成指涉循环的影像话语。作品开始,高加林被置于一种“零价值”状态,即无法实现自己的价值。其人生价值是通过虽不识字却崇尚文化、生于俗世却心志高雅的农村姑娘巧珍来体现的。高加林要想最大限度地实现自我价值,必须完成一个背叛和超越的过程。当上记者后,他的人生处于“正价值”状态,但他的爱情选择所体现出来的价值取向却向“负价值”状态游曳,后因走后门的事被揭发,使他在爱情与事业上都处于“负价值”状态。他的人生历程并非人生价值的实现,而是重新回到了他所“离开”的土地上——作品开始时的“零价值”状态。

从文化的角度看,圆形叙事模式在今天还是有所变化的,即在作品建构的封闭性循环怪圈中,能够让人感受到一种不可逆转的开放性模式对于圆形叙事模式的冲击,为作品带来不同程度的松散性和不确定性。就《人生》而言,这种冲击来自于现代都市生活、现代女性对高加林的诱惑和对于人物的偶然机遇。但这种冲击又无法从根本上突破圆形叙事模式,这是由传统文化强大的包容性所决定的,同时,也是作品以其特有的叙事方式完成了对传统文化窒息人性扼杀生命的批判,从而使叙事方式成为一种“有意味的形式”。

圆形循环叙事模式的另一种表现形式是生与死的循环,这也是中国古代文化的一种表现。中国古代小说中的许多人物,都是以死亡或出家来实现自己的再生,即“他们必须以死亡或出家来结束自己原有的生命(俗性时间),始能回归于他们原来的神话生命中去(再生,圣性时间的回归),超自然的权威(神、命运、不可逃避的天数……)为了让这些人物回到他们原来的生命之中,必须让他们经过死亡来完成这种更新,死亡是通往隔离的过渡,也是精神的再生,是由俗到圣,由死而再生所不可或缺的过程。”①

《本命年》片名就已经揭示出了“轮回”的观念。整个作品在叙事结构上也是以李慧泉因杀人入狱,后来又为人所杀的生死轮回完成一次生命的圆形循环。人物少年时关于本命年系红腰带避邪的画外对白构成了“轮回”的能指。作品开始时,李慧泉刑满释放走回自己的小屋,人物处于一种“零价值”状态:无亲友——母亲病逝,朋友方

① 王孝廉. 中国的神话世界[M]. 北京:作家出版社,1991:107.

叉子在狱，白立本被撞死；无职业——街道工厂不接纳他；童年的温情只剩下回忆的残片；对罗大妈的疼爱只能以感激代替沟通；同方叉子一家因人性与人情的对立产生出深深的隔膜；和崔永利与方叉子也无法实现心灵的对话。环境的冷漠使他陷入了极度的空虚之中。而在更大的背景上他还要受到国家机器对他的钳制、主流意识形态对他的控制和社会秩序、道德规范对他的约束，但双方却不存在感情交流的可能性。当他靠自己的力量一步步走向"正价值"时，方叉子的出现又打破了脆弱的平衡状态，以反文化、反秩序、满足欲望的话语对他形成了新的刺激与诱惑。而小歌星的离去和方叉子的不信任，使他从孤独苦闷走向了彻底的绝望，再也找不到归宿和"家园"，终于因偶发事件回归到了"零价值"的初始状态，建构了一个封闭的圆形叙事模式。

在影像造型上，有两个极具意味的影像话语："家"和"咖啡屋"，而这两者又是对立的。"家"是母性的，犹如母亲的子宫，给人以安全、宁静和温馨，所以，"家"是对于母体的回归。但当母亲失去了实体的意义时，就必须要有一个替代者。"咖啡屋"构成了对于圆形叙事的威胁，他在那里找到了小歌星，可"咖啡屋"的大众消费性质决定了小歌星是"大众情人"，非专属于某一个人。小歌星由纯真到媚俗的转变，形成了反人情味的冷漠给了他毁灭性的打击，并破碎了他心目中的"家"。

李慧泉所面对的是两种社会力量，一是以民警和罗大妈为代表的正义与道德的力量，另一种是以方叉子和崔永利为代表的邪恶与非道德的力量。在这双重力量的挤压之下，作为一个带有理想主义色彩的"边缘人"，他只能孤独地坐在出租车内潸然泪下，不敢承认和正视自己所面对的残酷的现实。他深深地爱恋着，这种爱恋是"无欲"的，他那"父亲"式的爱恋显示出来的是恋母情结，是一个遥远而美好的梦。但这个梦也被无情地粉碎了。人物最后死于偶发事件，既使作品获得了某种程度上的开放性，同时，又不自觉地回到了圆形叙事之中，使人物完成了一次生与死的轮回，一次带有宿命色彩的圆形循环，并证明着"圆"的强大与自信。

既然个体生命循环轮回是一种传统文化的现代辐射，使得有些影视艺术家在此基础上进一步深化，着力于对文化整体周而复始无限循环的封闭性怪圈的呈现与批判。例如，陈凯歌的《黄土地》从叙事结构上看，顾青从进入"黄土地"到离开"黄土地"构成了一个圆形叙事的基本框架，但作品叙事的主体既不是顾青采风，也不是翠巧反抗封建包办婚姻。以固定镜头、长焦距、单一色调等技法所表现的黄土地、黄河水、窑洞、油灯、翠巧爹、憨憨等形成一种非时间性的体验，文化的循环甚至极端化为一种近乎凝滞的形式。作品大量采用同景别、同机位、同焦距的重复镜头，以表现人物日复一日、年复一年、千年不变的单调缓慢的生活。由于作品采用了这种重复叙述的手法，使空间的迭加造成了时间上的无限重复、不断循环的象征效果。同时，作品也因此使形式获得了内容的意义，这一叙事结构本身就体现着民族文化的困境和导演所面临的心理困惑。"历史"失落了，文化循环的怪圈却超越时间成为一种超验的存在。

无论是人生循环、生命循环，还是文化循环，都体现出了一种同构关系——圆形叙事模式。这种叙事模式所蕴含的关于时间、生命、历史、文化的意蕴，既渗透着民族心理结构中积淀下来的循环意识，又产生在处于历史转折时期中国当代社会的特定语境之中，这就使作品表现获得了极大的张力，既是历史的，又是当代的；既是结构，又是内涵;既是能指,又是所指,让人去探寻中国人原始生命的律动,中国人恒久日新的生命观念。

(十四)板块式结构

板块式叙事结构打破了传统戏剧式电影的线性结构藩篱,开创了全新的电影叙事方式和技巧,极大地丰富了电影的表现力。当下在张扬主体、极端自我、批判认同的后现代,在世界的不同角落出现了这样的一批电影。它们中有:《暴雨将至》(英、法、马其顿合拍,导演:曼切夫斯基)、《低俗小说》(美,导演:昆廷·塔兰蒂诺)、《云上日子》(法、意合拍,导演:安东尼奥尼),《重庆森林》(中国香港,导演:王家卫)、《爱情麻辣烫》(中国,导演:张扬),等等。这类影片都采用了一种带有后现代特征的拼贴式结构之组合段叙事:影片呈板块式,分成若干段落,并相对独立地讲述故事,即把一个或多个故事分割成几个段落进行叙述。

《低俗小说》由“文森特和马沙的妻子”“金表”“邦妮的处境”3个故事以及影片首尾的序幕和尾声5个部分组成。

盗贼“小南瓜”和“小兔子”是一对情侣,他们在早餐时突发奇想,决定打劫正在就餐的餐馆和里面的众多顾客,并立即拔枪开始行动。

马沙·华莱士是在洛杉矶只手遮天的黑社会大哥,最近,以布莱特为首的几个年轻人侵吞了他一只装满黄金的皮箱,于是,他派手下朱尔斯和文森特去夺回这只箱子。清晨,朱尔斯和文森特到达目的地并闯进了那几个人的房间,正在吃早饭的3个年轻人都十分惊恐。文森特找到箱子后,朱尔斯就杀死了除内线马文以外的两个青年,像往常一样,在杀人之前,他背诵了一段钟爱的《圣经》。

1.《低俗小说》剧情一:文森特和马沙的妻子

在一间僻静的酒吧里,马沙正在和拳击手布奇谈话,要求他在下一场拳赛里故意输给对手,这样他就能得到一笔不薄的收入。在布奇拿钱离去的同时,完成任务的朱尔斯和文森特带着皮箱回来向马沙交差。由于有事要外出,马沙又给了文森特一个新的任务,让他陪自己的妻子蜜娅一个晚上。

离开马沙后,有毒瘾的文森特到毒贩兰斯那里买了一包海洛因。晚上,他从马沙家里接走蜜娅,两人去共进晚餐。晚餐后,蜜娅和文森特通过默契的配合,夺得了一次跳舞比赛的冠军,从而满意而归。

在文森特去厕所的时候,蜜娅无意中在文森特的外衣里找到那包海洛因,便吸食起来。从厕所出来后,文森特发现吸毒过量的蜜娅已经昏死过去。惊恐万分的文森特驾车把垂死的蜜娅带到毒贩兰斯的家里,经过一番手忙脚乱的抢救后,蜜娅终于苏醒过来。

把蜜娅安全送回家后,文森特才松了口气。

2.《低俗小说》剧情二:金表

拳击手布奇有一块祖传的金表,也是他死于越战的父亲留给他的遗物,所以他对这块金表格外珍惜。

为了从博彩中得到更大的一笔收入，布奇违背了他对马沙许下的诺言。在拳赛中他将对手活活打死后，迅速地逃离了现场。马沙闻讯后大怒，发誓一定要将布奇干掉。此时，布奇顺利地回到事先定好的汽车旅馆里，第二天一早他就可以和女友菲比一起远走高飞了。

但第二天早上布奇发现菲比竟然在慌乱中忘记带上那块金表，于是，他只好冒险回家去取表。在自己家里，布奇杀死了蹲守的文森特，取回了金表。在回来的路上，文森特竟然遇到了马沙。追杀中，他们都跌跌撞撞地闯进一家杂货店内。而该店的老板梅纳德将两人击昏并捆绑起来。梅纳德叫来一个同伙撒德，两人都是同性恋变态狂，他们把马沙带到一间暗室内强暴。布奇乘机挣开绳索逃走，但又决定回去搭救马沙。于是，布奇用刀劈死了梅纳德，挣脱了的马沙则开枪把撒德打成重伤。最后，在布奇为他保密的前提下，马沙冰释前嫌放过了布奇。

3.《低俗小说》剧情三：邦妮的处境

在朱尔斯和文森特开枪打死布莱特时，厕所里还躲着一个他的同党。这个人突然冲出来向朱尔斯和文森特开枪，但十分不幸的是，他一枪都没能打中目标。在结果这个倒霉的小子之后，朱尔斯认为此次的幸免于难不但是上帝的“神迹”，对他更是一道神谕。所以，他决定从此退出黑帮洗手不干。文森特却对此不以为然。随后，他们俩带上马文一起离开去向马沙交差。

在路上，文森特不慎走火打死了坐在后排的马文，弄得车内血肉横飞、一塌糊涂。

为了避免被警察发现，他们只好到住在附近的朋友吉米家寻求帮助。可“惧内”的吉米告诉他们这样一个事实，他妻子邦妮再过一个多小时就要下班回家，如果她看到这个情景，一定会愤怒地向他提出离婚的。朱尔斯只好向马沙求助。不一会儿，由马沙派来的“狼”先生就赶到吉米家中。在精明干练的“狼”先生的指挥下，朱尔斯和文森特迅速清洗了汽车，换上了干净的衣服，在邦妮回家前妥善地处理了问题。

告别“狼”先生后，朱尔斯和文森特到一家小餐馆里吃早饭。在谈起早上的“神迹”时，朱尔斯打算放弃杀手的生活，准备像苦行僧一样去追求真理而四处流浪。在文森特上厕所的时候，独自一人的朱尔斯在餐馆里赶上了影片开头展现的那场抢劫。朱尔斯把钱包交给了“小南瓜”，但“小南瓜”更关心朱尔斯身边的皮箱。在打开皮箱的一瞬，朱尔斯制服了“小南瓜”，并稳定住了大惊失色的“小兔子”和刚从厕所出来的文森特。朱尔斯又背诵了一遍那段熟悉的《圣经》，不过这次并没有杀人，而是向众人讲述了自己从中悟出的哲理，最后放走了这对盗贼，自己也和文森特一起离开。

《低俗小说》融汇了黑色电影、黑帮电影等多种电影流派，导演昆汀·塔伦蒂诺根据自己的喜好，把自己喜欢的人物、情节、对白、道具、歌曲等通俗文化共冶一炉，炮制了这部充满了种种奇观的怪电影。“低俗小说”指的是那种内容、装帧简陋通俗的小说，昆汀以此为名暗示了自己的电影就是许多其他影片和文学作品的碎片搅和而成。他把所有严肃的东西，暴力、性、政治、国家的战争都变得像快餐一样容易吞咽，并凭借《低俗小说》这部电影将自己造就成一个后现代电影英雄。

王家卫的《重庆森林》摄制于 1995 年，讲述的是香港有座大厦叫做重庆大厦，而导演则把故事搬到那里，其实故事都是发生在香港现在都市里的。王家卫意识到现代都市人都有着共同的孤独感，在钢筋水泥森林里麻木地生活着。因此，整部片子色彩黯淡，为的就是渲染这个主题。

《重庆森林》由两个独立的故事构成。

第一个故事：失恋无聊的警察223爱上了戴金色假发的女杀手。神秘金发女子利用几个印度人运毒，印度人欺骗了她。她杀了这班印度人后逃走，在酒吧遇上了失恋便衣警察223。金发女子在重庆大厦疲倦睡着了，223守护她一夜在清晨离开。警察223每次失恋都要去跑步，正在雨中的警察准备离开时，CALL机收到金发女子发给他的生日祝福。

第二个故事：在速食店打工的女孩暗恋着每晚来买宵夜的警察663。警察663每天在"午夜特快"快餐店为女友买沙拉，后来为女友买炸鱼排换口味。女友却提出她也要换口味了。速食店女孩拆了警察女友留在快餐店留下的信，拿到了警察家的钥匙，以后就经常偷偷去他家中打扫装修，好像梦游一样。一日，被警察663撞见。当晚，663约她在加州酒吧见面。女孩却去了真的加州，留给他一封信。663始终不知道信中约会的地点。1年后，女孩回来了，回到表哥的快餐店，663已经是这家店的老板了。女孩一身空姐制服，给663写了一张新的"登机证"。

两个故事，两段看似并不相关的都市恋情，实质却有着千丝万缕的联系。两个故事之间的关系就像擦身而过的阿武和阿菲，无限趋近却无缘相交，"只有0.01公分的距离"。

我们现在可以对板块式结构加以定义了。板块式叙事结构是由两段或两段以上有内在联系的片段整合而成，以立体方式表现生活的一种叙事模式，它与传统叙事整一性原则背道而驰，各板块拥有相对独立的发展线索。板块式叙事结构，通过富有深刻内涵的主题，将多个零散段落组合成有机整体，彻底打破了传统叙事结构的整一性原则，却余音绕梁，留给观众更多遐想和再度创作的自由，并且独树一帜，试图摆脱电影只能叙事和抒情的框架。与其他叙事结构类型相比，块状式叙事结构更专注于表达某种形而上的哲思，彰显出影视时空架构的无限可能性。

第二节　影视剧作的基本框架

一、影视艺术的时间意识

在影视艺术中，时间的表现形式有三种：①放映时间，即作品的延续时间；②剧情时间，即作品所表现的动作和故事的延续时间；③心理时间，即观众欣赏作品时主观感受的时间流逝，是观众心理上的延续时间。这三种时间表现形式，有时会呈现出一致性，有时又会呈现出极为复杂的情形。关于叙事时间，拉杰尔·日奈特提出了时序、时长和频率的概念。

(一)时序

时序是对叙述时间(话语时间)和故事时间进行比较。影视作品中的时序包括顺时序和逆时序两种情况。其中,话语时间是线性的,而故事时间则是多维的。我国传统影视创作基本上是采用顺时序来处理作品中的话语时间和故事时间关系的。改变叙事模式的一条重要路线就是以逆时序来结构作品的话语时间和故事时间关系。

在文学艺术中,逆时序是早就存在的。影视艺术对于时间的处理相对于文学艺术要复杂得多,因为,它的时间效应是由影像、光线、音乐、音响、人物语言等元素共同创造完成的。在我国传统的影视创作中,表现逆时序一般采用缓慢的淡入和淡出之类的技巧,同时,以画外音的方式来提示观众。在展示发生在过去的事件时,声音一般还是现在时的,声音与画面表现同一内容,画面成为了文字解说的线性表述。这是一种直接性、说明式的表现方式,符合中国观众历史性的接受习惯。

《小花》就不再完整细致地展示发生在"过去时"的人物命运遭遇,而是以瞬间的片段闪回来替代长时间的完整回忆,将那些关键性场景放在人物情绪波动较大的某一时刻,用几个快速切换的短镜头来表现。用闪回技巧处理时间的手法对于我国的传统影视艺术来说是一种新的尝试。有人认为,闪回的大量使用仍是文学影响影视艺术的一个证明,"尽管闪回能够简单地解决叙事的问题,并可以通过时空的变化使叙述本身富有节奏感,但事实上,它却限制了一部影片的想象空间,从而使我们强烈地感觉到我们所目及的一切都是固定的和有时间限制的。这一点正像这些青年导演已经认识到的,是与电影潜在的开放性相悖的。从这个特定的意义来讲,在许多中国影片中运用的闪回,不论它有多少正当的存在理由,都表明这些导演还没有认识电影的基本美学原则"。由于闪回本身存在的同影视艺术本性相悖离的弊端,所以,20 世纪 80 年代中期以后,这种手法在电影中已经很少使用。但在 20 世纪 90 年代中期以后推出的一些纪实性电视剧中,如《中国大案录》《中国刑警》则大量使用闪回,并由此形成两条情节线的平行发展。

预叙同倒叙正好相反,是提前叙述以后将要发生的事情。在《小街》中,男女主人公三种不同的结局就构成了对未来可能发生的事件的形象化表述,创造出了一个开放性的时空结构。

(二)时长

它是作品中时间的延续过程,涉及叙述时间和故事时间的关系。一般情况下,叙述时间比故事时间短。但某些段落的叙述时间会比故事时间略长一些,如《战舰波将金号》中"敖德萨阶梯"一段,就是婴儿的哭喊、童车的滑动、人们惊恐的面部表情等画面的反复交替、组接。这不仅扩大了作品的表现空间,而且延长了时间,创造了影视艺术特有的时空。

我国传统的影视艺术处理时长用得比较普遍的技法是省略,即通过尽量少的镜头去表现某些事件,省略掉某些情节。这种对于现实的"歪曲"仅仅是出于叙事的需要。最初出现的是快速摄影,这种被普多夫金称为"时间的特写"的影视技法,除满足观众仔细观察动作过程的视觉要求外,还具有更重要的美学价值,尤其是在表现梦境或爱情场面时,能够有效地增强抒情色彩,它能够充分显示出动作的精神内涵,以造成一种更加强烈的视觉刺激。如《大阅兵》结尾的慢动作处理,产生出强烈的情感"间离效果",让人在没有"煽情"的激动中冷静地参与哲理性的思考,以引发出深刻的哲理文化意味。

定格或影像的静态画面是一种使时间"膨胀"的近乎极端的形式。表面上看似乎同影视艺术的运动本性相悖,但却能够通过空间的凝固、时间的延宕产生出强烈的视觉冲击和心理冲击。例如,《黄土地》开始时的一组叠化镜头,使黄土地的造型久久伫立在观众面前,其静态构图在延宕时间的同时,迫使观众在感受到沉闷和压抑之后,产生出对我们熟悉的黄土地新的感觉和认知,进而思考其意义。

慢速摄影则是一种同静态构图反向的结构技巧,对观众产生出叙述时间短于故事时间的心理感受,往往会产生出一种特殊的喜剧效果。《黑炮事件》中,奇大的时钟快速转动以时间的转瞬即逝永不倒流,以时间的浓缩造成观众心理上的紧迫感,对比出会议内容的苍白无聊、节奏的松散拖沓。

(三)频率

频率从理论上说具有几种可能性,既可用一遍话语叙述只发生过一次的事实,也可以用多遍话语叙述同一个事实,还可以用一遍话语表示类似事件的反复发生。在影视艺术中,频率不但同叙事相关,并可能产生出某些象征或隐喻的效果,或者产生出复沓的节奏功能。如同一画面在作品中的反复出现,往往会引起观众的注意,诱发观众对其进行思考。在《乡音》中,当陶春揣着脚盆第一次出现在镜头中时,观众一般只将其作为一个生活化的镜头,而不会去追寻其中特殊的意味。但紧接着是第二次、第三次……特别是在陶春病倒后,她年幼的女儿又接过了脚盆,这就使它超越了自身的所指而抽象为一个象征性的符号,诱发观众进行深入的思考——女人、男人与中国传统文化基因所模塑出的关系。这里所采用的是以一遍话语表示类似事件反复发生的重复叙述,以空间的迭化造成时间上的不断循环、无限重复的艺术效果。

二、影视剧作的叙事角度

叙事变化另一重要表现是叙事角度上的转变。"在文学方面,我们所要研究的从来不是原始的事实或事件,而是以某种方式被描写出来的事实或事件。从两个不同的观点观察同一个事实就会写出两种截然不同的事实。"(引自:兹维坦·托多罗夫)作为叙事的原理,影视艺术也是一样的。一般情况下,叙事角度(或观点)基本上可以分为三种类型:

(1)全知叙事。叙述者无所不在、无所不知,既知道人物外部动作,又了解人物内心活动,按托多罗夫的说法是"叙述者 > 人物",日奈特称之为"零度调焦"。

(2)限制叙事。叙述者与人物知道的同样多,人物没有找到事件解释之前,叙述者无权提供。托多罗夫称之为"叙述者 = 人物",日奈特则称之为"内部调焦"。

(3)纯客观叙事。叙述者比任何一个人物都知道得少,他仅仅以某些人物所看到的所听到的进行叙述,托多罗夫称之为"叙述者 < 人物",日奈特称之为"外部调焦"。

我国较早对叙事角度进行探索的是《天云山传奇》,作品以三个女性的主观叙述为基本叙事框架，即日奈特所说的“复合型”的“内部调焦”，由不同的叙述者轮流描述同一事件或人物。三个女性的视点均带有主观色彩，但多种视点的交融又产生出一种客观效果，使观众不仅能够通过三个女性的视点多侧面地观察和了解男主人公，也能感受到三个女性叙述者的不同心境。有意味的是，这三个视点相互之间并不矛盾，虽然表面上采用的是三个女性的视点，事实上却有一个潜在的男性叙述者在操纵叙事，从而构成了一个稳固的等边三角形。

“内部调焦”中另外一种形式是“固定型”，即由同一叙述者叙述事件的全过程，《老店》就是从青年女编导的视点来叙述“全聚德”的兴衰。但有些作品的情况就复杂一些了，如《城南旧事》的基本视角是小英子的眼睛，摄影机的视点与小英子的视点和心理保持一致。作品以主观镜头为主，并全部用低角度拍摄，只表现小英子能够看到和听到的。但实际上小英子只是一个“聚焦者”，并非真正的叙述者，她背后还有一个隐含的叙述者，她本身也是摄影机所摄取、叙述者所叙述的一个客体。这一部影片中既使用第一人称叙述，也用第三人称来表现戏剧性的情节。严格地说，作品的叙述机制是成人的，是一部以成人的视点回忆过去的自传性作品，目的在于，借助一个儿童的视点来叙述自己内心的感受和思念。

“外部聚焦”的叙事角度多用于纪实风格的作品，摄影机仿佛躲在一个不为人注意的角落里，直接把生活的原色呈现给观众。《北京，你早》是以一个仿佛“局外人”的眼光观察生活于现代都市中的普通人和所发生的普通事，表现人物平淡无奇的日常生活和感情纠葛，作品没有鲜明的价值判断，也没有内心矛盾的刻意展露，一切都如同生活本身一样平凡、朴实，在一种近乎“冷漠”的叙事中，让观众去感受生活的“原始”韵味。

在我国新时期影视创作中，有一些作品是多种叙事角度交叉并存。如《血色清晨》前面2/3主要追述事件的发生与起因，叙述者以案件调查员的身份叙述事件过程，同时，以一些证人的主观叙述从各个侧面叙述同一个事件。后面1/3则基本以案件调查员的视点，从一个相对较客观的视角从各个侧面对事件进行剖析，从而多角度地展示了事件赖以发生的整体社会文化氛围。

叙事模式的转变标志着我国影视艺术向本体的艰难回归，丰富影视艺术的表现形态，并促使我国影视文化从单一走向多元。

第三节　结构的基本要素

关于影片的格局，首先要弄清两个基本概念：“情节点”和“情节段落”。一部影片从叙事的角度讲，是由许多“情节点”组成的，数个“情节点”组成一个“情节段落”，数个“情节段落”，又组成一部完整的影片。

美国好莱坞著名编剧悉德·菲尔德认为，一部影片的格局应符合图5-7所示的模式：

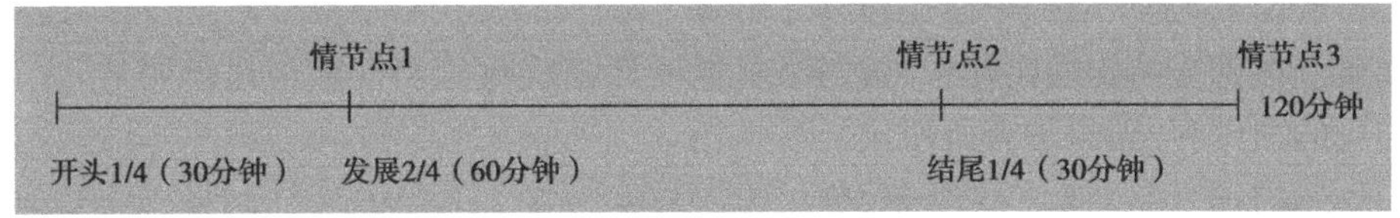

图 5-7

该模式中,“情节点 1”“情节点 2”“情节点 3”是影片中异常重要的情节点。

电影影像的基本单位是镜头,电影情节的基本单位是“情节点”。如同镜头在影像中的作用一样,“情节点”同样缩短或者延伸了现实时空,创造出特殊的影视时空。同时,“情节点”又集中了矛盾、渲染了冲突、深化了主题、刺激了观众。观众无疑是需要刺激的,刺激是电影的特性,也是电影的魅力所在。这里所说的“刺激”,不仅指它改变了现实的时空关系,更重要的是:从观众欣赏的角度讲,必须不断地使观众感到“意外”。就像镜头的剪辑是跳跃的一样,情节点的衔接也必须是跳跃的。一般说来,一部两个小时标准长度的影片的情节,由几个“情节点”组成。

数个“情节点”组成一个“情节段落”,“情节段落”往往是围绕情节主线展开的,一部影片由十个左右的“情节段落”组成,一个情节段落如同一条铁链中的一环。而作为“情节段落”的“落点”的那个“情节点”非常重要,它要巧妙地“勾住”前后两个“情节段落”,使其有所关联,从而既结束了上一个“情节段落”,同时又巧妙地引出了下面一个“情节段落”。美国影片《唐人街》中有一个情节段落“调查私通”:私家侦探吉蒂斯受当地要人墨尔雷太太之雇,去调查墨尔雷先生与某女子私通。吉蒂斯终于拍到了墨尔雷与某女子幽会的照片,并且让照片上了报。大功告成后,吉蒂斯回到办公室,这时,一个女子在办公室等他。女子问吉蒂斯:“你认识我吗?”(她才是真正的墨尔雷太太)这是一个完整的情节段落,其中最后一个情节点,真正的墨尔雷太太来到侦探所,质问吉蒂斯:“你认识我吗?”该情节点就是这一段落的“落点”,既结束了该情节段落,又巧妙地引出了下一个情节段落。

关于影片的格局,悉德·菲尔德在《电影剧本写作基础》中提出了“三段论”,即一部影片不管它的“情节点”有多少个,“情节段落”有多少个,都可分为开头、发展、结尾三个部分。如果一部影片的时间长度是两个小时(120 分钟)的话,其划分比例为 1∶2∶1。三个部分的划分标志是“情节点 1”“情节点 2”“情节点 3”,无疑它们是影片中异常重要的情节点,在影片的整个格局中,其作用也是至关重要的。如影片《飞越疯人院》描写了精神正常的迈克被送到了疯人院,他不断挑头向以护士长为代表的院方作斗争,并不断试图逃离疯人院。迈克不断失败,最后,他被医院摘去部分大脑,变成了痴呆人,他的好友酋长不忍看到他变成一个痴呆人生活下去,闷死了迈克,并带着迈克的灵魂逃离了疯人院。影片长度为 120 分钟,三个部分的时间分配为:开头 30 分钟,发展 60 分钟,结尾 30 分钟,标准的好莱坞剧作结构。①开头:迈克来到疯人院,并与护士长交锋,他与人打赌,一周内把护士长制服(为情节点 1);②发展:迈克与护士长不断斗争,最后他遭受电刑(为情节点 2);③结尾:迈克誓死逃离疯人院,但逃离失败后被摘除部分大脑,变成痴呆,酋长“杀死”迈克,带着迈克的灵魂奔向自由(为情节点 3)。

一般说来，剧作结构中往往包含了开端、发展、高潮、结局（开、承、转、合）四个基本要素。在传统结构的剧作中，这四个基本要素表现得相当规整也比较明显，在非传统结构的剧作中，则经常有所变化。

一、开端部分

开端部分表现在交代时间、地点、环境，剧中主要事件启始、主要人物出现、主要矛盾显露，为发展部分做好充分的准备。

事件与人物的关系既然是影视艺术构成情境的重要因素，在作品的开端部分，就应该把这些因素通过画面展示清楚，目的是为了尽快地使人物（也包括观众）进入到规定情境中去。在这方面，戏剧也是一样的，但影视艺术在完成这一任务时，由于时空的流动性和画面的特殊组合方式，使编创人员获得了极大的自由。这里我们看一下希区柯克的作品《三十九级台阶》是怎样将人物（包括观众）推入到规定情境中去的。乱哄哄的杂耍剧场，一位记忆大师正在进行表演。主人公汉奈出场，他坐在剧场里大声向记忆大师提问，两人的对话告诉观众：汉奈是一个到伦敦旅行的加拿大人。但剧场里忽然混乱起来，有人在打枪，汉奈往剧场外挤，一个年轻的女人拉着他挤出门，并要求跟他一起回他的住处。这时，我们已经看到了作品的主角汉奈，弄清了他的身份，知道了故事发生在1935年的英国，还看到了一位年轻漂亮的女人，她和汉奈肯定会发生些什么事。但作为情境因素的交代还不够，我们还没有搞清楚汉奈会遇到什么事（事件），会陷入到什么矛盾之中（人物关系），所以，这还不是真正的开端。接下来，汉奈和年轻女人回到住处，她显得令人奇怪地紧张，她告诉汉奈自己是一个身处危境之中的特工，因为发现一群以一个缺了一截小指的人为首的间谍盗取了英国的军事机密，而正被这伙人追杀……汉奈自然是不相信，但年轻女人却在他的屋里被人杀死了，汉奈这才明白她说的是真的，并且，惊恐地发现自己陷入了大麻烦之中——间谍们要追杀他这个知情者，警察也把他作为杀人犯在追捕他。至此，作品的情境也真正地建立起来了，事件与人物关系使汉奈这一个别的性格获得了发展的动力。

现代影视艺术的一个重要发展现象是节奏的加快，这种节奏变化不仅是镜头转换上思维空间的增大。同时，也表现在开端部分对于情境的交代语言更加丰富，表现手段多元化，以便更快地引出动作。影片《断箭》以拳击开始，带出两位即将互为对立面主要人物之间的对抗，从拳击台上下来走进将军的办公室领受任务，把整个情境交代完毕，人物开始动作。《真实的谎言》开场的枪战打斗，极富视觉的感染力，然后，是主人公回到家中却对自己的妻子隐瞒自己的真实身份，带出复杂的人物关系和事件。《拯救大兵瑞恩》开始的登陆战斗蕴含了作品的内在冲突：战争与个人的关系。紧接着是后方总部发现瑞恩兄弟四人中，已相继战死三人，仅剩一人还在战场，这剩下的一个绝对不能够再让他牺牲，建立起了叙事的起点。

这几部作品都属于动作片，所以，开端比较强调视觉的刺激性和感染力。有的作品情况就复杂一些了，如《一个警察局长的自白》，在疯人院的气氛中，主人公出场，由他的活动，展示出作为背景的疯人院，然后是他向主任医生发出放利普马出院的指令。通过警察局长与助手的对话，“透露”出这一指令的特殊意义。利普马出院后，找罗蒙诺复仇。至于主人公与罗蒙诺的关系，则是随着情节的发展逐步交代出来的。也就是说，把情境的因素分散后，糅合到情节的发展进程中。而这种处理方式，完全是由作品自身的复杂性所决定的，目的仍然是为了加快节奏。

这一部分要简洁、明快，建立“需求”、设置“悬念”，以抓住观众的兴趣。

例如，《美国往事》第一段落中，描写了“面条”女友被杀的残酷过程和莫胖子遭毒打的血腥场面。从电影格局的角度讲，该段落是影片的“第一本”。电影对第一本的要求是：节奏快、刺激，能够立即吸引住观众。《美国往事》第一段落的主要特征就是节奏快、刺激、残忍、血腥、充满悬念。“面条”的女友为什么被残忍杀死，莫胖子为什么遭人如此毒打，能够激起观众的观影欲望。这是典型的电影格局中的“第一本”。“丢钱出走”是影片开头部分的“情节点 1”：火车站保险柜大家的巨款消失了，这是怎么回事？巨款到哪里去了？谁偷的巨款？是否弟兄们中有叛徒？谁是叛徒？“情节点 1”以内在动力结束了影片的开头部分，紧紧勾住了影片下面的发展部分。这些疑问需要在后面的故事中得到解答。

美国影片《鸟人》的片头，就有许多值得我们学习的东西。影片的片头，黑底上呈现出白色的主创人员姓名的字幕。声音主要包括三部分内容：人声，艾尔的呼唤声“……鸟人，鸟人！……”；一个女人的声音“是像天使一样，它有翅膀……”音响，火车行进的声音，群鸟的鸣叫声和群鸟翅膀扇动的声音。音乐，非现实的人造音乐。

一般说来，制作一部影片的片头，主要有两种制作倾向：一是介绍剧情，将影片中与影片主要剧情密切相关的镜头快速组接在一起，让观众对影片的内容有一个大致的了解；二是制造刺激，将影片中最刺激的场面（凶杀、爆炸、爱情和性场面等）快速组接在一起，极大地激发起观众的观影欲望。也有将两种倾向融合处理的，既介绍剧情，同时又制造刺激。

《鸟人》的片头制作不像常规影片那样，采用令人眼花缭乱的、花哨的、大量的镜头组接来先声夺人，介绍主要剧情，引起观众的兴趣。而是采用单纯的黑色片底，然后，在黑色的中央逐行推出字体正规的（印刷体）的白色英文字幕。简单的黑白二色的对比，使影片的片头具有一种质朴、凝重、严肃的艺术效果。应该注意的是，这种影
像方案同影片“现实与理想的冲突”这一严肃、凝重的主题和风格是一致的。片
声音方案则对影像方案做了衬托，由人声、音响、音乐三部分组成，弥补了影……向情
板、信息量不足的弱点。其中，人声部分表面上看不过是一些零星出现的……出影片
节意义的人的画外音，但却是导演精心选择的声音：艾尔的呼唤声为……的人——
的主人公（他的名字叫“鸟人”），以及该主人公的主要特征（他是一……膀……”）；
“鸟人”）；女人的声音则是编导对“鸟人”的评价（“是像天使一……致的，主要是来
音响部分的鸟鸣和鸟的翅膀扇动声同人声、音乐在影片中的……叫和鸟的翅膀扇
烘托和表现“鸟人”这个人物；而火车车轮与钢轨的磨擦……动的冰冷的机器；一
动声，这两种声音形成鲜明的对比关系：一个是滚滚……自由、现实与浪漫……
个是自然界自由翱翔、歌唱着生命的精灵。机器与……立——这就是音响蒙太
这些鲜明强烈的对比，表现了现实与理想的格……的虚无缥缈的音乐。这是
奇。音乐部分采用了一种电子合成器演奏……

“鸟人”的音乐，是“鸟人”精神状态的音乐化概括。在影片情节的逐步推进中，伴随着“鸟人”的出现，“鸟人音乐”也不断出现。在片头的声音方案中，“人声”“音响”“音乐”三种声音交织在一起，形成丰富的声音蒙太奇，其作用是：①指出了影片的主人公，为紧随其后的影片主人公（“鸟人”）的出场进行了铺垫；②概括了影片的“非纪实”风格；③点明了“理想与现实的冲突”这一影片主题。

如何写好开端部分？用悉德·菲尔德的话来说，就是要在10分钟内介绍三件事：谁是你的主要人物、戏剧性的前提是什么、主要人物的动作，即什么人、在什么情况下、做什么事。盖·里奇导演英国影片《大侦探福尔摩斯》（2009）的开头：被催眠女子在声音刺激下是会醒过来的，尤其是枪声。氰化物中毒出现幻觉倒是有可能，可死后会被法医检测出来的（即使是当时的科技情况），而且，剧情里她不是第一个被献祭的人。初步推断是某种可导致人精神错乱的迷幻药。因为，电影开头那女人在献祭前胡言乱语并伴有手脚抖动现象，在清醒的情况下受到某种刺激再被下药，这更符合推断的可能性。

影片《情书》开头：雪花随着大风漫天飘散，故事的主人公之一渡边博子屏住呼吸，静静地躺在雪地里，幻想着自己能随已经不幸逝世的男友一起离开这个悲伤的人世。雪花不断地飞落在她的衣服和脸上，镜头以一个小景别静止的注视着这一切。突然，她大口喘气、睁开双眼，从想象中醒来。她发现无论自己多么不肯接受斯人已逝的现实，但这件事情仍旧是已经发生并存在着的。她起身，抖了抖身上的雪，抬头看了看飞雪的天空，然后，静静地向远处走去。摄像机高高摇起，由全景升到大远景，渡边博子一袭黑衣在漫天的白色里慢慢地化作一个移动的黑点，那么渺小、孤单却又那么明显。

影片《阿甘正传》开头：一片羽毛在空中忽上忽下，随风诗意般的飘动。几经翻转、吹拂，它飘落到街边一个行人的肩上。随后羽毛又从这个肩膀上飞离，穿过行驶中的轿车，飘飘荡荡地停落在主人公阿甘的身旁。阿甘伸手拾起这片羽毛，并将其放在了装满“宝贝”的小箱中。

羽毛，作为一种极具象征意义的人生的比喻物，其很好地诠释了包括主人公阿甘在内的我们每个人的生命历程。我们无从选择自己所处的时代和社会，只能将作为个体的自己融入身处的社会中，随着时代起起伏伏，奔波不息。而每片飘飞的羽毛都无法 的 一个归宿——回归大地，就像我们也无法回避我们最后的终点一样，至于羽毛 飞，那已是重生和繁衍的故事了。

 电影语言的书写者与革新者，奥逊·威尔斯用一组梦幻般的镜头开始了这部影 —《公民凯恩》。摄影机从“禁止擅闯”的警示牌向上摇起，越过铁丝网、大门、 等，停在了一扇窗户前，窗户里房间的灯一下子熄掉了，而后又亮起，透过色 破碎的水晶球的变形后的反射，观众得知主人公凯恩逝世了。接下来是不断 的场景氛围，与带有明显窥视欲的主观镜头截然不同的纪录式镜头开始了。 广播纷纷重复给观众传播了凯恩逝世的事实，以及其充满传奇色彩的身世 法与主观表现手法共同交织组成了一个风格独特并极具电影理论意义的

《罗拉快跑》开头:人类,可能是地球上最神秘的物种,一种找不到答案的谜团。我们是谁?我们从哪里来?我们往哪里去?如何确定所知皆真?又为什么相信这一切?无数的问题是为了相同的答案。而这答案又将带来新的问题,下个答案又重复带来新的问题,周而复始,到最后还不是相同的问题,同样的答案?伴随着这段无解的哲学式画外音,画面上出现着拥挤不堪的人群,在人群中有身着黑色旗袍的女子,红色短袖的年轻人,银色西服的男子,怀抱孩子的妇女,等等。随后一个警察对着摄像机向观众说道:"游戏得进行 90 分钟,这是我们所知的全部,剩下的就是理论了,咱们开始吧。"这就是《罗拉快跑》这部集合了动漫、游戏、MTV、剪贴画等诸多元素的电影的开头。《罗拉快跑》一上映就以其鲜明的凌厉的风格成为后现代电影的代表作,影片开头看似深奥的对人生意义的追问实则是一种解构,追求深刻、理性、秩序的现代性理念在这里已不复存在,取而代之的是一种无序、去中心化的后现代精神特质。如此新颖的开头与剩下的 90 分钟"游戏"是分不开的,只有看完全片,我们才能更好地体味到导演此处的匠心所在。

当最美好的事情和最痛苦的事情这两个极端并存时,会出现怎样一个独特的视觉效果呢?影片《广岛之恋》就此给出了自己的答案。作为法国新浪潮的代表作品之一,著名导演阿伦·雷乃与作家玛格丽特·杜拉斯合作,一起完成了这部对战争的反思史。在影片的开端,男女之间深情的爱抚与原子弹爆炸后的惨景相互交叉,一组强烈对比的画面像是传达着一种荒诞,欢娱与苦痛的并存被不加丝毫修饰地呈现于银幕。

这样一组画面在震撼人的眼球的同时也刺激着人们的神经,对于那些习惯了好莱坞式流畅的戏剧式开头的观众,这样的开头无疑给了他们某种特殊的启示。

我们简单地听一下《天使爱美丽》中开始的几句旁白:1973 年 9 月 3 日下午 6 点 28 分 32 秒,一只蓝丽蝇每分钟翅膀拍动14 670次,停落在巴黎蒙马特的圣文森路。同时,加涅特磨坊,邻家餐厅的露天座,风像变魔术似的钻进桌布底下,没人发现舞动的玻璃杯。同一时刻,在第九区的图但人道 28 号 5 楼,挚友艾米的葬礼已结束,尤金便删除了通讯簿里的艾米的名字……这段极具法国电影特征的旁白充满新意,它将生活中毫不相关的细节联系在一起,像字母拼写一样组成意义。电影《天使爱美丽》正是将这种常人在日常生活中,极为个人化而又很容易被忽略的小细节作为表意和交代单元,通过某种神秘的情绪来联通观众内心深处的小情感。生动而俏皮的开头使得影片与众不同。

由科波拉执导的《现代启示录》开头:直升机"呼呼"地在低空盘旋,画面的后景是一片典型的热带森林,背景音乐是大门乐队的《THE END》。渐渐地,烟雾开始在森林四周散开,这是被投掷了燃烧弹的结果。火慢慢地开始在树林中蔓延,不一会儿这片树林就被火海说吞没,刚才的那片绿色已经被大火燃烧的红色所取代。这是一个要讲越南战争的电影。

音乐依旧,电影开头的画面仍在延续——风扇下的美军上尉威拉德的脸孔与这片燃烧的森林叠化在一起,上尉的头朝向屏幕的下方,脸倒置着面向观众。这预示着电影将要讲述的并不是一个合乎常理的故事,它可能本末倒置。而室内转动着的风扇与直升机的上扇叶一起，不断地发出呼呼的声响，仿佛要吹散弥漫在空气的躁动与不安。

夸张的色彩、苍凉的音乐、浓雾弥漫的梦幻场景，科波拉用这样的电影开端为我们预设了一种非理性的荒诞，而这也正是他要讲述的自己理解中的越南战争。

事实上，电影的开头是多种多样的，可以分成：顺开头（如《克雷默夫妇》《马路天使》）；倒开头（如《天国的车站》《白夜》《放牛班的春天》）；中间开头（如《情书》《天云山传奇》《人证》）；呼应开头（如《良家妇女》《两个人的车站》《早春二月》）；冷开头（如《黄土地》《雁南飞》《罗生门》）；热开头（如《兵临城下》《红高粱》《士兵之歌》）；先主后宾开头（如《阿凡达》）；先宾后主开头（如《铁皮鼓》《法国中尉的女人》）等，例子多多，这里就不一一枚举了。

二、发展部分

"发展（Development）"也叫"纠葛"，是电影结构中最主要的部分，其篇幅也最长，它着重展示矛盾纠葛如何加强剧中英雄的困难与危机。不仅要展示剧中正反主人公的能量和目的，还要着重刻画剧中人物所面对险恶的环境。影片《魂断蓝桥》发展部分有五段戏，上一段正是下一段开始，下一段又是上一段的必然继续。该片导演正是按照"冲突律"的法则，经过仔细设计和安排，错落有致地把各个部分组织起来，以达到矛盾深化的目的。由于矛盾的不断深化，便也造成了戏剧艺术必须具备的那种紧张感。这种"紧张"必须逐渐加强，不能让它松弛下来。阿契尔在《剧作法》一书中说："戏剧的秘密的最大部分在于一个词'紧张'，而剧作家技巧的主要内容就是在于产生、维持、悬置、加剧和解除紧张。"经典的发展结构为了不断加强这种紧张感，往往要遵循一条原则，即按照情节发展的逻辑顺序把来龙去脉交代清楚，使剧情能够以步步相逼的发展威势奔赴高潮。它必须按照因果关系，把段和段、场和场，循序渐进地、承上启下地、合情合理地连接起来。

经典发展模式强调戏剧的整体性，表面上合理的动机，各个组成部分的连贯性。每一个镜头都不露痕迹地过渡到下一个镜头，力求使动作顺利地开展，造成一种不可避免的感觉。为了增加冲突的紧迫感，有时会加上某种最后期限，从而强化感情。尤其是在早期经典好莱坞电影中，经典发展模式往往有两条情节线索，与主要的动作线索同时展开一个罗曼蒂克的爱情故事。在爱情故事中，一对次要恋人与一对主要恋人同时出现。

在发展部分，①要为人物不断设置障碍，通过人物动作不断克服障碍，实现需求；②矛盾要不断推进、冲突要不断加剧、人物性格也要不断形成；③在这里，必须层次分明、疏密适度、变化无常而合情合理。

以《一夜风流》为例来说明：

考尔白与盖博在巴士的邂逅，先有考尔白的跳船、盖博的辞职，乘巴士到纽约各有其"需求"——考尔白的小姐脾气与盖博的玩世不恭，才造成停车后的分坐——推销员的骚扰，盖博有机可乘而考尔白也只得默许——考尔白误车（自以为巴士会等她），却发现盖博也误车（其实是他看见报纸，敏感到有新闻）——雨夜投宿考尔白是警惕的，盖博的坦然使她勉强入睡——次晨，推销员也怀疑考尔白的身份，盖博唬走了他；

因有雨夜投宿的经历，考尔白对他有了信任和好感，才同意一起弃车步行……这一系列的“动作”成为不断设置的“障碍”被不断地“克服”，使考尔白的娇生惯养和盖博精明能干、风趣幽默的性格逐渐显露无遗……由于盖博始终未加侵犯，反而让考尔白萌生情愫……

它注意了场与场、段与段的联系必须紧密，并合乎逻辑，使矛盾主线发展得有起伏、有节奏，一切顺理成章。

同时，它还注意了其他戏剧片段和戏剧线索对主线的穿插。

考尔白与盖博的戏是主线。考尔白父亲在女儿跳船后，在报纸上悬赏寻找、派出侦探查询、亲自乘飞机追踪，以及盖博与报社老板的通话联系是两条副线，都与主线并行不悖，增加了主线情节的紧张性；推销员的出现、搭顺风车的片段则是巧妙的穿插，丰富了剧情，也增加了影片的趣味性。

它特别注意了矛盾的发展要严格控制。

在高潮到来之前，决不能让矛盾发展到顶点，而使其总是处于运动状态，从而使剧作总体矛盾的不断发展得到保证。

即使在考尔白爱上了盖博，甚至投怀送抱时，虽然盖博也爱上了考尔白，但他仍坚守道德底线，导致她产生误会……既是男主角的控制，又是编导对戏剧矛盾的严格控制，使剧情始终处于运动状态，等待高潮到来。

《一夜风流》的发展部分是处理得十分成功的。

三、高潮部分

“高潮”部分是结构中最关键的部分。电影叙事中的高潮是指戏剧性进展（情绪、剧情、力度方面）最高点。经典好莱坞电影叙事高潮并非必然是一场激烈的戏，只需要情绪激烈就行了。高潮也更不一定是一种戏剧性突变，相反，高潮完全可以是一次意料之中的、期待着的对抗。经典好莱坞叙事结构中的高潮往往是结构的顶点，是冲突从量变到达质变的时刻。在《魂断蓝桥》中，如果说发展部分还只是矛盾经历着量变的过程，那么，当一直作为伏线处理的“等级差距”这一新的矛盾突现出来时，促使原有的矛盾产生质变，形成了全剧的高潮。在高潮这一时刻里，体现在整个冲突中的两种力量，谁胜谁负也已被确定：在纯洁爱情和传统观念较量中，玛拉终于失败了。

高潮部分也是矛盾发展的必然结果和顶点，此时，人物性格塑造完成、主要悬念得以消除。因而，也是最震撼人心的时刻。高潮部分的到来要突如其来，既在情理之中，又在意料之外。例如，《第四十一》女红军战士打死“第四十一个”敌人（恋人）的那一枪，如《胜利大逃亡》中斯泰隆扮演的盟军守门员挡住德军球星的那一粒必进的点球等。

对于我们学习影视编剧而言，有必要对影视叙事结构中的“高潮”进行更加深入的认识。究竟什么是影视剧中的“高潮”？要回答这个问题，必须先费些笔墨讨论一下有关高潮的定义。英国的威尔特曾从“感情反映”的角度解释过：“高潮是给观众造成最大的印象，也是得到观众最富于感情反映的时刻。这是感情最强烈的时刻。”一出戏，如果不能得到观众的感情反映，当然是不好的。全剧中“感情最强烈的时刻”，自然也会给观众留下难忘的印象。但问题在于，千余名观众同看一出戏，感情反映并不是始终一致的。观众的感情反映，不仅决定于剧本和演出，也受观众本身主观因素的支配。那么，所谓“感情反映”是拿什么做依据呢？而且，那些感情最强烈的时刻，又是怎样造成的呢？

也有人从观影的“情绪效果”的角度解释过它。美国的劳逊说过：“高潮不是最喧闹的一刻，但它是最富有意义的一刻，所以，也是最紧张的一刻。”把“喧闹”和“紧张”加以区分，无疑是正确的。很多剧作都已指明，那些最喧闹的场面，并非就是“最紧张的一刻”。可是，“最紧张的一刻”指的又是什么呢？“紧张”作为一种情绪效果，又是由什么造成的呢？情绪效果可以是外在的，也可以是内在的。

还有人从剧中“人物命运”的角度解释过它。李健吾认为，高潮“是主要人物应付事变的内心活动的外现，即行动的决定性关节，这个决定性的转折关头，即戏剧的高潮。一般讲，高潮就是主要人物的全部活动的成败关键。”可是，在影视剧中，主要人物不只一次地应付事变，而每一次应付事变都会有丰富的内心活动，究竟哪一次“内心活动的外现”是全剧的高潮呢？决定主要人物活动的成败关键的因素是很多的，高潮指的是哪种因素呢？把这样的解释运用于具体作品的分析，很可能导致难分难解的争论。

再有人是从揭示主题的角度解释高潮的。曾经有过一种说法：“高潮是完成主题的地方。”有人甚至说得更具体：“高潮就是点题的地方。”只从主题的角度解释高潮，当然是片面的。“点题”，可能有不同的方式。用几句台词说出主题，也是点题的一种方式，但这能说是高潮吗？

还有一种最一般的解释：高潮指叙事性文学作品中主要矛盾冲突发展到最尖锐、最紧张的阶段，是决定矛盾冲突双方命运和发展前景的关键一环，为情节结构的组成部分之一。在高潮中，主要人物的性格，作品的主题思想都获得最集中、最充分的表现。在戏剧作品中，高潮又称“顶点”，通常出现在全剧的后半部。

英国的克拉克却对高潮有另一种解释：“高潮是动作到达它的顶点、到达它在发展过程中最危急阶段的一点，过了这一点以后，紧张便开始松弛和消失。”

综上所述，我们可以看出，人们对高潮的不同解释，归结为讨论问题的出发点不同。假如感情反映、情绪效果、命运转折、矛盾冲突、主题思想、动作等因素，在一出戏中能够完全统一起来，那似乎是再好不过了。但遗憾的是，这些因素却常常不能统一在一起。正因为如此，才有人提出了一出戏可能有两个高潮的看法，也就是情节高潮与感情高潮；有人则提出“高潮线”“高潮圈”等概念，主张扩大高潮的范围。其实，扩大范围并不能真正解决问题，因为高潮属于戏剧结构的范畴。而结构的基本任务，则是在戏剧时间、空间的范围内组织动作。在剧本中，动作是塑造人物形象、揭示人物性格的基本手段；动作使矛盾冲突得以具体、直观的体现；情节也是由人物的动作体现出来的。人物的动作在剧本中应该有所发展，应该也有它的顶点。人物动作的顶点，当然是能够充分揭示人物性格的地方。同时，一出戏的主题思想也是在动作中体现出来的。动作的顶点，也应该是能够充分揭示主题思想的地方。由此可以看出，人物动作的顶点，剧作的主题思想，也就统一成了我们所说的高潮。在许多演出中，观众很容易看到这样的高潮。

从高潮看统一性，究竟意味着什么？结构的统一性意味着动作和主题的结合，这种结合，必须在高潮部分中得到检验。我们知道，一个好的剧本，不仅有好的思想中心，而且有好的动作中心（或者说动作顶点）。剧作者构思剧本的过程，可能是在大量、分散的动作中，抓住动作的中心，在这个基点上明确剧本思想的中心；也可能在研究、分析散漫的动作的思想含义时，先明确剧作思想的中心，再对动作进行选择，从中确立动作的中心。不管是前者还是后者，动作的选择和思想的集中是伴随着进行的。而结构的任务，就是使动作和思想结合起来。在一个剧本的动作体系中，一切动作的作用都要在高潮场面得到检验。也就是说，动作的统一性包含着动作的前后连惯，动作和动作之间的因果关系，这一切，都需要通过高潮去检验。

一般来说，剧作家在开端部分要交代、介绍人物所处环境，人物关系的历史状况，正在发生的事情等。通过交代、说明，造成戏剧情景，造成悬念，指明动作的方向。开端部分造成的悬念是否准确，必须在高潮部分得到检验。故有人认为，开端部分的任务是系结，而解结则是高潮部分的任务。剧作家在开端部分通过必要的交代、说明，造成了全剧的悬念，为动作指明了方向。并引导观众沿着这个方向，一步一步地走向高潮。

就影视剧作而言，一幅地图上，任意两个地点间都可以有无数条走法。但是，无论走哪一条路，最终的目的地是不变的。这就像一个故事，它可以有无数种编织剧情和穿插细节的可能性，但是，剧作者的创作思想，剧作者在动笔前对于整个故事的“目的地”应当是在出发前就了熟于心的。这个“目的地”就是“高潮”，这曲直不一的路线就是推进。

诚如剧作家及理论家们所言：“一个戏剧性场面是一个危机（或高潮），它导向一个决定性高潮（或动作中心）……戏剧结构的秘密主要在于紧张这两个字；在于酝酿、维持、悬疑、加剧和解除一种紧张的状态。”

一出戏能吸引住观众，主要是依靠清楚和正确的强调……它引起持久的兴趣和迫切要求知道后事如何的心情……每一场，每一幕，甚至整出戏，都应该有起伏不断的浪潮。

意义，从正面到负面或从负面到正面，或有反讽或无反讽的价值巨变——朝向绝对而又不可逆转的具有最大负荷的价值的摇摆。这一变化的意义可以打动观众的心。

影片《美国丽人》一开始就告诉观众：“我的名字是里特·伯纳姆，这是我的社区，这是我的街道，这是我的生活，四十岁，一事无成，在一年内，我将死掉。”这里，故事的起点和终点在开端就交代了，并暗示观众，我们的故事的目的地是里特的死亡。里特的死亡也是影片的“高潮”。

我们剧本写作可能有很多的出发点：一幅画，一则新闻，几个词语意外地组合或者在某个瞬间一掠而过的情绪，读了一首诗后的灵机一动，等等。这时，我们开始播下故事的种子，开始用自己未来的若干个月去浇灌它。这个打动我们的想法一般就是一个故事的点。故事点发展壮大，成为可以解决一场戏的决定性的矛盾时，成为一场戏的“戏眼”。故事点继续被丰富并被赋予有逻辑序列的动作性后，能够表达作者的整体创作观点，凸显为一部影片中人物主体动作的决定性段落时，它就构成了高潮。

所以，我们力图将一切术语都用一句话来解释：高潮，就是主要角色的核心动作获得解决的段落。

一些商业剧作家是带着预先设定的“高潮”来写作的。对于普通观众，剧中人的出场意味着一种性格的出场，一个带着特有逻辑的人物形象在银幕上发生行动。对于剧作者，人物出场却是带着他的终极使命，带着他的高潮动作在行动的。观众期望的是人物下一步要去怎样做，能否成功，剧作者却在构思如何在高潮的到来前使人物的行动线真正丰满扎实，以使高潮尽可能以陌生意外的方式合情合理地到来。

由此，我们不难推导出所有素材价值的大小都由其与高潮的关系决定的。在集中的故事线索中，这些素材或者是引起了高潮事件的爆发，或者是催化了高潮事件的反应，或者是恰当延宕了高潮的到来，使悬念危机更加舒展充分。高潮不仅决定着每一个材质的某种正面或负面价值，同时，也影响了所有材质在人物性格逻辑线索上排列组合的顺序。材质的正面价值是沿着已定的人物性格和故事情境线索，推动走向高潮的，它的表现是为人物性格形象朝特定方向“加分”。如《美丽心灵》在讲述对数学达到痴迷程度的年轻纳什的故事时，从一开始就连连显示出他对生活中的数学现象的浓厚兴趣：在聚会上通过酒杯的反射他观察到与朋友领带花纹吻合，在夜晚他将星空指点出各种形状，宿舍的窗玻璃也被当做黑板用来运算，这些都是为他的人物性格“加分”设计用的，用以塑造数学家的形象。材质的负面价值是在沿用人物性格线的同时，提供相反的信息。这种负面价值刻画人物性格的另一面，使人物显得更丰富更有多义性，或用来与先前情境造成对抗冲突，更好地推进人物的动作线。纳什有一回在酒吧里见到被众人追捧的美女，他也露出了人间烟火味的一面，朝女郎勇敢地走过去，但是数学家露骨的求爱失败了——纳什的这个举动只显示出了他是一个不善交际的普通人，与我们设立的“痴迷的数学家”逻辑没有明显一致。但随后，当众人再一次聚会时，他竟受启发地修改了权威的管理学理论。这时，人物性格以另一个角度被再次确认，并构成了动作的前进。

《哈姆雷特》的高潮是主角哈姆雷特复仇行动最后，获得实施并取得决定成功的整段戏。《无间道》则是警匪双方互派的卧底在确认对方身份后做的决战。《美国丽人》则呈现了一个类似于曹禺先生的《雷雨》里“决战之夜”的场景——在一个雷雨交加的夜晚，所有人的命运在同一地点给出决定性答案：里特昙花一现地实现了追求安吉拉的愿望，并结束了自己的生命；可丽莲终于鼓起勇气要向名存实亡的婚姻生活挑战了，珍和男友里奇也终于要离家出逃去纽约。在这里的人物动作与高潮的统一性可以通过里奇的父亲卡而宾来观察。卡而宾从一出场就显示出与环境格格不入的举止。作为一个深受煎熬的同性恋者，他的心理动作一直潜流在对白和生活表面之下。他若有所感地凝视里特光膀子举哑铃，并用自己的揣测去猜疑儿子与邻居的“特殊”关系，当看到三个健壮男人做晨练时，更刻薄地揶揄道：“这是什么？马戏团么？”这些都构成了一个沉睡的悬念，直到大结局之夜才让他同性恋的身份露出，引爆了全戏的高潮，从家里取枪杀了里特。此时，立刻使前面所有关于他的细节价值翻番，这里恰好又直观地印证了另一句关于高潮的格言——当第一幕的墙上出现一支枪时，要在最后一幕让它打响。

“高潮”可以是一整部影片的高潮。同样，每一场戏中，也存在着每场戏的高潮——戏眼。单场戏或一段落的戏的高潮应当与整部戏的高潮保持统一性，一部影片的每一场戏都是我们从起点出发后的中途，它是向着高潮去的，尽管它根据作者的奇思妙想呈现出了千变万化的图景，但高潮是所有殊途共同的归宿。

四、结尾部分

故事的收场，有赖于诸事的平息，终成结局。

在传统的剧作结构中，故事的高潮之后，其主要矛盾和悬念都会最终解决（或达成了新的平衡关系），人物的性格塑造也宣告完成，剧情得到平衡和稳定，这便构成了故事整体的结尾部分。结尾还可以细分为结局和尾声，结局是作为人物和事件结束的情节交代，是实际性的结果。例如，主人公怎么样了，他是活着还是死了，他是成功还是失败了，故事是如何结束的，等等。而尾声则是影片对观众的一个后续“报道”，但生活并非到此结束，它仍要继续下去，所以，还有一些余波、余事、余味需要交代，甚至，某些影片还有作者想表达的对人物、事件、生活的冷静评价——肯定、批判、嘲讽等也在尾声处理。结尾部分要求：

（1）必须干净利落，切忌拖泥带水。例如，《天堂电影院》的结尾。最后，成名后的多多看着艾弗雷多留给自己的曾经被他剪辑掉的所有接吻的胶片微笑着流下眼泪。他明白艾弗雷多对自己的一片苦心，正因为当初放弃了爱情才有了今天事业上的成功。虽然，艾弗雷多自私地决定着多多的人生，但最后的结果却是多多自己走出来的。人生不是电影，人生要辛苦得多。

（2）好的结尾更要含蓄隽永，给观众留下广阔的想象空间和思考余地。《城南旧事》的结尾处，影片充分发挥了借景寓情的作用：在台湾义地里，灰色的坟茔静卧于萋萋芳草之中，一团一团火红的栌叶在秋风中瑟索，霜天里传来乌鸦苍凉的叫声，再伴之以令人神伤的音乐，这一切构成了义地特有的荒芜景象。在此，结尾并不是在单纯地描绘秋天的景色。对于全剧来说，这里是一个结构的尾声，也是一个情绪的高潮：英子长大了，经历了人世不少风雨了，她的性格至此已有较大的发展。她再不是那个无忧无虑，只知道唱“小麻雀”的小姑娘了。除了快乐之外，她还明白了世间还有许多不平和痛苦，因为她学会了忧伤。影片结尾的处理，恰恰是通过画面的内涵、色调、节奏和韵律，很好地传达了英子以及英子的世界中的失落与忧伤，将小英子与亲人生死离别的感伤，也是与自己的童年告别的凄切和怅惘的心绪表露无遗。折射出小英子的性格和情感，完成了人物塑造的最后一笔，使观者对人生有了更多的思索和品味。

结尾一般可分为两大类：稳定性结尾和开放性结尾。

（一）稳定性结尾

大部分影片结尾基本上是故事有一个明确的结局，事件告一段落。善有善报、恶有恶报，人物各得其所，生活回归平静。

1. 常规的

人们说大团圆结局具有东方文化特点，如中国戏剧的书生落难、小姐赠金、金榜题名、衣锦荣归等都是大团圆结局,事实上好莱坞电影亦是如此。假如我们把《永别了,武器》的结尾改一下,让卡萨玲生下小卡萨玲,一切如预想的一样,或者是顺产,或者是由一个大夫简简单单地把自然产变成剖腹产,总之是让大人小孩都平安无事。那么,这就变成一个典型的好莱坞模式——大团圆。好莱坞有一个原则——绝不跟观众为难,这可以说是一百年来好莱坞击溃世界上所有其他电影制作机构,而达到全面胜利的最主要秘诀——大团圆的结局模式。听上去这很简陋,但的确百试不爽。好莱坞有一个说法,观众自己掏腰包来看你的电影,你为什么让观众心里堵着,心里不舒服地离开电影院呢?这没有道理嘛,你定要他心里舒服,他掏钱到电影院里坐一个半小时,绝不是来受折磨的。也正是这样一个简单有效、百试不爽的法则让好莱坞轻易就击垮了西方各国电影并把它们打得一塌糊涂。事实上,《漂亮女人》《诺丁山》《绿卡》《贫民窟的百万富翁》等众多的好莱坞有着大团圆结局的电影,正是"梦工厂"造梦功能最生动最形象的体现。

在中国早期电影中,脱胎于"文明戏"的"影戏"有着大团圆结局的电影呈现以下几种形态:全家团聚型(《孤儿救祖记》),喜结良缘型(《野草闲花》),因果报应型(《阎瑞生》),复仇雪恨型(《火烧红莲寺》),这几种类型都构成一种稳定性的、常规的电影结尾。此外,稳定性的、常规的电影结尾在表现在电影叙事完结后的中止,如《甲午风云》《金色池塘》《青春之歌》等影片都是如此。

2. 喜剧的

有些稳定性的结尾是具有喜剧意味的,如《两个人的车站》。这是苏联著名喜剧导演埃利达尔·梁赞诺夫的爱情三部曲之一。作为一部生活喜剧,充满着生活的真实感和时代气息。影片中处处彰显着一种耐人寻味的幽默感,引人发出会心的微笑,平凡中的真情让每一个观众都为之动容。影片男主人公是代妻子受刑的,善良敦厚的他为了保全做电视台播音员的妻子的名誉、地位,心甘情愿地做了那次车祸的肇事者,在冰天雪地的西伯利亚接受劳改。而现在普拉东被获准去见从七千里外来看他的妻子。长官给了他通行证,顺便叫他把修好的手风琴捎回来。她?妻子?那个情愿让丈夫代过而得以换取自己的前途的女人在等他?他无法相信,本想拒绝去看她,但又没有权力拒绝去取手风琴。临走前,长官告诉他必须在规定的时间内归队,否则会加刑的。于是,这个叫普拉东的人走出了监狱大门,踏上荒凉而积雪覆盖的大路。西伯利亚天寒地冻、路途遥远,一件往事不由得涌上他心头,温暖了他的心。影片以大量的篇幅娓娓道来这件往事。从快餐不合口味没吃拒绝付账开始,钢琴家普拉东与车站快餐厅女服务员薇拉之间,由争吵到相互同情、关心,最后产生爱情。影片用优美的画面展示以及人物形象的出色刻画,通过一个又一个的情节设置,巧妙地推进了情节的层层发展,环环紧扣,步步有戏。这两个不幸的人虽然社会地位、文化教养差距很大,但两颗真诚、善良的心,使他们最终走到了一起。

颇有喜剧意味的结尾是影片的点睛之笔,这个结尾把全剧的情感推向高潮。影片早就埋下了伏笔:①两个人,男主角和女主角;②跑不动了,瘫在雪地上;③必须要有一个手风琴;④这是在清晨,在回监狱的路上,已经很近了,已经跑了很远很长时间了。在我们脑海里印下了这样的感人场面:男女主角躺在冬季的风雪地上拼命地拉手风琴,企图向近在眼前的监狱里的管教人员报告他们已经回来了,他们不但没有逃跑而且在规定时间以前回来了,但是他们实在是跑不动了,茫茫雪野里两人背靠背,那么亲密、那么甜蜜,琴声在空旷的雪原上传得很远很远,飘过了劳改营高大的围墙……这大约是世界上最美妙的琴声了。琴声里满含真诚,满含对新生活的渴望,满含源自心灵深处的感动。看到这里,又有谁能不为之动容呢?

3. 悲剧的

而有的结尾却是悲剧性的,如《菊豆》(1990)。由杨凤良、张艺谋导演,巩俐、李保田主演的《菊豆》具有一种希腊悲剧般的力量。影片在 10 年的时间跨度中展现了三代四人之间剧烈的情感冲突,他们各自痛苦的内心世界,彼此纠葛的爱恨情仇,他们与社会伦常的屈服和角斗。全片从头至尾紧凑异常、悬念迭起,其内在的张力和戏剧冲突如密集的雨点砸在每一场戏的每一分钟,毫不拖泥带水。故事发生在 20 世纪 20 年代,中国某小镇上的染坊主杨金山折磨死了两房太太,买进小他三十余岁的王菊豆续弦,性无能的杨金山对其百般虐待。染坊伙计、杨金山的侄子杨天青对菊豆由怜生爱,两人私通后生得一子。金山喜出望外、以为己出,取名天白。但不久杨金山中风,半身不遂,菊豆与杨天青更加肆无忌惮,得知真相的杨金山屡次欲对天白下手,反而使自己误坠染池而丧命。被迫分离的菊豆与杨天青只能暗地来往,十多年后,天白长大,外人的闲言碎语使他无比仇恨生父。影片结尾也是悲剧性的:天白发现地窖中重温旧梦的杨天青和菊豆窒息昏迷,救出母亲后,却把生父丢进染池淹死。菊豆万念俱灰,一把火点着了染房,让一切罪孽化为灰烬。

由西河克己导演,山口百惠、三浦友主演的日本影片《绝唱》(1975)也有一个悲剧性的结尾。影片叙述远田家的少爷顺吉爱上了佣人家的小雪姑娘,但老爷不同意,要他娶门当户对的美保子小姐,面对家庭的压力和小雪父母的害怕,顺吉带着小雪私奔了。虽然没有婚礼,只有几个朋友的祝福,可他们的生活还是非常的甜蜜。为了生存,顺吉在木厂做苦力,可他们一切努力的最后结局却是依然要分离。顺吉应征入伍去了战场,他们相约无论身在何方,在那个约定的时间,他们都会唱起那首《伐木歌》……小雪也不得不去木厂干活,战争的噩耗不断传来,日夜操劳的小雪因劳累过度而得了肺痨。战争结束了,可顺吉还是没有任何音讯,已经病入膏肓的小雪,还是坚持在约定时间唱起那首《伐木歌》,父母万分激动地来看小雪,告诉她远田先生因脑溢血突然辞世了。影片结尾:已入弥留之时的小雪忽然听到了爱人的脚步,是他回来了,而此时的顺吉对小雪的病却一无所知……顺吉回来得太晚了! 作为远田家的继承人,顺吉决定把小雪的婚礼与葬礼放在一起举行,顺吉在"新婚"之夜,抱着身着婚服的小雪在樱花树下唱起了他们的《伐木歌》……

4. 思考的

有些影片的稳定性结尾却给人以思考的空间。意大利政治电影《一个警察局长的自白》(1971)结尾:正直的警察局长蓬纳维亚也在狱中惨遭黑帮的毒手。年轻的屈昂尼面对血淋淋的事实,终于清醒了,他要向虚伪的法律宣战。威严的检察署大厅里,灯光明亮。披着总检察官外衣的,却是匪帮头子马尔,他俨然像个英雄,在许多高级官员前呼后拥下穿过大厅。突然，在大厅阶梯的高处，特拉亚尼出现了。他严肃地举着一叠文件，目光炯炯地逼视着他。马尔他满腹狐疑地离开那些随员，随着特拉亚尼走上阶梯。一场生死搏斗在继续进行，但是，他俩到底谁胜谁负，影片并没有告之，这仍是个难解的谜。

由张艺谋导演、巩俐主演的《秋菊打官司》(1992)讲述了发生在中国西北一个小山村的故事。秋菊的丈夫万庆来与村长王善堂发生了争执，被村长踢中要害。秋菊怀着身孕去找村长说理，村长不肯认错。秋菊又到乡政府告状，村长答应赔偿秋菊家的经济损失。村长把钱扔在地上，受辱的秋菊没有捡钱，而又一次踏上了漫漫的告状路途。秋菊先后到了县公安局和市里，但是都败诉了，秋菊不服，最后决定向人民法院起诉。除夕之夜，秋菊难产。在村长和村民的帮助下，连夜踏雪冒寒送秋菊上医院。秋菊顺利地产下了一个男婴，秋菊与家人对村长感激万分，官司也不再提了。影片结尾：当秋菊家庆贺孩子满月时，传来市法院的判决，村长被拘留。望着远处抓走村长的警车扬起的烟尘，秋菊感到深深的茫然和失落。这个结尾引起人们对于现代法治理念和乡土自然秩序冲突深切思考。同样的思考出体现在电影《被告山杠爷》的结尾上。

5. 突转的

很多时候人们看电影都有种习惯，往往故事刚刚开始，就迫不及待地想要猜测电影的结局。电影史上有很多颇具反转意味的电影结局，智慧的剧作者小心翼翼、环环相扣、步步为营，精心结构一场与观众斗智斗勇的游戏，也许你正为自己抓住了一丝线索而沾沾自喜，它却能在下一刻突然给你来个“U”行转弯，令你猝不及防。你可能还沉浸在故事结局所带来的震惊当中，却不得不佩服编剧的智慧。英国电影《天堂的笑声》描述了一位富有的讽刺作家，临终时其亲戚们都期盼分得大笔遗产。但作家的遗嘱却要求亲戚们各先做一件事，才公布分配的方案。这些事是：刁钻古怪的老处女要当 1 个月的女仆；黄色小说作家要坐 28 天牢；胆小懦弱的要用玩具手枪去抢银行；靠剥削为生的要跟一个未婚女子结婚，且须一见钟情……当这些人吃尽苦头等待分到遗产时，律师宣布遗嘱：你们得到的教训，将比什么都宝贵。我的全部所有已经捐给慈善事业……众人大呼上当，闹得不可开交。讽刺作家却在天堂发出笑声！

美国电影《大律师》中，主人公出身卑微，在遇到危难时，其夫人离他而去，他几乎灰心自杀之时被同情他的女秘书所救，正当观众都以为二人会结合之时，殊不知主人公却大骂女秘书多管闲事。女秘书泣不成声，忽然电话铃响，有业务来，大律师回头拉着她就去见当事人……

《人猿星球》是一部具有深刻蕴意的科幻影片，它的结尾被认为是最伟大的构思。影片描述一群美国宇航员，飞船坠毁着陆在一个陌生的星球上。在这个星球上，人猿成了这里的统治者，而人类只是没有选举权的私人奴隶。影片结局人类最终逃出了人猿的控制，当他们走在海滩上却突然看到了坍塌的自由女神像！原来这个被人猿统治的星球正是多年以后的地球！宇宙飞船是在时光隧道里而不是宇宙空间中行走，人类的核大战在很久以前将一切化为乌有，而大自然在重新进化过程中开了个荒唐的玩笑。

布莱恩·辛格导演的《非常嫌疑犯》(1995)，一场爆炸抢劫案后，一组劫后余生的嫌疑犯被带到拘留所,影片从警察问案开始,分段回述五人犯罪集团,是如何被犯罪大王索泽和他的手下小林胁逼走上了不归路。然而,果真有索泽这个人吗?究竟是谁在幕后操纵这一切?最后,一个表面看起来毫无杀伤力的跛子,就是索泽其人!结局似乎颇出人意料,但其实开头已经巧妙埋下伏笔,精彩之处令人拍案叫绝!故事之外的寓意也颇发人深省:凶神恶煞的外表与大奸大恶之间并没有等号,狡猾谎言加上可怜的外表,原来才是魔鬼的标准。

韩国导演朴赞郁执导的电影《老男孩》(2003),讲述了15年前遭遇一场莫名的绑架后,吴大修一直隐忍屈辱地活着,只为弄明白这一切,自己被谁绑架,究竟是为了什么?囚禁中他从电视上得知妻子已被人杀害,幼女下落不明,而自己却被警方列入第一嫌疑。为弄清真相、洗刷冤屈,吴大修努力逃出囚笼,他在一家寿司店邂逅了一个女孩并与她陷入爱河,他努力地想要发现真相洗清冤案。虽然,这一切看起来很简单:找到绑架者并知道真相,但是梦魇继续围绕着他,不知何时才能结束。一个乱伦的结局却发人深省:在与女孩上过床之后,吴大修才知道,这个女孩竟然就是自己下落不明的女儿!

何平导演的《双旗镇刀客》(1990)结尾,威震一方的顶级刀客"一刀仙"以一招致命、十步杀一人的效率与杀气步步逼近弱小少年孩哥。孩哥吓坏了,他不停地颤抖,甚至开始哭泣,但仍要站和战,正当吊足了胃口端详两大高手如何华丽对砍,气氛逐渐推上紧张到破堤的高潮霎那,却来了一场迷眼的沙尘暴,不见刀光,只闻简短刀声。风停沙止、两人静止,一个镜头是满脸淌血的孩哥,一个是"一刀仙",他只问了句"你的刀跟谁学的?"转身走了几步,随后却倒在了回去的路上,胜出的竟然是孩哥!

这类结尾,好莱坞称之为"The Final Twist"——最后一扭。

(二)开放性的结尾

影视剧中的开放式结局是指故事情节的走向、事件的发展和人物最后的命运没有一个真正的实质性的结果,创作者也并没有给出一个明确的定论,而是在对人物及事件的揭示之后,把生杀大权留给观众,让不同的观众去做不同的评判和推断。韩国家庭剧巅峰之作《人鱼小姐》,最后一集的收视率创下了历史最高,该剧不同于以往韩剧大结局中男女主角生离死别,或是天各一方的悲情路线。《人鱼小姐》的结尾部分采取了开放性结尾的手法:剧中雅丽英与丈夫朱旺重逢却不幸遭遇车祸,无论是自己还是她腹中的胎儿都命悬一线。车祸之后突然镜头一转,草地上朱旺带着两个孩子玩耍,雅丽英在一旁的花丛中微笑地看着他们。这时,结尾留给观众至少有三种猜测的可能:第一种是雅丽英劫后余生并生下了孩子,一家人过着幸福的生活;第二种是雅丽英和腹中的孩子都已经离开人世,画面中的场景是创作者的假想与主观意愿;第三种是雅丽英在车祸中丧生,而丈夫可能重新组建家庭或是领养了孩子,雅丽英在天堂微笑地看着这一切。

有些影片故事的结尾则未必是明确的。它往往是带有暗示性、联想性、假定性、延伸性,我们统称之为开放性的。在由徐帆、陈建斌主演的婚姻情感剧《结婚十年》中,男女主人公一起经历了10年坎坷的婚姻生活,这其中既有恋爱新婚时的甜蜜、温馨,也有生活窘迫时的平淡、甘苦。然而,就在他们生活变得越来越好的时候,情感却在现实问题前变得无比脆弱。当两人在当初那栋装满过他们爱情的筒子楼里重逢,并开始用一种平静、美好的心态来审视走过的10年成长经历时,剧集戛然而止。

1.暗示性的

暗示性结尾能够给影片留出很大的空间,引起观众的回味、深思和无限遐想,即便在影片结束之后,所要表现的主题或主旨还能继续延留下去。有的暗示甚至能引起观众对其主题含义进行多种猜测和争论,是一种有别于奇特或出乎意料等结尾的新的美学主张。暗示性结尾往往能提高作品的品味,增加内涵,有着"言有尽而意无穷"的境界。

由美国早期电影导演罗伯特·维尼拍摄于1919年《卡里加利博士的小屋》讲述了这样一个故事:小镇上来了一位可以预言未来的卡里加利博士,跟随着卡里加利博士而来的还有一系列的谋杀案。弗兰西斯的好朋友阿兰也是遇害者之一,弗兰西斯开始进入调查。这部影片出人意料地拥有一个开放性的结局,究竟卡里加利博士就是所有事件的幕后真凶,还是所有的事情都起源于精神病人弗兰西斯的大脑?尽管影片有诸多暗示但这个疑问最终并没有得到解决。影片的开放性结局对之后很多的电影产生了影响。

由埃里克·布雷斯执导的影片《蝴蝶效应》共有四种结局,暗示了四种不同人生:第一种是在命运的安排下,心有灵犀的男女主角走到了一起,故事童话般地结束,观众尽可以推断他们今后幸福的生活;第二种是男主角没有及时地和爱人相认,但他还是竭尽全力地追了上去,男主角的做法暗合了所有人的期望,结果在这里显得其次,暗示了在生命的存在中不断追求的价值;第三种结局是各男女主人公各自成长、各走各的人生路,工作后的埃文在街上偶遇凯莉,但他们却没有相认,这一种结局是观众最不愿意看到的结局,暗示了也许我们应该懂得顺其自然的道理,曾经拥有也是一种幸福,生命就是一个不断放弃和选择的过程;第四种便是导演版的结局。生命开端时,埃文看到的家庭电影是埃文的母亲即将产下埃文,进入历史的埃文决定自己结束这一切,他用双手掐住了脐带,结束了自己刚要开始的生命,现实的生活中没有埃文,凯莉跟汤米被离婚后的母亲监护,远离了那个变态的父亲。而这个时候埃文的父亲已经进入精神病院,这个世界只剩下精神病院里的埃文的父亲拥有某种异乎寻常的能力。这个导演版结局使为爱而牺牲的主题更显崇高和伟大,暗示了生活就是其本来的样子,无论在这个世界上处于何种阶层、健康、贫穷或是富贵,最终都逃脱不了生命的轮回。上帝才是命运的操盘手,所有的改变、挣扎都只是徒劳,一切早已安排好,等待的只有冰冷的现实。

根据著名恐怖生存游戏改编的惊悚电影《寂静岭》,非常注重气氛的营造和心理暗示。影片为观众建造了三个世界:第一个是真实世界,在这个世界中的寂静岭是一个被废弃的小镇;第二个是"表世界",即主人公闯入的那个灰蒙蒙的世界,受恶魔化之后的阿蕾莎所控制,所有人困在其中;第三个世界是"里世界",也是就那个充满了恐怖与死亡的黑暗世界。影片的结局中我们看到,母女俩开车回到了家中,但现实世界中的父亲能感觉到却看不到她们,这让观众非常不解,仔细回看才发现了一系列的暗示。母女俩开车经过的加油站和路牌,都变得灰蒙蒙的,母亲在沙发上坐下,起来的时候也并没有留下塌陷的痕迹。暗示了她们永远停留在了静止的“表世界”中，她们回到的家，也不再是现实世界中的家，母女俩与现实世界中的父亲生活在两个世界。艾莉萨的三部分意识重新组合成了一个整体，缺乏母爱的她在露丝那里得到了安慰。可见，暗示性结尾留给观众的问题很多，留给观众的思考也很多。在思考后，观众有一种恍然大悟的观影快感，影片所要传达的主旨也会变得更加坚固。

2. 联想性的

影片中的联想性是指，因某个人物、事物或事件而想起与之有关的另一人或事物、事件，它是人、事、物之间联系和关系的反应。把联想性放到影片结局中，最精彩的就是没有观众能够确定自己的理解是最合理的，故事带有多面性，每个人都可以有自己的理解，也体现了创作者超凡的想象力。

巴西经典电影《中央车站》中，结尾之处约书维与朵拉分别，约书维没能追赶上朵拉的客车，他看着朵拉逐渐消失在路的尽头，这时伤感的氛围把人物感情推到了顶点，但我们看到这时朵拉向着约书维的方向举起了看照片的万花筒，而另一端的约书维也向着朵拉的方向举起了照片万花筒，约书维和朵拉闪着泪花的眼中都浮现了笑容，影片结束。在结尾处导演并没有告知观众朵拉的去向、她今后的生活，也没有展现约书维的成长、他的生活，但联想到他们两人生命中相遇的种种遭遇和情感交流，朵拉在这场旅途中找到了自己，约书维由那个倔强弱小的小男孩成长为一个懂事坚强的孩子，观众完全可以自由地联想到他们应该都会在命运的旅途中，有着自己的轨迹，勇敢地生活下去。约书维会在两个哥哥的爱护下健康成长，或许有天他们的父亲也回到了家，一家人得以团聚；朵拉回到里约热内卢后，也许还会继续帮别人写信来维持生计；或许有一天，约书维长大了，朵拉变老了，他们又在中央车站重逢……

根据海岩同名小说改编的电影《玉观音》，在结构上摒弃了电视剧采用的杨瑞视角不断闪回的拍摄方式，分成三段式结构全片：第一段采用杨瑞视角，描述他与安心认识交往的过程；第二段用安心视角，由安心讲述她与铁军和毛杰的两段感情；第三段则用潘队长的视角，写他重新看待年轻人杨瑞对爱情的态度。影片的结尾也是开放式的：毛杰死去，安心重伤。潘队长对杨瑞说安心牺牲了，但杨瑞不信，继续往雪山深处走去……随着影片的结束，观众可以有很多臆想和推测，雪山代表着圣洁也代表了危险境地，安心只是受了重伤，并没有以死亡来告知观众杨瑞此行的徒劳，安心还有希望，杨瑞也还有希望。也许安心受了重伤得不到及时的治疗而死去，杨瑞去寻找的就不再单单是安心的躯体；也许安心活了下来，杨瑞最终找到了她，两人得以重逢；还有可能，安心活了下来，但永远消失在了这片土地上，杨瑞并没有找到安心，杨瑞也许也留在了那里，也许返回了现实生活中……电影《红河》运用了开放式结局：到底阿夏是不是“越狱”成功？阿桃和阿夏两个人有没有机会重逢？这都成了一个不解之谜。导演章家瑞说：“阿桃和阿夏之后的故事可以让观众们自己填写，比如，阿夏最终劳改出狱了，找到阿桃一起生活下去，或者阿夏流落街头。我希望电影的结尾不是一个句号，而应该是一个省略号。”

3. 假定性的

假定性即以假作真，是艺术的表现方式之一，特别是在戏剧艺术中运用非常广泛。

在戏剧影视作品中，人们普遍默认故事与时间、空间的假定性，演员表演中的动作和台词都是假定性的处理方式。在影视作品的时间拉伸中，一天、几十天乃至几年、几十年，都在短短的几十分钟之内制造着时间流逝的错觉。地点的变迁也具有扩大与压缩的假定性。在影视戏剧作品中，某些情境和情节也都是导演预设的假定成分，如科幻、宗教、预言、巫术、魔法等，极度夸张的背后具有鲜明的假定性。

日本黑泽明执导的经典影片《罗生门》(1950)在“武士被杀”的问诘中，在樵夫已经承认现场没有发现凶器之余，又不能说出镶珍珠的匕首的下落时，被路人逼问出了真相。樵夫，其实不只是这事故的发现者，还是自始至终的目击者！宝剑被樵夫藏起……至此，故事也应该讲完了。然而，影片的结尾却很精彩：一个弃婴被三人在罗生门下发现，路人剥掉孩子身上的和服，揣入怀中，被偷走宝剑而内疚的樵夫一阵大骂。但那路人说，我不拿也有别人会拿的！你不去说这孩子的父母反倒对我叫嚣！在这世道小人总是活得最好，人不自私就寸步难行！雨中，路人大笑着走了。樵夫决定收养这孩子。片尾，在夕阳下，樵夫抱着孩子走向远方，只留下背后三个大字——罗生门……这个结尾耐人寻味，存放死人的地方，听到婴儿的哭声，就像庄周梦蝶一样，其实未必死人不把我们的生当作是一种死。在一片死寂中，一声清脆的婴啼，是多么响亮绝响啊！人性的泯灭，是为他能觉醒么？从中我们看到黑泽明对人类的希望和期盼。

杨延晋执导的《小街》(1981)，开头是墨镜男子俞对钟导演讲述了他和夏在“文革”期间的一个故事。女主人公夏在那个动乱年代不得不靠扮男生才能生活下去，俞为了让夏重新做一个女人，冒险去偷样板戏剧团的假发，不料在偷后因为善良又悄悄把假发的钱送回而被造反派发现，痛打至失明。一切让观者认为是有意为之，却又合情合理。甚至恰到好处的让观众本身开始思索有关人生，有关伤害、善良、人性等多种问题。但更为精彩的还是导演开放式的结尾。观众其实希望俞与夏最终在一起。在剧中导演用一个大的广角记录了俞对于女主人公堕落后相遇的那些惆怅，不免让人感觉到一些俗套，但电影却并没有完结。“可是，可是为什么要把痛苦和灾难老是降临我们这一代人身上？当我们经历了10年的悲剧以后，我们应该感到今天的生活比以往任何时候都更加有意义了，如果对未来不抱有希望，如果她真的变成这样的话，我的眼睛宁可瞎掉。”剧外俞低沉忧伤也很有反思味道的话直接将我们拉回了现实。而这时剧中的导演忙着出门接一位女同志。随着剧中导演的匆匆脚步，门外女同志的说话声音传来，俞吃惊、倾听、紧张……没错，你也许猜到了，导演要接的女同志正是俞苦苦寻找的夏！这时，你也许为俞鸣不平——多么戏剧性的相逢，多么充满偶然性的生活！而失明的俞因为爱只有选择逃离。这时候我们才恍然大悟，这也不是结尾。整个不同结尾的设定过程中，观众从一个被动的欣赏者变成了参与影片创作的重要一员，也给我们留足了想象空间。毕竟10年动乱带来的命运变得那么不可预知。然而，《小街》还是以浪漫主义情怀给了我们一个期待的结局——男女相逢，普通温馨的场景。“我的眼睛不仅仅是为了你，我们所失去的一切都不是为了我们自己，你妈妈说过，过去的事情就让它过去算了，妈妈的意思要我们看到明天。”俞对夏这样说，而这声音随着火车滚滚向前的画面结束……《小街》的开放式结尾，恰恰是由俞和夏的命运结局的开放性决定的：夏会不会找到俞？找到俞以后会是怎样？找不到俞又会是怎样？在结构中提出了这样三个问题。三种结尾的安排，表面上是对第二个问题的解答，实际上，三种答案并列本身就表明了答案的不能肯定。这正是纵向开放结构的特点：提出问题，请观众带回去思索。

事实上，在现代电影中，开放性的结尾业已呈现出一种多元的向度和多彩的形态。美国导演斯坦利·库布里克作品结尾都是反高潮式的，开放式的。《发条橙》，医院中的亚历克斯，脸庞颤抖着高呼"我已经治好了！"，戛然而止；《2001：太空漫游》中微微发光的大眼睛婴儿，向下凝望着地球，施特劳斯《查拉图斯特拉如是说》的"世界之谜"主题曲又一次响起；在《奇爱博士》的音乐声中，核爆炸的镜头出现了，可怕而美丽的蘑菇云变得越来越清晰……库布里克喜欢开放式的结尾与其创作理念息息相关，他信奉的是"不管黑暗多么广阔无边，我们必须拥有自己的光明"，在黑暗与光明的交汇处，并无绝对的分界，也就无所谓悲剧或喜剧，看到的就是存在，接受这个事实方是真诚地对待这个世界。

思考题

1. 什么是影片的叙事结构？
2. 情节的组合与叙事的结构有什么关系？
3. 多重空间结构在影片中的能动作用体现在哪些方面？
4. 影视剧作的基本结构有哪几种？
5. "诗性结构"影片的高潮是如何形成的？
6. 什么是"间离结构"？
7. 以戏剧冲突为支撑的结构大致可以分为哪几类？
8. 请试着从多视点结构的角度分析影片《十月围城》。
9. 影视剧本的心理结构是如何构成的？
10. "意识流结构"的特点是什么？
11. 套层结构的表现技巧有哪些？
12. 影视剧作的基本框架包含哪几个部分？
13. 试分析美国影片《撞车》的结尾所赋予的内涵及其特点。

第六章　影视剧作语言

影视剧作的语言分为两个部分，一是提供拍摄用的叙述性语言，二是配合画面的有声语言，即对白、旁白和独白。

影视界一直存在着一种争议，影视剧本到底是单独为拍摄而写，还是应当是同时可供人阅读的作品？国外普遍的做法是剧本必须为提供给导演拍摄而写，而我们国内的影视剧本则还可以印成书籍供人们当成文学作品阅读和欣赏。这两种类型的剧本最大的差别就在于，剧作语言的取向。

从剧本的要务出发，一个真正的影视剧本，它应该为了拍摄而写，提供具体详尽的拍摄蓝本，从场景造型、人物形象、造型动作、道具、技巧提示、色彩、音效等方面作出"舞台指示"，用视听语言的思维来组接镜头，让各个部门的工作人员能够按照具体要求开展工作。如果为了提供一种文学作品的可读性，在剧本中用过多的比喻和象征性语言、概括性的心理描写等，那它是无法完成一个剧本的使命的，甚至还可能处于一个既无法提供拍摄，也不完全是一个好的文学作品的尴尬境地。所以说，剧作语言的取向和蒙太奇思维是至关重要的。

第一节　影视语言的综合性

一、影视语言的综合性特质

影视语言既然具有"全能"的意义，这种"全能"意义本身就包含了对于各种传统语言和现代语言的综合。"现代影视艺术是一门综合艺术"，这句话在任何一部有关影视艺术的论著中都能找到。也许因为人们太熟悉，所以，当有人对影视理论体系的各种问题展开论述时，这一结论又为人熟视无睹、遗忘了之。于是，影视艺术的综合性被肢解，具有悠久历史的各种艺术都在影视的主体中寻找自己的血缘和遗传基因，而影视艺术似乎除了一个可怜的“混血儿”外壳外，就一无所有了。

现在人们一谈及影视语言这一论题，无论是承袭传统的观点，还是使用全新的认识，都在强调影视艺术中画面的重要性，把画面作为了论述的基础。然而，结果往往令人不满意的是，随着论述的展开，画面“基础”和影视“整个建筑”之间就划上了等号，得出了画面就是影视语言的结论。不仔细研究，也许无可非议，因为，所谓“语言”是指最基本的构成材料，既然文学的“语言”可以是文字，绘画的语言可以是色彩，影视艺术的语言自然就可以是画面了。主观片面的经验自然又一次成为了“常识”。

影视艺术的综合性，首先就体现在它的构成材料——影视语言上。也正是由于这一点，影视艺术同其他艺术样式划出了第一道界线。在影视艺术迅猛发展的今天，这一点犹为显见。影视艺术中任何一种元素的被排除或不尽完善，作为艺术都是不完美的，甚至将失去它的接受对象。这里有个具体实例：1987 年在昆明举办了一次瑞士电影周，即期上映四部影片。消息传出，首映影票被一抢而空。影片首映后，尽管影片的摄制、演员的演技等方面都是成功的，但因影片未经翻译，所有的对白都听不懂，观众只能依照自己的经验感觉，囫囵吞枣地理会影片的内容，看了几部彩色有声“默片”，失望而归。这里，影片所提供的画面是完整的，构成材料无一不在，可就因为其中的一种元素——艺术同观众之间的语言信息的桥梁不完善或断裂，完整的艺术在观众的眼中破碎了，问号添补着被肢解的空白。这个例子说明：①默片作为电影发展的一个阶段，作为一个过去有辉煌成就的事实来回顾，它并非尽善尽美，至少在综合性这一方面，它就还缺少一些有益的因素；②仅有画面是不能构成完美影视艺术作品的。

作为综合性的艺术形式，每一个参与创造活动的因素都有着自己不可低估的作用，各因素之间的有机协调，是使综合艺术作品达到完美境界的根本契机。“协调即美”这一美学原则，在综合艺术的创造和作品的形成过程中，体现得最为充分。

之所以说影视是一门综合艺术，也是由其最基本的构成要素——影视语言的构成所决定的。忽略了影视艺术语言的构成，是无法说明影视艺术综合性的。为了对影视艺术语言的构成有一个明确的认识，进而对影视艺术的综合性和影视艺术系统及其本质能够有完整意义上的把握，这里，我们用一个直观的图来示意说明影视艺术语言的构成。（图 6-1）

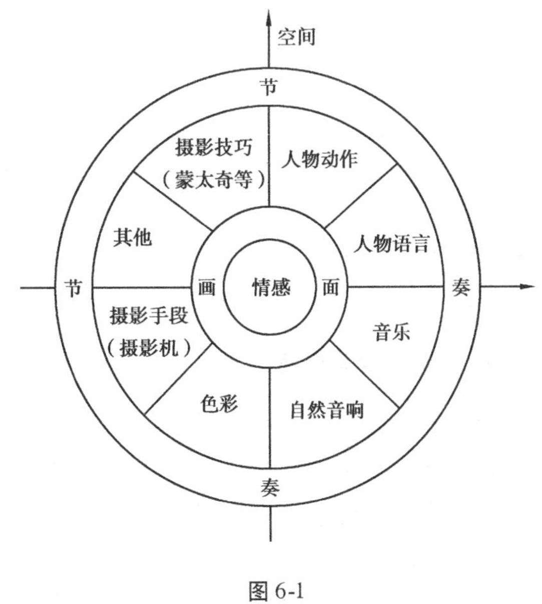

图 6-1

这个图颇似一个旧式的车轮。轮轴（核心）是情感或称作再现于画面的情感，轮辐由各种构成要素承担，轮辋则是节奏。节奏将各种构成要素有机组合在自己的定域中，沿感情方向使画面在时空坐标上运动。在一个一定的时空节奏中的画面，我们可以称之为影视语言的一个词语;在一定连续的时空节奏中形成的相应轨迹,我们可以称之为影视语言的一个语句。需要明确的是,这个图所展示出来的虽然都是外在的因素,但它们的组合绝非简单的 1 + 1,它们各自内在的力量是按照艺术的辩证关系,靠感情的凝聚力集合而发挥其合力效应的。在这里,各种要素的独立性消失了,呈现出来的是综合艺术的整体性、和谐性。

这时,如果我们进一步审视,并使我们的认识更加接近影视艺术的本体,这个图其实是镜头的解体与组合,特别是当我们从影视艺术的基本结构单位分析时。以画面为影视艺术的基本单位不足以区分它与绘画、摄影之间的差异。画面指的是静态的影像,一幅作品就是一幅画面,只是绘画是人工制作的,而摄影作品是拍摄出来的。而影视艺术的本质特征之一是其运动性,只有在视觉流程中运动着的一组画面(即镜头)才是影视艺术区别于静态画面的绘画与摄影的基本单位。将画面作为影视艺术的基本单位,势必将另一个重要的因素摒弃在外,即声音。影视艺术自从超越了无声阶段之后,始终都是“声—画”的艺术,而“镜头”这一概念包括了“声—画”方面,是对于各种外现要素的集合,因而是影视艺术真正的基本单位。

镜头能够将物质世界的一切可感知的因素拍摄下来,现实性是镜头的一个重要特点。而且,作为影视艺术基本结构单位的“镜头”虽不同于摄像机的镜头,但却以后者及胶片的技术性能为基础,因此,技术性也是镜头的一个重要特点。虽然,技术性只是基础性属性,而非镜头的本质属性。因为,技术是作为手段和媒介的技术被统一到了镜头的形式性上,形式性才是镜头的本质属性。所以,镜头又是影视艺术审美形式的基本单位。

画面是影视艺术语言的第一外现要素,情感核心依其得以表现。其他要素与画面呈并列关系,而又服务于画面。各要素在充分发挥自己功能的同时,也融入了其他艺术要素的外射张力。各艺术要素的外射张力的交织结果,即为“节奏”。节奏显现着通过画面反映出来的各艺术要素相互影响完成影视化的过程,显现着影视艺术语言——影视艺术系统及其本质的综合性。

按照遗传学的原理,“混血儿”一般具有混血种族各自的特征,而比单一种族的“纯种”显得更具优势或完美。影视艺术以极强的凝聚力将多种艺术形式融入到自己的生命中来,在剥夺了各种艺术形式的“独立”和“自由”的同时,又给予它们一个新的独立自由的活动舞台。这些艺术形式彼此之间的对立消失了,它们在一个新的生命体内和谐地为一个更加崇高的“上帝”服务。这个新生命的基因是“混血”的,影视艺术语言呈现着影视艺术系统本质上的综合性。

二、影视语言要素分析

影视艺术的各种表现因素与节奏存在的对等关系,使节奏在影视艺术中成为了联系沟通的纽带。这里试分解说明各种艺术要素的节奏及表现形式。

(一)人物的动作、语言的节奏

人的内心情感必然在人的言行节律上,有直接外化的表现。影视艺术表现人的活动和情感,即便是在以动植物为主角的作品中,它们的活动和情感也常是人格化的。

通过人物的动作、语言不同强度的节奏，揭示出不同的情感，是影视艺术的主要表现手段之一。

斯坦尼斯拉夫斯基认为："能够对我们起直接影响的并不是动作本身，而是速度节奏。""在不同的速度和节奏下，这种变化多端的拍法造成了各种不同的情绪"，"动作是由各种时值和旋律的大大小小的活动组成，言语则由长、短、重读、非重读的字母、音节和单字组成，它们也表示出节奏"。"动作的速度不但能直觉地、直接地暗示相应的情感和激起体验，而且能帮助我们创造形象。"这里的对象虽然是戏剧演员，但其观点对于影视艺术仍然是成立的。当然，影视艺术中演员表演的放大值小于戏剧演员，其外部动作、言语更贴近生活的本来面目——影视艺术特殊的表现手段，提供了这种表现的可能性。

影视艺术具有超越时空的功能。观众在欣赏时，观察事物的随意性被严格的规定性所替代。这种规定性只能以美学中的"注意"学说理论加以解释。规定性——被放大了的事物形象提供了表现细微情态的可能性，也贴近了人感知客观事物的基本要求，缩短了形象与欣赏者之间的距离——目的是为了让欣赏者能够更加精确地把握形象的外部动作所体现出来的心态节奏，以获得强烈的反响共鸣。这对于当代影视艺术的发展具有重要的意义。当代影视艺术的一个突出特点，就是节奏的变化幅度越来越大，而外部动作越来越细腻化——任何一个小环节的忽略，都将影响对整个作品的理解与把握，尤其是在深层心态方面。需要提醒注意的是，这里我们将人物的言语归属在了人物的外部动作中。

（二）画面构图节奏

影视艺术的构图同其他任何视觉艺术的构图的最大区别在于它的运动性。构图的概念来自于绘画，但绘画是处理静止的画面，而影视艺术所记录和表现的是现实中的时空运动，因此，就影视艺术而言，用"空间取景"的概念更加准确。构图实际上是对被摄对象的一种安排和布置，是由创作者所要表现的内容决定的，并通过景别、透视、运动、摄影机角度等方面来实现的。

影视艺术的魅力在于能够利用光波和声波在二维的屏幕上创造出三维甚至四维的立体空间。近大远小、近暗远亮、近深远浅、近浓远淡的透视规律是由人眼观察事物的视觉经验决定的，为了达到强烈的透视感和立体空间感，就需要通过纵深构图赋予拍摄对象一种纵深感而对画格中的人、物进行布置和安排，利用光学镜头使镜头中的前景和景深部的背景均处于清晰的焦点位置。创造纵深空间，还世界以立体的原貌，一直是摄影师们的共同追求。景深镜头带来的纵深构图，由于焦点的清晰范围很大，使画面的含义丰富、信息量大。

对于大景深，纵深构图带来的美学意义，托兰作了如下总结："第一，景深使观众与画面的距离比他们与现实的距离更为接近，因此可以这样说，不论画面的内容如何，画面本身的结构就具有现实主义的意义。第二，因此，景深会引导观众更积极地思考，甚至使他们积极地参与到故事的演出中来。而用分解的蒙太奇手法时，观众只需跟着导演走，把他们的注意力贯注于导演所注意的事物上。导演替他们选好要看的东西。观众个人很少有选择的余地，画面的含义部分地取决于导演的注意和意图。第三，从上两个心理方面的论断还能引出第三个我们可以称之为形而上学的论断。蒙太奇在分析现实时,由于本身的性质,就要求戏剧情节的含义单一。……总之,蒙太奇在本质上就是和含义模糊的再现相对立的。”纵深构图给观众带来了选择关注点的自由,它所带来的空间感同现实世界更接近。

在许多现代影视作品中,由于表现的需要,画面构图的立体空间退回到了二维平面,这同作品的内容和导演所要求达到的表现目的密切相关,也是一种有意识的艺术风格的追求。平面构图往往带来一种空间挤压感,视觉上的挤压感又会带来心理上沉闷、压抑、滞重的感觉。另外,平面构图是一种高度抽象的构图,它把复杂的客观世界抽象成为导演眼中简洁单纯、富于力度的图像,具有深刻的象征意味和浓烈的表意功能。

从运动的意义上看,影视艺术的画面构图又主要分为静态画面构成和动态画面构成两种。只要有运动性存在,也就意味着节奏的存在。

静态构图应该是绘画的观念,但在现代影视艺术中,导演却反其道而用之,用静态构图的空间范围、时间延长来表达一种哲理思考。当然,在实际拍摄中总是动静结合。以静衬动,以动写静,各自的意义是在互动过程中显示出来的。曾在我国产生轰动效应的日本影片《望乡》,在摄影机的使用上保持了稳定机位和低机位拍摄方式,尤其是在前 30 分钟表现圭子和阿崎婆交往的段落里,室内拍摄比较注重画面内人物的位置关系,光影层次匀称。阿崎婆和圭子都席地而坐,画面重心偏低。同时,影片的影像纵深感强烈,导演在拍摄时使用了大量的景深镜头,把人物的活动推到后景。圭子决定留下来陪伴阿崎婆,两人在阿崎婆破落的小屋里对视良久,摄影机架在门厅之外,远远地拍摄,演员的表演隐忍含蓄,充满了韵味。

静态画面的构成是建立在已有的情感情绪的基础上的,所以,往往显示着潜在(内在)的节奏,即使静态画面出现在作品的开头,也会因为片名的暗示及内在涵义的因素,而唤起人们某种情绪上的感应。除却知识经验的因素,画面构成因素,如开阖度、曲折度、景深、颜色以及此间的种种对比组合关系,都会给观众以某种强度的情绪意向暗示。影片《远山的呼唤》的结尾段,田岛耕作被押往劳改地时,民子弃家追踪而来……列车途经民子家田园附近,银幕上出现了一组静态画面:大雪寒风中的谷仓、马厩、客房呈现着破败零落。故园安在？人事亦非！由失落感而涌发出对民子的敬重感,使观众的情感情绪再难平静。影片那恬淡自然而深寓哲理的风格,亦表现得尽善尽美。可见,静态画面是一定情绪、思考、意境的延续、加强和升华,绝非间歇或可有可无的穿插。合理出现的静态画面,使已展现的景物点石成金般获得生命,造成客观景物与主观情绪的统一,让内在节奏产生了效应。

在静态画面作用于人的视觉感官时,视觉并非同时将画面中的一切兼收并蓄,视点是按照一定的导向,并随构图轮廓的变动而变动的。视点积极的变化运动,画面不同强度长短、显隐、急缓、轻重的构图,给人以相应强度节律的启发和暗示,造成一种节奏感。现代影视艺术常用导向视点运动,使静态的画面产生出特殊的节奏效果,调动起观众的情感情绪。只要有运动,就必然存在节奏。

动态构图有三种基本形式,一是对象运动,摄影机静止拍摄;二是表现对象不动,而摄影机运动拍摄;三是表现对象运动,摄影机也在运动中拍摄。摄影机不动,画面相对来说是在一个固定的空间范围内,对象的前、后运动带来了画面纵深空间的变化,提醒观众立体空间的存在,对象左、右运动则改变了画面内部的结构,这时要注意利用画面内环境提供的支点,或人物的视线等来调整画面结构。对象做对角线运动,画面既有景别又有结构的变化,更要充分利用画面中的环境来结构画面,运动能够吸引观众的视线,因此,画面中要表现的重点,往往就让它动起来,用动与不动可以转移画面表现的重点。对象不动,摄影机运动,可以提供一个多方位、多视角观察对象的机会,摄影机的运动往往带有某种情绪,如推近,通常是带领观众步步深入,贴近对象,满足观众对表现对象探求的愿望;而拉出,则通常是远离对象;环形移动能够对对象进行全方位的观察与了解,常用于渲染某种气氛。摄影机和表现对象同时运动的情况比较复杂,但却更有表现魅力,在时间的推进中不断展现空间的位移变换,这正是影视艺术所能够达到而其他艺术却无法达到的表现手段。

动态画面中不同程度的事物的运动所激起的相应强度情绪的效应,无疑比静态画面更积极、更直接,编导们也因影视艺术的运动特性,更多地加以采用。在意大利影片《父子情深》中,当卢贝尔特得知儿子卢迦患病,将不久于人世时,怀着深深的自责与内疚,带儿子来到尚未开张的游乐场。游乐场的管理人员知道了父子二人的来意后,打开了游乐场。这时镜头里所有的机器都开动了,各种游乐机都为小卢迦旋转着,为小卢迦的最后时光增添着欢乐——溢着悲伤的机器声强烈地敲击着每个人的心弦,卢贝尔特的心境也敞露无遗。

静态或动态的画面构图的不同强度的节律,其功用是:潜在地调动影响观众心理,帮助观众感受、理解规定情景中人物的情绪状态。虽然,沟通各因素的渠道仍是节奏,其目的是为了表现情感情绪,以求达到饱和的艺术状态。但不同的是,这可能是节奏的外在显现,也可能是节奏的内在延续。

(三)运动镜头的情感节奏

摄影机运动,包括多角度、多方位视点的推、拉、摇、移等各种方式。角度、方位的变异,大大扩展了观众的视野,而摄影机不同方式、强度的运动节律,则为多方面、多层次表现人物的情感情绪提供了可能,摄影机运动节律的功用在于:使观众在同编导、剧中人物一样的运动中,同样地观察角度下,去感受周围的事物,在主客观合一的状态中,由感知而使情感情绪更贴近编导、剧中人物的情感本身融心其中、亲历其境。

一般情况下,摄影机的运动节律决定于两个条件:一是带有鲜明情感倾向地向观众进行介绍、叙述的节奏;二是剧中人、物(人化的)在某个特定时间环境中的情感、情绪的节奏。

摄影机运动节律的强度是由编导的风格、情感和态度决定的,并直接显露编导在介绍人、物、事、时的鲜明的情感倾向及关注强度。在日本影片《沙器》最后的那场重头戏中,杀害了患麻疯病的父亲的成名音乐家和贺英良正在音乐厅演奏自创的钢琴曲《命运》。沉缓如诉的旋律中,编导推出了一组叠化镜头,潜现着和贺英良苦难的童年、少年和被歧视不平等扭曲了的爱。在这里,影片的节奏既是和贺英良心态的再现,也是编导极强的主观情感和美学追求的表现。

影视艺术中人、物(人化的)的情感情绪强度,也规定着不同强度的摄影机的运动节律。这类镜头的主观色彩是极强的。例如,影片《英俊少年》结尾的片段,在游乐场的大旋转椅上,海因切正为父亲重新获得自由而高歌,摄影机的镜头、视角、视点都是从海因切的位置出发的。摄影机跟随在空中作大幅度的快速旋转,节律强度呈多层次,海因切父子团聚的欢畅的情感节奏和观众的轻快的情感节奏是相吻合的。

在影视艺术中,根据内容的需要,摄影机的运动节律,更多地兼有双重根据,影片《苔丝》就有这样的典型例证。新婚之夜,苔丝将自己不幸失身的经历告诉给安吉尔,将维系自己终身幸福的信从门缝塞进了安吉尔的小屋。当苔丝接受安吉尔的爱抚,满心以为安吉尔的挚爱是因为安吉尔已经原谅自己而表现出的体贴时,竟发现那信仍在原处。此时,导演用一个快速的"甩镜头"的节奏,视点从安吉尔小屋门缝起,急速地摇至站在门石后方的苔丝的面部——喜悦忽转茫然,再而痛楚。摄影机的快速节奏是以苔丝情感的骤变为依据的——信仍旧存在,意味着苔丝幸福的可能毁灭;镜头视点运动节律却是编导在带领观众进行观察时获取的——晴天霹雳般的变化,使苔丝的追求变得茫然而无力。整个运动过程使观众不仅看清了人物的外貌细部,并从相应强度的运动节律中体验到了人物的内心情变,也感受到了编导情绪的激越。这种表现人物(编导)情感情绪多种内涵的效能,使同一时空内艺术语言的饱和密度和容量大大提高了,观众借此媒介的刺激而拓展自己的想象能力,产生出强烈的感染效应。这种感染效应从人的心理机制来看,符合人认识事物的基本要求。人在认识客观事物时,往往以能够亲自体验感受为快,而摄影机运动恰恰满足了观众的这种基本要求。

(四)蒙太奇节奏

表现人物一定情感情绪强度的蒙太奇节奏,在纵向上为一组一定长度的镜头所进行的量的积累、对比和组合。在横向上则为一组不同景别的镜头所进行的量的积累、对比和组合。不同景别、长度的镜头,各自的及两者之间的各种配合、对抗、协调、积累的种种形式,直接决定着蒙太奇节奏的强度层次——人的相应情感情绪的强度层次。

"敖德萨阶梯"是由 32 个画面组接而成的蒙太奇句子,其中 90% 以上的镜头长度时值仅为 1 秒钟左右。快速的蒙太奇镜头转换构成的节奏强度,有效地揭示了作品的深刻内涵,随着镜头转换密度的不断增大,情绪也变得越来越激愤,越来越强烈。在这个一定量的积累中,情绪达到饱和以致迸发,情感产生质变——战舰"波将金"号向刽子手们猛烈开炮——"敖德萨阶梯"成为了蒙太奇节奏的典型范例之一。

应该注意的是,在同一时限内镜头转换的密度与人物情绪的强度成正比,而画面的长度与节奏的强度则成反比关系。镜头长度与蒙太奇节奏强度相应准确的对应关系,常使我们能够很快感受到人物的一定强度层次的情感情绪状态。

另外,镜头的长度与景别的远近相对应,通过镜头转换形成蒙太奇节奏时,镜头越短,景别越近;镜头越长,则景别常较远。这种转换常常能够强化人物(编导)的情感情绪节奏,并将内在节奏外现出来,强烈地感染观众。国产片《人生》开始的一段和《红高粱》中我奶奶牺牲的一段,都是较为典型的例证。

在镜头的组合过程中,因艺术性的跳跃而产生出象征意义,并由此充分调动起观众的"注意",这正是蒙太奇节奏所要强调的。一组画面不间断地轮番转换出现在银幕(荧屏)上时,观众势必会受到连续不断的感官刺激——进入亢奋或高度亢奋状态,情绪也处于递进、跳跃感知的过程,思想感情的火花处于即燃的瞬间——人物(编导)的情绪节奏不断"强化""深化",如雕刀般在观众的心田上刻下痕迹。作品的诸多"画外意""言外味"在这种节奏中自由驰骋、产生共鸣,激活起思想感情的火焰。

费里尼的《八部半》则以停滞型蒙太奇表现出反情节叙述的特点。影片中的情节是区别于传统故事情节的非戏剧性的,另有叙述风韵的"情节"。它们呈现出的更多的是故事的断裂性和破碎感,从而使观众从对故事的迷恋中跳脱出来,去关注那些破碎、断裂的梦幻和插曲背后所隐含的东西。事件是推动情节进展的基本元素。一个传统的故事情节首先要保证时间上的流畅和顺滑(起码是可以梳理和组织的),但该片却以停滞型蒙太奇的运用完成了对可感知的时间的消解。在开始段落中,吉多坐在车里,汽车缓缓移动最终静止,时间也随之停止了,周围的人静静地看他敲打着车窗,而这只是吉多的一个噩梦,遵循的是梦幻运作机制。一切建立在常规实践基础上的叙事规则,无论是顺时序还是交错式闪回在这种段落中都不起作用。恰恰是这种对可感知时间的否定引领观众对时间本身进行凝视,而影片中吉多对静止的无法忍受,则隐喻了现代人的生存处境。"流动"已经成为一种生存惯性,一旦周围沉寂下来,人们无法随时间流动往往就无法忍受。同时流动意味着自由选择,一旦无法流动,人们仿佛变成了没有自由的囚徒。这种具有浓重象征意味的情节不是在叙事,而是在象征人生,隐喻哲理,而这些又是以停滞蒙太奇创造出的影像进行表征的。影片中闪回镜头的运用,使影片中的精神冲突色彩得到了强化。影片前后共使用了 11 次闪回镜头,包括梦魇、幻觉、回忆、自由联想等不同的意识和心理层次。其目的不是在叙事,而是透过主人公下意识的心理冲突,通过镜头间的强烈对比,揭示他的精神危机。这 11 组闪回镜头都与女性有关,表现了吉多在性方面的心理危机,强化了主人公的精神冲突。

(五)色彩、光亮与影调节奏

一切物体都具有某种颜色,我们的视觉就是一种对颜色的辨别感觉。颜色具有光波,不同颜色的光波长度不同,作用于人的视觉的强度也不同,因而,所能够唤起的人的感知兴奋的强度也不相同。现代影视艺术充分利用了这一科学原理,通过色彩、光亮与影调的协调转换,造就出种种节奏,以唤起观众的感知兴奋和共鸣。彩色宽银幕故事片《最后一个冬日》,用间歇性闪回镜头,叙述了芳芳堕落的经过和家庭的境况:残废驼背的妈妈;提篮拣煤渣的兄妹俩;长大成人而水灵出众却又沾染恶习、放浪不羁的芳芳;哥哥愤怒甩来的耳光;出走的芳芳……一系列镜头均蒙上了一层蓝灰色。曙色的光色影调处理,不但再现了那尘埃迷眼、惨淡辛酸岁月的氛围感,而且,也呈现出了主人公芳芳对于耻辱过去的深刻的悔恨感,哥哥对以往简单粗暴做法的深深的内疚感——不堪回首的苦楚心境——曙色对于作品的情感节奏,作了有效的铺垫和直接反映。苏联影片《这里的黎明静悄悄》,日本影片《人证》《沙器》,国产影片《小花》等也在色彩、光亮的运用上,做过成功的尝试。编导们根据自己所要表现的内容,选用不同的色彩基调,使色彩成为了内在节奏的象征和有力的表现手段。色彩变化形成的节奏,用大轮廓、大画面强化性地暗示着相应强度的情绪和气氛,促进了作品中人物在大的情感发展趋向上的转换。

关于色彩,我们自然会想到米开朗基罗・安东尼奥尼的影片《红色沙漠》,影片中背景成为了一个重要的表意元素,精美的带有抽象派绘画风格的画面构图,为突出女主人公混乱的不稳定的精神状态起到了巨大的作用。安东尼奥尼对彩色功能的独特发现使环境成为影片的主体,女主人公的存在状态也不再是纯心理的。在技术处理上,有两件事颇为人知:一是安东尼奥尼用颜料把外景地上的垃圾和小贩卖货车上的水果喷成了灰色;二是在朱莉安娜冲向科拉多的旅馆房间的高潮场面里,色彩的变化尤其夺人眼目:通向房间的走廊是耀眼的白色,进入房间后观众看到的则是柔和的褐色,但在房间颜色变成粉红色前,摄影机不断地绕到床后,让一道鲜红色床栏把画面一分为二,阻挡着观众的视线,当朱莉安娜和科拉多沉浸在爱河之中时,原来是褐色墙壁的房间在一个全景中变成了粉红色。作为自己的第一部彩色影片,安东尼奥尼创造性地运用色彩作为表意符号,色彩不再是自然本色的简单再现和还原。整部影片色彩基本是由红、黄、灰、蓝组成。黄色是工厂烟囱冒出的烟雾,是工业文明毁灭人类生存环境的象征;蓝色的阴郁冰冷隐喻人与人之间关系的隔膜和冷淡;红色作为影片的主色调,则象征压抑与恐怖色彩的现实空间,既是写实的,又是心理的、幻觉的。安东尼奥尼自己解释说,所谓红色沙漠是"一片鲜血淋漓的沙漠,上面布满了人类的尸骨"。影片在叙事过程中对色彩的自然运用是非常成功的。当朱莉安娜和科拉多到梅迪奇纳去找电工时,在白色天空的背景下,一大排几何图形的、红白相间的天线架在阳光下闪闪发亮,土黄色的旷野上点缀着绿色的树木,给人以强烈的秀美和和谐之感。当镜头推近到进行高空作业的工人时,人的形象是模糊的,占满画面左半部的是闪烁着泛光的橙红色骨架,右半部则是银灰色的钢条。在朱莉安娜的商店里,观众看到的是涂了若干不同色块的墙壁,因为女主人公尚未想妥该把墙壁刷成什么颜色。在绝大部分画面里,无论是在户外、在乌戈的工厂里、在朱莉安娜的家里,主色调是灰蓝,同影片里的寒冬季节一样透出一股冷气。与之形成对照的是钓鱼房里的荒淫集会,灰蓝色不见了,取而代之的是红色的板壁和白色的隔板。当女主人公在肮脏的环境中游荡时,背景中石屋的外壁常常是色彩斑斓的,纵横交叉的污水沟、白刷刷的污水、长着红色小草的沼泽地,全都布满了美丽的色斑。稀疏的松树林被包裹在灰白色的雾气里,灰蓝色的巨大船体缓缓驶过镶嵌在橘红色板壁上的窗户,意境之高雅难以言传。影片暗示:女主人公的精神病症似乎就是由这种潜伏在环境中的恐怖造成的。影片对色彩大胆、反常规、反现实的探索,在电影史上广受赞誉,被称为"电影史上第一部色彩影片"。

光亮、影调的变化,也能够形成一定的节奏。光亮以一定强度动荡和明暗变化状态出现时,光亮强度的变化节律,就能够有效地烘托和渲染出人物的情感情绪状态。在国产影片《黄土地》中,翠巧爹坐在窑洞的坑上,光源是炕桌上的小油灯。阴幽、昏晕的光线,把老人的麻木、迟纯"照射"得淋漓尽致,同时,也为整个画面的色彩和氛围奠定了基调。在这里,光亮和影调不仅是一种客体存在,而且发挥着艺术语言和艺术造型的作用,构成了作品特有的艺术氛围。正如一位影视界的老前辈所言:"光不但能解决对象的立体、形态、轮廓,而且能表达出深度与空间,光影相配,就影响了画面的明了性、情调和构图,电影摄影机是用光做成的雕刻刀。"

(六)变速摄影的节奏

作为影视艺术特技的变速摄影也和蒙太奇一样,能够强化人物情感情绪的表现——它可以完全按照人的主观意志的需要,加快或放慢客观的运动节律,使客观的节律成为人物情感不同强度节律的对应物。按照速率快慢与情绪强弱的关系,一般情况下,人物动作的正常速率被异常地加快时,往往给人一种紧张、诙谐、戏谑的感觉,反之,当被异常延缓时,则给人一种颂扬、赞赏、轻快等强度层次低弱得多的感觉。这里我们谈谈"慢镜头"的问题。

增加一定时间内摄影胶片的格数(正常速率为 24 格/秒)的高速摄影造成"慢镜头"效果。其艺术魅力是正常动作——高速摄影——正常放映速度放映过程的终结。它很注重作品中人物情感的递进层次,注意与作品的总节奏达成默契,也强调和观众观赏艺术作品时的情绪变化达成默契。其主要作用就是在作品的节奏中产生强调、画龙点睛的作用,对人物情感和氛围的渲染与解释,是其内在的依据。在《月光下的小屋》中有一段"慢动作"画面:王二幺的三个儿子为一只玩具小船与同学发生争吵,并受到了辱骂,三个孩子抱头痛哭。为了让两个弟弟能够尽情地玩玩小船,大儿子用旧铁丝换回了买小船的钱,当他们欢呼雀跃地簇拥着小船奔向河边时,画面上出现了"慢动作"——哥哥坐在草地上仰天大笑,两个弟弟一个在草地上翻筋斗,一个追着水里的小船奔跑,脚边溅起水花……画面依次尽情表现着孩子们内心长久压抑后的欢乐情景。导演准确地把握住了情感递变的契机——长久痛苦之后的欢欣是强烈而极为珍贵的,尤其是对于孩子,情感的宣泄释放,可以说是忘形至极的。"慢镜头"适应投合了观众的期待,而且恰到好处。一般说来,"慢镜头"的运用,都是针对观众的关注点、好奇感和人物命运情感突变点来设计的。如果不考虑观众的欣赏心理和人物感情的发展线索,"慢镜头"再精彩,也会成为败笔。

费里尼的《与船同行》则通过镜头节奏的处理刻意营造出一种诗意的氛围。轮船起航后为突显厨房的忙碌采用低速摄影造成的快镜头与音乐的快节奏构成复调,而随后就餐时的音乐趋于抒情而平缓,高速摄影造成的慢镜头表达出一种夸张的优雅,体现出费里尼影片中一贯的讽喻风格。当美丽的多洛蒂尔姑娘快步追上坐小船离开的塞族男友,重复蒙太奇将姑娘在船上的回眸微笑表达得极富诗情画意。战船上空凝重的黑烟仿佛黑色的魔鬼——黑色象征着死亡,造成凝重压抑的视觉效果隐喻战争的狰狞可怖,以表达对战争的厌恶与反感。

(七)自然音响的节奏

声音的介入,为影视艺术的发展带来了质的变化,观众对影视艺术有了更深刻、更全面感知的可能性。这是因为,声音对听觉作用的效果,要甚于颜色对视觉作用的效果。在正常情况下,声音刺激要比颜色刺激对人的感觉的作用强度大得多,声音可感知的层次强度也较光与色的可感知层次的强度大得多。

特殊的性格,特定环境和某些场合中的人物行为,是很难用画面去表现的。音响节奏弥补了这种不足,充当起人物不同强度情感的"披露者"。

以节律处于同一强度的声画同步或不同步形式出现的音响节奏,都有强化心态表现的作用。如日本影片《生死恋》中网球场上空回荡的音响,就有着极强的感染力和穿透力。影视艺术中的音响节奏,是指各种物体在运动中发出的声音在不同时值的组合下,所构成的一种强弱长短节律。在具体的作品中,往往因其音质的变异,音响的适中和节奏的鲜明简洁,给观众留下深刻的印象。例如,影片《乡音》结尾的部分,木生为满足陶春最后的心愿——到龙泉寨去看火车,用独轮车推着陶春翻越大山。“吱吱呀呀”的独轮车,崎岖的山路向前方延伸,仿佛永远也无法跳出怀抱的封闭的群山,推着陶春越走越远的木生……而那种对山村居民来说象征着现代文明的火车声渐渐淡入,与独轮车的吱呀声形成音响形象上的冲突,最终,群山叠翠、火车轰响……影片结束。这里,火车的声响节奏与作品主题节奏及观众的心理节奏相契合,引起观众情绪上的强烈反响——象征着两种不同时代观念的特定音响的撞击激人思索,奋起创造新生活。

声音是客观存在的,是现实世界有机的组成部分,影视艺术可以而且完全应该再现声音现实。贝拉·巴拉兹认为:“有声影片的任务是为我们展示我们周围的有声环境……各种物象的语言和大自然的悄悄低语,所有这些语言都胜于人类的语言,向我们倾诉着生活的丰富内容,不断地影响并支配着我们的思想感情,从大海的涛声到大自然的嘈杂声。”现实的声音无法以个人的意志为转移,所净化。它的不规则、不和谐和杂响无章形成了噪声。但它在某一时间内又是那样的和谐而美不可言,因为,它来自大自然,交织融和,共同谱写着我们的环境氛围,也成为了影视艺术的重要参与元素。

噪声是特定背景环境所具有的特定第三空间,是完整世界不可缺少的组成部分。影视艺术作为视听综合艺术,一切可供输入听觉器官的声响信号,都应该成为参与或创作的元素。噪声可为艺术真实增加可信指数,促进观众审美直感对艺术作品的认可。选择特殊的噪声,甚至能够获得画龙点睛的效果。在影片《瓦尔特保卫萨拉热窝》中,有一组典型例证:①钟表匠谢德为了战友的生命安全,决定到教堂去通知瓦尔特转移,在离开朝夕相处的钟表铺时,他一一拨动了墙上的各式挂钟,答答的挂钟节奏——谢德的坦然,对生命的怀念,对自由的追求和对生活的挚爱尽在其中;②教堂门前,谢德果敢地处决了奸细,自己亦被排枪击中,猝然倒下,枪声传出警报,也惊起了教堂里栖息的鸽群,象征和平的鸽子,在谢德老人尸体的上空振翅飞旋,翅膀的扑扇声急促有力——掀起悲壮、崇高的情潮和情感,激起人们对法西斯暴行的愤慨;③枪声报警,瓦尔特和战友经过一阵枪战后安然转移,党卫军上尉急得在街头乱窜,他身后的铜铁工艺铺子里,传出阵阵机械的且越来越剧烈的敲打铜铁皮的声音,尖利、刺耳而急促——法西斯鹰犬失去追捕目标时的焦躁狂暴情绪,被活脱脱地揭示出来。三组画面通过相关音响不同程度的节奏,揭示出了不同的心理和情感。可见,音响节奏揭示人物心绪情感,确有独特的功效。当然,利用音响节奏是十分讲究音质音色作用于人的心理效果的。噪声因其振动时的声源数目、频率、振幅的无规律周期性,而引起人的疲劳感使人产生消极烦躁的情绪,从而为人所排斥。纯音乐则因其或单纯或和谐的振动特性,而易为人所接受。因此,特殊音响的选择使用,应是慎重而精当的,不可乱选滥用。

静,是一种特殊的音响效果。它常引人进入对情节、人物内心世界的更深层次的体味和理解,增强作品的感染力,强化总体的内在节奏。影片《摩非的战争》从一开始:鲜血染红了的大海,波涛冲刷着支离破碎的军舰残骸和血肉模糊的水兵尸体,疲惫不堪、遍体鳞伤的摩非,斜依在一块军舰的残骸上,目视着这一切——一切无声,连海涛声也被隐去了,留下死一般的沉寂,“当没有声音的画面所描绘的是一个让所有在场的人都噤然不敢出声的场面(事件)时,这种画面也会给人以极深的印象”(克拉考尔)。无声成为最响亮的语言,于无声处炸惊雷,多么震摄人心的威力。

静,常造成悬念,酿出紧张的气氛,用“超然”的力量迅速包围人们,让审美主体与审美客体在悄然的境界中融合。我们知道,逆向思维是积极审美活动中的特殊心理。《摩非的战争》中的画面音响处理,恰恰运用了此种思维,它抹去了波涛声、喘息声和战斗之后其他的一切声响,创造出一个主观的无声世界,使第三空间变异,揭示出摩非心理的特殊状况,造成特殊的审美效果使观众能够最大限度地去感受、体味、联想、想象作品内在的深层节奏。

(八)音乐的节奏

客观事物刺激人感官的强度直接制约着人感知兴奋的强弱,当以一定规律、不同强度的强弱长短节律构成的音乐音响节奏出现在作品中时,就给画面增添了更强的穿透力和震撼力,也增加了观众的兴奋强度和感受性。日本影片《火红的第五乐章》就是一部典型的音乐故事片。捷克音乐家德沃夏克的《e 小调第九交响曲》(“新世界”作品 95),贯穿全片的始终。影片成功的关键,就在于有机地将交响曲旋律节奏与故事主题节奏,将交响曲的深层意蕴与故事的情节意蕴糅合为一体,互相映衬。用音乐烘托出故事的主题,在紧扣主题的音乐旋律中展示故事情节,又在故事情节发展中,充分发挥音乐陶冶情感的特殊功用。整个内在节奏在乐曲的节奏中得以外现,抽象变成了具体可感,充分展示了作品的主题。

音乐节奏更重要的作用是作为特殊场合中,人物内心世界和情感情绪的“代言人”。《沙器》中和贺英良演奏的钢琴曲《命运》,《闺阁情怨》中朱琴丽演奏的协奏曲《梁山伯与祝英台》,《魂断蓝桥》中《友谊天长地久》的演奏等,都恰到好处地剖露了主人公的内心世界。

音乐在影视艺术中通过声画对立,成为了一种重要的修辞手法,能够获得反衬效果。影片《寒夜》中两次以舒曼的《梦幻曲》插入:第一次是文寅找回因家庭争执不归的妻子,夫妻二人来到婚前常聚的咖啡馆,凄楚默顾之时;第二次是重病缠身的文寅接到出走的妻子发自兰州的信,又来到了咖啡馆,面对空位唏嘘念信时。悲欢离合,甜蜜的忧愁,痛楚里的甜蜜回忆,在间离中统一,强烈控诉了黑暗社会对于人的摧残,对于人性的践踏,产生出了特殊的艺术效果。

应该怎样创造视听艺术作品的节奏呢?一部影视作品的节奏感问题,主要是通过两个创作过程造成的:一是编剧创作剧本的一度创作过程;二是导演组织摄影、美、服、化、道、录音、剪辑等创作人员,与演员共同进行拍摄、录音、后期制作的二度创作过程。影视剧的总体节奏是由剧作的内部节奏决定的。剧中情节、人物思想、情绪、情感的起伏变化有规律的运动,即内部节奏。它是影视作品外部节奏的基础、动因和表现依据。

在我国的影视创作中，创作者们似乎很重视创造和使用内部节奏，注重矛盾冲突、人物性格及情节发展等，但为什么节奏问题还是这样突出和普遍呢？那是因为不少主创人员没弄清楚，什么剧作因素可以提供内部节奏。

内部节奏是由内在的紧张关系造成的，而紧张关系是由冲突和悬念造成的，它使观众产生期待和担心，从而形成紧张的心理节奏。而有些关系是不能提供内部节奏的，表现一名改革家的思想斗争，只是坐在那里眉头紧锁，吹胡子瞪眼，加上再强烈的音乐，观众也会感到节奏拖沓，因为，没有把人物的思想斗争放在一种紧张的人物或动作关系中去表现，无法引起观众内心节奏的紧张和激动。

影视作品多由情节的开端—发展—高潮—结局构成。每段戏中，又有自己富有情节性的小开端—发展—高潮—结局，由这些小的高潮来推动冲突的展示和激化，形成全剧的大高潮。一个小高潮的形成即为一个事件，在剧作的一个相当时间段落内，如果事件少（即含金量低），势必造成此段落的节奏松散、缓慢。我国现实主义题材的作品追求纪实风格，特别是生活流的电视剧。有的导演对这种题材把握失误，没有弄清楚生活化与自然主义的关系，使一些与情节、主题无关的琐碎生活细节充斥剧中，淡化了矛盾冲突，影响了作品的节奏。很多描写现实题材的电视剧，为追求纪实效果，采用时空顺序式结构，剧情、矛盾构成和展现总是单线式的，一旦某一段落中的矛盾双方较量的强度不够，或者撞击的频率低、节奏低落下来，没有其他的矛盾关系，即枝节、旁系的矛盾补充，就会使节奏缓慢、低落。有些电视剧即使有枝节矛盾，但矛盾构成和发展不完整，不能起到补充戏剧节奏的目的。如果不使用这样的单线式结构，采用复合式的剧作结构，有主线、有副线，当主线矛盾的节奏处于疏缓时，副线矛盾能够补充上来使观众仍然感到可看，节奏依然能够保持紧凑有力。

三、编剧的节奏设置

编剧在设置结构情节、人物、矛盾等内在节奏的同时，是最有根据设计、安排全剧及各个段落、场面、对话、动作等节奏的人。应该尽量为导演的二度创作提供更多创作节奏美感的因素、条件、契机。不要把节奏问题都看成是导演的事。很多成功的作品，都具有一个从内容到节奏感都很好的剧本，而一个节奏拖沓、零乱、无序的剧本，肯定拍不成一部引人入胜的好作品。

编剧于剧作中提供创作节奏的方法很多。如对话场面和动作场面交替出现，可以使较为缓慢的对话节奏和紧张强烈的动作节奏相互交错，调节观众看对话多了产生的单调乏味和看动作场面时间长了感到的紧张疲劳；内景与外景的变化，即幽闭的空间与开阔的空间的变化，能够使作品具有更大的空间跨度，产生空间视觉的节奏对比；明与暗的变化，即光线与影调的改变，避免观众因影调的一成不变而产生的眼睛疲劳，还可以利用影调的改变调动观众的视觉注意力。在剧本的创作过程中根据内容来安排节奏比较容易，一旦情节结构确定下来，等到分镜头时再处理就不那么容易了。

导演在二度创作中要掌握作品的整体节奏。一部影视作品是分成若干段落、若干场面，在若干不同的时间和地点中拍摄的。某一段落应该呈现怎样的节奏、占用多少时间，某个场面应该体现什么样的情绪，仅凭经验是不够的。如果不及早确定全剧的整体节奏，等片子拍完了、剪辑完了，就无法弥补了。

苏联著名戏剧家格·古里叶夫在研究舞台话剧节奏时设计了“行动结构曲线法”。他认为，戏剧节奏是在剧情发展基础上，沿着贯穿行动线连续不断的运动产生出来的，把握全剧的总节奏就是找出戏剧事件与它对应情绪强度的关系。把握影视作品节奏时，也可以借鉴此法：首先画一个坐标，横坐标表示情节段落发展线的时间和长度，并按照剧情顺序，依次标上戏剧行动，即剧情事件。纵坐标表示行动强度的增减，即剧情的起伏强度。在横坐标上，时间标度是一定的，而开端—发展—高潮—结局，是根据一般戏剧矛盾发展规律划分的。当然，这一坐标不可能像数学或物理曲线那样客观和精确，只是对于剧本结构的大致把握。各个剧情段落的长度比例和高度比例也不可能像数字那样准确，只要求把剧本结构形式大致形象地画出来，使人一目了然。它可以使人们从具体的场面或细节中跳出来，站在一个制高点上，对全剧的结构和节奏产生一种总体概念。

有了这一节奏总谱后，导演就知道应该怎样对剧本进行选择和割舍了。除了修改剧作外，导演还要利用视听艺术手段，在实拍中，弥补剧本缺陷及创造节奏美感。导演在分镜头时如何利用景别的变化创造节奏，如表现紧张的内部节奏，一般需要采用单镜头来表现，或应该适当多采用能够容纳关系双方的镜头来表现。当然，运用镜头与镜头之间的关系也能表现，但对立紧张的关系却是由镜头之间的切换这一外在形式强制观众接受的，没有给观众充分自己观察、自己发现矛盾双方的机会。

体现创作者的思想感情是艺术的“最高任务”，也决定着作品的节奏型。影视艺术的各种语言要素均在节奏中统一，共同为“最高任务”服务。节奏就如河床，各种语言要素如汇聚而来的水沿着河床流淌映出的多彩的光。当然，各种语言要素都有自己的作用，这里只是以影视艺术中的节奏理论，从综合效应出发，首先对影视艺术的语言系统有一个总体的认识。

第二节　影像符号的意义构成

一、影像与符号

影像传达情感和信息，是通过内容和形式两个方面（这正是“符号”的基本构成）同影像的各个部分表现出来的（影像是在相互关系的张力中获得意义延伸的）。首先，是由影像再现实体的内容完成表达情感和信息，即影视作品的故事情节、人物动作、表情等引起观众思考和情感共鸣；其次，是利用“有意味的形式”（这里的形式已经进入了内容层面）表达情感；最后，是利用影像造型元素构成的意象（第二意义层次和第三意义层次）表达情感和观念。

影像具有再现与表现的双重性格，影像与实体之间是再现性关系，是实体的再现物，实体则是影像再现的客观内容。影像与表象之间是表现关系。影像有三个结构层次：

(1)表层结构，由影像一实体构成的再现性内容，即作品中的事件、情节、人物等构成的故事内容；

(2)深层结构，由影像一形式构成的特殊内容结构，即由摄影造型元素配置组合具体形式所产生的直观意味；

(3)复合结构，影像内涵层，是影像再现性内容一思想，与表现性内容一形式的意味相结合的一种独特含义。

这三个结构层次同影像符号学是相对应的。

人是进行符号活动的动物，没有符号就没有人类的历史，同时，人类也是通过符号完成了对于历史的表述。人类的经验和知识可以通过符号进行继承。符号又是一个完整的系统，符号之间有着密切的联系，且有可以遵循的规则。符号不仅可以超越表象或感觉，还能对客体进行理性的分析和判断，以得出相应的要领或结论。符号作为文化的象征是人从自然界中独立出来的标志。

关于符号学，首先让人想到的是索绪尔的贡献，即能指一所指的构成关系。但在具体的艺术实践中，特别是那些具有经典意义的艺术实践，符号的意义构成要比静态的理论描述复杂、丰富得多。

麦茨的大组合段理论将形象作为事件的记号，所关注的是叙事的有序化，并以模式对其进行规范，以达到镜头表现的连续性，实现内容描述的历时性。而镜头组合则是通过事件相关序列的表述，实现内容描述的共时性。这样，麦茨的符号学，最终停留在“记号”排序与修辞上，又回到了索绪尔符号理论的元点上。

符号学的关键，是能指对于所指的意义转换。就影像而言，不再是单纯意义上的呈现物，而是意义表现的介质——信息载体。它所负载的信息可能是单一的，如英雄牺牲，切换出青松的影像，表现英雄精神的永存。但这种意义转换，只是一种文化经验的认同，在符号学上是低层次的。真正的艺术家，绝不会止步于这种简单的经验性表述与满足，而是热望着自己的艺术实践通过形式的创新，达到符号内涵上的延伸，并最终使自己的艺术作品成为一个多元复合的符号。当然，能够达到这一理想境界的艺术作品(具体为影视作品)并不多。这也就是为什么人们在讨论影像符号时，总是停留在对于单个镜头的分析与阐述上。而这种静态的分析与阐述，最终是解构了符号学，或将它简单地视为一种修辞手法。

按照符号学的基本原理，其符号意义的第一层次所描述的是从能指到所指，以及所涉及的外在现实意义，为显而易见的表层意义。但其不同意义的作用方式又以两种独特的方式作用于第二层次的意义，即作为神话的创造者和作为内涵的动因，这两方面在影像传达的全部意义方式上，都是非常重要的。在这里，神话是以文化的方式来思考事物的，既是概念化的，又是理解概念的方式。如果说含义是能指的第二层次的意义，那么神话(寓言)则是所指的第二层次的意义。(图 6-2)

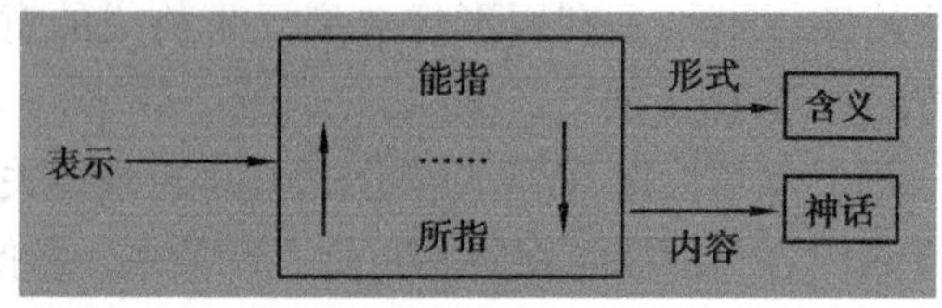

图 6-2

第一层次包括现实和符号，第二层次包括符号和文化。第一层次的符号系统与文化的价值系统构成了第二层次。在考察意义的两个层次时，可以将其纳入主观反应的范畴来研究。虽然，这些反应产生于个体，但在本质上却不是个人的。主观反应是由符号引发的，这些符号意味着主观反应是在文化成员之间认同的基础上获得的。它们都集中在一个难以准确限定的范畴里，理论上称为相互主观性。这种相互主观性是受文化制约的，它是一种文化影响另一种文化中个体的途径之一，文化成员通过它才能获得表达。而在文化相互主观性范畴中具有组织结构作用的神话本身，不可能是分离和松散的，否则它将否定自己的首要功能（把意义组织起来的功能）：它们自己会组成一个整体，即神话或观念。意义的第三层次提供概念性的原则，而文化则通过这些原则来组织和阐释它无法回避的现实。

同符号意义相关的两个重要概念是“隐喻”和“转换”。按照传统的解释，隐喻是用本体（能指）来比喻其在文字或习惯上难以比喻的客体或行动（所指）；转换则是以客体的某个特征来表示其整体。在现代文艺理论中，雅各布森和利奇等人共同扩展了这两个术语的内涵，将其视为传达符号意义的两种基本方式。根据这一宽泛的观点，隐喻含有所指与能指的互换或转代，这种位置互换表明符号的两个组成部分是等值的。从语言符号的角度来看，所有的能指都是隐喻性的。在意义的第一层次上，它们在符号和其描述的现实之间具有同等价值。影像消解了文字的抽象性与规定性，其隐喻的概念也延伸为非语言的能指，进而产生出“视觉隐喻”的多义性认知。而其影像组合，又实现了“视觉隐喻”的结构性特征，消解了语言的指称性。就影视艺术而言，是对现实所进行的直接的和图像的展现，更准确地说，这是对现实的隐喻性重建，能指与所指之间的相似性应该被认作是一种结构上的等值；影像展现的隐喻性的真实世界并非那个真实的世界，而是对真实世界的替代——神话（寓言）的编织。

在转换中，意义依附于符号，具有“窥一斑可见全豹”的功能，并能够修饰其使用者对所指的理解程度，使物质客体表达抽象的概念。

二、影像符号的内涵分析

影像符号可以同时以隐喻和转换的形式出现，但每一种形式都有不同的作用。在意义的第一层次中，符号的影像或表指作用虽然是隐喻性的，但对于观众来说并不难理解。但到了第二意义层次，随着影像符号意义的转换，观众开始丢失信息。潘桦在《世界经典影片分析与读解》中对德国影片《铁皮鼓》做了深入分析，如果将其转换为符号层次系统，情况又如何呢？下面看一下影像符号是怎样在不同意义层次上实现意义表现的。

以下为第一意义层次表指的隐喻性。

外祖父避难和出逃两场戏都和雨有关

雨（阴郁的天空）⟶凄凉的气氛⟶压抑的情感⟶外祖父的尴尬处境

奥斯卡和母亲进城的外景街道

街道⟶嘈杂⟶不安定与动荡⟶战争预言

关于火

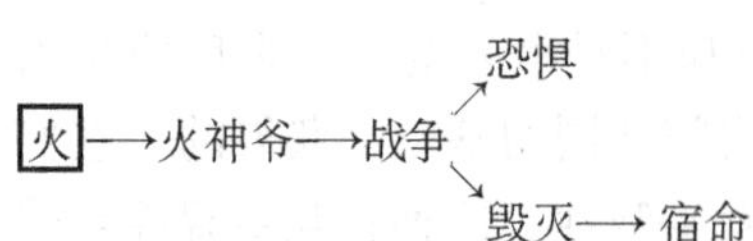

奥斯卡出生后第一眼看到的是灯和飞蛾

飞蛾→寓言→生命的短暂与未来的难测→宿命

小库尔特出生时的庆贺活动

纳粹小旗→插满纳粹小旗的地图→插有刀具的烤鸡→德国瓜分世界的野心

纳粹小队与儿童小队的影像结构

纳粹小队→儿童小队→丑角表演→游戏政治

渺小的男人←趴在地上仰望外祖母←外祖父→踉跄的步态→愚蠢、滑稽的男人

一般情况下，第一意义层次因表指作用，是比较容易理解的。在意义的第二层次即深层内容中，由于影像结构的共时性与历时性的交替使用，其意义表现也由表指走向了含蓄，多数观众也开始面临解码的困惑，往往只能解读表指性意义，深层意义的信息开始丢失。

奥斯卡的表舅→软弱的男人→波兰民族性的象征

卖土豆的男人→希特勒（造型）→贪婪而神经质（眼神）→政治调侃（表层）

卖土豆的男人→土豆→土地→德国人攫取的心态（深层）

贝贝拉→类归属（表层）→必须表演（深层）→侵略理论→国民性弱点：轻信、狂热

乞丐→非正常人→超然的清醒者（子弹头）→导演的话语介质

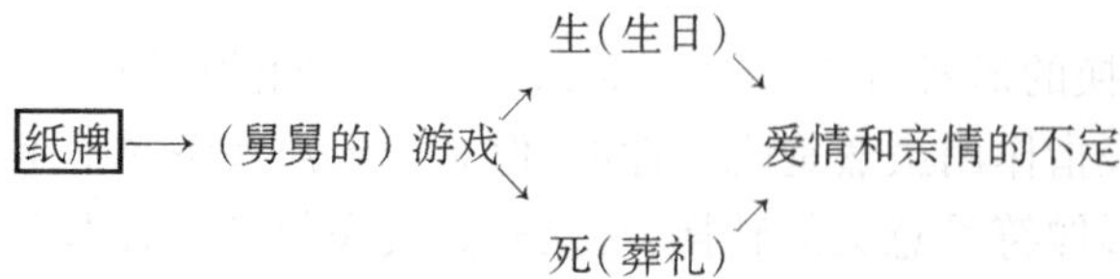

而真正能够体现一部影视作品文化精神的，是它带给人们的整体思考，进而达到一种历史的阐释。影像符号的内涵也是通过系统得以实现的，在这一意义上，作品完成了神话的编织与创造，成为艺术家阐释现实的介质。所以，真正的艺术家更加关注的是符号意义的第三层次，符号借助系统的张力获得概念化定位，使作品完成对现实的整体性隐喻，符号意义在这一层次上达到了意义的复合（组织），艺术家也因此一吐为快地实现了对于历史的阐释。当然，这虽然是每一位艺术家毕生追求的目标，但能够达到这一境界的人却只能是那些称得上“伟大”二字的人。而这样的作品，本身已经成为了一个特定的文化（历史）符号。在这方面，《铁皮鼓》是值得骄傲的。下面，我

们对《铁皮鼓》中的一些复合符号进行分析。

1. 鼓

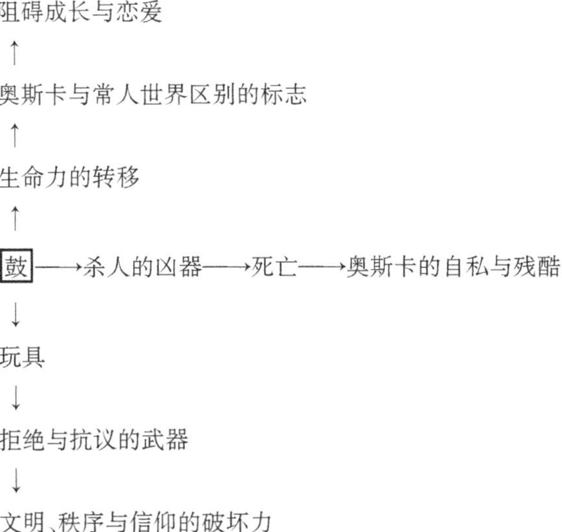

2. 外祖母(大裙子)

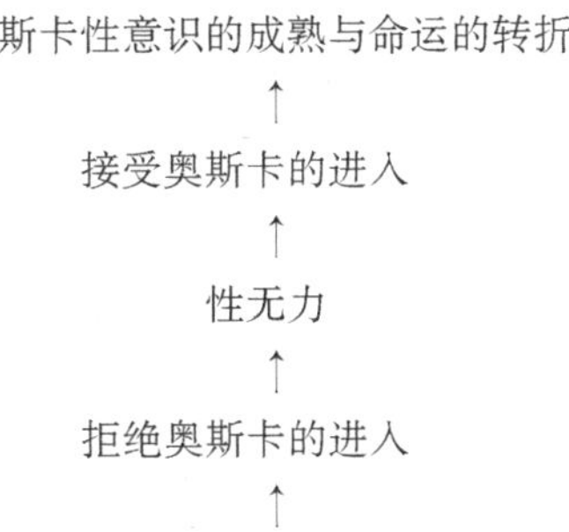

女性对于生命的延续←——鹅←——外祖母(大裙子)——→烧热的砖——→女性忍受的生存状态——→坚强

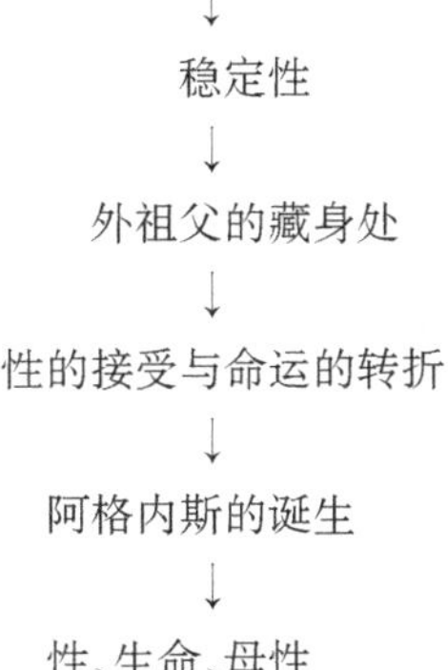

3. 阿尔夫雷多

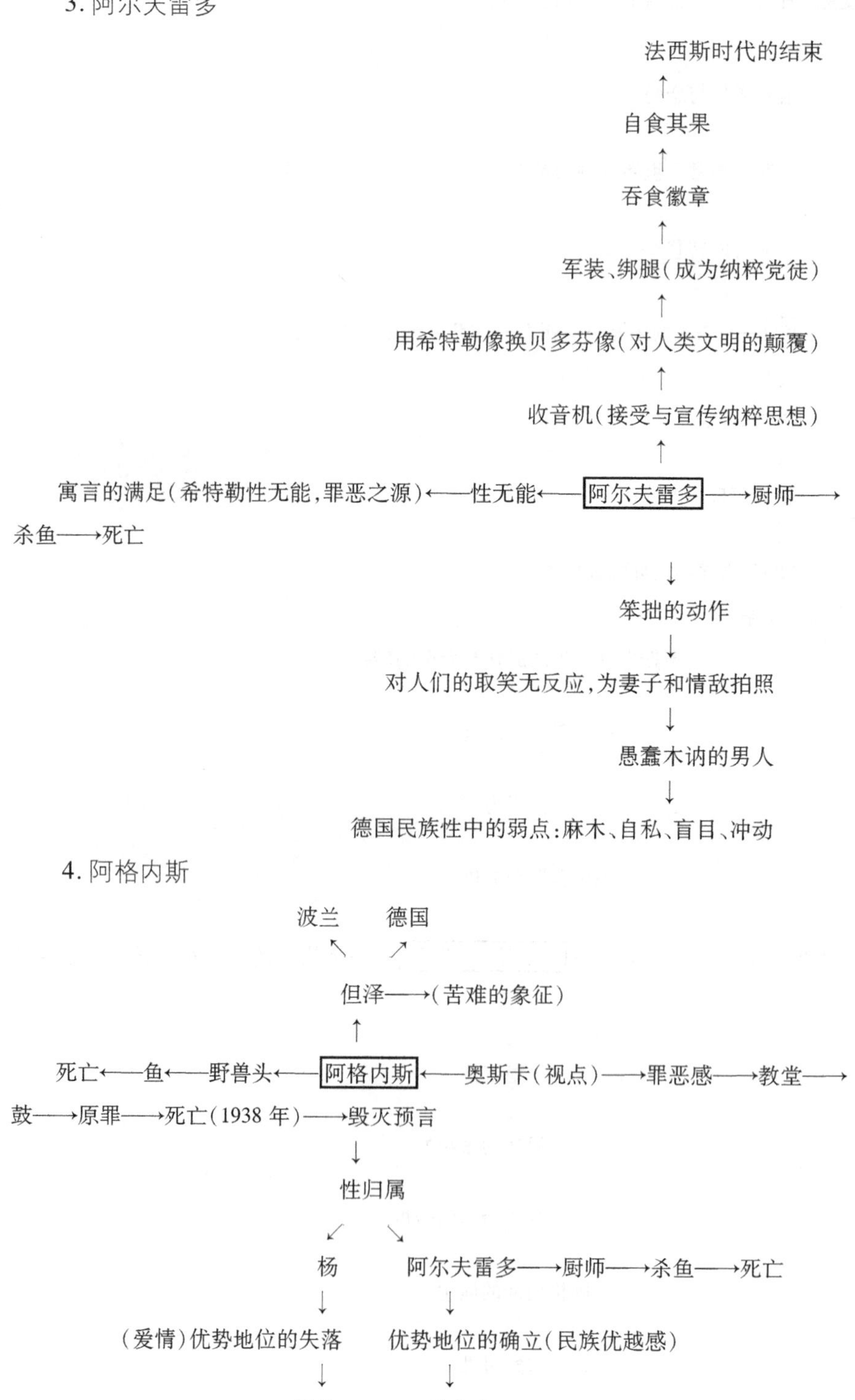

4. 阿格内斯

5. 奥斯卡

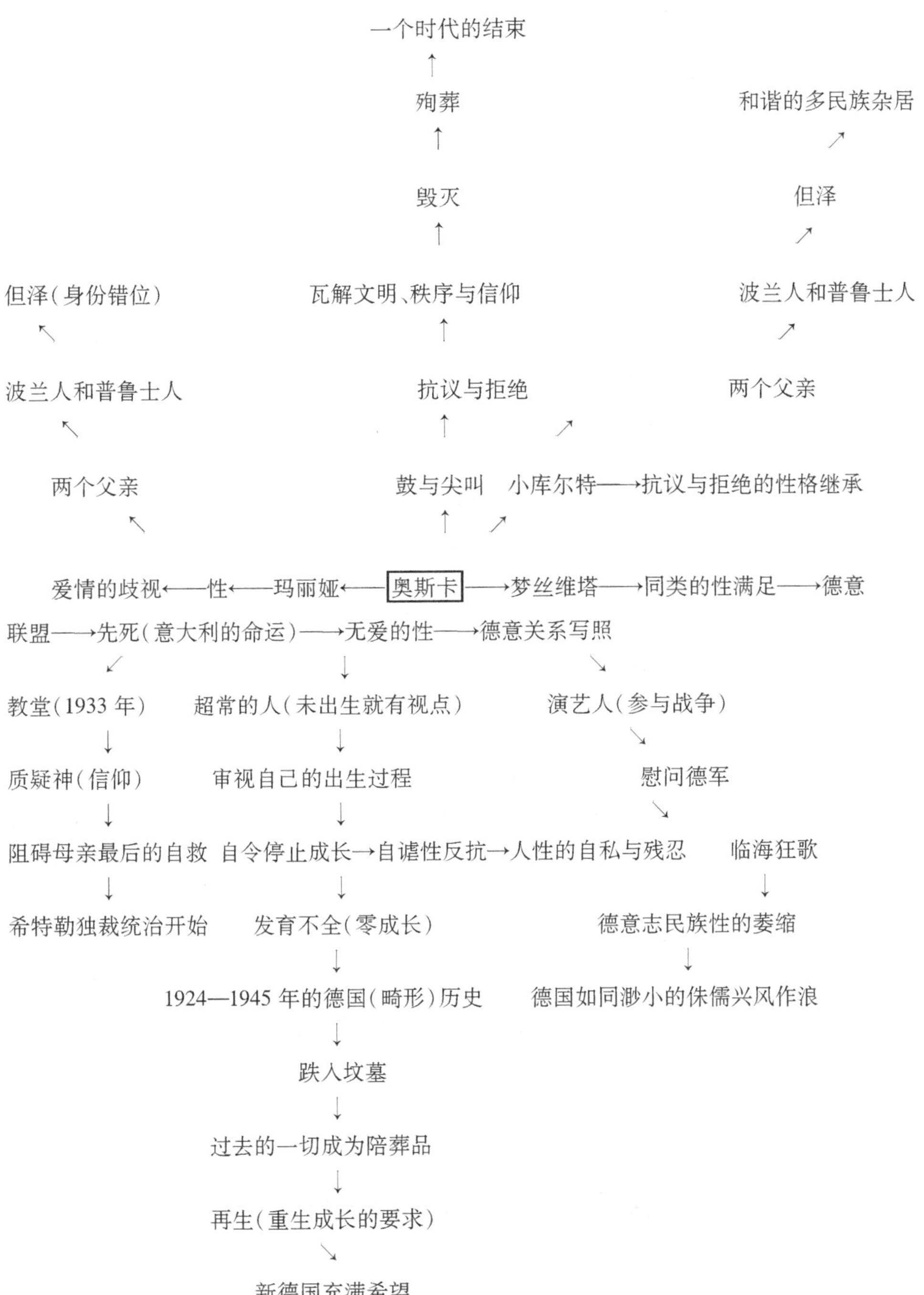

理论研究为了表述的便利,往往关注于类的归属,可是这种类的归属一旦完成,将抽象的表现简化为具体的理论模式,用于解决和研究具体的艺术实践问题时,具体的理论模式又往往变得抽象起来。特别是将针对性艺术理论进行跨领域转换时,这一现象表现得更加突出。影视艺术的综合性特征,是同时在各个层面上实现的,即艺术形式的综合、艺术语言的综合(当以系统性进行关注时,必然产生出含义的综合),而当它成为媒介时,又是人类文化的综合。影视艺术同时和社会各领域互应为场效应。

关于影像符号的问题,局部的对位性研究成果很多,但总体性研究却只有一些抽象的表述。一部影视作品,是一个完整的影像符号系统,特别是那些具有经典意义的作品,其“神话(寓言)”意义的实现更是借助系统的完整性、多元性和复杂性完成的。其中,影像的符号化程度成为了价值评定的一个重要标志。当我们将符号学引入到影视理论的建构时,绝不能只有简单的“模式”移置,而更多的应该是“方法”的借用。

上面所列出的五个复合影像符号,也只是影片中有典型意义的影像符号子系统(在建构时,出于对各子系统之间的互补关系考虑,隐去了一些元素),这部影片由其视点(以奥斯卡为中心)设置的特殊性所决定,还应该进行总系统的复合,即五个复合影像符号以子系统建构总系统时,能够“重叠”出更加丰富的语义,只有这样,影像符号才能在动态的意义上产生出“神话”的张力。通常情况下,我们在进行影片解读时,往往关注着影片表层主题与深层主题的表现,而这种表层主题与深层主题正是由影像符号的意义层次结构完成的,只是对于不同的类型影片,在意义结构的复杂性上有所区别而已。但这里我们更想说的是,当将影像符号用动态系统借代静态系统后,影像符号的多义性、多元性是在层次意义的结构转换中实现的,即第一意义层次的价值体现,是通过第二意义层次得到证明,而第二意义层次又是通过第三意义层次获得了艺术的延伸。对于复杂的影像符号来说,并非简单地层次递进,而是有一个多元循环递进过程。按照符号学的原理,应该是:

……所指←所指(能指)←所指(能指)←能指→所指(能指)→所指(能指)→所指……

多元循环,达到多义复合(甚至是多向意义复合),影像真正成为了艺术家阐释现实世界(文化的与历史的)的介质,同时,在系统的意义上完成形式与意义的建构(符号的价值本身就体现在内容与形式两个层面上),最终留下自己曾经存在的印记——符号(艺术作品)。

前面对于影视语言的讨论,更多地带有技术学的意味,那么,又该怎样从文化学的意义上认识和把握影视语言呢?作为语言形式的现代文化发展,它又带给了人类什么呢?

第三节　叙述性语言

影视剧是有情节的,叙述性语言的主要任务是讲述构成影视剧的故事。影视剧的叙述和其他文学样式(如小说、叙事诗等)基本相同,都是形象思维的表现形式,可影视剧叙述性的语言却有其独特之处,其独特之处在于:①一般不使用比喻;②不表示东南西北等方向;③不抽象地交代人物的目的;④不抽象地描写人物的心理感受;⑤不描写摄像机无法拍摄的一切内容。

小说等文学样式的语言是为了读者的想象力设计的，不具象（不聚像）的语言。读者根据自己对作品的理解，借用自己平日生活积累中的同类或近似的事物，在头脑中联想构成小说中的情景。一万个读者读同一部小说，会在他们的头脑中构成一万种不同的情景。影视剧的叙述语言是为画面（镜头）设计的，具象的语言，它的每一句话都将被拍摄下来。观众根据导演对剧本的演绎，无须借用什么，便可以看见和听到剧中的所有情景。一万个观众看同一部影视剧，他们的眼前出现的是相同的情景，耳边回响的是相同的声音。一个影视剧的剧本，完全可以作为小说来阅读，但是一部小说却绝对不可以作为影视剧的剧本来拍摄。

剧作中除有声语言外的一切文字都是叙述性语言。叙述性语言又常被称为剧作中的“散文成分”或“情景说明”。它把一切无话语场面或与对白、旁白和独白同时出现在银幕上的画面形象作为自己的描写对象。其中包括：

（1）背景介绍（时间、地点、环境）：人们意识对象所依存的“土壤”，即背后的衬托物之意，对事态的发生、发展、变化起重要作用的客观情况。

（2）人物肖像描写：描绘人物的面貌特征，它包括人物的身材、容貌、服饰、打扮以及表情、仪态、风度、习惯性特点等，力求做到以“形”传“神”，把人物的状态客观地显现出来。

（3）景物造型描写：对自然风景、社会环境所作的形象描绘，以表现环境与人物、自然与人物相互依存相互影响的复杂关系。

（4）人物动作描写：对人物的动作或动态进行描写，揭示人物性格。

（5）人物心理描写：对人物在一定的环境中的心理状态、精神面貌和内心活动进行的描写。

（6）其他提示（作者就某些意图或技巧对其他创作人员的提示）：摄影技巧的变化或是舞台提示。包括音乐、字幕、旁白等元素的提示性语言。

根据上述分类，我们来看日本影片《裸岛》的剧本片段（这是一个可读性不强的剧本）：

黎明。（背景介绍：时间）

海还在沉睡。（背景介绍：地点）

人也在沉睡，晨雾中传来橹声。（背景介绍：环境）

一只小舢板靠近岸边。（景物造型描写）

船上有一对贫苦农民夫妇，那是千太和阿丰。千太是个三十五六岁动作笨拙的矮胖汉子。阿丰是个二十六七岁，脸色微黑肩膀很窄的妇女。（人物肖像描写）

船上放着四只木桶。（景物造型描写）

两人各自用扁担挑起木桶，走上岸边。（人物动作描写）

……

再如电影剧本《公民凯恩》开头序幕的这一段文字的描写（这是一个可读性较强的剧本）：

1940 年。（背景介绍：时间）

柴那杜庄园的全景。(背景介绍:地点)

(乐声起……)黑沉沉的夜色中,在远处的一个地方,有扇窗户透出了光亮。镜头向那里移近(其他提示)。

画面上出现一些牢固的障碍物:带刺的粗铁丝网,高大的螺旋形围墙,宏伟的栅栏门。门上有一个大大的字母"K"。拂晓时分,在一片晨曦的天空背景上,渐渐显出隐约可见的字母黑色笔画。透过这些障碍物,可以看到山上柴那杜庄园雄伟的轮廓。我们随着镜头在向一个不大的、发出光亮的地方挪近,向庄园的一扇窗户挪近,我们看到了查尔斯·福斯特·凯恩那价值连城的产业。(景物造型描写)

在一片绚丽的热带花卉中,却令人感受到一种消沉的、无望的气氛……青苔……许许多多的青苔……(景物造型描写)

当镜头径直向窗户移近的时候,屋子里的灯光熄灭了。乐声渐渐停止。窗玻璃上映现出室内凯恩的富丽堂皇,然而却阴霾森严的财产。(其他提示)

……

叙述性语言描写的总体形式和风格因人而异,没有常规的惯例和固定的格式。但影视剧作就是影视剧作,也有一些特性是应该遵循的,如电影《红色恋曲1933》(编剧:高力)就有以下特性:

片段(1)列宁街、黄昏、外(背景介绍:时间、地点、环境)

白发苍苍的老年雪儿步履蹒跚地在古老的列宁街石板路上行走着(人物肖像描写),她深情地抚摸着牌坊上铭刻的红色标语。(人物动作描写)

老年雪儿的画外音:"我是这些标语的老熟人了!我90岁了,这些标语看老了我,我也看老了这些标语。"(人物心理描写)

老年雪儿缓缓地转过头,看见什么。(人物动作描写)

青春靓丽、衣着时髦的娜娜挎着专业像机,与白发老年雪儿对视着。(人物动作描写)(叠)

老年雪儿和年轻的娜娜伫立在空空荡荡的列宁街上对视着……(人物动作描写)

娜娜缓缓举起相机对准老年雪儿……(人物动作描写)

娜娜画外音:"老街、牌坊、石刻标语、银发老人……这一切在这里凝固成一种遥远的记忆,一座凝滞的时间码头。仿佛我是穿越了时空隧道来到了这里,走进了历史之中……"(人物心理描写)

片段(64)码头、晨、外

载满红军的十条船在路连长的指挥下一艘接一艘地驶向晨雾迷离的江面。(背景介绍:环境)

桐哥和几个红军战士坐在最后一艘木船上,欲行。

这时,雪儿追上码头,一下跳入水里,走到船边,她将自己的一只碧玉手镯递给了坐在船边的桐。(人物动作描写)

桐从挎包中掏出自己写标语的那只毛笔和手中的那只小马灯一起送给了雪儿,他轻轻地说了一声:"雪儿,我爱你。"

雪儿:“我会一直等你……”

桐:“雪儿,我一定会回来……”(人物心理描写)

大巴山情歌变得高亢起来……(千年不准疙瘩散,万年不准姐丢郎……)(其他提示)

雪儿含着泪孤独一人伫立在码头上、提着那盏小马灯,久久地凝视着坐船离去的桐哥的身影……(人物动作描写)

大巴山情歌令人久久不能平静……

片段(73)河畔、日、外

在那棵巨大的树下,健豪阴沉地吹着萨克斯……(人物心理描写)

片段(74)山野、日、外

在舒缓的萨克斯乐曲声中,被绳子绑成一串的赤卫队员、男女地方干部、红军伤员无畏地面对一排用枪瞄准他们的白军站立着。(人物动作描写)

独眼龙冷酷地一挥手,一排枪吐出火舌(静场处理)(人物动作描写)

被绳子绑成一串的赤卫队员、男女地方干部、红军伤员中弹缓缓倒在山野上……(人物动作描写)

鲜血在石上流淌着……(景物造型描写)

片段(75)列宁街、黄昏、外

在舒缓的萨克斯乐曲声中,一辆牛车在列宁街上缓缓行驶着,牛车上立着一个木制的十字架,上面绑着身着被撕破军衣的小翠,她无畏地看着天空中的蓝天白云。(景物造型描写)

两排白军士兵在牛车两边走着。(人物动作描写)

倚在院门的雪儿含着泪看着绑在牛车十字架上的小翠。(人物心理描写)

小翠的目光与雪儿相遇,她微笑着对雪儿点点头。(人物心理描写)

雪儿泪流满面地看着走过去的牛车上绑着的小翠的背影。(人物心理描写)

街沿上一些乡亲都默默地看着这一幕。

突然,绑在十字架上的小翠唱起了那支红色山歌。(人物心理描写)

歌声压过了舒缓的萨克斯乐曲声,在列宁街回荡着……(其他提示)

雪儿伫立街中央久久地凝视着那远去的牛车……(人物心理描写)

片段(76)河畔、黄昏、外

夕阳辉映着河畔染红了河面(背景介绍:时间),在那棵巨大的树下,健豪依然吹着萨克斯,是那首维拉·洛博斯的《幻想曲》。(景物造型描写)

那辆绑着小翠的牛车在白军的押解下从健豪身后缓缓驶过。

健豪看也不看地面对着流动的河水吹着萨克斯……(叠化)

小翠无畏地唱着那支红色山歌。(人物动作描写)

山歌和萨克斯声构成一种奇特的音乐组合,在河畔回荡着……(其他提示)

夕阳辉映的河湾,几位白军将唱着山歌的小翠从牛车上解下来,装入一个竹笼,他们将竹笼抬到一条船上,然后在竹笼里塞满鹅卵石。(人物动作描写)

装进的竹笼的小翠面无惧色不停地唱着红色山歌。(人物心理描写)

船在露光中，缓缓驶到河面中央，几个白军士兵抬起装有小翠和鹅卵石的竹笼扔进了河水里，竹笼沉了下去，小翠的歌声止息了……（人物动作描写；其他提示）

大树下，健豪对着对岸山巅一轮巨大的落日依旧用萨克斯吹着那支《幻想曲》……（景物造型描写）

片段(89)祠堂雪儿临时家、日、外

雪儿身着那身漂亮洁白的婚纱礼服对着镜子精心地梳妆，她不时抚胸憧憬着什么……（人物动作描写）

这时门外传来敲门声。（其他提示）

雪儿欣喜地打开了门，一下怔住了。（人物动作描写；人物心理描写）

门口站着身着国民党军上校服饰的健豪，他的身后跟着两个持枪和拎着一只皮箱的国民党残兵。（人物肖像描写）

雪儿和健豪对视着。（人物动作描写）

健豪深情地："雪儿，你的婚纱是为我披的吧？这些年我从来没有忘了你，一直都在找你，你是我新娘，过去、现在、将来永远都是我的新娘，我要带你走，去国外、去缅甸金三角、去欧洲、去美国，我们生生死死都在一起，永不分离。"（人物心理描写）

雪儿冷冷地："我是不会跟你走的，我的婚纱也不是为你披的。"（人物心理描写）

健豪逼视着她："那你是为谁披的。"（人物心理描写）

雪儿自豪地："我是为我的桐哥披的，他们马上就要打过来了。"（人物心理描写）

"桐哥！"健豪痛楚地，"是那个会写标语的赤匪。"（人物心理描写）

雪儿轻轻地："我这颗心永远是属于桐哥的，谁也拿不走。"（人物心理描写）

健豪扭曲了脸："雪儿，你到底跟不跟我走？"（人物心理描写）

雪儿坚定地摇摇头。（人物动作描写）

健豪从腰间掏出枪来。（人物动作描写）

这时，小苏叫着"妈妈"跑进屋门。（其他提示）

健豪一把把她抓过去，用枪指着她的头说："这是那个红军的孩子吧？雪儿，我给你一个选择，要嘛你跟我走，要嘛我打死她。"（人物动作描写）

雪儿逼视着他走过去，猛地抢过小苏，把小苏护在自己的身后。她平静地捋捋头发："你要杀就先杀我吧，我是不会跟你走的。"她从木桌上拿起那本《奔流》杂志，"你还认识这本杂志吗？它是你给我的。这里面裴多菲的诗我读过很多遍，要听听吗？"她轻轻地朗诵着：（人物动作描写、人物心理描写）

"我愿意是云朵，
是灰色的破旗，
在广漠的空中，
懒懒地飘来飘去……
只要我的爱人，
是珊瑚似的夕阳，
傍着我苍白的脸，
显出鲜艳的辉煌……

你可以打死我,但我爱人他们的红色革命却会永生。"

健豪痛楚地低下头。

雪儿义正辞严地:"何健豪,我俩师生的情谊已尽,你开枪吧！我就是死也会留在这里等着桐哥的,来吧,朝这儿打,瞄准一点,别让我太受罪!"雪儿指指自己高耸的胸部,轻轻闭上美丽的眼睛等着生命的最后一刻。(人物心理描写)

健豪握枪的手垂下了……(人物动作描写)

半晌,雪儿睁开眼睛,惊奇地看见健豪和两个残兵已经不见了踪影。(人物动作描写)

小苏轻轻地:"妈,他们都走了。"

雪儿若有所思地将那本《奔流》杂志贴在胸口……(人物动作描写)

我们从这几个剧本片段可以看出影视剧叙述性语言的一些基本特征:

(1)可视性。是叙述性以将来出现在银幕上的画面形象作为描写对象的,因此,必须具有可视性。什么"她历经千辛万苦把孩子带大""他心里盘算了几个昼夜终于下定决心"之类,以及"天长地久有时尽,此恨绵绵无绝期""女性固是软弱,母亲却是坚强"之类,都不可取。总之,电视剧的所有叙述都必须能够变成画面,如果不能,宁可放弃。我们可以设想一下,"天低云暗,暗得好像是提前进入了黑夜。大海的胸膛不安地上下起伏,像个难产的孕妇挣扎着、扭动着、哭泣着、痛苦地呻吟着……""风暴好似径直打进了所有人的身体,五脏六腑撞击着,胃里的食物撞击着,体内的血液翻腾着……"这样的描写,如何在影视剧中表现?

(2)多元性。电影是综合艺术,剧作除了为导演和表演提供发挥的余地外,还应该充分运用一切造型手段于剧作中。一些提示性语言,如"晨光熹微""阴暗走廊""血色黄昏",以及"街市音响""蝉鸣鸟叫""背景音乐",则不可少,提示性语言可以帮助导演更加准确地理解剧本意图。

(3)简洁性。例如,"雪儿家天井、晨、外","晨光透进天井","一声枪响！江水泊泊地奔流着";又如,"日/外""夜/内""雨""雾""巴黎,凯旋门""伦敦,威斯敏斯特教堂""纽约,自由女神像""房间布置得体、有现代感",等等。这样写就可以了,无需浓墨重彩、烦琐铺陈。

第四节　有声语言

剧作中的有声语言包括对白、旁白和独白。

一、对白

电影中的对白是指两个或两个以上剧中人物的交谈活动。对白电影剧作者塑造人物的基本手段之一。由于它既能传达谈话人的心理活动,又能与对手交流,影响彼此的情绪、情感、思想和行为,故又常常称之为"言语动作"。它的主要功能是:叙述说明、推进剧情、加强造型表现力、刻画人物性格、揭示人物内心世界。运用的基本要求通常是:①符合人物的身份和性格逻辑,具有性格色彩;②符合人物关系和规定情境;③具有动作性;④精练、简明、生动,必要时蕴含丰富的潜台词;⑤与画面及其他表现元素(如音响、音乐等)密切配合;⑥做到生活化、口语化。由于电影主要诉诸视觉,更多依赖人物的外部动作,并具有镜头转换迅速和多场景的特点。所以,对话不宜过多。

语言是人类交流的工具。电影(故事片)中人与人之间的交流就如同生活中一样,是少不了语言沟通的。在无声电影时代,人们的对话是用字幕来交代的。自从有声电影出现以后,人们的对话可以直接说出来了。这就是对白。其功能是:

(1)交流思想感情。

(2)展现矛盾冲突。

(3)说明人物关系和塑造人物形象。

(4)推动剧情发展。

(5)交代补叙前史。

按悉德·菲尔德的《电影剧本写作基础》所说:"对话是人物的一种功能,它可以:推动故事向前发展;向读者传达事实和信息;揭示人物;建立人物之间的关系;使你的人物显得真实和自然;揭示故事和人物的各种冲突;揭示人物的情绪状态;对动作进行评价。"

在影视剧本创作中,对话常常是写作的难点:因为,你在剧中描写的众多人物,其身份、地位、行业、教养、心理都是不一样的,他们的说话习惯、方式和风格也千差万别。而编剧不可能了解所有的行业所有的人的说话特点。我们在指导学生的编剧作业中,常常发现一些学生所写的农民工的语言带着"学生腔",这是他们没有找到专属于农民工的"行业内语言"。在写作中要写好人物对白,就要努力通过直接和间接的生活体验来最大限度地接近这个人物,找到符合这个人物身份教养的"行业内语言。"譬如,写领导干部、当官的就要在注意他们在社会生活中的生活及工作习性、了解和掌握这些社会角色的语言特征,找到他们被称为"体制内语言"的对话方式和特点。

在中外影视剧中,精彩的对话例子很多,现节选如下,以供参考。

《唐伯虎点秋香》中对白

唐伯虎:戏要上演了,等一下你打死都不能动噢。

船夫:你说过卖了多少钱都给我的,不许赖皮喔。

唐伯虎:唉!以你的智慧,唬得了你吗?

船夫:那倒也是。

(船夫躺在车上翻白眼装死,唐伯虎跪在地上大喊)

唐伯虎:街坊邻居快出来啊,刚出炉的孝子大拍卖啊!不买也看看啊!

(秋香和石榴推门而出)

石榴:唉,这位小哥,你大清早在这卖身葬父,太不吉利了吧!

唐伯虎:唉,我也不想啊。

秋香:唉?我们好像见过吧,你看起来好面善喔。

石榴:是吗?

唐伯虎：所谓相逢何必曾相识，求两位姐姐可怜可怜我吧。

石榴：真是好惨啊，我们正好缺一个下人，我看就…….

（镜头转，一个衣衫褴褛的男子推着一车尸体出场，车上一牌书“卖身葬全家”）

男子：我好惨啊，卖身葬全家！（咳嗽，手巾上全是血）

唐伯虎：不会吧！

男子：两位姑娘可怜可怜我吧，我一家六口一晚上全死光了，我身染十级肺痨，半卖半送，你就买了我吧！

秋香：你看他可怜多了，我们就把他买回华府好不好？

石榴：那就买他吧。

唐伯虎：姐姐，我先来的。

秋香：这不是先来后到的问题嘛。

石榴：对呀，人家死了六个，你家才死了一个，我也很想帮你，但是我真的很为难嘛！

唐伯虎：可是我也很惨啊！

石榴：你有什么比他更惨的快说出来啊。

唐伯虎：我……这……你看我这几天没剪指甲，里面全是黑泥，难道这还不够惨吗？

（说话间那男子的狗呜咽一声倒在他的脚下）

男子：旺财！……旺财！你不能死啊旺财！你跟了我那么久，对我有情有意、肝胆相照，到现在我连一顿饱饭都没让你吃过！……

（此时一只蟑螂在秋香脚下爬过）

唐伯虎：嗯？小心啊！

（秋香一惊将蟑螂踩死）

唐伯虎：哎呀！（捡起蟑螂）小强，小强，你怎么了？小强！小强你不能死啊，我跟你相依为命同甘共苦这么多年，我一直把你当成亲骨肉一样教你、养你，想不到今天白发人送黑发人啊……

冯小刚《手机》对白

（1）严守一帮吕桂花为丈夫牛三斤传的口讯，被三矿大喇叭反复播放竟成为了一首朗朗上口的歌谣（河南语调）流传于三矿矿工中：“牛三斤，牛三斤，你的媳妇叫吕桂花。吕桂花让我问一问，最近你还回来吗？”

（2）同样是在火车上，严守一的旧情人武月突然打电话来，对方火气挺大，由于“新欢”沈雪在身边，严守一怕武月说下去不知轻重便装傻，便扯着喉咙喊：“啊……说话呀，听不见！……你大声点！……我说话你能听见吗？……信号不好……我在火车上，回老家！……喂……”对方果然挂了电话，这时费墨悠悠地说：“像，演得真像。我都听见了，你却听不见。”严守一假正经地回了一句颇有意味的话：“费老，做人要厚道！”

（3）《有一说一》栏目在开策划会，忽然，编导大段的手机响了，费墨只好停止讲话。只听大段支支吾吾接了手机:“对,啊,行,噢,嗯,嗨,(停顿不说话)听见了。”大家都听得莫名其妙,不过严守一却很兴奋:“肯定是一女的打的。我能翻译(学着男女两种语调),开会呢?对。说话不方便吧?啊。那我说给你听。行。我想你了。噢。你想我了吗?嗯。昨天你真坏。嗨。你亲我一下。(停顿)那我亲你一下。听见了吗?”开会的人便一同起哄:“听见了!”

冯小刚《非诚勿扰》台词

(1)秦奋的征婚启事 :

你要想找一帅哥就别来了,你要想找一钱包就别见了。硕士学历以上的免谈,女企业家免谈(小商小贩除外),省得咱们互相都会失望。刘德华和阿汤哥那种才貌双全的郎君是不会来征你的婚的。当然,我也没做诺丁山的梦,您要真是一仙女我也接不住,没期待您长得跟画报封面一样看一眼就魂飞魄散。外表时尚,内心保守,身心都健康的一般人就行。要是多少还有点婉约那就更靠谱了。心眼别太多,岁数别太小,会叠衣服。每次洗完烫平叠得都像刚从商店里买回来的一样。说得够具体了吧!自我介绍一下,我岁数已经不小了,日子小康,抽烟不喝酒。留学生身份出去的,在国外生活了十几年,没正经上过学,蹉跎中练就一身生存技能,现在学无所成海外归来。实话实说,应该定性为一只没有公司、没有股票、没有学位的“三无伪海龟(海归)”。人品五五开,不算老实,但天生胆小。杀人不犯法我也下不去手,总体而言还是属于对人群对社会有益无害的一类。有意者电联,非诚勿扰。

(2)秦奋:你这不是捣乱吗?我登的是征婚广告。

相亲者:你的广告上没说男人免谈。

葛优:那不是废话吗?我又不是同性恋。难道你是……

相亲者:我是。你怎么知道你不是?我以前也以为我不是,后来才知道是不敢面对。

秦奋:我还能找一男的?我又不是同性恋。

相亲者:你怎么知道你不是,我以前也认为我不是,你是不敢面对,是没有勇气。

秦奋:你先走了一步,我还没到那种境界呢。我也检讨自己为什么那么庸俗,心里那么大地儿,怎么就装不下一男的,腾出一女的吧,你猜怎么着,填进去又是一女的!

(3)梁笑笑:你知道什么叫一见钟情吗?

秦奋:我一见你就挺钟情的。

梁笑笑:咱们俩三见也钟不了情。一见钟情不是你一眼看上了我或者是我一眼看上了你,不是看,是味道,彼此被对方的气味吸引了,迷住了,气味相投你懂吗?

……

秦奋:那我得收费。便宜都让他占了,让我陪怨妇喝酒,你也太不跟我见外了。

(4)秦奋:要倒插门?你们家怎么走啊?

相亲者:先坐飞机到昆明,再坐一天的长途车到蒙自,再坐汽车到屏边,再坐一天的拖拉机,一天的牛车就到我们家了。

秦奋:要是咱们俩不好,能离婚吗?

相亲者:我哥哥会打断你的腿的。

电视剧《奋斗》台词

(1)陆涛:我告诉你夏琳,从今以后你就是我的老婆了,想找死就找别的男人说话看看!

夏琳:我告诉你陆涛,从今以后你就是我的钱包了,想找死就找别的女人花钱试试!

(2)陆妈妈:儿子,你亲生父亲要从美国回来了……他在美国赚了很多钱……他想见见你……

陆涛:见面就算了,让他把遗产打我卡里吧!

陆涛:既然我们来到这世界上,就不能太客气!人在哪里,我们就混哪里!

电视剧《亮剑》中李云龙的台词

(对战士)什么他娘的精锐,老子打的就是精锐!

(对炮手)娘的你个败家子,咋不省着用?你小子还敢发牢骚,小心老子揍你!

(对张大彪)你个兔崽子,咋心眼儿那实诚,让你喝意思意思就行了,你还都喝啦?

(对丁伟)人要是倒霉,放屁都砸脚后跟。当什么狗屁被服厂厂长,那是老爷们儿干的吗?这不是逼着张飞绣花吗?你老丁等着吧,哪天你要是领到一床鸳鸯戏水的被子,那就是咱老李绣的。

(被服厂的人说,没有张部长的批条不能做主让李拿走军服)我让你做主了吗?200套军服统统给老子装上。

(对战士)狼行千里吃肉,狗行千里吃屎!咱独立团啥时候吃肉,那就是遇到小鬼子的时候。

(对赵刚)又来个白面秀才,不会喝酒你来独立团干啥?你少给我咬文嚼字,咱老粗一个,靠玩嘴皮子可打不走鬼子。我让孔副团长搞点副业,万家镇来了一批马,我让一营给牵回来。赵刚,你少给老子卖狗皮膏药,我在鄂豫皖打仗那会儿,你在哪儿呐?又想让我搞枪又想让我当乖孩子,那叫不讲理呀。

(对陈赓)干吗呀旅长,打劫呀!官大一级压死人。

(对赵刚、孙德胜)这个骑兵连长是我用五挺机关枪换来的。怎么训练是你的事,体罚不对但照他屁股踢两脚是可以的。对、对、对,要做思想工作,对那些笨的、不听话的战士就说,老哥我求你啦,我给你跪下行不行?

(对张部长)我要有老婆就拿老婆跟你换50箱手榴弹,你再多给我10箱,我顺手再给你弄个日本娘儿们来。

(对赵刚、孔捷)娘的,咱独立团是后娘养的?人家吃肉咱不眼馋,可好歹也得给口汤喝呀,每次都是咱们团当预备队,这不是他娘的欺负人吗?

兵熊熊一个将熊熊一窝,咱独立团捞不着肉吃,就是他娘的政委太熊。

孔二愣子,你充啥知识分子,斗大的字不识一个,扁担倒了不知是一,你还猪鼻子插大葱装什么象啊?猪八戒戴眼镜充什么大学生啊?

电视剧《蜗居》台词

(1)爱情那都是男人骗女人的把戏。一个男的爱一个女的,什么都先别说,先送上一沓钞票,让这女的有安全感。然后,奉上一幢房子,至少在你伤了这个女人以后,虽然她的心失落了,可是身体有着落……

(2)有钱能使鬼推磨,这话一点不假。4 万还是你妈,6 万就成了咱妈了!如果一分钱都没有,估计你嘴里就是他妈的了!

(3)你身边所有的人都在讨论房子,都在炒作房子,都在囤积房子,你要是没有一套房子啊,你就会觉得被边缘化了,你就忽然有一种恐惧感。

(4)每天一睁开眼,就有一连串数字蹦出:房贷 6 000,吃穿用 2 500,人情往来 600,交通费 580,物业管理费 340,手机电话费 250,还有煤气水电费 200……也就是说,从我苏醒的第一个呼吸起,我每天要至少进账 400,至少!这就是我活在这个城市的成本,这些数字逼得我一天都不敢懈怠。

二、旁白

旁白实际上是戏剧名词,用在影视剧中则成为一种独有的人声运用手段,以“画外音”形式出现的解说性、评论性语言。通常以剧作者“第三人称式”的客观视点或以某剧中人物“第一人称式”的主观视点出现。它不是在剧中其他人物的动作作用下产生的反应行为,不承担塑造人物性格的剧作职责。通常被作为剧作结构的一种辅助手段应用于说明剧情发展的时间、地点、时代背景;连续剧情大幅度的时空跨跃;介绍人物;对剧情的某些内容作必要的解释或发表具有哲理性和抒情性的议论等方面。旁白大多不追求口语化,相反,它追求书面语言那种较为严密的语法结构和逻辑性,具有一定的文学性。应用时一般都避免与画面内容的同义重复和对主题的直接宣说;在风格上则与剧作的总体风格保持一致。通过旁白,可以传递更丰富的信息,表达特定的情感,启发观众思考。旁白又可分为主观旁白和客观旁白两种,前者是以剧中某一角色第一人称的形式出现的;后者是以作者或作者所假托的第三人称出现的。其作用是:

(一)开场旁白:介绍背景或提示主旨

(1)客观式。如电影《人生》的旁白:人生的道路虽然漫长,但紧要处常常只有几步,特别是当人年轻的时候。没有一个人的生活道路是笔直的、没有岔道的。有些岔道口,譬如政治上的岔道口,事业上的岔道口,个人生活上的岔道口,你走错一步,可以影响人生的一个时期,也可以影响一生。

(2)主观式。《白银帝国》片头中,辽远的大漠在眼前出现,尘封的历史即将被徐徐展开,康三爷经典的旁白响起:“天地真大,人真小,人该如何自处?”响彻整个寰宇……

如谢晋《天云山传奇》中开始女主人翁宋薇的旁白:“我要讲的故事,就是从 1978 年冬天开始的。我到组织部工作还不到半年,可是等待处理的错案、冤案已有无数起。每到这种时候,我总是非常激动,恨不得把这些问题全部解决掉。粉碎‘四人帮’已经两年了,我们的国家正在发生巨大的变化。然而,我们这里却依旧冷冷清清,停滞不前……”

李少红电视剧《大明宫词》开头女主人翁的旁白为全剧定下了苍凉的基调：“那是我一生中最重要的一次旅行，它使我像一个真正的女人那样拥有了那种诱人的，被称做藕断丝连的甜蜜心情。我爱这座城市，因为他的存在。我望着窗外长安城的车水马龙，彻底地将灵魂交与了它。”《大明宫词》脱离了历史剧一贯的宏观叙事角度，不是描述一个朝代的兴衰变更，而是一个女人一世探求爱情的史诗。开篇的第一场，在隐约的编钟里，交织着一个暮年女人迟缓，娓娓到来的独白，也给全剧定下了苍凉的基调。旁白的使用将观众带入到了规定情境，这种独特的声音也成为《大明宫词》绝无仅有的标志。

（二）在剧情大幅跳跃时，对删除的事件过程作简单交代说明，起到过渡性联接的作用

香港王家卫的电影叙事结构却常常是断裂的，把时间和空间切成片段，然后重新组装。为了适应这种碎片式写作方式，弥补断裂的痕迹，使剧情转换平滑，并将碎片式的段落有效地粘合起来，王家卫在大量旁白，达到了“穿针引线，草蛇灰线”的效果。

热播电视剧《潜伏》中的旁白直接反映出了剧中人物不能表现出来的心理活动，并且，对剧情有承上启下的作用。每次当观众正困惑余则成为什么这么做的时候，旁白都及时地作出解释，感觉十分自然。例如，余则成掀开左蓝遗体时，旁白响起：“直到掀开白布前，余则成一直怀疑这是一个圈套。因为翠平坚信左蓝没事，那是他唯一愿意相信的消息。现在他相信左蓝真的不在了。只有背后一处中枪，说明翠平看到她最后一眼的时候，她已经不行了。可是还在微笑，微笑着让翠平走开。这个女人身上的任何一点都值得去爱。悲伤尽情地来吧，但要尽快过去。”这是余则成对左蓝最后的告别，但在复杂的环境下，他不能表露出任何真实的感情，内心活动用旁白来诠释，再合适不过了。

（三）对剧情发展或故事结束的点评

（画外音）“当然，罗马人会问：你的女主人该这样做吗？她的女仆回答得对，许多伟大人物的收场都是这样的……”——美国电影《埃及妖后》结尾

丛林，墓地画面叠印出巨大的石碑，石碑上雕刻着金色的文字（画外音）：“献身苏维埃祖国的烈士们永垂不朽——叶丽扎维塔—勃利奇金娜、索非亚—古尔维奇、叶甫根尼娅—康梅丽柯娃、玛尔嘉丽塔—奥夏宁娜、嘉琳娜—契特维尔达克……”银幕上重新依次闪现出红装素裹的五名女战士的英姿。——苏联电影《这里的黎明静悄悄》结尾

在《风声》的结尾处，顾晓梦的躯体已经不复存在了，但在顾晓梦遗留的旗袍上，李宁玉读出了顾晓梦以摩尔斯密码缝补的遗言。顾晓梦用这样特别的方式，向李宁玉和家人做了最后的告白：“我身在炼狱留下这份记录，只希望家人和玉姐能原谅我此刻的决定，但我坚信你们终会明白我的心情，我亲爱的人，我对你们如此无情，只因民族已到存亡之际，我辈只能奋不顾身，挽救于万一。我的肉体即将陨灭，灵魂却将与你们同在。敌人不会了解，老鬼、老枪，不是个人，而是一种精神，一种信仰。”据此，影片

的主题得到了完整的升华。

三、独白

所谓独白，即指以剧中人物自言自语或画外音形式出现的剧中人物的内心独白，特殊情况下也有在对白中以独白形式出现的独白。独白包括角色的“内心独白”和“自言自语”两种形式。在电影艺术中以“画外音”形式出现的剧中人物的内心自白，是电影编剧揭示人物心理活动的基本手段之一，是人物言语动作的一种形式。与旁白不同，它只能是“第一人称式”的。就内心独白的发出者而言，不存在与观众直接交流的目的，而是一种在其他剧中人物的动作作用下产生出来的内心反应。人物的性格不仅表现在他“做什么”和“怎么做”上，也表现在他“想什么”和“怎么想”上，内心独白的基本剧作功能即在于从内心动作入手揭示人物性格，应用时经常注意语言的性格化并赋予它丰富的潜台词。

独白的功能主要是揭示人物的内在心理活动，是揭示人物性格的一种手段。有时，作者也借此宣示自己的立场、观点。例如，《哈姆雷特》中那段著名的独白，把他犹豫不决、忧愁延宕的性格表现得入木三分：

> 生存还是毁灭，这是一个值得考虑的问题。默然忍受命运的暴虐的毒箭，或是挺身反抗人世的无涯的苦难，通过斗争把它们扫清，这两种行为哪一种更高贵？
>
> 死了，睡着了，什么都完了。要是在这一种睡眠之中，我们心头的创痛，以及其他无数血肉之躯所不能避免的打击，都可以从此消失，那正是我们求之不得的结局。
>
> 死了，睡着了，睡着了也许还会做梦。嗯，阻碍就在这儿。因为，当我们摆脱了这一具朽腐的皮囊以后，在那死的睡眠里，究竟将要做些什么梦，那不能不使我们踌躇顾虑。
>
> 人们甘心久困于患难之中，也就是为了这个缘故。
>
> 谁愿意忍受人世的鞭挞和讥嘲、压迫者的凌辱、傲慢者的冷眼、被轻蔑的爱情的惨痛、法律的迁延、官吏的横暴和费尽辛勤所换来的小人的鄙视，要是他只要用一柄小小的刀子，就可以清算他自己的一生？
>
> 谁愿意负着这样的重担，在烦恼的生命的压迫下呻吟流汗，倘不是因为惧怕不可知的死后，惧怕那从来不曾有一个旅人回来过的神秘之国，是它迷惑了我们的意志，使我们宁愿忍受目前的折磨而不敢向我们所不知道的痛苦飞去？
>
> 这样，重重的顾虑使我们全变成了懦夫，决心的赤热的光彩，被审慎的思维盖上了一层灰色，伟大的事业在这一种考虑之下，也会逆流而退，失去了行动的意义。

需要指出的是，那种以内心独白代替银幕动作将内心活动全部述说出来的做法，以及在画面已将内心活动揭示清楚之后仍用内心独白复述的做法，都是违反电影艺术规律的。那是戏剧式做法，而不是电影式的。

事实上，独白、旁白都是指画外音中的人物语言。所谓画外音，就是指声源不在画面内的语音，既包括自然音响、音乐，也包含着人物的语言（即人声）。画外音中的人声主要有独白和旁白两种。独白，是指画面中人物单独说话的声音，既可以是画面中人物的自言自语，也可以是这个人物的内心语言，不论何种情况，声音与画面基本是同步的。在影视中，往往处理成“第一人称”画外音。独白的实质是影视中的人物主动向观众敞开心扉直接表达，以画外音形式出现。旁白，指由画面时空以外的人所发出的声音。① 它的时空与画面时空是不同的，并非画面中人物的内心独白。旁白通常是一种“第三人称”的客观叙事或抒情方式，也可以用第一人称的主观叙事方式。二者两相对照：独白是电影内心世界呈现的手段之一……是刻画性格复杂人物的有力手段。独白段落总是力图使镜头的视点更具主观性，或逼近人物，或模拟他的视线叙事。旁白具有直接介绍功能，对影视片的内容起辅助作用。旁白由于独立于画面，故能生成一个完全自主的世界。旁白对瓦解传统的文本格局提供了非现代主义的方式，它使文本的完整性有可能在作者与观众的双重游戏心态中遭到颠覆。②

对画外音独白和旁白的运用，中国影坛有着较久的历史，早在“第二代导演”之一费穆的《小城之春》中就能较为成熟地运用它了，影片用女主角玉纹的旁白进行全知视点的叙事、解说画面；又用独白表达玉纹的内心情感。到了“第五代导演”张艺谋的《大红灯笼高高挂》《我的父亲母亲》等片中也用过这种画外音人声，其特点是以旁白为主，主要起客观叙事、解说画面等作用，独白则少。

王家卫电影中的独白、旁白使剧情得以顺利转换，或将碎片式的段落有效的粘连和缝合。《重庆森林》讲述了两个爱情片段，当第一个片段结束时，影片让第一个片段中的主角何志武来到快餐店，看见女招待，这时他独白：“我跟她最接近的时候，我们之间的距离只有0.01公分，我对她一无所知，6个钟头之后，她喜欢了另一个男人。”于是何志武消失，“另一个男人”警察633出场，电影开始叙说以他为中心的第二个故事片段。这一独白成为连接影片两个故事的过渡性语言，剧情得以平滑过渡。还是在《重庆森林》中，女毒枭丢了毒品之后，她独白道：“罐头上的日期告诉我，我剩下的日子不多了，如果我找不到那帮印度人，我就会有麻烦。”这一独白将女毒枭丢失毒品前后的几个碎片式行动画面粘连起来，形成了一个可自圆其说的动作链。《东邪西毒》主要讲了“醉生梦死酒、慕容燕或慕容嫣、盲武士之死、洪七、大嫂”五个故事，其间的剧情转换过渡全部都依靠欧阳锋的旁白完成。例如，当交代完洪七的故事后，欧阳锋旁白道：“洪七走了之后，天一直在下雨，每次下雨，我都会想起一个人，她曾经很喜欢我，不知道是巧合还是其他原因，每次我要离开她远行的时候，天都会下雨。她说是因为她不高兴。后来，她嫁给了我哥哥，她结婚那天，我离开了白驼山。”这样，影片剧情顺理成章地进入介绍大嫂的段落。《2046》讲的是从1966年平安夜到1969年平安夜周慕云在香港、新加坡与四个女人的情爱故事。时空跨度大，王家卫同样靠周慕云大段旁白和独白完成剧情节转换及零散情节的组合。《堕落天使》天使NO.3的戏份很重，但他是个哑巴，影片完全依赖他的独白、旁白将他的零散、偶发的行为粘合起来，形成了能反映他的性格、表达影片内涵的动作链。

为了与断章似的剧情、零散碎片化的动作、自我封闭隔膜的人物特征、时空颠倒跳

---

① 孙宜君．影视艺术鉴赏［M］．北京：中国广播电视出版社，2002：74-75.

② 葛颖．电影阅读［M］．上海：上海大学出版社，2002：95-97.

跃的叙事方式相适应,王家卫一再用画外音独白、旁白叙事,这样就使影片没有了统一的全知视点,叙事呈现出多视点、多角度的状态。《重庆森林》叙写第一段故事时,王家卫运用交叉蒙太奇,将毫不相关的失恋的何志武和女毒枭的行为画面并置,让二人的独白、旁白交替出现,叙事视点也由影片一开始何志武的全知视点转成两人各自的视点,使观众不致在交错的情节中迷失。第二段故事的叙事视点也在警察633和女招待之间来回转换。例如,633在拆开被雨淋湿的信后独白:“那天晚上收到一张登机证,时间是一年之后,至于地点,我始终看不清楚。”影片紧接女招待的旁白:“其实那天我去了的,我只是觉得八点钟多人,七点一刻就到了,那天下好大雨,望着玻璃窗,我见到了下雨的加州。我好想知道另外一个加州是不是阳光很好,所以给了自己一年时间,今天和那天一样这么大雨,望着玻璃窗,我只是想着一个人,不知道他有没有打开那封信呢?”这两段独白和旁白,使故事时空大幅跳跃,叙事视点也在两人之间转换,甚至呈现一种对话状态。《东邪西毒》的叙事主要是欧阳锋的全知叙事,但在讲“大嫂”这一章节时,叙事视点就通过独白和旁白在欧阳锋、黄药师和大嫂三人之间不停转换。《堕落天使》反复运用了平行、交叉、对比蒙太奇,叙事视点必然因之多变,王家卫也是靠三位“天使”的独白旁白完成叙事视点转移的。同样,《春光乍泄》后半段随着黎耀辉、小张的独白和旁白,叙事视点也在二者之间转换。这种类似音乐中多声部轮换的叙事方式,会形成某种戏剧性的、审美上的张力,使电影的声画形态变得繁丽,同时,这种不统一、随意、接力赛似的叙事方式,也呼应了影片每个人物都活在自己世界里的基调。

王家卫的独白、旁白技巧,在接合影片时特别有用,它有时提纲契领,在片首即呈现整部影片的基调;有时与画面平行发展;有时在段落之间穿插,从而起到了联系、回忆、伏笔的作用。《春光乍泄》片首何宝荣的旁白:“黎耀辉,不如我们从头开始。”就统领了整个电影,它既是何、黎两人关系的写照,也是浪子们与“家”的关系的写照,也是即将回归的香港与大陆的关系的写照。类似的情况在《重庆森林》《2046》中也有出现。《旺角卡门》中有段表妹阿娥读给表哥华仔的信的画外音旁白:“……热天到了,大屿山有很多人进来度假,不知你那行有没有假期呢?厨房里我煮下了饭,另外我买了几只杯。我知道,不用多久就全部会打烂了,所以我藏起了一只,到有一天你需要这只杯的时候,打个电话给我,我会告诉你藏在什么地方。”有了这段旁白,才会有华仔去大屿山的后事,才会有两人的一段恋情,才会有华仔为义舍情的“崇高”。很显然,这段旁白伏线千里,起到了伏笔的作用。在《2046》中,周慕云旁白:“看见白玲变成这样,我忽然变得非常感慨,其实去年圣诞,我根本不在香港。”这段旁白引出了周慕云与黑蜘蛛从前的一段情缘的回忆。类似的例子散见于王家卫的多部电影中,不再一一举例。

时间和空间在王家卫影片中一直是个沉重的话题,他的时间观具有一种独特的现代性。他习惯于把时间转化为物态,并迷恋于运用独白或旁白对时间进行精确的数字记忆。《重庆森林》警察223何志武的独白:“我们分手的那一天是愚人节……从分手的那一天开始,我每天都买一罐5月1日到期的凤梨罐头,因为凤梨是阿MAY最爱吃的东西,而5月1日是我的生日,我告诉自己,如果我买满30罐的时候,她还不回来,这段感情就会过期。”里面“5 月 1 日到期的凤梨罐头”就是时间物态化的一例。再看何志武的另一段独白:“我们最接近的时候,我跟她的距离只有 0.01 公分,57 小时之后,我爱上了这个女人。”用0.01 公分这个精确的数字概念来衡量两个陌生人在情感空间中的距离,用57 个小时的刻度来计算主体投射的感情在时间中的渐变。对空间的理解,王家卫主要通过场面调度和镜头变焦去完成,但在独白和旁白中,他对此也有经典的阐释。例如,《东邪西毒》中西毒欧阳锋的旁白:“每个人都要经过这样一个阶段:看见一座山就想要知道山后面是什么。我想告诉他,可能翻过山后,你会发觉没什么特别。回头看,会觉得这边更好。”“我在门外坐了两天两夜,看着天空在不断变化,我才发现,虽然我到这里很久,却从来没有看清楚这片沙漠。以前看见山,就想知道山后面是什么,我现在已经不想知道了。”这两段旁白中的“山”“沙漠”喻指人的生存空间,道出了空间的难以逾越,空间的无序和难以捉摸,以及“关山难越,谁悲失路之人”的悲怆。

追寻和拒绝的母题总是贯穿王家卫的影片,而最能直指人物内心世界,以及体现外在冷静思辨的独白与旁白就是揭示它的极好方式。《阿飞正传》中旭仔寻母未果后独白:“我终于来到自己母亲的家,但她不愿意见我,佣人说她不再住那儿。当我离开这个家的时候,我知道身后有一双眼睛盯着我,但我是一定不会回头。我只不过要看看她,看看她的样子,既然她不给我机会,我亦不会给她机会。”《东邪西毒》中黄药师独白:“虽然我很喜欢她,但是我不想让她知道。因为,我明白得不到的东西永远是最好的。每次她看小孩,我知道她的心在想着另一个人,我忌妒欧阳锋。我想知道被人喜欢的感觉是怎样的,结果,我伤害了很多人。”欧阳锋的旁白:“……从小我就懂得保护自己。我知道,要想不被人拒绝,最好的方法是先拒绝别人。”在《堕落天使》中天使NO.1 杀手旁白:“我记不记得她,一点也没有关系。对她来说,我不过是个过程而已,希望她很快找到她的另一半,找到一个真的喜欢她的人。其实每一个人都需要有一个伴侣,我什么时候才能找到我的?”《春光乍泄》中黎耀辉最后的独白:“离开时我拿了他一张相片,我不知道哪日会再见着小张。但我肯定的是,如果想见的话,起码知道在哪里可以找到他。”《2046》中周慕云旁白:“我很快就适应了这里的生活,开始懂得逢场作戏,虽然有许多只是露水情缘,不过没关系,哪来那么多一生一世。”这些旁白和独白无一不展示了在寻根、寻母、寻爱过程中的拒绝与逃避。王家卫是不是想告诉我们:每个人其实活得一点办法都没有。不是旗动,不是风动,只不过是人心在动罢了。

为了反映当代人情感的疏离,王家卫运用了很多方法,如故事情节的零散化、叙事时空的无序化、人物的边缘化等。而画外音独白和旁白的运用更是将人们的孤独、封闭、距离感表露无遗。《阿飞正传》中警察的独白:“我从来没想过她真会打电话给我,但每次经过电话亭,我总会停一阵子。或者,她已复元回到澳门。又或者,她只需要有人陪她说一晚话。没多久,我妈死了,我就跑船去了。”这段独白将人的距离感、孤独感及渴望交流的心事透露出来了。《重庆森林》中警察 633 前后两次对家中的肥皂、毛巾、玩具等喃喃自语的独白,以及与女招待在家中时没有多少交流,却以内心独白代替对话,这都体现了人际之间情感的自我封闭和疏离状态。《花样年华》仅有的两处画外音人声:①周慕云旁白:“是我,如果有多一张船票,你会不会跟我一起走?”②陈太流泪独白:“是我,如果有多一张船票,你会不会带我一起走?”两个相爱的人尚且欲说还休,不愿袒露心扉,折射出了当代人的异化、虚无和疏离。

王家卫很少在电影中展示主人公的性格的变化,一般出场即定型,从头至尾都始终如一,单一稳定。如滥情、孤傲、虚无的阿飞旭仔,冷酷、世故、嫉妒的欧阳锋,善变自私的何宝荣等。刻画这些特征化的人物,状写他们的语言应是较好的方法,王家卫就用了大量极富个性的独白和旁白去表现,符合影片中人物的身份、性格。

《东邪西毒》中欧阳锋的主要性格特点,是通过人物的旁白和独白构建出来的。片首欧阳锋旁白:“很多年以后,我有个绰号叫做西毒。任何人都可以变得狠毒,只要你尝过什么叫做嫉妒。我不介意其他人怎么看我,我只不过不想别人比我更开心。”再参照大嫂的独白:“分明心里想要,嘴里却不肯说出来,一定要你送到他面前才肯要。”这两段话体现了欧阳锋的冷酷、孤傲、以自我为中心和自我封闭。欧阳锋是个嫉妒心很强的人,如他在看到洪七带老婆闯荡江湖后独白:“看着他们走的时候,我很嫉妒,我曾经有过这样的机会,不知为什么,却放弃了。”影片还多次借欧阳锋的旁白来道出时间,如“我记得那天是十五,黄历上是这么写的:失星当值,大利北方”等;在介绍洪七时欧阳锋旁白:“尤忌七数,是以命终。”当知道大嫂死后欧阳锋旁白:“我是孤星入命的人……我命书里说过:夫妻宫,太阳化贱,婚姻有时勿明。想不到是真的。”由上可知欧阳锋又是个很信天命的人。另外,欧阳锋有关“山”和“沙漠”的旁白(见前文),以及影片结尾时他的旁白:“我曾经听人说过,当你不能够再拥有,你唯一可以做的,就是让自己不忘记。”由此,我们可知他是非常现实的。在影片中,欧阳锋是一个叙事者,又是当事人,王家卫正是运用他的语言(主要是独白和旁白)将一个冷酷、孤傲、自我、现实、嫉妒、信天命的角色刻画出来了。

虽然,周慕云在《花样年华》和《2046》里还属特征化性格,但若将《2046》看做是《花样年华》的续篇,周慕云的性格还是发生了巨大的变化。在《花样年华》中周慕云隐忍、含蓄、中庸、挣扎。到了《2046》周慕云又是一个什么形象呢?且看他的旁白:“后来我终于想通了,为了生活,我决定什么都写”“我很快就适应了这里的生活,开始懂得逢场作戏,虽然有许多只是露水情缘,不过没关系,哪来那么多一生一世”“其实我是在写一个故事,这个故事叫做‘2046’……其实对我来说,2046 不过是个房间的号码,虽然天马行空,但是里面有我生活的点点滴滴”“我开始幻想自己是个日本人……一个人离开 2046 需要多长的时间呢?没有人知道。有人可以毫不费力地离开,但是对某些人来说,就需要花很长的时间了,需要付出很大的努力,甚至遍体鳞伤。”再看他的独白:“每个去 2046 的人,都只有一个目的,就是找回失去的记忆,因为在 2046,一切都不会改变。”以上仅是影片中周慕云喋喋不休的旁白与独白的一小部分,配合起画面,我们就可发现周慕云虽然还是那样温文尔雅,但已变成了一个新阿飞,一个将回忆当成背包的阿飞。他自以为纵情声色,逢场作戏,活在自我建构的声色犬马世界中便能逃避回忆。但实情是他无法卸下这沉重的包袱,因为他一方面想摆脱不好的回忆;一方面又想追寻美好的过去。“2046”是一个只应存在而不应追寻的地方,因此,周慕云应是可悲和痛苦的。

也许在王家卫看来人的本质都是孤独的,而人同时又都是渴望交流的,在充满误解的社会里，只能通过内心独白来宣泄自己内心的情感。这种“对话”方式其实是人对社会、对人际关系的不信任，人感觉到某种不安全所造成的。正如《春光映画：王家卫》中所言：“王家卫电影剧作中的人物，一般都沉醉在自己的世界里，他们拒绝去了解别人，亦拒绝为他人所了解。这些人物有些并不知道怎样去用说话表达思想，或觉得说话没法表达其内心。其中，有些不乏害怕承担说话后的责任。他们一般都保持沉默，而这正是王家卫应用画外音或独白来展示这些人物内心的主要原因，亦是王家卫所刻意侧重的目的。”①

第五节　潜台词

潜台词，是戏剧、电影等表演艺术领域里的一个术语（实际应用要比这些领域大得多）。这个词来源于戏剧，是现实生活中人们口头语言所固有的现象。它指的是角色台词的内在根据与目的，以及隐藏在台词中的言外之意和未尽之意。这就是说，潜台词是剧本台词的潜在内容，它包括角色表演台词时所持有的内心根据与目的，也包括台词本身所带来的意思即言外之意或未尽之意。潜台词就是深藏在台词之中的真正含意，这种含意没有直接写出来，直接说出来，而是通过台词流露、表达出来的。俗话说“说话听声，锣鼓听音”，指的就是话中有话，有潜台词。潜台词表现出说话者的真正意图、真正动机。往往一句话的潜台词与台词的表面字义是完全相反的，如“你真行啊！”这句话的直接意思是称赞、夸奖你能干、聪明、有办法、事情办的好等。但是，也可以赋予它含意完全相反的潜台词，说你愚蠢、无能、干出这样差劲的事情、把事全办糟了等。其真正的动机是嘲讽、讥笑、责备、斥责。说话的动机、意图不同，其潜台词也就不同。表达潜台词，可以利用演员的全部表现手段，面部表情、手势、语调、语气等，手法是多种多样的。虽然，剧中台词不一定每句话都有它的潜台词，但是具有丰富的潜台词是戏剧语言的一个重要特点，它可以给观众留下意会和回味的余地。《马克辛三部曲》之一的《维堡区的故事》，影片结尾：马克辛结束了国立银行的工作，被任命为保卫彼得格勒的司令员，他去和娜塔莎告别。马克辛脸上挂着一丝微笑，忧郁而洋溢着爱情地低声说：“我和你告别了一次又一次。可是有一件最重要的事我还没有告诉你。……有什么可讲的呢！……你自己知道……”娜塔莎默默地看着他，用微笑掩饰着离别情绪。马克辛拉看她的手说：“再见！很快就可以相见，我的朋友娜塔莎！”“再见，马克辛！”紧紧地拥抱。这简单的告别对话含有比他们说出来的台词多得多的潜台词。马克辛重返前线，再一次同娜塔莎分别的时候，他有许多话要说，但是说不出口，不过从他那木讷的话语中，观众知道了他要说些什么，听到了他的潜台词。实际上他是在说：“娜塔莎，我多么爱你，深深地爱着你，我们要永远在一起，分别是暂时的，我们的心紧紧地连在一起，我们会胜利的，会幸福地生活在一起，我的妻子，亲爱的娜

① 姜鑫. 春光映画：王家卫[M]. 北京：中国广播电视出版社，2004：177.

塔莎……”娜塔莎说的短短的五个字也告诉了马克辛:“我知道,我同样爱着你,多保重吧,我等着你,等着你回到我身边!”在剧作中,潜台词既不见于叙述性语言,也不见于有声语言。它是作者运用语言艺术的一种技巧,也是人们日常对话中的一种技巧——如“话到嘴边留半句”、“逢人只说三分话”、“话中有话”、“弦外之音”、“旁敲侧击”、“言此及彼”、“心照不宣”、“欲言又止”、“口是心非”、“难言之隐”等,盖是如此。

①《罗生门》的开始部分,卖柴人和行脚僧的几个“不懂……简直不懂”“这样奇怪的事 ……从来都没听说过”就有话中有话、欲言又止的意思。

②《祝福》的段落中间,祥林嫂接过贺老六送来的开水前的几个动作和表情,都有“你对我这么好!”“是不是真的?”“我相信你!”这些没有说出口的话。

③《两个人的车站》的结尾部分,薇拉说“把手风琴拉起来!”的潜台词是:“他们听到手风琴声音,就知道你回来了!”

④《凡尔杜先生》的独白,全篇都是旁敲侧击的弦外之音:“你们没有资格审判我……你们才是杀人犯!”

巧妙的潜台词可以激发观众的参与意识,调动观众联想,满足观众的审美需求。对语言的要求是要分场合对象、不悖人物性格;真实自然、简洁流畅;偶有箴言警句、不乏幽默诙谐。

事实上,在电影剧作中,“潜台词”修辞所包括的范畴绝不仅仅限于人物对话,它包括的内容比较广阔,如动作、眼神,甚至戏剧结构等,都可以使用“潜台词”修辞。观众会通过“潜台词”技巧的延伸,对剧作的内容进行延伸,进行补充。一部没有“潜台词”的剧本或影片,如同喝白开水一样没有滋味。

意大利有一部“政治片”叫《警察局长的自白》(原名叫《一个警察局长对共和国检查官先生的自白》)影片最后,当警察局长以身试法,除掉黑社会的头目之后,也被关进牢里的黑社会分子暗杀了。一直向局长要证据的检查官终于明白了案情之所以查不清,是因为黑社会与共和国上层社会各个部门的负责人有着千丝万缕的联系。其中就包括检查官先生本人的顶头上司检查总监先生。这时,影片表现了这位检查官去面见她的上司。片子到此就结束了——结束在检查官先生面对上司的那一双意味深长的眼睛上。一双眼睛包含着无比丰富的潜台词,观众可以自己得出各式各样的结论去解释那深奥莫测的目光。这里本来是高潮,到了结尾,按通常写法(当然是拙笨得多了),大约会叫人说几句冠冕堂皇的“点题”的话,这样浅露地端出来倾泻给观众,是败笔所在。它的处理,留下了无穷无尽的韵味,使观众去深思。这就是使用“潜台词”修辞技巧相当成功的一个范例。表现在对话上的“潜台词”在电影文学创作上也是相当重要的,如果人物说话没有多少性格色彩,你一语我一言的对话把一切都披露无遗,肯定会使观众大倒胃口。

南斯拉夫电影《瓦尔特保卫塞拉热窝》,那个老钟表匠得知敌人将去包围教堂,地下党的同志将面临危险的时候,他决定前去报信。徒弟问他去干什么,他回答说:“去找我的归宿。”这句话的潜台词含义非常丰富,可从不同的方面去理解。但不管哪种理解,都使人无限崇敬那位老钟表匠,特别是当他英勇牺牲的时候,再想起他那句临终语言,更感到他熠熠闪光。

在电影中,当真像话语中间的潜台词出现的时候,说出来的话呈现出“说一半,留一半”的状态。那留下的“一半”含义，实际上，就是由画面中的视觉信息和说话的音调传达给我们的。这就是观众必须把语言信息和画面信息综合起来，才能获得一个完整圆满的涵意，双方谁也少不了谁，谁也离不开谁。例如，《夏伯阳》中的别其卡在夏伯阳面前表示对政委的敬佩时说：“咱们的政委可真……”他把手向上一扬，“可我还以为……”他又把手那么一扬。两句话的后半句都被别其卡的手势和表情表现出来了。这时，无论我们光听话语还是光看画面，都无法获得一个完整的意思。

当假象话语中的潜台词出现的时候，常常会出现对话与画面在表情达意上相互矛盾的情形。这是因为，一个人想用语言来掩盖内心真实的时候，也必然会从形体动作上加以掩饰，但从表情上“撒谎”，却比从语言上“撒谎”困难得多。无论你怎么去做，也难免在某个瞬间自觉不自觉地从眼神、面部表情或手势上把内心真实的信息流露出来。只不过由于它们是极其细微的和转瞬即逝的，所以，在生活中很难被人所觉察。但是，电影导演却有本事通过摄影机把它们捕捉到，并拍出来给观众看。这时，对话与画面在传导出的信息意义上就会出现冲撞，而这种冲撞便使观众能把人物内心真实摸透。例如，美国影片《克莱默夫妇》中，男主人公在妻子出走以后的第一个早晨，一边为儿子做早餐，一边不断向儿子表白自己的烹调技术如何高明。然而，他那顾此失彼、狼狈不堪的动作却一再向我们表明，他对此一窍不通。我们把他的话语和画面上表现出来的动作结合起来观察，就立即会看出他复杂的内心真实：不愿让突然发生的家庭裂痕伤害儿子的情感，影响他正常的生活。同时，也想采取无所谓的态度来减轻自己心中的苦恼……在这种情况下，对话和画面少得了谁呢？

在一些优秀的影视作品中，对话孕育着丰富潜台词的不胜枚举。不过，这些成功的范例并不是我们所说的影视潜台词的全部，甚至可以说并非我们论说的本意。正如查希里扬所说：“我们从戏剧学中借用了‘潜台词’这一术语，但不应忘记绝不能在电影画面潜台词和戏剧中的潜台词之间划一个等号……在戏剧中，潜台词通常都是从对话中领会出来的，而在电影中它公开而直接地同画面联系着。”同样是“潜台词”，影视和戏剧大相径庭。严格地说，影视中的“与画面联系着的”潜台词并不是戏剧结构的因素，而是仅为影视艺术所特有的叙事的、抒情的、历史的、美学的因素。它不是只以“话语”的形式暗示，而是以“造型”的面貌昭示，因而往往更有力度、更富意味、更具发散性。影视潜台词的造型世界并非静止的，更没有固定的模式，而是能够在异常丰富多样、灵活多变和不同的速度与节奏的运动中，在各种假定的和真实的时间和空间中展示出来的。它可以是一个特写、一个道具、一个细节；也可以是一种色彩、一段音乐、一种光调；还可以是一种技巧的运用、一种场面的渲染，等等。例如，由美国派拉蒙公司 1994 年出品的影片《阿甘正传》（该片获第 67 届奥斯卡最佳影片等 6 项金像奖）是通过镜头的前后照应来传达潜台词的。影片的第一个镜头是一叶羽毛被微风吹拂着从空中缓缓飘下，在空中飞舞，它先落在一辆汽车上。随后，车开动了，羽毛又被车子带起的风卷起，飘过马路……影片最后一个镜头则是：一叶白色的羽毛从阿甘的脚下被风刮起，飞向空中、飞向蓝天，在空中飘舞着……如果说，一开始我们对飞舞的羽毛造型还不甚了解的话，那么，通过对阿甘传奇经历的观赏，在最后飘起的羽毛的特写中我们终于读懂了“人生就像一叶羽毛，谁也不知道它会飘到哪里”的潜台词（这与阿甘母亲的口头禅：“生活就像一盒巧克力，你永远不会知道你将会碰到的是什么”异曲同工)。这种随遇而安、知足常乐的人生观,谈不上有多少积极意义。然而,对于整日疲于奔命、绞尽脑汁的现代人,倒可能是一种醒耳的劝诫和精神的慰藉。君不见,阿甘身边活动的人们(从总统到少校等),远比阿甘聪明能干,但过度的聪明却使他们走向了聪明的反面(总统下台,少校致残),只有智力缺损、无所欲求的阿甘善始善终。这则现代寓言蕴藏的潜台词是非常耐人寻味的。它所以受到全世界亿万观众的青睐,内中的原因可能正在于此。

思考题

1. 为什么说影视语言具有综合性?
2. 影视作品的内部节奏与外部节奏分别是什么?二者关系如何?
3. 影视语言的要素包括哪几类?
4. 声音节奏中,"静"这种音效有什么作用?
5. 影像的结构层次包括哪几类?
6. 影像符号中的"隐喻"是指什么?
7. 影视映像思维的三个层面是哪三个?
8. 什么是叙述性语言?
9. 有声语言是由哪几个部分组成的?
10. "主观式"旁白在影片中有什么作用?
11. "潜台词"对语言的要求有哪几点?
12. 电影《红色恋曲 1933》的剧本在叙述性语言方面有什么独特之处?

第七章　剧作的一般技巧

影视剧作在根据总体构思去组织各个段落或场景部分时，不仅仅是机械地把它们连接起来，还应该充分调动起“画面叙事”背后的视觉思维、情节思维和情感思维，迎合或引领观众观看画面后产生的心理反应，使他们留下深刻的印象，产生深层次的触动。例如，制造悬念、对比、重复、象征、伏笔等，这些精湛的剧作技巧都有赖于剧作家们长久的实践经验积累和观众的检阅。

从某个程度上说，剧作的技巧很大层面上是为了追求某种叙事的戏剧效果，而动作是戏剧的根基也是影视的根本，这就非常有必要在剧作中区分“一般动作”和“戏剧性动作”。亚里士多德在《诗学》中认为动作必须使“事件的发展顺序按照偶然的或必然的规律容许一种从佳运到厄运，或厄运到佳运的转变”。这些有意安排的偶然或必然、转变或机遇，作为一种“走向性动作”影响了人物的生活，那就已经产生了影像的戏剧效果，使剧作的技巧在银幕上获得了生命。

第一节　悬念——德莫克利斯头上的剑

悬念大师希区柯克曾经为悬念下过一个著名的定义：“如果你要表现一群人围着一张桌子玩牌，然后突然一声爆炸，那么你便只能拍到一个十分呆板的炸后一惊的场面。虽然你是表现这同一场面，但是在打牌开始之前，先表现桌子下面的定时炸弹，那么你就造成了悬念，并牵动了观众。”

一、悬念是什么

悬念是心理学名词，是指欣赏影视戏剧或其他作品时存在的一种心理活动，这种心理活动是和故事中的人物事件密切相关的紧张心情，由持续性的疑虑不安而产生的急切期待心理。作者为了激活这种紧张、期待的心情，在创作过程中采取的处理手段，包括“设悬”和“解悬”两个方面，通俗地说就是谜面与谜底的关系。

观众在欣赏作品的过程中需要悬念！例如，谍战电影《风声》以中国国民党副主席汪精卫与日本政府媾和，在南京成立新的“国民政府”为背景，讲述了共产党地下工作者在日本和伪国民政府特务的严刑拷打下为民族自由而斗争的故事。整片的主悬念是寻找内奸“老鬼”，这个“老鬼”与抗日组织有密切关系。整个过程从心理战术到身体酷刑，都围绕这个悬念推进。为了找出“老鬼”，日军和伪军对行政收发专员顾晓梦、译电组组长李宁玉、伪军剿匪大队长吴志国、剿匪司令的侍从官白小年以及军机处处长金生火五人进行了封闭式审问，而最终“老鬼”是否会被找到？“老鬼”到底是谁？成为了本片最大的秘密，引导观众的好奇心去解开这个谜团。观众的目光也在这几个人身上打转，似乎谁都有可能，似乎谁都又是无辜的，每次日军揪出一个人来审讯，就制造一次悬念，是不是这个？每次死去一个，悬念又转移到下一个人身上，影片展现的酷刑也是一大悬念，这五个人如何在日军的杀人游戏中活下来？

然而，随着一轮又一轮的审问之后，活着剩下来的人越来越少，吴志国和顾晓梦的斗争慢慢展开，“老鬼”仍然还在谜团之中，悬念的网口越收越紧，谜底的那根弦吹弹可破，气氛也更加紧张，敌友难辨的谜团再一次考验观众的辨别能力。

顾晓梦和吴志国被关到了同一间正在被监听的屋子，武田企图通过监听得到信息。经过一段时间的沉寂，顾晓梦终于有了声音，说要举报吴志国。因为，顾晓梦捡到吴志国的半根烟，这根烟上有情报密码“撤”，随即她把烟交给了武田。这时，日军和观众都以为“老鬼”就是吴志国，谜底似乎已经浮出水面。于是，日军对吴志国施酷刑，硬汉子吴志国面对酷刑不屈不挠，始终不肯承认，甚至在面对针灸的酷刑时仍然嘲讽武田。这让武田感到很不解，因为影片之前埋了一个伏笔：在一次共产党的暗杀失手后，一位被捕的共产党员女同志被用尽各种酷刑后始终没有泄露半点机密，最后却被一个叫六爷的人用针灸征服了，六爷的银针插在奄奄一息的女同志身上，日军终于得到了情报。那为什么此时此刻针灸对吴志国失去效用了呢？还是他真的不是“老鬼”，就当观众以为可以松一口气时，悬念又一次加深了，如果吴志国不是，那只剩下了顾晓梦。在最后一刻，李宁玉的心思缜密，使得顾晓梦终于向李宁玉坦白了，自己就是“老鬼”，吴志国是被自己陷害的。顾晓梦递给李宁玉半包吴志国抽的那牌子的烟，让她去举报自己。最终，李宁玉拿着烟告诉武田在顾晓梦被子里发现的。这时，吴志国已奄奄一息，也解除了对吴志国的怀疑，老鬼最终找到了，就是妩媚的顾晓梦，没有人怀疑过她。

这个身份的谜底终于大白，顾晓梦也以牺牲自己来保住组织的机密，此时此刻吴志国在医院抢救。在后来的情节中，吴志国的身份也被揭开，他也是共产党的一员。吴志国找到了在工厂工作的李宁玉，吴志国告诉李宁玉，当晚自己唱起空城计的时候，顾晓梦和吴志国就已经心照不宣了。吴志国就是“老枪”，而顾晓梦并不知道，只知道是自己人。那二人又是如何在那场监控中传达信息的呢？原来，二人明白了立场后就立刻表现出了对立，力求保一个人能成功送出情报。在吴志国闯入房间的那晚，顾晓梦说了自己有办法送情报出去，但吴志国并不知道顾晓梦把情报绣在了内衣上，打算牺牲自己。吴志国在确定顾晓梦能带出情报的情况下,决定承担一切。在吴志国受尽酷刑奄奄一息的时候,还在唱空城计,并用不同的腔调向医院的同志传送着情报,抢救人员中的情报人员立刻发出了情报,再加上顾晓梦牺牲被带出裘庄后内衣上的情报,武田和司令瓮中捉鳖的计划失败,抗日英雄们的刺杀计划在得到情报后就取消了。若干年后抗战胜利,吴志国找到李宁玉,请其取出了当年顾晓梦帮其补的旗袍,上面的针法是顾晓梦用摩斯码给李宁玉的遗言。在翻译后,了解一切真相的李宁玉,此时已泣不成声,影片所有的悬念终于在此处得到了解答。这场精彩的谍战片没有展现枪林弹雨的前线,也没有渲染敌我大举进攻的军事大战,但却一点都不乏血雨腥风之气势,甚至更加惨烈,可见悬念的设置对于影片成败的重要性。

回头来看《风声》这部影片,它包含了悬念构成的主要元素:①人物命运潜伏着巨大的危机;②生与死、成功与失败有可能出现两种命运、两种结局;③敌我双方发生了势均力敌而又有明确结果的冲突;④剧中主要人物的性格、行动引起了观众在情感上爱憎的异常分明;⑤"老鬼"最终会出现,正义也必将战胜邪恶,符合了观众的心理趋向。

在西方编剧理论中最早涉及悬念的是亚里士多德的《诗学》;在中国戏曲理论著作中,虽无悬念一词,但李渔在《闲情偶寄》词曲部格局一章中提出的有关"收煞"的要求,内涵与悬念基本相似,主张"令人揣摩下文,不知此事如何结果"。在电影和一切叙事性文学中,以人物的命运如何、事件的结果如何,给观众(读者)造成紧张期待的心情,成为吸引其继续欣赏下去的趣味和魔力的,就是悬念。有人把悬念比作"德莫克利斯头上的剑"(专制君主笛奥尼休斯请德莫克利斯到宫中作客,炫耀其财富。在歌舞饮宴中,德莫克利斯发现他头上悬挂着一柄蛇形利剑,不知何时会掉下来。他的欢乐全部消失)——紧张心理的延伸就是急切期待——想不到、猜不着接下来会发生什么? 悬念在影视作品中占有很重要的地位。在不同风格样式的电影剧作中表现方式不同。惊险片或情节片剧作常以冲突不断带来的"危机"或"突然转折"等情势,作为构成悬念的重要手段。一般的电影剧作中,则多通过人物性格的刻画或人物心理的剖析来增加观众的兴趣,构成剧作悬念。悬念作为重要的结构技巧,其表现形态虽然受具体剧作风格样式的制约,但其作用却大抵相同,即能够集中观众的注意力,引导观众进入剧情发展,从而达到饱和状态的欣赏效果。悬念的种类很多,有贯穿全剧速的总悬念,也有贯穿局部的分支悬念。它能引起人们好奇的、急切等待的、欲知结果的心理。悬念还能增加作品情节的生动性,引导观众出没于作品情节的峰回路转之中并始终兴趣盎然。一般都采用推出和跌宕的手法推出全局的总悬念,造成矛盾的冲突后给观众心中留下问号。同时,也可以用隐藏与透露的手段提出问题,激发观众欲知结果的热情和兴趣。好的悬念设置更有利于刻画人物和突出主题。

阿拉伯文学《一千零一夜》,宰相的女儿山鲁佐德的故事就充满悬念,使得国王山鲁亚尔听得难以舍弃,山鲁佐德也得免于一死;中国古典文学《西游记》,唐僧为取真经,九九八十一难能否克服,始终扣人心弦;福尔摩斯、波洛、亚森罗平的探案如何侦破,始终引人入胜……靠的全是悬念。

我国古代公案小说有许多运用悬念的范例,《三现身包龙图断冤》就是早期的代表作。这篇作品一开始描写孙衙司到街上算卦,算卦的说他“今年今月今日三更三点子时当死”。他自觉身体健康,怎么会当日就死呢?于是半信半疑、闷闷不乐,回到家里喝酒解闷。不一会儿就喝得酩酊大醉,娘子便将他扶到屋里去睡了。三更时分,只见一个穿白衣的人从屋里冲出,双手掩面,扑通跳到河里。抢救不及,连尸体也没找到。随后,娘子哭哭啼啼为她丈夫办了丧事。读到这里,读者心中一定会涌出许多问题:穿白衣跳河的人是她的丈夫吗?如果是,他为什么要自杀?如果不是,那么跳河的人又是谁?她丈夫活不见人,死不见尸,又到哪儿去了?这些悬而未答的问题就是悬念。后来经过许多周折,包公终于弄明了案件真相。原来孙衙司的娘子与人通奸,那天孙衙司算命回来,奸夫正躲在屋里,听他说到算命的事,恰巧他又喝醉了,便在三更时分将他勒死,扔到井里;然后自己掩面跑出去,把一块大石头扔到河里,造成孙衙司投河自杀的假象。至此,前面提出那些问题都回答了,悬念也就自然消除。

总之,悬念就是作品提出过而尚未解决的问题,换句话说,是读者期待回答而又尚未得到回答的疑问。

二、怎样设置悬念

设想一个人找不到他的手机了,是迷失在家里或办公室里某个角落了,是忘在出租车上了,还是被小偷偷走了?这也算是悬念。但是和一个人的失踪是无法比拟的。同样,今天是阴天还是晴天与今年美以会否同伊朗打起来,其悬念的重要性也不可同日而语!所以,有见识的作家,首先要选择思想内涵充实,审美价值大、震撼力强的矛盾冲突构成悬念,以引起广泛的社会关注和共鸣。

在电影中悬念的设置无疑以发生势均力敌而又必须有结果的冲突为基础,在冲突中人物命运中潜伏着危机:生与死、爱与仇、成功与失败均有可能出现,存在两种命运、两种结局,其中主要人物的性格、行动能引起观众在感情上的爱憎——

《秋菊打官司》有无结果,结果如何?《山杠爷》又为什么会成了被告?《尼罗河上的惨案》究竟谁是真正的凶手?

我们看到许多侦破片都喜欢以谋杀做悬念,原因何在呢?就是因为生命对于人是极为珍贵的。惨无人道地谋害他人的性命,能够最大限度地引起人们的共鸣,最大限度地激起人们的愤慨、同情、焦虑和关切的心情。人们怀着这样复杂的心情热切期待着拨开迷雾、弄明真相,看到邪恶得到应有的惩治。这也就自然而然从内心深处产生一种欲罢不能的强烈的阅读愿望。当然,我们说在通常情况下谋杀悬念更具吸引力,并不意味着其他性质的悬念就一定比谋杀悬念的艺术效果差。其实,吸引观众兴趣的,归根结底,还是取决于思想内涵的深浅,取决于美学品味的高低。

设置的悬念要有新奇感。爱好新奇是人的审美本性。只有适应人的审美本性,设计出人们陌生的、意想不到的新奇悬念,才能最大限度地激起人们的欣赏兴趣。在我们看侦破片的时候,看到一具尸体横陈在面前或者银行的珠宝被盗,大体上就知道这种悬念的内涵及其发展趋势,仿佛走在熟悉的街道上,观赏兴味索然。

如果换一种悬念设置的方式,情况就不同了。

柯南道尔的《红发会》是这样设置悬念的:一天,小当铺老板威尔逊来找福尔摩斯,述说了他最近经历的一件奇特的事。有天他在报纸上看到一则广告,“由于原住美国宾尼法尼亚已故黎巴嫩人霍普金斯之遗赠,现留有一空缺,凡红发会会员皆有资格申请。薪金为每周 4 英镑,工作则系挂名而已。凡红发男性皆可报名。”威尔逊恰巧有一头漂亮的红头发,所以,他很高兴地前去报了名。负责人罗斯热情地接待了他,让他每天去半天,工作轻松,就只是抄点《大英百科全书》。威尔逊干了 8 个星期,工资如数发给。这天去上班,门上了锁,有一张便条,上写:“红发会业经解散,此启。”负责人罗斯已不知去向。威尔逊非常纳闷:红发会为什么不让干什么却给了自己丰厚的待遇?又为什么突然解散而不事先告诉自己?威尔逊的疑问就是作品的悬念。当我们读到这里的时候,谁能猜测到这是一个什么性质的案件?谁能想到它将如何发展?恐怕很难猜测,这就是新奇悬念的效应。福尔摩斯经过调查分析,终于探明了其中的奥秘,原来是一起重大的盗窃案。威尔逊的当铺和银行相邻,盗窃集团打算从当铺的下面挖一条地道直通银行的地下室,以便盗窃金币。他们担心挖地道时被威尔逊发现,就使用这个方法将他调开。比较一下一般描写盗窃案的侦探小说,大都以金银财宝的不知去向为悬念,就会深刻感到这篇作品悬念的设置不同一般。

日本推理小说家高木彬光的长篇小说《鬼面谋杀案》,内容和形式都刻意追求新奇。作者在“楔子”中说:“我想,要写就要创造一种新的形式,总是沿袭老一套的旧形式,实在没有什么意思。”进而又说:“我想采取的形式是,侦探一边破案,一边叙述自己的犯罪行为那种自传体的体裁,但不是以有名的警部或刑警为主人公的侦探小说。”作者在创作过程中充分贯彻了这一意图。在设置谁是凶手这个主悬念的时候,超越了以往人们常用的模式。他笔下的罪犯柳光一,不是一个单纯的犯罪分子。他既是罪犯,又是侦探,还是叙述人。一身而三任焉!在以前的侦探小说中,侦探就是犯人的例子不少,叙述人就是犯人的例子也不是没有;但是叙述人既是侦探,同时又是犯人的例子,在世界侦探小说史上还没有先例,所以令人感到耳目一新。另外,在犯罪方式上,作者也追求新奇。几次谋杀,被害者都没有外伤,而是心脏麻痹而死。更让人惊奇的是死者屋中弥漫着一种特异的香气,不是恶臭,而是一种馥郁的花香,但却没有花朵。这和我们在一般谋杀案中见到的血淋淋的、恶浊的现场显然不同,大异其趣。后来查明:原来谋杀者向被害人的血管中注入了空气,空气在血管中循环,一回到心脏,就会引起心脏麻痹。作案者为了让被害人镇静,便让他吸了乙醚。事后,为了消除乙醚的异味,又洒了大量香水,故而散发出浓郁的芳香。除此以外,作者还让作案者不时戴上女鬼的假面,更增加了一层新奇的神秘感。

另外,设置悬念,还应起伏曲折一些。我们看影片的时候,常有两种截然不同的感受。有的作品像一座迷宫,尽管你注意观赏和探究,也难以弄清它的底细;有的作品则如一个狭窄的小道,直而短,一眼就看到尽头。这就是影片的两种艺术境界:一个幽深,一个浅露。夏衍指出:“没有波澜,没有曲折,没有起伏,正像一座房屋、一个园林,一进门就可以一览无余,不能引人入胜。”所以,要尽量避免浅露,力求幽深。

三、造成悬念的三种情况

(1)观众什么都不知道,又愿意知道究竟。

(2)他们只知道一点儿,又肯定愿意知道得更多些。

(3)他们知道很多,但愿意带着同情和恐惧,去欣赏后面的发展。

为此,悬念就必须具备两个前提:第一是交代清楚,第二是赢得关注。合乎逻辑的剧情发展和对人物的强烈爱憎,是构成悬念的两个重要元素。

我们也可以用热奈特"聚焦"这一叙事学观点去分析电影悬念的产生。"聚焦"被定义为叙述者与他的人物之间的一种"认知"关系。用简单的话说,就是用谁的视点来观看的。当观众被放到与拍摄条件相认同的位置时,就会出现观众所见与人物所见之间的关系。我们把观众与人物的所见和所知之间的认知关系称为认知聚焦。以下几种不同类型的认知聚焦,都会产生悬念的效果。

叙事局限于人物可能知道的属于"内认知聚焦"。在这种情形下,往往人物知道的,观众却不知道,所以,对于观众来说这时信息是缺失的,悬念便由此产生了。

在电影中常用的表现方法之一就是"兴趣的中心置于画面之外"。韩国电影《共同警戒区》中,在调查一件枪杀案时有这样一个回忆片段:凌晨,两个韩国军人在他们的朋友——两个朝鲜军人的房子里聊天,当其中一个韩国军人开门时,他看见了门外正要进来一个人,紧接着是他吓傻了的表情和屋内其他人惊愕的面容的快速剪接。答案马上揭晓了,可是我们不知道他们看见的是谁?这就造成了强烈的悬念的效果。《午夜凶铃》中也有一个这样的处理,在影片开始后不久,看过那盘诅咒录像带的智子感觉后面有什么人或东西,一回头,一声惨叫就死了,画面定格在她惊恐万分的脸上。她看见了什么?她是怎样死的?巨大的悬念吸引我们看下去。

"零认知聚焦"同样可以产生悬念的效果,"零认知聚焦"是指叙事在人物和观众的认知之外,也就是说,只有创作者是全知的。这就可能产生一种信息错位。观众和人物确定无疑看到的东西其实是欺骗性的表面,事实出乎他们的意料。其实,人物和观众对于真正的事实都是未知的,或者说是一种伪认知,真实的情节被压抑了。最典型的例子就是希区柯克《精神变态者》中,玛丽恩和侦探阿尔博格斯特都曾看见了宾馆主人诺曼·贝茨的母亲在窗内的身影,也听过他和母亲的谈话。观众也都相信了那个杀人凶手就是贝茨的母亲。可是后来莉拉和山姆在当地郡长那里获悉,贝茨的母亲早在10年前就死掉了!此时叙事已经在人物和观众的认知之外,能否找到贝茨母亲的悬念还没有解决,由于信息的错位而造成的更加强烈的悬念又产生了。

"零认知聚焦"中也存在信息缺失的情况。造成这种信息缺失的方法多种多样,如遮挡法,即信息中心被覆盖或隐藏了。在希区柯克《迷魂计》里有这样一段,当斯科蒂与玛德琳来到森林里时,精神恍惚的玛德琳忽然走到一颗很粗的大树后面,观众和斯科蒂都不见她出来,我们同斯科蒂一样,心中一阵紧张,她还在吗?她是不是出什么事了?因为,我们知道她的精神是有"病"的。

还有一种方法就是:时间的省略。在希区柯克的《爱德华大夫》中,一天晚上,假爱德华由于受到了"白色"的刺激,精神病发作,他拿着剃刀杀气腾腾地走下楼,正看见康斯坦丝的老师在楼下看书,教授给他倒了杯牛奶,他喝下去。影片接下来就表现第二天早晨康斯坦丝下楼看见教授躺在椅子上。从喝了牛奶到第二天早上的时间被省略了。教授是不是被杀害了?由于观众和康斯坦丝都不知道答案,悬念产生了。

另一种产生悬念的“聚焦”是“观众认知聚焦”，即观众所处的位置（或应说摄影机给予观众的位置）比人物更具优势性。此时，观众占有的信息多于人物占有的信息，我们可以把它概括成信息的过剩。这是典型的希区柯克式的悬念的方法。观众看到了人物没有发现的危险，而为人物焦急，或者说观众自身产生了紧张担心的情绪。观众的这种视点优势可以在同一个空间体现。例如，在《电话谋杀案》中，玛戈接电话时，她的身后正站着杀气腾腾的勒士盖特，他手持丝带准备勒死玛戈，可是可怜的玛戈还不知道，观众已经焦急万分！还有一个例子就是在《西北偏北》中，罗杰去特务头子的城堡去找艾娃的时候，我们的视角可以同时看见室内特务头子和他的秘书，窗外的罗杰，以及楼上另一个房间里面的艾娃。罗杰得知特务们发现了艾娃的身份，可是楼上的艾娃并不知情，当他爬往艾娃的窗口去告诉艾娃的“危险处境”的时候，艾娃却刚刚走出了房间。目睹一切的观众不禁陷入悬念，艾娃会不会出事呢?

观众的视角是如此的优越，以至于可以看到同一时间内不同空间发生的事情，这就是平行蒙太奇的方法，它将同一时间不同地域发生的两条，或数条情节线迅速而频繁地交替剪接在一起，其中一条线索的发展往往影响另外线索，各条线索相互依存，最后汇合在一起。这样的汇合在观众心里引发随时间而来的一种焦虑情感，极易引起悬念，造成紧张激烈的气氛，加强矛盾冲突的尖锐性。希区柯克《火车怪客》的后面，布鲁诺对盖伊没有完成替他杀父的承诺而不满，准备把一个有盖伊标志的打火机发到盖伊前妻被谋杀的现场来陷害盖伊，而盖伊必须完成比赛才能去阻止他的行为。导演用平行蒙太奇手法，交替表现了布鲁诺惶惶不安地赶往现场和盖伊焦急地想尽快结束网球比赛的场景，突出了悬念效果。

四、加强悬念的技巧

加强悬念的技巧分为“抑制”和“延宕”两种。

悬念的形成、保持和加强，还需要依靠“抑制”和“拖延”的艺术手法，有的剧作理论也称之为“延宕”或“缓解”。它指在尖锐的冲突和紧张的剧情进展中，作者利用矛盾诸方各种条件和因素，以副线上的某一情节或穿插性场面，使冲突和戏剧情势受到抑制或干扰，出现暂时的表面的缓解，实际上却更加强了冲突的尖锐性和情节的紧张性，加强了观众的期待心理。

“欲知后事如何，且听下回分解”说的就是这个道理。

社会生活是复杂的，矛盾发展受各种各样因素的影响和制约，必然有松有紧、有进有退，也必然有意想不到的变化。要懂得如何在剧本里安排悬念，首先要熟悉生活中事物发展的规律。电影悬念的美学价值在于是否符合生活发展规律，符合人物性格的发展逻辑。

悬念大师阿尔弗雷德·希区柯克说：“悬念这一领域是完全属于我一个人的。”在与特吕弗谈话时，希区柯克对于悬念曾有过这样一段著名的论述：

我们在火车上聊天，桌子下面可能有枚炸弹。我们的谈话很平常，没发生什么特别的事。突然，嘣！爆炸了。观众们见之大为震惊，但在爆炸之前，观众所看到的不过是一个极其平常、毫无兴趣的场面。现在来看悬念：桌子下面确实有枚炸弹，而且观众也知道,这可能是因为观众在前面已看到有个无政府主义者把炸弹放在桌下的。观众知道炸弹在一点正将要爆炸,而现在只剩下一刻钟的时间了——布景内有一个时钟。原先是无关紧要的谈话突然一下子饶有趣味,因为观众参与了这场戏。观众急着想要告诉银幕上的谈话者,"别尽顾聊天了,桌下有炸弹,很快就要爆炸。"上述第一种情况,观众只有在爆炸的15秒钟内体验到惊粟。而第二种情况,我们给观众足足15分钟的悬念。[①] 而这就是延宕。

抑制和延宕对于悬念有放大作用。延宕往往是在事件发展的紧要关头故意减缓速度或设置障碍,让这种紧张持续放大到最高点。没有悬念要制造悬念,有了悬念要保持和放大悬念——这就是希区柯克的信条。一个有意思的例子就是在《火车怪客》中,盖伊答应布鲁诺去干掉他的父亲,可盖伊根本不考虑那么做。于是在当晚,他潜入布鲁诺的家里。他准备上楼到布鲁诺的父亲的房间。这时候悬念已经产生,盖伊会为了自己的利益杀害掉布鲁诺的父亲吗?或是没有杀害反而被发现,从而,由一个无罪之人越来越陷入有理难辩的深渊?我们正急着让盖伊上楼,好看到结果,这时候,希区柯克却让一只大狗挡在楼梯的中央,我们越是着急,导演越是放慢速度,而我们同时又陷入另一个悬念,这条狗会不会让盖伊过去而不去咬他?这样一种设计,就放大了原来的悬念。

在这部片子里,同样存在着延宕和减缓的手法。我们看到布鲁诺正在坐火车去栽赃盖伊,盖伊要抓紧时间比赛,尽快赢得比赛才有时间去阻止他,盖伊开始还算顺利,可是到就要结束的最后一盘,却遇到了强劲的敌手,双方进入了"拉锯赛",观众真是急死了。导演此时又使用另一个延宕的手段,就是让布鲁诺把打火机掉到下水道,这样这段平行蒙太奇的时间又要延长一会儿,这样观众的神经始终绷得紧紧的,"盖伊能不能阻止布鲁诺的行为,还自己清白呢?"

同时,还想补充的一点就是音乐也有放大悬念的作用,音乐能烘托气氛,制造紧张的情绪,这在希区柯克的片子里面随时能够感觉到,有人说,如果关掉他的片子中的音乐,所有的悬念、恐怖等的效果都会大打折扣,这是不无道理的。最典型的例子是《精神病患者》的片头音乐,很难说它是一种很好听的音乐,这种音乐带来的不是美感和享受,而是怪异、不安和焦虑,"山雨欲来风满楼"似乎就有什么意想不到的事情要发生吧。

五、悬念大师希区柯克

几乎所有的影片都有悬念。悬念大师希区柯克的影片魅力就是大悬念套小悬念,层层机关、步步迷阵,令人目不暇接,所以被称为"悬念大师"。

阿尔弗雷德·约瑟夫·希区柯克(1899—1980)出生于伦敦一个天主教家庭。父亲是水果蔬菜批发商。6岁时因小小过失被父亲送进警察局拘留所。(20世纪初,英国相当一部分天主教家庭受到天主教教义的严格禁锢)希区柯克就成长在这样一个

---

① 弗朗索瓦·特吕弗.希区柯克论电影[M].上海:上海文艺出版社,1988:51-52.

压抑、沉闷的环境里。他性格内向，特别敏感，经常产生莫名的恐惧和焦虑。他又酷爱刚刚发明的电影并喜欢地理和旅行，当时，伦敦发生的各种离奇案件也是他童年津津乐道的话题——这些，对他后来成长以及他的创作中产生了深远的影响。

希区柯克 1925 年初涉影坛，先后做过编剧、美术、摄影、剪辑等多种工作，为他将来的电影事业打下了坚实的基础。

1935 年的《39 级台阶》标志着希区柯克艺术风格的日趋成熟。这部描写追捕的影片充满了令人激动的悬念和令人难以忘怀的人物形象，成为他早期在英国拍摄的经典作品。

接下来的《间谍末日》和《破坏》由于悬念得不到观众的认同，影响了人物塑造和情节编织的合理性而遭致失败。

1939 年的《失踪的女人》在惊险的基础上又增加了机智和幽默，使这部娱乐片获得了纽约影评人协会授予的最佳导演奖，也为他到好莱坞的发展铺平了道路。

1925—1939 年，希区柯克在英国工作了 14 年，拍摄了 20 多部影片，成为了 20 世纪 30 年代英国最优秀的电影导演之一。

1939 年受大卫·塞尔兹维克（《乱世佳人》的制片人）邀请，希区柯克一家人来到美国，开始了他在好莱坞的电影生涯。

希区柯克在好莱坞一晃就是 40 年。他一共拍摄了 50 多部电影和 20 多部电视剧，其中，不乏至今放映不衰的经典作品。为此，他于 1971 年获得法国荣誉军团授予的“骑士勋章”；1979 年，他获得由美国电影艺术与科学学院授予的“终身成就奖”，1980 年元旦，英国女王伊丽莎白二世还给他晋封了“爵士”称号。

1980 年 4 月 28 日，希区柯克病逝于洛杉矶，享年 80 岁。

希区柯克著名悬念设置示例

（1）《蝴蝶梦》（1940）：阴森恐怖的曼德利庄园、刁钻古怪的女仆丹弗丝、心理变态的丈夫德文特、死了又无处不在的丽贝卡……所有这些，都给年轻的德文特太太造成了莫名的疑惧，预示着这里总有一些不可告人的东西——女主人急切期待，观众也急切期待的悬念——究竟这里暗藏着什么秘密？女主人将会遭遇何种厄运？剧情的结果又会怎样？影片始终把握着女主人公的疑惧心理，让人们关注着女主人公命运的同时，又带着同情和恐惧的心理看下去。

（2）《后窗》（1954）：希区柯克把人分为两类：一为喜欢窥探别人隐私的人，一为喜欢暴露自己的人。《后窗》的故事写一个残疾的摄影师杰夫坐在轮椅上很无聊。周围全是四五层高的楼房。由于天气炎热，家家都打开着窗户。杰夫终于找到了一个打发时间的办法：用望远镜看见了穿着暴露的芭蕾舞演员、聚精会神进行创作的作曲家、一对整天吵闹的中年夫妻、一个整天与狗为伴的老人和一个妻子瘫痪的推销员……杰夫自得其乐。但照顾他的护士告诉他：偷窥别人的隐私可能被判处 6 个月监禁；他的女友丽莎是一个服装设计师，家庭和容貌都无可挑剔……一个风雨之夜他被对面楼上女人的尖叫声惊醒了。他看见推销员手提一个笨重的箱子出去了，一会儿又匆匆返回。就这样折腾了几次。杰夫迷惑不解。早晨，他看见对面卧室的窗帘紧闭，顿时起了疑心。他用照相机的长焦镜头仔细观察，发现推销员正在把一把刀子和一根锯条放进箱子。于是,他把这些可疑的现象告诉了女友和护士。他的一名侦探朋友多伊尔也被叫来巡视了一番,但结果只查问出推销员的妻子昨天起程到外地疗养去了……

他们很失望。

就在当天晚上,养狗老人的狗又被人杀了——原来,这条狗白天一直在花园里不停地嗅,并不时用爪子在地上刨着什么。

女友丽莎又从望远镜里看到推销员在摆弄一个提包,里面是一些女人的首饰和杂物。

为了弄个水落石出,杰夫给推销员打了一个电话,约他出来洽谈业务,丽莎趁此在花园里侦察并冒险从窗台爬到推销员的房间,寻找有无杀人证据。

杰夫和护士密切注视着对面的情况。护士看到另一个窗口那个单身女人正在吞食大量的安眠药准备自杀,杰夫立即报警。但准备自杀的女人隔壁的作曲家开始弹奏起一支优美的乐曲,动听的旋律打消了女人自杀的念头。与此同时,推销员从外面回来了,正在开启房门。丽莎听到外面的动静,已经来不及躲藏。就在丽莎与推销员发生冲突的时候,警察及时赶到现场,把丽莎带走,而丽莎则向杰夫示意她已经找到证据。她的动作没瞒过推销员。凶手也发现对面有人监视他的一举一动。杰夫打电话给朋友多伊尔求助。多伊尔先到警察局把丽莎救出来,然后一起来找杰夫。但为时已晚,凶手已破门而入,穷凶极恶地扑向杰夫……关键时刻,多伊尔带着丽莎和警察赶到,当场擒获了推销员。经审,推销员承认自己杀死妻子,又将尸体肢解丢弃……

《后窗》的悬念表现在:①尖叫的女人究竟出了什么事?②推销员鬼鬼祟祟的举动,是否有杀妻嫌疑?③小狗刨土和被杀,又增加了对推销员的怀疑。④丽莎看到提包,进一步说明推销员可能是疑犯。但如何找到证据呢?⑤丽莎冒险进入推销员房间,使观众为之提心吊胆。推销员意外回来,丽莎躲避不及,杰夫和护士紧张而无助……这些都是悬念。而大悬念套小悬念,更是希区柯克得心应手之处——比如,在凶手与丽莎对峙的危机时刻,不断插入杰夫与护士惊恐万状的反应镜头,使紧张的气氛达到了顶点。

《后窗》的意义还不止于悬念的运用。希区柯克把杰夫的视角(摄影机)束缚在"后窗",不能横移、跟拍,而达到了如此神妙的视角造型,也是难为而为的吧?

《后窗》窥视的那栋楼就是一个社会的缩影。希区柯克认为,"各人自扫门前雪,休管他人瓦上霜"是不正常的,也是冷酷的。比如,杰夫窥视并不被认为是道德的,但他却发现了推销员妻子神秘消失并追根究底,抓获真凶,难道不是正义之举?穿插的单身女人准备自杀,而偶尔飘过来的琴声又使她打消了自杀的念头,也是人与人之间需要联系、沟通的证明。

人们到电影院,通过黑洞洞的剧场看虚构的"隐私",也正是"窥阴癖"的表现。不管我们同不同意、愿不愿意承认希区柯克的这一观点,恐怕"窥阴癖"并非无中生有!

第二节 误 会

从字面讲，误会即误信其言，错会其意；误解其事，错会其实；误识其人，错会其情，等等。简言之，误会即是误解了事情本来的意思。

误会，是电影和一切叙事性文学和戏剧作品经常使用的一种技巧。它具有编织故事和情节，吸引观众的巨大魅力。在喜剧中，误会甚至是一种不可缺少的表现手段，这在正剧和悲剧中也屡见不鲜。有的误会情节甚至能够起到情节点的转向作用，而造成意料之外的喟叹结局。误会是在当事人浑然不知，旁观者一清二楚或略知一二的情况下发生、发展，造成错综复杂的矛盾，且愈演愈烈，令观众（读者）提心吊胆或捧腹大笑，因而兴味盎然，直至误会解除。

例如，张艺谋导演的《三枪拍案惊奇》这部混搭惊悚喜剧，其中的剧情大多是一个误会引发另一个误会而不断推动故事发展，故事的爆点与喜剧性也均来自误会。张艺谋二度改编的这个荒诞杀人游戏，发生在黄土高坡，王五麻子开了一个“麻子面馆”，但他既抠门又凶恶，还常常虐待其妻子。百般折磨之下，老板娘勾搭上了面馆的伙计李四，她甚至买下一把枪和三颗子弹，准备逼老板写休书，甚至自杀。

第一枪，李四与老板娘偷情，王五麻子得知后，花钱雇杀手张三除掉两人。张三偷走了老板娘和李四的衣服，假装已经杀掉了两人，在收到佣金后，却对王五麻子开出第一枪，其目的是图财害命，把王五麻子所有的钱占为己有。

第二枪，而后李四在看到王五麻子的“尸体”时，却误认为是有心想杀老板的老板娘所为，出于保护老板娘的想法，李四收拾好暗杀现场，却在掩埋王五麻子“尸体”时，看到他竟然没死还有一口气，两人在争执中枪意外走火，结果李四意外射出的第二枪将王五麻子打死了。

第三枪，张三回到老板房间，准备毁灭证据，遇上了前来偷钱但并不知情的小六，并将其勒死，埋尸郊外。阴差阳错，张三误以为事情败露，准备杀掉老板娘和李四灭口——但他一箭将李四射死，却在追杀老板娘的过程中，反被老板娘开出的第三枪杀死，而直到最后，老板娘都误以为这些都是王五麻子所为。影片在一连串的误会和巧合中，为观众上演了一出连环喜剧。对于剧情，张艺谋说：“强化了误会，一而再再而三的误会，我想说的，就是所谓有文化的一句话，人在命运面前的无力和荒诞。”

如京剧《李逵负荆》：剧中叙述恶棍宋刚、鲁智恩冒充宋江、鲁智深，掳走酒店主王林的女儿满堂娇。李逵下山闻知此事，勃然大怒，回山砍倒杏黄旗、大闹忠义堂，指斥宋江、鲁智深玷辱梁山名誉。后三人同去酒店对质，方知是歹徒冒名作恶。李逵深悔莽撞，负荆请罪，并协同鲁智深擒获歹徒，将功补过。

这是一出用“误会法”构成的喜剧，但并不是一味在“误会”上凑热闹，而是同人物的性格渗透在一起，矛盾的发展合乎情理。剧中的李逵是一个令人喜爱的形象，他是非分明、爱憎强烈，忠于梁山的正义事业，为人坦诚豪爽而又天真鲁莽。作者用了较细致的笔法从不同侧面来描写这个莽撞汉子,使这个形象显得丰满生动。如一开始李逵听了王林的哭诉,又见到所谓“证据”,便怒不可遏,回到山寨不由分说便拔斧砍旗,又与宋江以脑袋为赌,立下军令状,显示他嫉恶如仇、火爆而不顾后果的个性;在下山对质的过程中,他因先入为主的成见,对宋江和鲁智深的一举一动都表示怀疑,好像很精明,却在这种“精明”中愈发显出他的憨直与鲁莽,让人忍俊不禁;真相大白后,他懊悔起来,于是装糊涂耍无赖,以保住自己的脑袋;最终抓住了歹徒,他又得意起来,自诩为宋江、鲁智深洗刷了坏名声。戏剧中性格鲁莽的人物最容易写得简单化,《李逵负荆》却避免了这样的毛病。整个剧情也写得紧凑而饶有风趣,语言又很老练,在古代喜剧作品中是相当出色的一部。

苏联电影《钦差大臣》是根据果戈里同名戏剧改编的,这出讽刺喜剧电影的发生地点是俄国的某个小城市。这个城市在粗鲁而贪婪的市长和一群本身是歹徒而实际是笨蛋的官吏主宰下,变得腐败不堪。当这群贪官污吏风闻首都已派出微服私巡的钦差大臣时,每个人都慌乱得不知如何是好。正当此时,突然听到有一位叫赫列斯达柯夫的人正投宿于城内唯一的旅馆里,于是,他们就误认这位外形不凡,而实际上因赌博、游荡而辞官返乡,途经此地的赫列斯达柯夫为钦差大臣了。市长大人立刻在家里开了一个盛大的欢迎会,且不断贿赂这年轻人。在市长等人的百般奉承之下,青年的心里升起一个邪恶的念头,因此,便向市长的女儿求婚。而市长则以为只要和他攀上了关系,就能打开在首都升官发财的门路。所以,欣然允诺了。然而,这名青年却因担心骗局被揭穿而匆忙逃走。当市长官邸里正处于热闹的高潮时,邮局局长手捧一封信走进来。那封信是青年写给彼得堡的朋友的,他在信里大肆嘲笑那些把自己误认为是钦差大臣的笨蛋,并为每一个官吏取了一个令人难堪的绰号。当市长与官吏们正为这件事而哑然失声时,真正的钦差大臣来临了。帷幕就在大家呆若木鸡的情况中落下。

根据张贤亮小说《浪漫的黑炮》改编,由黄建新执导的《黑炮事件》(1985)讲了一个颇带荒诞色彩的故事:某矿山公司工程师赵书信精通德语,工作认真负责。半辈子独身养成一个怪癖,喜欢一人下棋。伴随他多年的一副棋子,与他结下了情缘。一次,赵书信出差回来后,发现少了一只黑炮棋子,急忙冒雨奔到邮电局,发了一封“丢失黑炮301找赵”的电报给旅馆,请求帮助去301室寻找。岂料,这纸电文引起了人们的警惕,公安局迅即立案侦察。因所谓“黑炮事件”,公司领导将赵书信调离原工作岗位,由一位不熟悉工程安装专业的旅游翻译冯良才接替他的工作。这时,德国专家汉斯·施密特为WD工程的最后安装,第二次来公司。曾与他合作得很好的赵书信,却未能再度与他合作,汉斯很失望。由于冯良才在翻译上连连失误,汉斯大为恼火,多次提出要赵书信来WD工地,并私下去找赵书信商量合作事宜,赵书信很为难。经理李任重走访赵书信,无意中发现了那副缺了黑炮子的象棋,才明白真相。他在党委会上建议让赵书信继续出任翻译,党委书记周玉珍认为,“黑炮事件”尚未最后搞清,不能贸然行动。而可怜的赵书信对此却懵然不知,他在夜深人静时,打着手电对WD工程进行检查。还利用与汉斯会见的短暂时间,向汉斯了解工程安装的程序。因冯良才将“轴承”错译为“支架”致使WD试车时,轴承全部烧毁,国家损失严重。不久,邮电局送来赵书信的一个邮包,周书记等人秘密将它打开。望着盒中仅有的一只黑炮棋子,周玉珍埋怨赵书信不该发这份电报。赵书信吃惊而又不解地问:"难道发电报我都不能做主?"这部电影以一个表层的"误会"建构了一个深层政治寓言,是一部政治禁锢下,对知识分子文化心态深刻反思的荒诞式高度风格化影片,导演以有些无奈的黑色幽默态度审视"黑炮事件"和"赵书信性格",促人冷静思考、理性认同,如同想起王小波笔下的"沉默的大多数"。

李安导演的《饮食男女》(1994)的最大特点就在于电影叙事设置的误会,从电影的一开始一直到电影的结束,我们一遍又一遍地感受到这样或者那样的出乎意料,转念一想却又在情理之中。电影中第一个误会是开始于由郎雄饰演的爸爸所接到的一个电话,我们几乎所有人只以为这只是一个很简单的生活场景,只是导演用来丰富这个人物的。恰恰是这一点让我们都误以为打电话的是他的女儿,而不会想到是别人,更不会想到会是将来与他结婚的锦凤。而在接下来的故事进展中,我们又忽视了一个本来可以让我们知晓爸爸与锦凤之间暧昧关系的镜头。镜头里,爸爸在电话里教一个女人如何煮鱼。而在后来的故事中,锦凤的女儿在当天晚上来家里玩时无意说她妈妈又把鱼给煮糊了。这是何其的巧合啊,只不过被粗心的我们都给忽略了。以至于到后来都被结局给吓了一大跳,为什么爸爸会选择跟锦凤结婚,而不是我们想象中的梁伯母(也就是锦凤的妈妈)。因为,我们都按照既定的思维走下去了,直接掉到导演设的"陷阱"里面。就连戏里面的人都大大地出乎意外,更何况我们这些戏外人了。在电影中第二个比较容易为观众察觉的误会就是关于大女儿和李凯的了,包括大女儿和她全家几乎都相信是李凯离开了大女儿,是他负心于大女儿而导致大女儿心理受创,在情感上一直坚持保守态度。但是事实也是让我们大失所望的。实际上,李凯的前女友是锦凤而不是大女儿。大女儿一直生活在一种对于爱情的无端的幻想之中,幻想恋爱、幻想爱情、幻想分离,甚至于幻想伤害。这在事实被揭开之前是有些提示的,比如,大女儿对于学校中收到的匿名情书作出了种种无端的猜想,甚至把它归结到新来的排球教练身上。而结果这些情意绵绵的情书是她所教的那个班级的学生恶作剧所为的。这倒是成全了大女儿,使她找到了一段比较美满的爱情及婚姻。电影中第三个比较容易为观众察觉的是关于三女儿与她的男朋友的。她的男朋友原先是追求她的同事,可她的同事却故意百般刁难,使得三女儿认为她同事原来是不喜欢她男朋友的。结局是三女儿误解了同事的意思,使得自己成为了她所谓的那个"倒霉鬼"的女朋友直到后来的终生伴侣。这也算是误打误撞地找到了自己的终身幸福吧。事实上,误会是生活中常有的情况,而爱情作为一种感情接触,由于感情双方的差异性、试探性、敏感性以及羞涩性,就更难免有误会的发生。可以说,几乎在所有的爱情故事中,或多或少都会有误会的现象。

粗心大意、多疑猜忌、信息失真,挑拨、骗局和恶作剧等都是造成误会的原因,而性格、环境、情绪和偶然因素乃是产生误会的根源。

由冯小刚编剧、导演的第一部"贺岁"喜剧片《甲方乙方》(1997)用诙谐幽默的语言,通过一连串的误会、笑话和引人入胜的情节,在轻松愉快的气氛中讲述了一个个令人捧腹和温暖感人的故事。如影片中葛优饰演的姚远看到一女目视前方站在河边,便走过去。姚远:“一年前的今天我从这里跳了下去,被人救起来了,现在觉得当时的我特傻。”一女:“你以为你今天就不傻了吗,我这练气功呢。”简单可笑的“误会”情节就把人物吃饱了撑着的行为刻画得淋漓尽致。

第三节 巧 合

生活中的巧合如果仔细翻阅各国的历史记载,各种各样的巧合多多。

美国的两位著名总统林肯和肯尼迪,他们两人的生活道路有很多相似之处:林肯在 1860 年就任总统,肯尼迪在 1960 年就任总统。两位总统不幸遇刺身亡,林肯遇刺是在一个星期五,而肯尼迪遇刺的时间恰好是相隔了 100 年后的一个星期五,都是下午 3 点 30 分,并且两位总统夫人都在出事现场。更令人惊奇的是两位总统的继承人名字相同,林肯的继位者名叫约翰逊,肯尼迪的继位人也叫约翰逊。他们两人都是南方人,民主党参议员。前一位约翰逊生于 1808 年,后一位约翰逊生于 1908 年,恰好是 100 年。更令人不可思议的是:杀害林肯的凶手生于 1829 年,而杀害肯尼迪的凶手生于 1929 年,恰好又是 100 年;两名凶手都是在开庭审判之前遭人杀害……

我们中国也有类似例子:清朝太祖高皇帝兴起于现今抚顺所属的地方,而清朝末代帝溥仪又监押在抚顺的战犯管理所;抚顺位于东北辽宁,既是清朝首位皇帝兴起的地方,又是清朝灭亡末位皇帝被囚禁的地方,这是历史的巧合;清朝兴起时的皇后是叶赫那拉氏,覆亡时的太后也是叶赫那拉氏。这也可以说是历史的巧合。

1898 年,英国作家摩根·罗伯森写了一本名叫《徒劳无功》的小说。小说写了一艘号称永不沉没的豪华巨轮,名为“泰坦”号,从英国首航驶向大洋彼岸的美国。这是人类航海史上空前巨大也最豪华的客轮,船上装备了当时力所能及的一切华贵设施,人们在这巨轮上尽情地享受着。但是,这艘巨轮首次出航就在途中撞上冰山、悲惨沉没,许多乘客葬身海底。谁也没有料到,这本小说中写的故事,竟成了 14 年后不幸的现实。1912 年 4 月有 4 日夜间,当时,最大的豪华客轮“泰坦尼克号”因撞上冰山而沉没。

悲剧发生后,有人想起这篇小说,加以比较后发现:两船都是初次出航就沉没,其原因都是撞上冰山,肇事地点都在北大西洋。船名:泰坦号/泰坦尼克号。航行的时间:都是在四月份,航线都是从英国到美国。难月份:4 月/4 月。乘客数:3 000 人/2 207人。救生艇数目:24/20。载重量:75 000吨/66 000吨。螺旋桨数目:3 个/3 个。碰撞时速度:25 海里/23 海里。乘客伤亡惨重的原因:都是船上的救生艇不够。何其惊人地相似啊!

生活中这样的例子更是比比皆是——

松树或柏树的树脂滴下来,恰好将一只昆虫凝结在其中,后来变成化石——珍贵的琥珀。

一个小孩从楼上摔下,眼看一场悲剧就要发生,在这千钧一发的时刻,正巧有位足球守门员由此经过，只见他飞步向前，将小孩稳稳抱住，化险为夷。

一个红军战士十分珍爱乡亲送给他的一双布鞋，舍不得穿，行军时捆在腰间。在一次战斗中，他被敌人击中，子弹恰好打在鞋底上。鞋底被击穿了，但红军战士安然无恙。

还有，所谓“屋漏偏逢连夜雨，船破却遇打头风”：小偷逃跑，躲进警局；强盗跳墙，落入警车——“阴差阳错，冤家路窄”。故有“无巧不成书”之说。

一、巧合的意蕴

为什么会有这么多巧合？心理学解释巧合现象人们常常有这种经验：有时正在谈论或者你刚刚想到一个人，这个人就出现了。于是，我们就感叹：真是“说曹操，曹操到”。还有一句类似的俗话是“受伤的手指经常被人碰”。为什么人们总有“受伤的手指经常被人碰”的想法呢？道理很简单，实际上只不过是我们对受伤的指头格外注意罢了。也就是说，我们对外界的感知是有选择的。由此，我们可明白为什么会“说曹操，曹操到”了——因为事情就是这样：恰好符合这一经验的被我们记住了，而更多的不符合这一经验的却被我们忘记了。并非我们的预言多么准，只是由于我们所做的选择更有利证实这句话罢了。

类似的事可以举出更多。有些人会相信预言性的梦。他也确实可以给别人举出一两个例子。但是，他忘记了预言性的梦还是不曾实现的居多这个事实。有时还会听到一些人议论：某某人算卦算得可准了等。其实，这也基本上属于这种情况，即偶尔算准的留在了那些轻信的人们心中，而大量未算准的却被这些人遗忘了。

事实上，在各种场合下，预言准的时候都是极少的。只不过人们往往会轻易地忘掉一百次失败的预言，却津津乐道偶然的一次成功罢了。应该说，相当数量的巧合事件都可以由此得到解释。

另一种解释是弗洛伊德从潜意识观念出发给出的。先看看弗洛伊德本人的一个例子——在得到教授头衔后的一天，弗洛伊德走在一条大街上，忽然，他心里冒出一串念头：“几个月前我曾治疗过一对夫妇的小女儿，但那对夫妇却不满意我的治疗，转而求助于另一个权威了。我想，这个权威是不可能治好他们女儿的病的，最终他们还要回头来找我，并会对我表示出十二分的信任。但这时我就可以对他们进行报复了。我会对他们说：‘现在我是教授了你们便信任我，但这称呼并没有增加半点的能力。既然当我是讲师时你们不信任我，那我当了教授对你们也没有什么用处。’”正在这时，弗洛伊德的幻想被一声：“晚安，教授！”所打断。弗洛伊德抬头看时，正是他刚才想到的那对夫妇。

这可算是一个极度巧合的例子了。但弗洛伊德给出的解释很简单。他写道：“那条街十分笔直宽阔，行人稀少，随便一瞥便可见到二十步远。其实我老早就看到他们两人正迎面走来，但内心却不情愿认他们。经由幻觉，化有为无。然后，幻想随之而起，代替了消失的真相。”

二、电影中的巧合

(一)巧合在作品中,有着重要的作用

“无巧不成书!”这里的“巧”,就是指巧合,就是利用生活中的偶然事件来组织故事情节。它要求的最佳状态是既在情理之中,又出乎意料之外。切不可哗众取宠而弄得漏洞百出。巧合是电影和一切叙事性文学和戏剧作品常用的技巧。它指的作品中经常出现的凑巧、恰巧、碰巧出现的“不期而遇、不谋而合”的人和事,使情节由此发生变化并推动情节的发展。在文艺作品中,运用巧合来结构作品的例子很多。

《麦琪的礼物》:这是欧·亨利的名著。写一对贫苦夫妻,丈夫有一只金表却没有相称的表链;妻子有一头美丽的长发,即没有相配的发卡来装饰。于是圣诞节前,丈夫卖掉金表给妻子买了精美的发卡,而妻子却卖掉长发给丈夫买了金表链。两人同时为对方考虑,各自做出了动人心魄的“壮举”,使得双方的愿望都落空了。作品妙用巧合法,既在意料之外而又在情理之中的结局收尾,突出夫妻之间真挚、诚笃的感情,读来催人泪下又让人深思。

《小公务员之死》:俄国作家契诃夫的《小公务员之死》,讲述的是一个小公务员一次去看戏,不小心打了一个喷嚏,结果口水不巧溅到了前排一位官员的脑袋上。小公务员十分惶恐,赶紧向官员道歉,那官员没说什么。小公务员不知官员是否原谅了他,散戏后又去道歉。官员说:“算了,就这样吧。”这话让小公务员心里更不踏实了。他一夜没睡好,第二天又去赔不是。官员不耐烦了,让他闭嘴、出去。小公务员心想,这下子得罪官员了,他又想法去道歉。小公务员就这样因为一个喷嚏,背上了沉重的心理负担,最后,他死了。

《纯属巧合》:法国电影《纯属巧合》,剧情描述性格内向的画家尚迷恋有夫之妇芙洛昂丝,在朋友帮忙下终于约到她前来自己的画室参观。画室旁边住了一对欢喜冤家波里斯与艾娃,两人正因感情问题发生小冲突,艾娃在追波里斯到电梯时,一阵风把她的家门关上了,于是她进入画室向尚求救。尚担心芙洛昂丝到来时引起误会,于是从阳台爬到隔壁帮艾娃开门,不料爬在栏杆上却发生脚抽筋,其呻吟声被回来拿东西的波里斯听个正着,两对男女就这样搞成一团,令人笑得喘不过气。

《废品的报复》:匈牙利电影《废品的报复》是一部著名的喜剧片。讲述一个服装厂缝衣工上班时总是心不在焉,眼睛盯着女朋友的照片,脑子里想着与女朋友的约会。他管缝裤扣,常常草率了之。一天他约女友去参加舞会,兴冲冲地穿上一条新买的背带裤。舞会上那背带上的扣子一个个都掉了,裤子当场脱落下来。在众目睽睽下,他自己狼狈而尴尬,女友更是羞恼得拔腿就跑出舞厅。气愤之余,这缝衣工告服装厂一状,要求赔偿经济和精神损失,厂里追究结果发现,这条背带裤上的扣子就是他自己缝的,废品作了应有的报复。

还有,《雷雨》复杂的家庭关系;《士兵之歌》中士兵走投无路竟成英雄;《两个人的车站》钢琴家和女服务员“不打不相识”;《小城之春》微妙的人物关系等无一不是

巧合。

(二)巧合是对因果的反动

巧合是因果的反动,也似乎是叙事的敌人。因为,从原始人在火堆旁坐下来时,他就倾向于讲一个因果相推、首尾闭合的故事,创造一个世界、一个意义,给纷乱的生活整理出一个清晰的导航图,但巧合总是在破坏这一点,它看上去只不过是宇宙中的事物在随意而荒诞地碰撞,打破因果联系的链条,甚至将生活导向支离破碎、毫无意义和荒诞不经。但它总在发生,它可能是无意义地进入了你的生活,但随着时间流逝,它改变了你的生活,一个随意的反逻辑,就会变成生活现实的逻辑。甚至,我们是在有意等待巧合时刻的到来,因为那些意外的瞬间,可能充满戏剧性又性命攸关。我们之前按部就班、左右思量的人生,积聚着的能量,因为这个偶然射进窗里的“闪电”而释放出来,决定了一段情感、一场生死,乃至一个宏图伟业。

列宁在十月革命之前,都做好准备去美国闹革命了,因为后者的偶然成功,他修改了自己的理论;而拿破仑几乎要赌赢最后一场战争的时候,因为年迈元帅的犹豫而功亏一篑。库布里克、科恩兄弟都喜欢玩味这种故事:人类精心谋划的棋局,总会因为一个愚蠢的偶然而葬送。

而更多的导演,还是试图发现巧合给人生带来的美妙,一种惊奇、一段短暂的幸福。如克劳德·勒鲁什的台词所说:“偶然与巧合代表一切:明确、精确、敏锐……”

(三)巧合是一道逻辑严密的数学题

人们总是乐于寻求一个逻辑严密、有秩序的世界,有人则更乐于破坏这种平庸的人生观,呈现秩序被破坏、逻辑遭断裂的时刻。但有意义的是,当那些电影顽童们,将整部电影都用巧合来串联时,他们竟然是制造了另外一种逻辑严密的世界,一道考验智商的数学题。

《两杆大烟枪》(1998,导演:盖·里奇):“两杆大烟枪”既是题目,也是全片的主线,围绕这一物件,在昏暗的英伦街道,在一群操着浓重口音的英伦痞子之间,故事开始了。一场赌局的设置既是一个叙事开端,也是引子。艾迪四人凑来的10万元在这场设计好的赌局中被人暗算,引出之后艾迪四人打劫的线索;在艾迪隔壁策划要抢劫毒贩的悍匪,却不料被艾迪听到,待他们抢劫完来个“瓮中捉鳖”;狠角色哈利设计了陷害艾迪输钱的赌局,同时又派两个搞笑的小毛贼去偷两把古董枪,但一番折腾后两个小毛贼却把自己的雇主杀了抢走烟枪;在酒吧偶遇黑人毒贩的艾迪一伙,在抢夺完毒品后又将其卖给丢了毒品的黑人毒贩……在这部影片中“巧合”构成叙事链中不可或缺的环节。《偷抢拐骗》(2000,导演:盖·里奇)相对于《两杆大烟枪》中的物件细节,《偷抢拐骗》中众人掠夺的“钻石”显得不再那么重要,但这一物件细节依旧是贯穿整个叙事的重要线索,所有的人物和故事都围绕着钻石展开,所有因“巧合”触碰到钻石的人物都会因此为转折点,并因此和更多的人物“相遇”在一起。影片一开始就把所有人物介绍出来,似乎告诉观者,摆出这么多组人物,他们定会产生交集:电影由四指法老抢了86克拉的钻石开始,四指法老因意外死后,所有的剧情都围绕“钻石的争夺”而展开:艾维表哥、狗头老大;狂人阿托;吉普赛人米奇;土耳其、汤米;街头混混三人组(阿索、蚊子、米隆);钢牙东尼;刀疤阿布。充分利用各不相干的人物通过各种“巧合”而联系到一起,多米诺骨牌似的连锁反应促进情节发展,你可以说这是导演精心“设计”出来的“巧合”,但在时空、逻辑、情理中,都是身边可能会发生的不经意的小插曲,都是顺其自然发展中的小意外。

在昆汀·塔伦蒂诺导演的《低俗小说》(1994)中,文森特打爆了别人的脑袋,自己也因为巧合同样被打爆了脑袋。于是,朱尔斯决定金盆洗手与巧合完美挥别,离别前他制服了一对雌雄大盗,当然,还是要朗诵上一段优美的《圣经》。开头与结尾的完美交织,让巧合感在结尾的一刹那倍感惊喜。透过它仿佛能感受到昆汀·塔伦蒂诺东方式的宿命崇拜感,只不过这一次并非佛经而是《圣经》。《撞车》(2006,导演:保罗·哈吉斯)充满巧合、意外和偶然。事实上,过于密集的巧合、过于强调戏剧化的情节处理,在一定程度上还是损害了影片的某些品质,很多人看完这部电影都觉得故事编织巧妙,但怎么都不能彻底服气,毕竟,现实中哪有那么多、那么巧的事儿呢?两个黑人小混混打劫洛杉矶地区法官和妻子,而两人正在讨论种族歧视问题;在法官家受了委屈的锁匠又被波斯商人误解,波斯商人店铺被毁,于是波斯商人拿枪去找锁匠报复,对着锁匠开了一枪。锁匠的女儿为父亲挡了这颗子弹,但她也没死,因为波斯商人的女儿早把子弹换成空包弹。被心情不爽的警察为难的两夫妻,在第二天一大早发生争吵,女的驾车离去却出了车祸,偏偏赶来救她的正是头天晚上侮辱她的那个警察!“坏警察”救了人,“好警察”却意外杀死那个小混混并抛尸荒野……影片最后,洛杉矶突然下了一场20年未见的大雪,所有巧合、意外和偶然都被这场大雪暂时掩埋。巧合是这部电影的结构技巧,在一些人看来这是重大败笔,但在另一些人看来,这很过瘾,而且必不可少。

(四)巧合有时也是一张将世界联系起来的网

如果电影不想呈现生活的艰难、琐碎、冗长,创作者们乐于用一个巧合将故事推动得更轻妙一些,它不至于像多骨诺牌那样牵一发动全身,却用巧合给了主人公一个机会或破坏了一个机会,从而让故事换了一个轨迹进行。换句话说,它只是打开了一扇窗户,怎么下楼出门,你还要按那个逻辑世界的规则来办。

《爱情是狗娘》(2000)这部墨西哥导演亚利桑德罗·冈萨雷斯·伊纳里图的银幕处女作,讲述发生在墨西哥城三个与狗有关的故事,三组人物,三段因“碰撞”而改变命运的奥克塔瓦和苏珊娜,瓦里亚和丹尼尔,流浪汉马丁和狗“高非”。所有看似不相干的人物相遇在一起:流浪汉马丁带着自己的流浪狗在拥挤的巷子里和奥克塔瓦的“高非”相遇;模特瓦里亚开车时和路边的马丁相遇;奥克塔瓦在斗狗前和电视节目中的瓦里亚“相遇”(荧屏内外)……类似的交汇点在每段故事中都会找到不同人物间的巧合片段。分述的三段故事没有明显的时间符号,三段故事中的人物在每段中都有穿插,三条线平行发展,但在每个故事中,另外两组故事中的人物都会在各自的轨道上和他们不期而遇。只有在“撞车”的一瞬间,三条线在时空上相遇在了一起,也是观者唯一可以梳理时间线的中心点。

《通天塔》(2007,导演:亚利桑德罗·冈萨雷斯·伊纳里图)不靠巧合取胜,实际上片中巧合并不密集,至少没多到让人感到难以接受的地步。理查德和妻子苏珊因为婚姻危机去摩洛哥旅行，苏珊在车里遭枪击，为了医治她，一车游客不得不在摩洛哥小村滞留。与此同时，这对夫妇家里的墨西哥保姆为了参加儿子的婚礼，不得不让侄子开车带她和孩子们一起上路，但从墨西哥过境回美国的时候，他们遇到了麻烦，警方怀疑她绑架，惊慌失措的侄子驾车逃窜，导致她和孩子们走失在荒漠中……这样那样的巧合，不如说是不巧，没有婚姻危机就没有这次遭遇意外的旅行，没有苏珊的意外，这段婚姻就无以为继，然而意外也导致孩子们差点走失，开枪意外打中苏珊的摩洛哥放羊娃一家，命运也因为那一粒巧得不能再巧的子弹发生了重大逆转，这就是亚利桑德罗・冈萨雷斯・伊纳里多擅长并迷恋的叙事方式。枪击带来的种种不幸巧合，是影片故事得以延续的诱因，它相当于台球桌上那颗白色的母球。

（五）巧合也是人生的一种可能性

巧合是对那些不满于现实生活者的安慰，因为不必遵守因果逻辑，意味着可以迅速抛弃过往，借着一个机会开拓人生的另一种可能性。巧合在这时就成了一种哲学、一种渴望、一种说教。

《罗拉快跑》（1998，导演：汤姆・提克威）被人津津乐道不是因为它讲了一个了不起的故事。看过这部电影的观众记住了什么？一头红发的罗拉在街上奔跑？还是，三种可能性，三种叙事的机制？电影在这里发现了巧合、偶然潜伏着的力量与美。在这里，电影第一次让这些巧合的零件凝聚成一台机器，汤姆・提克威推着它在柏林的街道上跑出了一个长长的画展：有人看着它，想到了命运；有人被罗拉的青春与活力感染；有人诉诸时间的主题，在偶然与必然的迷宫中寻找出去的线索。斯洛夫斯基是不是在说，政治对生活的介入不可避免，以至于那个想躲避开的人必须死？

岩井俊二的《情书》（1995）中，博子是个可怜的女人，不仅仅是因为她死了未婚夫，而是她发现了一个惊人的巧合，世界上还有另外一个藤井树。于是她开始与另一个藤井树通信，渐渐地她发现了另一个巧合，自己与藤井树很像。于是，一切都变得释然了，丈夫的生与死似乎只与另一个藤井树紧紧相连。然后，她对着深山呼喊，学会忘记、学会重新生活。藤井树埋藏的记忆被博子调动了起来，于是她走向过去，却发现自己身体中隐藏着一种悲伤与幸福，父亲的去世以及对于藤井树的依恋。在高烧的昏迷中，她得到了重生，于是她也发现了令自己一生都难忘的巧合，那些写满藤井树名字的书签背后的画像竟然是自己。如果想得弗洛伊德一点儿，岩井的这些巧合完全有着雌雄同体的自恋情结。两个藤井树也许只是一个人的胡思乱想，是一个人无法完成的自我分裂。巧合，只是解释情感自私的一种非理性的表达。于是，很多人为这些巧合感动，因为它画面感的表现了潜伏在内心的秘密，我只爱我自己。

世界上最触动人心的巧合莫过于知道世界上还存在着另一个自己，长相相同并且心灵相通。基耶斯洛夫斯基《两生花》（1991）利用这种童话般的情怀构筑了两重自我：一个在波兰，一个在法国。她们是两个维洛尼卡，一天，某一个维罗尼卡对父亲说，我觉得在这个世界上并不孤独，有时候，我会觉得很悲伤。这种巧合可能只是过于敏感人群的一种自我分裂的表现。巧合在这里只是一种形式，而内核则是基耶斯洛夫斯基永远也回不去的故乡。他盼望这样一种巧合，就仿佛他在内心经历了又一个故乡。

第四节　突变与陡转

“突转”也称陡转、突变，它指故事(剧情)发展到一定阶段，陡然发生了180度的大转弯，故事向相反方面的突然变化，即由逆境转入顺境或由顺境转入逆境。人物的命运突如其来地由喜变悲或由悲变喜，起死回生、化险为夷或出现更大困难或障碍。突变与陡转是通过人物命运与内心感情的根本转变来加强戏剧性的一种技法；而发现，却指从不知到知的转变，它可以是主人公对自己身份或者与其他人物关系的新的发现，也可以是对一些重要事实或无生命实物的发现。在创作实践中，发现通常总是与突转相互联用或者同时出现，叙事性艺术的故事往往通过发现来造成故事的激变。

突变和陡转的理论，最早源于亚里士多德的《诗学》。而古希腊三大悲剧家索福克勒斯、埃斯库洛斯、欧里庇得斯的代表作《俄狄浦斯王》《被缚的普洛米修斯》《美狄亚》都不乏突变和陡转的妙用。

古希腊悲剧《俄狄浦斯王》中，经过一番追查，事实俱在，俄狄浦斯正是凶手。王后羞愤自尽，俄狄浦斯刺瞎双眼，自我放逐。这部作品的结构是典型的纯戏剧式结构，利用远前史与近前史之间的张力，一点点把惊天秘密透露给观众，到最后一刻爆发出来，主人公由顺境转向了逆境，由万世敬仰的国王变成了自我流放的瞎子，瞬间摧毁了作品之前建立起来的王国，这样的逆向思维使观众在极大地震惊中得到了冲击的快感，人物命运与内心情感的冲突性也得到了加强。

命运的突变和陡转，在电影和一切叙事性文学和戏剧作品中也可以信手拈来。例如，莫泊桑的小说《项链》写主人公玛蒂尔德为了参加一个舞会，向朋友佛来思节夫人“借项链”；舞会上，主人公大出风头，却乐极生悲(丢项链)；为了赔偿别人的项链，玛蒂尔德含辛茹苦(赔项链)；凑足了项链的价钱，却欠下了一笔需整整10年拼命劳作、省吃俭用才能偿还的债务，于是她不顾一切(还债务)；最后，当她松了一口气，却得到这样一个消息，她借的项链原来是假的……玛蒂尔德“借项链”“丢项链”“赔项链”“还债务”以及得知项链是假的……无一不表现出她命运的突变和陡转。

悉德·菲尔德强调通过动作来写人物，不断为其设置障碍，使其陷入困境又不断冲破障碍，从困境中突围……这些都需要突变和陡转的技巧。在韩国导演金基德的电影中，叙事总是会有一些耐人寻味的“突转”或“陡变”。最为典型的是在《撒马利亚女孩》中小女孩洁蓉的死，以及死后她的密友倚隽用身体来偿还那些嫖客们和他们的钱。这一转折在整个事件中来得很突然的，在这之前的情节中已经感受到洁蓉不仅仅认为“援交”不是可耻的，而且把这种事当成每一次的“探险”，探寻不同职业的每一个人的内心深处，洁蓉与倚隽的本质不同是她做这种事时的非功利化企图，正是在这个意义上，可以感觉到现代社会对每个人的封闭和禁锢。当观众慢慢地认识到她的这种价值观，并尝试着去理解，甚至认同的时候，导演为何安排了乐此不疲的她突然在一次警察的“围剿”中毅然决然地从窗户上跳下，并且带着一种轻松的表情？这个转折很突然，使观众感到并不能理解导演的用意，反过来惯性意识地认为，这或许是导演为刻意地追求某种“意义”而故意让这个角色去“死”，去从根本上否定她的价值观，因为，这一情节看上去并不是那么自然发展的结果。

但是，整部影片却在这个“奇怪”的转折开始一分为二，正是因为洁蓉的死或者说正是因为有了这样一个“转折”，情节的继续发展才有了可能，观者逐渐才能够意识到深刻的“赎罪”主题才是导演的用心所在，回到这部电影的名字来源：撒玛利亚的意思是指出卖自己的身体为神服务的女人，她们把卖身得来的钱全部上交给寺庙，也有不要钱的，但是，与她们发生过关系的人必须信仰神。古巴比伦的每个女人都要经过这样一次“洗礼”来赎清自己的罪孽。理解了撒玛利亚的含义，也就可以解释为什么倚隽要找洁蓉以前的嫖客并且把钱还给他们，因为收了钱就是买卖行为，她以自己的身体来捍卫这一行为的纯洁性，或者说是来证明洁蓉的纯洁。这个“突转”就像诗歌艺术中的某种功能，把简单的题材意义化，使原本平淡无奇的一个现象或意识充满了浓厚的情感。影片的末尾也使人出乎意料，倚隽卖淫的事被做侦探的父亲勇基知道了，他感到十分的愤怒和痛苦。但他却没有当面指责女儿，而是暗暗地跟踪她，他开始阻挠女儿的计划，并殴打、恐吓那些和她发生关系的男人，以至于逼得一个男人跳楼自杀，一个男人被殴致死。嫖客的死让倚隽成了最大的嫌疑犯。那之后的一天，父亲带着她来到乡下祭奠死去的母亲。父亲洗去了女儿身上的污秽。梦境中，父亲掐死了她，让她戴上耳机听着她喜欢的歌，捧起泥土掩埋她的尸体。真实结果是，他并没有绝望地杀死自己的女儿，而是教她开车，车子在泥潭中寸步难行，警车也来到了他们的面前，父亲自首，女孩跌跌撞撞地开车回家……正是这种突转的叙事方式对“一颗挣扎在性与暴力之下灵魂的救赎”这一主题得以升华。可以说整部电影也因此形成了一把思想尖刀，把这种救赎思想作为现代社会的一种普遍矛盾现象而加以描述，使整部电影充满了无限张力。

突转还可以用在人物的语言或行为上，脱离故事前进发展方向或人物正常的思维逻辑，出乎意料地发生变化，产生滑稽、荒唐、反讽的喜剧效果。刘镇伟喜剧电影中，突转主要表现在语言、情节、行为上，下面分条试析之。《大话西游》中，紫霞仙子爱上至尊宝，但至尊宝一心爱着自己的女友白晶晶，并不为紫霞仙子之深情所动。紫霞仙子赌气决定嫁给牛魔王。后来，至尊宝被牛魔王抓住，并被逼娶牛魔王的妹妹。此时，至尊宝再一次和紫霞仙子相遇，紫霞仙子拔剑欲杀至尊宝。按照至尊宝油滑懦弱的形象，此时的他应该是跪地求饶的。然而，出乎意料的是，他又编了一段谎话，并且为了增加感染力，他还声泪俱下。

紫霞：“你再往前半步，我就杀了你。”

至尊宝：“你应该这么做，我也应该死。曾经有一份真诚的爱情摆在我面前，我没有珍惜，等我失去的时候，我才后悔莫及，尘世间最痛苦的事莫过于此。你的剑在我的喉咙上割下去吧，不用再犹豫了。如果上天能够给我一个再来的机会，我会对那个女孩子说三个字：我爱你。如果非要在这份爱上加一个期限，我希望是一万年。”

从电影开始直到这段话前，我们已经得悉，他是一个懦弱油滑的人，面对强势，他是随时会投降的。此时,他又一次面对强势,又一次面对生死抉择。我们所有的人都以为,他会说出饶命的话和做出求饶的举动,然而,他却反其道行之,使用情感攻势,竟一击即中。

突变和陡转是为塑造人物而设、为推动剧情而设,也还有为故弄玄虚而设的。正常剧情中人物的命运也有从顺到逆、从逆到顺的,若不是"突然",便不是"突变和陡转"。

新德国电影代表人物法斯宾德的《玛丽娅·布劳恩的婚姻》(1979),用顺叙讲述了德国女人玛丽娅·布劳恩的婚姻故事。德国纳粹即将灭亡的前夕,盟军的炮火把城市夷为平地,玛丽娅与赫尔曼到市政厅去登记结婚,一枚炸弹在市政厅边炸响,震得墙上希特勒的画像落地,他们的结婚证书也震飞了。第二天赫尔曼便上前线,德国战败了,妇女们纷纷到火车站去接亲人回乡,玛丽娅也去了。有人告诉她赫尔曼阵亡了(这是玛丽娅命运的第一次突转)!为了谋生,玛丽娅到美国占领军的酒吧去做招待,认识美军黑人军官比尔,两人同居了!比尔向她求婚,玛丽娅拒绝了,在她心目中与赫尔曼的婚姻是唯一合法的神圣的。玛丽娅怀孕了,她打算给孩子取名赫尔曼,纪念死去的丈夫。这时突然赫尔曼闯进门来,原来赫尔曼当了俘虏,他是从战俘营中获释回家的。赫尔曼与黑人比尔打了起来,瘦弱的赫尔曼当然打不过高大的比尔,玛丽娅操起酒瓶砸比尔的头,比尔被打死了(这是玛丽娅命运的第二次突转)。在法庭上赫尔曼自认是打死比尔的凶手,因此他锒铛入狱,玛丽娅又成了独身女人。

玛丽娅做了人流,不久认识了企业家奥斯瓦尔德。应聘成了他的私人秘书的玛丽娅在帮助奥斯瓦尔德经营纺织厂时表现出惊人的干练、卓决,无论是与美国商人进行商业谈判,还是平息劳资纠纷时都维护资本家的利益。同时,玛丽娅又成了奥斯瓦尔德的情人,奥斯瓦尔德给了她富裕的物质生活,有高级住宅、轿车和金钱。但是这一切弥补不了她心灵的空虚,因为这一切是用她的肉体换来的。而她的心还是系在她与赫尔曼合法而又神圣的婚姻上。奥斯瓦尔德去监狱探望赫尔曼,两人达成一项"协定",赫尔曼把妻子"让"给他,而他保释赫尔曼出狱。赫尔曼出狱了,他对玛丽娅说:"我走了,等我有了成就再寻找你。"赫尔曼每月寄一朵玫瑰花给玛丽娅,从此玛丽娅对神圣婚姻的企盼都系在对玫瑰花的等待上。三年后,奥斯瓦尔德因患心脏病而去世,赫尔曼也带着财富从国外归来,两人沉静在相逢的喜悦里。门铃响了,奥斯瓦尔德的律师来宣布他的遗嘱,一半财产给玛丽娅,一半财产给赫尔曼作为"让妻"的代价(这是玛丽娅命运的第三次突转)。玛丽娅绝望了,她神圣的婚姻被出卖了,沉重的失落感顿时涌上心头,她忘了关煤气,在她点烟时一声爆炸声、一切都化为灰烬……我们可以看出,"突转"这种情节结构的组织方法,对表现内容具有一定的集中概括功能,它能够造成观众对于这种"突转"的积极思考,而且,影片主题也恰恰能够在对"突转"的思考之中得以突显。

第五节　伏　笔

伏笔,又称伏线,指作者在作品中对后面将要出现的人物与事件,率先在前面故布疑阵、预设埋伏、巧加暗示，以取得前呼后应的效果。

伏笔可以直白地理解为前段为后段埋伏的线索，或是上文对下文的提示、暗示。

伏笔要做到有伏必应，只伏不应会产生没有交代，虎头蛇尾的结果。

伏笔还需伏得不露声色，刻意或显露的痕迹太重，也有失自然显得刻板。例如，《无间道》中，伏笔对黄警督这个人物的塑造，以及影片的基调都蒙上了一层悲剧的阴影。他的出场给观众的感觉此人非常冷酷，他与卧底陈永仁在天台碰头交换机密信息，在处境十分危险的境况下他们碰头的时间也非常短暂，观众此时只知道他们是同事关系，在共同完成一个非常艰巨的黑帮案件，但并不知道他们私下的关系如何？对这份职业的精神认同如何？在黄警督被害之前的碰面时，导演在人物关系和情感上设下了一个伏笔，看似粗枝大叶的黄警督，却细心地记得陈永仁的生日并送给了他一份之前就准备好的生日礼物——一块手表——让观众瞬时看到了这个人物除了威严之外还更具温情的一面，而他们两人的关系也不再单单是木讷的同事关系，感情的线索有了依据，让观众对这个人物的情感有了更深层次的积累。在之后的回忆片段中，我们才知道他们的感情原来深厚得形同父子，再回忆起送表的片段，难免让人倍感心酸。黄警督颇为悲壮的死亡，他从高楼坠落的瞬间导演用了慢镜头表现，镜头还落在了陈永仁错愕的眼神以及他手上戴着的手表，画面中指针走到了某处，而这个时刻也永远铭记在了陈永仁心中，他们用生命代价所维护的信念也更显崇高，搭档已久的两人中还剩下一人必须继续走完剩下的时间，完成在短暂的生命中与邪恶的较量。

伏笔与回应之间的距离不宜贴合太近，总体之间应有个间架结构，制造出迂回婉转的效果才是好的伏笔。另外，还需注意区分伏笔与铺垫的区别。铺垫是指为即将到来的事物做一个预先的衬托，事物发展的前期准备工作，与伏笔有着本质区别。

王家卫导演的电影《蓝莓之夜》中，杰瑞米对伊丽莎白的不幸表现得无比同情，太急于伸出援助之手，几乎已经超越朋友之交的界限。最终，这段邂逅以一个令观者屏神息气的吻告一段落：伊丽莎白在杰瑞米面前沉沉睡去，嘴角还遗有他亲制的奶油残余。他不能抗拒，俯下面孔轻轻吻去奶油。这一情节既表白了他的感情，也为伊丽莎白随后在旅程中给他陆续寄去明信片保持交流埋下伏笔，为两人的爱情结局埋下了伏笔。最终，自我放逐的伊丽莎白回到了纽约，回到了咖啡店，为自己的爱情苦旅画上了一个休止符。

李渔说：编剧有如缝衣。其初则完全者剪碎；其后则剪碎者凑成。剪碎易，凑成难。凑成之初，全在针线紧密；一节疏漏，全篇之破绽出矣。每编一折，必须前顾数折，后顾数折。顾前者欲其照应，顾后者便予埋伏。“伏笔”是写作中常用的一种表现手法。它可以理解为前段文章为后段文章埋伏线索，也可以理解为上文对下文的暗示。它的好处是交代含蓄，使文章结构严密、紧凑，读者读到下文内容时，不至于产生突兀怀疑之感。如《三国演义》的“赤壁之战”中，作者多次巧妙运用伏笔，使这场以少胜多的著名战役一波三折，回环照应，颇具特色。“曹操的兵在北岸，周瑜的兵在南岸。”小说一开始就交代了双方驻兵的地理位置，为后文周瑜火烧曹营埋下伏笔。曹操叫人用铁索把船一条一条连起来，铺上木板就像平地一样。曹军把船连起来，是曹操克服不习水战的措施，而这一点恰恰又是曹军的致命弱点，使周瑜有机可乘，这又为下文周瑜

“火攻”作了铺垫。

另外，文中四处提到的“东南风”也很重要。不但与前文双方驻兵位置呼应，而且，为“火攻”成功提供了必要的条件。“这一天，东南风很急……”这一句点明了风向、风力，伏下重要的一笔；“……有些船帆，趁着东南风来的正是黄盖的船……”这是借风行船；“二十条船趁着东南风冲进曹操的船队”，这是借风火攻。可见，没有东南风的帮助，火攻计策难以成功。“周瑜带着兵船跟在后面”，这一伏笔同样很重要：一方面，可迷惑曹操以为是追兵，从而对黄盖的船不加防备；另一方面，和文章后面写周瑜带兵追杀曹军回环照应。曹军官兵毫无戒备，随后黄盖遂令点燃柴草、火烈风猛、船往如箭、烧尽北船，灾祸延及岸上曹军各个战营。顷刻之间，曹军人马被烧、溺死者无数。在对岸的孙刘联军横渡长江，趁乱大败曹军。这些情节即是对前面的风力风向、火攻、曹军不习水战等伏笔的呼应，由之前的伏笔而必然导致的惨败结果。曹操见败局已无法挽回，当即自焚剩下的战船，引军沿华容小道向江陵方向逃亡，孙刘联军取得了赤壁之战的胜利。可见，文章中恰当运用伏笔，不仅可以使文章曲折生动，结构严密。而且，使人读起来有趣、有味，并有扣人心弦、引人入胜之妙。

《疯狂的石头》是一部成功的现代幽默电影，故事由一块在厕所里发现的价值不菲的翡翠而起。重庆某濒临倒闭的工艺品厂在推翻旧厂房时发现了一块价值连城的翡翠，为经济效益特此搞了一个展览，希望卖出天价以改善几个月发不出工资的局面。不料国际大盗麦克与本地以道哥为首的小偷三人帮都盯上了翡翠，通过各自不同的“专业技能”一步步向翡翠逼近。他们在相互拆台的同时，又要共同面对工艺品厂保卫科长包世宏这一最大的障碍。在经过一系列明争暗斗的较量及真假翡翠的交换之后，两拨贼被彻底地黑色幽默了一把。影片大热首归功于编剧的出彩，影片的剧本耗时 4 个多月，启用 4 个编剧，总共改了 30 稿。足够的诚意和精益求精的态度打磨出一个设计巧妙、充满睿智的剧本。影片的剧情并不复杂，主线清晰明了，讲述三方势力围绕一块价值连城的翡翠展开的争夺。在人物关系的设计上独具匠心，一方是以工艺品厂保卫科科长包世宏为首的“守卫者”；一方是房地产公司董老板请来的香港国际大盗麦克；一方是由道哥领衔、小军和黑皮打下手组成的土贼团伙。这三方“人马”目标不同、“攻守”不一，但都因谢厂长不务正业、逢妞必泡的儿子谢小盟而产生联系，上演一出真假变幻的人间“闹剧”。影片细节上前后呼应，注重前因后果的对照，极难找出情节上的漏洞。保安三宝在观摩翡翠时将托盘的底部划破，正是划破之处成了包世宏发现翡翠被调换的铺垫。三宝偶然地从三土贼的房间获得一个 5 万元的中奖号码，于是留下“等我好消息”的纸条成了包世宏怀疑三宝偷换翡翠的最有力证据。片中，前一夜包世宏率保安与三土贼在罗汉寺上演追踪“大战”，并且双方皆是身体负伤，第二天便在澡堂里相互闲侃，在厕所里互相对视。这一幕与法国著名战争喜剧电影《虎口脱险》中法国人与纳粹军官同床共宿的设计异曲同工。这种至始至终的喜剧桥段抛出层出不穷的幽默包袱，让观众从头到尾保持着轻松的心态与观影的快感。

《雷雨》中周萍、四凤之死，原来几次讲到电线的维修；《简·爱》中发生的一切，一直也有暗示；《飞越疯人院》的酋长、《天堂电影院》的失火，也都预设了埋伏的。

《美丽人生》(1997)这部意大利人罗布托·贝尼尼自编自导自演影片中也有着大

量的伏笔。你总是会在看到后面的某个段落时突然想到，原来前面的那段话，那个场景是为了这儿。影片一开始，基多和他的朋友住到叔叔家，他们在闲聊的时候说了一句"意识决定一切"。在主人公落魄狼狈时突然冒出这样一句话，让人只想捧腹，可是当我们看完整部电影，在电影的最后，坦克隆隆驶来的时候我们才能知道这句话真正的含义。"原来你可以在痛苦的时候只要给自己一个借口，给别人一个借口，然后坚持下来，就能够解救自己，也解救别人。原来你不需要用眼泪去面对痛苦，笑和勇气，就够了。"

还有在木匠老板的家里，老板呵斥小孩子时，那个孩子的名字是"墨索里尼"。这不是一部刻画仇恨的电影，我们没有热血沸腾的感觉，电影用了大段的篇幅营造一个轻快的氛围，但并不代表这些地方偏离了电影的最终定位，导演用这些不经意出现的小段落提醒着我们，这是一部轻快的电影，但它的主题并不轻松。同时这也为后面的转折埋下了伏笔。

在多拉和那个鸡蛋白痴的订婚典礼上，当基多因为心神不定而打翻手中的盘子蹲下来收拾时，多拉也钻到桌子底下，基多有些紧张，他说"公主，你也在这"。多拉没有说话，她跪到他的面前，然后吻了他，她说"带我走"。岁月一步跨过了所有理所当然的欢乐。在他们的孩子小乔苏 5 岁生日的那天，基多和儿子被带上了去集中营的火车，多拉站在那个面色冷峻的德国军官面前，她重复着一句话"带我走"。你是否注意到了这些呢？你是否注意到了导演的用意，在那个繁杂的乱世里，快乐和痛苦就像是过隙的白光，当我们还在沉湎的时候，另一些东西早就狰狞地出现在我们的眼前了，我们所能做的只有勇敢地去面对。

"你站在这里，不要出来，不管怎么样也不要出来，爸爸离开一会儿……可能是很久，你就站在这里，直到周围不再有声音，不再有人影的时候你再出来，那个时候你就会看见一辆新的真正的坦克，它会轰隆轰隆地响，不要出来，你明白了吗……"可是基多没有找到多拉，当士兵押着他走过小乔苏藏身的小柜子的时候，他对着躲在柜子里的儿子眨了一下眼睛，就像所有的时候他做的一样，然后，他用滑稽的动作扮演着他最后的角色。那个时候小乔苏会想什么，如果我是他，我一定会想："哈哈，爸爸被发现了，但是我没有，我会坚持到最后，我会赢到那个轰隆轰隆响的真正的坦克，到时候我会用它把爸爸和妈妈接回家，我不喜欢火车。"

"可能这只是一个梦，明天早上我们就会醒来。"基多摸着孩子的头说过这样一句话。这不是一句无知的谎言，导演用它代表了一种态度，给了整部电影一个基础。当我们看完了整部电影然后再回头来看这句话的时候，生活与人生的真谛会从我们心灵深汩汩流出："也许这就是生活，充满了痛苦、恐惧和未知。但是，你要相信世界上的很多事情都是可以被我们改变的。我们等不到海枯石烂，但是我们的时间可以，阳光照在我们身上反映的，光会漂过千万年，会穿过漫长的宇宙，总会有人去见证你的微笑你的眼泪，见证你们的幸福。很多时候我们需要坐在原地，去等一个奇迹般的结尾，我们都知道它很渺茫，但是如果没人去相信，我们抬头望向天空，流星划破天际的时候，人们要向谁去祷告呢。到钟声敲过十二下，我们站在旷野里，四下都是黑暗，我们很害怕，但是，只要我们一直走，太阳总会升起来，因为新的一天已经来了，虽然我们没有看到，但它来了，这就是生活，这就是人生，噩梦是暂时的，美丽的人生才是永远的。”

影片的结尾，当纸片被风吹起单薄的声响，小柜子的门裂开一条缝，广场上只剩下四散的蓝色烟火，小乔苏走了出来，他站到广场中间，再没有人、再没有声音，空旷沉寂出回响，时间流水般染过整个镜头，然后突然有了一些声音，那是什么，那隆隆的，小乔苏张大了嘴巴。“想搭便车吗？”那是一辆真正的，会轰隆轰隆响的坦克，那是基多在天国的承诺。

当我们审视一些优秀侦破片、悬疑片、警匪片等，如《达·芬奇密码》《真实的诺言》《杀手里昂》《风声》《法国贩毒网》《无间道》等。我们都会发现它们在“点点滴滴蛛丝马迹，瞻前顾后细针密线”中埋下了众多的伏笔、作足了铺垫。这些影片正因为在前半部分预设了伏笔，观众对后面的结局才不会感到突兀，从而更加信服。

剧作的一般技巧除上述外，还有心理状态剖析（如梦境、幻觉等）以及煽情、暴力和性诸元素，暂不赘述。

思考题

1. 请述说“悬念”的概念。
2. 构成悬念的前提是什么？又如何加强？
3. 在写人和写事上，影片《风声》的悬念分别是如何设置的？
4. “误会”的建立和消除对情节发展具有什么作用？
5. 影片《三枪拍案惊奇》中哪些误会是被着重描写，并成为情节推动的有力手段的？
6. 产生误会的根源是什么？
7. 影片《两杆大烟枪》通过巧合这种技巧，达到了什么样的目的？
8. 什么是“突变”？
9. 《俄狄浦斯王》中突变与陡转带来了什么样的戏剧效果？
10. 突转用在人物语言或行为上，会产生什么样的效果？请举例说明。
11. 设置伏笔应注意哪几个方面？
12. 请用一部影片来分析伏笔的设置。

第八章　改编的艺术

电影诞生至今已有116年的历史，而电影改编的历史也已有109年，足可见改编对影视发展的分量。说起改编的起因，无外乎三种：一是为了商业利益，二是为了从戏剧或文学寻找素材，三是为了弘扬原著、用新媒介扩大影响成为历史文化的积淀。根据改编的起因，就可以得出一般规律的改编模式，亦无外乎三种：颠覆式改编、片段移植和尊崇原著。前人的实践经验也留下了多种影片样式和手法，如戏剧式、小说式、散文式、诗化电影等，也培养了不同群体的观影喜好。有的改编着重用画面语言细致地展露人物的内心活动，有的改编用电影的蒙太奇手法为观众带来回忆、梦境、幻想、现实等时空交错的诗意体验，更多的是用紧凑的叙事节奏和冲突不断的情节设置吸引观众。如今的影视改编手段日渐丰富，在两种媒介之间，转化能力也在不断加强，观众的适应能力也在增强。但是，改编绝不是一条可以偷懒的捷径，回归到探求原作内涵及其与之相适应的转化是首先要解决的难题。

第一节　文学作品改编为影视作品的可行性

如今，当人们越来越意识到剧本对于影视剧作品的重要性时，大量的改编作品涌入大银幕。小说家们原本无人问津的优秀作品突然被蜂拥争抢如获至宝，而针对影视剧创作的各种题材的戏剧、小说等文学作品也持续增长。短篇或长篇故事是影视剧作很好的素材来源，文学作品是经过艺术加工后的素材，有着深厚的艺术根基，作者的文学形式与写作风格会带给剧作者和导演很多的灵感，当然还有可能会形成某种干扰，这些因素就使得改编的选择成为很重要的一项工作，那么如何来判断该素材适不适合改编呢？迈克尔·拉毕格导演在他的著作中给出了一个好莱坞通用的标准：

(1)故事是否通过外在的、可视的、视觉的或行为的方式展开。

(2)是否有有趣的、发展成熟的人物角色。

(3)是否有场景上的特色。

(4)故事环境是否有趣并且可实现。

(5)是否存在一个主要的有趣的矛盾冲突。这个冲突是否是戏剧化的,而不是内在的。

(6)戏剧冲突是否暗含着有趣的隐喻。

(7)故事是否含有较强的主题目的。

(8)故事的主题目的是否和你有紧密的关系。

(9)你是否觉得故事存在固有的刺激性,并与你自己的主题一致。

(10)你能负担得起这个项目吗?

(11)你能够得到版权吗?①

文学作品改编后形成的影视剧作品,到底是退化了,还是进化了,完全取决于改编创作者的功力。在改编中,可以选择对人物形象进行增加或是减少,可以对人物关系、性格等内在生活进行改变,也可以对人物社会地位、生存地域、工作状况等外在生活进行改变。人物形象变更之后,事件或主要矛盾也需要作相应的调整。另外,改编中视角的选择也很有挑战性,不同的视角切入会带来不同的人物诠释,也会带来解读主题的不同方式。

一、理论上的可行性

法国"左岸派"作家、《去年在马里昂巴德》的编剧阿仑·罗布·格里耶曾谈到电影改编的问题。他说:"经验证明,当人们把一部伟大的小说搬上银幕时,这部伟大的小说便遭到完全的破坏。一般来说,改编出来的影片总是荒唐可笑的。"其理由是:"文学——这是词汇和句子,电影——这是影像和声音。文字描述和影像是不相同的,文字描述是逐渐推进的,而画面是总体性的,它不可能再现文字运动。"接着,他反问道:"一个画面怎么能忠实于一段文字呢?"

其实,不只阿仑·罗布·格里耶持有这种观点。瑞典的英格玛·伯格曼、意大利的安东尼奥尼也认为,出现在电影艺术家头脑里的是非语言的影片思想,这种思想"是和色彩、构图以及情绪联系在一起"的,而不是和语言联系在一起的。他们主张废除电影剧本,直接用摄影机去制作影片。可见,他们反对的不仅是电影改编,而且还是电影剧作。

他们提出的实际上是文字形象能否转化为银幕形象的问题。对此,我们的观点是:文字形象是可以转化为银幕形象的,文学作品改编为电影是可行的,改编对原作品有着不同程度的重新编写。

(1)它们都是对生活的反映,都是通过形象来表现人以及人与人、人与社会、人与自然界的关系的。只不过电影的形象是直观的,文学的形象要经过一个想象和联想的过程。而两者之间是相通的,完成从文字形象到银幕形象的转化也是可能的。

---

① 迈克尔·拉毕格.影视导演技术与美学[M].3版.北京:中国传媒大学出版社,2008:139-140.

(2)电影本身就是一门综合艺术，它应该也必须从其他艺术中汲取营养。何况，电影只有100多年的历史而文学有2 000多年的历史！

(3)它们都具有时间艺术的特征。文学是用文字描写时间，电影是用画面运动去表现时间。电影的运动性决定了电影的时间性。正因为是在运动中去展现生活的流程和人物的性格，电影获得了“再现文字运动”的可能。

二、实践上的可行性

西方的第一部改编影片出现在1902年，是法国的梅里埃根据儒勒·凡尔勒和H. G. 威尔斯的同名小说《月球旅行记》改编的；我国第一部改编影片则是张石川在1914年把当时颇受观众欢迎的连台文明戏搬上银幕的。

此后，无论是以好莱坞为代表的西方电影、苏联电影还是我国电影，从来没有停止过对文学作品(包括舞台剧)的改编。而且，改编的对象不外乎两个方面：①传统的文学名著；②通俗的畅销小说。

(一)西方电影

默片时期，最著名的是大卫·格里菲斯的《一个国家的诞生》(根据托马斯·狄克逊的小说《同族人》改编)。

第二次世界大战以前，则有《乱世佳人》《呼啸山庄》《关山飞渡》《怒火之花》《傲慢与偏见》《罗密欧与朱丽叶》《蝴蝶梦》《茶花女》《大卫·科波菲尔》……

第二次世界大战以后，直至当代又有《乞力马扎罗的雪》《老人与海》《杀死一只知更鸟》《闪灵》《汤姆·琼斯》《教父》《孤星血泪》《悲惨世界》《巴黎圣母院》《红与黑》《俊友》《十日谭》《斯巴达克斯》《布拉格之恋》《情人》《无名的裘德》《苔丝》《理智与情感》《红字》《辛德勒的名单》《阿甘正传》《侏罗纪公园》《廊桥遗梦》……近年，更有英国女作家J. K. 罗琳的《哈利·波特》一部接一部地被改编为电影。

(二)苏联电影

早在1926年，普多夫金就改编了高尔基的《母亲》。此后，《夏伯阳》《童年》《在人间》《我的大学》《被开垦的处女地》《带枪的人》《钢铁是怎样炼成的》《青年近卫军》《这里的黎明静悄悄》以及列夫·托尔斯泰、阿历克谢·托尔斯泰、陀思妥耶夫斯基、普希金、屠格涅夫、莱蒙托夫、果戈里、契诃夫的名著几乎都被改编了。同时，莎士比亚的《哈姆雷特》《李尔王》《奥塞罗》《第十二夜》和《罗密欧与朱丽叶》，还有，塞万提斯的《堂·吉诃德》、莫泊桑的《羊脂球》、伏契尼的《牛牤》等都被改编为电影。

(三)中国电影

四大古典名著《红楼梦》《水浒转》《三国演义》《西游记》被中外电影编剧反复改编。

最早是1926年梅兰芳主演的《黛玉葬花》，接着有1927年任彭年、余伯岩导演的《红楼梦》。而这两年，根据四大名著改编的电影，竟有十多部：邵醉翁、顾肯夫导演的《孙行者大战金钱豹》，陈秋风导演的《猪八戒招亲》，张石川导演的《车迟国唐僧斗法》，杨小仲导演的《翠屏山石秀杀奸》，邵醉翁导演的《刘关张大破黄巾》，夏赤凤导演的《曹操逼宫》，林如心导演的《貂蝉救国》，陈秋风导演的《七擒孟获》，汪福庆导演的《武松杀嫂》，杨小仲导演的《血溅鸳鸯楼》，但杜宇和陈宝琦导演的《孙悟空大闹天空》，邵醉翁和李萍倩导演的《铁扇公主》，等等；到了有声电影时期，又相继有：1936 年卜万苍导演的《红楼梦》、王次龙导演的《林冲夜奔》，等等。解放以后的情况呢？在中国，有杨小仲编导的故事片《红楼二尤》（1951），粤剧片《红楼梦》（1962），京剧片《尤三姐》（1963），以及谢铁骊导演的《红楼梦》（1988）；舒适、吴永刚导演的《林冲》（1958），舞台艺术片《野猪林》（1962），舞台艺术片《武松》（1983）；舞台艺术片《智收姜维》（1981），故事片《华佗与曹操》（1983），舞台艺术片《吕布与貂蝉》（1983）；舞台艺术片《真假美猴王》（1983）；以及《大话西游》，等等。至于电视片更是不计其数。此外，美国和日本也对《西游记》进行改编，在此不作赘述。

在新中国电影的发展历程中，电影改编长盛不衰，形成了一个不可忽视的创作领域，也成为一种引人注目的独特现象。当我们论及新中国 60 年的电影创作成就时，自然不能忽略电影改编的成绩和贡献。同时，也应该看到其存在的问题和不足。

中国电影初创时期，即开始重视电影改编，并在实践中逐步形成了传统，积累了一定的经验。在新中国成立之后的 17 年里，现代电影改编所形成的传统在新的时代环境里得到了进一步的弘扬和发展，电影改编的作品日益增多，并出现了一些有特色的高质量的影片。该时期的改编以当代有影响的文学作品为主，而辅之以部分现代文学名著。在强调忠实于原著的基础上，又根据新的时代需要，进一步强化了意识形态内涵。具体可以分为两个时期：其一，20 世纪 50 年代是新中国电影的初创和开拓时期，新的时代对电影创作提出了新的要求，电影改编也适应着这种要求，有了新的拓展。

在 20 世纪 50 年代初期故事片的创作中，改编作品占了较大比重，其特点也较明显。首先，改编的对象多种多样，取材较丰富多彩。其中既有根据漫画改编的《三毛流浪记》，也有根据歌剧改编的《白毛女》和《钢铁战士》；既有根据话剧改编的《红旗歌》《六号门》和《龙须沟》，也有根据小说改编的《腐蚀》《新儿女英雄传》《我这一辈子》《关连长》《我们夫妇之间》等。上述根据不同体裁、题材和风格文学作品改编的影片，说明电影改编在继承和弘扬传统的基础上，在新的时代环境里有了较大拓展和多方面的探索。其次，改编对象的选择和主题内涵的深化，均迎合了新时代的需要，体现了新的思想主旨和美学风格，如《白毛女》的改编就颇具代表性。另外，改编者的创新意识也得到了一定程度的体现。20 世纪 50 年代后期为新中国电影的拓展阶段，特别是“双百方针”提出以后，创作环境较为宽松，创新意识有所增强，反映现实生活的影片有所增多，电影改编也有了进一步的发展：第一，现代文学名著的改编有了新突破，《祝福》《家》等影片的成功改编即为例证；第二，一些有影响或有争议的当代文学作品，如话剧《春风吹到诺敏河》《新局长到来之前》《洞箫横吹》《布谷鸟又叫了》，以及小说《鸡毛信》《铁道游击队》《柳堡的故事》等，均被及时搬上了银幕，受到了多方面的关注。其中那些突破了公式化、概念化的束缚，大胆触及了生活中一些矛盾和弊端的话剧作品之改编尤为引人注目，产生了较大影响。

其二，新中国电影在 1959 年出现了一次新的飞跃，在该年度拍摄的一批各具特色的“献礼片”中，改编自文学作品的有《林家铺子》《战火中的青春》《青春之歌》《风暴》《万水千山》等多部。不仅总体艺术质量达到了较高的水平，而且改编的特点和风格也很鲜明。它们更加关注人的命运，进一步加强了典型形象的塑造，从而为电影艺术画廊增添了一批独具特色的人物形象。同时，注重以人物的命运、性格和情感为中心来组织故事情节，展开矛盾冲突，从而使叙事更加集中紧凑，人物形象更加鲜明，也更符合电影艺术的特性和要求。

20 世纪 60 年代前半期是新中国电影的曲折发展时期，尽管创作环境日益严峻，但经过文艺政策调整后，也出现了一批颇受观众欢迎的好影片。由于该时期长篇小说创作取得了较显著的成绩，故据此改编的影片较多，成绩也十分突出。其中如《林海雪原》《红旗谱》《暴风骤雨》《红日》《野火春风斗古城》《烈火中永生》等，或浓缩了原著的精华，或选择了其中部分章节予以扩充，或以主要人物的命运变迁为基本情节，其各具特色的改编提供了不少新的经验。同时，根据中短篇小说和革命回忆录改编的影片也出现了如《革命家庭》《李双双》《早春二月》《英雄儿女》等一些颇有成就和影响的成功之作，它们对人情、人性和人道主义等方面的描写有了不同程度的拓展，均突出了“以情感人”的特点。另外，迎合着时代的需要，话剧舞台上出现的如《槐树庄》《夺印》《千万不要忘记》《霓虹灯下的哨兵》《青松岭》《年轻的一代》等一批社会主义教育剧也相继被改编成影片，形成了一种独特的电影现象，但其改编也不可避免地留有一定的时代痕迹。值得一提的是根据滑稽戏和话剧改编拍摄了一批喜剧片，前者如《女理发师》《满意不满意》等；后者如《哥俩好》《球迷》等，由此丰富与拓展了喜剧片的类型和样式。

经历了“文革”“样板戏”之后，从 1973 年开始，又恢复了故事片的创作，其中改编影片占了较大比重。既有根据话剧改编的《第二个春天》《战船台》《火红的年代》《南海长城》等；也有根据小说改编的《艳阳天》《金光大道》《闪闪的红星》《海霞》《难忘的战斗》等。不少作品由于受到极“左”思潮和“三突出”模式的影响，或过分强调阶级斗争，或着重突出路线斗争，从而使之失去了反映生活的真实性和深刻性的功能，带有十分明显的时代印记。

进入“改革开放”新时期以来，思想解放运动的深入开展和改革开放的社会环境，使电影改编有了更加多元化的选择，而改编者的艺术个性也有了更加鲜明的凸显。由于不断发展的文学创作为电影改编提供了丰富的资源和扎实的剧本基础，因而电影改编成为该时期电影剧作的重要来源。

从 20 世纪 70 年代末至 80 年代末，新时期文学中一批反映社会思潮和民心趋向，有特色、有深度、有影响的作品被陆续搬上银幕，不仅进一步扩大了原著的影响，而且为电影创作的繁荣发展奠定了坚实的基础。例如，无论是根据小说改编的《天云山传奇》《被爱情遗忘的角落》《牧马人》《人到中年》《高山下的花环》《野山》《黑炮事件》《芙蓉镇》《老井》等，还是根据话剧改编的《曙光》《陈毅市长》《血，总是热的》等，均体现了各个阶段文学创作的成绩，显示了电影改编的实绩。同时，《阿 Q 正传》《伤逝》《子夜》《寒夜》《骆驼祥子》《茶馆》《原野》《雷雨》《日出》《边城》等一批现代文学史上的名著也成为电影改编的重点，由此既进一步普及了名著，也使银幕更加丰富多彩。

另外，由于改编者艺术视野的扩大和艺术表现形式与技巧的更加多元化，不少影片形成了独特的美学风格。如《小花》《城南旧事》《良家妇女》《青春祭》《本命年》等成为第四代导演的代表作，而《一个和八个》《黄土地》《红高粱》《黑炮事件》等则成为第五代导演崛起于影坛的代表作。上述影片更注重通过电影思维和视听造型充分发挥电影独特的艺术魅力，体现了大胆而鲜明的艺术创新。

20 世纪 90 年代的电影改编在持续发展中有了新的收获，一批新时期小说创作的丰硕成果为电影改编提供了许多好作品。同时，电影改编无论在具体实践方面，还是在理论观念方面，都有一些较明显的突破。如张艺谋的《菊豆》《秋菊打官司》《大红灯笼高高挂》《一个都不能少》《我的父亲母亲》等都是根据小说改编的，它们在国内外影坛上均获得了成功。其他如《黑骏马》《霸王别姬》《阳光灿烂的日子》《那山·那人·那狗》等都体现了导演的艺术追求，显示出独特的艺术风格。同时，在电影创作走向市场化的过程中，如何依据类型片的样式和要求进行电影改编，使之更符合市场的需要和观众的审美需求，也在探索实践中有了新进展，不少影片的改编对此做了一些有益的探索。

进入 21 世纪以来，由于原创剧本的短缺和影片产量的不断增长，电影改编仍然受到重视，取得了不少新进展。当然，其中既有获得好评的成功之作，也有引起争议乃至于受到批评的作品。一些改编成功的影片提供的经验值得重视，如在《云水谣》《集结号》等的改编中，由于编剧丰富发展了原著，为导演提供了扎实、完善的剧本，故使其再创造有了坚实的基础。又如《生活秀》《暖》等的成功，得益于编剧和导演的审美取向一致，配合默契；而《一个陌生女人的来信》《世界上最疼我的那个人去了》《绿茶》《天下无贼》等，或为编导合一，或因导演参与了剧本改编，编导达成的共识为影片奠定了良好的基础。近年来，诸如《满城尽带黄金甲》《夜宴》《赤壁》等商业大片的改编引起了各方面的关注。由于这些大片受到了不同程度的诟病和批评，故其改编中出现的诸如内容较空洞、文化精神缺失和人物性格贫乏等问题，也就需要认真关注。商业大片的改编如何既能凸显大片的特色，又能体现原著的精华；如何既考虑到商业利益，又不丧失其内在的文化精神，仍是一个需要继续探讨和实践的课题。

据统计，目前无论在西方还是在我国，每年改编影片的数量，均约占到全年影片产量的 50% 以上。同时，奥斯卡奖从 1929 年设立至 2006 年，共举办 77 届，在获得最佳故事片奖的 77 部影片中，就有 43 部是改编自文学作品的；戛纳电影节从 1946 年设立至 2005 年第 58 届，在获得“金棕榈奖”的 66 部影片中，也有 23 部是改编自文学作品的。而我国的“金鸡奖”从 1981 年第 1 届至 2005 年 25 届，获得最佳影片奖的影片中，有 17 部是改编自文学作品的，占 2/3。

所以，无论从时间、数量，还是质量上看，改编影片的实践大多都是成功的。

三、《法国中尉的女人》的成功改编

这是一部十分具有新意的作品，虽然该片摄制于 20 世纪 80 年代初，但其剧作处理、视听方案以及作品对于社会、人类的理性剖析，都是今天的许多影视作品所无法相比的。作品代表了一种新的、现代的创作观念。影片根据英国作家约翰·福尔斯的同名小说改编而成，小说的故事并无新意，但作者却是站在20世纪60年代来讲述这个故事的，这样，故事本身已经不重要了，重要的是作者借这个人们早已熟悉的爱情故事，表达了他对人性的新的认识与思考。

小说无论是思想内涵还是写作技巧，都让人耳目一新。作品中充满了作者的议论，并包含了马克思、萨特、达尔文等人的诸多哲学思想，作品设置了一个开放式的结局，其结局共有三个：①查尔斯最终找到了莎拉，有情人终成眷属。②查尔斯占有莎拉的身体后，自甘平庸，和已经订婚的欧内斯蒂娜结婚。③查尔斯找到莎拉后，两人激烈争吵，莎拉对自己的不辞而别毫无愧意，查尔斯愤然离去。这种开放式结局将故事交给了读者，将结局交给了读者，将判断交给了读者。

在改编成影视作品时，我们首先遇到的问题是：改编过程中，最重要的到底是什么？是原著的人物、情节，还是原著的"味儿"？对此，编剧哈罗德·品特十分清醒，大胆地打破了原著的形式。美国影评家苏·巴伯和理·梅塞是这样评价的："品特避开再现文学原作的习惯，添了几个人物，改变了小说的结构，创作了一个与原著有相当差异的剧本。然而，它忠实地抓住了原著情感上和理性上的实质。"品特的具体做法是：①去掉了原著中大量的旁白。虽然旁白在影视艺术中大量存在，同时也是改编原著的一种最常用、最便捷的手段。（其实旁白是一种非影视化的表现手段）②将原著的开放式结局变成了一个相对固定的结局，变复杂为简单、变开放为固定的结局应该说是很大程度上的不忠实于原著甚至是一种倒退，但品特又做了第三步工作。③在原著表现维多利亚时代的爱情故事的线索之外，又增加了一条20世纪80年代一对男女演员之间的爱情故事线，这是品特在第二步倒退之后的一个更大的进步。正是这种对于原著形式上的打破，使作品得以惟妙惟肖或者说最大程度上体现了原著的精髓——原著的精神实质和总体构思。（表8-1）

表8-1 小说结构与电影结构的比较

内容	小说	电影	作用
求婚	去莱姆前在女友的暗示下查尔斯才求婚	到莱姆后查尔斯匆忙求婚	故事更紧凑
莎拉寻求查尔斯的帮助	公众场合顺从回避，私下以贝壳换信任	公众场合偷偷递纸条主动要求会面	反叛的个性更明显
查尔斯发现莎拉是处女	感到受欺骗愤然离去，祈祷后才能理解	对这个事实更感动更珍惜	体现查尔斯的成熟
莎拉被辞退	莎拉与波坦尼夫人的正面冲突	莎拉对着镜子疯狂地画画，门外催促声	此处无声胜有声
查尔斯签署认罪书	犹豫了半天与律师商量后才签署	毫不犹豫，不假思索地签署	查尔斯的决心态度

《法国中尉的女人》采用了"套层结构"的剧作形式，这是"时空交错式结构"中的

一种结构形式，也是“时空交错式结构”中的最高级结构形式。其中的“过去时空”的作用已远不止是交代前史，实际上，在“套层结构”的作品中，“过去时空”与“现在时空”已是两个各自独立的时空，即两个时空的叙事交织在一部作品中，或者说是两部作品的故事压缩在一部作品中平行展现，使整部作品的内涵和信息更加丰富。正是这种叙事的交织和主题内涵的丰富，使其又被称为“非常规结构”，即现代影视剧作结构。具体到该作品，不是像一般的“时空交错式结构”的作品那样，情节线可分为“情节主线”和“情节副线”，其中“情节主线”是作品情节线的主导，“情节副线”是附属、配合“情节主线”而存在的。该作品的两条情节线是并列的，都是情节主线。

一条是过去时空的莎拉与查尔斯的爱情故事，两人由“分”到“合”，结局是大团圆。这一情节线的终点成为了另一情节线的起点。现在时空是安娜和迈克的爱情故事，两人由“合”到“分”，结局是悲剧性的。这一情节线的终点是另一情节线的起点，两条情节线独立完整，无法划分主副。“过去时空”的故事和“现在时空”的故事完全是两部各自独立的作品，现在却编织在了一起，而这正是该作品的精妙之处。两个时空若即若离，实际上是“貌”离“神”合，交织的结果不仅使作品的故事丰满并富于变化，而且能够更有力地表现作品丰富的内涵和主题。

作品的特殊结构形式导致了主题的多层面。首先，作品有两个故事本身各自具备的表层主题，然后又有两个故事对比产生的整部作品的深层主题。表层主题：过去时空的爱情故事歌颂了传统的建立在情感基础上的“灵肉合一”的爱情——“‘爱人’的胜利”。现在时空的性爱故事表现了现代性爱观念的悲剧，不重视情感的人，最终被情感所折磨——“‘情人’的悲剧”。

深层主题即整部作品的主题，是两个故事主题交织对比后产生出来的。“爱情”是一个永远令人困惑的主题，影片创作者的聪明之处在于没有轻易地、简单化地下结论，而是将两个时代的两对异性伴侣的性爱生活放在一起展现。莎拉和查尔斯这一对“爱人”代表着传统的、过去时代的性爱观念；安娜和迈克这一对“情人”则代表着非传统的、当今时代的性爱观念。在过去的时代，人们觉得：性（生理的）与情感是合一的，查尔斯追求的始终是“灵”与“肉”，即不仅要得到莎拉的肉体，更要得到莎拉的灵魂。而两性关系上的“灵肉合一”其实恰恰是人类物种进化的结果，是人类体现在两性关系上的与其他动物不同的重要标志。现代人觉得自己是超脱的，嘲笑自己的前辈，而将“灵”与“肉”截然分开。迈克一开始的目标就是安娜的肉体，但作为人类进化长河中的一分子，又岂能摆脱整个人类的轨迹，所以，当迈克得到了安娜的肉体后，自己却逐渐进入“角色”，开始心神不定。特别是后来，当他看到安娜心不在焉的样子和飘忽不定的眼神时，终于感到肉体的安娜并非安娜的全部。只是当他意识到这一点时，安娜已经悄然而去了。于是，迈克望着消失在夜幕中的安娜背影竟然喊了一声“莎拉”，认同了那个曾经被自己不屑一顾的上个世纪的查尔斯。

为了表现好这两个故事，使两个故事具有张力，影片采用了两种完全不同的叙事风格。过去时空故事的总特征是：戏剧化。其叙事风格具体表现为：情节特征上，冲突明显，波澜曲折，惊天动地，冲突支撑情节；情节布局上，布局严密，有明显的“起承转合”，二人初遇，相识，相恋，莎拉出走，查尔斯寻找，找到莎拉，二人结合；演员表演带有明显的舞台剧特征，外部动作明显、夸张，为了显示礼仪，人物之间往往保持一定的空间距离，言谈举止皆有规范，男人的绅士风度和女士的淑女姿态，台词吐字清楚，意义分明，无情绪化的“絮语”；服装做工考究，布景制作精致，具有舞台剧特征；视听元素有较重的人为痕迹。现在时空故事的总特征是：生活化。其叙事风格具体表现为：情节特征上，冲突淡化，冲突隐藏；情节布局没有明显的“起承转合”；演员表演随意性强，动作自然，言谈举止随便，台词指向未必明确，发音未必清楚；服装布景生活化；视听元素力求自然、隐藏。

关于视听方案的设计。短镜头由于其频繁的镜头组接打断了生活中的自然流程，产生的效果往往是“间隔”与“距离”；长镜头由于更接近生活的自然状态，产生的效果往往是“接近”与“亲密”。过去时空，随着莎拉与查尔斯由疏远到接近，镜头也由较短向较长变化；现在时空，随着安娜与迈克由接近到疏远，镜头也由较长到向较短变化。在一部影视作品中，镜头组接直接体现了导演与观众的关系。过去时空，镜头短，跳切多，戏剧化的表现，体现了创作者在“叫你看什么”。现在时空，长镜头较多，跳切少，生活化的表现，体现了创作者在“随你看什么”。

在一部影片的影像中，景别的运用、景别的大小，不仅决定了被摄对象在画格中所占的比例，同时也从一个方面体现了导演与观众的关系，这样，景别也会为影片的风格定调，决定影片的风格特征。过去时空，中景、近景、特写多，体现了该时空的戏剧化倾向，即创作者在“叫你看什么”。现在时空，全景、中景较多，体现了该时空的非戏剧化倾向，即创作者在“随你看什么”。构图上，过去时空，构图讲究，每一个画格都严格按照构图的形式美的要求去做。现在时空，不大讲究，许多构图相当“随便”。构图在表现人物关系上，过去时空，随着莎拉与查尔斯由陌生到接近，也由单人构图为主向双人构图为主转变。现在时空，随着安娜与迈克由亲密到疏远，镜头构图也由以双人构图为主向以单人构图为主变化。摄影机的运动，过去时空，固定机位的镜头较多，戏剧化、人为，即使出现运动，也更多的是采用镜头焦距的变化。现在时空，运动镜头较多，其运动方式多为机位的变化，以追求生活化的效果，让人忘记摄影机的存在，同时，现在时空长镜头较多，而摄影机运动本身就是实现长镜头效果的重要手段。通过运动刻画人物莎拉是大地的精灵，当莎拉在室内时，她总是显得毫无灵性，这时摄影机的机位以固定不变为主，以造成人物的呆板、压抑，而当莎拉出现在大自然中时，顿时焕发出全部光彩，这时摄影机的机位以运动变化为主。

照明的设计，过去时空，由暗到明。莎拉开始多处在阴暗的室内，当她出现在室外时，或者是若明若暗的树林中，或者干脆是在阴天或夜晚。而欧内斯蒂娜则始终处在明亮的室内，或者是在阳光明媚的花园里。而当查尔斯和莎拉最后终于走到一起时，莎拉也终于处在洒满阳光的室内。现在时空，由明到暗，安娜和迈克开始多处在明亮的室内或室外，最后，安娜先是坐在若明若暗的镜子前，然后离开了镜子，消失在茫茫夜色中，影片的结束是迈克独自一人呆呆地坐在室内的阴影中。

影片的创造性在于充分发挥了电影银幕形象的特征，巧妙地表现两个时空中进行着的相似而又不同的关系，并由此形成对比。两个爱情故事相继呈现在观众眼前，观众能够明确地区分影片扮演两个角色及其爱情故事是现时的，两个演员扮演的则是过去时的。但作品的审美效果并非因“戏中戏”乃演员扮演而产生“间离效果”，相反，似乎那一段爱情比起直面观众的现代爱情故事更加真挚，并因其诗意而更加感人。这一方面同作品情境的建构有关，另一方面则同气氛意境的营造有关。现时爱情中，着重表现的是人物特定情境中的激越变幻的情绪，过去时则通过爱情的过程去展示人物的性格与命运。

在影视屏幕上，时空并存，它们既是展现被摄对象的视知因素，又是揭示情感与内含的重要造型和戏剧因素，《法国中尉的女人》将两种因素有机地结合在了一起。在表现莎拉和查尔斯的爱情时，时间处理上是渐进的：由偶然邂逅到躲避相晤，到相对无言，大胆约会，直面倾谈，心心相印，危难相救，拥抱相吻，及至客栈中相爱结合，又经过三年波折终成眷属。在空间处理上，是按界域学原理，由理而情，由远而近的。防波堤上的初见，是由远而近，之后为前后随行。在欧内斯蒂娜家，虽然两主人公共在一个空间，却各处一端。黑夜墓地相会，空间虽近，恐惧情感却使两人的心理空间拉大。森林直面倾谈是虽近若离。直到崖下谷仓内，其空间关系才超越了正常的极限，亲密拥抱，再到客栈结合及最后两人言归于好，同乘一条小船，穿过黑暗的桥洞，驶向开阔而阳光灿烂的平静湖面。在幅面广阔的空间中，小船沿着镜头光轴远去，使观众无法分辨出他们之间实际存在的空间距离关系。小船渐渐变成一个点，所有的对象都融合为一，他们之间的空间距离也自然消失了，“暗示着一段爱情的浮沉，两颗灵魂的相寻与契合”。而在表现安娜和迈克这一婚外恋情时，时间处理上是突现的，以床上戏开始，并且安娜很快被摄制组喊去拍戏。两人在拍戏过程中相爱，拍戏间隙独处，其共有时间如同现实时间参照，给人以短暂之感。而后来，因为家人的参与和同事的干扰，连这短暂独处的机会也无法维持了。在空间处理上，是对界域学原理的反用，由情而理，由近而远。从同在一床，到家庭便宴、摄制组拍摄结束的联欢会，将两人从小空间移入大空间，虽然两人之间的空间距离有限，但却无法相聚，到最后安娜不等联欢会曲终人散，就不辞而别，让迈克只能隔窗相望。两人的空间距离越来越大，最后为茫茫黑夜所切断。这一情境使这一拉开的空间距离正同莎拉与查尔斯的融为一点相反，从而“象征着人类深刻的、宿命式的孤独，灵魂的隐秘与不驯”。

空间关系变化能够充分表现人物之间的变化，以及展现人物内在情绪波动与心态变化。因此，它既是生活中约定俗成的，习惯延续、积淀的产物，属界域学范畴，又是影视艺术叙事、叙情的重要手段。影片这一点运用得既巧妙、含蓄，又极富深邃内涵。“森林倾述”一场的空间调度及空间关系变化处理得尤其典型。该场戏放映时间约 8 分钟，近一本片子，共 45 个镜头画面。基本情节是莎拉约查尔斯，向其讲述自己的往事，以倾泄内心积郁。查尔斯应约，静静地听着。因两人交往不深，又处于社会传统观念的阴影之下，阶级差异壁垒森严，讲述的又是个人隐私，故两人的接触局促而矜持。因此，镜头画面构图的处理，不仅在位置安排上尽量拉开两人之间的空间距离，而且人物面向也采取背对背，主体占据幅面意味中心，是运用面对幅面边缘的异常结构形式处理的。整场戏只用两个移动镜头画面和一个摇摄镜头画面来介绍两主人公的空间位置、空间关系及莎拉的走动过程，其余均为静态构图的结构处理与短镜头跳接。

人物所处的具体环境是海边森林。森林和大海已在影片中多次单独出现。这次是朝向大海的森林，故大海成为森林的后景，构成森林和大海联系在一起的关系背景。这是一个深远、辽阔而又人迹罕至的环境背景，一对男女相约在这里幽会。然而由于在空间位置及关系安排上做了这种特殊的处理，为幽会增加了神秘莫测的色彩。与此相配合，每个对象又用单独拍摄的静态构图结构处理。于是又在给定的统一空间位置、空间关系中，平添距离很大的疏远感。

第 1 个镜头画面是莎拉的近景，她处在画左，意味中心位置，面向左，面孔几乎紧挨左画框，背后留有极大空幅，只在最后一刹那才回头一瞥。第 2 个镜头画面是查尔斯的近景，他占据左幅面，面前留空很大。莎拉面向左，查尔斯面向右，两人正是背对背。第 3 个镜头画面，同镜头 1，莎拉开始自言自语般讲述起来。第 4 个镜头画面是从莎拉正面开始，随着她的讲述，摄影机不知不觉向右移动，后景中出现坐在远处的查尔斯，这是第一次清楚介绍两人的空间距离和空间关系。莎拉在前景，为近景景别；查尔斯为后景，为小全景别。导演这样处理的用意在于，用环境空间距离来体现他们当时那种即近若离的忐忑心理状态。在第一段落中，除第 4 个镜头画面为小全景，两人面背而坐外，从第 5 至第 14 个镜头画面，只在拍摄方位上稍有变化，其他如景别、幅面位置安排、面向，均采用同形、同构式的重复。这就使空间表意性更为强烈。

导演在全场戏中，按人物情绪及情节发展需要，变动他们之间的空间距离和空间关系。第一次是第 15 个镜头画面，莎拉抬手扶树枝站起，转身向处于后景的查尔斯走去。摄影机伴随莎拉向右移动。这一空间调度乃由双向运动构成，一为摄影机移动拍摄，它伴随着莎拉行动向右横移，于是镜头画面的构图结构和表现重点发生了变化：由开始单一表现莎拉，进而拍摄进后景的查尔斯；由表现一个人的行动，变成表现两人的空间距离、空间关系的变化；由重点表现莎拉，变成表现两人交流。莎拉在这个运动拍摄的运动调度中，不仅有宣泄内心积郁之举，而且因无法抑制的激动，颇有泄愤之意。这种无的放矢的举动，使查尔斯感到不快。这个调度的开初似乎给观众造成要变化两人空间距离的错觉，因心理对立情势的出现，调度的结果仅仅只是改变了两人的主、从位置关系，丝毫未缩短两人的空间距离。莎拉绕过查尔斯，成为后景，在同一画面内仍原样保持前面有过的空间距离。之后的几个镜头画面均为分切单独拍摄的静态构图结构。景别已改为中景，尽管景别拉大，另一对象与前面的单独表现一样，仍做画外空间处理。这一拉大的景别使画内空间更显空疏，于是无形中更加大了两者之间应有的空间距离，更加强了表意效果。

第二次缩短两人空间距离的调度是第 22 个镜头的画面。随着莎拉向右（即向查尔斯走去）行动，摄影机伴随摇移，在小全景别中看清莎拉和查尔斯之间空间距离的缩短。莎拉停下，蹲在查尔斯面前。她滔滔不绝地说着。镜头画面 23，查尔斯近景，侧背，莎拉为正面，仍继续说着。镜头画面 24 为反打镜头，莎拉前景侧背，查尔斯正面，他开始不耐烦起来。这个调度使两人的空间距离急剧缩短，由于莎拉只顾泄愤，夸大了自己的隐私，查尔斯听不下去，很为反感，骤然起身走出画面。于是已经缩短了的空间距离再次拉大。它成了两人心理隔阂迭起，而又形之于外的具体表现。这种空间变化的调度处理合情合理，故这样处理既有强烈的激情，又有动人心魂的表现力。

第三次变动他们之间的空间距离、空间关系是镜头画面30。莎拉不适时宜、毫无顾忌的发作，当然不是对着查尔斯。同时，查尔斯从他朋友格罗根医生那里得知，莎拉的不幸遭遇及她不附庸媚俗的性格使她患上了忧郁症，如果能向别人袒露心扉，她的忧郁症就可痊愈。所以，心地善良的查尔斯并未因莎拉行为过分，弃她而去，他向纵深走了几步，又停了下来，又一次保持了这一重新拉大了的空间距离。随着莎拉的激愤幽怨的倾述，而显露出来的病态、气质和夙愿，加之对现世不公的控诉，使查尔斯内心滋生出对她更大的同情。镜头画面30，莎拉前景，近景景别，查尔斯从画左入画，从画外空间进入画内空间，又一次形象地展示了他们之间现存的空间距离。由于镜头画面构图为静态结构，未包括全查尔斯全身，观众只看到他两条腿和随其弯身而进画的两只手。两手刚刚向前伸出，又畏畏缩缩地停在半空。虽然，最终没有表明动作的结果，但人物调度及空间距离变化，人物行为动作，却使观众意识到，查尔斯是想用手扶起痛苦的莎拉，并给予真正的合乎人性的情感安慰。这犹犹豫豫的举止，这不得已的行为动作表现，正是对维多利亚时代英国旧有的保守、森严的阶级壁垒、虚伪的道德观念等进行的无情暴露与批判。

第四次空间调度、空间距离变化是在镜头画面38，小全景别，两人前后跑向崖头。这之前两人正处于不知所措的十分尴尬的当口，崖下传来男女欢笑嬉戏之声，跑动使他们处于画内的同一时空之中，并且逐渐缩小了他们之间的空间距离。镜头画面39，大全景，崖下男女欢笑追逐。镜头画面40，近景，莎拉和查尔斯并排而立，同向崖下观望。镜头画面41，全景，崖下男女嬉笑着向崖上追逐。镜头画面42，近景，莎拉和查尔斯共在同一幅空间之中，和镜头画面40的拍摄位置、景别、幅面安排全然相同，不同的是那里为两人向崖下张望，这里则是两人深情地对视。两人的空间距离也大大近于男女之间应当避嫌的、约定俗成的界域学标定的应有尺码。接着的镜头画面43、44是查尔斯和莎拉两个分别单独的特写镜头，把前面两人通过眼神所传达给对方的脉脉含情和心心相印的情感又向前推进了一步。镜头画面45，中景，查尔斯和莎拉仍一往情深地注视着。而当他们冷静下来时，莎拉表现出怯懦，查尔斯也有了顾忌，似乎有一种无形的网罩又将两人分离开来。查尔斯要求莎拉走开，莎拉走后，查尔斯手捂额头陷入沉思。

《法国中尉的女人》在时空处理上极富影视特性，特别是序幕这一段落。它是一个镜头画面，但它所传达的信息量，表达的丰富内容，都大大超过了句子，而构成了一个段落。镜头画面长度约3分钟，后半部为字幕衬底。镜头画面开始是莎拉蒙着斗篷的头部侧背特写，占据幅面的2/3位置，右面是一面小镜子和化妆师的半个面孔。固定摄影机位拍摄。显然，这是电影开拍前的修妆。随后是导演的画外音，在10秒钟左右，莎拉转过头，答应导演的问话，把镜子交给化妆师，转身向远处走去。镜头随着莎拉的动作变焦（由长焦变广角）拉出。镜头画面则由特写变成大全景，画右出现巨大的船头，画左出现工棚和燃烧着的炉火。莎拉走成远景至大远景，与此同时，前景的化妆师，后景提着扩音器的副导演及远景处的小面包车火速退出画面。这一视像是要让观众确认这是电影拍摄现场，是布置成的英国19世纪小镇修船码头。莎拉隐入工棚后面。30秒钟左右，随着导演的喊声，镜头板插入画面，占据整个幅面，代替场面，成了主要表现对象，将来就是靠它进行声画对位组接。镜头板撤出后，在镜头画面包括的空间范围内，构成拍摄现场景象的视觉因素业已全无，它俨然如古旧码头，空旷、冷僻气氛十足。莎拉从炉火后边走出，向镜头走来，由大全景走成小全景。这时镜头伴随着莎拉的行动跟摇。45 秒左右，她从远景走成全景，并向防波堤上走去。摄影机开始跟摇（是升降摇臂转动的结果），莎拉从正面渐成侧面。她登上防波堤台阶，摄影机随着升起。人物也从侧面而渐成背面，人物虽有方位变化，但幅面位置基本处于趣味中心。莎拉沿防波堤远去，摄影机升到俯视防波堤位置停住，开始变焦。防波堤处于幅面几何中心与趣味中心之间位置，向远处延伸过去，两面尽是海水，铅灰色的天空几乎和海水色调混同，构成阴冷情调。莎拉在大远景处，伫立在防波堤的尽头，叠出影片字幕。（表 8-2）

表 8-2　摄法

景　别	摄　法	构　图	内　容	时　长
特写	斜后侧	头部占 2/3 画面	安娜修女	10 秒
大全景	变焦拉	画右船头，画左工棚	修船码头	20 秒
特写	固定	占据整个画面	镜头板插入	2 秒
远景	推，跟摇	空旷冷清	旧码头，莎拉走向镜头	
远景—全景	跟摇：正面—侧面—北面	人物处于趣味中心	莎拉登上防波堤	35 秒
大远景	升到俯拍变焦	防波堤处于几何中心	莎拉走远，伫立，上字幕	40 秒

这个镜头恰到好处地完成了情节内容所需要的时空转换。这种转换和两个特写景别的运用有直接关系。一是莎拉修妆照镜子，二是镜头板入画出画。莎拉照镜子是现实时空，而莎拉从远处走来则为戏剧时空。两者形成了反差和对比。镜头板入画是"现实时空"和"戏剧时空"的分界线。作为审美主体如何能在短时间内完成指认"时空"转换的关键是，必须有一个十分自然，而又能定向完成转换的指认中介（或称契机）。影片利用镜头板作为中介，不仅有机，而且非常巧妙。它的适时入画使观众十分自然而又不"隔"地在审美进程中完成"时空"转换，并直接投入影片主创人员设定的双层规定情境中去，从而体味两个截然不同的时代，两种不同的气氛、意境所引起的两种不同的情感状态。

特写和全景各有其不可替代的表现作用，该段落中的全景和大全景景别虽以人为表现中心，但大的环境、背景所营造的气氛却起了刻画人物、揭示人物内心情感的作用。没有全景就无法包容巨大的船头、后景的工棚和炉火；就无法展示时代、地域特色，也就无法暗示处在这一空旷、灰冷码头中莎拉的神秘与不幸。首先，这是一个很长的、运用多种方式进行不间断拍摄的镜头画面；其次，人与物的调度，变焦拉出，变化了镜头包容的景物范围，展现负载不同信息的对象，变化着场景的含义。前者是拍摄现场（现代时空），后者是戏剧场面，即人物活动的环境和背景（维多利亚时代的时空）；其三，人物在空间中的位移、变焦，不时改变景别、方位，把各个对象所含内容、信息有效地传达出来。只有通过特写镜头画面，才能把演员和角色的双重含义呈现给观众，而镜头板的特写不但符合拍摄现场的实际，同时，它又加强了“这是拍摄现场”含义的可信性。镜头板不用特写拍摄，字看不清，不利剪辑，这是常识。随着它的撤出，镜头画面的表现对象变换了。景物是大全景，人物处于远景，于是画面的含义也转化了。演员进入角色，拍摄现场变成戏剧场面，成为人物活动的环境背景。幅面内所包括的一切景物，向观众传达的信息是海边古老的船场。不拍摄特写(人物和镜头板)，难以交代拍摄事宜；没有全景景别，无法包容巨大船头、工棚和炉火，而这是表明船场含义不可缺少的具体可视形象(符号)。船的局部进入幅面，画右的工棚也是局部，观众可由局部联想到整体，使有限的可视空间被打破，构成一个画里画外相融的广阔无垠的空间。这一大全景，把船头与炉火之间的大块空地框起，突现出来，并因其居于几何的中心位置，更加引人注目。它所传达的宽阔、萧条、空疏的情感信息，正是构成该段落情调的基本元素；其四，摄影机集中了固定拍摄、变焦、移、摇、升等多种拍摄方法，拍摄伴随着莎拉，由于变换了人物方位、角度、景别，变换了拍摄重点，变换了背景的景物，从而表达出不同的气氛，产生出不同的视觉感受，激起观众不同的情感反应；其五，表现了行动的连续性，从而展示出行动的内在动机和心态。

影片主创人员有效地运用自然环境、生活环境色彩及服装色彩，把它们由情绪化因素变为视觉语言词素，从而强化主题。影片色彩是随着情节进展，人物情感、情绪变化而变化的。该片色彩、基调的处理特点是情绪性的、戏剧性的，而非意念性、象征性的。它与具体情节线、情绪线相吻合，直接刺激观众的视觉感官，影响人的情绪感受。人们在欣赏过程中，时而感到压抑，时而沉闷；或紧张，或愉快。这些不同的感受，不全来自情节内容、演员表演，而是来自于银幕视觉形象各因素建构的综合。

如影片序幕，阴沉寒冷的修船码头所造成的空寂、阴沉、压抑气氛；防波堤相遇一场的狂风、恶浪所构成的险象环生、如临深渊的情境；旧主人家的破败、悲凉景象；波坦尼夫人家死沉、古旧的状态；崖下谷仓风雨交加中阴冷、沉闷的气氛；埃克塞特镇小旅馆的温馨、平静情调；特别是重归于好时的透明、清雅，使人悦目清新的环境，都是经过导、演、摄影、美工对各造型因素精心取舍，并在处理中使各视觉因素有机配合而营建出来的。任何一个具有形色结构的对象搭配不当，清晰度不够，或根本未进画面，就难以创造出和谐的、富有情感意味的可知、可感、可悟的艺术形象来。(表8-3)

表8-3　影调

环　境	影　调	光　线	颜　色	特　点	表达情感
波坦尼夫人家	暗调	高色温散光	暗绿、暗红、暗紫、黑色	环境服装灰暗	压抑、沉闷
欧内斯蒂娜家	中间调	柔光	浅橙、白、黑、紫、咖啡、藉荷	服装色彩丰富，形成色阶	温暖、舒适
温都韦科画室	亮调	晴空散射光	白色、浅白	明亮柔和	明朗、欢快

影片的色彩运用也是匠心独具，而非信手拈来的。许多人推崇天才、灵感，岂知这一切的背后都必须有千百倍的血汗付出及千万次的经验积累。赖兹是一位经验丰富

的老导演，弗朗西斯也是一位有才能，富于深思，细致、勤奋的摄影艺术家。他们注重色彩的情感表现性，并加以巧妙的运用。如莎拉在莱姆镇时，因出身低微，遭遇不幸，精神压抑，所以她常穿的服装是黑色的。而上流社会出身的闺秀欧内斯蒂娜则穿粉红色、藉荷色，显得十分艳丽。这两种服装颜色的运用，既符合各自的身份和心态，也形成强烈的对比，从而使各自色彩所显示的情意含义更为鲜明。莎拉生活有所转机，在埃克塞特旅馆时的她，其服装色彩为淡麻黄色，床上的被单为白色，一反暗淡，调子立刻昂扬上去。故事结尾，即莎拉与查尔斯久别重逢一场，莎拉身着浅色外衣，与环境相配合，构成全片调子的最强音——高调。它与特定的情节内容、情绪反应相配合，营造出一种兴冲冲、甜丝丝、美滋滋的悦目情调。

音响的设计，过去时空，声音清晰、戏剧因素突出。从声音制作的角度看，过去时空的音响多是后期制作的声音效果，特点是声音清晰，戏剧性强，为了进一步表现人物和主题，与音响效果相配合，经常出现一些画面内容中没有发声依据的无声源音乐。现在时空，声音自然，生活化。从制作角度看，现在时空声音的制作多是在拍摄影像的同时，采用同期录音的方式，现场录制的声音。

影片的音乐设计也是值得称道的。如莎拉的音乐，就是专门为这个人物制作的，它在过去时空中，伴随着莎拉的出现而经常出现。音乐使用传统的西洋乐器，音乐的旋律典雅、缥缈，同时又有些忧伤，所表现出来的情绪与主题和莎拉的人物特征及过去时空中莎拉与查尔斯的爱情主题是一致的。特别突出的是音乐合奏中的一只小提琴的独奏，声音委婉、唯美、孤傲、伤感，完全是莎拉精神状态的音乐化概括——优美而孤独。①

第二节　完成从文字形象到银幕形象的转换

这一问题的讨论，在上面《法国中尉的女人》中就已经展开了，这也是由不同艺术形式的规定性所决定的。电影用镜头构成银幕形象，文学用语言构成文字形象。电影形象是直接的，文学形象是间接的；电影形象是具体的，文学形象含有抽象的部分；电影形象是单一的，文学形象是多义的；电影形象是一种侧重于直接感觉的体验艺术，文学形象是一种侧重于理解的分析艺术。这就要求在完成文字形象到银幕形象的转换时，必须：

(1)使文学的叙事内容在进入电影后，都被赋予逼真、具体的视觉造型特征。

(2)删去不宜直接转化为银幕形象的象征和比喻。

(3)在文学中可以插入议论，而让动作停顿；电影则必须使动作连续不停地进行下去；此外，小说家不一定有很强的空间意识，改编者恰恰需要在空间构思方面予以补充。

---

① 苏牧.荣誉[M].北京：北京电影学院出版社，2006.

《城南旧事》是台湾著名作家林海音1960年出版的短篇小说集，讲述的是上个世纪20年代小女孩英子随父母从台湾来到北京，在城南胡同度过一段童年时光的经历。小说通过小姑娘林英子的视角讲述了三个故事：疯子秀贞思女心切，却不料在找到妞儿后惨死于铁轨之下；哥哥为了弟弟的前途铤而走险做了小偷结果非但没能帮上弟弟，自己最终也免不了被捕的厄运；宋妈为了女儿的生计来到林家作奶妈，却由于丈夫的无能落得个女散子亡的悲剧结局……小说在揭示了三个大人悲惨命运的同时，也渲染了他们身上所透出的中国人固有的善良品质、隐忍的性格和吃苦耐劳的精神。小说在台湾发表后，立即在社会上，特别是在大陆去台同胞中掀起了一股强烈的思乡浪潮。北京电影制片厂老编剧伊明读了这部在当时还不能公开发表的作品后，觉得是个"拍电影的料"，便立即着手将其改编成电影文学剧本。当时主管电影的文化部副部长陈荒煤看了剧本后很是欣赏，当即指示北影厂将这部作品搬上银幕。然而由于种种原因，北影厂拍电影的事一直未能有个着落。陈荒煤又将剧本推荐给上影厂，上影厂领导经过研究，决定由导演吴贻弓来执导这部影片，因为吴贻弓的导演风格与这部作品的风格比较吻合。

吴贻弓看了剧本后，感到统战意识太强，猜想改编者一定是出于当时政治环境考虑才这样做的。他看了小说复印本后，觉得小说较剧本更为打动人心。征得厂领导同意后，吴贻弓花了半个月时间写出了一个新剧本。如同小说的散文式的独特叙述风格一样，吴贻弓在改编剧本时也没有刻意去寻求小说外的东西，只是凭着自己的感觉和理解把它演绎出来，这部影片也无形中成为中国散文式电影的开山之作，用他自己的话说就是"无心插柳柳成荫"。伊明看了吴贻弓的剧本后说："小吴，你胆子蛮大的嘛，里面怎么一点政治都没有？"吴贻弓说："这个本子本身就是最大的政治，我们只要拍出来，统战部肯定欢迎。"

剧本完成后，吴贻弓带着一班人马投入了拍摄的前期准备工作。影片反映老北京的故事，老北京风貌的营造便显得尤为重要。为了找到林海音笔下的老北京，吴贻弓手里攥着一张北京地图，整日穿梭于北京的胡同小巷，但却没有找到一处中意的地方。无奈之下，吴贻弓不得不回到上海，很快，上海郊区一个空旷的机场上出现了一个被人称为老北京的风景点。虽说是老北京，但由于是刚刚搭建，给人以"老得不够"之感。吴贻弓耐心地等待了两个月，看着这个"北京"慢慢变老。当屋檐上的草籽变成了几撮随风摇动的野草，落寞院子里的假树桩风吹雨打后有了旧的模样时，林海音笔下的一个地地道道的老北京便生灵活现地呈现在人们眼前，以致很多观众看了电影后还以为影片是在北京拍摄的。

《城南旧事》拍摄于政治教化仍被视为电影基本功能的1982年，影片以清新隽永、淡雅质朴的风格，以一种深沉的思念、爱与同情打动了亿万观众，荣获1983年第三届中国电影金鸡奖最佳导演、最佳女配角和最佳音乐奖。影片不仅在大陆和台湾获得轰动效应，也在国际上获得好评，1983年，在第二届马尼拉国际电影节上荣获最佳影片奖，这也是中国电影第一次获得国际性电影节的综合性大奖。

必须说明，并不是所有的文学作品都适宜电影改编。20世纪50年代，意大利制片人帝罗兰斯得到三位著名剧作家的合作，改编了列夫·托尔斯泰的《战争与和平》，尽管影片长达3个半小时，但还是删节了原著中许多重要的描写和场景；原著主要人物23人，电影中只剩下17人；原著中描写战争的场面有10次，电影中也只剩下了3次。再如原著中娜塔莎和彼埃尔的会晤，原著写了250多页，而在电影中却只用一个镜头轻轻就带过去了，等等。可见难度之大。至于歌德的《少年维特之烦恼》，故事情节太简单，男女主角谈恋爱，维特每天来找夏绿蒂，坐着、谈着，今天去了，明天又来。作为小说可以，作为电影几乎就不可能。

电视剧《围城》是根据钱钟书先生的同名小说改编而来的，钱先生曾提出"拙作上荧屏实不相宜"，但他同夫人杨绛看后也称赞剪裁得很好，里面有许多心理的东西，勾心斗角的东西，都表现出来了，好多语言，也吸收进去了。胡乔木同志给导演黄蜀芹的信中说："影视艺术当然与文学不能相比，书中精细的心理描写和巧妙机智的语言难以在电视片中充分表现，但是影视艺术通过人物场景形象给予观众的视听直觉并非小说所能代替。总之，这部电视片是编剧、导演和演员们的一个杰作。"

原著写的是20世纪30年代的中国，电视剧的创作者们那时还未出世，却逼真地活现出当时的情景。一些从当时走过来的老知识分子看到作品呈现出当时高层知识分子的众生相，感慨创作者复现历史的能力。小说的语言风趣、揶揄，电视剧营造的奇趣幽默、调侃怪异的氛围，"押"上了原著的神韵。改编名著是费力不讨好的，所以许多人不敢轻举妄动。柯灵说过："改编文学名著，经常遇到的难题是读者先入为主，容易发生欣赏心理上的距离。"而《围城》又是同屏幕距离较大的经典名著，其独特的风格、深刻的韵味，要想传神于屏幕，更是难上加难。原著中的幽默与笑料，往往同时染有悲喜剧的色彩，在对社会和人性针砭与讽刺的背后，又含有对人物的怜悯与同情，外在冷峻之下又涌动着内在的炽热。小说独特的风格，是改编的难题；小说的文学和议论，幽默而富于哲理，警句俯拾皆是，西方文化与东方文化的交合，作者风格化的妙喻，抽象文字创造出的想象空间，又成了改编的难题；名著是高雅艺术、严肃艺术，影视是亚文化、通俗艺术，欣赏心理上的差异，如何创造出雅俗之间的交叉点，生产出世俗文化的高品味，还是难题。

黄蜀芹敢于啃这块硬骨头，是有其自身的优势和条件的。她在同钱国民的谈话中说："原作者写得非常坦率、真诚，一点也不回避这群人的弱点，可谓一针见血。他是从人性的角度来透视人生，具有一种超脱意识。我仔细盘算过自己拍《围城》，究竟能达到怎样的目标，当然这是基于对自身的了解。我认为自己也有这种坦诚，自小就在上海长大，更巧的是父亲黄佐临的经历，与方鸿渐同年同月归国。父亲从英国上船回天津，办完丧事便辗转到四川戏校教书，一路经历坎坷，最后坐船回沪。这些相似的经历使我产生一种人生'体验'，感受到方鸿渐那种'走哪儿飘哪儿'的自由自在、自然而然的人生况味。对于这一阶层的人，自小也见得多，他们的子女与我同辈，在我母校市三中有的是，虽然年代不同，但上海的味还在。正因此，我尽管感到拍摄难度很大，仍然充满信心。"

对于创作者来说，熟悉和体验将要表现的内容是至关重要的，关系到创作者能否准确传达和把握好将要表现的内容，做到"胸有成竹"。只有在了解、熟悉原著描写的人和事的基础上，开拓自身的生活和感受，才能丰富改编的作品。钱先生对编剧和导演说:“诗情变成画意,一定要非把诗改了不可;好比画要写成诗,一定要把画改变,这是不可避免的,这种改变是艺术的一条原则。”“媒介物决定内容,把杜甫诗改变成画,用颜色、线条,诗是素材,画是成品。这是素材和成品,内容与成品的关系。这里一层一层的关系,想通这个道理就好了,你的手就放得开了。艺术就是这样,我们每个人都是成品,每一本书都是成品,所以你放心好了。”这里至少包含了两层意思:一是由于媒介物的不同,一定要改变小说,两种艺术形式有着两种看见方式,两种表现手段的差异。这种差异决定了其间的变换是不可避免的,这是由艺术的原则决定的。二是媒介物决定内容,两者之间的关系是素材与成品,内容与成品的关系。而改编的过程,实际上是将小说作为现有的“素材”,通过改编才有消化、融通、取舍、发展、重新排列组合成电视剧的过程,是一个由有序——无序——有序的转换过程。后一种“有序”经观众视听的直觉,非前一种“有序”能够替代。

改编名著通常有两种方法:一种是力求忠实于原著;一种是利用原著的故事构架和人物关系,较大幅度地进行再创作。第二种当中还包括部分章节的大幅改动和整部作品的随意改编。为了获得表现上的自由,现多用后一种方法。但对于经典名著,为了避免对于原著精神的曲解,应采用前一种方法。《围城》采用的是力求忠实于原著的改编。

《围城》原著具备了改编成电视剧文本的重要条件。首先是有清楚明白的故事构架,在故事结构上,吸收了中西方文学的技巧,采取中国古代小说的传统手法,以主人公方鸿渐的人生旅途经历为故事线索和中心视角,顺序铺排脉络清楚明白的故事。其次是有固定不变的中心视角,即统一的视角。中心视角始终对准方鸿渐,对准他所经历的人和事。再次是引人入胜的故事情节,吸引观众注意力的一个重要手段就是悬念,有了好的悬念就能推动情节的进行,诱发人们关注剧情的发展,关注人物的命运。《围城》中方鸿渐的人生旅途经历,以一种特殊的方式吸引人们关注他的命运,比一般的悬念更有深度,因为它同人生体验联系在了一起。

电视剧把小说的九章改编成十集,每两集一个单元。第一单元“回上海”,解决人物铺排,以及方鸿渐的两个插曲:讲经和做媒。第二单元“进沙龙”,方鸿渐卷入苏、唐、赵的感情纠葛之中,最终导致苏、曹结合,赵出走。第三单元“去内地”,是方鸿渐一行一系列的流浪冒险插曲。第四单元“三闾大学”,方鸿渐与赵辛楣在和当地社会习俗不断冲突中败阵。赵因汪太太出走,方鸿渐和孙柔嘉因一个招人非议的姿势而认婚。第五单元“小家庭”,方鸿渐在经历了人生的怪圈后又回到了上海,但他的地位在降低,空间在缩小。电视编导很好地领悟到了钱先生作品结构设计的内涵,所以没有像一般改编那样担心观众的吸引力而强化戏剧性,而是敏锐地发现了作品“随物赋形”式的流线型结构大框架内有许多很有戏剧性的小结构,有极大的表现空间。

原著夹叙夹议的叙述方式,让读者随时感受到作者的存在,而其语言又是那样机警、睿智、幽默、诙谐,表现出智者的风范。方鸿渐的声音和叙述者的声音交织在一起,构成了作品独特的意韵。叙述者的话实际上是钱先生对人生的研究与思索,既冷峻又耐人寻味,这正好同编导对于旁白的要求是相似的。区别在于,小说的旁白是阅读的,需要慢慢品味,而电视剧的旁白是一次过,所以必须简单明了,而且要有形象暗示。根据电视剧的这一视听直感的特点，全剧改写出 40 个旁白，分散在每集的首尾和重要的段落中，让人听后十分舒服，原因在于这些旁白本身不是交代性或依附性的，而是一种独立存在，体现着钱先生的智慧。

"围城"作为一种整体象征，并不局限于特指的造型意象，而是透过作者的视角所确立并且和主人公方鸿渐的人生历程密切交融的，它出自于法国的一句谚语，"围在城里的人想逃出来，城外的人想冲进去"，表现的是人生的一种精神困境，一个被哲理化的自下而上的悖论。影视艺术表达内涵的最优势手段是视听形象，这种视听形象需点点滴滴贯穿全剧，并以其统一性让观众从视听形象中获得思想内涵。为此，该剧特别强调了象征手法的运用，如"门框"和"祖传老钟"，同时精心设计出拍摄中的背景衬托，如苏、方两人回家的抒情戏，在黄昏时光拍摄，背景是整幢房子，让人产生出一种城堡感，而石库门弄堂的味道、三间大学的回形走廊、沿途小镇房子、街道、车站、客栈……凡主角所到之处，均力求创造出一种城堡感。

《围城》写的是钱先生所熟悉的那一部分人的生活，但又并非实有其人，是一个"写实的虚构"。为了获得理性思考的空间，原著采用了若即若离的方法，一方面避免小说的叙述过于远离人物，因为远离会使读者对人物的困境失去同情；另一方面又避免与人物太密切，太密切了会使读者陷于绝望之中，影响对于人物清晰的认识。电视剧在整体思想上，追求了另一种将象征与现实情思交融的叙事格局，采用作者"旁白"自由插入剧情叙述的方式，夹叙夹议、若即若离，以产生出一种"围城"多的高于故事叙事的整体象征意义。

第三节　文学作品改编为电影的几种方式

著名剧作家夏衍 20 世纪 50 年代曾提出过两种改编方法：①改编经典著作，无论如何要保持原作的思想、风格，不得随意改动情节；②改编神话、民间传说和所谓"稗官野史"，有较大的增删和改作的自由。这里这两种改编方法都是针对内容而言的。

美国电影理论家杰弗里 · 瓦格纳 1975 年在《小说与电影》一书中，论及美国电影改编的三种流行方法：

(1)移植法。"直接在银幕上再现一部小说，其中极少明显改动"。

(2)注释法。"影片对原作加了许多电影化的注释，并加以重新结构"，它"对作品某些方面有所变动"，甚至转移作品重点。

(3)近似法。"与原著有相当大的距离，以便构成另一部艺术作品"。

这三种方法，既涉及了内容，也涉及了形式。我们在这里将关于改编方法的论述综合起来，再结合当代电影改编的具体实践，可以归纳为以下五种改编方式。

一、移植

一般以中篇小说为改编对象时采用移植方式。中篇的容量接近一部标准长度的电影的容量，改编不需对原著的主题、人物、故事和情节作大的变动，可以直接移植过来。这也被称为再现式改编，能够比较准确、完整地再现原著的主题、情节、人物性格、人物关系，以及风格、情调等。

当然，移植也并不只是对原著的图解，有时还需要适当的浓缩和扩充。夏衍在谈到改编《祝福》时的一些情况：首先，要不要鲁迅先生在影片中出现？鲁迅先生用"我……回到我的故乡鲁镇"这种第一人称的叙述开始，是适合小说之开展的一种方法，而小说中所写的也并不是百分之百的真人真事。因此，鲁迅先生如果在影片里出现，反而会在真人真事与文艺作品的虚构之间造成混乱，所以就把这种叙述方法改过来了。可是这样一来，又遇到另一个问题，这就是原著中祥林嫂冲着鲁迅先生发问"一个人死了以后究竟有没有灵魂"的这一个惊心动魄的场面，也不得不割爱了。经过权衡之后，夏衍保留了这个疑问或者希望，而把它改为绝望中的自问式的独白。除此之外，《祝福》在改编中变动较大的地方还有三处：第一，祥林嫂捐了门槛之后依然受到鲁家的歧视，再度被打发出来，在这之后改编本加了一场戏，就是祥林嫂疯狂地奔到土地庙去砍掉她用血汗钱捐的门槛；第二，祥林嫂被"抢亲"之后，从反抗到和贺老六和解的那一场描写，原著是在祥林嫂和柳妈的谈话中带到的，理由是"你不知道他力气有多大"，夏衍把它改写为由于祥林嫂从笨拙而善良的贺老六对她的态度中，感到了同是被压迫、被作践者之间的同情；原著从贺老六之死到阿毛被狼叼走，中间还有一段时间。改编本把两件事紧紧地写在一起了。因为在两个悲剧高潮之间无论加什么情景，都会使节奏松弛，削弱应有的悲剧效果。至于在开端和结尾加上了两段"画外音"，即"这是很久很久以前的事了，大概在辛亥革命前后……"和"……值得庆幸的是，这样的时代已经一去不复返了"的用意是：其一，从通俗化出发，使未曾读过原作的观众容易理解；其二，为了使生活在今天的观众不要因为看了这部影片而感到过分沉重。

影视改编文学作品，最重要的究竟是什么，是原著的人物？是原著的情节？还是原著的"味儿"？这方面，著名导演凌子风改编的《骆驼祥子》也许能给我们一些启示。就形式表现看，影片的主人公祥子和虎妞的表演是非常出色的，北京特色也格外亮眼，但这是否就能成为改编原著成功与否的重要标志呢？影片出来以后，作家陈建功在短文《伤心话》中认为，电影《骆驼祥子》与小说《骆驼祥子》相比，尽管影片表现了原著的情节、人物和北京味儿，但影片对原著精神实质（总体构思）的把握与传达却是失败的。影片《骆驼祥子》的大意为：老实巴交的乡下人祥子来到北京城，经过几起几落，最后贫困交加，困死街头。影片的总体构思是表现祥子肉体上的崩溃，即旧社会把人不当人。老舍先生的小说《骆驼祥子》的故事梗概是：老实巴交的乡下人祥子来到北京城，他几起几落，最后吃喝嫖赌，更重要的是，他居然出卖朋友，出卖对他有恩的教书人曹先生。原著的总体构思是表现祥子精神上的堕落，即旧社会把人变成鬼。两者之间的错位，使得作品改编丢失了原著的精神实质，是一种严重的失误。

二、节选

节选也称节选式改编。电影由于容量的限制，很难对一部篇幅很长，人物众多、情节纷繁的长篇小说进行整体改编,即使改编了,往往也是出力不讨好。如美国导演金·维多改编的列夫·托尔斯泰的史诗式巨著《战争与和平》,影片是标准的100分钟左右,但它大量删减了原著的内容,只保留了娜塔莎和彼埃尔的爱情故事,而这个爱情故事由于失去了原著深刻的背景依托,显得苍白无力。我国的四大古典名著中,迄今只有《红楼梦》拍摄了全本的电影版,而这个长达六部的电影版,也不成功。因此,才有"节选"之说。节选,即从一部长篇作品中挑拣出相对完整的一段进行改编。节选的部分往往是人物、事件、场景相对集中的段落。

如取自《西游记》中的电影《三打白骨精》,取自《水浒》中的电影、电视剧《武松》《林冲》,取自《红楼梦》中的影视剧《红楼二尤》《黛玉传》,取自《三国演义》中的影视剧《貂蝉》《赤壁》等。

三、浓缩

当然,对长篇小说的改编,并非只有节选一法。如果改编者不打算从长篇小说中节选一段,而要概括全部内容,就要对原著做浓缩工作,即抓住主要人物、事件,对原著删繁就简,舍弃部分情节,砍掉不必要的枝蔓,以适应电影结构单纯、集中的特点。美国电影理论家布鲁斯东曾举例说,美国的海区脱和麦克阿瑟改编的艾米莉·勃朗特的《呼啸山庄》,使一本19世纪的英国小说为20世纪的美国观众所理解,就是一个成功的范例。

影片《呼啸山庄》把原著砍掉了一半,却增加了大约30场戏,新增加的戏,大部分是从原著轻描淡写的东西扩展的。它改变了小说原来的含义,完成了重点的转移。布鲁斯东指出,"影片的精神实质,并不是从我们熟知的艾米莉·勃朗特那里来的",而是"从电影摄制者所增添的那些情节中来的"。不过,这种改变或者转移,是从"原著轻描淡写的东西扩展的",所以并没有对原著造成伤筋动骨的损害。

这大约也就是杰弗里·瓦格纳所说的"注释法"改编之一例吧。

四、取意

有人称取意为取材式改编,即编导从某一作品中得到启示,已不再把原著当成一个完整的整体,只是取其意而用之,即抽出其中的某一"骨节儿",进行二度创作,重新构思编排。有时,取意也可能把外国作品中的故事加以变通,成为本国故事,并非原著的复制了。

改编自郭小川同名长诗,张军钊导演的第一部电影《一个和八个》(1984)显然没有起伏跌宕的情节,激荡人心的高潮,更多的是通过人物之间的那种无形的对立、冲突来塑造形象,表现主题。针对中国传统影片的故事性强,营造激烈的戏剧冲突等模式,《一个和八个》在保持了"传奇性"特点外,着重于刻画中性人物之间的冲突,从而表达一个有别于以往通俗剧"善恶分明,惩恶扬善"模式的新认识,探索在象征性情境中人与人之间的对立、沟通和认同。于是,《一个和八个》便有了一个非常清晰并具有遵守革命叙事规则的主题。这一个"王指导员"用自己的行动召唤着那八个"犯人",从而认识到"作为一个中国人,具有保卫祖国,爱护自己同胞姐妹的神圣职责"。而"一个"

和“八个”共同拥有的“被压迫甚至落草为寇”的背景又为革命队伍的合法性提供了充分的理由。相比之下,在保留了长诗在大扫荡的艰苦战争环境中,一个八路军指导员被与三个逃兵、一个奸细、四个土匪关在了一起的“传奇经历”外,《一个和八个》还是抛掉了传统战争片在刻画作战双方主要人物运筹帷幄、挥斥方遒的古典模式,没有营造一个胜负分明的高潮。影片中着力表现的这一段:犯人们与剩余的八路军战士抗击攻上来的日寇的场面,更像是一幅幅静态的照片,捕捉了在民族观的召唤下,普通中国人身上迸发的勇气和慷慨,给一部写实风格的影片增添了许多写意的色彩。于是在一段充满时代烙印的语录式旁白中,一幅幅与影片相关的表现战争和剧中人物的黑白照片奠定了影片具有“史诗”色彩的庄重基调。影片结局,面对残暴的日军刺死了小狗子,开始撕扯凌辱小卫生员的场面,在小卫生员撕心裂肺的“大叔,快逃”声中,老兵喝了一大口酒精,定了定神,把仅存的一颗子弹射中小卫生员,表现了在侵略者面前“玉石俱焚”的悲壮,呼应了影片片头的场面,形成了完整的凝重风格。《一个和八个》之“新”体现在以接近平等的视角去理解人、表现人、表达人。这一代电影人深受新现实主义的影响,注重表现人,表现真实。《一个和八个》中,人物群像是非常鲜明的,但是每一个人物本身也生动可感。这和人物塑造的力求真实是分不开的。影片中陶泽如饰演的指导员王金与郭小川原著中的描写截然不同,也有别于中国电影中传统的指导员形象,不求形象上是“战士们的指路灯”,高大完美,善于做战士们的思想工作,而是一个言语不多、耿直坚强的汉子,完全符合影片中所设计的身份——一个码头扛活的出身。在受诬陷时,他开始也有许多顾虑,对自己的处境也产生了一些想法,但是在与犯人们的接触中,他愈发明确了自己的使命,坚定了一个八路军干部的信念,开始在这个群体中做些力所能及的事,如帮助病号、影响大家、教育大家等。他的“中国人呀……”的口头禅非常有力地激发了犯人们的民族意识抗战意识。最为可贵的,影片中的王金被塑造成一个真实有缺点的人物。他是一个血性男儿,在土匪瘦烟鬼以言语调戏小卫生员时,他奋不顾身地扑向对方保护自己队伍里的小同志。在土匪们以众凌寡的殴打中,一声不吭,展示出一个战士的野性和不屈。在受到战友的误解被当成叛徒奸细时,他冲动地冲向那个骂人的战士,几个人也拉不开他。在大扫荡的恶劣环境中,许科长告诉他证人已经牺牲难以证明他的清白时,他勇敢地面对死亡,并像个孩子般要求在心里小声呼个口号。

徐静蕾的电影《一个陌生女人的来信》由于是改编自奥地利作家茨威格·斯蒂芬的同名小说,影片在一开始就对故事发生的时间作了交代。导演巧妙地将时间和地点确定在1948年的北平,使得故事的发生变得符合原著的精神又体现了与本土的结合。整个画面表现出来的灰黑色主色调完全符合现代人脑海中战火纷飞的年代的生活面貌。青灰色的胡同街道、人物统一的青色和黑色的着装,北平寒冷的萧条气氛,枯瘦的树枝,还有暗淡的微弱的灯光使影片一开始就沉浸在一片压抑的状态中。画面的第一次转变是在小女孩走进作家的房间那一刹那,起先充斥在画面中那单调清冷的灰色被房间里墙壁上沉稳的红色、被子上灿烂的金色和窗帘上柔和的橘黄色所取代。她爱上的这个男人,在她面前展示出生活温暖而富于激情的一面。这种色彩的对比,使小女孩暗含的不为人知的爱情给予观影者强烈的冲击力。且说“那是我第一次走进你的房间,里面的一切都那么昏暗、懒散、舒适,像一个暧昧的妖精,我闻到你的味道,……感到一种令人昏沉的幸福。那匆匆几分钟是我童年时代最幸福的时刻!”在徐静蕾导演的眼里,爱情是区别于日常平庸生活的另一种东西,它炫目多彩,引人入胜,充满了未知的新奇。

五、戏说

有人称戏说为重写式改编。当下在后现代语境下对原著的改编,编导常常取其原著的基本故事和人物,加以后现代的重新演义和诠释。

如以三国故事为题材的电影《三国之见龙卸甲》,可以纳入“动作/历史”类型电影的范畴,讲述历史,审视现实,构筑历史故事的“宏大叙事”,体现电影对战争、对武术的终极价值思考。但在仔细观摩了影片和拜读了《三国志演义》之后,我们发现,该部影片不仅仅囊括了动作、历史等基本类型元素,还创造性地具备了战争、人生、哲理等诸多内涵,因此影片的主题不仅是对类型电影模式的一种脱离,同时也以开放多元的风格,体现了对经典主题的一种消解发散。

(一)让“神”成为“人”

关于赵子龙,在《三国志演义》中关于他人生的描写也不是很多。我们只能从章回体形式中发掘些残缺的片段形象,然后组合成我们心目中的关于赵子龙的形象:忠心、神勇、淡泊名利、是非分明、不贪色利、品性忠良……众所周知,历史人物有三个形象:一是历史形象,二是民间形象,三是文艺形象,这些形象之间有着差距和联系。作为前两者,有这些品质就足够了,他只是作为一个人们心目中的图腾来崇拜。但如果要将其人生作为一个艺术对象来创造,仅仅只有这些是不够的,因为艺术往往是对现象的本质的思考,也就是故事背后的那些东西。“比如,赵云为什么有这么好的武功?为什么要去打仗?他的性格是怎样形成的,以及‘五虎将’独剩他一人后为什么一定要坚持老将再出征?”,等等。所以,历史经典中的赵子龙形象是模糊的和不完整的,而这部影片以艺术的角度为其完整性做了个全面的注脚。在影片的叙事里,我们不仅得到了对神勇忠厚的历史悍将形象的理解,同时,关于他的个人形象(性格、人生观、爱情、智慧等)及社会形象(敌友关系、主仆关系等)也得到了补充,因而显得完整丰满。所以,基于这点,可以理解该影片就是成功地从三国故事支离的叙述中开掘并创造性地塑造了一个完整的历史人物形象,让他具有“人格”,完善其“神”的形象,让他具有“神”的精神,继续着观众的“梦”的信仰,同时也具有“人”的生活,赋予人予无限可能、无限超越的现代性精神。

(二)积极宿命论的思想表达

富贵在天,王侯将相宁有种乎!传统的宿命论确实让人绝望,它不仅嘲弄作为一个物种的人类的尊严,而且也无情地打击个人奋斗的价值。虽然源于物质世界的客观性,宿命是根本的,但宿命论并不排斥主观努力,正如古话所说“谋事在人,成事在天”。由此可见,宿命论也可以变得积极!

在该部影片中,赵子龙是一个矛盾的精神实体。一方面,他是一个相信“命运在自己手中”的人。在参加义军的时候，他表达了他的想法：和主公一起在大汉版图上杀一个圈，然后天下太平，自己有一个家。他有自己的信念和希望，而且自己也正在努力去实践，用双手来挣自己的命运。但另一方面，他又对现实产生了困惑。特别是在电影的后半部分，在经历了无数征战之后，在成为“五虎大将”中的独孤将军之后，在被兄弟罗平安嫉妒出卖之后，在兵败被困凤鸣山之后，他又重新对命运进行了反思。这时，“棋子”进入他的人生字典，似乎自己一生只是在一个结局已定的游戏中挣扎。与他和罗平安在凤鸣山叹“是老天爷的一颗棋子”遥相呼应的是，前面曹操也在凤鸣山向其孙女灌输了“天下全是你的棋子”这一思想，到底是老天爷的棋子，还是大势(曹操)的棋子？赵子龙演绎了怎样的命运观？“‘卸甲’代表着重生的含义，赵云从一个无名兵到一个引领千军的大将，到最后他年迈请缨赴死的壮丽，电影表现了他一生中经历的这个重生过程。”追寻导演的思路，透过影片的叙述，我们可以发现，赵子龙身上体现的正是一种积极的宿命论思想。他戎马一生，战绩累累，从无败阵。一个坚信命运在自己手中的人，跟随主公刘备，在版图上走了几十年的大圈，奈何“时不予蜀”，直到生命的最后一刻，也不能实践自己最初的信念与梦想，实现天下太平。在同强于自己无数倍的敌人交手中，赵子龙表现得睿智神武，品高德重，凭一己之力，硬是抗衡大魏，但也只能延缓蜀国的颓势，不能扭转乾坤，改变历史。尽管如此，他没有消极回避，从他的“我赵子龙从来都不是什么常胜将军，但没有胜，何来败？”及最后一幕依然义无反顾地只身杀入敌军的镜头可以看出，他选择的是以一种积极进取的心态来面对大势所缔造的个人及天下的宿命。他的胜利成就了蜀国，但蜀国并没能维持天下和平。天意既然如此，他明白了自己的使命已经完成了，他的失败或许会成就大魏的胜利，大魏的统一或许能带来和平。他脱下盔甲，卸下了大蜀国压在他肩头的一份担子，自个儿去了，去过另一种生活，没有战甲，没有战争，没有国家争斗的，美好的，平凡的生活。

卸甲，反映赵云最后的升华了的情操，他不再以常胜之名为功，心念天下苍生，求和平，乃武德之上义也。《见龙卸甲》在主题上追求多元，其开放式的结构，没有刻意向任何类型靠拢，也没有追求任何模式，只是拿三国人物赵云来讲故事，讲一个“哈姆雷特”式的故事。所谓开放的命题没有绝对的答案。每个人都可以有自己的理解，每个人的理解都是影片主题的一个注脚。影片超越了原小说的战争主题，也超越了动作/历史类型影片的英雄、悲喜等模式化结构，在后现代语境下，构建了多个无中心主题，无主题实际上又赋予了影片深刻的思考。留给我们的，是在电影的庞大叙事之中，有着电影造“梦”人与影院寻“梦”怎样的精神契合。

(三)拼贴式的影像表达

后现代主义者割断联系，声称持存的全部都是一些断片。他们喜欢组合、拼凑，或者割裂的文学对象，在内容、形式上选择并列而非主从的逻辑关系，把并无联系、处在不同时空层次的叙述衔接在一起，是一种主体的消失，成了断裂的平面幻象。承传下来的诸多经典文化，新生的诸多流行元素等，都为这种电影形式多元化的要求提供了丰富的材料，而詹姆逊提出的“拼贴”则同时提供了很好的技术手段，用死去的语言为电影形式的多元说话。

拼贴是后现代主义文学作品中的一种艺术技巧。它是指将各种不同性质的文本（如文学作品、哲学、历史和神学著作以及日常生活中的俗语等）组合到一起，将这些非连续性并不相干的片段拼接起来，构成一个似乎有内在关联的整体。在《见龙卸甲》这个电影文本中，我们可以将定义中的“文本”理解为影片的“形式元素”，无论是其人物造型、文本结构、道具还是人物语言等，都或多或少体现了拼贴的特点：以众多各具意义的能指，创造出新的所指。

人物造型：电影叙事中少不了人的存在，而人总是以一定的角色进入故事的，起着联系影片各元素与推动情节发展等核心作用。影片角色的塑造是否成功，对电影本身价值有至关重要的影响，而对于角色的理解，最直接的切入点莫过于其造型。在《见龙卸甲》中，众多角色的造型都令人耳目一新，拼贴出了鲜明的个性特点。

赵云：在《三国志演义》里面，关于他的描写为“身长八尺，浓眉大眼，阔面重颐”。由于出场时多是白马银袍，加上一些影视剧的反复强化，因此人们对于他的外表形成的印象就是一跨着白马，提着银枪，俊秀的白袍小将，一个白色的神话。而在《见龙卸甲》中，这一形象做了很大改动，甚至有些叛逆的意味。饰演赵子龙的刘德华在影片中一共有三套行头：

（1）黑盔黑甲。头盔顶部圆浑，边沿扁平，跟 KRIS VON ASSCHF 的经典圆顶高统帽风格相近；腰上挂着的方形随身包，则跟 TOB 的新款帆布背包有异曲同工之妙；手中的锯齿长剑，让他看起来更像是“日本武士”“二战英军”“高丽将领”的混合体。这是赵子龙在戏的前半部分战争场面的打扮。

（2）白巾白袍。这身装扮在色彩上有一定的对经典的白色的回归，但白色的头巾又让其具有了“嘻哈”的风格。这是赵子龙在当小兵及加冕为“五虎大将”时的打扮。

（3）绸缎锦袍。这款战袍，大量使用光泽度极高的绸缎面料和经典的菱形压纹，配上高腰马甲，把先锋派和传统元素做出完美的结合。这是赵子龙在功成名就的戏的后半部分的打扮。

以上几款造型，颠覆了人们心中赵云经典的白色形象。三种装束除了具有一定的叙事意义，分别映照赵子龙人生中的不同阶段外，也非常具有视觉效果，是中国美学式的现代流行元素的拼接。如那个头盔，一个灵感是来自“中国的壁画”，同时“参考了台北‘故宫’南巡殿里面的造型”，还具有“飞碟”的影子和日本漫画的形象特点。用导演的话说就是“用更多的资料把中国的美重组，让刘德华好看，让观众相信那就是赵子龙……所有的设计元素，是建立在中国美学基础之上的合理想象，是中国式的美感表达”。

诸葛亮：在三国故事里面，诸葛亮也是一个完美形象，是大家心目中的文圣人。他“身材颀长，面如冠玉”，并且温文尔雅，风度翩翩，高深莫测，睿智老成。而在片中不多的戏份里，我们所看到的诸葛亮是一个被戏说的形象——单眼皮小眼睛，留着长须，无神慵懒，吃相难看，并且还时常会点冷幽默。如在出场时对着一大箱战利品狼吞虎咽；在安排好劫营计划后，背起破背篓，故作神秘地又“赶往别处救援”；后蜀取六郡的誓师会上，面对执意出征的年事已高的赵子龙，他说：“子龙，我们都一把年纪了，都是靠一些美好的回忆而活着，这次出征，你就不怕连这些美好的回忆也失去了么?”，等等。

片中通过对不同人物的行为、语言、着装、相貌在诸葛亮身上的戏剧性拼贴，融合了经典中诸葛书生气质，江湖郎中的行为、打扮以及现代人的语言特点等，为我们拼接出一个新的略带喜剧夸张色彩的人物形象。

（四）叙事：拼贴与缝合

影片从中年时代的赵子龙讲起，以三场大的战争为基点，反映了其从参加义军，到一战成名，然后闻名天下，到最后回归战场，获得"重生"的传奇戎马一生。影片的剪辑，产生了三条叙事线：蜀国赋予的征战使命，与罗平安的兄弟情谊及与妻子的爱情，共同拼贴出完整的赵子龙的一生。

首先，在各条线内部有一层拼贴：赵子龙一生多数时间都活在战场上。而影片却只选取了三次重要的战役来表达他的征战的一生，即义军前线偷袭魏营、凤鸣山救主和凤鸣山最后一役。其中，第一次和第三次是影片的创造，分别是为了突出个人神勇和有助于主题的表达而设置的，第二次则是将"长坂坡救主"的主题和"兵困凤鸣山"的地点进行了错位组接，由此，这三次战役拼接出了赵子龙英勇光辉的戎马一生。

关于赵子龙的兄弟情谊，在三国故事中只限于他所处的政治关系中，而本片却有了一个"小兵"式的"大哥"——罗平安。罗的出现除了充当影片的叙事视角，同时也是为了丰富主角。罗既是赵子龙心中的"大哥"，又是他手头的"小兵"，矛盾的角色设置，使文本的叙事层发生断裂。因此，影片也不是一味以罗的视角来表现，而是不停地在"第一视角"与"全知视角"之间来回切换，来缓解矛盾，影片通过对其与赵子龙的断裂式接触的拼贴，讲述了赵子龙的兄弟生活。

对于爱情，三国故事中更是少有描述，似乎他是心怀天下的大英雄，极力向一个传统儒家社会武将和人臣的要求靠拢，爱情只是一种奢侈。在影片中，这条线索是两个片段拼接起来的。一个是赵子龙与祖籍常山一个表演皮影戏的女艺术家的爱情，另一个是与曹操的孙女曹婴发生的战地之恋，后者相对比较含蓄。通过仔细比较我们可以发现，两个女人、两段故事虽有很大的不同，但在内涵上却是一致的——都体现着赵子龙对青春美丽的追求，都在用不同的方式诠释着对赵子龙生命完整的思考（女艺术家用纸糊灯笼，曹婴用终结的号角），都是赵子龙所秉持的信念（"回到常山，能有个自己的家"，"助主公一统天下"）表达，等等。因此，对于影片中赵子龙的两段恋情，与其说是两个完整的故事，不如说是一个破碎的贴图。

其次，在线索之间，也是通过相互的穿插，并列前行，互相映照，不时的闪回（片末赵子龙的回忆等），不时地插入一些戏剧叙事（如常山皮影戏，关、张、赵三人凤鸣山大殿大打出手，五虎上将"加冕"，蜀魏将士在火箭当中依然高呼着"蜀国万岁""魏国万岁"举刀互砍等），又形成了另一层拼贴。

多层的剪辑/叙事的拼贴，不但体现了电影这种艺术在技术上的后现代精神，同时使影片获得了"一些概念或诗意的需要"。①

（五）道具的"拼贴"

影片中也有不少的道具存在，虽然不是具有独立意义的电影元素，依附于一定的

① 鲁道夫·阿恩海姆. 电影作为艺术[M]. 北京：中国电影出版社，1981：73.

主体,但仍然可以从中发现创作者的后现代拼贴意识。

锦囊:所谓锦囊,最初其实就是用好看的或质量好的绸、缎、帛等做的用来装信函的袋子。在罗贯中《三国演义》第五十四回:"汝保主公入吴,当领此三个锦囊。囊中有三条妙计,依次而行。"小说里写足智多谋的人把对付敌方的计策写在纸条上,放在锦囊里,以便当事人在紧急时拆阅,其意义得到延伸,比喻有准备的巧妙办法。在影片中,有一次锦囊的出现,就是在后蜀欲取六郡,誓师会上诸葛亮给赵云的一青一白两个。在这里,除了一方面引用了经典小说中锦囊的引申义外,还同时也搭配了一些现代的元素。在以往的影视剧中,锦囊都是用布做的袋子,袋口处用绳一拉,便称之为囊。而在这部电影里,锦囊则是一个木盒,打开来左青龙右白虎,用锦布出、衬底,青龙青绿色,白虎银色,还有一个金的蝴蝶拴在里头。这么一个小道具,就把当今时尚界最流行的颜色和元素展示给观众。

面具:影片中有一次独特的战争场面,即在故事开头部分,一个雷雨交加的夜晚,包括赵子龙在内的刘备前线义军头戴面具劫扰曹营,以少胜多,大获成功。

这次战役其实是日本战国时期"桶狭间之战"的翻版。当时,豪雨使得驻防一方士兵无法发现敌人接近,当战局一开,又无法看清情况无法部署部队,甚至历史上是豪雨对于防守方的视力也造成严重影响,因此无法面对敌人举枪,仓皇中导致大将被杀,结果织田信长是以三千人击破两万多人。因此,面具的设置一方面除了"使场面深刻、好看"之外,还有就是为了使剧情合理,保持经典的合理内核(以面具来加强突出战役中的视觉盲点)。

此外,面具也是该战役的"偷袭"的一种注解,同时其夸张的凶恶的相貌也为刘备义军增添了不少勇不可挡的气势。

琵琶:我国历史悠久的主要弹拨乐器,木制,音箱呈半梨形,张四弦,颈与面板上设用以确定音位的"相"和"品",南北朝时由印度经龟兹传入中国。

在后现代语境下影视的逐渐发展过程中,尤其是在很多动作古装片中,赋予了琵琶新的功用,它由一种乐器摇身成了双方较量时的一种利器,具备了无形的杀伤力。如在《东方不败》《六指琴魔》等影片中,均有这种功用的体现。而在《见龙卸甲》中,曹婴端坐点将台,手扶琵琶,一曲《十面埋伏》,扰乱了蜀军军心,为自己赢得士气上的优势。

这里,道具元素琵琶的出现不仅保留了琵琶这一乐器基本功用及音乐能渲染情绪的特点(吸收了军事战争"心术战"的思想),并借鉴了后现代影片中对其在功用上的颠覆,同时通过后面舞大关刀,塑造了一个中国传统美学中动静结合的艺术形象。

影片中还有如火药、武侯战车、军旗、头盔及探子的服装等诸多有后现代拼贴特点的道具元素,在一个较细致的层面上构筑了无历史感的平面贴图。

(六)对话

该影片中人物的语言也颇有意味,不仅为影片营造了一种后现代语境,且对片中人物的性格的塑造也达到了一种拼贴的艺术效果。如在影片开始部分赵子龙出场时的对白:

罗(罗平安):籍贯?

赵(赵子龙):常山。

罗:姓名?

赵:赵子龙。

罗:离开家乡多久了?

赵:我想大概差不多两年了。

罗:为何想当义军啊?

赵:想尽点力,希望太平后能有个家。

罗:你觉得我们会赢吗?

赵:我相信,命运在自己手中。

从对话的形式及内容逻辑来看,这段语言描写无非是现实企业招聘人才进行面试的一种戏仿,罗平安充当了考官,赵子龙充当了应聘者,大的一问一答形式及问题构成框架没有改变,场景设置也是像模像样,只是对其中对话部分的概念进行了置换:以"籍贯"置换"毕业院校",以"离开家乡多久了"置换"有多久的社会经验",以"为何想当义军啊"置换"为何选择我们公司"等,以适应当时的社会情境。影片的这种表现其实有着明显的现代企业管理的思想,以刘备为核心的刘氏集团,为了自身的发展壮大,自然要招募有理想、有见识的社会青年人士作为其后备力量,因此严格的招聘程序是必要,故而影片出现了这样一段富有针对性的现代性很强的对话。

片中关于人物诸葛亮的创造主要就体现在其语言的冷幽默上。"冷幽默"是那种淡淡的、不经意间自然流露的幽默,本质上幽默,但形式上却表现得"冷",让人回味无穷。关于这点,在后蜀誓师大会上,有几句他与赵子龙的对话,有很明显的体现。

诸:将军乃五虎大将所剩唯一一人,况且年事已高,若不能取胜,恐怕动摇将军一世英明,更挫蜀中锐气。

赵:老将为主公鞠躬尽瘁。先帝在上,统一中原指日可待,臣誓死出征。

诸:子龙啊,我们都一把年纪了,都是靠着一些美好的回忆而活着。这次出征,你就不怕,这些回忆都失去了吗?

赵:老将厮杀多年,回忆早已模糊……

这段对白明显是一种语言的错位拼贴。因学识、职业、民族、地域等因素的不同,每个人都应该有自己的呈现出不同语言习惯的语言,一旦这种人物和语言之间的对位被打破,就会产生特殊的效果。以诸葛亮的身份地位及其学识,是不可能随口说出这种话的,至少在形式上不能如此直白、简陋。通过对此前后语言的比较,我们也可以肯定地判定这绝对不是白话文直译的盲点体现,而是影片的有所思考的刻意表达。作为忘年之交,罗平安似乎也可以说这句话,但诸葛亮在身份、经历等方面与话语的内容更为贴近,暗含了赵子龙逝去的人生的价值。此时的诸葛亮并不仅是为了剧情的需要而承担该语言的载体,同时也是为了自身形象的突破,一个理性的智者贴上了煽情的标签,冷幽默形象跃然纸上。

关于赵子龙的兄弟罗平安的语言也很有特点。下面是他的部分台词:

“我常山罗平安,既生于乱世,胃口要大,梦想也要大……”

“版图在我心中……”

“记着,一跑出去,随便绕几个圈,轻轻松松地把那个没用的阿斗给捡回来……”

“男儿浩气,要立功就要立大功,这一仗可真够大的。”

“常山罗平安领命!”……

一个典型的语言与身份、实际脱节的矛盾精神个体。通过影片的描述,我们知道,罗平安是一个一直原地踏步的小兵,心胸狭窄,缺乏远见。而他的语言却充满了英雄大气,且有一定的预见性(如在阿斗还不能开口说话的时候就已经预见了他“没用”,后来阿斗也确实被证为无能),与他的表现完全相左,在此也是语言的一种错位拼贴。《见龙卸甲》除了在上面所述的人物造型、剪辑、道具及语言方面有典型的后现代拼接特点之外,其在音乐、色彩等其他方面也有一些类似的特点。影片的主题音乐,令人荡气回肠,不同乐器的演奏丰富了其叙事和表现手法,又反过来消解了其主体性,使影片的感情基调处于无限的延伸与变换中。色彩上,影片以青黄色为主,建构了黑魏绿蜀的新历史形象,并融合白、红等多种色彩元素,以多元的色彩来表现历史,“固定住某一个历史阶段,把过去变成了过去的影像”①。

六、其他

还有一些改编的实践,也可划为取材式改编的范畴。例如,黑泽明的《罗生门》主要内容来自芥川龙之介的短篇小说《筱竹丛中》叙事框架来自芥川龙之介的另一部短篇小说《罗生门》,是两篇小说的复合;如《法国中尉的女人》在改编时则以原著发生在维多利亚时代的故事作为一条线索,又增加了另一条现代生活故事的线索,双轨并行。

从影视改编的实践上看,事实上改编的方式是多种多样的,我们不必拘泥于某个固定的模式自缚手足。

第四节 改编的一些基本原则

一、改编的选择与要求

(一)从客体上讲,影视改编对原作的要求

(1)有较高的审美价值。在全世界电影总量中,由文学名著或小说改编成电影的比例不小,约占1/3以上,且往往产生的影响和观众量远大于小说的读者量。为何历史名著和当代名著一再被改编为电影和电视剧,这是因为这些文学作品已经为人们所认可和熟知,其审美价值是不言而喻的。

---

① 杰姆逊.后现代主义与文化理论[M].西安:陕西师范大学出版社,1987:172-183.

(2)有较大的社会效应,得到尽可能多的观众的关注与喜爱。

(3)原作与改编者的创作个性、生活经验有较多的一致性。

(4)原作的内容要具有较强的画面感和运动感。

(二)从主体上讲改编对作者(编剧、导演)的要求

(1)改编者需要对原作熟悉与了解,其中最重要的是改编者的生活积累。作为改编者,一定要熟悉原著的生活,必须得经过各种努力去熟悉体会原著的生活和精神。选择什么样的作品来改编成电影,一般要根据现实社会和时代的需要,观众的欣赏热点以及作品本身的美学价值来决定。

(2)改编者要处理好忠实于原著和创造性之间的对立统一的关系。我们说,改编就是用电影思维对原著来一次再创造。既不能照搬,但又必须忠实于原著,使原著的精神和精髓不变。首先,改编者应深刻而准确地吃透原著,领会原著的思想精髓、创作意图和艺术神韵,这样才有能力把握它,进而驾驭它。其次应在保持原作的内容和风格的同时,根据特定的题材,努力寻求与小说尽量相适应的电影形式,而不要强求小说去就范于电影。把文学语言转化为电影语言时,必将面临这样一个问题:对电影的构成要素进行再创造,即电影的时空、画面和声音。

(3)改编者还需要具有丰富的知识、超群的想象力、精湛的艺术才能、深厚的文学艺术修养,以及对影视艺术规律的熟练掌握与运用。这五个条件,全面概括了改编者的基本素质,并揭示改编与其他学科的融合。

值得指出的是,在作改编的总体艺术构思时,必须对原著作一番改造,使之更适合电影的可视造型特性。除了可视性外,可听性也是一个方面,电影是一门视听艺术。另外,在文学作品改编成电影时,必然会碰到对小说或名著中的时间、空间的再处理问题。改编者应当充分利用电影时空的极大自由,将原著的内容作重新结构后加以改造性的改编。

(4)影视剧改编的成功取决于导演的自身条件。例如,黑泽明根据芥川龙之介的短篇小说《筱竹丛中》和另一篇短篇小说《罗生门》改编的电影《罗生门》。芥川龙之介小说中简单的故事、简单的人物、简单的场景,却在大师的手中变成一部发人深省的不朽之作。《罗生门》中的人物,几乎代表了人类的全部:强盗、武士阶层、樵夫、弱女子、游手好闲者、僧人、官老爷……我们来看一出精彩绝伦的人性演出,即便知道自己一定会被判死刑,强盗仍不忘夸大自己的勇敢,把自己塑造成一个武艺高强、有情有意、为了真爱献身的真爷们儿,而事实上,他胆小如鼠、龌龊邋遢,根本不知道爱是何物。弱女子则认为自己是个贞洁烈女,软弱无助,求死不能也不愿苟活偷生。甚至,连已经死去,肉身不再,化作鬼魂的武士,都不能直面自己。鬼魂也虚荣好面子呀,它借助巫师之口,絮絮叨叨地诉说妇人的无情、强盗的可耻和自己的伟大。更精彩的是,连描述者樵夫,尽量还原真相的同时,也刻意掩盖了自己见财起意的初衷……这部充盈着存在主义哲学意味的电影,所揭示出的人生的真相,像锋利的刀刃划过皮肤一样,既痛且快。真相是,在这个世界上只有事实,没有真实。叙述者越多,我们离真实越远。每个人都是从自己的角度去看世界的,都遵从经济学中的理性人假设,追求自己的利益最大化。武士、强盗、妻子、樵夫莫不如是。所以说,真理是丑的,真实是不重要的……还好，最后实在不忍尽数言说人生之绝望，黑泽明让淳朴善良的樵夫勇敢地承担起人类自我反思和直面人生的重任，像是一片漆黑漆黑的黑夜过后，让大家看到一点点破晓的微光。就着这点儿微光，人类才有勇气一直繁衍生存了下来……

(5)改编的作品要给编导者留有产生细节和知识的空间。

二、影视作品改编的原则

(1)相似性原则：最基本的时代背景、情节事件、人物性格、人物关系等，必须与原作保持一种相似性，否则就会造成对原作的歪曲、篡改。

(2)整体性原则：为了重新构造一个独立的艺术整体，因而，对原作的修改、加工、创造都必须服从总体的需要，并以此为核心，确定作品的主题、人物、情节、结构、场面、细节等。

(3)影视化原则：改编时不仅必须尽量避免、删除、转化原作中那些不能通过视听手段加以有效表达的内容，还需把原著的内容转为视听形象。

思考题

1. 为什么说文学作品是影视创作的重要来源和宝库？
2. 你如何看待好莱坞改编的通用标准？
3. 文学与影视的共同之处在哪里？不同之处又在哪里？
4. 什么样的文学作品适合转化为银幕作品？什么样的文学作品不适合转化为银幕作品？请举例说明。
5. “忠于原著”和“再创作”两者是否矛盾？为什么？
6. 影视改编有哪几种方式？
7. 《城南旧事》的改编成功吗？谈谈你的看法。
8. 在改编的过程中，很多影视作品加入了后现代语境式的对白或当下的流行语，你怎么看待这样的改编？
9. 有人说，影视改编对原著是一种毁灭，这种说法对吗？为什么？
10. 为什么要突破传统的改编理论？

第九章 影视剧作的区别

电影的剧作相比起电视剧的剧作，无论在剧本形式上，或是内容本质上，差异都非常大。

由于影像制作、传播形式、视听效果、叙事篇幅上的不尽相同，两者在剧作上的设置都有着鲜明的特点：电视剧篇幅较长，多以一二十集以上的剧集单位为主，叙事节奏相对冗长、刻画人物的时空很充裕、情节枝蔓庞杂、大量的对白叙事，这些特点使得剧作者不得不建立起一个宏大的系统来满足剧情的需要，也无意中削弱了影像的独立性（需要借助大量的有声语言参与信息构筑）；电影剧作则相对集中，时间约在90分钟至三四个小时，在有限的篇幅内安排恰当的情节，特别是人物对白要求要有节制，集中刻画核心情节。例如，电视剧通常运用大量人物对白告诉观众：“角色是谁？发生什么事儿了？他的情绪怎么样？他脑子里此时此刻正在想什么？”……同样的问题换作电影则调动画面来向观众叙述：“角色的外在造型透露了他的身份地位甚至喜好性格，角色与他人发生了争吵和斗殴，他眼睛里噙满泪水嘴角抽搐，他遥远的母亲正在田地里辛勤劳作”……电影通过直观的视觉逻辑让观众自身解读画面的内容，串联起事件的前因后果，完成叙事和人物塑造，二者剧作的差异可见一斑。

第一节 影视创作区别的概说

“影”“视”两个字，经常被人们放在一起念做“影视”。“影”就是电影，“视”就是电视剧。“影视”是电影和电视剧合称，两者相互交融又相互区别。从影视剧作上审视，对于电影与电视连续剧的区别，人们曾作了各种各样的归纳和阐释。

有人说：电影是浓缩了的电视剧，电视剧就是许多部有联系的电影的组合。

有人说：如果说电影像一辆小汽车的话，电视剧就是一列火车；电影小巧精致，电视剧宏大壮观。

有人说:电视剧是快餐,没有特点;电影是饮食文化,源远流长。

有人说:电影是“阳春白雪”,电视剧是“下里巴人”。

有人说:电影讲究的是压缩,电视讲究的是铺张。

有人说:电影对话少,电视剧对话多,两者推动故事发展的手法不同。

有人说:电影像酒,电视剧像茶!会喝酒的会品尝酒到底好在那里。但只要是能喝茶的,觉得味道清香就行了,因为不会品茶的人太多了。

有人说:电影用眼睛说话,电视用嘴巴说话

有人说:电影电视都是讲故事,但电影更多的是人的反应,而电视中更多的是反应的人。

有人说:电影是导演的艺术,电视剧是编剧的艺术。

……

下面是当下既拍电影又拍电视连续剧的导演所谈到的拍电影和电视剧的异同,这对我们认识两者的不同是颇有启发性的。

郑晓龙(电影《刮痧》和电视剧《渴望》《北京人在纽约》《金婚》的导演)说:

(1)电影和电视剧完全是两种思维,这个你要分开。一个是电影的思维,你要考虑到画面,考虑到一些细部的地方,比如说演员表演和电视也不太一样,它有相同的地方也有不同的地方。因为电影放大到特写以后非常大,所以说它的视听效果,给人强制的效果。电视很大的难度是它要吸引观众,怎么把观众吸引住。因为观众在家里有几十个频道可以调,电影只要你第一次把观众骗进去后,你从外面的宣传也好什么也好把他骗进去,进了影院他就跑不了了。而那个钱花了他一定要坐那儿从头看到尾,也许前面不吸引人没关系,最后让他感动就成。但电视不成,电视前面三分钟你要把人吸引住,所以说电视在某种意义上这方面难度还更大一些。

(2)可是电视剧呢,现在由于它的回收啊,它的市场啊等,使它做得越来越精致了,再包括很多电影导演也来拍电视。但是说实在话,他们想细致我觉得也不大可能像电影那么细,因为它(电视剧)的预算就那么多钱。我觉得很多电影导演来拍电视剧看着也很粗糙,因为资金在那放着呢,没有很多资金让你去拍电影。比如说我拍一个二十集电视剧的价钱基本上是你拍一个电影的价钱,这样呢你的时间、你的资金都可以让你花那么多钱去拍。那么现在呢,你拿这个资金去拍电视连续剧,你就不可能那么细致。

(3)我有时候跟他们(电影工作者)说,你们电影(是)一种破落贵族的心态。他(电影导演)会觉得这种心态越来越不好,索性干脆把这个心态放掉,我重新来。我作为一个平等的心态,我发现有些电影人不接受电视人的(建议)。他虽然原来搞过一些电影,不接受电视(人的意见),那你不接受不成。冯小刚搞电视又搞电影,他的票房就是那么高啊?就有那么多观众喜欢他啊,为什么呀,因为电视(剧)导演包括创作人员,他有一个非常重要的训练,这个训练就是他把电视当做(为)观众,把他做节目当成为观众服务的心态,而不是搞个人艺术的这种心态。

(4)我觉得电视剧最重要的不是导演,电视剧最重要的首先你的文学功底,你对剧本的把握是最重要的。其次呢是演员表演。我觉得有些电影导演未必能拍好电视剧，有的电视剧导演也未必能拍好电影，这两个是互相的。

(5)比较平等的心态写老百姓的生活，写老百姓愿意看的东西，这点是特别特别重要的。

而外国电影导演埃利斯认为电影和电视主要有四个方面的不同：

其一，电影主要是构思一桩公共事件，本身具有完整单一的表演特点。对比之下，电视则是常常把一系列片段的东西编成系列片或连本电视剧，并以此作为其主要表现形式。其收看方式比较随意，以个人或家庭形式进行。电视的这些制作和收看方式使它具有自己的一些特色。电视基本上是一种家用媒体，它的节目一般锁定的是家庭观众。此外，电视采用口语化风格。它与观众的交流方式与其在此家庭中的地位是相符的。它似乎成了家庭谈话的又一位参与者。

其二，电影技术的发展使电影在画面和声音的质量上比电视要好得多。电影的逼真效果给观众以特别强烈的感受，使他们认同电影里发生的一切。看电影要求全神贯注，而电视观众偶尔分个神也无妨。埃利斯说："看电视常用的方式是扫视而不是盯视。"眼睛一刻不离电视机——盯着电视看——常常被认为不是很适宜。

其三，电影与电视叙事形式不同——安排故事情节的方式不同。电影故事通常以某种杂乱无序的状态开始，然后是一系列跌宕起伏的情节发展，再到无序状态的结束，最终恢复到平静。电视则没有这样的结局，它表现的是一套不完整的、反复的片段内容。电视系列片或连本电视剧就很典型。每集电视剧自成一体，但很难找到贯穿全剧的结局感。节目的连贯性不是由故事本身而是由人物和地点串联而成。

其四，电影和电视对观众的看法不同。电影认为其观众是在忧喜交织中等待着故事的结局。从某种意义上说，观众的受控方式如同读书人的受控方式一样，而电视贴近观众运作的成分要大得多。电视如同一双眼睛，借助它，观众可以观察世界。所以，借用埃利斯的话说，就是观众把"他(她)自己的视野交给了'电视台'"。

就形态与体例、结构和书写方式而言，电视剧文学剧本是以大的"分集"和小的"时空场景"结构和书写全剧的文本的。一般来说，一"集"的时间容量大致上是45分钟左右，每一集的"时空场景"是35～45个，剧本汉字字数大致是15 000字，前一集和后一集的勾连可以有许多方式，但基本的是悬念设置和破解。在这方面，电视剧文学剧本类似于电影文学剧本，但是，电视剧文学剧本的总体长度比电影文学剧本要大得多，而长度的巨大会影响到文本构成和叙事策略、叙事手段的诸多差异，比如人物可以更多，故事可以更复杂，环境可以更多变化，又比如时空可以更多一些，线索可以更错综复杂一些，节奏可以更慢一些，等等。既然它的形式是画面和画面组合，电视剧文学剧本就要求剧作文学家充满蒙太奇的艺术思维，剧作文学家满脑袋都应该是画面，是彩色的连续的活动的画面，一切文字的戏剧情景描述、情怀抒发和艺术感悟的阐释都应该能够转化为画面，而不能只是供案头阅读的文本。无论是频繁的短切镜头组合，还是长镜头画面，一切画面和画面的组合都要注意遵循严格和缜密的"语法"以求叙事清晰和流畅，都要在"修辞"上下工夫，用最佳的画面表达求得叙事的深刻和生动。电视剧文学剧本还要给整个电视剧创作团队中的其他艺术家们留出再创作的空间，这些艺术家包括导演、演员、摄像师、美术师、录音师、服装师、化妆师、道具师、灯光师、音乐家、舞蹈家、剪辑师等，使这些艺术家有余地共同营造电视剧画面的“通感美”。

从一般的意义上说，电影故事片和电视剧的区别很小，因为许多影片也经常在电视台播放，观众就像收看电视剧一样通过电视接收机来看电影。二者的相同之处甚多，区别较少。

电影艺术经过一百多年的发展，已经形成了一整套比较完整的表意体系，电视诞生后天然地继承了电影艺术的表意手段，结成了真正的姊妹艺术。但当电影艺术积累的经验具体运用到电视媒介的时候，实践证明，电视艺术必须面对自身的一些特点。我们也因此应该清楚地认识到媒介特性所决定的二者在媒介具体构成方式上的差别。

从发展过程看，电视的产生曾一度对电影构成了威胁。世界电视业的兴盛最早在美国出现，美国20世纪50年代的电视热使得这个以“好莱坞”为代表的“电影王国”深感恐慌，引发了美国电影和电视长达十年之久的一场错误“战争”，同时也促使很多理论家开始思考电影和电视的关系问题。由于两者的冲突带有明显的商业竞争性质，理论界也大多从文化工业的角度出发探讨电视对电影的冲击。

麦克卢汉从传播学的角度对电影和电视的特性进行了区分，他将电影称为人们投身其中的“热媒介”，将电视称为人们和它保持一段距离的“凉媒介”。把电影和电视放到传播者、传播媒介、接受者和传播方式这个不可分割的传播系统中加以比较，为考察电影和电视之间的关系带来了新的视角和研究思路。传播学认为，电视这种新兴的电子媒介实现了人类视觉和听觉的极大延伸，是一种视听兼备、声画并茂，既具有新闻属性、知识属性、广告属性，又具有艺术属性和娱乐属性的大众传播媒介，同传统的电影存在着诸多差异。

接受方式上差异，对两者内容构成和审美功能提出了不同要求。对于电影来说，每部影片都是一个完整的文本，艺术家通过电影的结构、电影语言的构成方式和表达方式等各方面的因素来共同完成意义的表达，而且是一种独立的、完整的意义表达。它要求电影艺术是一个具体的文本创作过程，要求每一部影片叙事的完整性，要求电影艺术风格的统一，以及视听语言的表达同影片整体艺术风格的完整的有机结合。电视则主要为大众提供包罗万象的信息流，其内容构成的丰富性和审美功能的广泛性、兼容性、纪实性、参与性、连续性、当代性、直观性、开放性和社会性等都是电影无法比拟的。虽然电视剧和电视艺术片等样式也为观众提供一个相对完整的文本，但其创作过程和叙事的完整性又与电影有很大差别。

从艺术上看，20世纪50年代开始，电影的艺术地位日益巩固，进一步要求突出它本来意义上的经典艺术性特性，艺术家们不断探索电影对生活的独特观察角度和观照方式，试图通过电影语言来表达他们对客观世界的理解，他们的努力使电影一直没有脱离高雅艺术的阵营。电视艺术更大程度上是传播方式的艺术。电视所表现的内容不完全是经典艺术意义上的电视工作者对世界的认识，主要在于他所记录和传播的信息会有助于观众了解和认识世界，强调所记录和传播的信息尽可能地接近客观事物的真实面目，无论是在视听内容上，还是在叙事构成上。电视对视听语言的运用和叙事构成更倾向于再现客观世界的原貌。电影艺术的目的则是要表达一个艺术家对事物的认识,表达个人化的艺术思想和主张,所以电影更接近经典意义上的艺术表现,电视更接近于一个纯粹的大众传媒。

此外,电影和电视还存在着一些显现的异同。

二者的相同在于:①都是视觉造型艺术;②都是综合艺术;③都需要特定的设备制作、发行和放映(播放);④都有编剧、制片人、发行商、导演、演员、职员等创作集体;⑤都需要大量的投资购买剧本、聘请演职人员。

二者的区别在于:①制作的设备不同,传统的电影制作是胶片摄影机,但是近年来数字电影的出现,使二者的制作设备有所类似。比如数字摄像机也被数字电影所采用,这是科技发展的必然结果。今天数字电影的制作设备很难和电视剧的制作设备严格区分了。②电影和电视剧有一个区别将会保持下去,那就是节奏不同,密度不同。一部电影故事片的长度,标准时间是90分钟(还有上下集的,上中下集的),所以电影的节奏必须紧凑。一部电影大约有几百个到上千个镜头组成,每个镜头从几秒钟到几十秒钟不等,最短的镜头也就一两秒钟,这就使得电影频繁地使用蒙太奇手法,而电视剧则不同,人们坐在电视机前观看,过度的、频繁的转换镜头容易引起视觉疲劳。所以电视剧的镜头一般来说都比电影长。电视剧一般很少使用电影摄影的手法,比如推、拉、摇、升、降、跟等镜头。电视剧的标准时间是每集40到45分钟,中间可以插播广告休息。然后接着观看,一部电视剧短的在20集以下,长的有几百集。可以在十天到几个月期间连续播放。而电影则不同,传统电影在电影院播放,人们不太可能连续那么长时间每天到电影院去观看一部电影。

从电视剧视听语言的独特性上看,电视剧主要是电视连续剧与电影不同之处在于:

从时空形态上看,电视剧的优势在时间。电视剧可以是一二十分钟的短剧,也可以是几十集,甚至上百集的连续剧,可以把表现时空浩大、漫长和情节曲折复杂的长篇小说纳为己用,电视剧视听语言具有小说性。

从视听感知上看,电视剧既包括了电影的造型手段,又包括了电视广播的表现手段。电影源于"照相",而电视源于"广播","听"是电视剧的老祖宗,电视剧中的对话多于也重于电影。电视剧视听语言具有广播性。

从动静表现来看,电影擅长动态场面的表现,电视剧则擅长表现微观环境和人物心理,多用特写、近景和中景。

在影视剧的创作上,两者也存在着一些差异。在内容选择上,电视剧多选择故事性和戏剧性较强或表现"生活流"的对象,那些描写个人体验、心理活动、意识流的内容,一般不会被电视剧选中。电影的内容表现则呈现出多元化的特点,虽然电影也强调故事性和戏剧性,但不排斥那些个性较强的内容。

现在的电影从传统的胶片电影发展出"电视电影""数字电影""网络电影""手机电影"。由于当代数码电影的发展,我国全国各城市已经发展了几百座数字影院,看来数字电影、网络电影是电影发展的趋向。另外,数字电影的成本远低于传统的胶片电影,所以广电总局把数字电影列为朝阳产业。我国的网络正在快速地发展和普及,随着宽带网的普及,网络电影将会异军突起。此外,手机技术的发展,使得手机逐步具备视频功能，所以又派生出了手机电影这个新生事物。人们在乘车出行途中，看一部二十到三十分钟的手机电影，应该是解除旅途疲劳的好方式。随着科技的突飞猛进，胶片电影将最终退出历史舞台，传统的电影院将被数字电影院所取代。拍摄一部同样的电影，数字电影只要几十万就够了，胶片电影却需几百万到几千万。加上数字电影技术的发展，数字电影的效果越来越接近胶片电影了。

然而，从影视剧作上角度，尽管人们都看过电影，也都看过电视连续剧。或许非专业的人会发现两者并没有多大的区别，都是一群人发生了一些故事。但从事影视创作的专业人士，却是一定要搞清楚两者之间两种截然不同的编剧方式。

第二节　题　材

电影编剧讲求缜密，一部电影最好只能有一个情节最高任务。如果一个人的行为过多，比如：又是杀人，然后和仇人的女儿结婚，然后沉迷赌博、堕落、染上毒瘾，又要扭转整个时代的乾坤；后来发现了老婆是仇人的女儿，又后悔，然后又改过，但是不幸被数年前的凶杀案侦破导致入狱；在监狱里如何发奋、争取老婆的原谅、出了监狱、如何禁止毒品，但是赌博依旧成性，等等。这样的题材，我们是无法拍成一部成功的电影的。因为它太杂、太乱。人物的最高任务并没有，只是一连串的人物遭遇。然而，这样的题材却是可以拍成电视连续剧的。

叙述人物成长历程和际遇题材很适合电视连续剧，比如《士兵突击》《大宅门》等。但电影也有成功的例子，比如《天堂电影院》。但是，我们可以看到《天堂电影院》尽管表现主人公多多从小时候开始一直到老的成长经历。但却并没有叙述一个人一生的遭遇，而是抽取了具有典型的片段串联起来的。而这些片段，又恰恰与这个电影院都发生着强烈的关系。电影整体结构松而不散，因而成为了典范之作。相同的例子还有法国的《玫瑰人生》和陈凯歌的《梅兰芳》。

有些电影导演，往往并不完全明白这些，而时常去把一个故事松散到没有骨架的作品不加思考地拍出来，比如号称李连杰收山之作的《霍元甲》。曾经有一部香港拍摄的电视连续剧《霍元甲》在中国内地播出获得巨大的成功，这部长篇巨制以数十集的篇幅，完整讲述了一代武林宗师霍元甲波澜壮阔的一生。然而这部由李连杰主演的近两个小时的电影对霍元甲故事的讲述却是粗疏和散乱的。影片中，霍元甲从年少轻狂到老成，当中结识一少女，并在其他村庄里住了一阵子。其实这一切都不是人物自然的走向，而是编导的刻意安排。霍元甲的转变太突然，没有作好充分的铺垫；仅仅是编导安排了一个村庄，目的很明确，就是要霍元甲转变。但是这种安排并不成功。

这个村庄太突然、太松散，仿佛是游离在整个戏之外的戏。而这个游离又是与主题的最高任务丝毫没有挂钩，仅仅是为了连接上面和下面，因此成为了编导的解释工具。

如果遵循电影剧作的逻辑：霍元甲的转变，应该是在和他最熟悉的交际圈里发生事件,使得他发生了某个认识后转变了。比如,霍元甲打擂,输了!于是他开始沉思,跟他的好友认错,并讨教西方学术。发现自己输的原因是对某一拳法的拳理不了解,而这一拳理正是中西方文化融合的产物。熟悉搏击的朋友应该知道,中国武术往往是跟某一个思想联系在一起的。不同的思想会有不同的武术门派,因而形成了门派与门派的分歧。霍元甲应该是在这么一个过程中,发现了平时不曾发现的人物,发现了平时疏忽了的事物。这样就远远要胜出设置一个村庄戏,莫名其妙让霍元甲漂流到那里,在那里发生了一件游历的事件,然后霍元甲再回到佛山,之后那个村庄就只字不提了的方式。

而我们看《霍元甲》是不是觉得很熟悉,是不是让你想到了类似港产古装功夫电视连续剧了?一个掉下悬崖的人,没死!遇到了什么人,得到了什么帮助,然后重返江湖,功力大增…… 这是电视连续剧的编剧方式而不是电影的编剧方式。一部真正意义上的港产动作片电影,往往是主人公失败后,主动寻找战胜的方式,然后战胜对方。这是正确的电影结构,非常缜密。每一个动作都直接联系到主题、最高任务。当然电视连续剧也有最高任务,但相对却要松散很多。

相同的例子也出现在对电影《暖春》的电视连续剧改编上。

这样一部投资仅200万的小制作电影,却赢得了近2 000万票房,并荣获政府奖“华表奖”,成为圈内外引起广泛关注的“《暖春》现象”。

这部电影无疑是十分成功的!然而,根据电影改编的同名电视连续剧《暖春》却将一部不到两个小时的电影演绎成一部26集的电视连续剧,并且故事梗概与电影版基本保持一致,这就势必将内容抻长,将节奏变慢。

电视剧版《暖春》并没有改变电影版的剧情内核,只是在这个内核的外围增加了一些人物和情节。比如,为了进一步突出小花的遭遇,对其家破人亡的过程的叙述由内聚焦转变为零聚焦,不再由他人之口代为转述,而是直接具体的描述其先前的幸福生活,以便和之后的凄苦遭遇形成鲜明的对比。于是,在电视剧中就增加了小花父母、小花奶奶、村长大伯一家、铁蛋爹娘等一系列人物,他们围绕小花形成了强烈的矛盾冲突。但是,电视剧在处理这些情节时连续用了长达7集的镜头来展现,尤其是在村长大伯把小花接回家之后,村长媳妇与村长之间的矛盾表现得过于烦琐。在这部电视剧中,人物的增加和情节的扩展并未能使剧情紧凑,受电影版的影响,大多观众可以明显感到剧情的拖沓。尽管编剧和导演一再强调该剧“不重情节重细节”,但是对细节的过分刻画很容易导致剧情的分裂。

无论是电影版的《暖春》,还是电视剧版的《暖春》,最被人们津津乐道的除了其感人的剧情之外,就是制作成本低廉。我们也可以从影视作品展现的场景发现这一点。在电影中,由于剧情紧凑,没有大量的场景的镜头,观众尚未能明显感到场景的失真,但是在电视剧版中,由于剧情节奏的缓慢,自然风光镜头出现的频率和时长有了明显增加,这也让受众感受到了其中的失实成分。

首先,故事的背景是发生在山区,但是所选择的拍摄场地更像一个丘陵草原,唯美的乡村风光,与整个故事的悲情基调不太协调。其次,在剧中经常出现的一个意象就是月亮,这个意象的重复使用缺乏变化,不但不真实,而且影响了整个场景的美感。再次,电视剧演绎的时间跨度与场景和服装形成了矛盾。细心的观众不难发现,从头到尾,剧中人物一直穿着夏装,没有季节的变化,这也不符合常理。

看完电视剧版本,观众们有一个很大的遗憾,就是剧情拍摄虎头蛇尾。故事的结尾显得突兀,有一些需要交代的情节未能交代完整。

故事的主线基本上保持了电影版的原貌,但是对于增加的人物和情节缺乏前后照应。香杏和王小到城里打工,中间经历了诸多波折,却没有交代他们的结局。此外,故事的结局也应该增加小花融入宝柱一家的内容,甚至其学习、考上大学等情节。但是电视剧版本中采取了和电影版本一样的结尾方式,香草和宝柱彻底接纳小花,即宣布剧情的结束。至于14年后,小花大学毕业回到村里教书只是予以了简单交代。故事的结尾和剧情的开端相比较,具有明显的差别,故事开端不厌其烦地铺垫并未能坚持到故事的结尾,给人以虎头蛇尾之感。

实际上,在已有作品的基础上进行再创造,并且要保持原有作品的风格,补充型影视作品再创造应该坚持宏观真实,也就是说要保证二者在宏观层面的一致性。但是应该如何使宏观真实和微观真实相互融合,为文本继承和内容创新更好地服务,成为一个需要解决的问题。其实,对于宏观真实的把握是毋庸置疑的,也是必需的,只有把握改编后作品与既有作品在宏观层面的一致,才符合补充型影视作品改编的基本要求。而对于微观真实的理解则有不同的理解,补充的文本内容势必在微观层面与前一作品存在差异,也就是说,微观真实是很难做到的。然而,完全置微观真实于不顾,随意改编,也会影响作品的主观真实。比如在电视剧版《暖春》中,一些现代流行词汇的出现与故事的发生地(一个偏僻的农村)是不太符合的。宏观真实与微观真实并没有不可逾越的鸿沟,二者之间相辅相成,微观真实是宏观真实的基础,宏观真实是微观真实的结果。对于同题影视剧的改编来说,要有限制地进行微观改编,才能不影响作品的宏观真实。

对于影视题材而言,一般认为电影适合宏大的叙事,像中外古今的战争、灾难等大场面的展示,有《勇敢的心》《英雄》《龙卷风》等。而电视剧适合微观叙事,像日常家庭生活等,有《渴望》《蜗居》《浪漫的事》等。然而,当下我国影视创作的实际并不尽如此。在一些献礼性、政治性的电视连续剧题材中不乏宏大叙事的革命战争史诗的电视连续剧作品,如《长征》《解放》《东方红》《人间正道是沧桑》等,国外的例子有《兄弟连》等。

然而,尽管如此,我们还是认为:就题材而言,电影可以说是包罗万象,内容有时可达到很夸张的地步;在高科技数字特技时代,人们只有想不到而没有做不到,比如《黑客帝国》《星球大战》《侏罗纪公园》《阿凡达》等这些卖座的电影,都带有很强的幻想色彩。相比而言,电视剧写实的居多一点,跟日常生活比较接近,主要靠剧情和演员来吸引观众,我们想这也是限于投资成本低的原因吧,幻想类的电视剧很难达到电影的效果。

按照异常美和平常美分野,从根本上来说,电影的审美经验是超日常的异常美的存在,我们在一个与世隔绝的封闭的黑暗空间中面对一个巨大的唯一存在的银幕,无论是银幕上那些恢弘的场面还是那些局部的特写,无论是那些稍纵即逝的画面还是和谐强烈的音乐，所提供的经验都是与我们的日常生活相区别的一种广义的“奇观”，即便在最写实的电影中，如意大利新现实主义的代表作《罗马11点》中那个人挤楼坍的故事、张艺谋的写实主义影片《秋菊打官司》中那个“要个说法”的秋菊式的人物，其实都与我们的日常经验有着巨大的差异。正因为电影的经验是超日常的，所以电影追求视听的“奇观化”、叙事的“复杂化”、审美体验有限的“陌生化”。从这种意义上说，正如曾经被人所指出的那样，电影的观影经验更像是“梦”的经验，它虽然与我们的日常经验有密切联系，但它的运作更加复杂、影像更加奇特、故事的进程更加诡异。相反，大多数电视的收视经验与电影则有明显不同。电视机和沙发、电冰箱、电话等日常生活用品一起作为“家用电器”被摆放在我们的起居室，它本身就是我们日常生活环境的一部分，看电视往往伴随我们的聊天、接电话、做家务等活动同时进行，而且我们还掌握着遥控器随时可以调整我们的收视对象，从一个老年保健的话题转向一个丰乳广告再转向一个煽情电视剧。因而，如果说电影是一个“梦”，那么电视更像是一扇“窗”，电影提供的是超日常经验，那么电视提供的则更多的是一种日常经验。透过电视这扇窗户，我们看到与我们此时或者此地或者此感息息相关的大千世界、芸芸众生。所以，电视剧一般来说不追求场面的奇观、不追求故事的复杂和精巧、不追求叙事空间和画面空间的张力、不追求人物和事件的超日常性，多数的电视剧都以我们日常的生活空间为背景，以人们的日常生活为素材，即便是帝王将相，也要还原其普通人的生活状态。于是，电视剧的受众伴随着电视剧中的人物一起在漫长的时间中一天天度过，当终于有一天电视剧走向大结局之后，观众仿佛与那些已经亲近熟悉的邻居、朋友们告别，带着怅然若失的感觉从电视频道中继续去寻找新的朋友。两者之间的差异应是我们从事影视剧作时，在选择题材方面需要特别注意的。

第三节　叙　事

一、叙事时间与容量

因电视剧的时间容量比电影大很多，所以在节奏和线索的选择上会有比较宽的余地——可以选择缓慢的节奏和多条叙事线索，不一定只有一个戏剧高潮，每个叙事也不一定为戏剧高潮服务，比如《蜗居》。电影的时间有限，要在短时间讲完一个故事以及更短时间里抓住观众，所以线索不能太多，节奏必须集中，每一个叙事都必须为了推进一个戏剧高潮服务。但是电视剧和电影的叙事结构很大程度上是相同的，都要讲究丝丝入扣和层层推进，有些节奏紧凑的电影还更丝丝入扣得紧呢，比如宁浩《疯狂的赛车》。

在电影叙事中我们非常忌讳的是，影片到当中了，还有新的角色再加入，人物关系还没说清楚。而在电视连续剧里，我们却最希望看到的就是到10集左右，又出现了一个新的人物，注入了一股新的力量，推动主人公的行动。（注意：一般观众乐意看到这股力量是推动主人公行动,而不是阻止主人公行动。因为观众这个时候都想知道的是主人公将怎么做,而不是他的对手将怎么做)。

电视剧是按照集来播放的。然而,需要吸引人们一集集看下去,电视剧无法做到像电影那样不时地给个小高潮。因为电视剧更松散,它的高潮并不容易设置。我们不能像一些拙劣编导演那样用一些洗澡镜头和男女之间的暧昧关系镜头来吸引人们的眼球。而是最好做到在每集电视剧设置悬念,尤其是在每集结尾的时候,必须要设置大悬念,逼着观众要看下一集。《蜗居》就是一个极好的例子。

而电影却完全不需要这些顾虑,电影的高潮可以一直在设置,因为电影本身就是人的行动。人怎么动,为什么动,动机是什么,目的是什么,障碍是什么都非常明确。只要人一动,就一定会有悬念,因此小高潮不断。

对于编剧而言,首先应该从时间角度来设置电视连续剧的情节结构。时间是电视连续剧的一个关键,因为有集的约束,这是个相当工业化的工程。在 40 分钟内,必须要解决一个悬念,同时制造一个悬念。需要注意的是:如果我们只是一味地制造悬念,而不解决悬念,观众也不会乐意看下去,因为他们感觉被编导耍了。

很多的电视连续剧的编剧就犯了这样的错误。永远在制造悬念,坚持悬念,但从不去解决悬念。他们都以为自己是希区柯克!在电影完整的起承转合结构中,当然是把解决悬念放到最后去。但是电视连续剧的解决悬念,绝对不能放到最后,它必须要不时地给观众一些甜头。

曾经有这样一部表现刑警侦破的电视连续剧《刑警本色》。它先叙述了一件一件不相关的刑事案件的侦破,临近最后,突然发现这些不相关的案件有一个巨大的联系,每个罪犯都打过同一个手机(注意,这是临近最后的时候才告诉给观众的)。通过这一细节,电视连续剧又继续挖掘一个统一全剧的新情节——寻找幕后的关系。最后找出来,原来一直与主人公刑警关系密切的心理学专家,才是这些案件的幕后策划人。这部电视连续剧的编剧是相当成功的。他并没有像其他恶俗片那样,一个情节又一个情节不相关地去侦破案件。而是在最后统一了所有的情节,给出了一个大高潮。而在之前,这个高潮却一点征兆都没有。这部电视连续剧的最高任务是为了讴歌刑警、突出刑警的品格。作品除了与恶势力的直接交锋之外,还有内部隐藏着的危机。刑警最后面对的不仅是不相识的敌人,还有一直以来的"朋友",刑警的推理能力和感情交杂在一起,最后推理到自己的朋友,在千钧一发之时拯救了战友。这种安排,每一集都突出了主题,围绕着最高任务。然而这种情节结构是绝对不能拍成电影的。一旦拍成电影,那么多的事件显得松散而无法取舍。我们并不是说电视连续剧松散,就可以有多余的情节了,这是误解,电视连续剧同样也不可以有一个多余的情节。

近来,我们看到多部电影都是由电视剧导演,或者电视剧编剧来做的。然而,实际效果却差强人意,《六百零一个电话》《东京审判》《夜宴》等皆是如此。

问题在于,电影和电视连续剧这两种长度的作品的叙事角度是不同的,电视剧更多的是铺,从一个起点出发,不停地一个矛盾一个矛盾地设置,一个矛盾一个矛盾地解决,它更像是一种循环。因为几十集的情节,不重复地制造问题很快就没话说了。比如主人公的爱情,不停地分分合合,总是找出很多不同的理由,或者主人公的亲人、朋友、事业，也是不停地制造问题，然后解决。矛盾设置得精彩，人物之间就越有冲突，观众越牵肠挂肚。大多数电视剧的逻辑有时间逻辑就够了，也有一些电视剧追求了一些主题逻辑，或者事件逻辑，但是不需要特别高的要求，基本时间逻辑就足以贯穿整个情节了。

但是电影不同，电影要在90分钟里传达不少于一部电视连续剧的内涵，甚至思考得更多。电影不能铺，一定是挖。挖什么？电影通常是从一个很具体很小很准确和极致的矛盾入手，然后挖开这个小事情背后的大世界。比如一个人丢了鞋子，他要找鞋子，就找鞋子这件事情恨不得能把他的人生都带出来。在挖的时候所有的矛盾都是因为第一个小洞衍生而来的，电影如同针眼里边看世界。

因此，编剧在写作时能感觉到，电影对逻辑关联的要求能力比电视连续剧高，一旦后边出现的矛盾不能被一个针眼统领，观众就会不舒服，没有完整感。相对来说，电视连续剧的逻辑要求较低，只要人物性格一致，事件能通畅自然就可以按时间顺序一直发展下去。电影绝对不可以仅仅按时间顺序来贯穿逻辑，仅仅依靠时间顺序的电影，不是交代淡薄，就是冗长乏味。

二、电视连续剧创作的本质特征

电视连续剧是摹写虚拟人生的叙事艺术样式，现在关于电视连续剧的本质特征有两种看法，一种认为电视连续剧是叙事的艺术样式，应该以事件为中心；另一种认为，电视连续剧虽是叙事的艺术样式，但是展现给观众的却是人物的曲折命运，所以应该以人物为中心。这两种说法各执己见。业内人士曾这样说过，电影是导演的艺术，电视剧是编剧的艺术，这样的说法是有一定道理的。电视剧，特别是电视连续剧创作有着自己的本质特征，这个本质特征，当然与电视连续剧所具有的其他方面的特征分不开，比如，揭示主人公的人生命运，故事首尾的主人公是完全一致的，集数至少在三集以上，所有的故事情节是连续不断发生的，等等。那么，电视连续剧创作的本质特征到底应该是什么呢？电视连续剧的本质特征是“因文生事”。而“因文生事”是一个以人物为中心的创作理念，强调叙事的创作以人物为主，事件为辅。“因文生事”的内涵是人物为中心，事件为骨髓，影像为肌肤。理想的电视连续剧的创作是以人物为中心的人物、事件及影像三者的完美结合。

电视连续剧的本质特征是“因文生事”。电视连续剧中的事是虚构的，而剧中的人物命运反映的却是人的真实命运，即人物的命运在一定的社会学意义上说，是真实的。早在明清时期，金圣叹对《水浒传》就提出了“因文生事”的理念，这个理念一直在电视连续剧的创作中应用着。我们之所以要用这个理念来阐述电视连续剧的本质特征，是因为电视连续剧与明清章回体小说的叙事方式有着惊人的相似。尹鸿指出：“电视剧与章回体小说的叙事方式在某些方面有异曲同工之处。”电视连续剧每集的讲述时间虽然有限，但这种讲述可以在同一地方或同一频道重复多次。在整个剧情故事遵循“开端—发展—高潮—结局”的经典叙事模式的同时每一集中又“集首有呼应、集中起高潮、集末留悬念”，而且核心情节的发展结局往往会留到最后一章。因为这种相似性，我们在研究电视连续剧的本质特征的时候要借鉴一个明清小说评点的概念:因文生事。那么,“因文生事”指的是什么呢? 金圣叹在评点《水浒传》的《读第五才子书法》中说:“《史记》是以文运事;《水浒》是因文生事。以文运事,是先有事生成如此如此,却要算计出一篇文字来,虽是史公高才,也毕竟是吃苦事。因文生事即不然,只是顺着笔性去,削高补低都由我。”这里的“事”,就是叙事中的“事件”,是根据人物命运所创造出来的“事”,而这里的“文”,因中国古代文学理论中对于“文”的用法非常多且意义不固定,需要勘定一下其真正含义。金圣叹在《水浒传》第二十八回“武松醉打蒋门神”的回评中对他的“因文生事”中的“文”进行了勘定:“武松为施恩打蒋门神,其事也;武松饮酒,其文也。打蒋门神,其料也;饮酒,其珠玉锦绣之心也。故酒有酒人,景阳冈上打虎好汉,其千载第一酒人也。酒有酒场……酒有酒时……酒有酒监,连饮三碗,便起身走,其千载第一酒监也。酒有酒筹……酒有行酒人……酒有下酒物,忽然想到亡兄而放声一哭,忽然恨到奸夫淫妇而拍案一叫,其千载第一下酒物也。……酒有酒题,快活林其千载第一酒题也。凡若此者,是皆此篇之文,并非此篇之事也。如以事而已矣,则施恩领却武松去打蒋门神,一路吃了三十五六碗酒,只依宋子京例,大书一行足矣,何为乎又烦耐庵撰此一篇也哉?”这段引文,通篇都在解释“武松为施恩打蒋门神,是事也,是文料”,而武松一路的饮酒,却是“其珠玉锦绣之心也”,也就是,饮酒才是文章真正用心所在,通篇看去,武松一路的饮酒表现的是什么呢? 就是武松这个人物的性格特点,换句话说,金圣叹的“因文生事”理论,实际上是“人物中心论”,他认为,明清长篇小说,应该以人物为中心,而事件却是“削高补低都由我”,最终为人物的塑造来服务的。因电视连续剧是编剧的艺术,强调了编剧在创作电视连续剧中的作用。而电视连续剧与明清长篇章回小说有着很多相同的创作方式,电视连续剧要分集创作,长篇明清小说要分章回创作,电视连续剧在每集的最后情节中都要留有悬念,以吸引观众继续看下去,而明清长篇章回小说也是留有情节悬念——且听下回分解。而且,我国的叙事作品中,明清的长篇章回小说是叙事文学创作的一个鼎盛阶段,金圣叹以明清长篇小说为研究对象的小说评点无疑说出了其中的本质特征。所以,我们这样说,电视连续剧的本质特征是“因文生事”,这是一个以人物为中心的本质论。电视连续剧首先反映的是人的命运,而这命运,是通过大大小小的事件得以展现的。电视连续剧《坐庄》,反映的是股市的题材,却是以主人公的人生命运曲线来反映的。大学生刑剑峰研究生毕业就职粤兴证券公司,在“恩师”薛淑玉升为总经理时,一步登天当上操盘手,走上新时代金融豪赌三路,最主要是刑剑峰的人物命运在屡遭陷害打击中质变:斗死薛淑玉,放任妻子挪用公款被判死刑,逼走挚友,出卖色相,陷害同仁,打法律擦边球……终成为公司总经理。然后疯狂设计出一个个天衣无缝的骗局、赌局,数额之大旷古惊心。52 集长篇电视连续剧《闯关东》,是以主人公朱开山一家人的复杂、坎坷的命运为线索展开,讲述了朱开山以及三个性格迥异、命运不同的儿子在关东大地遇到的种种磨难和考验,是一部充满传奇色彩的个人奋斗与群体奋斗相结合的创业成长史,是一部人物命运的悲欢离合史,更是一部弘扬民族精神的平民英雄史诗。所以,电视连续剧,无论所用的事件或大或小,无论所选的角度或新或老,都会有一定的人物命运作为支撑,整部电视剧才得以完成。所以,电视连续剧的本质特征为“因文生事”。

“因文生事”的内涵是人物为中心，事件为骨髓，影像为肌肤。

“因文生事”是电视连续剧的本质特征，说到底，电视连续剧是一个大的故事，这一点和明清章回小说是一样的，但电视连续剧毕竟是在新的科学技术条件下形成的新的艺术样式，它的创作是因为电视的出现才得以流传，而这个传播媒体的最大的特征就是用影像来传播，所以，从明清小说评点留下来的“因文生事”就有了新的内涵。它的内涵是以人物为中心，事件为骨髓，影像为肌肤。其中，以人物为中心是电视连续剧的本质特征。

（一）以人物为中心的表现

首先，人物结构是整部电视连续剧的基础。在创作一部电视剧之初，可能是制片人选择的一个题材，也可能是导演或编剧在生活中得到的一些灵感。但是，这些素材一旦进入创作阶段，结构既是第一行为，也是最终行为，写作的第一笔就考虑到结构，写作的最后一笔也追求结构的完成。和电视连续剧的其他许多元素比较，叙事结构更具一种隐性色彩。在一部电视连续剧中，它无处不在，却又好像难得一见。叙事结构是可感的，但却不是具象的。它通过造型、表演、音响、蒙太奇等表现出来，是这些手段在时空中的运动状况的一个总架构。这样，就必须有一个结构的基础，人物的曲折命运就成为结构整部电视连续剧的基础。电视连续剧《大染房》，主人公陈寿亭是一个不识字，却能操控机器、调纵市场、才智过人的人，作品通过对他的胆识，实业报国、商战抗倭、惩恶扬善的塑造，最后完成了整个电视连续剧的创作。因为有了这个人物，而在这个人物塑造的基础上结构了整个电视剧，因为人物和结构的融合非常完美，使得整个电视连续剧成为经典。

其次，人物是情节运行的内在根据。人物的性格都有内在的规定性，而事件的发生都是由人物性格的内在规定性决定的，一部成功的电视连续剧中的任何事件的设置都是会符合人物的性格特征的，所以，不管事件是大是小，是好是坏，它的设置都是以人物的性格为内在的根据。大千世界，生活不断进行，而发生的事情却是在重复中，几乎是一样的吃饭、一样的工作、一样的睡觉等。那么在电视连续剧中，一样的事件，是依据什么安排在剧情中的呢？许多经典的电视连续剧中，事件尽管相同，但因人物性格各异，而创作出来的事件就各不相同。有的电视剧故意把人物的性格塑造得相像，却又有能力在这相像的性格中写出不同来，这些都是通过不同的人物对同样的事件的处理方式来表现的，而这样处理出来的人物形象，才会有生命力，才能成为经典的人物形象。所以说，电视连续剧中情节的运行还需依照人物性格的内在规定性而定。

（二）以事件为骨髓、影像为肌肤的表现

首先，人物命运曲线的表达必须通过事件才能表现出来。说事件为电视连续剧的骨髓，是因为事件在反映人物命运曲线的过程中搭起了结构，并在结构中填上了实实在在的内容，使得人物的命运最终会得到体现。说到底，就是在电视剧中，故事怎么讲的问题。例如，电视连续剧《大宅门》，为了反映人物的命运，主创人员综合采纳了戏曲艺术、说书艺术与中国话剧的叙事方式，并将其有机地融化于电视剧艺术的叙事方式中。《大宅门》一开门就挑起事端，矛盾一个叠着一个，冲突一环套着一环，观众被剧情牵着走，乐意为剧中的人物担心，而每集的煞尾处大多埋下伏笔，使人欲罢不能。

用事件搭建结构，并全程为人物的塑造保驾护航，这就是事件为骨髓在电视连续剧中所起的作用。

其次，电视连续剧是建立在新的科技发展水平之上的新的艺术样式，所以，最后形成的影像画面也是重要的环节。电视连续剧最后和观众见面的是画面的形式，是把编剧创作好的故事拍摄成画面展示给观众，所以说，影像是肌肤。作为肌肤的影像，也是要和人物的命运分不开的。一提到电视连续剧《亮剑》，人们首先会想起李云龙这个不朽的人物形象，还会想起在李云龙独特的战术指挥下，骄横的日军山崎大队全军覆灭的画面。同时也会想起李云龙的独立团在一次战斗中大部分丧生的壮烈场面。1941 年冬天，李云龙弹尽粮绝的独立团在野狼峪伏击日军用冷兵器全歼日军两个中队，此战之惨烈竟惊动了最高统帅部的蒋委员长，也引起了日本华北派遣军司令官的极大关注，这些场面的惨烈和雄壮，都形象地塑造了李云龙的人物形象，这个例子能形象地说明电视剧中影像与塑造人物及展现人物命运的关系。

三、实现电视连续剧本质特征的理想状态

确定了电视连续剧的本质特征是“因文生事”后，即其内涵是人物为中心，事件为骨髓，影像为肌肤。那么，实现其本质特征的理想状态就是人物为中心、事件为骨髓及影像为肌肤的完美融合。执“事件”为电视连续剧的本质特点的专业人士认为：电视连续剧是大众文化，是以观众一次性消费为目的的影像产品，如果事件选择或者是故事的设计不引人入胜，那么，这个产品就不会从产品变成商品，也就不会被广大观众消费然后传播。但这个观点没有看到，在众多得以传播的电视连续剧中，人物、事件及影像是完美地结合在一起的，在这个结合里，事件是为人物来服务的，如果只有事件而没有一个人物命远的曲线贯穿整个电视连续剧的话，这部作品是不能流传很广的。纵观所有电视连续剧的精品，在若干年以后，人们可能只会记得那些永远也不会被埋没的人物，那些有血有肉的人物，那些有自己鲜明性格特点的人物，那些与命运永远抗争、不屈不挠的人物。所以，电视连续剧的精品，应该是以人物为主，以事件为骨髓，以影像为肌肤，并将三者完美地结合在一起而创作出来的精品。认识到电视连续剧这个本质特征，才能真正创作出百姓喜欢的，又有一定的思想深度及艺术价值的好作品。

确定电视连续剧的本质特征是非常重要的，这不仅是在理论上一定要澄清的一个问题，同时，在创作过程中，如果分不清电视连续剧到底是以人物为中心，还是以事件为中心，对于创作来说，无疑会使创作者走很多弯路。纵观现在正在播映的电视连续剧，我们能感觉得到有一些作品在创作时，是以事件为中心的观点来指导创作的，而有一些作品则是以人物为中心的观点来指导创作的。两种观点的指导所创作出的作品是完全不一样的，能够用正确的本质论指导所创作出的作品一般收视率较高，并经受得住时间的考验，而以事件为中心的观点所创作出的电视连续剧一般不能取得很好的成功。所以，辨析清楚电视连续剧的本质特征具有重要的意义。

第四节 对 白

“沉默是黄金,说话是白银!”这对电影的对白设计而言似乎是金科玉律,然而这对电视连续剧而言却完全不是这么回事儿。

有人曾用“表现一个人很忧伤”这样一个例子说明电影与电视剧的区别。

电影——一个近景或特写镜头,一张忧愁的脸。

电视剧——乙对甲说:甲,你的脸色看起来不太好,是不是有什么心事?

这个例子形象地告诉我们,电影是用眼睛说话,电视剧却是用嘴巴说话。

总体而言,电影是用动作或镜头画面推进故事和情节发展,而电视连续剧则是用对话来推进故事和情节发展的。好莱坞的窍门是:凡是可以用动作代替的对话一律取消,国内一些电影编剧却并不完全了解这一点,在电影中本可以用影像表述清楚的部分,却加了大量的废话。例子多多,不胜枚举。

“话”多是电视剧语言的形态特征,电视剧语言的性格特征是广播性、口语化和亲和力。与戏剧相比,电视剧语言更电影化:更多地运用对话时的跟踪镜头;与电影相比,电视剧语言更广播剧化:更多地运用对话来推动故事发展;与广播剧相比,电视剧语言更戏剧化:更多地运用复述对话时的“动作性”。电视剧对话写作有哪些要求?不要怎样或不应该怎么?

事实上,无论对电影和电视剧尤其是中国的电影和电视剧来说,对话还是非常重要的。当下编剧对话写作水平的高低常常从根本上决定了一个剧本的成败。电影剧作中有很多的元素,诸如情节、结构、细节、人物等,其中当然也包括对话,但是你如果读过基本电影剧作理论的书籍之后就会发现,大多数书籍的作者都将关于对话的章节放在他著作的最后一章来讲。说来这有两个方面的原因,其一,因为对话从属于人物性格塑造的手段,它也是一种推进剧情的动作,所以先讲述人物或情节就成为顺理成章的事;其二,在电影艺术创作中,人们对电影对话的作用认识不足。长久以来形成了一种轻视对话的看法。事实上,在电影创作中轻视对话的认识由来已久。电影诞生之初是“哑巴”,那时根本不可能将对话作为自己的表现元素。尽管电影诞生三十来年之后有了说话的能力,但对话在很多人的意识里依然被看做是“后娘养的”。苏联著名导演杜甫仁科很早就认识到这一点:“可惜我们常常忘记电影已经不再是无声的了。直到如今,我们还经常在自己的影片中将两种不同的语言——有声电影的语言和无声电影的旧的语言混淆在一起。正是在这里,造成了十分混乱的局面。许多人都认为,有声电影之不同于无声电影,就在于它不需要字幕。但是,实质上有声电影与无声电影的区别绝不仅限于此,其区别要复杂得多。”人们在谈论电影艺术的特性的时候,常常会说:“电影是一种视觉艺术。”或者说:“电影是一种以视觉为主的艺术。”大家似乎更愿意谈电影的运动性、造型性或者照相性。其实,当这些人们在谈论“电影艺术本性"的时候尚没有弄清一个根本的问题，那就是，无声电影和有声电影是两种不同性质的艺术，有着本质上的差异。很多的人依然错误地认为有声电影的本性只不过是默片手段加对话，而在他们这样说的时候，又常常对电影对话提出很多歧视性的限制。例如，"在电影中，任何时候都要将表现的优先地位让给画面。""电影对话是从属于画面蒙太奇的，因此不能影响视觉蒙太奇的运行。""在电影中，对话越少越好。"对话少到没有的程度为最少，这样的说法岂不是要求电影退回到默片时代吗？这样的态度是违背了有声电影艺术特性的，因此是极为有害的。最大的害处就是阻碍了人们对电影对话以及它与画面之间关系的研究，也使得很多电影作品出现了声画排斥的状态，使很多听信了这样说法的剧作者受到了不应有的束缚。

为什么在很多知识阶层看来，话剧艺术比电影艺术更具有艺术深度，更高雅一些呢？很大的一个原因便是，话剧使用的主要手段是对话，而对话却是揭示人物内心和性格的最有力手段。这一点决定了话剧艺术的高贵，它不可能搞成什么"西部样式""警匪样式"类通俗的商业路数；然而，电影有着太强的视觉表现手段，这使得它沉醉于"追逐枪战""星球相撞""冰海沉船"等一些视觉奇观里，成为一种通俗意义上的大众娱乐。就世界范围来说，最令知识阶层尊敬的导演应该是伯格曼，是他把电影提升到了令人尊敬的艺术高度。他之所以能做到这一点有两个重要的原因：一是他同时是个话剧艺术家，掌握着语言艺术；二是他没有听信"对话越少越好"的教条，而是大量地运用了对话，如《呼喊与细语》《野草莓》《第七封》等。如果我们今天依然以排斥对话的方式来提高电影性，其结果就是让电影永远停留在下里巴人的水准上，成为艺术姊妹们中的侏儒。

我们不是喜欢说"实践是检验真理的标准"吗？从有声电影诞生以来的创作实践来看，电影对话在一部影片中的重要作用也越来越突出了。电影艺术家们越来越自由地、大胆地开发着电影对话的功能和创造性的应用方式。例如，在希腊影片《囚徒》中，一个女人在逃出一场迫害之后，在电视台接受了采访。这时电影编导者将面对两种选择：一是用回忆的方式将她所遇到的迫害再现给观众看；二是让她用话语的方式讲给观众听。通常，人们会毫不犹豫地选择前者，因为人们似乎对电影使用对话没有足够的信心。然而这部影片却毅然选择了对话。这段长达二十来分钟的对话，加上演员的表情，不仅使我们知道了过去发生的一切，而且同时也使我们看到直到现在那种迫害仍然对女人产生着可怕的影响。这就像国产佳作《城南旧事》中的那一场戏：编导者先用了大量的笔墨来描写一个"疯子"秀珍，等到悬念已经造足，就必然要把她如何变成"疯子"的原因讲给观众听。同样，编导者也面临着两个选择，要么采用"闪回"，要么通过人物的语言讲给观众听。有趣的是，在原电影文学剧本中，编剧采取的是"闪回"，而在影片拍摄的时候导演却运用了人物语言的画外音结合主观镜头的方式。秀珍详细地说起她第一次看到大学生思康、两人渐渐产生了爱情、秀珍生下了思康的孩子、家人将那孩子扔在了齐化门外……说话的时候，秀珍的语调充满感情和神经质，这时我们通过她的视点看到了空空的小跨院、小小的月亮门和思康住过的也是他们幽会过的小偏房。这时，镜头是缓缓向后拉，然后悄悄向前推的。无论是秀珍的话语还是镜头运动的节奏，都使我们产生了一种与秀珍情感合而为一的感觉。这样，我们不仅从客观上了解了过去发生了什么事情，而且同时体验了“疯子”秀珍此时此刻依然“生活”在昔日情境中的主观情绪。试想，如果我们采用了原剧本那种“闪回”的方法来处理这段会出现什么问题？首先，我们必须用极为简练的画面再现当年秀珍从相遇到发疯的漫长过程。如果描写太细，必将中止影片的主要情节，旁出一枝。这样不仅会破坏影片的总体布局，也会破坏影片已经形成的那种浓浓的主观情调。但是如果用少量的镜头交代一下，便会显得人为，两个人一见钟情，飞快就有了“爱情的结晶”，必然导致美好爱情的庸俗化和简单化，观众必然要产生这样的疑问：“这样的爱情也值得珍重吗？”

事实向我们一再地表明，电影中的有声语言有着千变万化的使用方式。苏联早期影片《伟大的公民》几乎是一部以对话为主要手段的影片，却牢牢地吸引了广大观众；《巴顿将军》一开始，巴顿就直接对着镜头，以声画同步的方式说了 11 分钟的话，观众不仅没有讨厌这样的以听觉为主的方式，反而为它鼓掌，留下了深刻的印象；在《骆驼祥子》中，虎妞的性格更多是依靠她的快人快语式的语言体现出来的，如果离开她的大量生动有趣的语言，又如何反衬祥子少言寡语的性格呢？所以，人们说：“声音进入电影才真正创作出了沉默。”在美国影片《八音盒》中，最扣人心弦的段落恰恰是运用对话最多的法庭场面，没有哪位观众会认为那不是一场真正意义上的搏斗！著名的《广岛之恋》创造性地对话和画外旁白结合起来，在整部影片中人物的语言几乎不间断地进行着，可是没有人感到厌倦。如果我们实事求是地看待问题，就会发现，在今天，几乎所有具有思想和艺术水准的影片（如美国影片《克莱默夫妇》《金色池塘》和苏联影片《辩护词》《个人问题访问记》等）都放开了手，大量使用对话。对话使伍迪艾伦成为继卓别林之后又一个美国电影史上著名的喜剧编剧和导演。卓别林将哑剧表演引入了电影，而伍迪艾伦则将脱口秀引入了电影，创作出他独特的喜剧风格。其实，如果我们打开今天印刷出来的电影剧本看一看立刻就能明白这样一个显而易见的事实：在编剧写下的文字里，用来写出对话的文字大多会超出描写情景或动作表情的文字数量。

我们可以断言，在今天，一个人如果不会写作对话，他就连半个剧作家也当不成！尤其是在电视剧走红的今天，对话写作的功力更显得重要。因为，在电视剧中，由于视野和制作经费的限制，不可能像电影那样追求视觉的“奇观”。以中近景别为主的拍摄方法决定了电视剧依靠对话来推进剧情、塑造人物的特点。然而，多年来，电影界出于对视觉手段迷信般的钟爱和对于对话的先天性歧视，致使我们的电影剧作理论在这一方面大大地滞后于电影创作的现实。那种“对话越少越好”的教条使我们在研究电影对话的特性方面没有下多大的工夫。记得夏衍先生在 41 年前曾经说过这样的话：“假如有人问，中国电影最显著的弱点是什么？我想很直率地回答，是对话。”可惜的是，当时并没有什么人重视他的这个意见，所以直到 40 多年后的今天，他说的这个情况并没有很好的改观。

总之，在今天，我们必须认识到，电影剧作理论对电影对话的特性和应用规律方面的研究还是十分薄弱的。例如：电影对话和话剧台词的生成环境有什么不同？这些不同使它们之间出现了哪些性状方面的差异？话剧台词的写作规律中有哪些是值得电影对话学习和借鉴的？电影对话与电影画面的关系应该是怎样的？所有这些都是亟待我们研究的课题。现在，是我们把电影对话放在第一位来重视的时候了。

思考题

1. 电影与电视剧的异同分别是什么？
2. 电影的题材选取与电视剧有什么不一样？
3. 请你分别分析一下由《暖春》改编的电影和电视剧？
4. 在叙事方面，电影需要注意些什么？
5. 在情节设置上，按照集数来播放的电视剧要注意些什么？
6. 电影与电视剧在对白的设置上，有些什么样的区别？请举例说明。
7. 电视剧《蜗居》如果改编成电影，从结构上应该如何处理？

附录1 乔治·普罗蒂的“36种戏剧模式”

种　类	主要人物	其他必要人物	细　目
1. 求告	求告者	逼迫者	A:(1)帮助他去对付敌人 (2)准许他去举行一件他应做而被禁止做的事 (3)给予他一个可以终其天年的地方 B:(1)遇灾的人,请求收留帮助 (2)行事不端,被自己人斥逐而祈求别人的慈悲 (3)祈求恕罪 (4)请求收取葬骨和取回遗物 C:(1)替自己亲爱的人求情 (2)在亲戚面前替另一亲戚求情 (3)在母亲的情人面前替母亲求情
2. 援救	不幸的人	1. 援救者 2. 天降救星	A:救援一个被认为有罪的人 B:(1)子女援助父母 (2)受过恩惠的人报恩施救
3. 复仇	复仇者	作恶的人	A:(1)为被害的祖宗或父母复仇 (2)为被害的子女或后人复仇 (3)为被害的妻子或丈夫复仇 (4)为被侮辱的子女复仇 (5)为妻子受侮辱(或几乎受侮辱)而复仇 (6)为被害的情夫复仇 (7)为朋友被杀或者受损害而复仇 (8)为姐妹被奸污而复仇 B:(1)为了存心做对,故意为难而复仇 (2)为了趁人不在,暗加攘夺而复仇 (3)为了蓄意谋害而复仇 (4)为了故人受罪而复仇 (5)为了逼奸强暴而复仇 (6)为了夺取所有而复仇 (7)为了一两个人的奸诈,对整个团体的复仇 C:职业追捕有罪的人

续表

种　类	主要人物	其他必要人物	细　目
4. 骨肉报复	复仇者	作恶的人	A:(1)父亲的死,报复在母亲身上 (2)母亲的死,报复在父亲身上 B:弟兄的死,报复在儿子身上 C:父亲的死,报复在丈夫身上 D:丈夫的死,报复在父亲身上
5. 捕逃者	捕逃者	追捕或惩罚的势力	A:违反法律(有时迫不得已)的或因其他政治行为而逃 B:因为恋爱的过失而逃 C:好汉对这大势力的抗争 D:半疯狂的人对阴谋整治的抗争
6. 灾祸	受祸人	胜利的人	A:(1)战败 (2)亡国 (3)人类的灭亡 (4)天灾 B:君位被夺 C:(1)旁人的忘恩负义 (2)不公道的被惩罚或受敌视 (3)遭遇横逆和暴行 D:(1)被情人或丈夫遗弃 (2)丧失子女
7. 不幸	不幸的人	制约者	A:无辜的人,为野心者的阴谋所牺牲 B:无辜的人,为了那应该保护他的人而受伤害 C:(1)能人,有力的人在困苦贫乏中 (2)一向被宠爱的人,或一向备受亲昵的人,发现此刻被遗忘了 D:失去了唯一的希望
8. 革命	革命者	暴行者	A:(1)一个人的反抗 (2)很多人的反抗 B:(1)一个人的革命,影响了很多人 (2)许多人的革命
9. 壮举	勇敢领袖	敌人	A:备战 B:(1)战事 (2)争斗 C:(1)劫夺一个所欲的对象和人物 (2)夺回那所欲的对象和人物 D:(1)冒险的远征 (2)为夺回所爱的人而冒险

续表

种　类	主要人物	其他必要人物	细　目
10. 绑架	被绑架者	1. 绑架者 2. 被绑架者保护的人	A:绑架一个不愿顺从的女子 B:绑架那愿意顺从的女子 C:(1)夺回那被绑的女子,但没有杀死绑架者 (2)夺回那被绑的女子,但同时杀死暴行者 D:(1)救出那被绑的朋友 (2)救出一被绑的小孩 (3)救出一信仰错误的人
11. 解释	解释者	谜	A:必须寻得某人,否则处死 B:(1)必须解释谜语,否则遇祸 (2)同前,但谜为所爱的女子所作 C:(1)悬赏以寻出人的名字 (2)悬赏以寻出人的性别 (3)试验一个人是否疯狂
12. 取求	取求者	1. 拒绝者 2. 判断者	A:用武力或诈术获取目标 B:用巧妙的言辞获取目标 C:用言语打动判断的人
13. 骨肉仇恨	仇恨者	1. 被恨者 2. 互恨者	A:(1)兄弟间一人被诸人所仇视 (2)兄弟间互相仇视 (3)为了自利,亲戚间互相仇视 B:(1)子仇视父 (2)父与子互相仇视 (3)女恨父 C:祖仇视孙 D:岳父仇视女婿 E:婆婆仇视儿媳 F:婴儿的杀戮
14. 骨肉竞争	得胜者	被拒者	A:(1)恶意的竞争者为自己的手足 (2)两兄弟间,彼此恶意的竞争 (3)两兄弟间的竞争,其中一人犯了奸淫的罪 (4)两姐妹间的竞争 B:(1)为了一个未嫁的女子,父与子的竞争 (2)为了一个已嫁的女子,父与子的竞争 (3)同前,但此女已为父之妻 (4)母与女间的竞争 C:庶堂手足或者姑表间的竞争 D:朋友间的竞争
15. 奸杀	有奸情者	被害者	A:(1)请人杀害丈夫,或为了情人杀害丈夫 (2)杀害一个"推心置腹"的情人 B:为了情妇或者私利,杀害妻子

续表

种 类	主要人物	其他必要人物	细 目
16. 疯狂	疯狂者	被害者	A:(1)因为疯狂而杀害了骨肉 (2)因为疯狂而杀害了恋人 (3)因为疯狂而杀害了无辜的人 B:因为疯狂而受耻辱 C:因为疯狂而失去了亲人 D:因为怕有遗传的疯狂,而导致疯狂
17. 鲁莽	鲁莽者	1. 受害者 2. 失去的对象	A:(1)因鲁莽而自致不幸 (2)因鲁莽而自致耻辱 B:(1)因好奇而自致不幸 (2)因好奇而丧失所爱的人 C:(1)因好奇而致别人死亡或不幸 (2)因鲁莽而致亲族死亡 (3)因鲁莽而致爱人死亡 (4)因轻信而致骨肉死亡
18. 无意中的恋爱的罪恶	恋爱者	1. 被恋者 2. 说明者	A:(1)误娶自己的母亲 (2)误以自己的姊妹为情妇 B:(1)误娶自己的姊妹为妻 (2)同上,但系受人陷害 (3)几乎以自己的姊妹为情人 C:几乎奸淫自己的女儿 D:(1)几乎在无意中犯了奸淫的罪 (2)无意中犯了奸淫的罪(如误以为丈夫已死而改嫁,其实未必等)
19. 无意中伤残骨肉	被害者	杀人者	A:(1)受神命,几乎在无意中杀了自己的女儿 (2)同前,但因政治的必要 (3)同前,但因与人做恋爱上的争宠 (4)同前,但因怨恨他那所不认得的女儿 B:(1)无意中杀害了或几乎杀害了自己的儿子 (2)同前,但系受奸人的拨弄 (3)同前,同时并有对其他骨肉的仇视 C:(1)无意中杀害了或几乎杀害了自己的手足 (2)为了职务的关系,无意中杀害了自己的姊妹 D:(1)无意中杀害了自己的母亲 (2)受奸人拨弄,无意中杀害了自己的父亲 E:(1)为了报仇或者受拨弄,无意中杀了自己的祖父或其他长辈 (2)迫不得已的杀害 F:(1)无意中杀害了一个所爱的女子 (2)几乎杀害了一个不认识的情人 (3)没有去救一个不认识的儿子的性命

续表

种 类	主要人物	其他必要人物	细 目
20. 为了主义而牺牲自己	牺牲者	主义	A:(1)为了诺言而牺牲自己的生命 (2)为了种族的成功或者幸福而牺牲性命 (3)为了孝道而牺牲生命 (4)为了自己的信仰而牺牲生命 B:(1)为了信仰而牺牲恋爱与生命 (2)为了事业而牺牲恋爱与生命 (3)为了国家的利益而牺牲恋爱与生命 C:为了义务而牺牲自己的幸福 D:为了信仰而牺牲了自己的荣誉
21. 为了骨肉而牺牲自己	牺牲者	骨肉	A:(1)为亲人或所爱的人的生命而牺牲自己的生命 (2)为亲人或所爱的人的幸福而牺牲自己的生命 B:(1)为了父母的幸福而牺牲自己的前途 (2)为了父母的生命而牺牲自己的前途 C:(1)为了父母的生命而牺牲了自己的恋爱 (2)为了子女的幸福而牺牲了自己的恋爱 D:(1)为了父母或一个所爱的人的生命而牺牲了自己的生命与荣誉 (2)为了亲人或所爱的人的生命而不顾自己的贞操
22. 为了情欲的冲动而不顾一切	恋爱者	1. 对象 2. 被牺牲者	A:(1)为了爱欲而破坏了宗教上的贞操与誓言 (2)破坏了普通的贞操的自誓 (3)为了情欲而毁坏了自己的前程 (4)为了情欲而毁坏了自己所有的权利 (5)情欲毁坏了脑力、健康,甚至生命 (6)情欲毁坏了富贵、荣誉、若干人的性命 B:因遇诱惑而忘了义务 C:(1)因为情欲的罪恶而丧失了生命、地位、荣誉 (2)为了其他的罪恶,得到同前的结果
23. 必须牺牲所爱的人	牺牲者	被牺牲的所爱的人	A:(1)为了公众的利益,必须牺牲一个女儿 (2)因为遵守对神所立的誓言,有牺牲她的义务 (3)为了个人信仰,有牺牲恩人或所爱人的义务 B:(1)在必要的情形下,牺牲别人所不知道而实际是自己的儿女 (2)在同样的环境下,牺牲他的父亲 (3)在同样的环境下,牺牲自己的丈夫 (4)为了公众的利益,而牺牲自己的女婿 (5)为了公众的利益,对付自己的亲戚 (6)为了公众的利益,对付自己的朋友

续表

种 类	主要人物	其他必要人物	细 目
24. 两个不同势力的竞争(为了恋爱和女人)	两个不同势力的人	对象	A:(1)神与人 (2)有妖术者与平常人 (3)得胜者与被征服者,主与奴,上司与下属 (4)上国的君王与属国的君王 (5)君王与贵族 (6)有权威者与新兴之人 (7)富人与穷人 (8)有荣誉的人与有犯罪嫌疑的人 (9)两个势均力敌的人 (10)同前,而其中一个人以前犯过奸淫 (11)一个被爱的人与一个“没有权利去爱”的人 (12)离过婚的妇人的前后两个丈夫 * * *以上是两个男人之间 B:(1)一个妖妇和一个平常女人 (2)得胜者与囚徒 (3)皇后与臣民 (4)皇后与奴隶 (5)女主和仆人 (6)高贵的女子和卑微的女子 (7)两个差不多地位相等的人,一个纵行恣情 (8)对于高贵女子的理想或记忆,一个不如她的真的人 (9)神与人 * * *以上是两个女人之间 C:重复的竞争—(甲爱乙,乙爱丙,丙爱甲) D:(1)神与神 (2)人与人 (3)法律上的两个妻子 * * *以上是东方式的

续表

种　类	主要人物	其他必要人物	细　目
25. 奸淫	两个有淫行的人	被欺骗的丈夫或妻子	A:(1)为了另一少妇,欺骗了情妇 (2)为了自己妻子,欺骗了情妇 (3)为了一个少女,欺骗了情妇 B:(1)为了那个他所爱但并不爱他的女仆,欺骗了妻子 (2)为了纵欲,欺骗了妻子 (3)为了已婚的少妇,欺骗了妻子 (4)意欲重婚,欺骗了妻子 (5)为了那个他所爱但并不爱他的少女,欺骗了妻子 (6)妻子为那个爱她的丈夫的少女所嫉妒 (7)妻子为一个娼妓所嫉妒 (8)一个冷淡的妻子和一个热情的情妇间的竞争 C:(1)为了一个"相投"的情人,牺牲了那"不合"的丈夫 (2)忘记了自己的丈夫(以为他是死了)去和他的情敌要好 (3)为了一个能够同情她的情人,牺牲了她平凡的丈夫 (4)欺骗了好的丈夫,为了一个不如他的情敌 (5)同前,为了一个怪癖的情敌 (6)同前,为了一个讨厌的情敌 (7)热恋的妻子,欺骗一个好的丈夫,为了一个平凡的情人 (8)欺骗丈夫,为了一个虽不如他那样好,但更加有用的情人 D:(1)被欺骗的丈夫的复仇 (2)为了主义,打消了嫉妒的念头 (3)丈夫被那失败的情敌陷害
26. 恋爱的罪恶	恋爱者	被恋爱者	A:(1)母恋子 (2)女恋父 (3)父对女施暴行 B:(1)少妇恋其丈夫的前妻之子 (2)少妇与前妻之子彼此爱恋 (3)一个女子同时为父与子的情妇 C:(1)为嫂或妗的恋人 (2)兄妹恋爱 D:同性恋

续表

种　类	主要人物	其他必要人物	细　目
27. 发现了所爱的人的不光彩	发现者	有过失者	A:(1)发现了父有可羞耻之事 (2)发现了母有可羞耻之事 (3)发现了女儿有可羞耻之事 B:(1)发现了未婚夫或未婚妻的家庭中有不光彩的事 (2)发现了自己的妻子在未婚前被人侮辱过 (3)发现他从前有过"失足" (4)发现自己的妻子从前是娼妓 (5)发现了自己的情人有不光彩的事 (6)发现自己的情妇以前本来是做娼妓的,又恢复了旧生涯了 (7)发现自己的情人是个无赖,或者情妇是个坏女人 (8)发现自己的妻子是一个坏女人 C:发现了自己的儿子是一个杀人犯 D:(1)儿子是一个卖国贼 (2)儿子违反了他自己定的法律 (3)儿子被认为是有罪的 (4)立誓欲除暴君而此时才知道暴君就是自己 (5)发现了自己的手足是一个杀人犯 (6)发现了自己的母亲是害死父亲的人
28. 恋爱被阻碍	两个恋爱的人	阻碍	A:(1)因为门第或地位不合而不能结为夫妻 (2)因为财富不和而不能结为夫妻 B:因有仇人从中阻挠而不能成为夫妻 C:(1)因该女子先许为他室 (2)同前,并误会所爱的对象已和别人结婚 D:(1)亲人们的反对 (2)亲人间不合 E:男女间性情不合

续表

种　类	主要人物	其他必要人物	细　目
29. 爱恋一个仇敌	被爱恋的仇敌	1. 爱他的人 2. 恨他的人	A:(1)被爱者为爱人的亲族所憎恨 (2)爱人为被爱者的亲族所憎恨 (3)被爱者(男)是爱她的女子伙伴的仇人 B:(1)爱人(男)是杀死被爱者父亲的人 (2)被爱者(男)是杀死她的另一爱人的父亲的人 (3)被爱者(男)是杀死她的另一爱人的兄弟的人 (4)被爱者(男)是杀死那爱她的女子的丈夫 (5)被爱者(男)是杀死那爱她的女子的原来爱人的人 (6)被爱者(男)是杀死妻子为那个爱她的女子的一个亲族的人 (7)被爱者(女)是杀死爱人的父亲的人的女儿
30. 野心	野心者	阻挡者	A:(1)野心为自己的亲族——兄弟——所阻止 (2)野心为自己的亲人或受恩的人所阻止 (3)为自己的党羽所阻止 B:反叛的野心 C:(1)野心与贪婪连续地造成罪恶 (2)枭獐似的野心
31. 人与神的斗争	人	神	A:(1)和神斗争 (2)和信仰某一种神的人斗争 B:(1)和神争论 (2)因为侮辱神道而受罚 (3)因为在神面前傲慢而受罚 (4)狂妄地和神竞争 (5)鲁莽地和神竞争
32. 因错误而产生的嫉妒	嫉妒者	被嫉妒者	A:(1)错误因为嫉妒者的疑心而生出来 (2)错误的嫉妒,因为凑巧而生出来 (3)误以为友谊的爱是男女的爱 (4)嫉妒为恶意的造谣所引起 B:(1)嫉妒为怀恨的叛徒所引起 (2)同前,但是叛徒是为了自己的利益 (3)同前,叛徒同时为了自己的嫉妒 C:(1)夫妻间的相互嫉妒为情敌所挑起 (2)丈夫的嫉妒为失败的情敌所挑起 (3)丈夫的嫉妒被一个爱他的女人所挑起 (4)妻子的嫉妒被一个受过斥逐的情敌所挑起 (5)得意的情人的嫉妒被那一向受欺的丈夫所挑起

续表

种　类	主要人物	其他必要人物	细　目
33. 错误的判断	错误者	1. 受害者 2. 错误原因	A:(1)需要信托的地方,发生了错误的疑忌 (2)误疑自己的情妇 (3)误会爱人的态度而生疑忌 (4)因对方的冷淡而生错误的疑忌 B:(1)为救一个友人,故意使人怀疑自己 (2)打击一个冤枉无辜的人 (3)同前,但冤枉的人因曾生过邪念,而自觉有罪恶感 (4)一个目击罪恶的人,为了救一个另外的人而听任别人责备那冤枉的人 C:(1)听任旁人责备一个敌人 (2)错误是由一个仇敌故意引起的 (3)错误是由他的兄弟故意引起的 D:(1)犯罪者嫁祸于他的仇人 (2)犯罪者早就布置好的,嫁祸于他的第二个被害的人 (3)嫁祸于一个情敌 (4)嫁祸于一个无辜的人,因为此人不肯和他共同作恶 (5)一个被遗弃的情妇,嫁祸于她从前的情人,因为她不肯欺骗她的丈夫 (6)受了人家的故意陷害(错误的判罪之后),努力恢复地位并设法报复
34. 悔恨	悔恨者	1. 受害者 2. 罪恶	A:(1)为了一件人家所不知道的罪恶而悔恨 (2)为了弑父而悔恨 (3)为了谋杀而悔恨 (4)为了谋杀丈夫或妻子而悔恨 B:(1)为了恋爱的过失而悔恨 (2)为犯了奸淫而悔恨
35. 骨肉重逢	寻觅者	寻得的人	
36. 丧失所爱的人	眼见者	死亡者	A:(1)眼看骨肉被残而不能救助 (2)为了职务的需要,把不幸加到自己人身上 B:预见一个所爱的人的死亡 C:得知了亲族或挚友的死亡 D:得知所爱的人的死,因失望而发作蛮性

附录2　美国影片《骗行天下》剧作结构分析①

用最简单的话来概括电影格局的剧作核心的话，那么，开头——"把人物推入困境"；发展——"人物在困境中挣扎"；结尾——"解决困境"（包括：喜剧式、胜利、悲剧式、死亡）。

影片长度为120分钟。其中开头30分钟，第一本10分钟（霍克、鲁萨骗钱成功），情节点1是鲁萨骗钱成功后，被朗雷根的手下杀死，霍克决心复仇。发展60分钟（霍克找到亨利，亨利带领霍克向朗雷根复仇），情节点2是朗雷根二到赛马场，他未赢到钱，决定下次赌50万。结尾30分钟（朗雷根决心赌50万，最后他输掉50万），情节点3是朗雷根输掉50万。

整部影片由44个情节点和10个情节段落组成，是一部情节紧凑、矛盾冲突剧烈的情节片，所以，影片的情节点和情节段落的安排脉络清晰。

开头：情节点1，朗雷根的喽啰接受任务去送钱；情节点2，霍克、鲁萨用计将喽啰的钱骗走。情节段落1，霍克、鲁萨骗钱成功（情节段落1是典型的影片第一本，其作用是在影片开始时就抓住观众，激起观众的观影欲望，该片第一本干脆利落，又刺激幽默，是个漂亮的影片第一本）。情节点3，霍克带舞女去赌钱并把钱输光。情节点4，朗雷根下令弄死霍克和鲁萨。情节点5，鲁萨决定洗手不干了，他告诉霍克，芝加哥的亨利是他的好友，并且是他们中"最棒的"。情节点6，警官施奈德拦路抢劫霍克的钱，霍克给了他假钞（副线1，不自觉中，霍克为自己埋下了副线1，它以后给霍克带来了无穷无尽的麻烦）。情节点7，霍克赶到鲁萨家，鲁萨被杀，霍克决心复仇（该情节点结束了开头部分，发展部分从此开始。情节段落2，鲁萨被杀，霍克决心复仇（情节段落1和情节段落2构成了影片开头部分的内容，它们介绍了人物，设置了悬念，完成了第一本的主要任务，而且为了使影片紧张好看，在这部分出现了"情节副线1"，同时，大情节点1干脆准确地结束了影片的开头部分，为后面发展部分故事的展开，打下了坚实的基础）。

发展：情节点8，霍克来到芝加哥看到亨利一副"落魄"之相，亨利令霍克折服（折服的制作，大演员的表演，保罗·纽曼；亨利脸和眼睛的特写，表现其智慧和不同凡响，亨利的两句台词霍克就"规矩"了，"后面有人跟你吗？""你当然看不见！"）。情节点9，朗雷根下令继续追杀霍克。情节点10，霍克劝说亨利，亨利说他要让朗雷根倾家荡产。情节段落3，霍克去请亨利，亨利说要让朗雷根倾家荡产。情节点11，复仇行动开始，亨利广招三教九流各路高手。情节点12，亨利调查朗雷根的性情爱好，并制订出

① 苏牧. 荣誉[M]. 北京：北京电影学院出版社，2006.

行动计划(朗雷根是个高手,要对付他亨利不是蛮干,而是调查研究,朗雷根不好吃,不好喝,不好嫖,唯一的爱好就是玩纸牌)。情节点13,施奈德追踪霍克来到芝加哥,霍克未告诉亨利假钞之事(副线1开始干扰主线)。情节段落4,亨利广招各路高手,调查朗雷根,制订复仇计划。情节点14,亨利的同伙租下一间地下室,准备把它改成赛马赌场。情节点15,火车上亨利为参加赌局贿赂车长。情节点16,赛思特到酒馆招兵买马,施奈德追踪霍克也来到酒馆(副线1出现)。情节点17,火车上亨利的女友偷走了朗雷根的钱夹,亨利带着朗雷根的钱来到赌桌前。情节点18,赌桌前亨利对朗雷根百般奚落。情节点19,赛思特指挥装修赛马赌场,并继续招兵买马。情节点20,赌桌上朗雷根不断作弊,结果亨利却赢了朗雷根。情节点21,霍克化名“科比”到朗雷根的车厢取钱,他告诉朗雷根他想联合朗雷根治倒亨利。情节段落5,赌场招人,火车赌钱,“科比”欲变(“火车”与“赌场”是两组平行蒙太奇段落,这两组平行蒙太奇段落,外部叙事一主一次、平行交代,内部节奏一紧一松,一急一缓,引人入胜)。情节点22,汽车上霍克告诉朗雷根,他们可在赛马赌场赢亨利的钱。情节点23,霍克回到住处,遭到朗雷根的人的追杀,亨利问霍克脸上为何有伤,霍克再次隐瞒了实情(副线2出现,并开始干扰主线)。情节点24,朗雷根下令另雇职业杀手苏里诺(女)杀死霍克(副线2)。情节点25,朗雷根应霍克之约来到酒馆,并在电话中得知赛马“蓝雕”(马名)在比赛中会赢。情节点26,朗雷根来到赛马赌场,他赌“蓝雕”,结果赢了。情节段落6,朗雷根第一次赌马(为了使影片的情节更加紧张、曲折,本情节段落中,在“情节副线1”之外,又增加了“情节副线2”,此后,两条情节副线一起干扰情节主线)。情节点27,霍克来到朗雷根处,告诉朗雷根自己电话局有内线,可比赌场提前知道比赛消息。情节点28,警官施奈德抓住霍克,霍克逃脱(副线1)。情节点29,霍克告诉亨利施奈德因假钞追捕他的事。情节点30,职业杀手苏里诺到霍克住处附近的酒馆当女招待,霍克对她一见钟情(副线2)。情节点31,霍克带朗雷根来到电话局,亨利的人扮作电话局工作人员骗过朗雷根。情节段落7,朗雷根调查电话局。情节点32,亨利的人冒充“联邦调查局”人员拘留施奈德,指示他配合抓住亨利(副线1开始与主线重叠)。情节点33,朗雷根第二次到赌场,按电话所说赌“营救队”,因比赛开始未买到赌票。情节点34,“营救队”获胜,朗雷根告诉霍克,下次他赌50万(大情节点2结束了发展部分,结尾部分的全部内容表现一件事:朗雷根第三次赌马)。情节段落8,朗雷根二到赌场,他告诉霍克下次赌50万(情节段落3——情节段落8构成影片的发展部分,在这些段落中,影片人物充分展开,情节主线与情节副线1、情节副线2交织在一起,使影片情节丰富曲折,情节段落8的影片大情节点2,鲜明、准确地结束了影片的发展部分)。

结尾:情节点35,另一伙朗雷根的人追杀霍克,苏里诺救了霍克并杀死了追杀者(副线2)。情节点36,施奈德抓到霍克,他把霍克带到联邦调查局,联邦调查局官员为了抓亨利把霍克放走(副线1)。情节点37,霍克说他终于可以复仇了,亨利说“我行骗30年了,从没人想对我复仇”(两个层次上的复仇,一个是把朗雷根从楼上推下去,一个是让朗雷根自己从楼上跳下去)。情节点38,大战前夜,霍克去找苏里诺并和她上床(副线2)。情节段落9,大战前的宁静(一部节奏紧张、情节复杂的情节剧,影片的时间异常重要,但本段落编导居然拿出近10分钟来“抒情”)。情节点40,早晨霍克出门，苏里诺要杀死霍克，亨利的人将她击毙(副线2结束)。情节点41，联邦调查局官员带着施奈德前往赌场，指示他到时候把朗雷根带离赌场。情节点42，酒馆电话说了一马的名字“好运单”，朗雷根用50万现金赌“好运单”第一。情节点43，“电话局的人”来到赌场，他说“好运单”应该是第二，朗雷根冲向柜台要求退钱，被拒绝(亨利的高明之处，让朗雷根有苦难言，自己恨自己，自己逼自己跳楼)。情节点44，“好运单”果然是第二，联邦调查局官员和施奈德冲入赌场，亨利开枪打死霍克，联邦调查局官员开枪打死亨利。施奈德把朗雷根拖出赌场，赌场内，霍克、亨利睁开双眼，骗钱成功，众人大笑(大情节点3是整部影片的高潮，它结束了整部影片)。情节段落10，亨利、霍克获胜，朗雷根输掉50万(情节段落9和情节段落10是影片结尾部分的内容，整个结尾部分实际渲染的就是一件事“朗雷根第三次赌马”。这里值得注意的是：编导在何时、何处、如何结束“情节副线2”？编导何时、何处、如何使“情节副线1”与情节主线重叠？大情节点3作为影片的高潮，在结尾部分的30分钟内，编导是怎样使情节步步推向高潮，最后达到大情节点3，使影片情节冲向极致？)。

在影片中设置多条情节线是影片好看的重要手段。《骗行天下》为了在情节上最大程度地吸引观众，在一条主线之外还安排了两条副线，这两条情节线均是各自独立、自成一体的，有自己的人物配置、自己的主题内涵和自己叙事布局上的起承转合，但在影片中它们是以情节副线的形态出现的。与《飞越疯人院》中酋长的情节副线最后取代了迈克的情节主线不同，《骗行天下》情节副线的目的不是在影片中发展、完成自己的叙事、人物和主题，乃至最终使自己达到最大的辉煌，它的情节副线的作用是不断地干扰主线，不断地给主线出难题，给主线设置障碍，甚至把主线推向绝境。它们随时可以中断主线，只要霍克被警官施奈德抓住或被朗雷根的人杀死，主线便会立即中断。情节副线在影片中发挥着巨大的作用。

商业片不“求”深刻，但不是没有思想，没有深刻。《骗行天下》的精神实质是：为朋友复仇(这种复仇不是为了金钱，这是亨利、霍克同朗雷根的根本不同)。这种“复仇”是很打动人的，好莱坞影片的特点也在于不是“深刻”而是“打动”。

影片情节段落9“大战前的宁静”充分表现出了导演的大气，一部节奏紧张、情节复杂的情节剧，情节线三条，在时间异常宝贵的前提下，编导竟用了近10分钟来抒情，此时，影片已经过了发展部分的大情节点2，进入了影片的结尾部分，就要到影片结束的大情节点3的关键之处，导演敢抒情。这里的抒情绝非一般意义上的“写人性”，而是出于影片节奏上的需要。如果“静”是为了“动”，那么“儿女情长”是为了“壮怀激烈”，这里的“柔情似水”正是为了后面的“大江东去”。影片的叙事、刻画人物、表现矛盾都是很有特点的，这里看一下人物出场：朗雷根的喽啰出场，影片的第一个镜头是从萧条的街道的大全景，移推至一双漂亮的黑白相间的皮鞋的特写，镜头随着鞋跟移，刻画出人物的身份以及他傲慢、轻浮、随便和不可靠，镜头语言似乎在告诉观众：他肯定是要出事的。朗雷根的第一次出场，镜头是180度的背面角度，人物脸部的布光是黑白分明的硬光，既表现出朗雷根黑社会“老大”的身份，同时，也表现出他的阴险和凶狠。亨利出场是在一系列表现其“落魄”之相的镜头之后，出现了门框边的亨利的脸部特写，那双锐利的眼睛告诉观众——他就是鲁萨所说的那个“最棒的”。